闪光的高原

李毅然 著

2023年度日照市优秀文艺作品扶持项目

山东文艺出版社

图书在版编目（CIP）数据

闪光的高原 / 李毅然著 . -- 济南：山东文艺出版社，2024.4

ISBN 978-7-5329-7142-8

Ⅰ.①闪… Ⅱ.①李… Ⅲ.①长篇小说–中国–当代 Ⅳ.① I247.5

中国国家版本馆 CIP 数据核字（2024）第 047334 号

闪光的高原
SHANGUANG DE GAOYUAN

李毅然　著

主管单位	山东出版传媒股份有限公司
出版发行	山东文艺出版社
社　　址	山东省济南市英雄山路 189 号
邮　　编	250002
网　　址	www.sdwypress.com
读者服务	0531-82098776（总编室）
	0531-82098775（市场营销部）
电子邮箱	sdwy@sdpress.com.cn
印　　刷	肥城源盛印刷有限公司
开　　本	710 毫米 ×1000 毫米　1/16
印　　张	26.75
字　　数	430 千
版　　次	2024 年 4 月第 1 版
印　　次	2024 年 4 月第 1 次印刷
书　　号	ISBN 978-7-5329-7142-8
定　　价	79.00 元

版权专有，侵权必究。如有图书质量问题，请与出版社联系调换。

目 录

第一章 ………………………………… 1
第二章 ………………………………… 13
第三章 ………………………………… 24
第四章 ………………………………… 35
第五章 ………………………………… 46
第六章 ………………………………… 57
第七章 ………………………………… 69
第八章 ………………………………… 81
第九章 ………………………………… 93
第十章 ………………………………… 105
第十一章 ……………………………… 116
第十二章 ……………………………… 127
第十三章 ……………………………… 137
第十四章 ……………………………… 150
第十五章 ……………………………… 162
第十六章 ……………………………… 173
第十七章 ……………………………… 185

章节	页码
第十八章	197
第十九章	208
第二十章	219
第二十一章	232
第二十二章	244
第二十三章	257
第二十四章	268
第二十五章	280
第二十六章	293
第二十七章	305
第二十八章	318
第二十九章	329
第三十章	340
第三十一章	350
第三十二章	362
第三十三章	372
第三十四章	385
第三十五章	397
第三十六章	410
后　记	421

第一章

西北高原的三月,寒意透骨。整个高原,只有大胆的风吹着口哨扬长扫过,假若咆哮的狂风裹挟着粗沙硕石,便会在人的脸上留下一道道瘆人的血垩。

在距离黄河不远的荒漠戈壁里,稀疏散落着一些沙枣树。它们扎根在贫瘠的土地上,光秃秃的躯体在连绵起伏的沙丘中间歪斜地挺立着,齐腰深的黄沙似乎要把它们的树冠埋掉,灰白的枝条随着不断掠过的寒风发出哗啦啦的声响,沙枣树历经风霜的身躯极力保持着一种向上的姿态。这是一种无比壮观的美,与沙丘柔美的曲线一起构成一幅辽阔苍凉的图景,为荒凉灰暗的高原点亮一抹忠诚而顽强的生命之光。此时,尽管距离真正意义上的暖春还有些时日,但这些不起眼的沙枣树总会抽枝发芽,开花结果。

循着这些沙枣树延伸的方向东行,径直穿越大约三十里的荒漠戈壁,便会看到名不见经传的黑丰山。山脚下,一望无际的沙丘曲折延伸至远处的地平线,丰满绵软的沙堆与天际相接,天和地仿佛在亘古的肃穆中相依相融,显得厚重而苍茫。

沙丘深处突然传来一阵卡车马达的轰鸣声,二十多辆解放牌卡车在高低不平的沙滩里奋力滚动着车轮,所过之处尘土飞扬,站在敞篷车厢里的人们被颠簸得东倒西歪。

浩浩荡荡的车队,终于在距黑丰山一公里处停了下来,穿着棉衣的人们纷纷提着行李和随身物品跳下车,有六百多人,年轻人居多。他们来自一千里外的昌盛钢铁厂,先是坐了九个多小时火车到达小三线后方基地——玉明市,在城外经过简单休整后,又乘卡车在"野"路上颠簸了四个多小时才到达这里。他们将同其他人员一齐展开一场钢铁大会战,对口包建一座省属三线钢铁企业——玉明钢铁厂，为坐落在玉明市偏远山区的二三五兵工项目提供原材料配套服务。

周华胜背着军用挎包，提着行李卷、柳条箱和草绿色帆布提包，随着喧哗的人群跳下车。他穿着一件旧军大衣，二十来岁，一米八几的个头，身材魁梧挺拔。国字脸上嵌着一双炯炯有神的大眼睛，鼻梁高挺，眉宇间透着一股英气。脸颊右侧有道一寸长的伤疤，这令他平添了些许的严肃和坚忍。

此时，周华胜抖了抖满身尘土，忍不住跺着冻麻的双脚，努力将缩在棉衣里的脖颈伸长，透过烟尘四下环望。只见北面是海拔千余米、残雪未消的黑丰山，东南面有一座闪着金光的沙漠，其余地方几乎全是漫无边际的荒漠戈壁。随着阵阵冷风掠过，掺杂着风沙土腥味的空气顺着鼻孔钻入肺腑。周华胜将目光移向周围其他人，发现他们同样瞪大双眼，新奇地打量这片塞外的大漠荒野。

一些人开始寻找地方解决内急，那些横在眼前的大小沙丘成为天然的遮羞屏障，转瞬间，沙丘后面满是或站或蹲的身影。放肆的风将哗哗而下的热尿吹得四下扬散。最糟糕的就是大便，好不容易找个相对合适的地方蹲下，等站起来时双腿早已发麻，整个屁股几乎被冻成冰坨。解决完内急的人们如释重负，仰着脖颈徐徐吐出一口气。

站在周华胜身旁的，是跟他年龄相仿的同班同乡战友匡照明、金明顺和刘大龙，三人穿着清一色的旧军大衣，相互瞅着满身满脸的尘土，露出沾满黄沙的牙齿，嘿嘿直笑。

匡照明将瘦小的身子紧裹在军大衣里，转着乌溜溜的黑眼珠，吸溜下鼻子说："都快冻成尿频尿不尽了，这地方离玉明市二百多里，连路都没有，这种地方能建钢铁厂？"周华胜望着四周说："这里虽然荒凉，但地处西北腹地的重要战略位置，毗邻黄河，又紧靠铁矿石和石灰石储量丰富的黑丰山，符合'靠山、分散、隐蔽'的要求，把钢铁厂建在这里，领导们肯定费了不少神。"

刘大龙哆嗦着结实的身躯，皱紧眉头道："这批先遣队伍中，光咱们山东退伍兵就占了三分之一，齐刷刷地站在这里挺醒目，只是我怎么感觉这里太荒凉。"他性情耿直，身高一米七五，人长得很精神。周华胜咧嘴一笑："自然条件再不好也是自愿来的。当初若不是军委首长让咱们这批山东籍退伍兵留下来支边，咱们早回老家种地去了。想当年咱们团从山东调防到中蒙边境线上打防空洞，那里的自然条件不比这里好，照样坚持了下来，现在更得'根正苗红进三线，青春年华向党献'。"

"金明顺！"匡照明扯着嗓子高喊一声，调皮地指了下身材敦实的金明顺道："初到异地，你怎么也不发表下感慨？"金明顺一向稳重细腻，此时慢条斯理地说："我觉得这个厂址选得很有水平，即使敌人的侦察机来了也不容易被发现。"

他的话音刚落，匡照明便指着右前方兴奋地说道："快看！那里有黄羊！还有野兔！"众人循着方向望去，果真发现有十几只黄羊和野兔，正在努力翻啃雪下的草皮。黄羊和野兔是这片荒漠戈壁中最常见的野生动物，以稀疏生长的旱生、强旱生低矮木本植物为食，身上充满了物竞天择中沉淀下来的沧桑、偏执和警惕。此时，它们警觉地竖起耳朵，惶惶不安地瞪着这些突然冒出来的不速之客，大约六七秒后，它们开始四处逃窜，瞬间消失在戈壁深处。

匡照明故作惋惜地叹了口气："唉，好容易见到些活物，也不多陪陪咱们这帮可怜的单身汉。"刘大龙用胳膊肘碰了下匡照明："想老婆了吧？"匡照明歪着脑袋一板一眼道："当然想了。你们肯定也想得浑身汗毛痒痒。"刘大龙哈哈一笑："等钢铁厂建好后老婆就来了，到时候汗毛自会老实。"大家会心地笑了。

这时，负责带队的常德走过来，他四十来岁，瘦高个儿，长相俊儒。他十几岁就参加革命，曾在地方打过游击，是昌盛钢铁厂原厂长，此次被自治区革命委员会委任玉钢工程大会战指挥。常德也穿了一件旧军大衣，他凝视着周华胜脸上的那道疤，笑问："是不是对这里的自然环境很失望？"周华胜坦言："既然来到这里，就应该做好吃苦准备。"常德满意地点点头。临来这里之前，他就从参建名单及政审档案中留意到了这些山东退伍兵，特别对荣立部队三等功的周华胜印象深刻，内心生出了一种好感。

忽然传来一阵卡车马达的吼叫声，原来是负责运送粮食、水、军用帐篷以及其他应急物资的卡车到了，众人纷拥上前卸下物资。一会儿，常德举起铁皮小喇叭告诉大家，眼下首先要解决的就是安身问题，这个时节未解冻，挖不成地窨窨（也就是地窨子）住，只好委屈大家先住帐篷，待天气转暖后再选择合适的地方挖地窨窨。经过考察，决定在一片沙丘数量相对较少的地方安营扎寨：一是离工地近，在只有手电筒照明的条件下既安全又少走冤枉路；二是眼下正值沙尘暴频发的时节，突起沙尘暴时能相互照应。现场的六百多人很快被分成五部分，每部分选一个领头的带领大家支帐篷，每个帐篷里住十五六人。

常德把保卫组组长王旭叫到身边，这是个三十来岁的退伍军人，原在昌盛钢铁厂干保卫工作，工作认真负责，这次被常德点名要过来干老本行。常德嘱咐王旭带领后勤人员先把食堂的帐篷支起来，然后再把指挥部和其他部门的帐篷支好。王旭大声道："好！"说罢雄赳赳地走了。随后，常德把周华胜招呼过来，让他领头把山东退伍兵们住的帐篷支好。

周华胜随即将二百多名山东退伍兵分成十五个小组，让各组支好所住帐篷。匡照明嚷嚷着要和周华胜、金明顺、刘大龙分在一组，理由是同班战友好相处，论年龄又数他最小，遇事多少能占点便宜。周华胜笑道："就你这个捣蛋鬼心眼多，无论跟谁在一起都要团结互助，特别是眼前这种环境下更需要这点。"匡照明眨着眼说："咱们是牢不可破的战友关系，你们身体都比我棒，特别是你身高马大，遇事理应多让着我才对。"周华胜拍下他的肩膀："行！没问题，肯定不会让你吃亏。"金明顺和刘大龙也如是说。各小组没出一小时便支好帐篷，随即扛来十几厘米厚的木板，按照合住标准将木板拼成大通铺，之后整理好床铺和随身物品。

周华胜简单拾掇好后钻出帐篷，站到一处沙丘上环望。沙丘中间穿插分布着五十多顶军用帐篷，颇像执行演练任务的野战军营地，恍惚间仿佛回到激情燃烧的从军岁月。一会儿，常德从不远处走过来，周华胜赶紧从沙丘上跳下来，跑上前说："常指挥，我们的帐篷已全部支完。"常德背着手围着几个帐篷看了看，朗声笑道："动作挺快，好！"

在众多支起的帐篷中，指挥部以及其他部门的帐篷设在帐篷区域中心。

后勤部门很快开始工作，年轻的女工作人员举着小喇叭，用清脆的声音反复通知："请大家到指挥部左边的两个帐篷里兑换饭票！没钱的先欠着，等发了工资再还。食堂下设四个，就在指挥部右边的四个帐篷里。另外提醒大家，我们现在用的水是卡车从二百里外的玉明市拉来的，请大家自觉节约用水。"眨眼工夫，指挥部左边的两个帐篷里面就挤满了人。周华胜排了一个多小时队，总算兑换到一叠花花绿绿的饭票。按照定量，每人每月三十二斤粮，百分之四十的细粮，百分之六十的粗粮，粗粮中大都是玉米面，其余是红薯面。这些饭票对于生龙活虎的小伙子来说，如果敞开肚皮吃，肯定靠不到月底。

拿到饭票的人们一窝蜂跑到食堂。炊事员们手忙脚乱，恨不能学孙大圣拔毫毛变出多只猴子，当他们抬着十几个大铁皮桶和十几个大筐出现在帐篷外面时，乱哄哄的人群差点挤翻铁桶和筐。炊事员手中的勺子多次被碰翻在地，捡起来随手在围裙上一抹，继续去盛星点油花都见不到的水煮白菜。铁桶里的菜很快见底，筐里的少量馒头和大量玉米面窝头也很快一扫而光。许多人打上饭后顾不上回宿舍，直接坐在沙地上狼吞虎咽，须臾间将一盒饭吃了个底朝天。周华胜打了一个馒头两个窝头和一份白菜，坐在地上头也不抬地吃完，这才拿着空饭盒返回宿舍。

常德背着手在指挥部里来回踱步，突然间像想起了什么，急忙召集众人，举起小喇叭大声说："大家都要注意了！这里干旱少雨，风沙散布，天气多变。特别是每年的三至六月是沙尘暴多发期，沙尘暴说到就到，沙子会把人活埋。沙尘暴过后道路和标志物会被掩盖，沙丘也会移动，很容易迷路，所以大家千万不要到处乱跑！即使拉屎撒尿也要就近解决，否则一旦出事哭爹喊娘都来不及。"

怕这帮毛头小子不听话，他又不放心地补充："如果遇到沙尘暴一时来不及撤离，切记不要像无头苍蝇瞎跑乱撞，要快速躲到大棵沙冬青树后面，这种根系发达的超旱生植物抗逆性强，即使遇到沙尘暴也不会消失。躲好后脸朝下，用衣服包住头，防止沙子进入眼睛、鼻子、耳朵，等沙尘暴过后再慢慢寻路返回。"常德一口气说完，这才挥挥手解散众人。

还真让常德说对了，沙尘暴眨眼工夫说来就来，而且偏偏选在周华胜蹲在离帐篷挺远的大冬青树下解手时来了。本来他想就近寻个地方解决，但怕被建设队伍里仅有的几个年轻女人瞅到，于是自作聪明地选了个隐蔽的地方。当他意识到天边那条抖动的黄线是沙尘暴，想提起裤子跑回帐篷时，一切已来不及。

周华胜平生第一次领教了沙尘暴的厉害，只见狂风扬起遮天蔽日的沙尘，如同一条滚滚黄龙在沙漠中倏忽来去，空气中弥漫着刺鼻的土腥味；天空顷刻间变得飞沙走石、昏天暗地，被狂风卷起的沙石发出阵阵骇人的声响，令人毛骨悚然。很快，他浑身起了一层又一层鸡皮疙瘩，眼睛完全无法睁开，慌乱之际突然想起常德教的方法，就势倚靠在大冬青树后面，迅速脱下大衣包住头。只觉呼吸骤然停止，耳朵嗡嗡作响，调整了好一阵才缓过来。不知过了多久，那阵移动的可怕声音逐渐减弱直至消失，他这才从衣服里伸出头，发现半截身子已埋进沙土里，只好边狂扒沙子边用力扭动身体，好不容易跳出沙坑。

他的脑袋有些昏昏沉沉，绕来绕去，足足花去半个多小时才找到住地，不由深深舒了口气。此时住地一片狼藉，大约有十几顶帐篷的篷布杳无踪影，只剩下孤零零的钢管戳在那里。一些人拼命扒着被埋进沙土里的被褥、盆碗、工具等东西，还有些人疯了般四下寻找被狂风刮跑的东西，另有一些人边嘟囔着什么边重新支帐篷。

周华胜刚想上前帮忙支帐篷，突然听到身后传来一阵阴阳怪气的声音："怎么这么臭，哪来的臭味？"他扭头一看，发现身后站着一个陌生人，三十岁左右，一米七三的"冬瓜"身子，一双不算难看的单眼皮眼睛滚动在圆脸上，正捂着鼻子大呼小叫："大家快来看哪！这人身上抹了屎，熏死人了。"

陌生人这般持续不断的喊叫声，令周围其他人的目光像箭一般射向周华胜，他只觉身体像被狠狠地钉在地上，脸瞬间红成紫茄子，恍然记起沙尘暴来临时光顾着躲避，全然忘记了那泡刚拉在沙冬青树下的热屎，直接倚靠上了。

周华胜刚要张嘴说什么，这时刘大龙走过来，挥着碗口粗的胳膊，冲陌生人瞪圆双眼道："瞎嚷嚷什么？又不是没闻过屎臭！至于这么咋咋呼呼像吃了千年绿豆蝇嘛。"匡照明和金明顺随后赶来，也纷纷指责陌生人，对方轻哼一声："帮派主义还挺厉害。"说罢悻悻而去。

匡照明上前拉着周华胜衣袖，满脸焦急的表情："你跑哪去了？急得我差点顶破帐篷，让我看看没缺胳膊缺腿吧？"说着拉起周华胜的胳膊甩了甩，随即又拍了拍腿。周华胜一笑："放心吧，零件一个都未少。"

刘大龙开玩笑道："匡照明，就你那点小身子能顶破帐篷？那真是创造奇迹了。"匡照明把小黑眼珠向上一翻："哼！别瞧不起我这小身子骨，想当年打防空洞时哪样重活都落不下。"金明顺笑道："你俩别斗嘴了，周华胜平安归来就好，大家心里的石头总算落了地。"刘大龙对周华胜说："你要是再不回来，我们就分头出去找你了。"战友们的这番情谊令周华胜很感动，感喟岁月已将真情结成一张紧密的网，把信赖和关怀统统叠织了进去。

这时，常德急匆匆地跑过来，脸上全然失去先前的那番儒雅，指着周华胜鼻子大声斥责："他娘的！到底是命重要还是面子重要，你知不知道那一泡屎差点让你变成沙漠中的木乃伊，你知不知道大家有多担心?！记住！在残酷的环境面前没什么丢人可言！"

原来，当天气突变时，匡照明发现周华胜解手未归，急忙跑到指挥部向常德汇报，常德搓手顿足干着急没办法，只能盼着可恶的沙尘暴快点消失。如今看到周华胜平安无事暗自松了口气，但表面依然得做出暴怒的样子，不能让这帮臭小子把领导提醒的好话当成放屁，战未开而兵先损，丢人不说还会影响整个战局。看到周华胜一直低头接受训斥，常德的语气渐缓："这下彻底领教沙尘暴的厉害了吧？别说是人、帐篷，就是机器也能让它卷上天。好好休息一下吧。"说罢转身走了。

周华胜和匡照明等人回到帐篷。周华胜迅速从黄提包里找出干净衣服换上，望着眼前这套令他蒙羞的脏衣服，他有些犯愁，眼下水资源有限不能洗衣，一时不知放在哪里才合适。金明顺见状低声说："干脆埋到大冬青树下吧，眼不见心不烦。"周华胜感激地点下头，赶紧把脏衣服用塑料袋包严实，深埋在一棵显眼的大冬青树下。

埋完衣服回到帐篷后，周华胜仍有些闷闷不乐。匡照明想逗他开心，半掩着薄嘴唇说："发现没？常指挥温柔起来像只波斯猫，厉害起来像只东北虎。""你可真会形容。"周华胜笑着点点头。

傍晚时分，一辆吉普车"咔"地停在指挥部帐篷前，一个四十来岁的中年男人从车上下来，身材挺胖，面皮白净，披着簇新的呢子大衣，头发整理得一丝不乱。常德闻声走出指挥部，原来是玉明市工业局副局长王邯路来了，他是本次大会战兼职副指挥，原本约好同一时间从玉明市区出发，不知何故晚到六七个小时。

王邯路一下车便被冻得浑身打战，勉强将短脖子从衣领里伸出来，两手揣兜迈着四方步来到常德面前，漫不经心地说："没想到你们这么快就到了，还支好了帐篷。"常德瞅了眼搭档身上的呢子大衣："王局长，你穿得太少当心冻感冒了，你怎么才来？"常德之所以这般称呼王邯路，是因为临来之前对他跑关系争指挥部一把手之事有所耳闻，为了不影响彼此的搭档关系，于是跳跃式选择了令其听起来更受用的正职称呼。果然，王邯路的脸上堆满笑容，抬手抚下头发说："我临时有点事，所以来晚了。"常德点下头，转身去忙其他事。

晚上，指挥部派人给每个帐篷里送一种奇怪的照明灯具，吱吱作响，散发着难闻的怪臭味。周华胜头一回见这种东西，忙问送灯的小王："这是什么东西？"小王说："这叫嘎斯灯，既能照明又能防野兽。嘎石就是电石，扔在水里能产生乙炔气体，点燃乙炔气就可以照明。现在没通电只能用这种灯。"待小王走后，周华胜仔细观察嘎斯灯，发现圆柱形的灯被分成上下两节，上节盛水下节装嘎石，在上节有一个控制水量的螺针，水滴进下节后"嗞嗞"冒泡生成嘎石气，火苗不断从灯头喷出来。他试着调控螺针，发现放出的水越多生成的嘎石气就越多，火苗也就越大。"原来是这样。"他恍然明白。

夜渐深了，帐篷里冷气逼人，躺在硬板通铺上的人们互相挤靠在一起，鼻子像一个个红萝卜，上下牙齿直打架，呼出的白气团清晰可见。人们始终提心吊胆，除却担心帐篷被突发的沙尘暴卷上天，还担心有野兽闯进帐篷。

此时，一些野生动物正在帐篷外面示威般悠来逛去，时而发出哼叫或是别的什么响动，在它们眼里，人类俨然成为这片广阔荒野的贸然闯入者。它们大概是想给这些高级动物点颜色看看。突然，一阵深沉的狼嗥传入耳际，众人急忙将头缩进被窝，浑身起了一层鸡皮疙瘩。匡照明裹紧被子往周华胜身边靠靠，周华胜低声说："不用担心，小王说过嘎斯灯可以防野兽。"说罢伸头瞅一眼仍在吱吱作响的嘎斯灯。其实他心里也是七上八下，但在一向胆小的匡照明面前不能随意表露出来。

周华胜躺在硌腰的硬床上辗转反侧，除了帐篷外的那些野兽身影，白天的沙尘暴历险记和"屎衣记"同样搅得他心神不安。如果说沙尘暴的威猛令他心有余悸，那屎衣记带来的尴尬则令他一想起来胸口就像堵了千斤石，没想到刚来这里便经历了如此糗事，当时他真想上前质问或教训那个冷漠的陌生人一番，但再三思忖还是忍住了。谁让自己不听常指挥的话就近解决内急呢，说自找也不为过。

他将双手枕在脑后，瞅着被风吹得忽上忽下噗噗直响的篷顶，不自觉地想起一些往事。

　　三年前的一个春夜，他所在的部队接到紧急战备命令，经过两天的急行军，从山东沂南到达高密，大伙不顾脚底磨起的血泡，从高密直接上了军用闷罐车。两天后下车才知已达中蒙边境，随后得知所在军区来了一个工兵师，该师部队整编后隶属北京军区。他被分到某团一营二连。根据上级要求，一营紧急开进距边境线五十里的大山深处打防空洞。随着中苏边界谈判失败引发对峙，苏联"老大哥"部署了不少兵力，如有战事发生很可能从蒙古国中部穿插而入，而针对东北面的珍宝岛双方摩擦不断，说不定会引发更大规模的武装冲突。在二连长赵大顺的带领下，他和战友们迅速进入指定区域，那里山高沟深，咆哮的狂风裹挟着沙石飞奔，吹打得山石啪啦啦作响。连长带领大家挖地窨子住，先向地下挖长四米、宽三米、深一米二的长方形坑，在坑内立起中间高两边矮的房柱，柱上再加檩椽，椽子的外（下）端搭在坑沿地面上，顶上全部绑上油毡，南面留出小窗和小门，门是用木条和油毡钉起来的，最后用木板拼成大通铺。这种房子地下和地上部分约各占一半，屋内高两米半左右。这些简陋得近乎原始的窝坑成为部队营房，顺着坡势半隐于山中，不仔细观察根本看不出这里驻扎着野战工程兵。由于水土不服，加之生活条件所限，许多战士咽喉肿痛、流鼻血、拉肚子，脸上脱掉好几层皮。全连二百多人昼夜不停，轮组打挖防空洞。最初的半年里，由于缺少钻采机械，打眼全靠手工完成，半年后才有了空气钻打眼，但挖掘仍使用人工。在近两年的时间里，他们克服了难以想象的重重困难，在震天的爆破声、铁锤钢钎的凿击声以及口号中，终于完成了三座长五百米、高两米半、宽五米的防空洞。连长说这辈子最佩服的就是能吃苦、说上就上的兵，连长还说提起山东兵上级首长也是一致竖大拇指。去年三月，全师有五千多人退伍，而且全部是山东籍。经军区司令员请示军委，最后决定把他们这批山东退伍兵全部留下来支边。就这样，五千多名退伍兵被统一分配到西北当地的几家大型国企。其中，周华胜和匡照明、金明顺、刘大龙等二百多人被分配到昌盛钢铁厂。报到不久，厂里给了一个月探亲假，他们回老家以最快的速度结了婚，享受了几天激情燃烧的恋人生活，而后从老家返回昌盛钢铁厂。经过半年实习正式上岗，他成为炉前工，匡照明和金明顺成为机修工，刘大龙成为制氧工。

紧接着，周华胜又想到了草原英雄小姐妹龙梅和玉荣，脑海里浮现出她们抗击暴风雪、保护集体羊群的幼小身影。小姐妹的家乡就在他们打防空洞的山口西南面，那是一片辽阔牧区，当地牧民大都居住在简陋的蒙古包里。每次见到从大山里走出来的解放军，放牧的龙梅及父母都会挥手打招呼，热情邀请解放军到家里做客。周华胜和匡照明等人去过龙梅、玉荣家，姐妹俩穿着鲜艳蒙古袍，操着半生普通话打招呼："解放军叔叔好！"她们的父母拿出奶茶或奶酪热情招待，那是他第一次吃地道的蒙古族奶制品，尽管吃不习惯，但仍努力咽下去。

回想到这里，周华胜不知不觉睡着了。

次日清晨醒来后，周华胜发现被子上覆盖着一层厚厚的沙子，头发里、嘴里全是沙子。他急忙抖掉被子上的沙土，将被子叠成方正的豆腐块，随后端着脸盆走出帐篷。望着帐篷周围那些模糊的动物蹄印，他暗自庆幸夜游的野生动物们总算没有贸然闯入，留住了一份安宁。

周华胜来到水罐前排队打水，发现昨天下午嘲讽他的那个陌生人就排在前面。轮到此人打水时，年轻的女管理员脸上明显流露出不满："苗逸严，许多人还没来打水呢，你已经打了满满三盆水，能不能自觉点节约用水。"周华胜这才知道陌生人姓名。对于管理员的批评，苗逸严不以为然："不就多打了点水吗？不给打拉倒。"管理员一听这话更来气："苗逸严，你这是什么态度？现在严重缺水，必须要节约用水！"苗逸严梗着脖子无理搅三分："你服务态度不好，我要到指挥部告你！""你！你……"女管理员气得一时语塞，索性停止了放水动作。

周华胜有些看不下去，上前对苗逸严说："这位同志，管理员说得没错，现在用水紧张，大家应该节约用水。"苗逸严把眼一斜："哼，真是打鱼蹦出个癞蛤蟆。你少往衣服上抹屎熏人比什么都强，你洗那身臭衣服肯定用了不少水，还有脸来管我。"周华胜的脸瞬间涨得通红，他真想告知对方，那套脏衣服并未洗而是被埋在了冬青树下，又一想跟这种不讲理之人说多了干费口水，于是咽口唾沫的同时把话也咽了回去。

周围打水的人见状纷纷斥责苗逸严："嗑瓜子嗑出个臭虫来，什么人（仁）都有，明明自己不对，还反过来倒咬一口。""简直太不自觉了，一只老鼠害了满锅汤，管理员同志不要生气了，快放水吧，不要因为个别人影响整体用水啊！"

苗逸严见众人将不满苗头指向自己，怕引发众怒未敢接他们的话，反将火气撒到一直忍让他的周华胜身上，伸出手指戳戳点点道："好好管好你自己吧，别再跟屎壳郎似的弄得满世界臭不可闻。"周华胜无法再控制情绪，指着苗逸严鼻子怒道："我发现你这人脑子有毛病，大家都自觉节约用水，唯独你搞特殊化，不但意识不到错误反而胡搅蛮缠，你自己说说这是什么作风？！"

"什么作风"这四个字纯粹是脱口而出，无意中隐含了电影《冰山上的来客》中三班长的一句口头禅。这让苗逸严瞬间抓住把柄，双眼像打了鸡血一样放光，指着周华胜大声说："你竟敢引用'大毒草'电影中的话语，我要到指挥部告你！"周华胜冷笑一声："你爱怎么告就怎么告，我是针对你不节约用水而言的，你这种作风就是不正之风。"

正在这时，常德和王邯路端着脸盆走过来，王邯路拉着长腔问管理员发生了何事，管理员指着苗逸严诉说了事情原委。她本指望王邯路能为自己主持公道，谁知却受到他一番指责："你这个小同志要心胸宽广些嘛，别为了芝麻大点事影响大家用水，更不能影响领导用水，快抓紧时间放水，领导的时间是金贵的。"

管理员站着一动未动，心里霎时像塞满了鸡毛，这个王副指挥不仅未对自己表现出丁点宽慰，反而还充满责怨，照此下去，说不定明天自己就会被摁趴在水罐下面。既然副指挥不把手下当盘菜，那就看正指挥如何对待了，于是她将期盼的目光移向常德。

常德注意到了管理员眼泪汪汪的样子，对着苗逸严劈头盖脸一顿训斥："你的思想有问题！明知现在用水紧张，不仅不服从管理员的正常管理，反而故意捣乱，往小了说是影响大伙用水，往大了说就是影响大会战建设，影响三线建设和国防建设，这种后果你担得起吗？！"

苗逸严极力为自己辩解："常指挥，其实我没别的意思，只是爱干净才多用了点水。"常德瞪他一眼："你以为就你是干净的白天鹅，别人都是脏兮兮的土猪。如果再这样，就直接上保卫组的小黑屋蹲几天吧！"一听"保卫组的小黑屋"这几个字，苗逸严顿感惶恐不安，连声表示："知道了。"王邯路则悻悻地退到一旁。

常德刚想示意管理员放水,谁知苗逸严突然指着周华胜说:"常指挥,我揭发他有'大毒草'倾向!竟敢引用'大毒草'电影中的'大毒语'!"常德未直接回答,将目光移向在场的其他人:"你们说说,周华胜到底存不存在'大毒草'和'大毒语'倾向?"周围的人纷纷摇头表示,一看周华胜就是老实巴交的小伙子,他身上哪能有那种倾向。常德这才扭头对苗逸严说:"群众的眼睛是雪亮的,别再无中生有瞎搬硬套了。"

苗逸严不服气地闷哼一声,端着空脸盆走了,边走边琢磨:要不是那个叫周华胜的山东人多管闲事,也不至于引发唾沫星子满天飞,特别是白挨了常德一顿臭骂,弄得自己像没毛的秃尾巴狼一样狼狈不堪。心胸狭窄的苗逸严,甩开自己有错在先的责任,他不敢对其他指责之人怎么样,更不敢对常德这个领导怎么样,而是将这笔账一股脑记到了在他看来很老实的周华胜头上。

再看水罐车这头,没等常德放话管理员便自觉放水,边放水边向常德投去感激明亮的目光,随后用余光暗斜王邯路一眼。常德招呼大家赶快打水,赶紧洗漱吃饭,别耽误正常工作。排在队前的人自动让出空位请领导先打水,王邯路端着脸盆欲上前,结果被常德一句话拦住:"咱们还是自觉排队吧。"说罢挥手示意大家赶紧打水,自己则端着脸盆走到队后。

王邯路拉着脸跟在常德屁股后面排队,常德在大庭广众之下接连有意无意地拆了他两次台,这无疑令他很没面子。王邯路强撑着脸打完水,径自走了。

第二章

随着华建和二冶援建人员的快速进驻，工地上呼呼隆隆汇集了千余人。戈壁滩里又冒出许多简易帐篷，像蜂窝似的密密麻麻排列着，令人目不暇接。

一号高炉开工典礼隆重召开，自治区革委会、冶金工业厅、玉明市革委会均派代表出席开工典礼。玉钢建设工程大会战指挥部正式成立，正式任命昌盛钢铁厂原厂长常德为大会战指挥，玉明市工业局副局长王邯路兼任副指挥。指挥部下设生产组、保卫组、技术组、政工组、财务组、劳资组、供销组等，同时还设立了人武部，受指挥部和玉明市丰达区人武部双重管辖。

在自治区革委会副主任的带领下，大家先学习了毛主席语录，随后副主任发表重要讲话，他说："目前，我国的三线建设正以惊人的速度进行着，工人、解放军、技术员从四面八方汇集到大西南、大西北，进行一个个工程建设。我们要坚决响应毛主席'备战、备荒、为人民'的号召。毛主席说了，三线建不好他就睡不好觉，我们要让毛主席他老人家睡个安稳觉！要充分发扬'自力更生、艰苦奋斗'的优良作风，舍小家为大家，争取早日把玉明钢铁厂建好，配合地方军工企业搞好建设，为边疆建设提供强有力的保障！根据上级要求，要在明年七月一日之前，完成五十五立方米一号高炉工程建设任务，以实际行动向党的生日献礼！"随着他的话音落下，全场掌声雷动。

紧接着，玉明市革委会主任代表地方表态，早在五年前，自治区第一、第二、第三通用机械厂和二三五厂等八家企业，以及前进火力发电厂、二三五医院等后勤基础配套项目相继落户玉明，现在又来了钢铁配套项目，使玉明成为名副其实的小三线后方基地，玉明市相关部门一定会做好各项配合工作，保证大会战顺利完成。

常德代表指挥部郑重表态，定会带领大家头顶蓝天、脚踏荒漠，在这片光荣的后方基地上圆满完成钢铁厂建设任务，早日实现为二三五厂提供配套服务的目标。

站在一旁的王邯路向常德投去复杂的眼神。早在几个月前，当他得知有一个钢铁项目要落户玉明时，他就忍不住想，如果他这个玉明市工业局副局长能兼任大会战一把手就好了，同时坐在工业局副职和国企正职这两把交椅上该有多么惬意。思来想去他决定努力一把，为此他煞费苦心，把家里的名牌存货几乎都拿了出来，谁知活动来活动去最终只当上个兼职二把手。想到这里，他用余光瞟了瞟常德。

开工典礼结束后，一号高炉破土动工，在亘古荒凉的戈壁和波谷汪洋的沙海里破土动工了，玉钢建设工程大会战就此拉开艰苦创业的帷幕。

偌大的工地上，人声鼎沸，彩旗飞扬，一块大木牌立在五星红旗的下方，上面用红油漆写着两行醒目的大字：在戈壁滩上安心扎根，为祖国贡献青春和热血。炼铁、机修、供电、原料、修路等基础项目逐渐展开。

几十辆工程机械车加足马力紧张地作业，在推土机、装载机、挖掘机震耳欲聋的轰鸣声中，一个个沙丘被铲平，一片片沙冬青树、沙蒿子以及其他灌木伏倒在地，为了国防建设只能牺牲它们，如果它们在地有灵，大概会理解人类的这种行为。一辆辆解放卡车在穿梭中荡起滚滚烟尘，将各类建筑材料以及设备搁置在指定的平地上，等着被一双双勤劳智慧的手转换，发挥另一种价值。

指挥部将所有参建人员进行了临时分配，其中，过半人马被安排到修路中。第一路人马配合铁路建设人员修钢铁厂至沙疙瘩公社的小铁路专线，铁路沿途修一条土路，直通沙疙瘩火车站和汽车站，全长约三十里。沙疙瘩公社是西北地区的重要交通枢纽之一，也是钢铁厂连接玉明市的交通要道。第二路人马负责修铁矿山至高炉、石灰石矿至高炉的土路，两段路加起来近二十里。工程车辆有限，这两段路只能靠机械和人力混合修。

周华胜、匡照明、金明顺、刘大龙等人被分到铁矿山修路队，修铁矿山至高炉的十几里土路。这个修路队分四组，每组二十人，都上常白班。周华胜在一组，匡照明在二组，金明顺和刘大龙在三组。令周华胜没想到的是，苗逸严也被分到这个修路队，只不过是在四组，暗忖幸亏没跟这人分在一个组，这人刚一见面便令自己当众难堪，凭直觉还是远离为好。

周华胜几乎无视了八小时工作制，每天早上天不亮就起床，简单洗漱完后到食堂打饭，饭后步行赶往修路队。他往往提前半小时到达劳动现场，挥起镐头或铁锹开始干活，待小组人员到齐后，雷打不动地跟着组长李明学习《毛主席语录》，学习完毕继续劳动。李明看上去三十岁左右，身高体形跟周华胜差不多，性格开朗，做事很利落也很认真。

这天早上，周华胜背着军用水壶来到劳动现场，远处铁矿山里不时传来震天的爆破声，烟云一团团地升腾至高空，成为矿山的一道独特景致。

他将军用水壶放在一旁，往手心啐了两口唾沫，抡起镐头一次次刨向灌木丛，一些沙冬青树和沙蒿子好似不服气，半伏在地。他一边狠刨一边不断地拉拽，多次被反作用力闪倒在地。特别是沙冬青树，它们似乎并不甘心向命运低头，总是执拗而顽强地进行一系列反抗，但最终都抗争不过人类和铁器的通力合作，只好带着粗长且不知活了多久的根须，低头屈服。

周华胜正自挥汗如雨，苗逸严突然扛着铁锹来到跟前，阴阳怪气地说："啧啧，你也太积极了吧？干脆一个人包圆儿算了，反正有的是力气。"周华胜知道他对那天打水挨训之事耿耿于怀，不想搭理他。听四组的人说，这家伙劳动偷奸耍滑，动辄就冒出几句冷言讽语，还喜欢探头探脑偷瞄别人，为此落了个"瞄一眼"外号，已经被四组组长宋超多次点名，告诫他别总弄些影响团结的烂事。还听说他家老爷子是玉明市某局的副科长，他从小娇生惯养、好吃懒做，幸亏有个官爹把他安置到昌盛钢铁厂工作，婚后没几年便离婚，具体原因不详。

周华胜使劲拨了几下头发里的沙土，打开水壶喝了两口水，一手将铁锹杵在沙地上，一手叉着腰说："苗逸严，你不好好在四组干活，跑到这里说什么风凉话？"

"周华胜，你天天貌似一副积极的样子，表面看是为了会战，实则是为了老婆孩子一起跟着吃国库粮吧？哼，假积极。"

"我老婆孩子吃不吃国库粮跟你有什么关系？懒得跟你浪费口水，快回组里劳动吧，当心再让你们组长点名。"

苗逸严把眼一斜，蹦出一句："山东老转儿，好好傻干吧。"说罢摇头晃脑地走了。

望着苗逸严远去的背影，周华胜轻笑着摇摇头，对于苗逸严的这种称呼他并未往心里去，随着一号高炉开工建设，工地上陆续来了一些其他省份的退伍兵，于是便有了"山东老转""河北老转""东北老转"等地域性称呼。至于苗逸严所说的"老婆孩子跟着吃国库粮"倒是实事。对口包建之前，按照冶金工业厅及有关部门优惠政策，但凡参建玉钢工程大会战的正式在编人员，配偶及子女全部转为非农业户口。这项措施着实激励了不少人报名参建，当初分配到昌盛钢铁厂的二百多名山东退伍兵几乎都报了名，既能支持备战备荒，又能使老婆孩子转成非农业户口，不失为两全其美。

这时，一组的其他人陆续来到工地，组长李明指着周华胜对大家说："你们看，周华胜又早到了，他浑身上下仿佛有使不完的劲。"周华胜不好意思地笑了，坦言早上只要一醒肯定就睡不着了，与其躺在硬板铺上干难受，还不如早起来活动活动。他的这番话被李明钻了空子，开玩笑道："我看你呀，纯粹是想老婆想得睡不着喽。"其他人也纷纷起哄，时间长了不见老婆，不想才怪呢。周华胜脸红脖子粗地站在那里，搓着手心不知如何接这些话茬。最后还是李明帮他解围："好了，大家都别闹了，现在开始学习毛主席语录。"周华胜和其他人赶紧从褂兜里掏出小红本，开始学习上面的经典名言："世界上怕就怕'认真'二字……"

十分钟后，李明挥了下手臂宣布："学习完毕！现在开始认真征服沙冬青和沙蒿子。"大家只觉浑身的筋骨和血液都有些鼓胀，随着镐起锹落、拉拽扯踩，沙冬青、沙蒿子等被不断征服，一段段沙地面被不断平整好。翻斗车接二连三开过来，把车上的黏土倒在平好的地面上。大家又接着平整黏土，用铁锹不停地铲平、用脚不停地踩踩，眼前的地面渐渐变得平整又结实。

一辆吉普车忽然扬着尘土飞驰而来，原来是王邯路坐着吉普车来了。下车后，他腆着肚子倒背手晃来晃去，时不时弹几下呢子大衣上的灰尘，摆弄几下打着发蜡的头发，操着鼻音浓重的普通话颐指气使。一会儿，他看样子是指点累了，急忙招呼司机："小李，赶紧给我倒杯水，忙活半天得多喝水。"小李立即跑向吉普车，从小暖壶里倒了杯热水递给他。王邯路的厚嘴唇刚贴到杯口就缩回去，对着小李不满道："你这个同志做事太不细心，这么热的水怎么让领导喝？越是小细节越能决定是否成为合格司机，以后一定要注意啦。"小李红着脸惶惶道："我以后一定会注意。"王邯路喝完水没多久，便坐着吉普车到别处"视察"去了。

周围人见状，忍不住在背后嘟哝几句。一人说："这个副指挥看上去真别扭人，你看看那副天老大他老二的官架子，比起常指挥差了不止一个脚趾。"另一人轻嘘一声："少说几句吧，心里有数就行。"随后大家继续闷头干活。

周华胜下班后疲惫地走在回宿舍路上，突然听到身后有人喊他，回头一看原来是常德气喘吁吁地跑过来，双手叉腰笑着说："到底是年轻小伙子，老远看着像你，追了半天真累人。"周华胜挠着头皮不好意思道："早知道常指挥找我，我就停下来等着了。"常德指了下路边的沙丘，示意周华胜坐下来一起休息，其实他也没什么事，就是想随便和这个年轻人聊聊。

常德若有所思地望着周华胜，说自己家祖籍也是山东，周华胜未料到他也是山东人。常德把目光从周华胜脸上移开，瞬间打开了话匣子："听我爷爷讲，我们的祖籍在莱州海边，一百多年前发了大水，又逢海匪猖獗，经常武装窜犯沿海地区，绑架村里人，很多村民因为筹不到钱赎命被扔进大海。天灾人祸，我老爷爷只好带领家人闯关东，路上边乞讨边打短工。当逃到科尔沁左翼中旗时，恰逢当地的蒙古族地主家招短工，我爷爷就到了那户地主家当短工，没想到那家小姐相中了我那一表人才的爷爷，非要嫁给我爷爷，最终成了我奶奶。成亲后，我奶奶家让我爷爷把汉族户口改成蒙古族，那样就能享受到当地许多优惠政策，我爷爷死活不同意，表明自己永远不会背叛祖宗。"周华胜连声赞叹常德爷爷有骨气，说常德身上流淌着蒙汉两个民族的血液。常德听罢开怀大笑，戏说爷爷也是为民族融合做出过贡献之人。

常德详细询问了周华胜的家庭状况，其实有些情况他已从相关政审材料中得知，早在来这里之前，上级就对所有参建人员做了全面政审，必须是根正苗红，起码三代没有政治问题，五代要历史清楚。但他觉得既然两人坐在一起闲聊，聊聊这方面话题可以拉近距离。他打心眼里喜欢眼前的这个年轻人。

听罢周华胜的详细介绍，常德得知周华胜老家在莒县西北部的昌村，那里是沂蒙革命老区。上有一个姐姐，十几岁时病亡。他十三岁那年爹娘相继病逝，他几乎是吃百家饭长到十八岁。十八岁当兵，在新兵连集训三个月后分到沂南开山修路、挖防空洞，三年前跟随大部队从山东调防到北疆。

常德表情凝重地说："沂蒙革命老区是一片贫瘠的热土，那里的人民用烙的煎饼养育了革命者，用缝制的军鞋军衣支援了革命胜利。作为沂蒙人，你应该感到骄傲和自豪。"周华胜用力点了下头。常德转而露出一脸的兴奋："你们沂蒙老区的煎饼特别有名，我四年前曾到过莒县吃过煎饼卷大葱，刚开始吃感觉上下牙不配合，累得腮帮子疼了好几天。"周华胜憨厚一笑："煎饼卷大葱是沂蒙老区特有的美食，初次吃都那样，吃习惯就好了。"

　　常德随口问道："平日里喜欢读书吗？"周华胜点点头。常德表示自己也喜欢读书，鼓励他一定要多读书。周华胜忍不住多说了一些："我从小喜欢看书，上山拾草时经常把我爹看过的书偷偷掖在怀里，先找个地方看个痛快，等天黑了才胡乱扯满草筐。记得有一次我光顾着看东夷古国故事，忘了身旁那头被我爹视为宝贝的小牛犊，结果小牛犊掉进水汪呛死了。我爹抱着死去的牛犊呜呜大哭，挥着大巴掌差点没把我屁股打烂，要不是娘护着我，说不定会被爹打残。"常德听得饶有兴致，不由笑道："牛是庄稼人的命根子，你爹没把你打残就不错了。"

　　聊着聊着，常德笑着问周华胜："到这里感受如何？"周华胜实话实说："眼下条件很艰苦，但只要努力好日子总会来的。"常德意味深长地说："不管处于何种环境，人是不能丢失自己的，要像戈壁滩里的沙枣树一样，坚强地生存。"两人畅所欲言，天将黑才起身往住处走。

　　走到指挥部门前时，周华胜低声道："常指挥，你长得很像书里的一个人。"

　　"谁？"常德凝目笑问。

　　"大唐名将罗成。"

　　常德咧嘴一笑，拍着周华胜的肩膀小声说："这名字出自禁书，以后别提了。赶紧回宿舍休息吧。"周华胜边点头边笑着走了。

　　这一幕，恰巧被路过指挥部的苗逸严看到，他的眼神里瞬间充满不解与嫉妒。他实在是搞不明白，这个山东大个子不过是个一穷二白、爱出傻力的农村退伍兵，平日里连身像样衣服都没有，这种人怎么会入常德这个一把手的法眼？但事实上偏偏就入了常德法眼，否则二人也不会走得那么近乎。自家老爷子虽是副科级，但毕竟是堂堂的机关干部，让一个农民子弟抢在他这个干部子弟头里，真窝囊，真不甘心。常德是领导，不能惹也不敢惹，至于周华胜就是另一回事了。

苗逸严小跑着追上前行的周华胜，此时他正边走边回味常德那番意味深长的话语。

"周华胜！"苗逸严伸开双臂拦到前面大叫一声。

这声高喊瞬间打断了周华胜思绪，他怔怔地望着眼前的这个大冬瓜，只见这个冬瓜一边呼哧呼哧喘着粗气，一边说："周华胜，老远……就……看见你和常指挥谈笑风生，真看不出你还挺会搞上层关系。"

"我和常指挥只是偶遇，随便闲聊几句。"

"和领导打得这么火热，明显动机不纯。"

"你别胡说八道，劳动了一天很累，没工夫跟你扯淡。"

"没工夫跟我扯淡，有工夫跟领导扯淡。实话说，我也愿意和领导形影不离，那样会更有利。"苗逸严撂下这几句话，扭头走了。

周华胜望着那个笨重的背影，恍然明白过来，原来苗逸严觊觎的是领导手中的权力，但自己压根就没往那方面想啊。算了，随他怎么想吧，自身问心无愧就行。

回宿舍后，周华胜简单洗了把脸，抓起饭盒就往食堂跑，打完饭时天已经黑了。他刚走出食堂不远，原本黑乎乎的工地和住地突然变得灯火通明，眼睛瞬间被灯光耀得睁不开眼。他先是一愣，随即反应过来：随着支杆架线成功，供电所很快供电，这片戈壁滩终于亮起灯光了！周围瞬间响起一片兴奋的喊声："通电了！通电了……"

周华胜夹杂在欢呼雀跃的人群中激动不已，而后一口气跑回宿舍，从放书的柳条箱里找出吴强写的《红日》，一边吃着几近凉透的饭菜，一边趴在破木箱上看书，嘴里不时咕哝着什么。匡照明凑了过来，滴溜溜的黑眼珠几乎贴到书页上，随即双手叉腰，学着书中沈振新对敌方团长说的一番话："我们要你们把喝下去的血，连同你们自己的血，从肚子里全部吐出来！"说到最后一句使劲挥了下他的瘦胳膊。一旁的刘大龙把眉毛一扬："这些话怎么听怎么提气。"周华胜哈哈一笑："确实如此。"

正当周华胜读得津津有味时，眼前突然黑成一片，他急忙跑到帐篷外，发现不少地方又恢复了黑乌乌的吓人样子，原来是用电量超负荷造成停电。他只好叹息着返回帐篷，打开手电筒点着嘎斯灯，继续趴在破木箱上看书。幽蓝的火苗照亮了他棱角分明的脸颊，也照亮了他右耳旁那道伤疤，脑袋在灯影里像皮影戏一样，晃动不停。

《红日》很快读完了，周华胜打开柳条箱想再找本书，发现箱里的八大样板戏剧本，还有《毛泽东选集》《金光大道》《艳阳天》《高玉宝》等已全部读完，他琢磨着等月底发工资后去趟玉明市新华书店，买几本自己喜欢的书，顺便给老婆王秀英汇点钱。

随着各项建设不断进行，工地上用水量越来越大，用卡车到玉明市区拉水既费时又费力，遇到天气不好往往会耽误用水。许多人嘴唇干裂冒着血水，有时一天流好几次鼻血，他们甚至跑到残雪未融的沙冬青树下，捧起黑白相间的残雪止渴。

常德焦躁不安，若想在这片寒冷干燥的荒漠戈壁生存，就必须解决迫在眉睫的用水问题。指挥部原计划将黄河水引至工地，但经过水利部门实地勘测，无法将相距三十里、海拔近四百米的黄河水引上来，只能通过现有条件努力克服。指挥部的头头脑脑们开始八仙过海各想其招，最终还是常德这个老革命想出了办法，将当年打游击时积累的寻水方法运用到了眼前的会战生存中。

"有动物出没的地方必有水源！"常德张着干裂的嘴唇迸出这句话，随即狠拍一下大腿。他带着保卫组成员很快寻到黄羊踪迹，经过跟踪，最后发现它们来到黑丰山中部的一个沟口，原来这里竟有一处结冰的河槽！河表面虽然有冰层，但河边仍有少量水留在冰外，一些黄羊正在河边饮水。众人终于明白了，这里的野生动物就是靠这条小河生存下来的。

"终于发现水源了！"保卫组组长王旭兴奋地大喊一声，方脸上露出笑容。他的这声高喊，令原本在这里饮水的黄羊瞬间竖起长而尖的耳朵，凝视片刻后，迅速连跳带跑，隐约可见它们腹下的黄毛在阳光下一闪一闪，很快消失在戈壁深处，潮湿的沙地上留下一串串窄而小的蹄印。

常德兴冲冲地返回指挥部，王邯路抬眼看了下鼻尖冻得通红的一把手，很快就把眼皮耷拉下去，不阴不阳地说："看来没白费工夫啊，不愧是打入匪窝跟土匪睡一个炕头的老革命啊。还是常指挥有办法，竟然跟在黄羊屁股后面寻到了水源。"常德并未在意他的态度，朗声笑道："别说是跟在黄羊屁股后面了，就是跟在虎狼屁股后面也值得。"

常德紧急联系了玉明市水利部门，会同相关人员一起来到这处河槽旁。

经过水利勘测，发现河槽上游位于黑丰山峡谷深处一个叫盖子沟的地方，由山谷低凹处的积水与岩缝里流出的山泉汇聚而成。指挥部很快拿出相关方案，动用几台挖掘机刨开冰层，在河槽里开挖一个长三十米、宽十二米、深七米的蓄水坑，用以解决眼下的用水难题，等过些日子天气转暖后再充分利用这片稀有水源。很快，在挖掘机卖力的突突声中，一个大蓄水坑赫然而出。指挥部从玉明当地的沙疙瘩公社雇了十几辆驴车，用干净的废油桶当水罐，开始到这个大水坑拉水。

当载着水罐的驴车慢悠悠地回来后，人们哗啦一下围上来，打上第一盆水后却像炸了锅的蚂蚁，"这是什么水？混浊不说，怎么上面还漂着乱七八糟的羊粪蛋儿？""唉！一股子羊膻味，没想到盼了半天盼到这样的水。"

望着水桶里自由漂荡的羊粪蛋儿，人们困惑不解，不明白水里怎么会冒出如此不协调的污物。这时，常德端着脸盆来到这里，对众人解释："这条河的上游在盖子沟牧区，那里常年居住着牧民，散养的羊群经常在上游吃喝拉撒，难免会有羊粪蛋漂流到这里。眼下只能用这样的水，同志们都忍耐一下，等以后条件好了，保证让大家用上干净水。"众人豁然明白，明知发牢骚也无用，很快打完水各忙各的。

指挥部里，常德坐在椅子上生闷气，今天一整天都未见到王邯路的人影，现在工地上忙成一锅粥，搞得自己焦头烂额只恨分身无术，也不知这个副指挥跑到哪里逍遥去了。他总觉得王邯路跟自己不是同路人，根本俯不下身子干实事，这种感觉早在王邯路初来那天他就隐隐觉察到了。他曾侧面让办公室人员问过王邯路的司机小李，为何报到那天晚到六七个小时，小李悄悄告诉办公室人员，王局长半路上去会了朋友，出来时脸颊通红，从后视镜里发现他暗自整理衣服和头发。小李还说，作为司机原本不该泄露领导私事，但他对王邯路越是当着他人面越吵自己的耍威行为十分头疼，表面上不敢流露出什么，内心却颇为不满，所以才斗胆相告。

一直到了傍晚，王邯路才坐着吉普车回来。常德边拿起暖壶倒水边说："王局长，你这是去哪了？现在工地上很忙，你不在我一个人还真忙不过来。"王邯路抖了抖衣领："我去市区办事了。你是一把手，工地上的大小事你说了算。你既然当一把手，就应该做好吃苦受累准备。"常德耐着性子道："上级既然把咱俩安排成搭档，理应好好配合，争取早日把钢铁厂建起来。"王邯路斜视一眼："这些道理我都明白，用不着谁来教训我。我累了，先回宿舍休息了。"说着转身就走了。

"唉……"常德摇头长叹一声，起身前往一号高炉施工现场。路上，他拧着眉头边走边想，上级怎么派了这么个摆设来当搭档呢，再这样下去真会弄出事端。

常德老远便听到了"嗨呀！嗨呀！"的劳动号子，原来是二冶土建公司的工人们正在有条不紊地开挖基础土方，坑里坑外洒满了汗水。一号高炉是建设会战的重中之重，负责承建的二冶是一支扎根边疆缔造了许多传奇的劲旅，当年曾倾力打造了大西北的昌盛钢铁厂，并与昌盛钢铁厂结下血浓于水的情谊，而今这支队伍又来到这片戈壁滩负责承建玉钢一号高炉。常德同二冶的技术人员探讨一番基坑方案，随后又转到其他工地，一直忙到天黑才拖着疲惫的身躯回到宿舍，饭后躺在床上休息。

迷迷糊糊中，常德忽然听到帐篷外有人压着嗓子低喊："常指挥。"那声音就像公鸡打不出鸣般让人难受。还没等常德走到门口，苗逸严便提着个布包像老鼠一样溜进来，原来他早已在帐篷外观察良久，确信里面没有他人才敢行动。

苗逸严迅速从包中取出两瓶精装汾酒放在桌上，指着酒瓶上的"四新"标志说："请常指挥放心，这绝对不是假酒，上面有'立四新破四旧'后更改的标志。"常德脸色陡然一暗，声音急促而严厉："不行不行！快把酒拿回去！"苗逸严伸出胖手把酒往前推了推："我没别的意思，就是想让常指挥尝尝杏花村的名酒。"

"我不管什么杏花村、桃花村、李花村，你快抓紧拿走！我对酒根本不感兴趣，你即使放下我也会原封不动送回去。以后多把精力放在工作上，那样比什么都强。"常德边说边把酒放回布包，不由分说将布包塞到苗逸严怀里。苗逸严不甘心地补充："市面上很难买到这种酒。"常德开始变得烦躁和恼怒，声称如果再不走就只好往外轰了。没办法，苗逸严只好抱着布包悻悻离开。

路上，他反复咀嚼常德所说的话，越嚼越像啃了一堆寡淡无味的木头渣，令他很难下咽和消化。他本想借着送礼的机会与常德套套近乎，以便寻份好差事，至少能摆脱他在昌盛钢铁厂的普通车站职工身份，去不了后勤，当个车站小头头也行,现在看来一切希望都泡了汤。

  苗逸严的到来令常德睡意全无,他清楚苗逸严这样做无非是想讨好自己,但他绝非那种人,早在原工作单位时经常遇到类似情况,均被他毫不客气地逐一回绝,总觉得那些送上门的东西都是些精神上的不定时炸弹,说不定何时就会爆炸,把多年积攒的威信和名誉炸得四分五裂。想着想着,常德眼前不由冒出周华胜的身影,虽说接触时间不长,但他已对这个年轻退伍兵产生好感,觉得他朴实能干、豁达大度。否则依苗逸严那种德行,换作其他人早就把他摁进沙滩痛打一顿了。

第三章

周华胜终于领到了来这里后的第一份工资，内心涌上不少感触。一个月下来，他几乎回忆不起来是怎样度过的，整天起早贪黑修路，一天下来腿肚子转筋，浑身像散了架，最要命的是常常饿得前胸贴后背。不管前一天累成什么样、饿到什么地步，第二天照样精神十足地赶往工地。他只知道埋头干活，上头让干啥就干啥，无论是大气候还是小形势，对他这个异乡青年来说知道多了反而不好。

周华胜将手里的三十六块钱攥出了汗，思来想去，决定到玉明市新华书店逛逛，顺便给老婆王秀英汇钱。发工资的次日正好赶上休班，他一大早便步行来到山脚下，这里时常有运完材料返回玉明市区的卡车路过，在钢铁厂至沙疙瘩公社的土路未修好前，搭这类便车可以省不少心。等了半个多小时，他总算截住一辆运材料的卡车，司机说这车不直接返回玉明市区，要先到三十里外的沙疙瘩公社办事，可以顺路将他送到沙疙瘩汽车站，那里有客车直达玉明市区，周华胜听罢连忙上车。

卡车在星罗棋布的沙丘中颠簸，眼前掠过一片片匍匐于沙地上的灌木群，枝条寒白，最大的灌木群直径竟达十几米，高四五米，从高处望好似一个巨大的伪装"坦克基地"。

周华胜想起工地上也有这种不知名的灌木群，不由问司机："这些灌木叫什么名字？怎么到处都是？"司机长期生活在玉明当地，笑着回答："你们外地人肯定不知道这种植物，它叫白刺，是一种典型的荒漠植物，固沙阻沙能力特别强，沙子堆积多少它们就环抱多少，积聚流沙和枯枝落叶堆成大沙包，形成罕见的白刺堆。一个最大的沙堆可以积沙上千立方米，如果没有白刺，肆虐的黄沙就会成为脱缰野马，给这片大地带来更多苍凉，所以白刺是固沙阻沙的最大功臣。""哦……"周华胜边听边不住地点头。

司机深情地望了眼窗外的白刺堆，继续说："白刺五六月开花，七八月果熟，成熟的果实呈黑红色或橙黄色，大豆般大小，滑溜溜、胖乎乎的，又可爱又诱人，被称为'沙漠樱桃'。这种小浆果甜中带酸，我们当地人叫它'酸溜溜'。每到夏季，白刺包上挂满红彤彤的果实，成为沙漠中一道独特的风景。等到夏天时，你就可以吃到'酸溜溜'啦！"周华胜方知白刺不仅能固沙，还能为沙漠地区提供稀有浆果。

卡车继续在漫漫苍苍的白刺群中穿梭，如果不是熟悉路况的老司机，很难找到准确的行走路线甚至会迷路。大约四十分钟后，终于到达沙疙瘩汽车站，下车时周华胜连声致谢，司机笑说顺路的事不用这么客气，随后开着车走了。

周华胜环顾四周，发现周边村落几乎被大大小小的沙堆包围着，看来"沙疙瘩"之称并非虚名。眼前的这个小站没有任何标志，此时已有不少人候车，若非人们肩扛手提的大包小包以及望眼欲穿的眼神，很难判断这是一处汽车站。周华胜暗自感激卡车司机，若不是他将自己送到这里，还真不知道有这样一个汽车站可以直达市区，即使想找也找不到。

半小时后，终于等来一辆浑身作响的客车，人群蜂拥而上。周华胜把着车门最后一个挤上车，车内已挤成一团，人们像紧贴在罐头里的沙丁鱼，找不到一丝缝隙。他弓着身子背靠车门站着，一路上全是坑洼不平的土路，颠簸两个多小时才到达玉明市区。

玉明市位于黄河上游，这是一个几乎被沙漠包围的城市，它由丰达、丰南两个区组成，蕴藏着共和国版图上少见的高质量煤炭，是西北地区重要的煤化工基地之一，由矿务局对当地煤炭进行职能管理。市政府所在地位于丰南区，玉明钢铁厂所在地属于丰达区。这里常年生活着四十多万人，有汉族、蒙古族、回族、满族、朝鲜族等多个民族，汉族人口占主体，其中包括大量走西口到当地的"此地人"。

周华胜第一次来到玉明市区中心，不由新奇地打量着周围，只见天空灰蒙蒙一片，空气中充斥着难闻的煤烟废气；仅有一条贯穿东西的主街道，店铺寥寥无几，招牌陈旧且黯淡无光；路上行人来去匆匆，无论男女大都身着灰色或蓝色衣服。与周围灰暗甚至死气沉沉的场景相比，唯一能提神亮眼的就是那些展示各色纱巾的女人，她们将防晒防风沙的纱巾系于脖颈或包在头上，平添了几分娇俏妩媚，特别是随着一阵风起，纱巾轻扬，别提多么美丽、多么吸引人了！周华胜想，等老婆来了也给她买块红纱巾戴上，一定很好看，他的喉头不自觉颤动一下。

在一个路口拐弯处，周华胜望到了新华书店的红底白字招牌，这个遍布大江南北的金字招牌，就像一道架设在思想领域的高速公路，为身处物资匮乏环境中的书籍爱好者源源不断地输送精神食粮。

他快步走进书店，发现店里已有不少人，一楼正中间放满《毛泽东选集》《毛主席语录》，还有马克思、恩格斯、列宁、斯大林的著述。他转悠了一阵子来到二楼，刚上二楼便听到一阵呵斥："你这个家长怎么看的孩子？把毛主席像掉地上了，快拿起来！""真是太大意了，这么不爱惜毛主席像……"原来，一个四五岁的男孩不小心把毛主席像掉到了地上，孩子母亲正被女营业员和其他顾客一顿狠批。她惊慌失措，捡起地上的毛主席像，一边掏出手帕擦拭，一边含泪道歉："真对不起，不是故意的，回家一定好好反省好好教育孩子。"说罢领着孩子匆匆离去。

周华胜走到二楼中间，看到里面摆满毛主席挂像、画像、徽章、字帖，还有八大样板戏剧本，都是遵照报纸上先《沙家浜》后《红灯记》的顺序排放。他转悠良久，八大样板戏剧本自己早看过，至于其他的一时还定不下来是否买。这时，肚子咕咕叫起来，早晨吃的稀饭和窝头已消化殆尽，这才记起还要到邮电局给老婆汇款，急忙快步走出新华书店。

周华胜刚走出书店不远，一个戴帽子的青年突然小心翼翼靠上前，压低帽檐小声说："看你两手空空地走出来，是不是没看到满意的书？我手头有几本书你要不要？"

"什么书？"周华胜下意识地问，目光望了望四周。

"《水浒传》《青春之歌》《钢铁是怎样炼成的》。"

周华胜一听既紧张又欣喜，颤着低音问："新的旧的？多少钱？"

青年把眼一斜："这年头能有新的吗？都是我以前看剩的，三本加起来六块钱，想要就在前边的小路口等我。"说着指了指那个路口。周华胜犹豫不决，这三本书全是禁书，而且价格也有点贵。青年不耐烦道："到底要不要？

不要我就走了。"周华胜表示有点贵，他立时把眼一瞪："这还贵？这都是市面上买不到的绝版书，不要我就真走了。"周华胜不忍错过这次千载难逢的机会，环顾四周后点点头。

青年的眼珠瞬间冒光，说了声："好！"随即像野兔一样蹿向前方，很快消逝在一条胡同里。周华胜忐忑不安地来到小路口，等了约莫半小时才见青年探头探脑地走过来，从怀里掏出用报纸包着的书让他看，果真是先前说的那三本书。完成交易后，青年扭头吹着口哨走了。

周华胜把书揣进怀里，感觉就像揣了三颗定时炸弹，暗自后悔出门忘了带包。这时，一个捡破烂的老人拿着空蛇皮袋子从身旁走过，他灵机一动，急忙跑到老人跟前："大爷，能不能把你手里的袋子卖给我，我有急用。"

老人咧着没牙的嘴笑道："袋子很脏，有急用就拿去吧，不要钱。"说罢把袋子递给他。周华胜不由分说把一毛钱塞到老人手里，将袋子夹在腋下撒腿就跑，一口气跑到一个僻静处，把怀里的书快速放进袋子，蛇皮袋子有股挺浓的酸臭味，但此时已无暇顾及。

周华胜提着袋子急促行走着，在主路西侧找到了邮电局，与街头那些亮眼的纱巾相比，这个涂抹着青春、和平、繁荣颜色的墨绿色邮电局也很惹眼。他故作轻松地将袋子放在脚下，以最快的速度给老婆汇去十块钱，钱不多，但毕竟是他参建的第一笔劳动报酬，他能想象到秀英收到汇款后眉飞色舞的样子，越想越沾沾自喜。

走出邮电局后，周华胜本想吃顿西北当地的特色美食，摸了两次身上的余钱最终打消念头，忍着饥饿坐上客车前往沙疙瘩汽车站。一路上提心吊胆，把袋子松松垮垮地提在手里，不敢夹着或拿在手里，那样很容易让人通过形状辨认出是书，进而惹出不必要的事端。从沙疙瘩汽车站下车后，周华胜抚了抚饿瘪的肚子，咬紧牙关步行两个多小时才回到工地，此时天色已黑。他避开众人把书锁进柳条箱，暗自松了口气，随后拿起饭盒冲向食堂，狼吞虎咽，接连吃下四个窝头，总算平息了饥饿感。

闲暇之余，周华胜悄悄拿出《水浒传》揣在怀里，一口气跑到宿舍后面的沙丘处，裹着军大衣坐在冬青树下翻阅。他越读越上瘾，像着魔一样得空就往大冬青树下跑，浑然不觉周身寒冷，完全沉浸在梁山好汉的故事情节中，胸腔里时不时洋溢着身为山东人的自豪。他欣赏完梁山好汉的行侠仗义后，又开始欣赏林道静、卢嘉川等热血青年火山喷发般的爱国热情以及不屈不挠的革命精神，那些用激动、感叹、崇敬、悲愤画面铸就的"青春之歌"，在他脑海里久久不能拂去。

不久，周华胜收到来自几千公里外的家书，信件是上班路过指挥部办公室时取到的。这里目前没有邮电局，所有邮件均由指挥部派专车到玉明市邮电局统一收取，之后由办公室统一发放。周华胜一看信封上的字体就知道是秀英寄来的，她上过七年学，写一手潇洒硬朗的钢笔字，乍一看颇像男人字体。秀英在信中告知有了一个可爱的儿子，她盼星星盼月亮就盼着快点来到他身边。周华胜胸中立时腾起一种无法形容的激动，他尽情想象着儿子长相及吃奶的样子，内心沉浸在醉乎乎、热烘烘的兴奋中。

揣着老婆的这封家书，周华胜手中的镐头似乎变得轻了许多，刨向沙土的刺耳声音也仿佛变成了优美动听的纯音乐。眼下时节，沙蒿子开始成片成片恣意疯长，要想铲除一米高且根系发达的沙蒿并非易事，但他却乐此不疲。休息时，周华胜径自坐在沙地上想着远方的妻儿，恍然间，仿佛望到身材高挑的秀英正穿过高高矮矮的沙蒿子，挺着丰满的胸脯，笑着向自己走来……他的思绪不由回到与秀英在一起的日子。

他和秀英的相识好像是天意，那年他在沂南的台村打防空洞，台村是秀英的家乡，也是有名的支前模范村。有一次，秀英跟随大队的妇女到挖洞现场参加慰问活动，半路上扭伤脚脖子，但仍忍着疼痛把慰问饭送到山上。眼尖的连长发现秀英脚扭了，命令周华胜将秀英背回家去。当时他不好意思背，连长眼一瞪："军爱民、民拥军，有什么不好意思的？"同班战友匡照明、金明顺和刘大龙纷纷催促他快点背，那些妇女也跟着瞎起哄，戏说王秀英的脚要是残废了得让解放军养着，他只好脸红脖子粗地背秀英回家，那是他头一次背大识字班，个中感觉难以复述。后来听说秀英家是有名的烈军属家庭，她漂亮能干，从生产队推着粪车往北岭送粪时，能一口气推到山顶，把那些半大青年都甩在身后。还听说秀英嗓音不错，常跟着宣传队在大集上表演节目。当时追她的人挺多，有不少媒婆上门提亲，但都被她娘拒绝，原来自从她娘看到闺女被他背回家后，就想让闺女跟他。他没料到秀英会看上他这个没爹没娘的穷当兵的，但她偏偏就相中了他，听到他要离开台村北上的消息后，主动跑到路上截住他，把他带到村边的小树林里，两人之间的那层窗户纸彻底捅破。

去年冬天，他从昌盛钢铁厂回莒县老家探亲，在空荡荡的家里待了一晚，次日清早便坐上客车前往台村。当他百感交集地走进山前那个熟悉的院落时，秀英正在院子里烙煎饼，见面后几乎没认出他，眼含热泪，惊喜万分道："华胜，真的是你啊，脸怎么成这样了？皮肤又黑又粗不说，怎么还有道吓人的疤？"未待他接话，秀英的爹娘从屋里走出来。秀英爹迅速将手里的旱烟袋递过来，他接过来痛快地猛抽了两口。秀英娘激动得说话都变了腔："孩子，两年没见，几乎都认不出你了，你的脸是怎么回事？"说着扫雷般摩挲他脸上那道疤，几乎掉下泪来。他淡然一笑："没事，不小心被石头划了一下。"秀英娘心疼得直埋怨："这孩子，怎么这么不小心。"秀英一家人很快备好饭菜，招呼他坐在热炕头上，边吃喝边聊天。有些醉意的秀英爹，用大手扳着准女婿的肩头说："你这孩子爹娘走得早，以后就把这里当成你的家。村里人听说英子找了个解放军别提有多羡慕了，隔三岔五就来家里凑堆，还有的要托你给说媒，你看看战友中有没有合适的，如果有就介绍几个给他们当女婿，省得他们没完没了地絮叨。唉！看着你，我又想起牺牲在孟良崮的大儿和二儿。算了，不说了！想也不中用。"他默默听着，眼前的这户人家同众多的沂蒙老区人家一样，都经历过送子当兵、烙煎饼、抬担架、喂伤员等。在秀英爹娘的热心操持下，他和秀英很快成了亲。

想到这里，周华胜收回思绪，起身拿起镐头继续劳动，镐头不断落在成片的沙蒿群中……当他赤手薅出一棵大沙蒿时，猛然感觉右手一阵疼痛，定睛一看，原来是冻伤的中指和食指被粗实的沙蒿茎磨去了皮。这令原本红肿的指头渗出血水，又痒又疼。他胡乱在衣服上抹一下，继续埋头干活。

一会儿，苗逸严摇头晃脑走过来，皮笑肉不笑道："山东老转儿，你刚才怎么坐那么远？标准的脱离群众。"周华胜边擦脸上的汗边说："我坐在哪里关你什么事？像你这样的群众离得越远越好。"苗逸严戳戳点点，一脸怪相："你就是标准的脱离群众。""你少用手指戳我！否则我就真不客气了。""你敢对革命同志翻脸？我家老爷子是科级干部，想整谁很容易。""我发现你这人真是不可思议，你老子就是玉皇大帝也得讲理吧，也不能背心裤头分不清吧。"

周华胜越说越生气，索性捡起方才薅出的大沙蒿子"嗖"地扔向这个讨厌鬼，只见沙蒿子画着一道优美的抛物线，准确无误地砸在苗逸严身上，随着"啪"一声，他像被甩向案板的发面团一样，"嗵"地摔了个四脚朝天。他抹了把满头满脸的蒿叶与土，气急败坏地爬起来，指着周华胜道："你、你，咱们骑驴看唱本走着瞧！我和你没完！"随即狼狈离去。"我等着呢！有本事全使出来。"周华胜说罢开怀大笑。

下班后，周华胜径直来到医院包扎手指。医院帐篷外站满乱哄哄的病号，有水土不服流鼻血的，有冻感冒的，有冻伤手脚的。对于住了一个月帐篷，又工作在露天低温下的人群来说，很容易冻出病来，特别是目前没有劳保手套，更容易冻伤手。

在众声喧哗中，常德和王旭走了过来。常德鼓励大家再坚持一下，待天气转暖后立马挖地窑窑住。常德发现周华胜的手指缠着纱布，问明原委后缓缓地说："现在是标准的'先建设后生活'，一切苦和累都是为了早日实现出铁。有一天，当我们看到玉钢的生铁进入二三五厂时，也就心安了。"周围人点头称是。

周华胜一直惦记未读完的《青春之歌》。这天轮到他休班，早饭后照例避开众人，揣着这本书躲到大冬青树后面赏读。一小时后，他读完书起身回宿舍，突然发现不远处的沙丘旁有个身影一闪而过，顿时感到心惊肉跳，难道自己被盯梢了？他边看四周边拍着脑门想办法，脑子像轴承一样突然停下又迅速转动。当他又一次拍着脑门望向四周时，脑壳里终于迸出一个好办法。

他冲刺般跑回宿舍，瞅准宿舍没人，迅速从柳条箱里取出《水浒传》《钢铁是怎样炼成的》，连同怀里的《青春之歌》一齐用油纸包好，外面又套上两层结实的塑料袋，揣在怀里转身向外跑去。他像野兔似的，故意拐弯抹角绕了好几个地方，最后才跑到山脚下，连书带袋子深埋进一处沙石堆里，在上面放了两块三角形石头做记号。做完这一切后，他吹起口哨返回宿舍，似是壮胆也似是轻松。

就在周华胜回宿舍后没多久，突然进来一高一矮两个保卫组人员。高个子绷着脸说："周华胜，有人举报你经常躲在沙丘后面看禁书，现在跟我们走一趟。"周华胜心里咯噔一下，表面仍故作不解："我没看不好的书，除了看八大样板戏、毛选，还看《金光大道》《林海雪原》《鲁迅全集》等书。我的书全在柳条箱里放着，不信你们可以打开检查。"两个保卫人员打开柳条箱翻查，果真未发现所谓的禁书，随即提着柳条箱，将周华胜带往指挥部。

路上，恰巧碰到正在嬉闹的匡照明、金明顺和刘大龙，三人见状惊诧不已，立即收敛笑容询问发生了何事，周华胜讲明缘由。匡照明冲着保卫组的人喊道："真冤枉人！周华胜根本没看什么禁书！他之所以跑到沙丘后面看书，完全是因为我爱热闹，说话嗓门高。"金明顺接了句："你们凭什么说周华胜看禁书？就凭那个不着边的举报？"刘大龙的火气很盛："这是哪个狗娘养的胡乱告状，看老子不把他揍扁了！"矮个子保卫人员不耐烦地挥挥手："周华胜看没看禁书，我们也无权断言，还是到指挥部再说吧。"匡照明等人径直跟到指挥部，站在帐篷外竖起耳朵听里面动静。

此时的指挥部里，只有王邯路撑着浑圆的身子坐在椅子上。看到周华胜进来后，他不紧不慢地举起桌上的一封信，边摇晃边拉着长腔说："周华胜，我们接到了举报信，举报你偷看禁书。群众的眼睛是雪亮的，你老实交代到底偷没偷看禁书？"尽管周华胜思想上有所防备，但年轻的他还是下意识地脸红一下，说："王副指挥，我没看禁书，我的书全是从新华书店买的好书。"

这一声王副指挥，无意中触动了王邯路的敏感神经。现在工地上的人对其官职不外乎有两种称呼：一种是跟着常德称呼"王局长"，指挥部下设各组的头头们大都这样称呼；另一种是"王副指挥"，这种称呼大都来自普通工人。相比之下他最受用的就是头一种称呼，这种不带"副"字的称呼，可以极大程度地满足他心底的虚荣，同时也于无形中安抚他落选指挥部一把手的挫败感。

王邯路鼓着眼珠追问："既然没看禁书，那为什么鬼鬼祟祟躲到冬青树下看书？"周华胜努力让声音显得平稳："王副指挥，宿舍里太吵闹，我为了能更好地学习毛主席著作，所以才跑到冬青树下。"王邯路的神经再次被"副"字狠戳一下，他猛地一下站起来："我干了这么多年革命工作，休想用这个理由瞒过我！举报信上说得没错，你一定是躲到冬青树下偷看禁书了！我再次重申，坦白从宽，抗拒从严！希望你能主动交代。"

正在这节骨眼上，常德走了进来，见状忙问怎么回事。王邯路拿起桌上的举报信递给他："看看吧，这上面举报周华胜偷看禁书。"说着走到柳条箱前，将箱子里的书"哗啦"一声全部倒在地上，连翻带抖地检查一遍，结果发现全是些"正得不能再正"的书,脸上不禁流露出失望的表情。

常德看完信后并未吱声,径直走到被翻得乱七八糟的书堆旁,有意无意地捡起一本毛选,一边轻掸着上面的泥土,一边对王邯路说:"王局长,这么检查书可不对。"这句话令王邯路瞬间意识到了什么,立即拍了下油亮的脑门:"你看看我这脑子,光急着检查禁书了,竟然忘了这码子事。"说罢急忙从常德手里接过毛选,掏出手帕小心翼翼地擦拭干净,轻轻放回柳条箱,接着又将样板戏剧本逐一擦净放回去。

常德的嘴角露出一丝不易察觉的笑容,像自言自语,也像对着王邯路说:"箱子里根本没有禁书,举报信内容纯属捕风捉影。"王邯路的思绪仍然停留在那番冒失之举中,那个失误说小就小、说大就大,如果被常德揪住这条小辫子进行放大,弄不好就会丢官免职。听罢常德说话,他方才回过神来,只好点头称是。

常德转身告诉周华胜,现在可以提着箱子回去了,以后要认真学习毛主席著作,在工人当中起好带头作用。周华胜点点头,随即提着柳条箱走出指挥部,出门时,险些同趴在门口偷听的匡照明撞个满怀。

刚走出十几步,匡照明便挤眉弄眼道:"我就知道你肯定没事,依你的智商即使看了也不会……"周华胜急忙打断他的话:"你要是再信口开河,我还会提着箱子重返指挥部接受检查。"金明顺与周华胜会心一笑,刘大龙则猛拍一下大腿:"胡诌八扯,瞎举报!"匡照明压低嗓音说:"王胖子这个副指挥,我是越看越不顺眼,平日里爱摆官架子不说,还总是阴乎乎的不知道琢磨些什么,反正不是什么好鸟。"周华胜一扭头,发现王邯路正拉着脸往这边走,急忙朝匡照明等人努努嘴,他们会意地退到一边,王邯路经过时瞥了四人一眼就走了。

周华胜回宿舍后躺在床上休息,仔细回想之前发生的一切,暗自感激常德一番好意,否则事情还不知会落到什么地步。除却苗逸严,自己并没有得罪过其他人,难道是他写的举报信?当然这只是怀疑而已,没有确凿证据不能轻易下结论。眼下这关总算过去了,只是那三本书暂时不能再动了,就让它们躺在那个安全的石堆里吧,择机重见天日。

再看王邯路回到宿舍后,一边喝水一边思忖,凭直觉周华胜肯定看禁书了,只是未找到证据而已,常德明显向着周华胜,越是常德向着的人他越看不顺眼，今天这事输就输在让领袖的书沾染上尘土，让常德瞬间钻了空子。看来得找个牢靠人盯着周华胜，待抓到把柄再动手不迟，那么找谁最合适呢？

王邯路点着一支过滤嘴香烟，边抽烟边思考。当烟吸到一半时，他突然记起一个人，这个人因为多打水挨了周华胜指责和常德一顿臭骂，内心肯定对这两人很有成见，找这种人盯梢最合适不过，如果猜得没错，那封举报信十有八九出自此人之手。想到这里，他将剩余的半支烟猛地摁灭在烟灰缸里，起身找来住在隔壁的司机小李，让他快去把苗逸严叫来。

苗逸严很快来到王邯路宿舍，一进门就哈着腰说："王局长，你找我？"他这一声王局长，叫得王邯路心花怒放别提有多受用了。王邯路亲自搬来椅子示意苗逸严坐下，又亲自倒了杯热茶递过来，苗逸严急忙起身接过茶杯。

"小苗，来到这里还习惯吧？"王邯路打着惯有的重鼻音官腔。

"还行还行，多谢王局长关心。"苗逸严急忙欠身回答。

王邯路以亲切的语气嘘寒问暖几句，端起茶杯喝口茶，故作漫不经心地问："小苗，你觉得常指挥这个人怎么样？"说罢有意无意地拿起桌上的一本书翻看。

苗逸严的脑壳里立马闪现出那天打水时王邯路被常德接连拆台的场景，看来眼前的这个二把手对一把手成见不浅，又想起自己厚着脸皮给常德送礼几乎被轰出帐篷的惨样，按说自己这个小工人是不敢得罪常德的，但有了副指挥的抱团支持就不一样了，至少对付周华胜那个眼中钉绰绰有余。想到这里，苗逸严故作义愤填膺的样子说："常指挥比起您来差远了，他平日里就知道收买人心，把人缘全拉到他那边去了。不说别人，那个周华胜就被他收买得不轻，天天像个跟屁虫似的黏糊着。"

王邯路缓缓放下手中的书，瞅着苗逸严的脸说："小苗呀，你的脑袋瓜挺够用。只是话可不能这样说，常指挥能坐到一把手位子上，说明还是有水平的。"他有意咳嗽一声，端起水杯喝口水，继续瞅着苗逸严的脸说："有人举报周华胜看禁书，查了半天，结果是'豁嘴吹灯，白费劲'。不知这个举报者是怎么想的？也可能是无中生有瞎举报。"

"没瞎举报！他就是躲在沙丘后面看禁书了！"苗逸严脱口而出，一下子站起来。王邯路故意一怔，盯着苗逸严的脸反问："你怎么知道他躲在沙丘后面看禁书了？难不成那封举报信是你写的？""这，这……"苗逸严一时语塞，把屁股缓缓缩进椅子。

王邯路将茶杯往他面前推了推，说："小苗呀，你就不要瞒我这个老资历了，我早猜出那封举报信是你写的。"苗逸严未点头也未摇头，端起那杯早已凉透的茶水"咕咚"喝了一大口，凉意令他忍不住抖了下短粗的脖颈。

王邯路一边从烟盒里抽出支烟，一边说："听说你在铁矿山修路队工作，像你这种有才华、头脑又灵活的青年，应该到更适合自己的岗位上为人民服务。"苗逸严受宠若惊，急忙摸起桌上的打火机，一边给王邯路点烟一边说："感谢王局长赏识，我一定听您的话按您的指示办事。"

王邯路吐出一口蓝莹莹的烟雾，慢悠悠道："此言差矣，要听领袖的话，按领袖的指示办事。"苗逸严频频点头，答道："对对对！王局长教育得极是，听领袖的话按领袖的指示办事。"王邯路抽口烟继续说："你举报周华胜看禁书，得拿出实质证据才行。"苗逸严急忙道："王局长，我亲眼看到周华胜躲在沙丘后面看书，而且看了不止一天。我敢肯定他看得绝对是禁书，否则怎么会跑到荒郊野地里挨冻受罪。"王邯路提醒苗逸严说："搞举报要讲证据，口说无凭不行。另外，这件事没证据不代表其他事没证据，证据是死的但人脑子是活的，没有证据常德肯定会护着周华胜，那样弄得我也不好说话。"

至此，苗逸严终于明白了王邯路找他来的最终目的，也大致揣测出王邯路的用意，从王邯路最后直呼常德其名这点上看，足以证实王邯路对常德成见颇深。

"好！我明白王局长的意思了。"苗逸严一挺身站起来。

"小苗呀，你要搞清楚，不是我的意思而是你的意思，时候不早了快回去休息吧。"

"王局长好好休息，我先走了，随时听从王局长召唤。"

苗逸严说罢离开王邯路宿舍，路上边走边琢磨，王邯路的用意很明显，无非是想借着整周华胜来达到整常德的目的，不管王邯路借谁整谁，只要能让周华胜难受就行。想着想着，他得意地"嘿嘿"两声。

第四章

这天下午，负责伙食的王宝国一头闯进指挥部："常指挥，派往玉明市区采购粮蔬的卡车凌晨五点就出发了，到现在还没回来，会不会出什么事？"

正在喝水的常德赶紧放下茶缸，要通了玉明市区后勤部门的电话，得知供应车上午九点就采购完东西驶离市区。放下电话，常德对王宝国说："市区离玉钢二百来里路，按说早应该返回了。供应车很可能迷了路，半路上陷进沙窝里出不来了。"王宝国说："那得赶紧派人出去寻找。"常德对一旁的王邯路说："让王旭带着周华胜和另外几人去寻找供应车吧，周华胜勤恳踏实、憨厚又不失灵活。"王邯路勉强点点头。

常德让王宝国把王旭和周华胜叫到指挥部，干脆利索地说："咱们的供应车到市里采购东西一直未归，估计是迷了路，陷在沙窝子里出不来了。根据供应车离开市区的路线及时间推算，大概在距离玉钢百十里的地方。我和王局长商量好了，派你们带领几人坐救援卡车前去寻找供应车，一定要把供应车找到，连人带车平安带回来！"王旭和周华胜痛快地接受了任务。王旭迅速找了四个手下，大家以最快速度准备好铁锹、绳子等救援工具，坐上救援卡车出发了。

救援卡车在沙丘中不断穿梭，王旭坐在副驾驶室里紧盯着周围寻找着，寻找了百十里地始终未发现供应车踪迹，此时天已将黑。王旭让司机停车，自己下车环顾四周，突然发现右侧有一大片沙冬青树似被卡车碾压过，迅速带领大家顺着这个方向继续寻找。

再看指挥部这头，临近傍晚时，王宝国又跑到指挥部找常德，表明供应车若再不回来，明早就彻底断粮了，真把人急死了！常德按捺住内心的焦急，让王保国再耐心等等，王旭他们肯定会找到供应车。王邯路不阴不阳地说："现在不仅供应车没回来，连王旭他们也不知跑哪去了。"说话间，武装部部长巴图走进来，他是蒙古族人，三十出头，性情耿直，中等个子，身体很结实，汉话说得挺溜，除了有点罗圈腿，其他方面几乎看不出是蒙古族人。

常德招手示意巴图和王宝国坐下，还没等他开口，王邯路就提出马上去玉明市区办事。常德没想到搭档会在这个节骨眼上离开工地，但仍耐着性子说："王局长，现在供应车和王旭他们都没回来，工地上即将面临断粮的严峻考验，人多力量大，有什么事过后再办吧。"王邯路整理着呢子大衣前襟，说："明天市区那边有个重要活动需要我参加，我必须今晚赶去。别忘了我只是兼职副指挥，你才是真正的一把手，相信你有足够的能力攻克难关。"

他的话音刚落，巴图腾地一下站起来，说："王局长，常指挥说得对，现在工地上正当用人之际，你这样一走了之，不太合适吧？"王邯路斜了巴图一眼："合不合适，还轮不到你这个小字辈来教训我！"坐在巴图旁边的王宝国接着话茬说："王局长，既然你知道自己是老字辈，那就更应该在我们这些小字辈面前起带头作用。"

王邯路的脸瞬间涨成猪肝色，指着巴图和王宝国说："你们、你们这是要反天啊！竟然合起伙来指责我。我再重申一遍！我在这里只是兼职，不能因此耽误市区那边的大事！"说罢气呼呼地离开指挥部，径直招呼司机走向吉普车。待常德等人跟出来时，只见到了吉普车屁股后面扬起的一道道烟尘。巴图忍不住大声道："临阵脱逃，这哪像个领导样子！"一旁的王宝国也如是说。常德没有接话，只是望着市区所在方向喃喃道："但愿王旭他们早点回来。"

此时，王旭等人仍坐着车在沙丘里焦急寻找，两个多小时过去了，终于在一座大沙丘附近发现了供应车，车果真深陷在沙窝里无法动弹，此时已近晚上八点。

救援卡车艰难地靠近供应车，王旭、周华胜等人迅速跳下车，使劲用铁锹挖掘供应车周围的沙堆，费了很大气力才打开车门。司机小张跳下车，双手捶打着脑袋说："都怨我这个新手不熟悉地形和路况，没有判断好准确的行进方向，加上轮胎气太足，所以陷在沙窝里出不来了，我真该死！"王旭等人擦着脸上的汗水，劝慰小张不要埋怨自己，在沙丘中行驶老司机也难免会迷路，一切平安就好，临来时常指挥再三嘱咐，一定要连人带车平安带回去。小张的眼泪像断线珠子扑簌簌地掉进沙土里，哽咽道："太谢谢你们了！要不是你们，我们肯定出不去了。"

众人将链索的一头套在供应车上，另一头拴在救援车上，眼看供应车就要从沙窝里被拉出来，救援车却突然熄火，司机急忙修理故障，急得满头大汗……半小时后故障排除，司机刚想发动车，突然响起一阵骇人风声，王旭马上意识到不妙，挥手大喊："沙尘暴来了！大家快躲进供应车的后车厢！"

谁也没有料到，这场来自西伯利亚的强沙尘暴风力竟达八级以上，差点把卡车掀翻，而且整整刮了两天。幸亏车厢里有白菜、萝卜等，几个人缩在车厢里靠吞食蔬菜维持下来。等到沙尘暴过后，大家赶紧清除两辆车周边的沙土，一小时后，救援车和供应车咆哮着冲出这片沙堆。糟糕的是，这场强沙尘暴掩盖了所有标记，致使他们迷了路。大家内心焦急万分，如果不突发这场强沙尘暴，即使这辆供应车回不去，指挥部也可以再派车辆前往玉明采购。但这场强沙尘暴会将玉钢通往市区的路拦腰截断，即使指挥部想另派供应车也一时难以实现，工地那边说不定已经断粮。事不宜迟，要尽快找到返回玉钢的正确路线。

真让王旭等人猜对了，工地上已彻底断粮，不断传来有人晕倒的消息。

常德急得像热锅上的蚂蚁团团转，除了惦记晕倒的工人，还惦记王旭、周华胜等人的安危。他已经了解到玉明通往玉钢的半路上突发一场强沙尘暴，其间苦于无法出去寻找，只好待在指挥部焦灼等待，唯愿沙尘暴过后这些人能平安归来。

眼下刻不容缓的是要解决果腹之急，常德匆忙把巴图、王宝国和其他几人召集到指挥部商量办法。巴图刚落座便气呼呼地说："王局长太不像话了，竟然置工地上众多性命于不顾，抬起屁股就跑了。"在场的其他人低头嘀咕不停，看样子也对王邯路不满。常德挥手示意大家安静："王局长到市区有事，大家不要考虑多了。活人不能让尿憋死，现在必须想办法搞到吃的。"巴图思忖片刻说："这个时节没有野菜可挖，唯一的办法就是打猎，只要猎到野兔和黄羊，就能解决燃眉之急。"这个建议得到一致赞同。

短暂的碰头会结束后，指挥部迅速召集部分人，常德举起铁皮小喇叭大声道:"同志们!现在我们急缺食物,经指挥部研究决定,大家跟武装部的民兵一起,抓野兔,逮黄羊。需要强调的是,不能打怀孕的母黄羊,那种事太缺德,不能断了生物链。"

  自然界万物,都有着在极端环境中的生存之道。野兔、黄羊这些在物竞天择中生存下来的野生动物,并不知道自己已身陷险境,即将面临一场与最高级别类种竞存的残酷场景。饥火烧肠的人们恨不得使出浑身解数,马上将灵敏度不知比自己高出多少倍的野生动物送入厨房,立即塞入嘴中。非常时期,求生所激发出的原始本能一时善恶难判。

  常德亲自带头下铁丝套子抓野兔,人们很快逮到几十只野兔。夜晚是捕捉黄羊的最佳时机,将解放卡车的大灯打开,远处的黄羊看到光亮后傻傻地奔跑过来,民兵们举枪轻而易举将其射杀。那些最初没被射中的黄羊,在眼花缭乱的灯光下,像着魔一样不肯逃离,最后只能束手待毙。从这点上看,黄羊缺乏足够的智商,在光亮面前丧失了该有的自我保护意识,而人类正是利用其弱点来满足果腹之急。

  几小时后,食堂周围的野味堆成一座小山,炊事员和一些后勤人员忙碌不停。随着铁锅的沸腾,香味扑鼻而来,羊肉、兔子肉很快出锅,饿急眼的人们狼吞虎咽,燃眉之急总算解决了!常德从锅里捞出一条兔子腿,高举着说:"我们要记住这些为国防建设而英勇献身的野生动物!"大家边吃肉边点头。

  谁知这种高兴劲没维持多久,另一个折磨人的大问题出现了。许多人开始拉肚子,粪便里带有浓烈的腥膻味。幸亏是露天茅房,随便找个冬青树一蹲,拉完后用脚将两边的沙子一划拉,权当给冬青树喂顿饱肥。人们闻着腥膻味就吐,连胆汁都吐了出来。一些人躺在床上有气无力,还有一些人强撑着身子找到指挥部,央求领导快想办法,甚至有忍不住的直接吐在指挥部里。常德无暇顾及自身,竭力安慰一拨又一拨的可怜人。

  苗逸严捂着肚子挤到人群前面,不怀好意地问常德:"王旭、周华胜他们怎么还没回来?会不会是临阵脱逃了?"未待常德接话,一旁的巴图没好气道:"苗逸严,你少在那里胡说八道,真正临阵脱逃的你不说,反倒无端怀疑起王旭他们。"苗逸严不识相道:"万一他们回不来……"常德横了他一眼,厉声打断他的话:"没什么万一!肯定能回来!"

常德的话音刚落，巴图指着前方兴奋道："大家快看！供应车和救援车好像回来了！"人们定睛一看，果真望到疾驰而来的两辆卡车。原本有气无力的人们立时像炮仗一样欢蹦起来，供应车刚刚停稳，大家便冲上去将车团团围住，争先恐后地往下卸粮食和蔬菜。

王旭、周华胜等人跳下车，常德上前连声道："大家辛苦了！终于把你们盼回来了，我就知道你们肯定没事！"王旭带着歉意表示，要不是突起沙尘暴导致迷路，早就回来了，找了许久才找到回玉钢的正确方向。周华胜发现常德起了满嘴泡，说话像短了半截舌头，估计舌头上也长了疮，心想：当领导真不容易。匡照明、金明顺和刘大龙兴冲冲地拥到周华胜身边，这两天他们一直提心吊胆，看到周华胜等人安然无恙才放心。匡照明抚着肚皮对常德调皮道："常指挥，赶紧命令火头军做饭吧，我饿得眼冒金星快认不出你啦！""哈哈！好！"常德急忙吩咐王宝国带领火头军做饭。

供应车拉回的菜、米、面里混进了沙子，这给火头军做饭带来不少麻烦，他们手忙脚乱地忙碌着。过了良久，伙房里终于传出专用大铁锹"哐哐"的翻炒声，香味随即飘散开来。面对着出锅的饭菜，等待许久的人们一窝蜂冲上去，负责打饭的王宝国几乎要喊破嗓子："大家别挤了！都别挤了！撞翻了菜桶和饭桶，谁也打不成饭！"打上饭的人们大都顾不得回宿舍，蹲在露天地里狼吞虎咽……

常德也蹲在沙地上吃饭，边吃边望向周围的人，心想总算渡过这关了。正想着，突然看到王邯路走过来，见面便说："本想早点回来，但市区那边事太多脱不了身。"常德勉强压抑住内心的不快，简单说了句："回来就好，快排队打饭吃饭吧。"说罢继续低头吃饭。王邯路勉强排队打上饭，径自走了。

在无数双眼睛的翘首企盼中，天气终于转暖了！戈壁滩里一派蓬勃又自由的气氛。

在煦风的轻拂中，沙枣树的汁液开始在树皮粗糙的体内兴奋地跳跃着，汩汩地流淌着！嫩绿的萌芽，悄悄从带刺的干枯乱枝上冒出尖来，努力舒张着椭圆形的灰绿树叶，开始愉悦着周围的一切。

蛰伏了整整一个冬天的小生灵们，迅速在戈壁滩里活跃起来，竞相迸发出奇特的生命活力。被当地人称为"马蛇子"的沙漠蜥蜴，个头不大，纷纷转动着三角形的短脑袋从沙洞里钻出来，瞪着略有突出的大眼珠，卷着细长的尾巴在沙滩上突突地蹿来蹿去，它们的尾巴断掉之后还能再生。还有被当地人称作"牛牛"的甲虫，它们夜间隐藏在草丛或者碎屑下，白天出来自由活动，时而把黑又亮的小身子调皮地埋进沙堆里，时而在沙滩上欢快奔跑，沙滩上留下道道或清晰或模糊的小爪印。

趁着这样的好时节，常德迅速安排了挖地窨窨的任务。经考察决定在黑丰山西侧的大片黄土坡上挖窑，那里距离水源较近，黄土黏度和硬度也都较高，是挖地窨窨的唯一可选之地。地窨窨挖好后，把指挥部、集体宿舍、食堂、医院等都搬过去，眼下建设工期正紧，只能利用休班时间分批挖地窨窨。

常德找到周华胜，让他带领山东退伍兵把集体窨窨挖好。周华胜很快带领众人拿着锹镐来到指定地点，此时这里已经聚集了很多人，在领队的带领下干得热火朝天。周华胜等人在土坡的最北边停下来，挥锹舞镐，把当兵时挖地窨窨的经验统统用上了。没出半个月，他们便建好二十多个简陋的集体宿舍，每个大约三十平方米，里面搭好十人睡的大板铺。

望着眼前的这些地窨窨，周华胜不由想起打防空洞时住的地窨窨，那时窑顶绑的全是油毡，而现在绑的全是房笆和草把，不管绑什么都无法摆脱"简陋"二字。这些在自己生命中出现的地窨窨无疑都是为国防建设服务的，穴居在里面，感叹条件艰苦的同时，也应该感谢大自然的馈赠，如果没有这些适宜挖窑的宝贵黄土，难以想象会是何种境地。

周华胜和匡照明等人兴高采烈地搬进地窨窨，不大的窑内一下子挤进来十个人，充斥着各种声音和味道。周华胜睡在匡照明左侧，这家伙睡觉总爱吧嗒嘴，周华胜忍不住摇醒他，让他别吧嗒嘴，他用手边抹哈喇子边应一声，结果没出两分钟又吧嗒依旧，周华胜只好苦笑着摇摇头。

或许是地窨窨内比外面凉快，沙漠里的一些调皮小家伙竞相跑进来做客或凑热闹，令人哭笑不得。一条褐色大马蛇子不知怎么钻进了匡照明被子里，吓得他两手抱起被子就往门外跑，一边跑一边大声嚷嚷："吓死人了，用不着你这个恶心家伙来做伴。"马蛇子这东西长得确实怵人，虽然看上去长得比壁虎漂亮，但仍忍不住浑身起鸡皮疙瘩。匡照明抱着被子来到不远处的沙滩里，扭过头将被子死命地扬了数下，马蛇子瞬间不知去向。他嘴里咕哝着什么，抱着被子很快返回宿舍。

让匡照明这么一惊，大家赶紧翻腾自己的被子和枕头。周华胜在枕巾里发现一只黑又亮的甲壳虫"牛牛",一边笑一边揪着它的四条小细腿送到窑外;刘大龙也在被子里发现了一只小马蛇子,没等他抱着被子跑到窑外,这小家伙便顺着被子缝隙自觉钻出来,冲着他顽皮地吐了下细舌头,而后卷着细长的小尾巴得意地蹿向窑外。周华胜戏谑道:"看来这些小家伙知道咱们搬新家了,特地跑来道贺。"众人苦笑着点点头。

住进地窑窑没多久,匡照明便吧唧着嘴巴嚷嚷:"我昨晚梦见吃烧鸡了,要不咱们到沙疙瘩公社老乡家里买只鸡烤着吃吧,一来庆祝乔迁新居,二来打打牙祭。正好通往沙疙瘩公社的土路刚刚修好,通了小客车,来回方便了许多。"周华胜、金明顺和刘大龙点头同意。四人当下凑了四块钱买鸡,匡照明举着手臂自告奋勇,说:"我腿快,明天我正好休班,我负责去沙疙瘩公社老乡家里买鸡。"说罢笑嘻嘻地将钱揣进兜里。

次日早上,匡照明吃完早饭便蹦跳着出发了,临走时用塑料袋装了一个馒头两个窝头当午饭。直到傍晚,他才提着一个袋子回来,一进门就嚷嚷着累死了,"咕咚咕咚"喝了一大茶缸水,随后从袋子里拿出一只白条鸡,晃了晃说:"怕回来没法宰,买完鸡直接让老乡杀了收拾干净,咱们直接架在火上烤着吃就行。看!我还特意向老乡要了一小包盐。"说着变戏法般从褂兜里摸出一小包盐。

周华胜直夸匡照明聪明,问他为何这么晚才回来,从食堂打回来的饭已凉透了。"你以为买这只鸡容易啊!"匡照明边说边拍了下光溜溜的鸡屁股,表明连跑好几家才买到,要不是为了让大家吃上烤鸡他才懒得跑这趟腿呢。刘大龙接过话茬,说:"你就是跑一百家也不至于这么晚回来呀,肯定又野蹿到哪里玩耍了,改不了的玩性。"匡照明"嘿嘿"一笑,这才说出实话,原来他买完鸡后去黄河边玩了良久,开冻后的黄河景色特别好看。金明顺戏说他没把鸡弄丢就不错了,否则今晚得啃干巴窝头。

"你们能不能别说废话了?抓紧到沙滩里架火烤鸡吃吧,我快饿晕啦!"匡照明摸着肚皮说罢,抓起白条鸡径直向沙滩冲去,周华胜和金明顺、刘大龙紧随其后。

他们在沙滩上点起一堆篝火,架上白条鸡,很快便烤得外焦里嫩,油滋滋的格外诱人。周华胜用力撕下一条鸡大腿递给匡照明,说:"给!跑腿有功快吃吧。咱们四人中数你最瘦,都快瘦成竹竿了。"匡照明接过鸡腿猛啃一大口，边吃边含混不清地说："奶奶的，真过瘾。幸好开工以来，工地周围极少见到野生动物，否则也不会这么安稳地吃烤鸡。"四人边吃烤鸡边说笑，完全沉浸在打牙祭的愉悦中。

周华胜边吃边问："你们经常想起咱们的部队吗？不知为什么，我最近时常想起在部队的生活，特别会忆起当年在大山里打防空洞的日子。"匡照明等人立即停止吧唧吧唧的咀嚼动作，神情瞬间变得肃然，不假思索地齐声说："想！"

金明顺叹口气慢悠悠道："在部队待了四年，部队就是家，怎么会不想呢？经常梦见首长和战友们，甚至会被打眼放炮的场景惊醒。"刘大龙则比画了几下吹号动作，他曾做过司号员，戏谑自己爱军号胜过爱老婆。

匡照明忍不住想啃口鸡腿，刚举到嘴边就被刘大龙拍了下肩膀，说："别光顾着吃，也说说你离开部队的感想。"匡照明只好放下鸡腿，歪着脑袋故作思索，随即一拍脑壳："我除了想念部队首长和战友，还想念那头终生未娶到新娘的小公猪，咱们不能忘记那头献出宝贵猪命的'太监猪'。""哈哈……"周华胜、金明顺和刘大龙忍俊不禁，不约而同地点点头。

提起那头失去"圈事"功能的小猪，留给他们的印象简直太深刻了。当初杀那头被劁了的小猪时，炊事班长握着杀猪刀迟迟下不了手。不光炊事班长舍不得杀，其他战士也舍不得杀，要知道在那个荒凉的大山里，小猪几乎成为一种陪伴，大家时常不厌其烦地欣赏欢蹦乱跳的猪样儿。在连长的再三命令下，炊事班长才颤抖着下了手，随后连长命令炊事班把猪肉连骨带肉统统炖上。当香喷喷的猪肉炖白菜粉条端上桌时，连长表情严肃地提醒大家道："我们都要记住这头做出杰出贡献的宝猪！"话音刚落，便响起一片啃骨吞肉的声音，连长说了句："现实是美好的，也是过瘾的。"说着狼吞虎咽，众人望着连长直笑……

周华胜说："当年赵连长对咱们这批退伍兵非常不舍。听说离别的头晚，连部的灯一直亮着，连长抽着旱烟卷不停走动，沉重的脚步把窑顶的土都震下来了，狂风将可怜的小毡门刮开他都没察觉到。""是啊！"金明顺难得发表感慨："咱们那个连属于加强连建制，二百多人全部来自山东一支有着光荣传统的野战部队，不光连长舍不得，部队首长们也舍不得，否则也不会让咱们留下来支边。"

匡照明站起来拍拍屁股上的沙土，晃着瘦脑袋不无得意道："咱们山东是兵源大省，山东兵又吃苦又听话又不计较事，对国家忠对爹娘孝对朋友诚，对革命的贡献传遍四方，哪个首长不喜欢？哪个识字班见了不花枝乱颤？"

周华胜拽他坐下来，笑道："本想表扬表扬你，谁知没等开口你就跟上了最后一句，这句话明显跟前几句不搭。"匡照明一字一顿地说："不搭归不搭，但都是实情。"

说着说着，刘大龙发起了牢骚，当前的修路活太累，路远有时候回来晚了连口热饭都吃不上。周华胜笑说凉吃总比吃不上强，比起当年红军长征时吃草根和皮带来，这点苦又算什么。"想想也对。"刘大龙点着头说。

四个人边吃边聊，海阔天空，兴致盎然。他们浑然没有察觉到，此时不远处的沙丘后面正趴着一个人，不时伸长脖子往这边偷瞄，此人正是他们都不愿搭理的苗逸严。说来也巧，当周华胜等人来到这里时，苗逸严正好蹲在一棵冬青树下解手，听到动静后急忙提起裤子，拱着屁股爬到这处沙丘后面。

苗逸严望着那只架在篝火上被撕得七零八散的烤鸡，暗忖真是得来全不费功夫，等着瞧吧！有好戏看了。他一直趴到周华胜等人离开，才从沙丘后走出来，脱下上衣，把沙地上的鸡架和鸡骨头统统划拉到上衣里，而后埋到一棵醒目的大冬青树下。

这天中午，指挥部照例召开动员大会，鼓舞士气是必不可少的日常工作。

常德精神焕发，挥动着手臂说："同志们！大家来到这里后能充分发扬艰苦奋斗的精神，现在一号高炉工程进展顺利，各项配套建设也挺顺利。等一号高炉建成后，我们还要继续建二号高炉，届时生铁会源源不断地支援二三五厂，还会支援各地三线企业，到那时我们才是真正的扬眉吐气！说现实点，为了国家，也为了老婆孩子。"一听到"老婆孩子"字眼，许多人含着热泪鼓掌。

王邯路耷拉着眼皮坐在常德右侧，心想真让苗逸严说对了，这个常德委实会收买人心，自己这个工业局副局长在常德这个老资历面前俨然成了小字辈，在许多人眼里更显得无足轻重，这令他有一种颜面荡然无存的感觉。

常德继续说："相信大家都听说过沂蒙革命老区吧，那里的群众爱党爱军、吃苦耐劳、无私奉献，这种精神也是眼下玉钢大会战所需要的。我们三线人要继续发扬艰苦奋斗、勇于奉献的精神，早日将高炉建好。"他的这番讲话

第四章　43

赢得众多掌声，许多人都知道沂蒙老区，也知晓沂蒙民众的精神品质有着非同寻常的震撼效应。

周华胜未料到常德会说出这番话，不由得佩服他的心智和口才。常德也为自己的临场发挥不无得意，暗自畅快地挺了挺腰。苗逸严夹在人群中，觉得常德虽未在讲话中提及周华胜等人的名字，但提"沂蒙老区"就等于提了名字，无非是想借机表扬周华胜那帮土包子。所以他不但没鼓掌，反而斜睨拍巴掌的人们，同时噘着嘴巴闷出一口长气。

常德动员完后，给王邯路递了个眼色示意他讲几句。王邯路用两只手抻了抻衣襟，这才道："该说的常指挥都说了。我在这里简单强调两点：一是要继续发扬艰苦奋斗的优良作风，把我们的革命事业进行到底；二是要发扬团结友爱的雷锋精神，不能搞拉帮结派之举。目前工地上存在这种不良苗头，动不动就你一帮他一派，搞些事情，这是坚决不允许的！希望大家都要引起注意。"

王邯路的这番话并未得到掌声，反倒腾起一片嗡嗡嘤嘤议论声。熟知内情者大都觉得这个副指挥心胸过于狭窄，喜欢猪八戒倒打一耙，至于其他人则免不了会琢磨，是否该对号入座。王旭和巴图对视一眼，眼里流露出无奈和失望。巴图悄悄问王旭："他说这番话到底什么意思？难道是针对他那次临阵脱逃大家质问他一事而说的？"王旭低声道："你真说对了，他确实对那事耿耿于怀，心眼比针鼻还小。"常德把一切都看在眼里，嘴角挂起一丝淡淡苦笑，他明知王邯路这样讲有点扰乱军心，但又不便过多计较，否则会让下边的人看笑话，也会影响建设情绪。

散会后，苗逸严突然记起那堆埋到沙冬青树下的鸡骨头，当晚便将鸡骨头从沙堆里挖出来装进塑料袋，提着袋子悄悄来到王邯路的住处，顺便捎上了那两瓶惨遭常德退回的汾酒。苗逸严把这两瓶汾酒放到桌子上，王邯路快速瞟了眼酒瓶上的"四新"标志，很快又把眼神闪了回去，指着酒对苗逸严说："小苗呀，你这是干什么？快拿回去，让别人看到不好，会落闲话的。"苗逸严连忙说："王局长为了会战建设日夜操劳，喝两瓶酒算什么？放心好了，我是瞅着周围没人才进来的，天知地知，你知我知而已。"

苗逸严打开油气哄哄的袋子，指着鸡骨头说："王局长，我那晚看到周华胜带着匡照明、金明顺等人偷偷跑到沙滩里烤烧鸡吃，这鸡肯定是从沙圪瘩公社老乡家里偷来的。我把他们的罪证捎来了。"

王邯路斜睨袋子一眼，说："就这么点鸡骨头能代表什么？遇事要多动动脑子，样板戏里不是有土匪头子搞百鸡宴的场景吗？一只鸡能搞成百鸡宴吗？""哦……我明白了。"苗逸严恍然大悟道，随即离开王邯路的地窨窑。临出门时，王邯路没忘了提醒他继续写举报信。王邯路拿起桌上的两瓶汾酒仔细端详一番，小心翼翼地放进床下的小纸箱，心想这种东西不能在这里放时间久了，等什么时候回市区时捎回家去。

没出两天，苗逸严便坐车来到沙疙瘩公社，连跑十几户人家，费了很大气力才搞到一袋子鸡骨头鸡架。他扛着沉甸甸的尿素袋子返回工地，先把袋子埋到一处沙丘里，而后又胡诌八扯地写好一封举报信，将信藏在床下的皮箱里。办完这一切后，他又趁着夜色溜进王邯路的地窨窑，告知举报信和东西都已准备妥当。王邯路耷拉着瞌睡的眼皮，简单说了句："要沉得住气，等待时机再说吧。"苗逸严随即识相地离开。

第五章

清晨的阳光，顺着贴近地面的小窗射进来，在昏暗的地窨窑里形成巴掌大的光亮。常德背着手在指挥部里踱来踱去，脚步不时地停留在这块光亮里。他想，眼下住在帐篷里的人已经全部搬进地窨窑，下一步要解决当下千余人的用水问题，指着那个可怜的蓄水坑并非长久之计，好在河槽已经开冻，是时候考虑利用那片宝贵水源了。

常德本想通过王邯路联系水利部门，转而便打消这个念头，用水问题至关重要绝不能有什么纰漏，这个搭档并不是让人放心的主儿。于是，他亲自联系了玉明市水利局，该局迅速派出技术人员进行水利勘测，根据现有水资源很快拿出相关设计规划：在盖子沟主沟口位置进行水利施工，利用挖掘机，将主沟口河槽里的泥沙全部清除，开挖一个长二百米、宽六十米、深四十米的敞开式矩形蓄水池，这种结构的蓄水池受力条件好，在蓄水量相同的条件下所用建筑材料较省、投资较少，很适合眼前的建设形势。将蓄水池挖至三十米深时再安装深水泵，之后在蓄水池下游建拦河坝，将上游流下来的水拦截进蓄水池，通过泵房深水泵将蓄水池里的水抽上来，这样基本可以满足当下生产建设，保证生活用水。

指挥部据此进行了一系列准备工作，而后从建设队伍中抽出百余人，配合玉明市水利技术人员进行这场水利建设。周华胜的名字出现在抽调名单中，他被分到第一路人马中，是常德亲自点的名。

常德吩咐工作人员将相关人马召集到指挥部门前，布置了如下任务：兵分三路，每路六十余人。第一路人马，配合挖掘机自北向南挖蓄水池、安装深水泵、筑拦河坝、设水泵房；第二路人马，自水泵房位置向西开挖两米深的管道沟，延伸至一百米外的山包处建高位水池，之后铺设生产用水管道；

第三路人马，自水泵房位置向东开挖两米深、两百余米长的管道沟，一直延伸到地窑窑群。铺设完生活用水主管道后，设立抽水井，用以解决地窑窑群的生活用水问题。常德带领第一路人马来到盖子沟主沟口河槽处，做完简单动员讲话后交由水利人员负责，接着又去安排其他两路人马的挖沟任务。

第一路人马在水利人员的负责下，经过简单的施工测量、放线等工序后试挖蓄水池，在试挖数据基础上，对深度和挖槽尺寸有了更好掌握才正式开挖。周华胜和其他人员，穿着雨靴争先恐后跳入泥浆，配合挖掘机清理泥沙，他们不由浑身打了个激灵，这才感到，虽已开冻，但泥浆仍凉得刺骨。

很快，泥浆像稠粥一样迅速糊满他们全身，衣服变得沉重而阴冷，他们咬紧牙关，不停地挥动镐和锹。干着干着，周华胜旁边的一个人突然有气无力地说："冻……冻死了，我的两条腿好像不听使唤了。"话刚说完人就倒了下去。周华胜急忙将他扶上岸，这个人好一阵子才缓和过来，缓过劲后返回泥浆里继续劳动。

正午时分，食堂派专人赶着驴车送来免费午饭，六七个人从驴车上抬下几筐窝头、几桶水煮白菜。送饭的师傅望着满身泥浆的人们，扯着嗓门连喊："排队领饭！"每人领到三个窝头和一碗白菜，蹲在泥坑边匆匆吃罢，继续投入紧张的劳动。

人们一直干到天色全黑才收工，筋疲力尽，戈壁滩里缓缓行走着一片"泥人"。这帮泥人回宿舍后，费力脱下又湿又重的脏衣服，一些人洗净后到食堂打上饭，简单吃罢才休息；另一些人累得不想吃饭，直接"扑通"一声倒在床上，很快鼾声如雷。次日清早，他们又准时站在冰冷的泥浆里，挥汗如雨，没有一个人退出。

令人没想到的是，水利工程开工没多久便出现意外，致使工程被迫叫停。

这天下午，二十多个骑着高头大马身着蒙古袍的牧民突然疾驰而来，到达现场后飞身下马，径直冲向正在作业的挖掘机和工人。牧民们脸上都有着明显的"高原红"，大都是罗圈腿，蒙古袍很宽大，领口和袖口有一层明晃晃的油垢，浑身上下散发出浓烈的膻腥味。领头的是个三十来岁的高个壮汉，紧闭的嘴唇和阴沉的脸上充满愤怒。他举起马鞭对着天空"啪啪"猛抽两下，随后丢掉马鞭蹚着泥浆冲向一台挖掘机，不由分说将司机从驾驶室里一把拽下来，抢过旁边一个工人手中的铁锹猛力砸向挖掘机。其他牧民也抢过工人们手中的铁锹打砸挖掘机。

由于这帮牧民动作太快,包括周华胜在内的工人们一时都蒙住了,缓过神后不顾一切地扑向这些牧民,双方扭打在泥浆里……与周华胜扭打在一起的正是那个领头的牧民,两人在泥浆里滚来滚去很快滚成泥人,彼此的脸上都挂了彩。

正在这时,保卫组组长王旭开着吉普车巡逻到这里,面对失控场面毫不犹豫地举起手枪,朝着天空连开两枪,这才把场面控制住。

领头的高个牧民用力挣脱周华胜手臂,起身抹了把脸上泥浆,吐了口嘴里的血水,熟练地操着普通话喊道:"你们这帮汉人太可恶了!半路上掐断水源,这让下游牧点的人和牲畜怎么活?!"周华胜也抹了把脸上泥浆,摸着火辣辣的嘴角道:"你们不问青红皂白上来就进行打砸,太不像话了!"其他工人也如是说。

王旭扬着手枪朝高个牧民说:"你们胡说八道,我们怎么会掐断你们的水源?"对方双手掐腰怒道:"你竟敢骂我们,简直活得不耐烦了!我们在下游的牧点放牧,你们不管不顾地掐断水源,明显就是不给我们活路。"说罢迅速跑向岸边,捡起地上的马鞭欲抽王旭。说时快那时快,王旭朝对方脚下开了一枪,瞪着铜铃般大眼高喊:"谁要是再敢无礼,我就真不客气了!下场就跟那个动物一样!"说罢又"啪"一声射向不远处的沙丘,随着枪声落下,王旭走过去捡起一只中弹的野兔,朝着冒烟的枪口,悠悠地吹了口长气……

高个牧民见状收回马鞭,大声道:"好,算你们有种!"说罢将食指捏在唇边吹了声长哨,满身泥浆的牧民们立即飞身上马,很快消失在马蹄扬起的滚滚烟尘中。

工人们从泥浆里找到挖掘工具,齐声埋怨这帮牧民太野蛮,幸好王组长及时赶到制止了这场混战,否则指不定什么后果呢。有几人在混战中受了轻伤,坐着王旭的车到医院包扎。王旭让周华胜也到医院看看伤情,他摆摆手表示没什么大碍。

王旭把受伤人员送到医院安置好后,匆忙来到指挥部汇报。

"啥?"常德听罢忽地站起来,指着王旭鼻尖埋怨:"你也太冒失了,怎么能那般对待少数民族同胞呢?!"

"常指挥，你是没到现场看看，那帮牧民太野蛮了。"王旭满脸不服气。

常德把眼一瞪，说："再野蛮也不至于开枪！想当年我带着队伍在山上打游击时，也遭遇过少数民族同胞的误解，但我们始终都是化干戈为玉帛。你可倒好，竟然把枪口对准了蒙古族同胞。"

"我只是朝一个人脚下开了一枪，他当时想用马鞭抽我。"

"臭小子！马鞭抽不死人，但枪万一走火会打死人！那样事态就严重了，整个指挥部都会吃不了兜着走！"

王旭低着头未敢再作声。

王邯路起身往保温杯倒了杯水，似看非看地扫了王旭一眼，说："蒙古族人民历来剽悍勇猛，也就你王旭敢这样对待他们，这下肯定不好收场了。"说罢抱着茶杯走向一旁坐下。

常德托着下巴踱来踱去，过了良久才说："这事也不能全怨那帮牧民，是我们事先没全面搞好调查研究，忽略了水源地下游是否有牧点。先暂时停止水利建设吧，以免引发更大事端。"一听这话，王邯路立马左手叉腰右手敲击着桌面，说："这事确实是我们工作没做到家。这里是少数民族聚居区，影响工地用水是小事，要是影响了与少数民族之间的团结，那就是大事了，你我都得吃不了兜着走。"

常德觉得他这次官腔里吐出的倒是实话，也就未在意他的态度，笑着同他商量："王局长，你抽空带着王旭一起去找找那帮牧民吧，让王旭跟牧民们赔礼道歉，同时跟他们讲明水利建设原委，以期谅解。"没想到王邯路的头摇得像拨浪鼓："不行不行，我这个二把手说话没有力度，口才也不及你，还是你这个一把手去最合适。"常德收敛了笑容："你这样想不对，上级既然让咱俩搭档，各方面理应配合好才对。"王邯路瞥了他一眼："这有什么不对的，你是一把手，出了事你不负责谁负责？过两天我要到市里开会，需要提前准备发言稿，还是你去吧。"说罢不管不顾地走了。

常德内心很恼怒，如果不是顾全大局，他真想掀翻桌子臭骂这个搭档一顿。这个搭档充其量就是个摆设，别指望他能替自己分担些什么。站在一旁的王旭忍不住嘟哝："这个副指挥太妄自尊大了。"常德未说什么，让他回去休息，告诫他以后对待蒙古族同胞一定要讲究民族政策。王旭点着头走了。常德随即来到医院看望受伤的工人，幸好他们只是皮外伤，简单包扎完伤口后就离开了医院，这令他暗自松口气。

紧接着，常德又来到周华胜住的集体窑窑，望着他又青又肿的脸问："脸上的伤无大碍吧？"周华胜勉强张开受伤的嘴巴，说："没什么事，过两天就好了。"常德又对周华胜讲了一番民族政策，他挠着头皮不好意思道："当时确实有点冲动，以后一定会注意。"

当夜，常德地窑窑里的灯几乎亮到天明，他越考虑越觉得应该主动去找找那帮牧民，不能因此影响民族团结，也不能耽误工地用水。他相信只要对牧民们讲明水利建设原委，一定会得到谅解，既然王邯路不愿意出面去协调，那就只好亲自出马。

次日早上，天刚刚放亮，常德便带着王旭坐车前往水源地下游，吉普车在戈壁滩颠簸了四十多分钟才见到牧点，十几个蒙古包零散分布着，每个蒙古包前都圈着几十只羊。

一个高个子壮实牧民从蒙古包里走出来，王旭指着牧民对常德说："常指挥，这就是那个领头的。"常德把眼一瞪："以后你要是再敢做影响民族团结的事，那就别当这个保卫组组长了！"王旭立马不吭声了。

常德走上前微笑着同高个牧民打招呼，对方并未搭腔，警觉地望他一眼，将食指捏在唇边吹了声长哨，很快招来七八个骑马的牧民。其中一个矮个圆脸盘牧民问："巴特尔，他们来闹事了？"壮汉瞥了眼常德等人，大声道："放心吧朝鲁！他们没那胆量闹事。"常德和王旭这才知道高个牧民叫巴特尔、矮个牧民叫朝鲁。

常德对牧民们说："非常抱歉，我们保卫组的同志做事方法欠妥，我带着他给你们赔礼来了。"随后王旭痛快地致歉。常德坦诚地说："之前我们确实不知道你们在下游放牧，是我们事先没有搞好调查研究，无意中截断了下游牧点的水，我代表指挥部郑重地给你们赔礼道歉，希望你们宽宏大量。"说罢深深地鞠一躬，随后对牧民们坦陈截水原因以及经过。"原来是这样……"巴特尔恍然明白，思忖片刻后说："你们先回去吧，等我跟下游牧点的牧民们商量好了再回复。"常德笑道："好！那就静盼回复。"说罢招呼王旭返回指挥部。

常德把巴特尔的原话复述给王邯路听，他听罢撇着嘴角说："那帮牧民不会轻易答应，说不定还会继续来闹事。"常德暗自斜视他一眼，感觉这个副指挥根本不是来配合工作的，倒像是专门来泼冷水的。常德匆忙喝完一杯水，起身来到工地,从高炉工地转到了选矿车间的工地,边转边不时指点着什么。

两天后,常德正在一号高炉工地上忙碌,办公室的小王突然兴冲冲地跑来找他,说:"常指挥,快回指挥部看看吧!巴特尔来找你了。"

常德一听立即跑回指挥部,看到巴特尔和朝鲁牵着马站在门前,当下埋怨小王怎么不把客人请进屋休息,朝鲁笑说小王刚才邀请过,是他们谢绝了小王的好意,感觉站在门口自由些。

巴特尔坦率地说:"常指挥,有一户牧民到玉明市区办事去了,直到昨天才联系上本人。我们已经商议好了,同意你们建水利工程。你们来这里也是为了工业建设,误会已说开,我们没有理由说'不'字。实话说,我们这些牧民原本生活在上游的盖子沟,前段时间刚刚来到下游的临时牧点,既然你们着急用水那就继续建设吧,我们这些人重返上游放牧。"常德听罢很感动,连声感谢牧民兄弟们。

巴特尔像想起什么,对常德说:"那天跟我打架的工人叫什么名字?我想见见他。"常德哈哈一笑:"他叫周华胜。"说罢派人将周华胜叫到指挥部,把巴特尔介绍给周华胜。巴特尔指指自己受伤的嘴角,又指指周华胜受伤的嘴角,笑说两人受伤的部位一样,没想到他这个摔跤手竟跟一个普通工人打成平手。周华胜憨厚一笑:"当时没顾上想那么多,所以下手挺重,请你多原谅。"巴特尔也如是说,两人都笑了。

送走巴特尔和朝鲁后,在场的人轻松了许多,特别是常德如释重负,水利建设总算得以继续进行。

原本忐忑烦躁的第一路人马迅速返回水源地,继续按原计划开挖蓄水池。很快,漏斗形的河槽底部裸露出干净石子,之后进行池墙砌筑、池底建造、闸门等附属设施施工,经过一个多月的努力,敞开式矩形蓄水池终于建好。接下来,这路人马又开始从河东开始向西筑坝,打桩,缠钢筋,垒石头,运土,场面热火朝天。二十多天过去了,一道结实醒目的拦河坝横在河槽里,从盖子沟主沟口流下来的水被拦截进蓄水池。与此同时,另外两路人马各自完成了生产用水和生活用水管道铺设,通过深水泵,将水源地的水分别引至高位水池和地窖窖群,解决了当下的生产、生活用水难题。

人们称这个水源地为"北水源地",水里仍时不时地漂着羊粪蛋儿,但较之那个蓄水坑的水显然要好许多,大家少不了欢呼雀跃一番。

在欢呼的人群中，周华胜未看到爱凑热闹的匡照明，猜测这小子又睡懒觉了。当他回到宿舍后，看到匡照明仍躺在床上，连叫几遍未见回应，掀开被子才发现他满脸通红，一摸额头很烫人，怪不得没见他去凑热闹，原来是病了。匡照明闭着双眼虚弱地说："我感觉周身发冷，四肢无力，轻飘飘的像一片可怜的落叶。"周华胜轻轻拍了下他脸蛋，说："这里昼夜温差大，肯定是晚上不小心冻感冒了，快起来穿好衣服，我背着你这片落叶上医院看看。"说着帮匡照明穿好衣服，把他背到医院。

医生诊断匡照明是伤风感冒，吩咐小护士挂上吊瓶。小护士娴熟地挂上吊瓶，她叫罗敏，二十岁左右，身高不到一米六，性格开朗，头挺大，皮肤挺黑，因为长了张略带稚气的娃娃脸，被戏称为"大头娃娃"。常有看病的小伙子开玩笑逗罗敏，她不但不介意，反而眨着大眼做鬼脸。匡照明打了五六天吊瓶才算好利索，这期间他和罗敏混得挺熟，两人时常打趣逗乐，看上去挺有共同语言。

周华胜返回矿山修路队后，继续同工友们一起，征服沙冬青、沙蒿子、白刺以及其他不知名的灌木。他依旧起早贪黑，埋头干活，满心希望路快点修好。

这天下午工休时，匡照明从二组走过来，递给他一张纸，原来是他老婆胡春香发来的电报，上面落着没有标点的电文：难产幸无大碍已产一男。匡照明红着眼圈说："我觉得心要蹦出胸膛了，又高兴又难受，好在娘俩都已平安无事。"周华胜拍着匡照明肩膀宽慰几句，他随后捏着电报走了。

望着匡照明的身影，周华胜不禁想起一些往事。

匡照明有两个姐姐，大姐远嫁福建，二姐近嫁邻村。他二姐因为连生两个闺女而被婆家人轻视，他那个姐夫时常借着酒劲打老婆，打完后便跑到前庄一个挺有姿色的小寡妇炕头上鬼混。有一天，他二姐抱着刚满月的孩子找到寡妇家，哭着劝说男人回家，没想到那个混账东西上来就是一顿拳打脚踢。小寡妇怕闹出人命，加之惹来一些趴墙头看热闹的，于是顾不得炕头炕尾的交情，跺着脚将情人撵出大门。那个混账姐夫将他二姐拖回家暴打一顿，半夜他二姐就失踪了。两天后婆家人才把失踪的消息通知娘家人。娘家人动员整个家族四处寻找，最后在东山水库边的树林里找到了他二姐，脚上只剩一只鞋，身上一片片青紫，她用一根白布带结束了年轻的生命。当时适逢匡照明从昌盛钢铁厂回乡探亲，他揣把斧头欲找那个混蛋姐夫算账，结果被他娘死死拉住，说如果去报仇她就去投水库。他勉强咽下这口气。他娘日夜哭泣，越想越难受，没出几天便疯了。

周华胜听说匡照明家的变故后，急忙赶到邻村他家，当时匡照明出去寻找疯娘了，只有刚从福建回家的大姐在家。过了良久才见匡照明扶着疯娘回家，慨叹未料到的事让他给摊上了。周华胜安慰他世事难测要挺住，临走时掏出十五块钱塞给匡照明。没过多久，匡照明找到周华胜发牢骚，让他娘愁死了，不哭不闹就是天天往外跑，随后长叹一声，说他娘没疯之前找上门的媒婆撵都撵不走，现在倒好，那些媒婆全像空气般消失了。眼看探亲假快结束了，不急是假的，提醒周华胜别光顾着自己撒欢，怎么着也得关心下战友兄弟吧。周华胜突然想起老丈人托付他给村里识字班说媒之事，忙问匡照明要不要台村的识字班？匡照明瞬间转忧为喜，表示只要识字班愿意就行。周华胜很快将此事告知秀英爹娘，二老立即给匡照明物色了一个叫胡春香的识字班。胡春香觉得匡照明个子不高但心眼挺好，特别是很会逗人开心；匡照明感觉胡春香个子挺高，不至于"娘矬矬一窝"，虽然五大三粗说话有点冲，但心眼不错，于是两人很快成了亲。在探亲假结束返回西北之前，匡照明大姐暂时把老娘带到了福建，临行前再三嘱咐匡照明，等西北这边安置好后，赶紧到福建把老娘接到西北，匡照明痛快地应承了。

回想到这里，周华胜不由叹息，工地上类似匡照明家这样的事例还有许多，只不过大伙大都把苦藏在心底，藏在争分夺秒的各项工程进度中。

时隔不久，常德接到上级通知，去冶金工业厅开三天会，临走时安排王邯路暂时负责工地事宜，让王旭和巴图认真配合王邯路工作。

常德前脚刚走，王邯路后脚就暗中授意苗逸严，把那封举报信和装着鸡骨头的袋子偷偷放到指挥部门前的角落里。随后，王邯路装作不经意间发现信与袋子，将保卫组组长王旭叫到现场，指着信和袋子虚张声势道："王组长，这是举报周华胜的信和罪证，我现在命令你立即将周华胜抓起来，关禁闭！"王旭接过信读罢，又打开袋子看看，犹豫不决："就凭这些抓周华胜显得过于牵强，要不等常指挥开会回来再说吧。"

王邯路的脸立刻色如紫猪肝，指着王旭大喊："你这是什么意思？难道常指挥不在发现问题就不及时处理了吗？那还要我这个搭档干什么?！王旭同志，请你以万分清醒的头脑对待此事，举报信和袋子里的东西足以证明，周华胜就是不良分子！我再次命令你，马上带人把他抓起来！"

在王邯路的强令下，王旭只好带着手下来到周华胜住的集体窑窑，此时周华胜正坐在木箱上，边看书边与匡照明聊天。他把周华胜叫到身边，压低声音道："今天早上，王局长在指挥部门前发现一封检举你的信和一袋子鸡骨头，他很恼火，再三命令我把你带到指挥部。"周华胜听罢不由愕然。

王旭接着说："常指挥到冶金厅开会去了，现在这里暂时由王局长主持工作，尽管我觉得这事有点蹊跷，但也只能听他的。如果他真要关你禁闭的话，你就先委屈几日，待常指挥回来后自会还你清白。"这时匡照明走了过来，问清事情原委后很恼怒，说："我就知道这个王胖子没安好心。"周华胜思忖片刻说："你们不用担心，清者自清。"随后跟着王旭等人来到指挥部。匡照明不放心一直紧跟其后，到指挥部后被保卫人员拦在门外，只能站在门口干着急。

指挥部地窑窑里，王旭暗自无奈地叹口气，王邯路则表现出大权在握、自鸣得意的样子。他沉着白花花的猪肚子脸，拿起举报信对周华胜说："指挥部又接到了举报信，举报你不但偷鸡，还领着人跑进沙滩烤了好多只鸡吃，就像土匪头子座山雕那样搞百鸡宴。周华胜，你上次被人举报看禁书，这次又被人举报偷鸡、搞百鸡宴，简直反天了，太不把指挥部领导放眼里了！"

周华胜这才明白，原来是前段时间吃的那顿烤鸡惹的祸，心里瞬间泛上一股委屈，急忙解释："王副指挥，这真冤枉人。那只鸡是我们自己凑钱从沙疙瘩公社老乡家里买来的，就吃了一只鸡，怎么会跑出好多只来？而且还跟座山雕和百鸡宴扯上瓜葛呢？"说到最后，他真想骂句脏话，话到嘴边又咽了回去。

王邯路招手示意王旭将袋子里的鸡骨头倒在地上，王旭只好照办。王邯路指着所谓的罪证，说："周华胜，你看看吧，这就是你偷鸡搞百鸡宴的有力证据，休想赖账。"周华胜大声道："确实只吃了一只鸡，那只鸡是我们自己花钱买的，这肯定是有人诬陷……"未容他把话说完，王邯路就挥手命令一旁的王旭，说："现在证据确凿，不容置疑，我命令你马上把不良分子周华胜关进小黑屋，关禁闭三天！"

王旭轻轻叹口气，周华胜理解他的心情，只好跟着保卫组人员前往禁闭室。一直站在指挥部门外偷听的匡照明，见状一下子急了，说："周华胜，这是要关你的禁闭？"周华胜点点头。匡照明把脚一跺，说："这也太不讲理了，仅凭那么点狗屁证据就把人关禁闭，还有没有天理啦！"周华胜苦笑道："你先回去吧，三天很快就过去了。"说罢跟着保卫人员而去。

匡照明急得抓耳挠腮，甩开两条飞毛腿，一口气跑到矿山修路队，找到正在上班的刘大龙和金明顺，带着哭腔说："不好啦，周华胜被那个可恶的王胖子关禁闭了！"刘大龙和金明顺同时一怔，忙问出了何事。匡照明急忙讲述事情经过，说着说着便开始自责，当初吃烤鸡的主意是他最先提出来的，没想到鬼使神差连累了周华胜，若因此给周华胜造成什么不良后果，那他会自责一辈子。

刘大龙气得脸都青了，跺脚大骂："他奶奶的，我要是知道是谁告的状，非把他挂电线杆上！"匡照明将地上的一块小石子一脚踹飞，说："这个唯恐世界不乱的王胖子，太可恶了！听说这家伙当初为了争大会战一把手下了不少气力，只可惜狗咬尿泡一场空，所以他心存不满处处找常指挥茬。还听说这家伙经常打着回市区开会的幌子，去会相好的，一会就是大半天。"金明顺思忖片刻，说："这事好像没那么简单，王胖子明知常指挥对咱们这帮山东退伍兵挺好，说不定就是借着整周华胜让常指挥难堪。咱们先别冲动，一切等常指挥回来再说吧。"匡照明和刘大龙点点头。

王旭的内心一直不好受，他悄悄找到巴图，讲明关周华胜禁闭的原委，巴图忍不住埋怨："就那么点证据，咋就把人关禁闭了呢？"王旭长叹一声，说："常指挥临走时交代过，让咱们认真配合王邯路工作，他又一口咬定周华胜偷鸡搞百鸡宴证据确凿，我也只能听他的。"巴图无奈地摇摇头。

苗逸严闻悉周华胜被关禁闭后，哼着小曲在地窨窨群周围不停地转悠，边转悠边想，周华胜呀周华胜，你就老老实实待在小黑屋，独自品尝个中滋味吧。

夜晚，周华胜躺在禁闭室冰冷的床上辗转反侧，暗忖肯定是苗逸严那个混蛋写的举报信，不知从哪里弄来一堆鸡骨头诬陷自己。那个王邯路竟然不问青红皂白，上来就把自己关了禁闭，没想到自己竟沦为首个被关进小黑屋的不良分子，还要在这个光线昏暗、面积不过十平方米的特殊地窨窨里过夜，唉！真是赖鹰扣在鳖腿上，飞不动也爬不动。他的神情不禁有些黯淡，此时此刻，困扰他的很难说是一种屈辱、难过，还是烦恼、忐忑，或许两者兼而

第五章

有之。

突然，他隐隐闻到一股类似桂花的浓郁香气，听到门外一声低喊："周华胜！"他起身走向小破门，将眼睛紧贴住门缝使劲向外望，眼前先是晃过一抹手电筒的弱光，随之出现一枝香喷喷的沙枣花，接着又冒出一个小瘦脑袋，原来是匡照明。

"怎么样，没事吧？"匡照明趴在门外低声问，滴溜溜的黑眼珠似乎要钻进门缝里。

"你怎么来了？我挺好的。沙枣花真香，你去采的？"周华胜低声道。

"嗯，我下午特意去黄河岸边的沙枣林采的。白天怕那个死胖子看见再给你增加什么罪名，没敢过来，只好趁着夜色行动。本来金明顺和刘大龙也想过来看你，但又怕人多惹出事来，所以派我一个人来看你。这几天就让这枝香喷喷的小花陪伴你吧，省得你孤零零的怪可怜。"匡照明红着眼眶说罢，暗自用力将门上的大锁往外拉拽，锁与门之间很快现出一道大缝隙，一枝沙枣花勉强从缝隙塞了进来，周华胜迅速接过来。

匡照明望望黑乎乎的四周，压低嗓门说："吃饭的事你不用担心，我问过王旭，他说这几天安排专人给你送饭，看得出他对你无端被关进小黑屋意见很大。这地方不宜久留，我先走了，你暂时在里面忍耐一下，等常指挥回来就能重见天日了。"

"你快走吧。放心好了，我肯定没事。"

"那我走了，你自己多保重。"匡照明轻晃两下手电筒，悄无声息地离开了。

周华胜躺在床上，蹙着鼻孔贪婪地嗅着沙枣花香，越嗅越觉甘甜入脾，越发觉得沙枣花无愧"沙漠桂花"之称。此时的沙枣花，在他心里变得弥足珍贵和高大，这开在戈壁滩的朴素小黄花，这纯正地道的沙枣花香，注定要成为他生命中抹不去的特殊记忆。或许会有一些沙枣花会被狂风吹落，但他坚信，那些存留下来的花朵仍会坚守在枝头，把果实献给这片戈壁滩。想着想着，他的心态渐渐平静下来，嘴唇紧绷成一道刚毅的直线。不知什么时候，他睡着了，梦境里满是绿油油的沙枣树和香喷喷的沙枣花，似在烟尘里安详，又似在风沙中飞扬。

幽幽的沙枣花香，就那么久久地在黑暗中弥漫着，陪伴着……

第六章

　　常德从冶金工业厅风尘仆仆地回来了，一下车便碰上匡照明、金明顺和刘大龙，他们已等候多时。

　　匡照明上前揪住常德衣角哽咽道："常指挥，你总算回来了，快去小黑屋看看周华胜吧，他被关禁闭了。"常德惊诧不已，问："到底怎么回事？快说。"匡照明详述了事情经过。常德拉着脸疾步走进指挥部，匡照明等人跟到指挥部，站在不远处等着。

　　常德一进门便质问王邯路："王局长，你为何将周华胜关禁闭？""就凭这些。"王邯路似乎早有准备，先拿起桌上的举报信摇晃一下，又提起门后那个散发着难闻气味的袋子，将袋里的鸡骨头"哗啦"一下，全部倾倒在地。

　　常德没有马上搭腔，找到一根不大不小的木棍，蹲在地上，用木棍在鸡骨堆里仔细拨拉几遍。一会儿，他起身拿起桌上的举报信，当看到"偷鸡、摆百鸡宴、想当座山雕"等字句时，压抑在心头许久的怒火终于爆发了！他铁青着脸，抬脚就将地上的那堆鸡骨踹得满窑窑都是，有几块差点飞到王邯路脸上。王邯路下意识地向后闪下身子，一屁股跌坐在椅子上。

　　常德一手举着信，一手叉着腰，冲王邯路怒道："就凭这封牛头不对马嘴的狗屁举报信，还有这些七拼八凑不知从哪弄来的烂鸡骨头，你就瞎子摸象，摸到象腿说柱子，摸到象尾说大蛇，摸到象身说城墙，把一个好端端的工人给关了三天禁闭？你自己数数这堆鸡骨头有多少？我刚才粗略一数大概有五十多只，周华胜就是长十个嘴巴，短时间内也吃不了这么多鸡。更何况他偷鸡的证据呢？！他在修路队的表现有目共睹，一个天天起早贪黑任劳任怨的工人，哪有时间去偷那么多狗屁鸡，还弄了个搞百鸡宴想当座山雕，简直就是瞎扯！简直就是唯恐世界不乱。快抓紧给老子把人放了！否则别怪老子不客气。"说到最后，常德"啪"一声将举报信猛地拍在桌子上。其实，他对于王邯路的想法揣测得八九不离十，此人无非就是想借着整周华胜让他难受，事实上他不仅仅是难受难堪，更多的是对一个好工人的心疼和愧疚。

王邯路瞪眼翘舌说不出话来，他压根未料到，平日里看上去绵如黄羊的常德会如此暴怒，今天算是彻底领教了这个老革命的另一面。他暗自埋怨自己太大意，竟然疏忽了常德所列疑问中的关键问题，他的脸红一阵白一阵，如坐针毡。一会儿，他主动起身给常德倒了杯水放在桌上，将平日的长腔改为既委屈又关心的语气，说："常指挥，说实话这事也不能全怨我。我刚开始看举报信时也不信，后来一看袋子里全是鸡骨头才信以为真。当然了，这事也怨我一时失察，考虑得没你那么仔细，你就别生这么大气了，眼下建设任务艰巨，气坏了身子还怎么干革命工作？"

常德斜了王邯路一眼，说："哼！这种捕风捉影的举报信你也信，竟把你这个干了多年革命工作的大干部给哄住了。废话少说，赶紧把人放了！否则老子现在就提请上级部门更换搭档。"王邯路借坡下驴，迅速摸起桌上的电话，通知保卫组放人。

被关了三天禁闭的周华胜终于走出了小黑屋，他边活动筋骨边呼吸新鲜空气，信手摸摸装在褂兜里的那枝沙枣花，它已经半蔫，但香味依旧。匡照明、金明顺和刘大龙从不远处跑过来，看到周华胜状态不错才放心。

常德和王邯路一前一后走过来，常德微笑着拍拍周华胜的肩，说："放心吧，现在没事了。回去好好休息一下，安心工作。"周华胜会意地点点头。王邯路勉强挤出一丝笑容，说："周华胜，怪我一时失察误会了你，希望你大人大量不要计较。"周华胜淡淡说了句："但愿下不为例。"王邯路讪笑着点点头。

常德让周华胜等人先回去。待几人走远后，他绷着脸对王邯路说："此事到此为止，否则我马上提请上级部门提前结束搭档关系！我这里庙太小，容不下你这尊大佛。"王邯路连忙说："保证下不为例。""好自为之吧。"常德撂下这句话转身而去。王邯路站在原地怔半天，心想还是收手吧，如果常德这个老革命真要那般做的话，那将对他的仕途发展是个沉重打击，虽说没坐上指挥部第一把交椅，但坐稳第二把交椅也不错，等会战结束后一样可以升迁,想罢擦擦鼻尖上的汗,灰溜溜地走了。

周华胜和匡照明等人回到宿舍。匡照明恨恨地说:"我一看王胖子那副假惺惺的样子,就气不打一处来。哼!标准的以权谋私,故意整人。"金明顺说:"常指挥真是明察秋毫。"周华胜提醒大家以后做事一定要谨慎,别再惹出不必要的事端。

当晚,苗逸严趁着夜色溜进王邯路的地窨窨。

"王局长,周华胜被关了三天小黑屋,这种感觉很爽。"苗逸严满脸幸灾乐祸。

"爽个屁!都是你这个猪脑子干得好事,不管不顾倒腾了那么多鸡骨头,让常德一眼就瞅出了端倪,害得事情差点败露,若不是我随机应变,指不定什么后果呢。"

"我在修路队实在是干够了,能不能把我调到供销部门?那里的工作轻快些。"

"干革命不应该有岗位轻重之分,你还是老老实实待在修路队干吧。你走吧,我要休息了,明天还有一大摊事等着干。"王邯路伸开双臂连连打着呵欠,下了逐客令。

苗逸严灰头土脸地走出门来,尽管挨了一顿无脸,调工作也泡了汤,但他心里仍抑制不住那股幸灾乐祸,周华胜不仅三天没见阳光,而且还成为首个关进小黑屋之人,这个消息早已不胫而走,人尽皆知。想到这里,他对着黑暗中的沙丘,得意地窃笑两声。

连日来,周华胜脑子里时不时会蹦出那堆鸡骨头,左一块,右一块,反复扰乱着他的神经。思来想去,越想越觉得看书和吃烤鸡被举报之事,肯定与苗逸严脱不了干系。

果不其然,这天下午,他下班刚回宿舍,匡照明便近前低声说:"我早上去食堂打饭时,无意间听苗逸严宿舍的人说,你看书被查的头天晚上,亲眼看到苗逸严半夜偷写举报信,当时没说是怕影响同志间团结,现在一看你被关了整整三天禁闭,所以才忍不住说出此事,估计吃鸡之事也是他举报的。"匡照明停顿一下,接着说:"你进小黑屋之事,肯定是苗逸平跟那个死胖子狼狈为奸干的。"周华胜沉吟片刻道:"这点我早想到了。从大局考虑先不理会那个副指挥,但也不能就这么吃了哑巴亏,得把苗逸严那东西警告一顿。"匡照明当即表示同意。

傍晚，周华胜和匡照明在食堂拐弯处截住苗逸严，此时他正哼着小曲走在下班路上，见状神色不安地后退几步，偷空想溜，不料匡照明轻轻向前一跃，一下子就把他拦住了。匡照明白了他一眼，说："苗逸严，你就别指望逃跑了，你忘了举报别人看书和偷鸡之事了？"苗逸严转动着眼珠拒不承认："别冤枉人，我根本没干那事。"匡照明道："你还敢不承认？需不需要把你们宿舍的人叫出来作证？证明你半夜偷写举报信的龌龊行为。"苗逸严听罢瞬间变成哑巴。

周华胜一直抱着肩膀冷眼旁观，见状似笑非笑道："苗逸严，咱们来这里不容易，大家理应互相团结才对。你别以为我们这些人好欺负，要想收拾你很容易，只不过念在同事份上不想把事弄大。其实我早就知道那些破事都是你举报的，好汉做事好汉当，你为什么要接二连三举报？"苗逸严支吾半天，才说："那天我无意中看到你在沙丘后面看书，以为……以为你在看不可告人的书。烤鸡之事也属误会，你们几人跑到沙滩里架火烤鸡，我当时真……真以为那鸡来路不正。"

周华胜直着眼珠继续追问："那座山雕跟百鸡宴是怎么回事？"一听这话，苗逸严的脸像被黄蜂蜇了般痉挛几下，暗忖此事不能出卖王邯路，否则会惹来更大麻烦，于是故作轻松道："那纯粹是闹着玩，你们是光荣的退伍军人，怎么能跟土匪头子扯上干系呢？"匡照明冷笑一声："你这玩笑也开得太离谱了，你怎么不举报自己想当座山雕呢，我看你这身段就很像座山雕。"苗逸严垂着头没吱声。

周华胜定定地看着苗逸严，感觉眼前的这人又好气又好笑，只要这人保证以后不瞎举报，也没必要过分计较，毕竟同在修路队要以大局为重。于是，周华胜警告苗逸严，不管是否误会和闹着玩，以后把那个无中生有的臭毛病改改，否则别怪他翻脸不认人。说到最后他眼里冒出冷光，手指顺着脸上那道伤疤上下滑动……苗逸严脸上沁出一层汗水，鸡啄米般频频点头，说："知道了知道了。"说罢撒腿就跑，经过匡照明身边时剜了他一眼。

望着苗逸严狼狈逃窜的身影，匡照明扑哧一笑，说："周华胜，你刚才的样子很有气势很吓人。"周华胜笑道："跟气势不沾边，吓人谁还不会？以前光知道你是飞毛腿，没想到你的弹跳力这么好，那会儿若不是你这个跳蛋拦住苗逸严，或许就让他跑掉了。"

匡照明甩甩头发，津津有味地说起一件往事："不瞒你说，跑步和弹跳这两项功夫是自小练就的。我小的时候，村里谁家办上梁饭我就跑到谁家蹭饭吃，明明吃饱了却说还欠点，一边抹嘴一边走到锅前盛油干饭，趁人不注意把饭碗倒扣在肚皮上，拔腿就往家跑。有的人紧追不舍，根本没门！压根就追不上我这个飞毛腿。记得有一次，我被一个大人追到两米宽的水沟旁，眼看着就要被追上，我一咬牙一狠心，把倒扣在肚皮上的碗正过来，端着碗一下子跃过了那道沟，碗里的米饭竟然丝毫未撒。哈哈，那个大人站在沟那边，惊讶地望着沟这边的小孩，嘴巴张得比河马嘴还大。后来，村里人都知道我爱捣蛋，也知道我倒扣在肚皮上的饭是给寡娘吃的，也就由着我了。"

"这是真事？"周华胜有些半信半疑。"真事，不信你看我肚皮上，至今还有被碗沿烫出的圆印呢。"匡照明孩子般天真一笑，撩起衣服让周华胜看，肚皮上果真有一圈圆印。周华胜笑道："真服你了，还有这样的糗事。"

匡照明像想起什么，忽然问周华胜："你那次究竟看了什么书，被瞄一眼举报了？"周华胜笑而不语，伸出食指在唇边晃晃。匡照明当即领会未再作声。让匡照明这么一提醒，周华胜猛然记起埋在石堆里的书，于是抽空来到北山脚下，从藏书的石堆里抠出油纸包，看到书完好无损，心里有种说不出的高兴。他把书藏在怀里带回宿舍，重新锁进破柳条箱里，不敢经常拿出来看，偶尔趁着宿舍无人偷翻几页。

没过多久，周华胜所在的铁矿山修路队，终于修好了从铁矿山通往高炉的路，修这条十几里长的路用去大量黏土。

修完路后，周华胜、匡照明等人被分到一号高炉工地，混杂在二冶的建筑队中劳动，正前方不远处就是在建的高炉基础混凝土框架。周华胜来到一队三组，匡照明来到二队四组，金明顺和刘大龙来到三队二组，实行三班倒。他们和其他工人一起搬砖、抬水泥、筛沙子，这种出大力的活没什么技巧可言，常常累得腰酸背疼甚至抬不起膀子，而且粉尘污染很厉害，呛得人睁不开眼。遇到上白班或中班，往往要提前到食堂打饭捎着，劳动紧张不可能灰头土脸地到食堂打饭。到了饭点，也只能同其他建筑工人一样，坐在地上就着不断飞扬的尘土吃饭。

匡照明忍不住发牢骚："现在咱们成了彻头彻尾的建筑工人，连顿热乎

第六章

饭都吃不上，还得干重活、挨粉尘呛，连手套和口罩都没有，更别说加班工资和奖金了。"周华胜提醒道："少发牢骚吧，现在各方面条件有限，吃苦受累都是为了早日出铁，其他的说多了也无用，传出去也不好听。"匡照明点头"嗯"一声，接着说："幸亏苗逸严那个告状鬼没分到这里，要是让他偷听到肯定又搬弄是非。终于摆脱了那个可恶家伙，听说他分到了铁路队，估计那里的人跟着倒霉了，真纳闷他怎么就痴迷于举报呢，年底得给他评个'年度告状冠军'。"周华胜说："百人百性百脾气。自从上次苗逸严保证下不为例后，这段时间挺安稳。"匡照明皱眉道："狼行千里吃肉，狗行千里吃屎，狗能改了吃屎？"周华胜轻轻一笑："他现在比以前收敛许多，等不老实了再说。无论别人怎样，咱们自身不能失了勤劳本分，别忘了许多双眼睛看着咱们。"

周华胜说的是实情，当下确实有许多人关注他们，常常将山东老转挂在嘴上，不说别人，常德每次见面都要聊几句，诸如工作热情怎么样，山东退伍兵是建设队伍中的大群体，言谈举止影响一大片，一定要起好作用等。周华胜每次都表示，大家热情很高，都盼着快点建好高炉，早日为二三五厂提供原材料。

周华胜既然那样说了肯定要起带头作用，上班时往往提前到岗，搬砖抬水泥筛沙子，样样都很卖力。他身上的蓝工作服很快被磨破，这套工作服还是当初在矿山修路时发的，几乎褪成了白色。原本还有几套旧衣倒替着穿，但没过多久这些旧衣也相继被磨破。

夜晚，风刮得很猛，除了上夜班的匡照明、金明顺等人，同宿舍的其他人早已入睡。周华胜找出针线包，坐在木箱上缝补衣服。他努力用肿胀的右手握住针，但被砖头砸伤的大拇指始终无法配合食指完成穿针走线，心底不由涌上阵阵沮丧和烦躁，只好将破衣丢在一旁，卷了两支旱烟，点着一支，将剩下的那支放进兜里，目光失神地望着窑顶。

外面的风声停了，周华胜觉得窑窑里格外闷人，索性披衣走到窑外，坐在窑旁的黑暗角落里屈膝抱头。过了良久，他抬起头从兜里摸出那支剩下的旱烟卷，火柴划亮了眼前的黑暗，也照出他脸上忧郁的痕迹。他将烟夹在纤长手指中，缓缓地放在嘴边，猛吸一口，闷了好久才重重地吐出来，烟呛令他连咳两声，各种思绪随之纷沓而来。此刻的他很想念老家，想念埋在那里的先人，想念老婆孩子，想念沂蒙的山山水水，那里有着他从小到大熟悉的一切，想着想着，他的眼角不由得湿润了。

一会儿，周华胜抬头望向缀满繁星的夜空，星星就在自己的头顶上，似乎伸手就能够到，它们一闪一闪眨着调皮的眼睛，明珠般镶嵌在广阔高原上，这令他的内心不由腾起一份趣意与宏大。他记起常德说的那句话："人不能丢失自己，要像沙枣树那样立足荒漠。"又一想，偌大的工地上谁还没点委屈事？若都像他这般钻牛角尖岂不乱了套？还谈何为二三五厂提供支援？谈何让毛主席他老人家睡个安稳觉啊。想着想着，他的心思一下子顺溜了，紧皱的眉头渐渐舒展，唇边挂起一抹淡淡的微笑。

天空中陡然划过一颗流星，他的脑际蓦地闪过一道灵光，猛地记起那套埋在冬青树下的脏衣服，不由狠拍下脑袋，怎么就忘了那套衣服呢！当初因为没有水洗，再加上自己望着脏衣就想起蒙羞的场景，所以才埋到了冬青树下，现在挖出来洗洗不照样穿嘛。他起身冲向那棵埋着脏衣的大冬青树，借着月光挖出衣服，捧着完好无损的衣服几乎要落泪。

他连夜将脏衣服洗净，上面的污物早已干结，他用手使劲抠了又抠。洗完后又犯了愁，怎么能让衣服快干不耽误明早穿呢？对了！用篝火烤！随着这个念头冒出，他提着湿衣服跑到宿舍后面，点着一堆篝火很快烤干衣服，当他抱着干衣服兴冲冲返回地窨窨时，已近凌晨两点，上床后很快入睡。

次日清早，周华胜换上这套干净衣服，匆匆吃完简单的早饭，其间仍不忘估算剩余饭票还能撑几天。他刚准备上班，匡照明下夜班回来了，盯着他身上的衣服端详半天，总觉得这身衣服眼熟，想了半天才记起是那套沾满屎的脏衣服，懒洋洋地说了句："旧衣沾屎，焉知祸福。"他听罢差点笑出眼泪，连夸匡照明的脑袋聪明得直冒泡。

周华胜很快来到高炉工地，连搬几趟砖，又筛了一阵沙子。一会儿，组长张健来了，他是二冶的援建职工，年龄同周华胜相仿，瘦高个，性格挺开朗，戏说周华胜有劲没处使只能使在工地上。周华胜会心一笑，说："组长，不管劲使在哪里，能出成果就行。"望着手里的铁锹，他感觉自己筛出去的不仅仅是沙子，还有一锹锹的希望，希望高炉快点建好，那样就能早日结束燕雁代飞的日子，他的那方面劲自然就能派上用场。

正午时分，工人们开始休息和吃饭。周华胜从几乎褪成白色的军用挎包里拿出饭盒，一屁股坐在沙地上，边狼吞虎咽边端详不远处的高炉基础工程。张健端着饭盒走过来，紧挨着周华胜坐下，边吃饭边说："等高炉的基础框架完成之后，就开始混凝土浇筑了，时间紧任务急，天天干这样的重活确实很累，不过坚持到底就是胜利。"周华胜点点头。饭后，周华胜躺在铺着纸壳的地上，枕着胳膊休息了约莫半小时，而后投入到下午的劳动中。

下班后，周华胜和工友们走在回宿舍的路上，大家边走边说笑。

说话间，从石灰石矿方向驶来一支马车队伍，大约有三十多辆，大都是三挂四挂大马车，每辆马车三四米长，车上装满了石灰石。拉车的有马有骡，它们都带着笼头、套包和夹板，尘土飞扬中，这些牲畜在民工的鞭子底下拼命奔跑着。浩浩荡荡的马车队伍，沿着坡势较缓的山路来到山下，将石灰石卸到新平整的大片料场上。

一个工友笑道："看来指挥部早把这笔账算透了。石灰石矿距离在建高炉不足五里远，这种短途运输用马车最合适，这些马车除了拉石灰石，还可以拉其他生产生活资料，用起来既便捷又省钱。"另一个工友说："听说这些马车老板来自陕北神木，那地方穷得冒烟。马车老板们也吃住在地窑窑里，想想也挺不容易。"

大家很快来到料场，看到一些马车老板正用大板锹卸石灰石，他们穿着白板子羊皮袄，头顶裹一块白羊肚手巾，身体都很棒实。卸完车后，马车老板们立即赶车，随着人车一起出动，他们身上的肌肉随着颠簸有节奏的上下抖动，手中五米多长的大鞭子在空中甩得像炸雷，想抽哪里就能抽到哪里，看上去表情严峻，威风凛凛。他们用一杆长鞭将驾辕牲畜训练得服服帖帖、任劳任怨，"得儿——驾"的赶驾声，"吁——吁"的停驾声，"喔——喔"的转向声，此起彼伏，仿佛整片戈壁滩都陷入这些吆喝声中。

突然，从马车老板队伍里传来一阵高昂的信天游，"羊啦肚子毛巾哟三道道蓝，咱们见个面面容易哎呀拉话话难，一个在那山上哟一个在那沟，咱们拉不上那话话哎呀招一招手，瞭不见那村村哟瞭不见那人，我泪个蛋蛋哎呀抛在哎呀沙蒿蒿林……"歌声荡气回肠，声声入耳，让人心头一振的同时也催人泪下。这些来自陕北民歌故乡的马车老板，看上去憨厚老实，骨子里却不乏浪漫，唱信天游是他们除了赶驾之外的另一项拿手本领，也成为他们排遣寂寞的一种方式。周华胜等人立即被这种原生态的土著情歌吸引住，越听越觉得歌中夹杂着令人血脉偾张的肉麻，唱这样的歌能"过嘴瘾"，听这样的歌能"解身馋"，心中不由腾起对情爱生活的眷恋，当然也不乏对美好生活的追求。

当一辆四挂马车从周华胜身旁驶来时，他笑着冲马车老板挥挥手，正在赶车的马车老板瞬间收起鞭子，同样微笑着向他挥手致意，随后继续扬鞭而行。匆匆中，他只看到了马车老板侧脸，扬起的右手腕上有片通红的皮肤，大概是胎记。

周华胜和工友们顺着石灰石料场一直往南走，十五分钟后到达一片土坡，只见土坡上排列着十几个挺大的地窨窑，窑门口备着牲口槽，窑西面是成片的沙蒿子和沙冬青树，一看便知这里是马车老板聚居区。他们住在类似陕北窑洞的地窨窑里，闻着沙蒿子共有的味道，难免要睹物思人、抒歌言情，难怪他们要唱那些扣人心弦的肉麻酸曲。

三四个马车老板正在牲口槽前忙碌，有的精心喂食，有的用刷子将马周身刷得油光锃亮，还有的正举着桶给马饮水，不时清理桶里的杂物，别说是羊粪蛋就是有根草也要捞出来。其中一个马车老板，反复抚摸着一个又方又长的骡驹脑袋，说："你这个调皮小家伙，干了这么久的活儿，就数今天挨鞭子次数最多，以后要学着听话些。在我眼里你是最棒的。"骡驹似乎听懂主人的话，用脑袋亲昵地蹭磨主人衣服。

望着这一切，周华胜心底陡然升起一种感动，特定环境和特定心理，自然会促成人与动物之间的团结协作，以此实现生存对接与生命价值。对马车老板而言，高举皮鞭实属无奈之举，在距离这片戈壁滩一千里外的那个穷地方，一家老少的希望都寄托在他们这些顶梁柱身上，他们不得不把希望转嫁到拉车的牲畜身上。当周华胜离开这里时，忍不住数度回望。

周华胜回到宿舍后，发现匡照明正躺在床上用小镜子看那张小脸，只见他抠掉脸上的一块皮渣渣，"噗"地一下吹飞，长叹道："唉……这张可爱的小脸简直没法看了，天天往下掉皮掉渣，又疼又痒，烦死人了。"随后像想起什么，嬉笑道："要是能像常指挥那样天天搽雪花膏就好了，抽空去搽点他的雪花膏。"

周华胜笑道："你没听常指挥说嘛，他的雪花膏全是他老婆专门买了邮过来的，是为了让他爱惜那张俊脸。"匡照明晃着二郎腿说："常指挥能搽上老婆给买的雪花膏真幸福。咱们工地的上千号男人中，像他这般搽雪花膏的人极少，难怪他在许多场合总会自得地重复三句话。"说着故意咳嗽一声，模仿常德的语调说那三句话："那是我老婆专门买了邮给我的，让我保护好这张脸，千万别破坏了好味道和滑溜感。"匡照明学得惟妙惟肖，周华胜被他的样子逗笑了。

匡照明真惦记上了常德的雪花膏。这天，他趁着常德上茅房的工夫偷偷溜进其宿舍，从桌子上找到一个带着香味的塑料管，胡乱往脸上抹搽一番，然后拔腿就往外跑，没想到一出门便"嗵"一声栽到常德怀里。

常德望着匡照明脸上没抹开的白花花一片，将鼻子往前凑凑，一把拉住他，说："说！是不是偷搽我雪花膏了！"匡照明反应很快，挠着头皮嘻嘻一笑："常指挥的雪花膏味真好闻，嫂夫人一定比嫦娥还美。"常德一听当即松手，美滋滋地说："你小子还真说对了，嫦娥也没你嫂子好看。"说这话时还煞有介事地瞅瞅天空，尽管是白天。匡照明借机立马跑了，边跑边回头扮了个鬼脸。

从这以后，匡照明落下一个"小鬼头"外号，包括常德在内，众人一张嘴便是"小鬼头"。起初他听到这种称呼直翻白眼，没多久便嘻笑着接受了，并为自己找了个抬高身价的理由：只有精灵可爱、内心戏十足之人，才配得上这个雅俗共赏的古今第一外号。

这小子天生爱热闹，三天两头没个正形，也不知从哪儿弄来些惹喷"洪荒之力"的荤段子，冷不丁就冒出一段……不得不服这小子的记性与广播效应，连说带比画时引得一片哄笑。周华胜佯怒道："小鬼头，还要个脸不？公共场合注意言行。"匡照明倒是挺给面子，霎时闭住了薄嘴唇，但没过多久便依旧如初。

没事的时候，周华胜喜欢盯着常德的脸看，这张脸的轮廓真如罗成一般俊美，只不过不是"玉面持枪"，而是"紫面挥旗"。不知为什么，常德的脸不管搽多少雪花膏，照样黢黑，照样掉皮落渣，而且还有成片的紫红斑。周华胜很欣赏常德这种领导，身上既有领导者的精明干练，又不乏老革命的威严，也不乏知识分子的儒雅，严肃时谁逗都不笑，活泼时谁严肃都不行，难怪他老婆那么疼爱他。周华胜想，像常德老婆这样能给自己男人买雪花膏的女人，一定很美丽很细腻很有味道，他估计有此想法的不止他一人。

随着夏天来临，太阳好似热辣辣的大火球炙烤着大地，来自沙漠的热浪一层接一层无遮无挡地扑面而来。戈壁滩里，似乎只有马蛇子这种典型的沙漠动物不怕暴晒，越晒越精神，越晒跑得越快，不时将细长的尾巴一圈一圈地卷起来，然后舒展，再卷起……

一号高炉工地上，高炉基础混凝土框架已近尾声，工人们的衣服鞋子早已被汗水浸湿。他们的脸已晒掉好几层皮，一颗颗豆大的汗珠顺着脸颊不断滑落，只觉脸上像针扎一样疼痛，抬起衣袖简单擦拭几下了事。一些人不自觉地舔下渗着血水的干裂嘴唇，一股甜腥味瞬间涌上来，明知嘴唇越舔越干裂，仍会下意识地一次次伸出舌头。

周华胜将水壶递给身旁的一个工友，对方接过水壶喝了两口，随即将水壶还给周华胜，叹息道："干这活真累，也不知什么时候是个头。"周华胜望着小山似的沙子说："没办法，累也得干，现在这里的每一处工地都考验着意志，坚持住就是胜利。"说罢攥紧锹把继续筛沙子，两小时后沙堆终于变得矮小，心底不由冒出一小股成就感。一只小马蛇子突然从他脚下蹿出来，迅速爬到前面的沙堆上，回过头来冲他顽皮地吐下舌头，这才扬长而去。周华胜望着那个敏捷的小身影，不由笑了。

正午时分，周华胜和工友们来到工地旁边的干打垒吃饭及休息，这个干打垒是前不久为了防止工人中暑才建的。此时，劳累与炎热让他们失去了往日的说笑，各自默不作声吃完饭，东倒西歪地躺在地上休息。周华胜走到墙角坐下，从饭盒里拿出一个窝头、一个馒头和一份咸菜，就着水壶里剩下的小半壶水吃饭。他边吃边盯着这把军用水壶，有的地方掉漆甚至磕碰得变形，但使用起来依然顺手。饭后，他靠在墙角睡着了。

一小时后，周华胜和工友们开始下午的劳动，手里的砖块和水泥变得越来越沉重，每个人都咬紧牙关，不断告诫自己一定要挺住。暴露在烈日下的工人们，少了马蛇子那般天生的抗晒功能，他们除了咬牙坚持别无他法。

下午三点，二队四组的人准时来到工地接班，匡照明提了下快掉的裤腰，说："唉……累得裤子都提不上去了，还不如回老家种地呢。"周华胜说："小鬼头，不想支援二三五厂了？不打算让老婆孩子来了？"

匡照明故意翻着白眼说："喊，谁说不想支援啦，累极了随便说几句而已，别弄得上纲上线。还指望着挣钱养家呢，老婆每次来信都说就盼着快到月底，一到月底就能收到汇款，看样子想钱比想男人更重要。"说罢开始筛沙子，他那瘦小的身子看上去很吃力，够着身子用力举起铁锹朝着筛子扬撒。周华胜知道这个小鬼头就是嘴不值钱，牢骚来得快去得也快，现在建设进度越来越快，人们上班累得半死不活，就连最爱说笑的小鬼头也顾不上这识字班那小媳妇了。

周华胜和工友们顶着烈日回到宿舍，只觉浑身乏力，倒头就睡。周华胜一觉睡到晚饭时间，起床到食堂打回晚饭，三下五除二吃完，随后钻出地窨窑，坐在不远处的酸溜溜树旁，顺手摘了一小捧红彤彤的酸溜溜放在嘴里，霎时觉得清凉甘饴，满口生津。

他边吃酸溜溜边琢磨心事，不得不承认，眼前的一切随着新鲜感的消失显得极其矛盾，内心轮番被充实、空虚、忍耐占据着。从矿山修路队到一号高炉工地，他觉得自己是尽了心的，内心不乏充实；想家想老婆时，他内心很空虚甚至是寂寞，在这个短时间内就能被风沙抹去痕迹的地方，想找个痛快地方玩耍也不敢走远，谁也不想成为失踪的干尸；伙食经常吃个半饱，往往活没干到一半便饿得前心贴后心，穿倒无所谓，男人有身衣裳倒替着穿就行，住集体宿舍不方便也得将就着……

一想到王秀英，周华胜感觉又血脉偾张起来，连同身上的汗毛也不安稳地抖动着。他不由回想起分别头晚跟秀英在一起的场景，当时他坐在堂屋的小板凳上，边抽烟边望着为他整理东西的秀英，目光不自觉地追逐着眼前高挑而不失丰满的身影。看着看着，他便掐灭烟头从身后紧紧抱住她，她转过身来搂住他的头，两人移至炕上，很快便酣畅淋漓。随着回忆，周华胜不由在脑际垒起一张土炕。

一会儿，他起身拍打几下屁股上的沙土，动身返回宿舍。他边走边望着不远处那片嘈杂的工地，华建的工人们正在全力以赴地建厂房，各种建筑机械仍在不停运转，轰鸣声传出去四五里地……

第七章

周华胜下白班回到宿舍，刚要端起茶缸喝水，金明顺突然急急地跑进来，说："快去看看吧！出事啦，听说匡照明在北水源地被人打了，后背挨了黑砖头。"周华胜心头一紧，急忙跟着金明顺一齐跑到北水源地，果真看到匡照明躺在地上，忙问他怎么了，他龇牙咧嘴地"哒"一声，指着腰说站起不来了。

周华胜背起匡照明就往医院跑，金明顺紧随其后。经过一番紧张检查，医生说匡照明后背受了轻伤，躺着静养几天就好了，周华胜和金明顺这才松口气。周华胜问匡照明："怎么突然挨了砖头？"匡照明苦着脸回答："我也纳闷呢，当时在北水源地转悠，刚走到大坝旁边就感到背后一阵疼痛，结果一个狗吃屎趴地上了。"

说话间，刘大龙气喘吁吁地跑过来，说："这是哪个杂碎把人打成这样？匡照明，你在医院多住些时日，让那个背后下黑手的杂碎吃不了兜着走。"匡照明摇摇头，说："哪有那么多时间浪费在这上面，还得挣钱养家呢。再说我也不是讹人之辈，看看没什么事就回宿舍。"

周华胜以最快速度搜遍脑海，猛地想起一个人——苗逸严。只有这家伙最有可能对匡照明下黑手，对当初匡照明和自己合伙找他算账怀恨在心，所以才会从背后扔黑砖头。周华胜越想越生气，径自离开医院来到苗逸严宿舍，铁青着脸一脚踹开地窑窑门，当众将蹲在地上吃饭的苗逸严一把拽起来，怒道："你简直太混蛋了，把他人的忍让当成蹬鼻子上脸的阶梯，真是'兔子枕着狗腔睡——大了胆了'！"说罢拎住苗逸严后领，像拎一只鸡似的把他拎到宿舍外面，照着他的脸就是一拳，又朝着他屁股狠踹两脚。

一股鲜血立时从苗逸严鼻子里流下来，他捂着蒜头鼻倒在地上，发出杀猪般的嚎叫："救命啊！山东老转儿打人啦！要把人打死啦！"这一连串夸张的喊声，瞬间引来更多看热闹的，纷纷上前询问何故。周华胜目光冰冷，指着地上的苗逸严，说："让这个熊玩意儿自己说。"苗逸严像吃了哑巴药，顿时闭嘴。

周华胜斜睨着苗逸严说："没胆量说了对吧？你不说我说，说出来让大家评评理。"随即扭头对众人说："这家伙上次写信到指挥部举报我，说我看不可告人的书，我碍着同事关系没理会他。没想到他蹬鼻子上脸，又举报我偷鸡、搞百鸡宴、想当座山雕，我实在忍无可忍，就和匡照明一起口头训了他几句，提醒他别再胡乱举报，这家伙当时再三保证下不为例。谁知他当面一套背后一套，竟然朝匡照明扔黑砖头，一砖头把匡照明打进了医院。你们大家给评评理，这种人该不该挨我刚才那两下子？"

人们开始交头接耳，"这个瞄一眼就喜欢躲在暗处偷瞄，瞄完就打小报告，不是告这个迟到，就是告那个说怪话，早该收拾他了。""他老子不就是个副科吗？瞧把他张狂得尾巴撅上了天。打得好，你瞧他现在那个怂样。没想到平日里看着憨厚老实的山东小伙儿，打起架来虎气生生。"

刘大龙气鼓鼓地赶来，上前欲对苗逸严挥拳，被周华胜一下子拦住，说："方才我那几下就够他受的了，若再动手显得以多欺少。"刘大龙只好作罢。

围观的人群渐渐散去，苗逸严笨拙地从上爬起来，左手捂鼻子右手捂屁股，扬言要到指挥部告状。周华胜冷冷地提醒他："就冲你今天的龌龊行为，没把你打得满地找牙就不错了，有种现在就一起去指挥部，不说别的，就说你暗下黑手毒打革命同志，到时候看指挥部先处理谁！"说着欲拉苗逸严一起到指挥部，吓得他急忙后退。刘大龙一把拉住苗逸严，让他赔匡照明二十块钱医疗费和精神损失费，他乖乖从兜里掏出二十块钱。趁刘大龙夺过钱清点的工夫，他慌不择路地跑了。其实他压根就不敢到指挥部告状，虽说有王邯路向着自己，但终究抵不过常德以及其他人对这帮山东老转的支持。

周华胜和刘大龙返回医院，刘大龙掏出二十块钱递给匡照明，说："给！这是瞄一眼给你的赔偿费，不收白不收。"匡照明惊讶地张大嘴巴："这么多钱？"刘大龙撇撇嘴："这还多？男人的腰要是废掉整个家就塌了，不让他赔一百一千一万就够便宜他的了。"

匡照明在医院躺了一天就吵闹着要回宿舍，结果被刘大龙抢着背回宿舍。同宿舍的人，这个帮他打饭，那个扶他上厕所，就差给他掏撒尿的家什。匡照明眼泪汪汪地感叹：真是患难见真情，革命友谊牢不可破，享受到了雷锋式春天般的温暖。他在床上没躺几天便上班，一再表明根本躺不住，老婆还在屁股后面催着往家寄钱呢。

周华胜下班路上碰到常德，常德一见面就盯着他嘿嘿直笑，笑得他心里直发毛，忍不住说："常指挥，你别这么笑了，笑得人心里发毛。"常德仍然笑而不语，周华胜不得不补上一句："你肯定知道了我前几天打架之事，所以才这样笑。"

"哈哈！我昨天无意中听说你把那个苗逸严教训了一顿，我当时就想，看你小子平日里挺老实的，没想到……"常德有意停顿一下。

"常指挥，兔子惹急了还咬人！"周华胜语气有些急。

常德拍拍他肩膀说："人有时候也要学学沙枣树，用身上的枣刺进行自卫。"随后望望四周，接着说："说实话，前段时间我很想对你进小黑屋之事进行彻查，但为了不影响大局只好作罢，有些事我心知肚明，也希望你这只'替罪羊'多加谅解。"周华胜憨憨一笑说："放心吧，我肯定能理解。"常德点点头笑着走了。周华胜边回味常德的话边回到宿舍，他理解常德的苦衷，也知道不能影响大局。

这天晚饭后，周华胜和一帮人坐在地窑窑门口聊天，突然听到不远处传来一阵笑声，定睛一看，原来是常德正同一个女同志说笑着并肩走来。众人霎时目瞪口呆，匡照明揉了下眼睛，蹦起来指着二人问："这是什么情况？"周华胜一笑："难道我们要见到给常指挥买雪花膏的女人了？"无一人答话，却都像听到口令般"唰"地站起来，终于能见到那个买雪花膏的女人了，内心竟然腾起莫名的激动，眼神箭一般射向常德身旁的女人。

等到常德两人走近时，众人瞬间傻了眼，没想到高大俊雅的常指挥竟然领着一个又瘦又矮、塌鼻梁、头发稀疏发黄的女人，这悬殊也太大了！惊愕之下，就连小鬼头匡照明都一时语塞，呆若木鸡。常德看出些端倪，故意咳嗽一声，指着身旁女人拿腔拉调地介绍："现在，我给你们这帮单身汉隆重介绍一下，这位——就是我的老婆大人——金芳同志，你们应该叫嫂子！"匡照明反应最快，带头拍着巴掌叫道："嫂子好！"瞬间响起一片"嫂子好！"

叫得金芳心花怒放，笑着向大家点头致意，众人这才发现她有一双眯眯弯弯的月牙眼，笑起来很有亲和力，别有一番风味。

周华胜开玩笑道："嫂子，又给常指挥送雪花膏来了？"金芳愣怔一下："什么雪花膏？"边问边迟疑地望向常德，眼神瞬间变样。常德笑着指指周华胜说："臭小子，惹出话来了吧？"周华胜搔着头皮不明就里。常德赶紧软乎乎地向金芳解释："金芳，你千万别误会，是这么回事——我把自己买的治风疹药膏，跟这帮臭小子说成是你给买的雪花膏，结果他们信以为真，还有的趁我上茅房工夫偷偷溜进我宿舍抹搽，被我当场抓了现形。"说到最后两句，常德特意将眼神移向小鬼头匡照明。

没等金芳答话，匡照明先急上了，跺着脚说："常指挥，弄了半天你抹的是药膏啊，当时你把我逮住时怎么没说是药膏呀？哼！也不怕把我的小嫩脸毁容。"常德开怀大笑道："提药膏干啥？还想再逮你几次热闹热闹呢，反正这里风大，搽点治风疹的药膏也没什么坏处。"金芳用胳膊肘捅了男人腰一下说："真服你了，硬把药膏说成雪花膏。"周华胜笑道："嫂子，你今天要是不来，我们这些人还一直蒙在鼓里呢。"

这时，常德无意中瞥见周华胜身上穿着补丁衣服，心头掠过一丝心疼，但面上并未流露出来。他轻悠悠地向大家解释："其实呢，我以前搽的雪花膏全是药膏，也不是我老婆买的，她天天忙得像陀螺一样，哪有时间给我买那玩意儿，都是我自己买的。我有严重的'风疹块'，风一吹浑身就起红斑，吃睡不宁，抹上药膏会好受些。"众人恍然大悟，怪不得常德那么爱臭美，怪不得脸上即使搽"雪花膏"也总能看见红斑，原来如此！想起他日夜忙碌在工地上的场景，内心不由肃然起敬。

匡照明调皮道："我代表众兄弟问一下，请问嫂子在哪里高就？"金芳刚要接话，没想到被常德抢答了："你嫂子在昌盛钢铁厂医院上班，由于照顾老人和孩子，所以这次没跟着来。"匡照明立马表扬："嫂子是标准的贤内助。"金芳抿着嘴角不好意思笑了，又用胳膊肘捅男人腰一下，说："走吧，别在这里耽误大家聊天了。""好，听你的。"常德连忙与老婆说笑着离去。

望着二人相依而去的背影，众人突然悟出一句话：情人眼里出西施。

匡照明猛地拍一下瘦大腿，说："这就叫糟糠之妻不下堂！"刘大龙大大咧咧道："糟什么糠啊？人家是救死扶伤的光荣医生。女人不是因为漂亮才可爱，而是因为可爱才漂亮。就像我老婆秦槐香，虽说个子矮小、单眼皮小眼睛、塌鼻梁、大嘴巴，但就像是心里美萝卜，各方面没的说。"

"刘大龙，你这是明贬暗褒啊，明明就是表扬你老婆。"匡照明笑道，随即夸起自己老婆："虽然我老婆上来一阵傻不愣登、说话有点冲，但心地很善良，对我没的说，每次来信都说想我想得浑身发痒，身上的每一个细胞都痒得难受。""哈哈……"众人会心地大笑起来。

周华胜想，抛开金芳的身材相貌除外，常德离家在外，照顾老人和孩子的任务自然落到金芳肩上，这样的贤惠老婆必有可爱之处。正如刘大龙所言，评论女人是否漂亮不能全看外表，心灵美占去很大一部分。这或许就是金芳身上那种说不出的味道，就像她的名字一样，闪着金光的芳香才别有韵味。

金芳住了一天就回去了，据常德说，老婆这次确实是专门来给他送雪花膏，是否实话无从考证。

让周华胜意外的是，金芳前脚刚走，常德后脚就找到周华胜，手里拿着个灰袋子，扫了一眼他身上的补丁衣服说："你自己看看身上的衣服，补丁摞补丁。昨天你跟我老婆说话时，我就注意到了，当时在场的几人就数你穿得最狼狈。一个挺精神的大男人，穿得破破烂烂有损形象，我衣服比你衣服多，咱俩身高胖瘦都差不多，所以给你带来几件，不嫌弃就拿去穿吧。"说罢不由分说将袋子递给周华胜。周华胜心头轰然发热，连声道谢，常德笑说同事间理应互帮互助，闲聊几句便离开。周华胜打开袋子一看，里面有两件灰色上衣、两条黑裤子，衣服都是半成新。他噙着泪花找出柳条箱，把衣服叠整齐放在书的上面，打算上班时依然穿补丁衣服，业余时间再穿这些好衣服。

傍晚，周华胜正和一帮人在宿舍闲聊，匡照明忽然抱着一只毛茸茸的小东西闯进来，进门便把小东西放在地上。周华胜近前一看，原来是一只长着灰色茸毛的小狼崽，浑身散发着土腥味和臊气，不由倒吸一口冷气，说："匡照明，你闯祸了，快把小狼崽送回去，老狼会顺着气味找到这里的。"

匡照明摆摆手不以为然道："不用害怕，我是从挺远的山下捡到的，当时这小东西缩在灌木丛里瑟瑟发抖，我出于好心才抱回来。老狼真要找来就还给它，现在暂时先替它养着，顺便解解闷。"其他人也催促匡照明快送回去，否则今晚肯定睡不好觉，但他仍固执地说："现在天黑来不及送了，明早再说吧。"

夜晚十二点多，周华胜等人住的地窨窑周围突然响起悠长凄远的狼嗥声，余音袅袅，在黑暗中四处漫散，四只绿莹莹的眼睛，一动不动地盯着地窨窑。

周华胜用胳膊肘碰匡照明一下，说："这下惹祸了吧，老狼真来要孩子啦。"匡照明急忙把头埋进被窝里，身上的汗毛像豪猪一样竖起来。这时，原本缩在角落里的小狼，听到爹娘声音后神经质地抖动一下，倏地跑向窑门，兴奋地将头贴在门上，一边奶声嫩气急叫，一边用小爪子挠门。

窑外的老狼听到动静后更加疯狂，其中一只猛地蹿到窑门口，拼命用爪子咔嚓咔嚓地抓挠窑门，另一只焦急地在原地转了两圈，迟疑片刻后"嗖"地向窑顶蹿去，很快便传来发狂的扒土声，窑顶上的土扑簌而落……空气仿佛凝固了，众人心惊肉跳，头皮一阵阵发麻，唯恐不结实的窑门被老狼挠破，也担心窑顶被扒出洞来。

周华胜壮起胆，下床将急不可耐的小狼抱起来，走到小窗根下，屏住呼吸，一只手小心翼翼地掀开小窗，另一只手迅速将小狼丢向窗外，小狼好似毛茸茸的线球，滚落到窗外三四米远的地方。门外的老狼瞬间停止抓挠，倏地蹿到小狼身边，扒窑顶的老狼"嗖"一声从窑顶飞跃而下，小狼在原地打了个滚儿站起来。原本悲悲切切的两只老狼，疼爱地望着孩子，轮流舔腻它的毛发，随后带着孩子扬长而去，很快隐没在浓浓夜色中。

地窨窑里，人们躺在硬板通铺上惊魂未定，眼望窑顶，不约而同吐出一口长气。这个说："匡照明，快把你的好心收起来吧，千万别再用这种方式解闷啦，心脏真受不了。"那个道："再有下次，干脆把匡照明绑起来送狼窝去。"匡照明用屁股使劲顶下硬床板，说："他娘的，以后再有这事，直接买块冻豆腐撞死。即使狼崽子快死在沙丘里也不敢往回抱了，差点吓尿床。"一旁的刘大龙戏谑："是不是已经吓尿了？"匡照明裹着被子"腾"一下站在床铺上，说："哼！我有那么胆小吗？真瞧不起人。"众人发出哄笑声。

次日清早，周华胜去食堂打饭，匡照明也拿起饭盒跟着一起打饭。

刚钻出地窨窑，匡照明就把嘴巴贴在周华胜耳根道："听说没？今天下午工地上要来'五朵金花'，全是女的，未婚。"周华胜一时没反应过来，匡照明悄声解释："就是类似电影《五朵金花》里的大识字班。"周华胜这才明白，压低声音说："别胡说，那部电影已被视为'大毒草'，连主演都被打倒了。女的怎么了？值得你这样大惊小怪。"

匡照明嘴角一撇："喊，你说女的怎么了？女的多了女人味就多呗，这么简单的道理都不懂。"周华胜推他一把说："就你懂，瞧你那个没出息样。我突然想起一事，我那天发现你跟医院那个'大头娃娃'女护士走得挺近，咱们丑话说在前头，如果你跟那个'大头娃娃'捅出什么娄子，我可不替你擦屁股。"

匡照明急道："你别血口喷人好不好？我跟罗敏一点事没有，一口一个大头娃娃，人家不就头大了点、长了个娃娃脸嘛。我只是觉得她挺招人喜欢，爱和她开玩笑而已。"周华胜瞪他一眼，说："不管是大头小头、娃娃脸还是老太太脸，都要注意。你和胡春香是我丈人丈母娘亲自保的媒，如果真弄出管不住裤腰带的事来，脸上都没光。""小题大做。"匡照明弄了个没趣，边走边嘟囔。

下午，工地上果真来了五个年轻漂亮的女技术员，场面顿时热闹起来。

从这五人下车那刻起，她们便立时被数双放光的眼睛盯上，空气中多了漂亮女人味道，也凝聚了骚动的雄性荷尔蒙。

指挥部决定腾出一间办公室给女技术员们住，常德把这个任务交给王邯路，他立即一改往日的摆设做派，亲自跑前跑后给女技术员安置住处，还不忘嘘寒问暖。

指挥部专门开会迎接女技术员，常德将五位女技术员逐一做了介绍，接着强调："张芳、王艳、王佳玉、田桂香、赵小玉这五位同志，是上级暂时抽调过来帮助我们搞建设的，新来的又是女同志，大家一定要互相团结互相尊重。"话音刚落，小鬼头匡照明就调皮地问："我代表男爷们儿问一句，学雷锋正常的帮助行不行？"常德笑道："小鬼头，正常帮助当然可以，雷锋精神值得提倡。"众人哄堂大笑。

女技术员们很快成为男人堆里的"香饽饽"。打水时，一些男人自动让路让她们先打，甚至还帮她们提水；打饭时，这些男人又主动帮她们占队，甚至争先恐后抢着帮她们打饭……这种众星拱月的滋味令她们内心沾沾自喜，当然也不乏虚荣心作怪。

特别是打饭时尤为热闹，食堂里这个叫张芳，那个喊王佳玉，再不就是吆喝王艳、田桂香、赵小玉，小伙子们各施手段争献殷勤，影响了正常打饭秩序。负责打饭的许师傅一边用铁勺敲打铁桶，一边大声提醒："你们这帮小光棍到底打不打饭了？不打的话赶快给别人让路！没看见饭菜都凉了！"他想：女技术员没来之前，这帮小子每到饭点嘴巴就像抹了蜜个顶个的甜，盯着他手中的勺子争相巴结，不外乎就是想让他往饭盒里多打点，现在倒好，反倒是自己求着他们快点打饭，哼！色再香也不能当饭吃，等着瞧吧，用不了多久，他们准会掉转头讨好他这个"饭香的"。果然，没出十分钟，碰了一鼻子灰的小光棍们纷纷涌到许师傅跟前，赔着笑脸恳求打菜时多冒点尖，许师傅见状故意高举铁勺子反复比量几下，内心却难掩一阵阵得意。

今晚上夜班，周华胜和匡照明、刘大龙、金明顺一齐来到一号高炉工地。早在半月前，他们又从建筑队来到了安装队，配合华建的六十多名技术工人进行炉壳安装。这次四人分到同一班组，负责给技术工人打下手。

匡照明浑身打个冷战说："这鬼地方，昼夜温差太大，就愁着上夜班。"周华胜嘱咐他上夜班多穿衣服，免得冻感冒。刘大龙喘着粗气，把一块炉壳单瓦抱到钢平台上，不时嘟囔："唉，咱们真成永不生锈的螺丝钉了，哪里需要就到哪里去。"匡照明抚着小瘦腰说："这种螺丝钉可不好当，又是修路又是建筑又是安装，腰都要累断了，咱们这帮人真成打杂的了。"

周华胜瞅瞅那些忙碌的技术工人，他们有的趴在图纸上看编号，有的正进行高炉炉壳安装和焊接，发自内心地说："现在一号高炉炉体外壳的金属结构施工进入重要安装阶段，把这么多的高炉炉壳和热风炉壳体分段安装在一起，装配焊接完后，才能进行吊装单元的组装焊接。华建的这些技术工人没白没黑地干，有时比咱们都累。"金明顺不疾不徐地说："华建的人干工作没的说。这些技术活我们都干不了，只能帮人家打杂干些粗活，能帮多少帮多少吧。"

工休时，周华胜等人来到干打垒，屋里很快挤满了人，工人们坐在地上，有的高声说话，有的猛抽烟，更有甚者狠掐自己的大腿，总之什么解困方式都有。半小时后，他们走出屋继续劳动。黎明时分，随着山顶冒出一抹阳光，令人周身感觉暖洋洋的，被露水打湿的衣服渐干，随之涌上阵阵疲乏。

周华胜和工友们疲惫地走在下班路上，途经石灰石料场时，看到那些马车老板以及拉车的牲畜，动感十足，活力依旧。

路过马车老板住的地窨窑时，原本无精打采的人们突然像打了鸡血一样兴奋。不知何时起，这片有着显眼标志的地窖窖被统称为"马车店"。乐观勤劳的马车老板，连同他们辛苦驯养的拉车牲畜，在为这片地方增添活力的同时，也造就了马车店独一无二的"特色"。马车老板们清楚骡子是拉车负重的好帮手，隔段时间就会从沙疙瘩公社弄来几头合意的毛驴，设法让马跟驴亲热一番。它们释放激情的过程，成为单身主人趴在一旁偷看的乐趣，也成为津津乐道的话题，许多天然荤段子经过这般那般的肆意渲染，比春药胜百倍。一帮几乎光着屁股的壮实汉子，挤在干巴巴、硬邦邦的大通铺上，哼着酸掉牙的信天游，摸着生生不息的虱子，说着"拉手手亲口口、白花花的大腿白生生的奶、妹是哥的命蛋蛋搂在怀里打颤颤"等男女兴事，像陕北的辣椒般红尖尖、火辣辣。面红耳赤血涌心跳之际，甚至会带动着手脚都不老实。就这样，"粗俗不堪"成了马车店、马车店的牲畜及其主人的特有代名词，成为人们闲暇之余难以绕开的新奇话题，也成为疲劳之余的热门提神话题。

此时，一个工友笑道："听说马车店的马和驴干那事时，主人趴在一边看得透恣。"

"怎么恣？"匡照明歪着头故意问。

"哈哈，怎么恣自己想去吧。"

周华胜不想在这个问题上继续深入，于是岔开话题："马车老板不容易，他们跟我们一样离家在外，也在为钢铁厂建设吃大苦流大汗。他们能甩鞭子能干活能唱歌，不服不行。"大家听罢打住这个话题，开始聊其他家长里短。

途经北水源地时，突然传来一阵疾呼："有人掉到水里了！快救人啊！"众人听罢心里一惊，急忙向河边跑去。

周华胜最先跑到岸边，发现岸边有一件白褂子和一块白毛巾，水中有一个人正奋力朝落水者游去，他脱掉上衣"扑通"一声扎进水里，同那人一起把落水者救上岸，仔细一看，原来是个十二三岁的男孩，已昏迷不醒。周华胜立即把孩子口鼻内的淤泥抠干净，而后左腿跪地右腿屈膝，将孩子的腹部顶在自己屈膝侧的大腿上，不断地按压孩子背部。污水一股股从孩子嘴里流出来。经过一番施救，孩子终于睁开了眼睛，惊讶地望着周围的人。

众人很纳闷，工地上怎么会出现孩子，而且还掉进水里。这时，从不远处跑来几个人，一个老者边抹泪边急喊："孙子，我的孙子！"一个年轻工人上前把孩子紧搂在怀里，眼含热泪对周华胜连声致谢，老者也如是说。原来，这个年轻工人的父亲带着孩子来看他，一没留神孩子跑到北水源地，也不知怎么掉进了水里。周华胜憨厚地笑着说："别谢我，应该谢刚才那个马车老板，是他最先发现孩子落水及时施救的。"大家方才想起救人的马车老板，环顾四周，早已不见人影。

周华胜想，那个马车老板肯定是趁着刚才人多走了，当时自己光顾着救人，没顾上细看他长什么样子，只记得眼睛挺大，右手腕上有片红色胎记，那片胎记好像在什么地方见过，很像那天坐在马车上朝他挥手的那个马车老板，对了，就是他！想到这里，周华胜迅速向马车店跑去，挨个窑窑打听救人的马车老板，遗憾的是，问遍所有窑窑都无果。周华胜一再表明对方右手腕上有片红色胎记，马车老板们仍一口咬定没有此人。

那个年轻工人将孩子被救之事汇报到指挥部，指挥部安排政工组找周华胜了解情况，随后派人到马车店寻找救人的马车老板，结果也未找到。指挥部想表彰周华胜，结果被他拒绝了，表明救人是应该的，况且至今未找到那个马车老板，自己一个人接受表彰算哪门子事。

正是从这天起，许多人对马车老板刮目相看，凑堆聊天时经常提及。

匡照明望着马车店方向说："压根没想到爱说荤段子、爱唱酸曲的马车老板会救落水孩子。"另一人接着话茬说："确实没想到，像马车老板那样的临时工会救人。他们确实不容易，以后我们对人家要尊重些。"

苗逸严不知什么时候走了过来，抖晃着小腿说："有这么激动吗？不就是救个落水儿童嘛，换上我一样跳进去救人。"匡照明斜他一眼，说："你能干那种光荣事？"人群中不知谁小声嘀咕："不从背后倒腾人就烧高香了，别指望他干好事。"

苗逸严没好气道："别把那个爱看马日驴的马车夫想象得太高大，谁知道他救人到底有没有意图？说不定想借机混碗公家饭吃，从陕北那个兔子不拉屎的地方脱离出来。"

这时，原本不想搭理苗逸严的周华胜，瞬间怒道："你这是标准的'以小人之心度君子之腹'，心术太不正！若真如你所言，那个马车老板早就站出来承认自己救人了，可事实上到现在我们都不知道他到底是谁。别看是临时工，照样为会战建设添砖加瓦！你要是再敢胡乱放臊，当心把你捶扁了，赶紧滚！"苗逸严自觉没趣，悻悻离去。

"呸！标准的搅屎棍。"不知谁朝着苗逸严背影狠吐一口唾沫。

晚饭后，周华胜在地窖窖散步，走到指挥部附近时，突然听到一阵刺耳的口哨声，放眼望去，发现几个小光棍正在女技术员门前晃来晃去。小光棍们吹了半天口哨，没有得到任何回应，只好转身离去。周华胜见状笑了，谁还没有过青春萌动呢。

口哨声传到指挥部，王邯路一边看报纸，一边皱着眉头对常德说："这些小光棍一拨接一拨跑到女技术员门口瞎转悠，乱吹口哨，得给点警示，以免惹出什么乱子。"常德笑道："这怎么警示？总不至于发小布告：光棍们，请远离女技术员门口。我觉得只要不影响大局，吹吹口哨没什么大碍。"王邯路心不在焉地点下头，似乎在琢磨什么。

自从女技术员们来到工地后，王邯路一眼就发现了鹤立鸡群的张芳，她肤白貌美，凹凸有致，比起那几个跟他在市区某隐蔽角落里滚成团的女人，张芳这块又香又嫩的天鹅肉显然各方面都更胜一筹。至于他老婆刘岚，虽说有几分姿色，但跟张芳比起来也是逊色不少。

王邯路倒背着手来到技术组门前，透过小窗，发现只有张芳一人在里面，脸上不由掠过一丝惊喜。他快步走进技术组，以关心的语气问："张芳同志，来这里一切都习惯吧？"张芳一看领导来了赶紧起身，说："谢谢王局长关心，感觉还行。""有什么需要帮助的，尽管和我说，但凡能做到的一定不遗余力。"王邯路白胖胖的手几乎要拍上张芳的胸膛。他本想再说点什么，王艳和赵小玉突然说笑着进来了，他立时将脑袋转向她们："小王同志，小赵同志，你们工作表现不错，要继续努力。"两人几乎异口同声道："请领导放心，我们一定会努力工作。""那好，你们先忙吧，我再到别处视察一下。"王邯路瞬间恢复官腔，背起手迈着四方步走了。

窑外刮起大风，赵小玉扇着长睫毛说："又起风了，这个鬼天气说变就变。我妈前些日子来信问我这里怎么样，我如实告知，她心疼得好几晚没睡着觉。"张芳叹口气说："在这个地方工作简直就是活受罪，巴不得快点结束援建，早点回原单位，那里再不好也比这里强。真羡慕那些市区的机关人员，咱们跟人家没法比。"王艳看了赵小玉和张芳一眼，表示牢骚归牢骚，工作不能落下，她俩点点头。

这时，门外又传来一阵清脆尖利的口哨声，还夹杂着一些此起彼伏的嬉笑声，女技术员们对这种特殊待遇已习以为常，相视一笑，各自该干什么干什么。

好笑的是，苗逸严也跟着掺和进小光棍群中，把拇指和食指捏成圆形伸进嘴里"咻"地吹着，刺得人耳膜直鸣响。这段时间，他曾试图接近漂亮的张芳，谁知张芳根本不拿正眼看他。好几次，他在路上堵截张芳，甚至拽着张芳的衣角恳求她做女朋友，均被张芳毫不客气地拒绝。她不仅拂袖而去，还把此事当成光荣给捅了出去，引发一系列别出心裁的评论。这个说："苗逸严一个离过婚的癞蛤蟆男人，竟然想吃张芳那盘天鹅肉，简直异想天开。"那个说："他老子顶着副科级官帽，他也就是仗着那个才敢对张芳死缠烂打，现在倒好，张芳根本不吃他那套……"苗逸严听说后，气得差点把地跺出几个窟窿，说："三条腿的蛤蟆不好找，两条腿的人到处都是！"只是说归说，他仍会拖着两条贱腿跑到女技术员门前瞎晃悠，即使吃不上那盘天鹅肉，远远看一眼也好。

第八章

周华胜从未到女技术员门前吹刺耳口哨,他喜欢独自坐在沙滩里吹动听的口哨曲。他从小爱吹口哨曲,或许是天赋,无论什么歌曲一学就会。妻子王秀英最爱听他吹口哨曲。听着听着就想骑他身上"转两圈磨"。他每次一想起口哨的这种神奇功效就忍不住得意,反复回味转两圈的快感。

傍晚,周华胜来到熟悉的沙丘旁,这里正午时分最高温度达八十多摄氏度,能煮熟鸡蛋,随着夕阳西下温度才渐渐降下来。他坐在温热的沙土上,望着浑圆的落日贴着沙漠棱线一点点落下,映衬出周围一层深红,那些红彤彤的酸溜溜显得更加火红,似乎随时会点燃周围的一切。恍然间,他仿佛看到了老婆俊俏的脸庞和丰满的身体……当他的目光不舍地从酸溜溜树上移开时,发现前面出现了一只肥硕的马蛇子,似乎看穿他的心事,歪着三角形的小脑袋冲他直吐舌头。他捡起一根树枝朝它比画一下,它"嗖"地一下跑了。望着那个被自己吓跑的敏捷小身影,他不禁哑然失笑。

一会儿,他用口哨吹起"沂蒙山小调",音符像一个个快乐的天使,连同青山绿水、牛羊草地、高粱稻花,一齐从他嘴里欢快地蹦出来。他的眼前不时映现出家乡风景和乡亲们生活的图景,内心情不自禁地产生一种神往和冲动。

当口哨曲落下时,他忽然发现正前方不远处露出一个扎辫子的漂亮脑袋,瞪大眼仔细一看,原来是"五朵金花"中最漂亮的张芳,顿感心神慌乱,急忙起身想离开。

"周华胜,我刚才无意中听到了你的口哨曲,没想到你吹得这么好。在这个荒凉的鬼地方,能听到如此动听的口哨曲,简直就是一种神仙般的精神愉悦。"张芳边说边走过来，双手举起一捧酸溜溜递给他，他赶紧后退着谢绝。张芳怔了一下，紧盯着他说："你长得很像武松，相貌堂堂，英俊潇洒，胸脯横阔，很有男人味。"她一口气吐出连串的形容词，火辣辣地夸赞眼前的这个英俊男人，听语气就像真见过武松。

被张芳这么一通表扬，一股男人专有的虚荣心在周华胜的胸中隐隐跃升，他不自觉地将迈出去的左脚收回来，目光也变得愉悦起来，笑道："你们这些天天坐办公室的技术员，初到这里肯定不习惯，慢慢就习惯了。"张芳叹息道："在你们眼里，我们这些人工作条件是不错，但比起机关单位的人还是差远了。"她歪着头，嘟起漂亮的樱桃嘴说："你刚才吹的'沂蒙山小调'真好听，再吹一遍让我听听吧。"

这是周华胜第一次与张芳接触，忍不住多瞅她几眼，人长得确实漂亮，瓜子脸上嵌着一双水灵灵的大眼睛，身材苗条又不失丰满，浑身散发着诱人魅力。他脸红了一下，对张芳说："吹得不好，只要不嫌弃就行。"

吹曲子时，周华胜的眼神四处游离，根本不敢直视王芳，曲调里不自觉地陡添颤音。随着哨音落下，空气像要凝滞一样，周华胜更加局促不安，推说有事想赶紧离开这里。张芳神情有些失落，说："我先走吧。你的口哨曲吹得真好，我很喜欢听。"说罢扭身离去。望着张芳风摆杨柳般的身影，周华胜搓搓手心，对着旁边的酸溜溜树重重地吐出一口气，转身返回宿舍。

就在二人离开后不久，苗逸严竟然从不远处的沙丘后面走出来，一边对着沙滩跺脚，一边咬着嘴唇长出一口闷气。原来，他今天又转悠到张芳住的集体宿舍附近，看到张芳走向沙滩时，便尾随其后来到这里，躲在沙丘后面偷瞄。张芳对周华胜的不吝夸赞和脉脉含情，差点令他酸透神经、气断肠子，恨不得像鲁智深倒拔垂杨柳那样，把所有的酸溜溜树统统倒拔出来。

此时，他的内心将周华胜划为头号情敌，本想故技重施到指挥部举报，举报周华胜身为已婚男人乱搞男女关系，但又怕惹恼张芳那只白天鹅，将他死缠烂打之事扑棱到指挥部，如果再添油加醋施以情节辅叙，说不定会摊上耍流氓的名声，那无疑是搬起石头砸自己的脚，不如先放周华胜一马，伺机行事。想到这里，他扑打几下屁股上的沙土，转身走了。

再看周华胜这边，一回宿舍就躺到床上休息，却像煎鱼一样来回翻身，自己也奇怪不过是吹了首口哨曲，好像真做了什么见不得人之事。凭男人的直觉，他觉察出张芳的眼神里多了层东西，他不愿触及也没胆量触及，毕竟自己是个已婚男人，真要惹出事来头一个遭殃的就是他自己。他记起跟秀英离别的头晚，她的脸贴着他结实的胸脯，贴近他耳根说："你在西北一定要管好自己的裤腰带，否则我会用辫梢把这东西抽成柿饼子。"说罢特地摸过背后那根又粗又长的辫子，做了个狠狠的试验，疼得他长"哒"一声，缓过神后捏了下她俊俏的红脸蛋说："有你这么漂亮的老婆我知足了，放心吧。"她娇声笑语："这还差不多。"回想到这里，他侧过身笑了。

没过几天，周华胜发现洗衣粉和牙膏快用完了，正好刚发工资，于是坐着客车来到玉明市区。他先到邮电局给老婆汇完款，之后到市区唯一的百货商场买生活用品，走出商场时已至正午，心想来市区好几次都没舍得吃顿饭，今天索性下馆子吃顿羊杂吧。

他快步来到一家挂着"国营向前饭店"招牌的饭店，门头不大，摆了五六张圆桌，不乏想换换口味之人。服务员是个二十来岁的年轻女人，留着齐耳短发，戴着小白帽，穿着白大褂，看得出在国营饭店上班是一件颇得意颇体面之事。服务员口齿伶俐，抬高嗓门提醒顾客："大家都把钱和粮票准备好，快点啊！别耽误其他人吃饭。"随后挨个询问顾客需求，收完粮票和钱，撕一张小票递过来，整个动作很麻利。

看到周华胜伸长脖子直往卖饭的窗口望，服务员上前热情推荐："同志，看你面生，肯定是第一次来这里，来一碗羊杂、两个白饼子吧，这是西北地区的特色美食。羊杂全部是用羊肉原汤加天然香料煮熟的，配上辣椒油、盐、香菜和洋葱，别提有多好吃了！白饼子是用铁锅烧炭烤制的，口感很好。羊杂一块钱一碗，白饼子三毛钱一个。"周华胜当即买了一碗羊杂和两个白饼子。羊杂配白饼果真好吃，没出十分钟，他便吃得碗底朝天。他打着饱嗝从饭店出来，感觉这顿美食不仅抚慰了肠胃，还吃出一番莫大的幸福感和满足感。

周华胜顺着主干路赶到汽车站，坐上客车颠簸在土路上，快到沙疙瘩公社时，突然想到黄河岸边的沙枣林看看，于是半路下车来到一片沙枣林。

这片沙枣林有百十棵树，一棵棵歪斜地站立着，青豆状绿果随风摇曳在纷乱的枝头，它们无疑是饱受风沙肆虐的幸存果。有些树根被狂风刮得像青筋一样暴露在地表上，周华胜不由上前抚摸着，抬头望去，枝头上的灰绿色叶子长势繁茂，似乎在倔强地宣告永不服输的生命力量。

他坐在一棵树下，边抽烟边打量四周，发现离沙枣林不远的地方有不少菜地，还有一片干打垒房子，隐约能看到三三两两的忙碌身影。他想：能在这样的环境中生存下来，无论是人还是树均为一个奇迹。

约莫坐了半个小时，周华胜起身离开树林前往沙疙瘩汽车站。快到汽车站时，他发现旁边一个系着红纱巾的年轻女人掉了东西，女人走得急并未发觉东西掉落，急忙喊道："识字班！你掉东西啦！"

女人闻声返身回来，她看上去二十出头，身高一米六左右，圆脸细眼，长相挺秀气，却冲着周华胜瞪大眼道："你个'灰个泡'！咋介说爷呢？"周华胜没听懂她说什么，指着地上的东西再次提醒："识字班，你真掉东西啦！"女人俯身捡起地上的手巾，气呼呼地走了。周华胜暗自纳闷，这女人也太不懂礼数了，自己一番好意，反倒招来一通横眉冷对。他边想边加快脚步往车站走去。

谁知他刚走出不到百十米，就听到背后传来一阵利飕的小风，随即感到一道灼痛落到肩膀上，这疼痛令他差点趴在地上，一股热辣的泪水不自觉从眼窝溢出来，胃里的羊杂也差点倒出来。

他转身一看，身后站着三男一女，女的不是别人，正是方才离去的那个年轻女人。袭击周华胜的男人看上去二十来岁，跛脚，身高约一米七五，浑身上下黑得像煤炭，瞪着双眼皮大眼喊道："透你妈！你个'灰个泡'！'枪崩货'！敢说爷老婆是虱子办出来的。"说罢又要抢棍棒。

周华胜瞬间明白过来，原来这几人误把"识字班"听成"虱子办"了。他强忍疼痛，上前一把将棍棒夺下来："老乡，你误会了！我是提醒你老婆掉东西了，识字班是山东方言，是姑娘的意思！你不该不分青红皂白一上来就打人。"跛脚男人半信半疑："真的假的？没骗我？"周华胜指指玉钢方向："没骗你！我就在玉明钢铁厂上班，不信你去问问。"跛脚男人和几个人低头嘀咕半天，担心打伤人进局子，特别对方又是公家人。

跛脚男人靠近周华胜，说起软话："这位兄弟，是我不对，我们是玉明当地的'此地人'，都怪我老婆没听懂你那句话的意思，跟我说你骂她，所以我才动的手。你大人不计小人过，原谅我的冒失吧！实在不行我给你赔点钱。"

周华胜抻了抻肩膀感觉无大碍，考虑对方也不是故意的，又这么实心实意道歉，还是得饶人处且饶人吧。想到这里，他对跛脚男人挥了挥手："你们走吧！以后别这么鲁莽，否则我就真不客气了。"几个人"哗"的一声作鸟兽散。

周华胜忍着疼痛坐车返回玉钢。一路上，那个跛脚男人和他老婆的骂人方言，一直在他脑子里打转转，"透你妈"一听就不是好话，"枪崩货"按字意理解应该是挨枪子儿的，"爷"肯定是"我"的意思，那"灰个泡"到底是什么意思？他突然记起工地上有一些此地人，其中看大门的向大爷就是此地人，只不过平日里与他们接触极少，未过多留意他们的言谈。下车后路过看大门的地方时，周华胜特地找向大爷询问，得知"灰"是"坏"，"个泡"是"不是个东西"，总之都是骂人话。

周华胜回到宿舍后脸色蜡黄，匡照明眼尖第一个发现他肩膀受伤，他简述了事情原委，让匡照明帮忙到医院拿几副膏药。匡照明拿完膏药往回走时碰到了刘大龙，便对刘大龙讲了周华胜挨打之事。二人回到宿舍后，匡照明小心翼翼地将膏药贴在周华胜的伤处。

刘大龙望着周华胜右肩鼓起的大紫包，把脚一跺道："真是欺负人！明天我带几个人去趟沙疙瘩公社，找到那帮此地人狠狠收拾一顿，看以后谁还敢欺负咱们！"周华胜立即阻止他："千万别冲动，那帮此地人并非故意，况且已经认错，不能把事态扩大化，否则后果就严重了。"刘大龙茅塞顿开，连称是这个理。

周华胜的右肩一星期没抬起来，干活时有些费力，不知内情的工友纷纷询问他肩膀怎么抬不起来了，他平淡地回答："不小心抻了一下。"但没出几日，周华胜被此地人打的消息还是不胫而走，并且很快传到了苗逸严耳朵里，他快意地挥臂伸腰，心想总算有人"替"自己报了次仇。

这天中午到食堂打饭时，苗逸严故意抱着膀子凑到周华胜面前："听说你被此地人打了？你这么厉害咋会栽在此地人手里？简直不可思议，快抓紧去打回来吧。"周华胜白他一眼："对方又不是故意的，我才不会上你这个搅屎棍子的当。"说着打上饭就走了。苗逸严怔了片刻，嘴里不知咕哝句什么，扭头走开。

不久后的一天早上，周华胜下夜班刚走到宿舍门口，突然看到指挥部的小王领着一对年轻男女走过来，男的提了两条鲤鱼，女的抱着一只老母鸡。

周华胜觉得那两人很眼熟，特别是那男的走路微跛，恍然记起原来是那对让他吃了亏的此地男女。他一头雾水不知所以，小王把他拽到一旁，低声说："那男的说他叫贾二蛋，家住沙圪瘩公社黄河二队。两口人特意找到指挥部赔礼道歉来了，常指挥让我带着他们找你。"

贾二蛋提着鱼，一瘸一拐地来到周华胜跟前，说："大哥，那天的事是我不对，回家后挨了我大一顿骂，差点拿不浪揍我。我大说你们为了国家建设才来到这里，吃了很多苦受了很多罪，我们公社有许多人都在这里干活，玉钢工程养活了我们当地不少家庭，不能忘恩负义。这不，我和我老婆张杏花专程来给你赔礼道歉了。"说罢扭头招呼不远处的女人："杏花！还愣着干啥？赶紧把鸡拿过来。"张杏花急忙抱着鸡上前，红着脸说："那天的事确实是我不对，都怪我一时没弄明白你的话意，这才引起一场误会。希望大哥大人大量，原谅我们的鲁莽。"随后，两口人一齐将手里的东西递过来。

周华胜急忙推辞，坦诚笑道："不打不相识，以后就是朋友了。我的伤快好了，你们把东西拿回去吧，心意已领。"贾二蛋把头摇得像拨浪鼓，说："大哥，如果你不收下东西，那就说明还在生我们的气，明显是瞧不起我们。"一听这话，周华胜只好收下这份淳朴真诚的歉意。贾二蛋两口人如释重负，笑呵呵地走了。临走时，贾二蛋邀请周华胜抽空到他家做客，他家就住在三十里外的沙圪瘩公社黄河大队第二生产队。

周华胜把鲤鱼和鸡送到职工食堂做成大锅汤，给一些工人打牙祭。这些人乐得合不拢嘴，戏说多亏周华胜收下"礼物"，伙计们才能跟着解解馋。

周华胜一直琢磨贾二蛋先前的那番话，大体听明白了：他挨了他爹一顿吵，还差点挨揍，但没听懂"不浪"到底是何意。饭后，他急忙跑到向大爷那里询问，得知"不浪"就是"木棒"，原来贾二蛋差点挨木棒，没想到贾二蛋爹如此明事理。

上公用茅房时，周华胜碰巧遇到常德，常德开玩笑道："以后还敢对此地人说'识字班'不？"周华胜嘿嘿一笑："以后尽量说'姑娘'"。常德接着说："玉明市有近三分之一的此地人，建设工地上也有一些此地人。你们以后要在这里扎根生活，要多跟此地人搞好关系，多了解此地话以及当地的生活习俗，这也算是一种文化互融。"他的这番话令周华胜大受启发，暗自佩服常德眼光长远。

周华胜想去趟贾二蛋家，进一步接触下那家人，顺便了解些此地方言。

休班这天中午,他提着五斤玉明市自产的散装白酒,坐车来到沙疙瘩公社,下车后顶着烈日前往贾二蛋家,每走几步便满身是汗,到处是滚烫的沙丘不敢坐下来休息,几经查询才到达黄河大队第二生产队。进入周华胜视野的是清一色的"干打垒",那些覆盖在墙头上的麦秸,在饮尽雨水饱吸阳光之后,早已同墙头上的黑泥分不清彼此。

七八个老汉蹲在一处土墙边,苍老的身影,在坑洼矮墙上拉得又绵长又飘忽。他们人手一个烟锅,吧嗒着干瘪的嘴巴,将烟锅抽得嗞嗞作响,鼻孔里悠悠地钻出两道白烟雾,烟雾又晃晃悠悠地飘向太阳。周华胜走近一个老者身边,礼貌地询问贾二蛋家住址,老人在鞋底上磕磕烟锅,捋着稀稀疏疏的山羊胡告诉他,顺着右边这条路左拐第三家就是贾二蛋家。

周华胜疾步来到贾二蛋家,一家人看到他后很惊喜。贾二蛋接过酒连声道谢,张杏花连忙招呼周华胜就座,贾二蛋爹吩咐儿媳赶紧给客人沏茶倒水。

贾二蛋爹六十来岁,一看就是地地道道的老农,手上老茧一层又一层。老人取出塞在腰带里的长烟杆,边往烟袋锅里舀烟丝边说:"上次确实是二蛋不对,我把他狠训了一顿。虽说我们当地有些人对你们来这里有意见,说自打你们来到这里后,不是供应粮菜,就是供应其他东西,给当地百姓增添了很多负担。但我觉得你们是为了边疆建设才来到这个穷荒之地,更何况我们公社有许多人在玉钢干临时工,哪能做那种忘恩负义之事呢。应该拧起劲来建钢铁厂,让地球上那帮狗东西睁开狗眼看看,咱们中国人不是好欺负的。"说罢点着烟袋锅,吧嗒吧嗒猛抽几口。周华胜听罢瞬间对眼前的这位普通老农充满敬意。

贾二蛋给周华胜的水杯续上水,张杏花端上一盘切成小块的甜瓜,瓜皮呈金黄色,瓜瓤纯白,香气扑鼻。贾二蛋拿起一块甜瓜递给周华胜,说是亲戚从三百里外的巴棱镇捎来的。周华胜接过瓜尝了一口,感觉特别香甜。经贾二蛋介绍,方知这种瓜叫"华莱士",只有土层深厚土壤肥沃的河套平原才有。据说二十世纪四十年代时,时任美国农业部长华莱士到西北访问,拿出随身带的两个甜瓜给众人吃,吃完后瓜籽流落到民间,老百姓把这种瓜籽跟当地的黄蛋瓜铁蛋瓜混种在一起,经过天然杂交后形成这种甜瓜,享有"天下第一瓜"的美誉。

周华胜提及此地方言问题,老人笑道:"你来这里真来对了,我们公社几乎全是此地人,都说纯正的此地话。这种方言主要是走西口到这儿的人说,走西口的人中山西人最多,另外还有不少陕北人,所以此地话有着明显的晋语特色。"

就着此地人的话题,老人慢悠悠讲起一些往事。原来,从明朝开始直至民国初年的四百多年里,有很多山西人、陕西人越过长城走西口移民到这里。大部分人是因为穷得叮当响才背井离乡,只有少数人是来这里做生意,找到活路的勉强生存下来,找不到活路饿死的有的是。有家室的混好后将家人接到这里,未婚青年当中,有许多人选择了在当地成家。老人祖籍是山西河曲,小时候跟随父母走西口来到这里定居,后来在这里娶妻生子,一共有三子一女,大儿二儿年少时在黄河里洗澡淹死了,只剩下三儿子二蛋和他妹妹。前些年因为长期缺粮吃糠皮,把二蛋娘硬生生噎死了。讲述过程中,老人的声音变得很悠远,整个人不自觉地陷入旧日思绪中,说到最后眼窝里溢出老泪。周华胜方才知晓,为何从进门到现在一直没有看到二蛋娘。

老人过了良久才敛起神色,一边朝鞋底磕烟袋锅,一边说:"我们黄河大队共有四个生产队,我们属于第二生产队。黄河滩上盐碱地多,大部分土地不长庄稼,只有极少数可以种玉米和小米。除了生产队的地,每家有四五亩自留地,几乎全部用来种菜。社员们指着卖自留地里的菜养家糊口,有时也捎带着钓鱼。这里的黄河鲤鱼、黄河鲇鱼都很有名,肉厚、味美、营养丰富,凡是吃过的人没有不服的。"周华胜随口问:"大爷,上次二蛋送我的那两条鱼是你钓的吧?"老人笑着点下头。周华胜诚恳致谢,老人连忙摆手:"无须客气,我那混蛋娃娃把你打成那样,两条鱼算什么。"

趁着贾二蛋和张杏花出去的工夫,老人悄悄告诉周华胜:"你可能不知道,二蛋和杏花是换亲。二蛋小时候被车撞瘸了腿,到了结婚年龄可把我愁坏了,托媒婆不知道说了多少家,人家都嫌二蛋身体残疾又没有妈,还得照顾我这个糟老头子,所以婚姻一直没有着落。为了延续香火,我只好用二蛋妹妹给他换了门亲。杏花的亲大在那年沙尘暴中被刮倒的电线杆砸死了,她妈长年有病,她哥为此一直娶不上老婆,所以就同意了换亲。幸亏杏花她哥身体挺好,老实勤快,二蛋妹妹过门后日子过得还行。唉,要不是二蛋腿有毛病,早就到玉钢工地打零工了。"周华胜边听边默默点头。

一会儿,老人将一些常用方言告知周华胜,还顺带着"译"成普通话,周华胜认真记在随身携带的小本上，听到有意思的字眼差点笑出声。当周华胜起身告辞时，贾二蛋爹把两个华莱士瓜装在袋子里，让他带回去给工友们尝尝，周华胜推辞不过只好收下。

周华胜刚走出贾二蛋家不远，贾二蛋就一歪一拐地追过来，招呼周华胜到黄河边转转，周华胜提着袋子跟随他来到黄河边。贾二蛋望着黄河水慨叹："是黄河水养育了我们这些当地人，否则全都活不了。"周华胜点头道："嗯，这条母亲河养育了无数生灵。"

两人沿着河岸行走，草丛里蹦跳着许多蛤蟆，特别是一些两厘米的小蛤蟆极为可爱。贾二蛋指着小蛤蟆笑道："我们这里的人都喜欢拿它当鱼饵。"一会儿，他似是想起什么，面色凝重地说："大哥，再次感谢你原谅了我的过失。实话说我跟杏花是换亲，我很清楚杏花不容易，我腿有毛病但心没毛病，不希望杏花受到丝毫伤害，所以那天杏花一跟我说有人骂她，我就没能忍住脾气用不浪打了你。"周华胜拍着他的肩膀一笑："理解你。好好过日子。""放心，我知道该怎么做。"贾二蛋痛快地说。

说话间，他俩不觉走到一片沙枣林前，周华胜不由笑道："我上次来过这里，刚出沙枣林不久，就挨了你一棍子。"贾二蛋不好意思地吐了下舌头，随后指着沙枣树说："别看这些沙枣树长得七扭八歪，却是戈壁滩里最容易成活的树种。这些树都是我们二队社员人工栽种的防护林。当初在戈壁滩里试种了许多树种，唯有沙枣树存留最多、寿命最长，它们生命力顽强，从不嫌贫爱富，只要有一点点水分、种子或树枝，就能在沙漠中存活，所以被我们当地人称为'忠诚树''不死树'。等到深秋时沙枣就成熟了，你到时候来摘沙枣吃吧。""好！秋后一定来。"

从沙枣林出来后，周华胜告别了贾二蛋，提着盛瓜的袋子坐车返回工地。

他三步并两步跑进宿舍，将两个华莱士瓜放到铺上，转眼工夫，黄色的甜瓜前挤满了黑乎乎的脑袋："真香啊！"匡照明不由分说抱起一个瓜就切开了，众人一拥而上，没出十分钟，两颗瓜便只剩软瘪瘪的瓜皮。周华胜本想留一个瓜送到指挥部，结果没禁住匡照明再三央求，只好依了这个小鬼头。

周华胜跑到指挥部，把记着此地方言的小本本递给常德，他认真看着上面的记录：爷——发火动怒时的自称，欢欢儿的——赶紧的，不尿你——不理你，抬死你——整死你，圪蹴——蹲着，二老板子——三四十岁的已婚女人，不浪——棍子，但求是——不咋地，比兜——耳光，胰子——肥皂，砍货——缺心眼胆子还挺大的人，鬼嚼——胡说，下洼——贪婪没出息……
"哈哈！"尽管有些方言常德早知道，但还是被这种特殊记录逗笑了。

周华胜说："贾二蛋一家是标准的此地人，通达事理，朴实善良。想想此地人很不容易，几百年来，他们凭着勤劳双手，连接起中原腹地与西北地区的经济文化通道，确实令人钦佩。"常德点头称是。说话间，王旭和巴图来了，常德顺手把记录本递给王旭，王旭和巴图边看边忍俊不禁。"周华胜，没想到你还挺逗人。"王旭指着周华胜笑道，巴图也如是说。

王邯路从外面走进来，常德从王旭手里拿过笔记本递给他，他面无表情地看了两眼，板着脸说："周华胜，你上了几天学？这种乱七八糟的记法天底下少见。"周华胜红着脸小声道："我上了六年学。"王邯路鼻腔里哼一声："怪不得呢。"说罢"啪"一下将记录本扔在桌子上，扭头离开指挥部。王旭叹着气满脸不快："真不像话，这哪像个当领导的。"巴图说话更直："这个王邯路，简直像个阴乎乎的千年老妖。"

"别理他，我们继续学习此地话。"常德说。或许是想驱散王邯路留下的不快气氛，也是想快速缓解周华胜尴尬，他从桌上拿起记录本笑道："我觉得要重点记住一些容易闹笑话的日常用语，比如那个'胰子'，其实就是肥皂，如果听到有人说'把你的胰子借我用下'，别吓出毛病来。"这番话顿时逗笑在场的人。

周华胜吞吞吐吐地说："我临走时贾二蛋爹给了两个华莱士瓜，本想给指挥部送一个，结果我一回宿舍就被……就被围得水泄不通，结果……结果没看住，两个瓜都成了瓜皮。"常德大咧咧道："那甜瓜我吃过，指挥部的人也都吃过，你不用多心。"随后嘱咐周华胜回去领着人多了解此地方言，他痛快地点点头。

从指挥部出来后，周华胜恰巧碰到向大爷，老人真诚地说："我们这些此地人以后要多了解山东方言，不能再因为个别字眼弄出误会。"周华胜笑道："互相学习，互相了解。""对，是这么回事。"向大爷说罢笑呵呵地走了。

周华胜回到宿舍后，讲明常德让大家了解此地话的用意。匡照明把头一歪："明明是此地人听错了我们的方言，却让我们了解他们的方言。"周华胜说："不用你说，人家以后也会多了解我们的方言。互相学习和进步，这属于文化共融的一部分，懂吗？"匡照明连声道："行行行，听你的行了吧。"他张着嘴还想说什么，被周华胜一眼瞪了回去，只好调皮地望望窑顶，转着乌溜溜的黑眼珠笑了。大家认真传看小本本，边看边记，总算记住了一些常用此地方言。

晚饭后，匡照明硬拉周华胜出去散步，说笑间来到马车店。匡照明指着牲口圈说："今晚会不会碰上马和驴办事的欢欢儿的场景？"周华胜笑着推他一把："别胡说八道。"

周华胜的话音刚落，一个马车老板迎面跟跟跄跄走来，开着胸襟，穿着大白裤衩，走着走着突然倒地不起。周华胜和匡照明急忙跑上前，发现对方满身酒气，唤了半天未见反应。周华胜背起他想送回地窑窑，又不知该送到哪个门户，匡照明只好扯着嗓门依次在地窑窑门口高喊："这是哪个窑窑的居民！快出来认领！"当喊到左边数第一个窑窑时，很快从窑里跑出两个光着上身的男人，瞪大眼看着醉酒之人，操着陕北方言连声说："是这里的，谢谢！"

周华胜将醉酒汉子背进地窑窑，扶其上床的刹那间，突然发现其右手腕处有片红色胎记，顿时双目放光惊喜万分，原来这就是那个救落水孩子的马车老板，没错，肯定是他！没想到会以这种方式再次与他相遇，真是天意。周华胜扭头招呼匡照明："快来看！找到救落水孩子的马车老板了。"匡照明急忙凑上前，盯着醉汉手上的那片红胎记看半天，拍着巴掌连声笑道："太巧啦，真是太巧啦。"

周华胜仔细环视这个地窑窑，依稀记得上次寻找救人者时来过这里，一排木板通铺，上面胡乱堆着几床露着棉絮的破被，一个脸盆，三个碗三双筷子，一个炉子，连做饭的锅都没有，也不知他们怎么吃饭。要知道这些人落不着吃食堂，只能自己做饭吃。

周华胜指着床上的醉汉，问旁边的两个马车老板："这人叫什么名字？"

其中一个马车老板回答："他叫张六六。"

"上次我来这里找救人者时，你们为何不告诉我？"说这话时，周华胜特意避开"马车老板"这个字眼，纯粹出于一种尊敬。

"这不能怨我们，是张六六再三告诫我们不要说，谁要说了他就找谁拼命，具体原因我们也不清楚。"另一个马车老板解释。

周华胜和匡照明很快回到宿舍，周华胜边喝水边琢磨今天的奇遇，匡照明则望了望众人，神秘兮兮道："你们大家猜猜，今晚我们路过马车店时遇到了谁？"众人不明就里，马车店又没有熟人，还能遇到谁？刘大龙突然反应过来："不会是遇到上次救人的马车老板了吧？"

"当！"匡照明拿起茶缸敲了下桌子，说："回答正确！正是那个马车老板。他叫张六六，今晚醉倒在路边，碰巧被我和周华胜撞见，把他送回了地窑窑。周华胜通过他手腕上的红胎记认出他，这就叫'踏破铁鞋无觅处，得来全不费功夫'。"

众人纷纷表示，找到救人的马车老板是件好事，应该尽快把这事上报指挥部。

次日一大早，周华胜兴冲冲地跑到指挥部，向常德汇报找到张六六之事。

指挥部很快召开表彰会议，给周华胜、张六六每人奖励一套《毛泽东选集》和两块白色毛巾。常德亲自颁奖，勉励两人继续发扬"危难时刻，勇救他人"的优良传统。

表彰会结束后，周华胜把自己的新毛巾递给张六六，笑着说："你们经常用白毛巾包头，这两块白毛巾送给你用吧。"张六六摸摸头上的白毛巾，操着陕北方言笑道："谢谢，你留着自己用吧，别忘了我也发了两块呢。"

周华胜将毛巾塞到他怀里，问他："那天把孩子救上来后为什么走了？过后我去找过你，可惜没找到。"张六六迟疑片刻，坦诚道："说实话，自从我们这帮民工来到这里后，作为赶马车的临时工时常被人瞧不起。你第一次挥手跟我打招呼，我就觉得你是好人，当时救那娃娃你又那么勇敢，特别是当你发现我左脚陷在淤泥里拔不出来时，还使劲拉了我一把，这让我内心很感激。把娃娃救上岸后你又努力施救，我更加觉得你是好人，所以就悄悄走了。"

周华胜大体明白了张六六的心意，心里说不出什么滋味。

第九章

周华胜压根未料到自己会被女技术员张芳黏上。

这天午后,他躺在床上睡得迷迷糊糊,隐隐闻到一股说不出的香味,猛一睁眼,吓得差点从床上跳起来,"张芳,你……你怎么进来了?"他边结巴边慌忙拿过外衣盖在身上,此时宿舍里只有他一人,而他只穿着背心短裤。

张芳眉眼欢笑着说:"我怎么不能进来?你们宿舍又不是龙潭虎穴。""孤男寡女在一起让别人看见不好,我是有家室之人,别人会说我……"张芳不由分说打断了他的话语:"哈哈,会说你已婚男人勾引未婚女青年?"周华胜不敢再接话头,窘迫得满脸通红,慌忙把身体往床里移了又移,催促张芳:"你快走吧,你要不走那我就走了。""行啊,起来吧,有本事你就起来。"张芳说着将脸逼近,脸上的雪花膏味紧跟着逼近。

周华胜紧张得浑身直冒汗,正当他不知所措之际,匡照明走了进来,周华胜急道:"匡照明你过来!我和你说点事。"说着向他投去求救目光。匡照明当即会心一笑,趋前故作神秘道:"你那天说那事很重要,具体内容我有点想不清了,有劳你再说一遍。"周华胜这才暗自松口气。张芳没有揭穿二人的鬼把戏,笑道:"既然你们有事,那我就先走了,抽空再来找你。"周华胜又急出一身汗:"别来了,千万别来了!"张芳故作未听见,扭身钻出地窨窨。

周华胜赶紧手忙脚乱地穿好衣服。匡照明像发现了新大陆,凑上前说,"张芳肯定看上你了,她可是五朵金花中最漂亮的一朵。"周华胜瞪他一眼:"上次不是提醒过你不要再提'五朵金花'这几个字吗?你怎么还提?我和张芳之间根本不存在看上看不上,我压根就没往那上面寻思。"匡照明一摊双手："你没往那上面寻思，但张芳肯定往那上面寻思了，都是吹口哨惹的情祸。"周华胜让他不要再取笑，自己真没往那上面想。

为了阻止匡照明的口无遮拦，周华胜赶紧岔开话题："匡照明，你给儿子起什么名？"匡照明一听就来了精神："叫匡卫东，这名字够潮流吧？"周华胜说："名字不错，我还没给儿子起名，估计老婆早给起好了。"匡照明说："你老婆肚子里有墨水，给孩子起的名肯定错不了。我老婆大老粗一个，她起名我根本不放心。"

张芳回宿舍的路上，迎面碰到从工地走来的王邯路，他望着这朵金花的俏容亲切地说："张芳同志，工作挺累吧？干好革命工作的同时，一定要注意劳逸结合。"说罢有意无意拍下张芳肩膀，接着说："我经常回玉明市，如果你去市区买生活用品的话，可以坐我的车一起去。"张芳点头道："谢谢王局长关心。"王邯路刚要张嘴说些近乎话，突然望见不远处走来一些人，只好背着手走了，走出一段距离后故作漫不经心地回望一眼，奈何张芳早已了无花影。

周华胜提起水桶到抽水井打水，细闻仍有股羊粪蛋味，心想这味道太过顽固，光知道羊粪蛋是从北水源地上游的盖子沟漂来的，也不知道那里到底是个什么地方，是否拥有风吹草低见牛羊的美景，明天休班，正好可以抽空去看看。

次日午饭后，他沿着宿舍旁边那条踩踏出的模糊小路，顺着河槽，饶有兴致地往黑丰山深处的盖子沟走去。山路崎岖，沟梁交错，一些野杏树、榆树、柏树极力点缀着山间绿意，偶有几只短啼的鸟儿从枝头飞过。走了个把小时，他隐约听到断断续续的水流声，四处寻望，终于在一条沟的沟底发现潸然而出的溪流，像一条银白色的带子缓缓向南流去。

他猜测这条沟一定是盖子沟，兴奋得差点跳起来，拔腿就往沟底跑去，途中望见一个敖包，按照从书上看到的蒙古族习俗，近前绕了三圈，找到几块石头放在上面。当他跑到沟底时，眼前豁然出现一片草原，草丛里开满五颜六色的小花。"哦——哦——"他激动地连喊几声，忘形地扑倒在草丛里，感到草地柔软而富有弹性，他躺在绿意芬芳中闭眼享受着……

随着阵风拂过，隐隐传来一股羊膻味，他不由起身四望，发现不远处的溪流边有几十只羊正在饮水，阵风将松散的羊粪蛋吹落到南去的溪流里，也将羊身上的膻味吹散开来。他起身跑到溪流边,"咩——咩——"一些长着漂亮犄角的羊似是受到了惊扰,对着他争先恐后地叫起来,声音回荡在山沟里。"哈哈!终于找到你们这帮制造羊粪水的'始作俑者'了。"他指着羊群戏谑道,捧起水咕嘟咕嘟喝了几口,随手洗了把脸。

就在他洗完脸抬起头的刹那间,看到草原的东边分布着一些蒙古包,急忙兴冲冲前往。走着走着,身后突然传来一阵马蹄声,他下意识地将身子往旁边一闪,只见一个骑着黑马的高个子蒙古族牧民飞驰而来,定睛一看,原来是同自己在泥浆里打过架的牧民巴特尔,不由哑然失笑。巴特尔也认出站在路旁的周华胜,迅速跳下马笑道:"周华胜,没想到是你啊,怎么跑到这里来了?"周华胜朗声一笑:"我一直想看看盖子沟到底是什么样子,今日一见果真不错。"巴特尔指着右前方的一处蒙古包说:"我家就住在那里,走!到我家做客去。"说罢领着周华胜来到蒙古包。

当周华胜靠近蒙古包时,发现这个白色毡房的包门很小且朝东,包后面立着一根光秃秃的木杆。关于这根杆子,他从读过的书中略知一二,当年苏武被匈奴王流放到北海边,时时将出使的节棒带在身边,日久天长,节棒上的飘带和旄球都磨掉了,当地牧民见状非常敬佩苏武。当苏武被汉朝迎接回国后,北海当地的人民为了怀念他,便在蒙古包后边立了根木杆,作为苏武当年所持节棒的象征,蒙古族人民平日里很敬重这根木杆,不准外人走近。

"其其格!来客人了。"巴特尔的喊声打断了周华胜思绪。

蒙古包里很快走出一个三十来岁、身着红色蒙古袍的女人,巴特尔用蒙语告诉她,这是玉钢的工人周华胜,受好奇心驱使来到这里。其其格听罢瞪大双眼,操着熟练汉话问男人:"他就是那个跟你打过架的周华胜?"巴特尔哈哈一笑:"这叫不打不相识,以后会成为好朋友的。"其其格随即礼貌地招呼周华胜:"欢迎来我家做客。"周华胜笑着致意。他没想到其其格普通话也说得这么溜,不由打量她一番。只见她一头短发,脸上有着明显的"高原红",圆脸上嵌着两个可爱的酒窝,浓密的长睫毛盖在葡萄般的黑眼睛上,身材很健美,鲜艳的红裙摆随风摇曳。

蒙古包右前侧的羊圈里,不时传出羊羔清脆的叫声。忽然,一阵母鸡下蛋的叫声传入周华胜耳际,他循着"咯咯咯咯"的声音望去,发现羊圈旁边有几个大鸡笼子,一些母鸡正拼命向主人邀报下蛋之功,只知道蒙古族人养马、牛羊、骆驼，没想到还养了这么多鸡。周华胜问巴特尔："你家怎么养这么多鸡？"巴特尔笑着解释，养鸡可以吃鸡蛋，还可以把鸡和鸡蛋卖掉或者用来兑换物品。

这时，一个穿着绿色蒙古袍的小女孩从蒙古包里跑出来，五六岁的样子，举着一个漂亮的纸风车，跑到其其格身边说了句什么，之后径自跑到一边玩耍。

巴特尔伸出右臂做了个"请"的手势，将周华胜迎进蒙古包。周华胜盘腿坐在地毯上，巴特尔热情地献上一条哈达，其其格献上一杯马奶酒，又端上奶茶和奶豆腐。"放心享用吧，这都是我们亲手做的，比你们那个黑窝头有营养。"巴特尔爽朗地招呼客人。周华胜相继品尝了马奶酒和奶茶，感觉略有膻气，勉强咽下去。当他品尝奶豆腐时，膻味太重难以下咽，只好暗自将那块奶豆腐放进裤兜里。

通过交谈，周华胜得知巴特尔家世代居住在深山里，巴特尔和其其格本有机会走出大山，但他们却选择了继承父业，当起地地道道的深山牧民。由于经常与汉族人兑换生活用品，所以普通话说得比较溜。他家有两个孩子，大的是男孩，在玉明市蒙古族小学读书，两口人每隔半月骑马到学校看望孩子，中途会路过玉钢工地；小的是女孩，就是方才那个玩纸风车的小女孩。

一会儿，蒙古包内涌进来五六个蒙古族人，其中就有曾与巴特尔一起到过玉钢指挥部的矮个牧民朝鲁，他们的汉话同巴特尔两口人一样说得挺溜。大家围坐在地毯上，谈笑风生。

说笑间，其其格想起好一阵子未看见女儿托雅，起身出去寻找，约莫半小时后喘着粗气跑进来，急道："托雅不见了！找了半天也没找到。"众人听罢连忙起身，巴特尔叮嘱周华胜在蒙古包内等着，而后招呼其他牧民一起跑出去寻找孩子。

牧民们找了半个多小时仍未找到孩子，其其格急得眼泪簌簌而下，这里最近时常有狼出现，如果天黑之前找不到托雅就麻烦了。巴特尔同其他牧民用方言叽里呱啦说着什么，从神情上看又焦灼又不知所措。一会儿，一个牧民突然指着不远处大叫："快看那里！"众人抬眼望去，发现一个人正背着孩子缓缓走来，众人快步跑上前，这才发现是周华胜背着托雅。

原来，当牧民们跑出来寻找孩子时，周华胜也紧跟着跑出来，当他寻找到来时路过的那个敖包附近时，隐约听到有孩子哭声，循着哭声发现了缩在敖包后面的托雅，估计是一路追着纸风车跑到这里迷了路。周华胜一边给托雅擦眼泪，一边告知马上送她回家，托雅听不懂普通话，他只好打着手势比画不停，并且蹲下来示意背她回家，最终托雅乖巧地伏到他背上。

巴特尔迅速从周华胜背上接过孩子，递给其其格，她将孩子紧紧搂在怀里，母女二人急促地说着什么。

巴特尔两口人很感激周华胜，执意挽留他一起吃晚饭，他说明早还要上班得早点赶回去。巴特尔提出骑马送他，也被他婉言谢绝，如果巴特尔送下他再返回来天就大黑了，那样路上很不安全。

巴特尔两口人及其他牧民将周华胜送出半里地远，这些长期生活在深山里的牧民，对大自然有着非同寻常的发现与认知，毋庸置疑地成为这里的英雄主人，令他们没想到的是，一个曾经彼此扭打于泥浆里的汉人，却在关键时刻伸出了援手，这种宽厚情怀使他们深受感动。望着周华胜渐行渐远的身影，牧民们久久伫立在山坡上，清风掀起蒙古袍的一角，呈现出一副庄重又虔诚的画面……

同样，归途中的周华胜也在边走边思索，与满目荒凉的山的西面相比，盖子沟这种不高调、不夸张的朴实美更令人沉醉，蒙古族同胞的满腔热情，让他油然而生一种眷恋。

天黑时分，周华胜终于返回工地，路过指挥部时，迎面碰到保卫组组长王旭。他望着周华胜气喘吁吁的样子笑问："你这是上哪来？"周华胜回答："我去了趟盖子沟，而且还见到了巴特尔。"一听"巴特尔"三个字，王旭立即关心地问："巴特尔那边都挺好吧？想当初我差点朝他开枪，事后一想确实有些莽撞。""放心吧王组长，他们那边很好，不但牛羊成群，还养了不少下蛋的鸡。"王旭哈哈一笑："等有机会我跟你一起去找巴特尔玩，毕竟咱俩当初都同他有过交集。""好。"周华胜畅快地同意。

王旭突然收敛笑容，说："我一想起那次把你关禁闭之事，心里就不好受，也暗自后悔听了王邯路的话。"周华胜坦诚地说："那事不能怨你，不用挂在心上。"王旭听罢释然一笑："我也当过兵，一看见退伍军人就心生亲切感，以后咱们好好相处，像沙枣树防护林一样，团结一致，共同抵御风沙。过段日子沙枣就成熟了，到时候咱们一起去打沙枣，尝尝这种西北特有干果的味道。"周华胜笑着点点头。

周华胜回到宿舍后,把藏在裈兜里的奶豆腐悄悄递给匡照明,他闻了闻说有点膻,随即两口吞完,吃完才想起询问奶豆腐出处,周华胜说是盖子沟牧民给的。匡照明很惊讶:"你去盖子沟了?怎么才给了一块奶豆腐?"周华胜实话实说:"我是受好奇心驱使才去的盖子沟。其实那块奶豆腐不是人家给的,是我受不了膻味偷藏在兜里的。"

匡照明转着黑眼珠问:"听说蒙古族同胞的手扒羊肉不错,没给你吃?""时间关系,人家没来得及准备。"周华胜含糊其词。匡照明又问他见到牧羊姑娘没有,他戏说只见到了牧羊大娘,随后搂着匡照明肩头道:"那地方太美啦,'风吹草低见牛羊',等你去时就知道了。"匡照明的眼中顿时充满憧憬。黑丰山腹地的那片草原,成为周华胜心底抹不去的世外桃源,会在某个闲暇时刻突然回想起来,令他回味无穷。

这天傍晚,周华胜径自在地窨窨周围跑步,一边锻炼身体一边回味盖子沟的美景。他刚拐上小路就迎面撞见了张芳,张芳笑盈盈地问:"干什么呢?"他吐了口热腾腾的气,拘谨地回答:"没事,跑步锻炼身体。"张芳盯着他结实的身板,火辣辣道:"啧啧!这身板简直就是武松在世,真令人陶醉。"他顿时紧张得手心直冒汗,这女人越来越胆大了,眼神及语气颇像小说中对潘金莲的某些描写,这种人以后得离她远点,于是急忙推说有事快步跑回宿舍,留下张芳一人怔怔地立在那里,满脸的不解与无奈。

周华胜好几次鬼使神差同时梦见两个人,一会儿是王秀英,一会儿是张芳,二人抚着辫梢轮流站在他面前。他暗自奇怪怎么会梦见张芳,不断提醒自己不要胡思乱想,张芳最多算是一朵梦中花,他是不会跟她发生什么的。

周华胜有意避开张芳,极少再像以前那样出去锻炼身体,闲暇时窝在宿舍里看书、睡觉、聊天等。这样的日子坚持了没多久,他就感到憋在地窨窨里心口直发闷,于是决定出去走走。但他又怕碰到张芳,只好做贼似的连换四五个地方。最后来到一个长满冬青树和酸溜溜树的大沙丘旁,坐下来几乎看不到人,终于可以在这片小天地里自由一会儿了。

谁知他的屁股刚挨着沙土,就被前方酸溜溜树后突然冒出的身影吓得差点跳起来,仔细一看又是张芳。只见她倒背着手上前说:"周华胜,你属野兔的?狡兔三窟,总算让我逮住了,看你还能跑到哪去。"他故作轻松地捧起一把细沙放在两手间，任凭沙子从指缝中自由下落，在昏黄的阳光下闪着一缕白白的金光。他一边低头盯着漏下去的沙子，一边似开脱又似辩解："看你说的，哪有什么三窟？人是活的，总不能在一个地方待着。"

张芳扑哧一笑："我有那么可怕吗？你这样换来换去还以为我真找不到？"周华胜抬起头鼓足勇气说："张芳，我有老婆，我老婆对我很好，她老家也在沂蒙山。"谁知张芳并不死心，紧盯着他的脸说："不管你有没有老婆，不管她老家是沂蒙山还是太行山，我就是想跟你好。"说着扭身离开。周华胜呆若木鸡，内心不知该如何对待张芳，甚至对她产生了一丝莫名的恐惧。

周华胜依旧尽量回避张芳，即使去食堂打饭也会故意晚去，打上饭就往宿舍蹿。令他无奈的是，即使这样，仍未逃过张芳那双四下搜寻的眼睛。简易的食堂前，排队打饭的人一长溜，他刚端着饭盒走到队伍后面站定，就听到前面有女声大喊："周华胜！"他伸长脖子一看，原来又是张芳，正急切地朝他这边用力挥手，示意他快过去，神情宛若猎犬搜寻到目标一样兴奋。他弹簧般缩回脖子，故作没听见，谁知张芳又提高了音量："周华胜！给你排了号，快过来！"

这一幕刚好被排在队伍中间的苗逸严看得真切，他瞬间醋意大发，指着周华胜所在位置说："大家都在排队打饭，竟然还有人搞插队这一手。这个山东老转看着挺正经，没想到却人五人六。"这个话题瞬间引发一片嗡嗡声，有人尖着嗓门道："这是明显的走后门，想吃热的有本事早点来排队。"还有人用沙哑的声音说："大家都累得像拉磨的老驴，怎么好意思插队。"

听罢这些疾风骤雨般的话语，周华胜的脸红一阵白一阵，端着空饭盒迅速离开食堂。望着周华胜离去的窘迫背影，苗逸严满脸幸灾乐祸，暗忖：真过瘾！那些正中下怀的议论，无疑替自己出了口闷气，恨不得世上所有骂人损人的话，统统像手榴弹一样嗖嗖地甩向那个山东老转。

周华胜跑回宿舍把空饭盒往旁边一扔，"扑通"一声仰倒在床上，脑子里一片混乱。他不知道究竟该生谁的气，生自己的气不吹口哨就惹不来这种事端？生张芳的气不该缠着自己不放？还是生包括苗逸严在内的看热闹不嫌事大的气？正想着，张芳像老鼠一样溜了进来，溜进只有周华胜在的地窨窑。

他慌乱起身，局促不安，不知该如何应对眼前这个令人头大的女人。张芳带着迷人笑容，貌似无意地将胸脯挺到他跟前，声音甜美而娇嗔："周华胜，至于嘛，不就是帮你打个饭吗？学雷锋革命同志互相帮助，谁愿意说就让他说去！你还弄了个临阵脱逃，还像个当过兵的男人吗？"说话间，胸前的两团软物直抵他胸膛，他顿感脑袋发蒙，脸唰地红了。

正在这时，门外突然传来一声大喊："阿米尔！冲！"这声音像一声炸雷，瞬间将周华胜震得浑身一颤，他知道这是电影《冰山上的来客》中梁排长对阿米尔的鼓励，但眼下的他不仅不能冲，反而要坚决后退！他迅速跑到脸盆前，掬起一捧凉水猛地扬在脸上，脑袋顿时清醒许多。

他抹了把脸上的水，指着张芳大声道："张芳同志！以后请你离我远一些！我早就跟你说过我家里有老婆，现在我再告诉你几点，我老婆长得比你还漂亮，胸是胸腰是腰胯是胯，姿容堪比杨贵妃！我真的不需要你这样学雷锋，请你自重！别再像鼻涕虫一样死黏着我了。"说这番话时，他故意抬高音调，方才那声喊已经证明外面有听墙根的，他要让外面那个不怀好意的家伙知道，他周华胜绝不是那种女人一黏就上身的男人！说到喊声，他只觉得耳熟，却一时想不起出自何人之口。

周华胜的这番话语，像腊月天里的一盆冷水兜头浇到了张芳身上，令她浑身哆嗦着说不出话来："你、你、你太过分了！"说罢捂着脸夺门而去。她跌跌撞撞地跑到宿舍，刚进门便"哎哟"一声崴了脚脖子，她扶着脚脖子趴在地上，抬眼一瞅，宿舍里只有她一人，索性抖动双肩"呜呜"痛哭起来。边哭边想，这下真是颜面扫地了，凭她的美貌多少男人都想和她在一起，但她偏偏看中了那个穷山东老转，明知他有家室，还厚着脸皮硬往上贴，最后竟沦落成令人万般恶心的鼻涕虫。

正当张芳自我哀怜之际，突然听到门外有人喊："张芳同志在吗？请你出来一下。"听声音像常德指挥，张芳急忙边抹眼泪边钻出地窨窨，出来时又差点摔一跤。常德望着张芳一瘸一拐的样子问："脚怎么了？""脚不小心崴了。"她带着哭腔回答。

常德缓缓地说："张芳，关于你和周华胜之间的事我大体听说了。周华胜是有家室之人，正常交往可以，但不能突破底线，否则就是违禁甚至是犯罪，后果不堪设想。咱们建设队伍里有的是未婚青年，你完全可以找一个合适青年处对象。我今天来就是想告诉你，做事不要太鲁莽，不能害人害己，要考虑到由此带来的严重后果，否则悔之晚矣。"

没等张芳接话，常德就背着手走了，身为指挥部一把手，他更怕引起闲话，张芳既然能黏着周华胜那个"武松"，也能黏着他这个"罗成"，还是接触越少越好。他打内心喜欢周华胜，不愿看到这个小伙子为此出任何事，在找张芳谈话之前，他先找到周华胜，听罢周华胜如实相告才放心，这才掉过头来找张芳。常德觉得方才提醒张芳的那番话足够透彻，凭张芳的聪明定会明了后果的严重性，弄不好她和周华胜都会被开除，孰轻孰重她应该很清楚。

夜晚，周华胜躺在床上，仔细回想白天发生的一系列事，当想到那声"阿米尔，冲"时总觉耳熟，当时光顾着应付张芳，未及细想这个声音，现在越琢磨越觉耳熟。他索性闭上眼，在熟悉的人群中努力搜寻这个声音……是苗逸严！周华胜猛地坐起来，对！就是他的声音！听说他追求张芳被拒绝了，像他那种小肚鸡肠肯定会做出这种事。

周华胜立刻穿好衣服，跑到苗逸严住的集体宿舍，敲了半天门，才从里面传出一个懒洋洋的声音："谁啊？大半夜的敲门，烦人。"周华胜立马听出是苗逸严的声音，看来宿舍里就他自己，索性使劲拍打门："苗逸严，快开门！找你有事。"

苗逸严这才听出周华胜的声音，同宿舍的其他人都上夜班去了，真要有个什么事连帮腔的都没有，于是龟缩在被窝里不敢应声。"砰砰砰！"周华胜几乎用上了拳头，边捶门边大声说："快开门！你要是再不开门，我就冲上窑顶，把窑窑踩塌！"说着将耳朵贴在门上听了听，里面仍无动静，干脆跑到窑顶用力踩了几下。窑顶上的土扑簌簌落在苗逸严被窝上，这下他沉不住气了，真要弄塌窑窑，同宿舍的人会找自己拼命，那样会令人缘不好的自己更加雪上加霜。想到这里，他抖索着穿上衣服，下地打开门。

周华胜一下子冲进窑里，说："苗逸严，你就这么点鼠胆？下午你在我宿舍门前大喊'阿米尔，冲'时胆子怎么那么大？信不信我把你绑起来扔到大漠里，反正现在也没人看到，什么后果你应该清楚。""我喊那句话纯粹是闹着玩的，再说我也没说别的，把你比作高大威武的解放军战士阿米尔，你应该高兴才对。"苗逸严勉强挤出一丝笑容道。

周华胜一把揪住苗逸严衣领，说："你还敢说你没说别的。那部电影早就被打成'大毒草'，连导演也让打倒了，你还敢乱喊阿米尔的名字。说！是不是在你心里还藏着一个假古兰丹姆？"他的最后这句话令苗逸严怛然失色，指着周华胜的脸道:"你明知假古兰丹姆是狗特务还敢这样说,你是不是想把我吓死?这话要是传出去,轻则在大会上做检查,重则扣帽子游街甚至会坐牢,那样会弄得我一辈子抬不起头。"

"我能把你吓死?你没把我吓死就不错了。我问你,当时你在我宿舍门口大喊时,就不怕被其他人听见?"

"实话对你说吧,张芳钻进你们宿舍时,我正好打完饭路过那里看到了,我喊那句话时,除了我并无他人在场,要不然借我十万个马蛇子胆也不敢喊那句要命的话。"

看到苗逸严信誓旦旦的样子,周华胜这才把手松开,说:"你天天告这个告那个,就不怕众人合起伙来把你扔进大漠里?就拿今天张芳到我宿舍这事来说,你跟着瞎起什么哄?下次再干些歪心眼子事,当心我拿尼龙线缝住你这张臭嘴。"苗逸严连声表示:"不敢了。"随后躬身将周华胜送出窑门。

教训完苗逸严后,周华胜感觉心情有所好转。令他更轻松的是,常德对张芳的劝说和警示起了作用,她权衡再三后最终远离了他,他心里的石头终于落地。他知道那天的话刺激过重,但只有那样才能快刀斩乱麻,当断不断必受其乱。他也知道,像张芳那般凭借漂亮脸蛋招引眼球的女人,是不会孤单的。

周末这天午饭后,张芳想到玉明市区买些生活用品,背着小挎包来到十字路口等客车。正在焦急之际,一辆吉普车从不远处扬尘而来,她立即认出是王邯路的车,急忙招手示意,坐在车里的王邯路见状急令司机停车。

车刚停稳,坐在后车座的王邯路就摇下车窗:"张芳同志,你这是要上哪去?"

"王局长,我想到市区买点生活用品。"

"我恰巧到市区办事,正好同路,快上车。"王邯路边说边将屁股往里移了移,示意张芳坐后面。张芳一边说着"谢谢",一边坐在留有领导余温的车座上。

王邯路嘘寒问暖了一路,张芳临下车时,他像突然想起什么,说:"张芳,我晚上正好有个饭局,估计你在这里也没地方吃饭,等你买完东西和我一起吃饭吧,饭后一起返回工地。"张芳考虑再三还是答应了,一是怕拂了领导面子,二是饭后可以坐这辆舒适专车返回工地,于是约好晚上在百货商场门口见面。

傍晚时分，王邯路的专车载着张芳来到一家饭店。此时包间里已经坐了五六个人，一见王邯路赶紧站起来打招呼，这个说好久未见王局长了甚是挂念，那个说王局长为了革命工作累瘦了，另一个则频频夸奖张芳像出水芙蓉般漂亮，夸得张芳心头不由涌起一股股得意。对王邯路来说，其他奉承似乎都不疼不痒，只有对张芳的夸赞最让他受用，于是指着这个夸张芳漂亮的人打哈哈："张科长，就数你这个同志最合我意。"其他人见状急忙掉转头，开始绞尽脑汁夸赞张芳漂亮……

待众人的口水浪费得差不多了，王邯路这才抻抻衣襟坐在主宾位置上，同时示意张芳紧挨着自己坐下。席间，众人推杯换盏胡吹乱侃，不乏对王邯路数通奉承。面对接二连三的敬酒，王邯路将眼光移向以茶代酒的张芳，压低嗓音说："我不胜酒力，万一当众出了丑不好，你就替我几杯吧，权当为领导分忧了。"张芳面露为难之色："我没喝过白酒。"王邯路貌似无意地轻轻拍下张芳大腿："放心，饭后保证把你安全送回去。"在王邯路的近乎央求下，张芳只好替他喝了五六杯白酒，很快面红耳赤趴在桌上。

宴席散场之后，王邯路招呼司机小李，将醉得不省人事的张芳扶到后车座上，让小李从附近旅馆订了两个房间，说："张技术员这样回去有失体面，等明早她酒醒了再回工地吧，我今天挺累就不回家了。你也回家休息吧，明早七点准时过来接我们。"小李将张芳扶进其中一个房间躺下，随后回家。王邯路在自己房间里躺了不到十分钟，便蹑手蹑脚地来到张芳房间，随手把门反锁上，望着床上面如桃花、胸脯一起一伏的张芳，终于忍不住扑了上去……

次日清晨，张芳昏沉沉地醒来，发现身边躺着一堆白花花的"肥肉"，定睛一看竟然是王邯路，她不由捂着嘴"啊"地闷叫一声，随即用被单捂住上身。王邯路被叫声惊醒，起身捶打着脑袋故作自责："张芳，真是对不住了，昨晚喝多了也不知怎么跑到这屋来了，一时没控制住。"张芳疯了般上前扑打王邯路："王八蛋，我要去告你！"

王邯路猛地一下将她推倒在床上，冷冷地说："别以为自己还是个黄花大闺女，弄了半天原来是个二手货。你去告吧，到时候我就说是你主动勾引我的，反正我已经成家了，而你还未婚，看看到头来谁吃亏。"未待张芳接

第九章

话，王邯路近前抚摸着她滑溜溜的肩膀说："跟了我，你不会吃亏的。等会战结束后我肯定会平步青云，到时候想办法把你调到市区的机关单位，比你待在企业里干技术员风光百倍。"他的最后这几句话说中了张芳的心思，这正是她内心一直期盼的终极目标，她将身子缩进被窝啜泣片刻后，很快起身穿好衣服洗漱。王邯路随即穿衣返回自己房间。

  早上七点整，司机准时来到宾馆门前接王邯路和张芳。路上，王邯路闭着双眼坐在后车座上休息，一副疲惫不堪的样子。张芳默默地望向窗外，偶尔与小李攀谈几句。

  回到玉钢后，王邯路若无其事地说："张芳同志，你好好休息一下，有什么事尽管来找我。""嗯。"张芳低着头轻应一声。接下来的一段时间里，张芳为了王邯路的所谓许诺，时常同他幽会，有时到市区的旅馆里，有时到某个沙丘后面……

第十章

一号高炉工地上，塔吊正在伸着长手臂吊装热风炉的炉壳单元，指挥的哨音融入各类嘈杂的机械声中。技术工人们在热风炉西侧的钢平台旁紧张忙碌着，周华胜、匡照明、金明顺、刘大龙等人仍旧给技术工人打下手，不停地搬这抬那，汗流浃背。

在附近巡逻的王旭来到这里，对周华胜等人笑道："你们这些人干活很卖力，说实话挺佩服你们。"匡照明调皮一笑："王组长，我也佩服你，天天开着车到处巡逻，多威武。"王旭哈哈一笑："你这个小鬼头，光看贼吃肉，没看贼挨打。"

出于职业敏感，王旭边说话边举目四望，猛然发现西北方向的天空慢慢腾起一片灰黄色雾团，正在不断地向前延伸、变大，致使整个西北方向变得昏暗隐晦。他心下一惊，大声疾呼："马上要来沙尘暴了！大家快找地方避一避！"工地上的管理人员闻声意识到危险，立即同王旭一齐大声提醒工人们马上撤离，原本正在忙碌的工地很快停止施工，工人们边惊叫边四下里惶恐逃离。

也就几分钟工夫，狂风大作，好似疯牛发出嗷嗷嘶吼声，漫天黄沙张着灰黄色大口，仿佛要吞噬掉一切，空气中弥漫着呛人的沙尘味，能见度立即降到不足五十米。飞扬的沙尘瞬间迷住了人的眼睛，流出一股股热辣辣的眼泪。地面上的杂物及一些建筑材料在空中飞来飞去，沙砾不停敲打着高炉炉壳，发出当当的刺耳声……

"大家快走！快到那间干打垒躲避一下！"周华胜急促地喊道，一把拉住身旁的匡照明狂跑，金明顺和刘大龙紧随其后。匡照明的小手被周华胜铁钳般的大手紧紧牵着,一路冲到高炉附近的一间干打垒里,刘大龙和金明顺紧跟着冲进来。

刘大龙一屁股坐在地上,说:"唉,真服了这个鬼天气。""怎么没看见王组长?"周华胜喘着粗气问。"我刚才看见他随着人流冲到另一个干打垒去了。"匡照明大声道,边揉手腕边做出委屈状:"你的手劲可真大,差点把我手脖子拧断。"金明顺笑道:"若不是人家紧拽着你,说不定早被狂风刮跑了。"

再看王旭这边,他跟着几个惊慌失措的工人跑进干打垒,坐在地上直喘粗气,"呸呸!"他连吐几口满嘴的沙子道,"真是见鬼了,刚才天气还好好的,眨眼间就变得这么吓人,怪不得常指挥说这里的天气像小娘们的脸,说变就变。"

他的话音刚落,就听见"轰"一声巨响,紧接着腾起一个巨大的烟团,整间干打垒瞬间被夷为平地。原来是一个塔吊被大风刮塌了!径直砸穿了干打垒屋顶,里面隐约传出几声尖叫,随即消失在呼啸的狂风里……

两小时后,令人恐怖的风声逐渐远去,天空依然是灰色的。人们从各自的避风处走出来,这才发现吊车已被狂风刮倒,竟然将一间干打垒砸塌了!紧接着传来恐慌的尖叫和哭喊声,人群中不知谁大喊:"不好了!有人被砸在干打垒里了!"众人迅速涌向出事地点。

匡照明使劲一跺脚,带着哭腔大声道:"糟了!好像是王组长所在的那间干打垒出事了!"周华胜等人的心瞬间提到嗓子眼,他们随着人流冲向出事地点。当人们跑到出事地点时,呈现在眼前的是一幕令人无比心痛的悲惨场面,倒塌的吊车和干打垒下面,压着几具血肉模糊的躯体,其中包括保卫组组长的熟悉身形。周华胜大喊一声:"王组长!"说着上前用手狂扒,在场的其他人也纷纷狂扒。

这时,常德带领救援队赶到现场,人们一边紧急救援,一边默默祈祷:但愿老天开眼,能让压在塔吊下面的躯体有一线生机。然而,当他们费劲地清理完倒塌的吊车后,却不得不接受残酷的现实:王旭和另外三名工人已经没有了气息。空气仿佛凝滞了一般……

"王旭!"常德含泪大叫一声,抱着王旭的躯体半跪在地,嘴对嘴拼命给王旭做人工呼吸。周华胜见状急忙给另外一个工人做人工呼吸,其他人也立即给另外两名工人做人工呼吸。大家明知这样做毫无指望，但仍旧一遍遍重复着做人工呼吸。

过了良久，常德沉重地摆了摆手，众人这才停止徒劳的努力，随即泣不成声，大颗大颗的泪珠从脸上滑落，"噗噗"地落进沙土里……灰色天空下，悲痛的哭声回响在无垠的戈壁滩上空，就连那些原本活跃在野滩里的黄羊、野兔、马蛇子、甲虫都静止下来，它们默默地望向痛哭不已的人类，似乎也沉浸在这份哀痛中。

这场恶魔般罕见的沙尘暴，致使建设工地四人遇难，十几人受轻伤。被狂风刮倒的塔吊压断了临近高压电线，造成工地大面积停电。整个会战工地几乎陷入瘫痪，指挥部迅速组织各方力量进行抢修，三天后才恢复正常。

常德背着身站在指挥部桌旁，他手上是一份沾满血迹的电报，这是从王旭上衣口袋里发现的，隐隐看到一行未落标点的字"父病危速归"，电报日期是一周前的上午。此时此刻，常德的心情沉痛到无法呼吸，自打在昌盛钢铁厂开始，王旭就一直跟着他干，这次大会战又是他亲自点名让王旭来的。依他俩的交情，王旭完全可以请假回去照料父亲，但这个年轻人却一直将沉甸甸的电文压在心底，只字未向他吐露，这样做就是怕影响工作、影响会战工期。这是一个多么好的帮手、多么好的同志啊，没想到就这样说没就没了。

常德不断回忆着两人在一起时的情景，眼前闪现出王旭高大的身影，恍若看到王旭站在面前喊了一声"常指挥"，随即推门而去。常德的手不断颤抖着，眼泪汹涌而下……

指挥部举行了隆重追悼会，自治区革委会、冶金工业厅、玉明市革委会均派员出席追悼会。人们沉痛悼念因公殉职的四位同志。这四位同志都三十来岁，这个年龄段本是男儿精力充沛、大有作为的美好时光，他们的人生征途刚刚起航，却骤然而止，不能不让人扼腕叹息。

惊闻噩耗赶来的遇难者家属，悲痛欲绝，哭声震野。王旭的亲人也赶到了，他母亲早逝，父亲已于四天前病故，只有他妻子领着五岁的儿子来了，他妻子秀美的眉梢上全是悲伤和哀思，她的身躯在撕心裂肺的哭声中剧烈颤抖着，甚至几度晕厥。

追悼会由常德主持，他声音哽咽着说："同志们，今天我们在这里，深切悼念在这次特大沙尘暴袭击中光荣殉职的四位同志，王旭、姜宁新、聂志军、张怀庆，他们作为首批玉钢建设者中的一员，始终发扬艰苦奋斗、兢兢业业的优良作风，他们的名字将永远镌刻在西北钢铁工业建设发展的史册上，镌刻在这片戈壁滩上……"

戈壁滩里响起阵阵长风，近似呜咽。上午十时，天空中突然乌云密布，很快下起久违的绵绵细雨，不知是否太过悲伤，连天空也忍不住哭泣！蒙蒙细雨中，黑丰山影影绰绰，就像几笔浓墨涂抹于天地之间，似乎想把对逝去生命的惋惜与不舍全部涂抹进去。人们站在雨地里神情肃穆，雨水和着不断涌出的泪水，一起从脸上滑落。

四位遇难者被埋葬在黑丰山西边的一处山岗上，站在那里能俯瞰到整个建设工地。指挥部按照国家相关标准给予遇难者家属一笔抚恤金，将没有工作的配偶安排在合适岗位，并承诺将来孩子成人后安排正式工作。

冶金厅很快指派一名陕西籍退伍军人担任保卫组组长，他叫夏晖，二十来岁，瘦高个，做事认真，干脆利落。因其为人行事风格与王旭相近，渐渐赢得常德及其他人喜欢。

玉钢建设会战仍在碌碌不停地向前，生活仍在千头万绪地持续着，季节仍在亘古不变地交替着，沙枣树仍在秋风萧萧中，努力争取最后的成熟。

凉意渐渐袭来，周华胜一直惦记着黄河二队的沙枣林。

这天，他利用休班时间来到这里，看到那些挂在枝干间的青果已经变成一串串诱人的红玛瑙，陡然点亮了灰暗且一望无际的荒漠戈壁。

此时的沙枣林内，活跃着许多黑不溜秋的"小分队"，几乎全是当地村庄的女人和孩子，树下铺满一块块大大小小的塑料布。女人们时而站在树下，用竹竿敲打枝头的沙枣；时而爬上树，将枝头顶端的沙枣打下来。一枝枝一串串沙枣，好似遭枪打的小麻雀，扑扑棱棱地跌落在塑料布上，甚至砸在流着哈喇子的黑乎乎的小孩子脸上。小孩们将那些熟透的大沙枣胡乱塞进嘴里，很快就被噎得鼓着眼睛说不出话来，甚至被沙枣面儿呛得咳嗽不停，但仍嬉笑着，枣不离嘴。

"噌噌噌……"一个又瘦又矮的女人猴子般三下两下爬上树，对着树下的小女孩大声吆喝："猫蛋！你个'枪崩货'！别光顾着往嘴里塞了，看好咱家的沙枣，抓紧把好沙枣挑出来装进袋子，一会儿还得转移阵地。"叫猫蛋的女孩赶紧蹲下来，把好沙枣放进袋子。一些大点的孩子按捺不住满心喜悦，一边挥舞着竹竿打沙枣，一边高唱儿歌："光脚爬上树梢梢，一杆一杆打沙枣，小篮篮装不下故乡的秋，雨点点落下了红玛瑙，打呀打呀打沙枣，树梢梢上挂满开心的笑……"

沙枣林的一幕幕场景，像一场痛快酣畅、魅力无穷的游戏，完全吸引住了周华胜目光，他边穿梭边饶有兴致地观看。

当他信步走到一棵沙枣树下时，忽然听到树上有人喊："周大哥！"仰头望去，发现稀疏的枝叶中间探出一个留着短发的脑袋，定睛一看，原来是贾二蛋老婆张杏花。

"周大哥，你怎么来这里了？"张杏花边问边麻利地从树上跳下来。

周华胜笑道："夏天去你家时，我和二蛋来过这里，当时沙枣还没成熟，现在估计熟了所以过来看看。"张杏花调皮地眨下眼："你们外地人根本吃不惯这种沙枣，初吃又干又涩难以下咽，只有慢慢品才会尝出甜味，不信你尝颗试试？"说罢从塑料布上抓了一把大沙枣递过来。周华胜挑了一颗又大又圆、身上布满黑红点子的大沙枣吃了，果真又干又涩，忍不住抖动着喉结频频皱眉，细品的话确实透着股甜味。张杏花望着他的样子直笑，连吃几颗，评价今年的沙枣比往年好吃。周华胜说："看来你们真是吃习惯了。"张杏花抿着嘴角笑了。

张杏花指着沙枣林，深情地说："每到深秋，沙枣林里最忙碌的就是队里的女人和孩子，把宝贝沙枣打回家后储存起来，摆在家里当零食，饥饿时吃一把沙枣很充饥，当然也用来招待客人，可惜就是太少了。我们当地人对沙枣很有感情，这种甜涩的小干果，曾在灾荒和贫困年代里养育了当地几代人。记得小时候家里缺粮时，我妈把沙枣肉蒸烂了，掺到面里蒸枣馍馍吃，当时吃得可有味了。"周华胜边听边点头。

张杏花像想起什么，神情突然变得严肃起来："听说在上次的特大沙尘暴中，你们工地上有好几人献出了生命，我们队里的人听说后都很难过。这该死的沙尘暴，不知害死了多少条性命。我大就是在那年的沙尘暴中，不慎被刮倒的电线杆砸死，我每次一想起沙尘暴这个恶魔就恨得牙根痒痒。"周华胜神情肃穆地说："我们会永远记住他们，他们的身影好似沙枣树，留在了这片土地上。"张杏花点点头。

一会儿，张杏花不好意思道："周大哥，我得先打沙枣了，不然好的全到别人袋子里了。"周华胜朗声一笑:"好!快去吧。"她随即离开。

周华胜望着眼前的这片沙枣林,刚才张杏花的一番话,更勾起了他对王旭的怀念,其实他今天来这里,也是为了完成一桩心愿。透过斑驳的树影,他仿佛看到身材高大的王旭站在沙枣树下微笑,随后将一颗大沙枣放进嘴里。他先是皱着眉头说了句:"这沙枣还挺涩的。"接着又舒展眉头笑了,慢条斯理地说:"慢慢品的话,这沙色果肉确实透着股甜味。"说罢身影眨眼间消失了。周华胜稳定下思绪,捡起一根粗树枝打下一些沙枣,从褂兜里掏出事先准备好的塑料袋,把落在地上的好沙枣统统装进里面,踏上返程的路。路上,他一边走一边回味沙枣林里的场景。

周华胜回到宿舍后,把塑料袋里的一些沙枣倒在铺上,匡照明和刘大龙马上抓了几颗塞在嘴里,瞬间便吐出来:"呸呸!太噎人!"金明顺也边尝边皱眉头。周华胜笑着告诉他们,沙枣干涩最好逐颗吃,否则肯定会噎嗓子,随即收敛笑容道:"咱们带着沙枣去看看王旭吧。"几人会意地点点头。

周华胜、匡照明等人走出地窨窨群,走过一个个山岗,怀着沉重心情来到王旭墓前,一路无语。周华胜从塑料袋里抓出几把沙枣,放到王旭墓碑前,语气低沉地说:"王组长,记得你上次说过,等沙枣成熟后好好品尝这种西北特有的干果,现在沙枣成熟了,我们几人特意带着沙枣来看你。你尝尝吧,这沙枣初吃挺涩,但吃着吃着就不觉得涩了,就能尝出甜味了。"说着他的眼角不由湿润了。

一旁的匡照明像个孩子般抽泣着,边抹泪边说:"王组长,你是个好人,我们会经常来看你的。"刘大龙叹息道:"唉!王组长为了不影响工作,连父亲病危都没赶回家尽孝,未能见父亲最后一面。"金明顺不时擦拭眼角泪水。

一会儿,周华胜指着黑丰山山顶说:"看到山顶上那面红旗了吧?它仍在风中高高飘扬着。自古忠孝不能两全,王组长是名真正的三线人,值得我们学习。"接下来,他们又陆续来到其他几座墓碑前,把沙枣依次放在墓前。四个人沉默良久,这才动身返回宿舍,又是一路无语。

周华胜利用休班来到盖子沟,找到巴特尔说:"上次我从盖子沟回去后,正好碰到王旭,两人闲聊了一阵子,他内心一直对那次用枪指着你感到自责,还说瞅机会来看你,谁知没过多久,就在沙尘暴中不幸遇难。"巴特尔眼眶湿润,缓缓地说:"唉……这个钢铁厂建得真不容易,你们付出的太多了!

这里的每一寸土地都会记住你们。"巴特尔和其其格挽留周华胜吃晚饭，他婉拒了两口人好意，很快返回玉钢。

这天上班时，匡照明来到周华胜身边，瞅瞅四周，眨着眼睛神秘道："听说没？有人亲眼看见那个'张金花'跟一个男的滚沙滩了，你猜那个男的是谁？说出来吓你一跳。"

周华胜摇摇头表示不知道，匡照明将薄嘴唇贴近他耳朵低语："那男的就是人见人烦的官架子大王王胖子，张芳那盘天鹅肉多少人想吃都没捞着，谁知到头来竟被这头猪给拱了，真是不可思议。""你听谁说的？别见风就是雨。"周华胜拧了下眉头道："这种道听途说之事不能随便乱传，要是让张芳知道了会挠破你的脸，要是让王邯路知道就更坏事了，说不定真给小鞋穿。"他嘴上虽这样说，内心却在想，依张芳的性情这些消息并非毫无根据。

说话间，王邯路腆着肚子走过来，胖脑壳上半扣着一顶蓝色安全帽，对着正在忙碌的工人们颐指气使一番，其间不时地打呵欠。王邯路踱到周华胜、匡照明等人身边，打着惯有的官腔："听说你们干得不错，要继续发扬不怕苦的革命精神。""嗯。"只有周华胜淡淡地应一声，其他人均故作未听见状，继续埋头干活。王邯路挂着一脸尴尬走了。

"哼！"匡照明指着王邯路的背影道，"你看看他那副臭德行，天天'癞蛤蟆背小手——愣充地方小领导'。你看看他那副无精打采的样子，说不定昨晚又去滚沙滩了。"周华胜示意他小点声，他翻着白眼继续说："怕什么？他那点破事连沙滩上的牛牛都知道，就差举着他的人种周游列国了。"周华胜瞬间忍俊不禁："小鬼头，你可真会形容，真服了你这小脑袋。"

刘大龙压低嗓门说："听说王邯路头一个老婆病死了。他老婆病死没三个月，他就找了现在这个小老婆，听说是个挺漂亮的此地人，比王邯路小七八岁，在玉明市粮食局上班。还听说是个挺厉害的茬儿，滚沙滩之事若是传到那娘们儿耳朵里，肯定不会放过那二人的。"金明顺低声嘟囔："指着女人管还算什么男人，这种人不配当领导。"

真让刘大龙猜对了，张芳和王邯路滚沙滩的传闻，好似七级大风穿越了戈壁滩，最终刮到了玉明市区王邯路老婆的耳朵里。这天，王邯路径自坐在指挥部里看报纸，突然闯进来四五个气势汹汹的男女，定睛一看，原来是老婆刘岚率领"娘家军"来了。

王邯路急忙放下茶杯站起来："刘岚，你怎么来了？"他的话音刚落，刘岚指着他鼻子用此地话骂上了："你这个枪崩货、下洼货（贪婪没出息货）！吃着碗里的看着锅里的，竟然跟一个女技术员'悄迷疙处眼（悄悄）'地搞上了，而且还搞成滚沙滩的'先进积极分子'！""刘岚，你听谁说的？没有的事，纯粹瞎说。"王邯路的话听上去明显底气不足。

　　"爷能诬蔑你这个老东西吗？想当年你花言巧语让爷跟了你，没想到你狗行千里难改吃屎，不但跟市里的二老板子（三四十岁的已婚女人）有一腿，而且还跟工地上的小骚货搞到一起，竟然从床上搞到了沙滩上。爷要不是顾及娃娃情面，真想把你那个脏东西割下来，扔到沙滩里喂马蛇子去！"刘岚鼓着肥大丰满的胸脯，竹筒倒豆般揭王邯路的老底。王邯路闷着头抽烟，生怕接不对话茬，惹得刘岚将他的老底抖落得满天飞。

　　刘岚骂完王邯路后，扭身带着娘家军来到技术室，几个人不由分说，将张芳拖到指挥部门前。技术室的王艳、赵小玉等人见势不妙，急忙跑出去找常德。

　　刘岚一把揪住张芳的头发："你这个不知深浅的狐狸精，床上滚不过瘾，竟然还亲密无间地去滚几十米长的沙滩，爷看你根本不是来搞工程技术援建的，而是来搞'滚沙滩技术'援建的！爷今天非得抬死（整死）你这个破鞋、枪崩货。"刘岚越说越来气，指挥娘家军开始扒张芳的衣服。"啊！"张芳大声尖叫挣扎着，身子好似受惊的刺猬拼命往回蜷缩，眼瞅着外衣就要被扒掉了。

　　"住手！"随着一声厉喝，常德带着新任保卫组组长夏晖出现了，夏晖和手下迅速上前将刘岚及娘家军拉开。王艳、赵小玉和另外两个女技术员立马跑上前，帮着花容失色、狼狈不堪的张芳穿好衣服，几个人一起回到宿舍。

　　刘岚余怒未消，指着常德大喊："常指挥，你这样做太不公平了！这个女技术员勾引我男人，凭什么不让我严惩这个骚狐狸？！"

　　"刘岚我告诉你，这里是堂堂的三线建设指挥部！并非你随意胡闹之地！有什么乱七八糟的鸟矛盾回家解决去！你在这里闹成这样，就不怕扣上一顶扰乱三线建设的帽子？轻者开除公职，重者蹲牢房，你好歹也算是国家干部，孰轻孰重自己掂量吧。"常德铁青着脸喊道，眼下情形也只能采取这种方式，彻底压制住刘岚这头母老虎，他这样做并非为了维护王邯路那点可怜的破颜面，而是怕闹出什么人命来，进而影响到整个会战。

"那也不能就这么轻易便宜了这个狐狸精。"刘岚的语调明显降下来。

"刘岚，我再重申一遍，有什么家庭矛盾回家关上门自己解决去！不能在这里影响大家工作。否则的话，作为会战一把手，我有权命令保卫组，将你们几人以扰乱会战建设为由进行关押。"

刘岚的娘家军走过来同她低语，担心真落下扰乱三线建设罪名，那样会得不偿失。刘岚耷拉着眼皮思索半天，最终带着娘家军撤退。

待刘岚一帮人走后，常德快步来到技术室，看到张芳情绪还算稳定，挥手示意其他几个女技术员先出去，坐下来说："张芳，我记得上次告诫过你，男女之间交往一定要注意分寸。你不能再继续这样下去了，否则迟早会出大事，那样不但会影响自身，还会扰乱整个会战建设。"张芳噙着眼泪低头应一声，半晌才说："我知道了，谢谢常指挥。"

常德返身回到指挥部，发现王邯路正若无其事地喝茶，看来这个副指挥在这方面"久经考验"，不由嘲讽道："你还有心情在这里喝大茶？你老婆都要把这里掀翻天了。"王邯路不以为然道："女人嘛，都喜欢争风吃醋，过去这阵子就好了，我有事回趟市区。"说罢起身离去，大概是去平息"后院之火"了。

再看张芳这边，通过今天这事彻底认清了王邯路的嘴脸，什么调动工作、什么天长地久，都他妈是哄鬼的！无非是各取所需而已。刘岚那个母老虎是不会轻易放过自己的，与其待在这里担惊受怕，还不如赶紧找找关系提前返回原单位。张芳请假回了趟原单位，没出一周便如愿以偿。更令人咋舌的是，没过多久，她便闪电般嫁给一个长她十五岁的高官。王邯路得知这一切后并未心潮起伏，要知道自己许的诺太多，特别是张芳总缠着他追问工作调动之事，有时缠得他很心烦，反正该尝的都已尝到，这种结局对他来说也是一种解脱。

周华胜下班路上碰到正在游逛的苗逸严，对方主动凑上来说："唉！鹬蚌相争，渔翁得利，没想到咱俩争来争去，最后那盘天鹅肉竟然让领导尝了鲜。"周华胜斜他一眼："那些事跟我无关，不存在争与不争的问题。不过，大概跟你有关。"苗逸严一撇嘴角："喊！跟我更没关系。我心态摆得很正，明知争不过的事情放弃也罢，不能为了一个水性杨花的女人跟领导撕破脸皮，那样得不偿失。""你还挺有自知之明。"周华胜嘲讽道,"别瞎操心了,好好工作,把高炉建起来才对。"说罢扭头而去。

就在张芳走后没多久,另外四位女技术员如期完成相关援建,相继返回原单位。这五位女技术员,曾给建设工地带来数不清的相思和失眠。人去味淡,那些喜欢"金花"味的男人,从最初的狂潮中渐渐平静下来。

不久,根据上级有关指示精神,对小三线钢铁厂实行全面军事管制,这意味着军事管制委员会正式进驻大会战工地,也意味着军方成为小三线企业的权力核心。

这天上午,指挥部门前突然传来汽车马达声,一辆军用吉普车飞驰而至,后面紧跟着五六辆解放卡车。一位神情严肃的军人从吉普车上下来,五十来岁,个子不高,黑瘦黑瘦的。他叫郑恒,甘肃人,别看其貌不扬,却是一位威名远扬的老革命,资历比常德还要老,一九三四年参加革命,是西北农业生产建设兵团的副师长。此次,他被北京军区委任玉钢建设大会战军事管制委员会主任,专门从兵团带来一百多人参加大会战,以保障会战顺利完成。

早接到通知的常德率众迎上前:"报告郑主任,常德奉命带领地方参建人员欢迎您!"郑恒表情庄重,目光清亮,握着常德的手连声说:"辛苦了!"

常德向大家郑重介绍了郑恒,特别讲述了他的光辉履历,众人皆惊得大眼瞪小眼,立即掂量出郑恒的分量,随之响起热烈的掌声。

指挥部很快召开了大会,正式成立玉钢建设工程大会战军事管制委员会。北京军区、自治区革委会、玉明市革委会均派代表出席大会。

会上,北京军区副司令员宣读任命决定,正式任命西北农业生产建设兵团副师长郑恒担任玉钢建设工程大会战军事管制委员会主任。即日起,指挥部下设炼铁营、选矿营、机修营、矿山营、机运营等,各营分别下设连、排、班;同时保留原有的人武部、生产组、保卫组、政工组、财务组、劳资组等相关部门。

郑恒抑扬顿挫地说:"同志们,伟大领袖毛主席教导我们,只要帝国主义存在就有战争的危险。我们要坚决响应毛主席'备战、备荒、为人民'的号召,'人不犯我,我不犯人;人若犯我,我必犯人!'钢铁是国家的脊梁,与国家命运休戚相关,国家只要有了足够的钢铁,就不怕外敌来犯!希望大家积极支持玉钢军管会的各项工作。在这里,一切都要服从军管会指挥!避免一切不必要的'波澜'！要集中一切力量，顺利完成玉钢建设工程大会战！"他的这番讲话掷地有声，声音仿佛从地层深处发出，自带一种震撼人心的力量，话音刚落，台下便掌声雷动……

王邯路很快接到相关通知，这次会战已实行军事管制，不再需要玉明市革委会派出地方人员配合，这意味着他这个指挥部二把手任职彻底结束。他像泄了气的皮球，一下子傻了眼，暗自叹息："怎么就突然变成军管了呢，唉！真是计划赶不上变化快，原指望钢铁厂建好后能借以提拔，现在看来这一计划彻底泡汤，真倒霉。"临行前，王邯路不咸不淡地对常德说："常指挥，你好好在这里为人民服务吧。"常德咧嘴一笑："走到哪里都要为人民服务。"王邯路很快坐着那辆吉普车走了，从此未再露面。

时隔不久，一个消息随着呼呼的大风从市区刮到了玉钢工地，王邯路因作风问题被一撸到底，据说被一个跟他上过床、又未兑现什么诺言的女人给告发了。

周华胜对此只是轻轻一笑，匡照明则抬脚在地上狠狠一跺："好！像他那种人早该撸下去了。"刘大龙和金明顺也如是说。指挥部里，常德一边端着茶缸喝水，一边对郑恒说："我从前的那个搭档，真是令人一言难尽。"郑恒会心一笑："吃了三天斋就想上西天，功夫还浅。占着茅坑不拉屎，还尽弄些花花事，迟早没有好下场。"

不久，工地上的山东退伍兵接到通知，根据来玉钢之前在昌盛钢铁厂的岗位工种，到大型央企"胜利钢铁厂"培训半年，待玉钢一号高炉系统工程竣工后正式上岗。接到培训通知后，周华胜等人简单准备了一下，很快到达胜利钢铁厂进行培训。临行前，常德特地找到周华胜，勉励他圆满完成培训任务，周华胜目光炯炯地点点头。

第十一章

转眼半年过去了，沙枣树上又挂满青果，一嘟噜一嘟噜，煞是喜人。它们正不断积累着糖分，在阳光照射下逐渐变得大而丰满，随着阵阵微风摇曳在枝头。

"七一"就要到来，一号高炉系统的建筑安装基本竣工。指挥部里，郑恒边喝水边说："一号高炉即将投入生产，建党节那天，我们要拿出百倍的信心和力量顺利完成出铁，也算是不辱使命了。"常德点头称是。一会儿，郑恒问常德："那批山东退伍兵快结束实习了吧？"常德点头道："是的。我已经跟胜利钢铁厂那边打好招呼，让他们尽快返回，估计这两天就回来了。"

两天后，周华胜等人自胜利钢铁厂返回玉钢。途中，他们坐在客车上，边说笑边望着窗外景致，那些漫无边际的沙丘变得愈来愈熟悉，甚至有种久违的亲切感。途经沙疙瘩公社时，周华胜想起贾二蛋一家人，许久未见面，等出完铁后抽时间去看望他们。

当周华胜等人到达玉钢时，一下车便看到常德带着夏晖、巴图等十几个人迎接他们，常德发表了简短的欢迎致辞。待其他人陆续散去后，常德冲周华胜招了下手，他这才跑到近前。常德笑道："怎么样？培训期间挺好吧？"周华胜实话实说："挺好的，就是时常想念玉钢和同事们，当然也很想你。"常德朗然一笑："想念玉钢就对了，这里是你实现理想、养家糊口的地方；想念我也对，毕竟是革命兄弟。"

经过简单休整，按照在胜利钢铁厂的岗位培训工种，周华胜来到了炼铁营，匡照明和金明顺到了机修营，刘大龙到了制氧站。四人仍住一个地窨窑，分岗不分"家"。

根据指挥部相关部署，炼铁营下设高炉连、原料连、维修连。其中，高炉连下设三个排，每排下设五个班，包括炉前班、上料班、热风班、水泵房班、锅炉房班。以排为单位进行"三班倒"，一排为甲班，二排为乙班，三排为丙班，每班工作八小时。

周华胜被分到三排（丙班）炉前班，班里共有十四人，大都是些年轻人。

六月三十日晚十时许，周华胜和工友们提前两小时来到夜班岗位，再过两小时就是建党节了，也是万众瞩目的玉钢首次出铁日，大家的心情紧张又激动。周华胜将目光投向灯火通明的炉台下方，那里早已聚集了许多人，有北京军区、自治区革委会、玉明市革委会派来的领导，还有玉钢建设工程指挥部的头头脑脑，大家翘首以待，迎接第一炉铁水的到来。

在班长杜超的带领下，周华胜和工友们身着白色帆布工作服和翻毛皮鞋，聚集到炉台旁的简陋休息室里。十几平方米的休息室里，萦绕着挥不去的紧张气氛，营长张德义、连长宋波等均已到位。

张德义是河北人，四十来岁，一米七六的个头，精瘦干练，胸前挂着一个哨子，关键时刻用哨子发出指令。他郑重强调，明天是建党节，也是玉钢第一次出铁，现在天气炎热，炉台平均温度很高，各项操作规程必须严格谨慎，容不得丝毫马虎，大家一定要团结协作，保证第一炉铁顺利生产！他的眼神自带亮光，坚定而不乏机警。

接下来，杜超对当班炉前工进行了岗位分配，诸如铁口、主沟、渣口、渣沟、撇渣、铁水沟、模床等岗位。周华胜和工友姜伟、吴明被分配到铁口岗位，负责开铁口、捅铁口眼、堵铁口眼、清理并修补铁口泥套等。半小时后，张德义带领炉前工们来到炉台，对铁口泥套、泥炮、铁沟、渣口、渣铁流嘴、模床、撇渣器、冷却水等逐一进行了详细检查。

七月一日零时，一切准备就绪，常德将手里的小旗用力挥下，发出一声高呼："开——炉！"

随着这阵悠长的呼声，由人力小推车送至料仓的焦炭、铁矿石、石灰石等原料被装入炉中，火苗迅速从炉口窜出来。高温下，炉料开始融化，焦炭中的碳使铁矿石中的氧化铁还原成单质铁，铁的比重大集中在高炉底部，而剩余的物质则形成炉渣漂浮在上层。

开铁口之前，先由负责渣口的炉前工打开渣口放渣，一人抓紧钢钎对准渣口，另一人拿铁锤砸开渣口使渣流出来，待渣流尽后用堵头"啪"一声堵住渣口眼，等到渣沟里的渣凉了，再用铁锹清理出去，之后用炮泥修补渣沟。

两点零六分，高炉值班室指令开铁口，张德义拿起胸前挂着的哨子用力吹响，周华胜和两个工友立即展开系列操作。周华胜将一根两米长的钢钎对准铁口眼位置，双手用力把住钢钎，姜伟和吴明站在钢钎两侧，轮流挥起铁锤砸钢钎尾端，大约十分钟后，一个直径约四厘米的铁口眼被打开，随着钢钎拔出，一条炽热火龙欢快地喷涌而出……铁水流出的刹那间，负责取样的质检人员小心翼翼地靠近出铁口，用铁勺子舀出第一勺铁水样，送往质检部门进行观察和化验铁水成分。若发现不合格现象，要结合炉况及时调整入炉原料。

铁水如精灵般飞溅着，形成了数朵漂亮的铁花，在空中绽放飞舞着，场面蔚为壮观，恰似为党的生日呈上一份特殊而珍贵的礼花！这一历史时刻无比光荣神圣！这片原本荒凉空旷的戈壁滩，第一次呈现出非同寻常的光芒，耀得人眼睛半天睁不开。这一炉炙热的铁水，标志着一座年产铸造生铁两万余吨的三线钢铁企业正式投产，补充了西北地区工业发展的相应力量，挺起高原之上的又一座钢铁脊梁。

军管会主任郑恒举起喇叭，眼含热泪高声宣布："今天是玉明钢铁厂第一炉铁顺利生产的日子！也是举国欢庆的建党日！在这里，玉明钢铁厂全体建设者向党的诞辰献礼了！"全场霎时欢呼雀跃，激动的欢呼声撼动了戈壁滩。许多人仰望着飘扬在高炉炉顶的国旗和党旗，热泪盈眶地拥抱在一起，心潮像海洋一样翻滚，这成为他们一生中最美好的记忆。

随着铁水不断流出，铁口眼由最初的四厘米逐渐扩充至十几厘米，在铁水流出的过程中，一股股热浪扑面而来，令人不由自主地收紧脸上皮肤。

为了保证铁水流动顺畅，周华胜和姜伟、吴明轮流站在喷着火苗的铁口旁，握紧钢筋捅条小心翼翼地搅动铁水，手里的捅条距一千四百多摄氏度的铁水不过一两米距离。随着捅条不停搅动，铁水顺着主铁沟通过撇渣器，其中浮在铁水上面的熔渣被挡板阻隔，负责撇渣器的炉前工紧盯着撇渣器和下渣口，以防撇渣器堵塞；铁水流经过道进入小井，然后顺着支铁沟流入铁模床，当第一个模床流满后，守在模床旁边的炉前工立即将此模床关闭，打开下一个模床……二十分钟后，铁口处火光逐渐消退，渣铁已经出净，一炉铁就此结束。在铁水流动的中晚期，质检人员又分别提取两次铁水样送至化验室。

出完第一炉铁后，炉前工们又进行了一系列紧张操作。

排长王斌拉下减风闸，将铁口处减风，也只有他有权拉下减风闸。随后，周华胜用水管往铁口处打水降温，降到一定程度时，姜伟和吴明适时在铁口处铺设好隔热铁板，周华胜扛起铁管制成的简易泥炮，踩在铁板上，将泥炮的炮头顶紧堵在铁口眼上，姜伟和吴明举起铁锤"叮当叮当"连续击砸打泥活塞，将泥炮里的泥打到铁口里面，三四分钟后堵住了铁口眼，适时拔出泥炮，随后又用箩筐抬来炮泥，将泥炮装满泥后顶紧打泥活塞。接下来，周华胜和姜伟、吴明又用小铲挖起炮泥，修补铁口泥套，之后清理主沟并用炮泥修补好，将钢钎、捅条、吹氧管、箩筐等工具收拾好，清理完卫生。

在周华胜和两个工友紧张忙碌的同时，其他岗位上的炉前工也没闲着。负责渣沟的用铁锹将渣沟里冷却的渣清理出去，用炮泥将渣沟修补完毕；负责模床的不断用水管里的凉水将模床里的铁块冷却，而后用钢钎将模床里成型的面包铁、支铁沟里残余铁水形成的长条铁撬起来，扔向与模床相连的斜坡，使其自然滑至下方的空地上，如果有两块面包铁连在一起，要用铁锤砸开后再扔，接下来清理铁水沟，在其内壁抹上炮泥进行修补，将模床内外重新用炮泥和焦粉封好……

干完这一切后，炉前工们相继来到休息室，一边喝水一边休息，此时他们的衣服早已被汗水浸透。一会儿，各级领导陆续来到休息室，望着脸上挂满黑灰、连牙齿上也沾满黑灰的炉前工们，握着手连声表示："第一炉铁水很顺畅，大家辛苦了！""不辛苦！"炉前工们异口同声回答。

接下来五个多小时里，又出了第二炉、第三炉铁，周华胜和工友们周而复始，迎接一炉又一炉铁水……当第三炉出铁结束后，已是早上七点半，此时他们已累得筋疲力尽，拿钢钎的手磨起血泡，一想到当班出了三十多吨铁，脸上不觉露出欣慰的笑容。

下班回到宿舍后，周华胜拿着饭盒到食堂打饭，一夜的紧张劳动早已令人饥火烧肠。

周华胜刚拐上去食堂的小路，迎面撞上了苗逸严，这是实习回来后第一次见到他，不由笑着打招呼："苗逸严，这半年里挺好吧？""当然挺好了，你不在这里感觉省了不少心。"苗逸严话中有话。"有什么可省心的，我在这里又没碍你什么事。"周华胜仍然笑着。"那可不一样，你在这里太显眼，太显眼就意味着碍事。""你能不能心胸宽些？我们这些外乡人在这里落脚不容易，大家团结在一起多好。""你好好团结吧，我跟你们这些土包子尿不到一个壶里。"

苗逸严边说边瞥了眼周华胜身上的旧衣，故意掸几下自己刚上身的新衣，继续说："你一回来就参加了首炉出铁，这下更找不着南北了，我这个小火车站职工更没法跟你比了。""苗逸严，你能不能……"未待周华胜把话说完，苗逸严就扭头走了。周华胜无奈地摇摇头，苗逸严的身世背景固然不错，也见多识广，但嫉妒心太强，这也是他一些行为的主因。

匡照明站在不远处目睹了这一切，拿着空饭盒走过来说："这家伙是标准的'瞎子害眼——没治了'，他压根就没瞧上咱们，你看看他那副鼻孔朝天的德行，我想破了脑壳也想不明白，咱们现在好歹也算是城里人了，他怎么总是把咱们当乡下人看待呢？另外，他的'红眼病'太厉害，总是见不得别人好。"周华胜说："乡下人有什么不好？没有乡下人的'锄禾日当午'，那些城里人得喝西北风得饿死。苗逸严有'红眼病'，咱们别有就行，饿毁了赶紧打饭去！"说罢，招呼匡照明一起去食堂。

随着一号高炉成功出铁，玉钢生产的铸造生铁在火车的汽笛声中，进入了二三五厂……

指挥部举行了庆祝大会，热烈庆祝一号高炉建成投产！会场人山人海，人声鼎沸。会议宣布，即日起正式成立"中国共产党玉明钢铁厂委员会"，由军管会主任郑恒兼任玉明钢铁厂第一党委书记，会战指挥常德兼任玉明钢铁厂党委书记。

常德指出，许多建设者像西北当地的沙枣树一样，对工作对生活怀有坚强不屈的意志，希望大家继续保持下去，虽说现已顺利出铁，但仍有一部分配套工程需要努力完成。同时，他宣布将盖五十栋职工住宅、一座医院、一所幼儿园、一所职工子弟学校、一个职工大食堂、一个灯光球场以及新办公场所，位置定在距离厂区一公里处。

人们的心情喜上加喜，明知拟建的砖瓦房"狼多肉少"，五十栋房只能安置二百多户人家，不一定能轮到自己，但只要开了头肯定会一批接一批盖，总会有住上的那一天。至于医院，在宽敞明亮的场所看病，肯定要比窝在昏暗的地窨窑里强百倍。建职工大食堂和部门办公室也是好事，在地窨窑里打饭和办公显得过于寒酸，堂堂三线钢铁厂应该有个像样的食堂和办公场所，舒适不说面子上也好看，特别是一拨拨的头头脑脑们，隔三岔五就来巡视这个小三线典型。建幼儿园和学校更是好事，早盖起来，等孩子们来之后就有了念书的好地方。

夜晚，躺在硬板铺上的周华胜，眼前不断浮现出王秀英的身影，盼着指挥部早下命令让家属们快来，或许她们会因这里的各种条件而失望，但肯定会慢慢适应。他抽空去了趟玉明市区，风风火火地推开邮政局大门，将电报单拿在手里半天，最后只落下几个字：出铁了挺好勿念。其实想说的话很多，但更多的原因是为了省钱，少拍一个字哪怕一个标点，也能省下一毛钱。

从邮电局出来后，周华胜到百货商场买了两瓶玉明白酒，回程路上特意提着酒来到黄河二队贾二蛋家。贾二蛋一家人看到他后很惊喜，边念叨着半年多没见面了边招呼就座，二蛋爹吩咐儿子把家里的下蛋鸡宰了招待客人，几个人边吃喝边聊天。临走时，贾二蛋从邻居家借来驴车，把周华胜送到沙疙瘩汽车站。

周华胜坐着客车刚返回玉钢，常德突然找到他，告知指挥部初步同意家属们来玉钢，在她们来之前必须先挖好家庭住的地窑窑。从明天开始，指挥部将组织大家利用业余时间在最东边的大片黄土坡上挖家庭窑窑。挖窑任务安排十个组完成，让周华胜带领山东退伍兵完成其中一组挖窑任务；鉴于家庭户多、地方又有限，所以每户窑窑不能挖太大，统一挖成长五米、宽三米、高两米半，等所有的新窑窑挖好后，连同旧窑窑一起重新进行分配，那样家属们就可以来了。常德一口气说完，笑道："带着人好好挖，早挖好早让老婆孩子来，早结束孤独寂寞的单身生活。"

周华胜爽快地接受了任务，很快带领众人来到最东边的黄土坡挖新窑窑，既要上班又要挖窑窑确实挺累，但一想到挖完窑老婆孩子就能来了，大家干劲十足，谈笑风生。

小鬼头匡照明免不了调皮一番，担心老婆来后看到住这样的洞穴会被吓跑，周华胜笑道："这就要看大家的本事了，来了就由不得她们，想跑也跑不了。"他一边说一边用铁锹抠土，结实的胸脯似要将那件穿了三年的浅绿绒衣撑破，本来袖口业已磨破。

苗逸严不知什么时候走了过来，叉着腰嚷嚷道："让你们这帮山东老转吵死了，老远就听见一片噪音。真是奇了怪了，你们天天吃不好穿不好，哪来那么多穷欢事？"

在场的人一见是他，脸上顿时布满阴云。匡照明抢白道："我们乐意穷欢，谁也管不着。你少在那里瞎操心，真是人不要脸天下无敌。"苗逸严指着匡照明说："你，你敢骂人。"刘大龙将铁锹往苗逸严脚前一杵："就骂你这个熊玩意儿了，你能怎么着？"苗逸严并未动怒，仍然嬉皮笑脸道："就知道跟我在这里瞎咋呼，有本事到指挥部大闹天宫去，问问领导为何让你们这些积极分子住洞穴。你们一个个的付出不少，不照样住在洞穴里？"

"苗逸严！"一直未语的周华胜忽地放下铁锹，盯着他道："你少在那里煽阴风点阴火，你不也照样住地窑窑吗？""你们这帮土包子能跟我比？"苗逸严挺着胸脯得意道，"我可是堂堂的干部子弟，当初要不是贪图离家近，我才不会来这个鬼地方受这份罪。"周华胜轻嗤一声："你也就是凭着那点资本骄狂。干部子弟多了去了，都要像你这样，国家就乱成一锅粥了。"说罢让苗逸严赶紧离开这里，再不走就直接把他拉到指挥部，说他影响挖窑建设，影响未来的家庭建设。苗逸严拧着脖子还想再说什么，周华胜挖起一锹土朝着他扬散，他冷不防被扬了一身土，只好鼓着眼灰头土脸地走了。

众人看着苗逸严的狼狈样子忍俊不禁，说他纯粹没事找事，一看这家伙就来气，真想揍他一顿。周华胜表示没必要跟这种人计较，眼下最重要的是赶紧完成挖窑任务。

壮劳力出活，更何况是当过兵的壮劳力，半个月后，这个组的家庭窑窑全部挖好。

常德望着这片碉堡一样的地窑窑，连声夸奖："挖得好！"表扬完后，常德把周华胜叫到一边，问他能否再带人在土坡东端挖几间大地窑窑用作临时教室，在跟随父母来这里的孩子中，肯定有不少学龄儿童，为了不耽误孩子们念书，只好先委屈他们在地窑窑里上课，等到新学校建好后再搬进新教室。

周华胜一听便应承下来，常德放心而去。周华胜将常德的原话告知众人，大家皆表示：为了孩子念书，应该出这份力。没出十天，六间长七米、宽五米、高两米半的地窑窑教室就挖好了。

时隔不久，所有的家庭窑窑全部挖好，一大片新窑窑连同以前挖的旧窑窑，形成了非常罕见的地窑窑群，静静守候着这片沉寂而又热忱的土地。

随着重新分户，周华胜终于从集体窑窑搬进家庭窑窑，等老婆孩子来到之后，这个简陋洞穴自会成为充满人间烟火的家。

　　这天早上，周华胜把积攒了一夜的尿桶倒在公用茅房，而后围着周围的地窑窑转悠，他家的左右邻居全跟"炉前"沾边，左邻居是营长张德义，右邻居是同班的此地人姜伟。

　　当他转悠到营长家附近时，发现窑顶上冒出缕缕炊烟，难道营长的老婆早来了开火做饭了？正自纳闷之际，从窑窑里走出一人，原来是营长端着脸盆出来倒水，看到周华胜后热情招呼到家里。周华胜看到营长家里只有一张床、一个小锅和一些干净碗筷，锅里还冒着热气，奇怪的是床底下居然有废纸废瓶等破烂废品。

　　两人边喝水边聊天，周华胜得知营长是石家庄人，当年爹娘都被日本鬼子杀害，从小在孤儿院长大，当兵后复员到了地方，玉钢大会战时调到这里。通过这次聊天，周华胜愈发觉得营长非同凡响，话不多但眼神发亮，目光深邃又敏锐。张德义也同样欣赏周华胜，说他气宇轩昂，一看就知道当过兵。

　　周华胜从营长家回来不久，右邻居姜伟笑呵呵来串门了，进门便操着满口的此地腔说："没想到咱们既是工友又是邻居，真好！"周华胜笑着点头，虽然与姜伟接触时间不长，但挺喜欢这个中等身材、性格开朗的工友。姜伟闲聊一阵子便回家了。

　　半个月后的一天早上，指挥部正式下达了让家属来的通知，这令长久缺乏夫妻生活的"单身汉"们兴奋得满脸通红，一些人跑进沙滩，连喊带滚撒了半天欢，吓得那些正在闲逛的马蛇子和牛牛"嗖嗖"地钻进沙洞。周华胜立马坐车到市区给老婆发了电报，告知指挥部已批准前来。王秀英很快回电报，说待把家事安顿好即来。

　　周华胜正在家里看书，忽然听到"咚咚"的急促敲门声，开门一看原来是匡照明，非拉着他去盖子沟看梦中草原，他本不想去，但禁不住匡照明再三央求，只好点头同意。

　　匡照明指着黑丰山说："这座山跟咱们老家的山比起来差远了，我真想念老家的山。"周华胜说："我也想念老家的山山水水。不过黑丰山也不错，埋藏着数不尽的矿藏，是座宝山。"匡照明点点头，随后扯开嗓门高唱几句："人人那个都说哎沂蒙山好……"

两人很快来到那个敖包前，周华胜发现这次所见与上次略有不同，自敖包顶部往四个方向引出了四条彩带，最后被固定在地上，石堆的每一层也都围上彩带，这使敖包整体看起来鲜艳夺目。周华胜说："我上次来时没见这么多彩带，看来刚刚进行过秋季祈福或祭祀。咱们得尊重少数民族习俗，快！先围着走三圈，然后往上面放几块石头。"匡照明点点头，跟在周华胜屁股后面走了三圈，放上几块石头。

两人继续边走边聊，匡照明瞅瞅四周，神秘地说："有件事一直想问你，你那么爱看书，见没见过手抄本？那可是当下最流行的'民间文学'。"周华胜同样瞅瞅四周，低声道："别瞎说，我没看过那些手抄本。"说到手抄本，他至今清晰记得，当兵前他曾跟邻居到农村买粮，亲眼见到一个小青年偷看《归来》《一只绣花鞋》，他当时央求青年把书卖给他，结果被邻居声色俱厉制止了，说看这种书会坐牢。匡照明故作高深莫测道："听说过《少女之心》没？那里面描述了不少那方面事。"周华胜说："没听说过。一听书名就知道不是什么好书，你在外面千万不要瞎叨叨，一旦出事就是大事。"匡照明点头道："放心，我明白，还得保住铁饭碗，一家老少都指着它吃饭。"

紧接着，匡照明突然问："成吉思汗有多少老婆？"周华胜说："书上说有不少，怎么了？""没什么，挺让人眼馋。"周华胜笑道："眼馋什么？就你那小身子骨，你老婆一人就够你受的了。"话音刚落，匡照明便像野兔一样蹿向旁边的高坡，站在坡上俯视着周华胜，拍着瘦胸脯大声道："别瞧不起小身骨的人，浑身都是浓缩的精华！拿破仑还没我高呢，照样站在阿尔卑斯山脉上说自己比阿尔卑斯山还要高大。我现在想说，我比黑丰山还要高大！"周华胜忍俊不禁，冲匡照明晃下大拇指："你这个小鬼头，真是标准的'屎壳郎钻天——小能豆子'。""哈哈……"匡照明开怀大笑。

说笑间，两人不知不觉到达盖子沟。周华胜发现今天的景致比上次来时更好看，天更蓝草更绿花更艳，连吃草的马牛羊都比那天多了几十只，内心不由啧啧称奇。匡照明激动万分，拉长腔调道："啊……太美了！"随后一蹦老高，抓着周华胜肩膀打转悠，两人一同摔倒在厚软的绿草丛里。匡照明咬着草棍跷起二郎腿，将双手交叉放在脑后，仰望着苍穹，连声夸赞这地方真美，世外桃源也莫过于此。

一会儿，周华胜带着匡照明来到巴特尔家，巴特尔分别给周华胜和匡照明献了哈达，其其格端上来奶茶奶豆腐。匡照明喝了一碗奶茶，吃了三四块奶豆腐，看来他很能享受膻味。巴特尔两口人望着匡照明咧嘴直笑，在他们眼里这样的客人最受欢迎。

周华胜发现蒙古包里多了一幅龙梅和玉荣的半身羊毛挂毡，不由出神地望着。匡照明嘴快，指着墙上的挂毡对巴特尔两口人说："我们当年见过龙梅和玉荣，还去过她们家，喝过奶茶吃过奶豆腐。"巴特尔的眼神立刻变得很膜拜："你们真去过龙梅玉荣家？她们是我们蒙古族的骄傲。"

匡照明一板一眼地说："我们真去过英雄小姐妹家。当年我和周华胜当兵时，就在离小姐妹家不远的大山里打防空洞，路过山口那片草原时，经常看到龙梅和父母放牧。"周华胜笑着对巴特尔两口人说："龙梅和玉荣不仅是你们蒙古族人的骄傲，也是我们汉族人的骄傲，是整个中华大家庭的骄傲。"两口人赞许地点点头。

巴特尔两口人杀了一只羊招待客人，没过多久便端上一盆手扒羊肉，全是白水煮的带骨羊肉块。周华胜悄悄告诉匡照明："手扒羊肉壮腰健肾，多吃点。"匡照明挤眉弄眼地点点头。一会儿，朝鲁带着五六个牧民涌进蒙古包，朝鲁还抱着一把马头琴。大家围坐在地毯上，一边啃手扒肉一边谈笑风生。席间，周华胜和匡照明学着牧民的样子，一手攥着大块羊肉，一手用蒙古刀切割着吃。没有什么调料，只有一碗盐水可以蘸，刚开始吃时感觉很膻，吃着吃着也便习惯。他们留意到，牧民们能将羊骨上的肉剔得非常干净，吃完后只剩下一块雪白骨头，连一丝肉星都留不下。

周华胜想知道巴特尔两口人名字的含义，低声询问巴特尔，这个蒙古汉子笑着告诉他："巴特尔"意即草原上的英雄，"其其格"意即草原上的花朵。周华胜表扬他两口人真会起名字，英雄配美女。巴特尔听罢哈哈一笑。一会儿，巴特尔望了眼周华胜脸上的那道伤疤，悄声说："我一直想问你，你脸上那道伤疤是怎么回事？"周华胜笑着低语："不小心被石头划了一下。"巴特尔点点头。

周华胜瞅了瞅朝鲁身后的那把马头琴，很有礼貌地请朝鲁拉首马头琴曲，他爽快地答应了。蒙古包里顿时响起富有感情色泽的琴声，时而深沉粗犷，时而激昂振奋，奏出辽阔的草原、呼啸的狂风、悲喜的心情、奔腾的马蹄……当琴声停止时，响起热烈的掌声……

天已将黑，周华胜和匡照明同牧民们依依惜别，牧民们目送二人走出很远。

路上，匡照明眉飞色舞道："太爽了！"说着学起蒙古人献哈达的样子，感叹这些蒙古族同胞朴实又善良，说着说着便没了正形，开始口无遮拦："蒙古包那么小，如果来了亲戚都挤在一起睡，万一姐夫和小姨子挨着能睡着吗？"周华胜在他腰里戳一拳头："杞人忧天，你以为人人都像你啊。"匡照明伸长舌头扮了个鬼脸，使劲从牙缝里抠出一丝肉渣，嬉笑着弹向周华胜。周华胜干生气没办法，只好让着这个小鬼头。

快到地窑窑群时，周华胜一把拽住匡照明胳膊，提醒他："玩归玩，你在机修营要好好工作，不要让人说出别的。"匡照明大咧咧道："放心吧，本人干得挺好，目前为止还没有人说出不字。"周华胜笑道："那就行，别给咱们山东退伍兵丢脸就行，更不能给沂蒙老区丢脸。"说这话时，他的眼睛里闪着一抹亮光。

第十二章

指挥部突然召开大会，会议由夏晖主持。

这个年轻保卫组长拉着脸，以严肃的语气说："保卫组接到举报，有人在背后对军管会郑主任说三道四，说郑主任不干活偷懒，还笑话他是豁牙、走路外八字。保卫组已查出两个乱议者，他们是小火车站的职工张新健和关明强，现在让这二人上台做检查，之后小范围贴大字报，以此警示。经过请示郑主任，只要他们能意识到问题严重性，及时改正错误，就不戴纸帽子批斗了。"他顿了一下，接着说："大家要时刻牢记一点，玉钢现在是军管企业，承担着小三线后方基地的重要保障作用，一切都要服从军管会指挥，要尊重军管会领导，今后若再发现类似行为，不但要广贴大字报，还要戴大纸帽，游街！批斗！"

台下的众人，纷纷将目光移向坐在夏晖左侧的郑恒，只见他保持着惯有的正襟危坐，微闭双眼似在思索什么。保卫组人员将张新健、关明强带上主席台，二人分别做了深刻检查，检讨自己觉悟太低，不该乱议军管会领导，一定痛改前非……

待检讨者走下主席台后，坐在郑恒左侧的常德，觉得自己在维护军管会以及搭档的权威上绝不能含糊，于是肃然道："大家都知道，玉钢之所以设为军管企业，就是为了顺利完成生产建设任务，为二三五厂提供更多更好的原材料保障。郑主任是老革命人尽皆知，但大家可能并不知道，郑主任的半截牙齿是打游击时被石头碰断的，他的身体里至今还有两块未取出的弹片，这两块弹片时不时折磨着他，他是强撑着病体坚守大会战啊！"常德停顿一下，继续说："通过今天这件事，我们也看到了郑主任的为人，他心地善良、心胸宽广，今天这事要是放在其他地方、放在其他军管会领导身上，就不仅仅是做检查这么简单了，肯定要扣纸帽子游街批斗。"常德的这番话，显然替郑恒做了恰如其分的解释。大家纷纷望向郑恒，不禁百感交集。他们注意到，常德说这番话时，郑恒的身躯时有颤动。

一会儿，郑恒略一扫视周围，缓缓地说："同志们，我一直在西北农业生产建设兵团工作，对于钢铁类的工业生产建设实属外行，如果不懂装懂，就会误事甚至坏事。希望同志们能给予充分理解，大家也不要因为这件事影响情绪，要把精力投入到光荣的会战中。一号高炉是重中之重，现在各项生产任务正在顺利推进，要全力完成为国防建设服务的使命。眼下许多地方都存在大大小小的政治波澜，在咱们玉钢，只要有我这个军管会主任在，就不会引起不必要的'波澜'。"他的这番话满含坦诚和现实，令人理解的同时也陡添一份心安，如同吃了数颗定心丸，大家再次将敬佩的目光投向他。

会后，指挥部地窨窨外面出现一张大字报，路过的人只是偷眼相看，没人再敢说什么，也不忍再说什么。一些人私下猜测举报者是谁，没过多久便得知举报人是苗逸严。原来，那天几个人在工休时闲聊，张新健说郑主任看上去不太爱活动，估计其身体不舒服，关明强说郑主任长得挺严肃，不知怎么还有颗豁牙。就是这么简单的话题，结果被同班组的苗逸严添油加醋举报到了指挥部。

张新健和关明强哑巴吃黄连，暗自感激郑恒宽宏大量，如果郑恒铁了心严加追究，事情就真没那么简单了。与此同时，二人对苗逸严恨得咬牙切齿，张新健悄悄对关明强说："真想把那个王八蛋塞进马蛇子洞！"关明强劝其别再惹是生非了，吃一堑长一智，以后定要慎言少语。张新健无奈地点点头。通过这起举报风波，人们更加知晓苗逸严的为人，内心巴不得离其越远越好。

这天早上，周华胜不到六点就起床，洗漱完后，到食堂打了三个窝头和一份小米粥，饭后急忙去上班。清晨的空气令人精神抖擞，他扯着大步赳赳地往高炉走。

从住处到高炉要走二十多分钟，马车店是必经之路。每次路过马车店，周华胜都忍不住多看两眼。此时，五六个上白班的马车老板正在套辕，有的骡子看上去比马调皮，胡乱晃动着身躯，甚至跑出去十几米远，主人一声厉喝，它立即摇头摆尾地退回来，乖乖将长脑袋套进笼头。望着这种马和驴擦出恋爱火花所创造的物种，周华胜突然想起那些关于马车店的传说，当然这种思绪好似根草晃悠几下便消失了，否则难免会晃悠出单身汉的无限遐想。

周华胜刚走出马车店地盘，便听到身后响起一串串甩鞭子声，匆忙闪到一边，只见一辆马车晃晃悠悠地冲过来，马车老板怀抱鞭子昂首坐在车上，只要马跑偏了方向，一鞭子就能抽到正路上。

当周华胜到达高炉时，离接班还有半个小时，其他工友还未来。他站在炉台下仰望，上一个班的工友仍在炉台上忙碌，一张张黝黑的脸庞，一个个疲惫的身影，或舞动大锤，或敲击钢钎，或整理工具。一会儿，他来到不远处的锅炉房，将军用水壶打满热水。夏天是炉前工最难熬的，每个班都要身着厚工作服和翻毛皮鞋，面对着一千多摄氏度的铁水，贴身穿的汗衫被汗水浸湿后满是褶皱，一个班下来起码要喝十斤水，离了水万万不行。

周华胜提着水壶来到休息室，简单打扫完卫生，这时工友们陆续来了，大家边换工作服边说笑，每个人都知晓，炉前工不比其他工种，只有默契配合，才能顺利完成出铁任务。也正是这种拧成一股绳的团体力量，将友好和信任更加紧密地环绕在一起。

随着交接班完毕，周华胜和工友们站到了炉台上，在不到二百平方米的工作区域内开始工作。马上就要出铁了，周华胜和姜伟、吴明一起握紧钢钎对准铁口眼位置捅铁口，不料捅了半天也没捅开，只好把吹氧管通上氧气点着，放到铁口眼位置，利用高温和压力原理把铁口打开。十几分钟后，炙热的铁水从出铁口一下子涌出来……三个人擦了擦脸上的汗水，这才松了口气。

周华胜握着捅条疏通铁口，铁水顺利通过铁口流入主铁沟，火光映红了他的脸庞。随着对炉前工作的驾轻就熟，他越来越觉得这是纯爷们儿干的工作，看铁水奔流、铁花飞溅，也是一场淋漓尽致的享受。

一炉铁出完后，周华胜和工友们照例不敢有丝毫懈怠，赶在下一炉铁出来之前完成堵眼、装泥炮、放渣、撬铁块等诸多操作。其间，周华胜很注重班长强调的节约原材料事项，节约使用吹氧管、铁锹、钢钎、箩筐、钢筋捅条等原材料。按照营里相关规定，这些物件按周或按月发放，在正常使用情况下如果延长了使用周期，月底营里会有相关奖励。他想，即使不奖励也应该节约使用这类原材料，用庄户话讲，日子都是过出来的。

日影偏斜，眼看已近中午，周华胜的肚子饿得咕咕作响，早上吃的三个窝头早已消耗殆尽。近期生产节奏加快，营里规定不得离岗就餐，班长只好派人到食堂打饭，而后统一在炉台上吃饭。周华胜坐在炉台的角落里吃完饭，小憩片刻，继续投入到生产中。

今天炉口挺顺，一个班出了四炉铁，周华胜下班后明显感觉很疲乏。他到休息室换下工作服，直接穿帆布工作服很容易磨烂皮肤，只好贴身穿着秋衣秋裤。他脱下秋衣，随手一拧哗哗地流水，拧完后再穿在身上，匆匆来到锅炉房旁边的职工澡堂。

这处澡堂前几天才盖好使用，左边男澡堂，右边女澡堂。一线工人下班后可以舒舒服服泡上一澡，洗去满身的灰尘和疲惫。除却一线工人，还引来许多非一线工人，澡堂管理人员并未将他们拒之门外，宁肯增加劳动量也不忍心驱逐。

负责管理男女澡堂的，是一对三十来岁的朝鲜族夫妻，男的姓金，女的姓权，除非遇到本民族的人才说几句朝鲜语，否则全说普通话。这对夫妻很敬业，身着崭新的蓝工作服，脚蹬黑色高筒雨靴，看上去很精神。每放进去一批等待洗澡的人，两口人都要迅速从里面关好门，分别在男女澡堂里大声吆喝："都不要挤！注意别滑倒！保持卫生！放好个人物品！"

周华胜随着人流挤进男澡堂，只见澡堂外间的两排长条椅上，堆满各种搅杂在一起的衣物，一些洗完澡的人，在衣服堆里来回翻找自己的衣服。突然，有人嚷嚷着裤兜里少了两块钱，随即找到看澡堂的金师傅"报警"，金师傅说他也没有办法，这么多人进进出出，流动性太大，根本无法"破案"。丢钱人咬着牙根说了句："要是让我发现是谁偷的钱，非把他的蛋子捏碎。"说罢气哼哼地穿衣离去。

周华胜把脱下来的衣服团在一起放在长条椅上，费力地挤进澡堂中间的大水泥浴池，池里如同下饺子般泡满了人，只能杵在原地撩水冲洗，边洗边盯着旁边的水泥台。只要台上一有空位就挤到那里搓澡，随后瞅准时机再挤回池内撩水冲身。他好容易洗完澡，浴池里虽说少不了一些"佐料"，却也不乏浑身清爽。

回到地窨窨休息片刻后，周华胜到食堂打完饭，蹲在门旁的土堆上，边吃边想心事。

不知为什么，他今天格外想念老家，此时村后的山上肯定已被鲜艳的色彩包围，那些喜欢夏日登山的人，仍会像往年那样赋予满山的活力与明快，同时他也更加想念妻儿，盼着他们快来。他咽下去最后一口窝头，端着空饭盒站起来，努力朝东南方向望去……

突然，他的肩膀被人轻拍一下，扭头一看原来是常德，不知什么时候来到他身后。常德似乎看出他的念想，安慰他过段时间家属来了就好了。周华胜极力掩饰情绪，笑问常德找他何事，自从出铁后极少相见，除非领导召唤，否则不会主动去打扰。常德笑着反问："没事就不能找你了？"周华胜急道："常指挥别误会，我只是随口一说。"常德爽快地说："感觉有段日子没见你了，顺路过来看看。我老婆前几天来了，抽空上我家吃饭吧，尝尝她的厨艺。"两人闲聊几句，常德便回家了。

周华胜刚把常德送走，张六六突然提着一个袋子来了，特意带来陕北的大红枣让他尝尝，他推辞不过只好收下。两人坐在门前的土堆上畅聊许久，张六六讲了很多自己的事。他是陕西神木人，三十二岁，有两个男孩，家里很穷，他出来打工，既能养活家口，也能为两个男娃攒钱娶婆姨。

周华胜随口问张六六："两个孩子多大了？"他回答："大的十岁，小的八岁。"周华胜不禁诧异："这么小就开始攒钱娶老婆？"张六六叹口气说："在我们老家，男娃娶婆姨光彩礼就准备两三千，打一口结婚用的新窑得好几千，乱七八糟算下来费用不小，所以有男娃的人家很早就得攒钱，否则男娃长大后很难找到婆姨，更谈不上延续香火。"周华胜接着问："那女孩呢？"张六六说："女娃到了十七八岁就出嫁，用女娃换来的彩礼钱，添补着给男娃娶亲用。"

周华胜记起那晚送张六六回马车店时所看到的那个盆，说不定既当面盆又当脸盆。一问张六六，果真如此，他表示一个盆足够用，反正一日三餐都是玉米面糊糊或清水面条，说罢低下头不好意思。一会儿，他抬起头，目光一闪一闪地说："说实话这已经很不错了，总比待在家里食不果腹强，特别是每月都能给家里寄钱，婆姨娃娃们也都饿不着了，比起村里其他人家，我家算是好的。干活累点不算甚，况且也能为国家建设出份力，虽说是平头百姓，该出力时就得出力。"周华胜听着默默赞许。

张六六突然变得吞吞吐吐："其实……其实我来这里还有件事，昨天接到家人捎来的口信，我婆姨上房顶晒玉米时不小心摔坏了腿，我想回家看看，顺便给婆姨治腿，只是我现在……我现在手头没有多少钱，已经跟工友们借了些，怕不够还想跟你借点，不知道你这里方便不方便？不方便的话就算了。你放心，等我有了钱一定还你。"

周华胜二话没说，带着张六六钻进地窑窑，打开那个破柳条箱，从毛选的书页里找到崭新的四十八块钱，这是上午刚领的工资，还没顾上买饭票。周华胜留下八块钱，其余的全给了张六六，嘱咐他赶紧回家看看。张六六连声道谢，拿着钱匆匆走了。

眼下，周华胜手里只剩下八块钱，不仅不能给老婆孩子寄钱，连自己吃饭都成了问题。连着两天，他只吃一顿午饭，最后一个到食堂打饭，只打两个窝头一份菜。

第三天傍晚，当周华胜打完饭准备离开食堂时，一扭身看到了常德。常德望着他打的饭菜问："怎么才打这么点饭？"他支吾道："没……没什么。"

常德瞪大眼再次追问："到底怎么回事？快说！干炉前工很辛苦，吃这么点饭会饿出病来，还会饿出安全事故。"他这才如实相告。常德心中增添了一份喜爱，把手一挥，说："走！到我家好好吃一顿，把这两天落下的饭补回来！"说罢不由分说拉着他往家走。一路上，他停了好几次试图不去，结果都被常德瞪着眼阻止，只好硬着头皮来到常德家。

二人刚钻进地窑窑，常德就喊上了："金芳，今天多做点饭！周华胜来了，就是我经常跟你说的那个山东退伍兵，你第一次到工地看我时见过他。"金芳系着围裙迎上前，笑着表示欢迎，马上给周华胜倒了杯水。他很有礼貌地说："谢谢嫂子，给嫂子添麻烦了。"金芳温婉一笑，让他不要客气，随后开始忙碌着做饭。

周华胜闻到一股淡淡的来苏水味道，仔细端详常德家，同自家窑窑一样大小，只不过多出几样生活家什，更重要的是多了女人味，这令窑窑既干净又温暖。

金芳很快将饭菜端上桌子，把筷子递到周华胜手里，说："多吃点，干你们这一行的，工作又累又危险，一定要把饭吃好。"看到常德正往小酒盅里倒酒，金芳嘱咐他少喝点，不然那张红斑脸真成猴屁股了。常德笑道："我心里有数。好容易把客人请来了，总得陪客人喝点吧。"这时，从外面钻进来两个孩子，男孩十来岁，女孩七八岁。常德对孩子们说："常青，常华，快叫周叔叔。"两个孩子礼貌地说:"周叔叔好!"周华胜起身招呼金芳和孩子们一起吃饭,她说待会儿再吃,随后带着孩子们出去了。

周华胜和常德边吃喝边聊天,当聊到干炉前工感受时,周华胜抓了抓头皮说:"实话说一个班下来很累,不过挺开心挺充实。"常德笑道:"想当年,我也干过一段时间的炉前工,深知干这一行不容易,要担得起重担、受得了高温、耐得住枯燥,要有足够的勇气和毅力。天气凉爽还好些,夏天是最难熬的,只要往炉台上一站全身就会湿透。特别是遇到铁口不正常时,拿钢钎的手都会磨起泡,那种滋味更考验人,这些相信你已深有体会。"周华胜点点头。

常德继续说:"记得咱们第一次聊天时,我曾经告诉过你,'人是不能丢失自己的,要像沙枣树一样立足戈壁滩',你还记得吧?"

"那些话我一直记着,每当我心情沮丧时就会想起来。"

"记着就好。人啊,委实不能丢失做人的本分,否则一事无成不说,还会落下不好名声,子孙后代都会跟着抬不起头来。我说得或许并不尽然,你凑合着理解吧,哈哈!"

说到这里,常德指着菜盘催促道:"别光听我啰唆,赶紧吃菜!"周华胜吃了两筷子菜,继续洗耳恭听。常德半开玩笑半认真地说:"自从你们这些山东退伍兵来到这里,浑身透出山东人的勤劳忠恳。特别是你,干一行爱一行,宁学蚂蚁腿,不学麻雀嘴,这一点难能可贵。你不但能干,而且还身材魁梧、浓眉大眼,比一些电影演员还帅,要不然女技术员中最漂亮的张芳也不会喜欢上你,哈哈……"常德的这番话跳跃性极强,周华胜不由面红耳赤:"常指挥,你就别拿我开心了,我一想起那事就头皮发麻。"

"这有什么好紧张的?被人爱慕是个好事,我年轻时屁股后面跟了至少一个加强班,但我偏偏看好了你嫂子这个心里美萝卜。"常德说罢又开怀大笑。周华胜被他感染得也笑起来,相信依常德的相貌和性情肯定不乏追求者,能选择金芳是她的福分,当然也是常德的福分。他相中的就是金芳的内在美,这是相互的事情。

"嫂子现今在哪里上班?"周华胜问常德。

"在咱们厂医院妇产科上班,专为广大妇女同志服务。"常德笑着回答。

"哦……"周华胜恍然道,怪不得进门就闻到一股来苏水味道。

第十二章

常德收敛了笑容，继续说："三线建设纯粹是为备战而生。玉钢作为小三线项目，能在戈壁荒漠上建起来不容易。唉，每次一想起王旭和那几位殉职的同志，我心里就特别难受。咱们是标准的先建设后生活，所幸遇到了一个好军管会主任，不像其他单位那样大搞运动乱扣帽子，这是玉钢的福分，也是玉钢人的幸运。不说别人，就拿我来说，如果还继续待在原单位，弄不好就会挨揪斗，来到这里反倒成了一方安全之地。郑主任看上去威严但心底很热，对国防建设充满信心和决心，我从心底敬重这位老前辈，相信许多人都有同感。"常德所言都是大实话，周华胜边听边不住点头。

周华胜也道出另一番实话，玉钢有郑主任是福分，有常指挥同样是福分，郑主任在政治上避免了一些"波澜"，常指挥则在工作生活中给予职工很多关怀和照顾。人们私底下经常议论常指挥，认为他最大的好处就是体恤职工、没有官架子，因此都对他印象甚好。常德对此谦逊一笑，表明自己只是做好分内工作而已。

常德告诉周华胜，炼铁营营长张德义是个立过二等战功的优秀老兵，让周华胜好好和他相处，从他身上多学些东西。

"他立过二等战功？"周华胜很惊讶。

"是的，他立过两次二等功，这也是前几天例行查档时才发现的，之前我们都不知道他有这段光荣履历。他一九四六年参加解放军，参加过淮海战役和抗美援朝，抗美援朝时就是副连职侦察员，回国后到了西北农业生产建设兵团，一九五五年授衔时被授予大尉军衔，复员后到了地方工作。玉钢筹建时他主动要求来到这里，而且还到了土建安装队工作，他这人非常节俭，帮厂子节约了不少原材料。高炉建好后，他又要求到炼铁一线锻炼，这才当了你们的营长。"

周华胜恍然明白，难怪每次见到营长都感觉眼神发亮、通身敏锐，也难怪他家床底下有废品，原来如此。既然营长参加过淮海战役和抗美援朝，怎么才授了个大尉军衔呢？常德似乎看出周华胜的疑惑，说张德义这人大老粗一个，脾气直容易得罪人，否则各方面都要比现在强。

他俩正畅聊，金芳领着孩子从外面回来，让常德别光顾着说话怠慢了客人，其实她多虑了，常德在聊天期间再三给周华胜添饭夹菜，以致他撑得都快站不起来了。

饭后，常德对周华胜说："咱们一块出去散散步吧，顺便到公墓看看。"周华胜知道他又想王旭了，痛快地点了下头。两人沿着地窑窑群旁边的那条小路，翻过一个山坡又一个山坡，来到黑丰山西边的这处向阳高坡。几座墓碑依旧静静地排列着，随着阵风拂过，像在低声诉说着什么……

他们来到王旭墓前，把坟上的荒草拔干净，常德声音哽咽着说："王旭，现在高炉出铁了，二三五厂已用上咱们玉钢生产的铸铁。"一旁的周华胜眼含热泪道："王组长，你就安心躺在这里吧。"接下来，两人又将其他三座坟上的荒草拔净，在肃穆的气氛中伫立良久，转身向山下走去。

常德一边走，一边指着高炉烟囱里冒出的白烟说："这股股白烟里凝聚了无数心血，也寄托着无数希望，但愿我们的子孙后代都能记住这里。"周华胜说："以后我会把发生在这里的故事都告诉孩子们，让他们牢记这里。""嗯。"常德赞许地点下头。

走到地窑窑群分手时，常德从褡兜里掏出二十块钱给周华胜，他再三推辞，常德硬把钱塞进他兜里，嘱咐他一定要爱惜身体。望着常德走远的背影，他感激涕零。

周华胜回到宿舍后躺在床上休息，通过今天这事，他更加清晰地感受到常德很仁义。另外，他未料到自己能和一个英雄老兵做邻居，而且对方还是几乎天天相见的营长。

这时，匡照明哼着小曲来了，一进门便瞪着黑溜溜的眼睛说："你下班后去哪了？我已经来过两趟啦。"周华胜说："我去常指挥家吃饭来。张六六老婆摔坏了腿，他急着回家给老婆治病，我把钱几乎都借给他了，结果没钱吃饱饭。常指挥看到了，硬把我拽到他家吃饭，饭后又跟常指挥去公墓看了看王旭他们。""哦……原来这样。"

周华胜接着说："匡照明，你知道我家左邻居，也就是我们炼铁营营长张德义什么来历？说出来吓你一跳。"匡照明把头一歪，说："不用吓，我本身就能跳，目前为止，还未发现谁的弹跳力可以超越本人。想当年打防空洞时，一块大石头朝我砸过来，要不是跳得快……"

"都广播不下一百遍了。"周华胜笑道，"言归正传，我们营长参加过淮海战役和抗美援朝，是一位荣立两次二等战功的侦察兵！我也是刚听常指挥说的，想不到咱们玉钢还有这样的革命功臣，可贵的是他一直默默无闻，从不居功自傲，若非例行查档，到现在都没有知道的。"匡照明点头道："确实了不起。像他这样的二等功臣，想要争取个什么事肯定比一般人容易。"随之故作嫉妒状，说："这下好了，你家不怕丢东西了，和侦察兵做邻居，谁还敢上你家偷东西？恐怕连老鼠都要躲进地缝里。"

周华胜打趣道："穷得就差卖裤子了，哪还有什么东西好偷。和你家窑窑一样，我家窑窑里也老鼠成灾了，都敢跑进被窝里咬我。"匡照明抠着鼻孔一脸坏笑："公老鼠还是母老鼠？肯定是母老鼠。嘿嘿，有个做伴的挺好。""去你的！你搂着母老鼠睡吧！"周华胜边说边当胸给了匡照明一小拳，他故意摔倒在地，坐在地上捧腹大笑。

匡照明无意中瞥见挂在墙上的军用水壶，起身拍拍屁股上的土，把水壶摘下来，端详半天才挂回原处，说他那把水壶也少毛没皮不成样了。

"小鬼头，你想念咱们的部队吗？"周华胜若有所思道。

"想！有时想得睡不着觉，甚至比想老婆还厉害。"匡照明回答得很干脆。

"你这个小鬼头可真会说。部队生涯磨砺了意志，这是留在心底一辈子的记忆，也是值得代代相传的记忆。眼下，咱们要努力干好本职工作，没有大家，小家也不复存在。"

一提到小家，匡照明像演员一样，瞬间变得眼泪汪汪："我想我娘了，我娘她一辈子太不容易，也不知道她在福建我大姐那里怎么样了？别看她疯了，但仍旧认得我，仍旧惦记着我。"周华胜忍不住叹息道："家有老人是一宝，你还有老娘相伴，哪像我早早没了娘。"匡照明一抹眼泪，说："所以我更要好好孝顺我娘。"

周华胜安慰匡照明，等这边安置好了，就到福建把老娘接来吧，守在跟前放心。匡照明含泪点点头。

第十三章

周华胜、匡照明、金明顺、刘大龙等人急匆匆来到玉明市火车站。三天前，他们各自接到老婆动身前来的电报，说来也巧，这几个女人乘坐同一趟火车抵达。站台上挤满前来接站的人，过了良久，绿皮火车喘着粗气"咣当咣当"地进入视线中。

穿过拥挤的人流，周华胜等人焦急地寻找亲人。周华胜终于望到怀抱儿子的王秀英，快速朝她跑去。四目相对的刹那间，他眼窝湿润，一时不知说什么才好。

"小鲁，这是爹，快叫爹！"王秀英抹着眼泪对儿子说，随即将儿子递到周华胜怀里，说："儿子大名叫周小鲁，乳名叫小鲁。"周华胜只觉儿子眉眼像极了秀英，他边叫小鲁边亲一口。小鲁认生又被胡子所扎，瞪着惊恐的眼神直往后缩身子，向娘投去求救的目光。王秀英抱过孩子，说孩子长这么大从未见过爹，肯定认生，得有个熟悉过程。周华胜听罢嘴角露出苦涩的笑容。

周华胜环顾周围，发现匡照明儿子被眼前黑不溜秋、瘦猴似的爹吓哭了，胡春香边哄孩子边嘟囔，埋怨男人怎么瘦成这副可怜样。金明顺抱着闺女直笑，他老婆马素芸站在一旁高兴得直抹眼泪，她中等身材，圆脸上嵌着一对酒窝，柳眉杏眼。刘大龙抱着儿子一通亲，表扬儿子长得铁随爹不随娘，"哼！"秦槐香撇着大嘴，瞪起单眼皮小眼睛抗议。刘大龙见状急忙搂过老婆，捏着她的塌鼻梁小声说："我这辈子就喜欢你这样的心里美萝卜。"一句话哄得秦槐香眉眼欢笑。

周华胜等人带着家属们坐上客车，颠簸在坑坑洼洼的搓板路上，三小时后到达玉钢。女人们透过灰秃秃的光线打量四周，热浪灼人，除了建好的高炉及在建的一些配套工程，其余几乎一片空白。最要命的是那些苍苍茫茫的沙丘，不知要带来多少场"黄沙漫天"。她们跟在男人屁股后面，来到地窑窑群前，惊异地盯着这些简易住所，在这之前她们从未听说更未见过地窑窑，越盯眉头越紧，怅然若失。

突然，就像自地表下面冒出来一样，从一些地窑窑里钻出来六七个女人，像麻雀一样叽喳着到新来的女人们面前，边端详边夸赞："啧啧！真是一白遮百丑，瞧瞧这些山东来的妹子，一个个细皮嫩肉的，真好看！"表扬的同时又忍不住想，用不了几天，这些细皮嫩肉也会同她们一样，变成黑皮糙肉。

在"前辈们"的灼灼目光中，山东妹子们想怨天尤人也张不开嘴了。"前辈"当中，有一个高个子圆脸盘女人，一直围着王秀英转悠，边转悠边啧啧点头，似乎想从这张更加漂亮的脸蛋上寻到些什么。王秀英更加感到有脾气也不能发了，心底反倒生出一种略带羞涩的自豪感。

这时，常德来到这里，扫视一圈新来的家属们，笑着对周华胜等人说："家属们平安到了就好，你们终于结束单身汉生活了。"随后转身指着那些围观的女人道："都别看了，各回各家吧！这些山东妹子们坐了好几天火车，让她们好好休息一下，以后有的是机会看。"围观的女人们嬉笑着散去。

周华胜对老婆说："这是常指挥，特意来看你们。"王秀英礼貌地说："谢谢常指挥来看我们。"紧接着，胡春香、马素芸、秦槐香等人逐一上前向常德问好。常德笑道："你们初来乍到肯定不习惯，目前看这地方挺荒凉，人烟一多自然就热闹了。都回家好好休息吧，不打扰你们了。"说罢背着手走了。大家这才分头走向自家地窑窑。

周华胜将老婆带到自家窑窑门前，打开破窑门，示意快进去。

王秀英抱着孩子小心翼翼地钻进地窑窑，目光在窑窑里游移。窑窑不大，有一张硬板床，两个铺着破苇席的木墩子，一把暖壶、两个盆、一个饭盒和三四个碗。一股委屈感瞬间涌上王秀英心头，没想到大老远跑来投奔男人，竟然住在如此一穷二白的地洞里。

她越端详地窑窑越像老鼠洞，没好气地发出一连串疑问："这就是咱家？这跟老鼠洞有什么两样？除了这里就没有别的地方可住了？"周华胜一边收拾老婆带来的行李，一边干脆作答："对！这就是咱们家！现在除了这里没有别的地方可住，这叫地窑窑，从烈日下进来浑身说不出的凉快。"王秀英早已感觉到凉快,仍噘着嘴巴不断叹息:"真没想到会到这种地方来,爹娘还以为跟着你享清福了,就这鬼天气,就这老鼠洞,还享什么福?"周华胜安慰老婆:"比上不足比下有余,就这样的地洞,还有一些人住不上,至今住在随便搭建的窝棚里。单位准备盖砖瓦房,盖好后就能住进宽敞明亮的新房。"

从小看惯了青山绿水的王秀英,一想到要在这种地方生活下去,不由再次长叹,感觉现在说什么都晚了。她边抹眼泪边数落上了男人的当,梨花带雨之态分外惹人怜爱,周华胜极力克制着内心的荡漾,暗自咽下好几口唾沫。

周华胜倒了一茶缸水递给老婆,她喝了半口便吐出来,皱着眉头说:"这是什么水?难喝死了,怎么有股羊粪味?"周华胜连忙解释:"这是北水源地的水,上游盖子沟有牧民,散养的羊时常到河边喝水,难免会有羊粪蛋漂到水源地,所以才会有这种味道。这里的人都喝这种水,喝习惯就尝不出什么味了。"王秀英一听这里的人都喝这种水,不再多语,勉强喝进半茶缸水。

她刚放下茶缸,突然发现左侧墙角里钻出一只老鼠,不由失声大叫:"有老鼠!原来这里面真有老鼠!"周华胜开玩笑道:"不用害怕,老鼠大概觉察到地盘里来了漂亮女主人,正向你表示欢迎呢。老鼠是地窑窑里的土著族,是我们抢占了人家的地盘,我曾采取过措施灭鼠,但这家伙繁殖力太强根本灭不完,索性就人鼠同居一室。"这只老鼠大摇大摆巡视一圈,从容不迫地返回洞里。王秀英近前一看,左墙角处果真有一处鼠洞,方才出来闲逛的老鼠正趴在洞口,瞪着小黑豆眼瞅她,她跺了下脚,它立即缩回洞去。

王秀英支吾着问男人:"茅房在哪里?""这里都用公用茅房,咱家西边就有一处。白天上公用茅房,晚上大小便都攒在尿桶里,等早晨起来把尿桶倒在公用茅房。"周华胜边说边拉着老婆钻出地窑窑,指着不远处说:"那不,茅房就在那儿,男左女右。"她循着方向跑了五十多米,看到一个极为简易的公用茅房,女厕所里只有四个蹲坑,蹲坑上面搭着茅棚,有五六个人在排号。她晃动着小腿强忍着,等了四五分钟才轮到,匆忙如厕后跑回家。

周华胜到食堂打了三个馒头、三个窝头、一份小白菜和一饭盒稀饭。他边把饭菜放在木墩上边说:"抽空我把做饭的家什和粮油置办好,咱们自己做着吃。"

"小鲁,吃块馒头。"周华胜边说边掰了一小块馒头塞到儿子嘴里,小鲁先是怔了一怔，随即张开小嘴。王秀英给儿子喂了口稀饭，提醒儿子慢点吃别噎着。

饭后，周华胜暗示老婆抓紧把孩子哄睡，她明知他想干什么，却没好气道："这么早哄睡孩子干啥？"他嘿嘿一笑："你说干啥？两年多没忙活那事不想？你不想我还想呢。"她一撇嘴："心情不好，不想忙活。"话虽这样说，她还是很快哄睡孩子。

王秀英刚脱了衣服，周华胜便将她压在身下，使出浑身解数忙活着，随着一声闷喊，他像泄了气的皮球趴在她身上，感慨整套动作下来堪比负重越野。

王秀英满意地躺在男人臂弯里，边揉搓结实的肌肉边说："没想到你身上还挺干净，我还以为你得脏成灰猴子。"周华胜告诉秀英，高炉旁边就是职工澡堂，他每次下班后都去洗澡，不然没法见人。她想洗澡的话可以去女澡堂洗，顺便带着儿子一起洗。

周华胜光着膀子下地，找到旱烟包、卷烟纸和烟灰缸，说是烟灰缸，其实就是个小破铁盒。随着烟雾一圈圈悠然吐出，他不由感叹："事后一根烟，赛过活神仙。"王秀英皱眉道："别抽了，太呛人，等以后条件好了再抽烟。"他只好把烟掐灭放到一边。

周华胜起身点着嘎斯灯，地窨窨里顿时亮起来。王秀英从未见过这种怪味灯，问男人："屋里有电灯，怎么还点这么个怪味东西？"周华胜回答："现在停电了，用电负荷过高经常停电。千万别小瞧这个嘎斯灯，用锤子把电石砸成小块放到水里，电石遇水产生乙炔气，一点就着了，用完后换上新嘎石继续用。这种灯比煤油灯亮，蓝色的火苗很美。"王秀英说没看出什么美，只闻到股怪臭味。周华胜笑说闻习惯就闻不出臭味了。

周华胜把老婆拥进怀里，缓缓地说："玉钢建厂不容易。这里涌集着来自四面八方的三线建设者，南腔北调，有汉族、蒙古族、满族、回族、朝鲜族等，人们不仅搞工程建设，还得战天斗地，其中有四人献出了宝贵生命。"说到这里，周华胜脸上露出难过的表情，讲述了保卫组原组长王旭等四人在沙尘暴中殉职的惨景……他含着眼泪断断续续讲着，王秀英听着听着眼眶便湿润。

周华胜接着说："指挥部的领导特别是常德指挥，吃住同普通工人一样，干活一点不比普通工人少。还有一些老工人，他们有技术有经验，如果没有他们的传帮带，肯定会影响生产建设进度，他们中甚至有荣立二等战功的功臣。总之，许多人都为玉钢的发展尽心尽力。"

王秀英有些惊讶："这里还有二等战功功臣？"

"有啊，他叫张德义，河北人，是我们炼铁营的营长，就住在咱家左边的地窑窑里。他家有三个孩子，一家五口人都挤在你所说的老鼠洞里。今天那个围着你来回转的高个子圆脸盘女人，就是他老婆。""哦……"王秀英恍然道，"那右邻居是哪里人？"

"右邻居叫姜伟，也是炉前工，跟我同一个班组。他家是此地人，祖上从山西走西口来到这里，性格开朗，为人很率真。"

说到此地人，周华胜不由想起贾二蛋一家人，于是详述了与这家人的交集，表示过段时间两人一起去看望这家人。王秀英听罢点点头。

"秀英，你们这些家属能来到这里，是领导们对你们的关心，也是对我们这些退伍兵的照顾。你们一定要起好带头作用，做事不能由着性子，要学会规矩做事，顾全大局。"王秀英瞪男人一眼："这还没提起裤子呢，就开始上政治课了，放心吧！不会给你拉后腿。"周华胜笑着捋捋老婆的乱发："知道提起裤子重新做人就行。"她羞容满面，当胸给他一小拳。

一会儿，王秀英突然叹气道："唉，没承想会来到这么个荒僻地方。"周华胜给老婆掖了下被角，慢条斯理地说："秀英，别看这里环境恶劣，却生长着一种'不死树'。"

秀英瞪大眼睛："不死树？""对，不死树，也是先锋树。这种树叫沙枣树，跟咱们老家的枣树一样属于硬杂木，别看它们个头矮小、不挺秀，甚至土得掉渣，却能在戈壁滩里撑起一片天地。"周华胜对秀英讲了不少关于沙枣树的故事，她静静听着男人的娓娓话语。一会儿，她转动着乌溜溜的大眼珠问："那我也做一棵沙枣树？"周华胜摸着老婆的长发，笑道："常指挥说过，做人要像沙枣树那样坚强。不仅仅是你，许多生活在这里的人都会受到沙枣树潜移默化的影响，把自己活成一棵沙枣树。"

王秀英一扭头，瞥见挂在墙上的旧军用水壶，说："那把水壶不成样了，怎么还一直用着？"周华胜笑了笑："又不漏水，还能用。背在身上感觉不一样，用起来得心应手。"

周华胜问秀英："为何给儿子起名叫周小鲁？"她痛快地回答："想让儿

子记住出生地是山东老家。"周华胜恍然明白，连夸这名字起得有水平。

不知不觉到了夜晚十点，周华胜起身上夜班，秀英噘着嘴说："明知我要来还去上班，也不好好陪陪我。"周华胜刮下老婆鼻尖："不过瘾是吧？等闲时再补上。""去你的，快上班去吧。""这就对了，再怎么也不能误工作。"周华胜边说边穿衣。临出门前，他特地找出一根粗木棒，嘱咐老婆把门从里面顶好。王秀英起身走到破门前，用力把顶门的粗棍顶紧，再顶紧，这才返身躺回床上。

此时的王秀英，辗转反侧。由于婆家无人照顾，她从怀孕起就回到娘家，多亏娘家人照应，才勉强把日子熬下来。接到男人催她北上的电报后，她激动万分，连上茅房都哼着小调。娘看着比她还激动，逢人便说闺女要去找女婿吃国库粮了，要去跟着女婿享清福了。谁知当她抱着孩子千里迢迢来这里后，一切和想象中相差十万八千里，环境恶劣不说，还像野人般住在如此寒酸的洞穴里。想着想着，委屈感再次涌上王秀英心头……不知什么时候，她眼角挂着泪珠睡着了。

再看高炉这边，夜晚的高炉看上去神秘又高大，熊熊炉火，映衬出炉前工污渍的脸庞和忙碌的身影。按照每月轮岗要求，这个月轮到周华胜和姜伟、吴明负责支铁沟、模床。当第一炉铁出来后，周华胜和两个工友，用撬棍将铁模床里的大块面包铁撬起来，沿着中线，将相连在一起的两块面包铁用铁锤砸开，相继扔到与模床相连的斜坡上，任其滑至模床下方的空地上。

突然，周华胜发现模床里有三块模块呈现出很大的裂口，"班长！"他一边喊，一边跑向正在整理出铁记录的杜超，"班长，模床里有三块模块裂开很大的口子！"

"还愣着干什么？抓紧通知高炉值班室，让机修营迅速派人送三块新模块来！"

"好！"周华胜立即跑到高炉值班室汇报此事，值班排长王斌马上通知了机修营，机修营很快派人送来新模块。周华胜和工友们急忙用撬棍将开裂的模板撬起来，将新模块按照相应标准置换到模床里，悬在心里的石头方才落地。

杜超走过来，拍着周华胜肩膀说："幸亏发现得及时，否则真会影响出铁。"周华胜擦下脸上的汗水，憨厚地笑了。未及休息，他和两个工友将支铁沟里残余铁水形成的长条铁撬起来，用铁锤砸成小块扔到模床下的空地，而后用箩筐抬来炮泥，将模床里外重新封好，接着开始清理和修补支铁沟，将支铁沟内外重新抹一层泡泥……当他们打扫完现场卫生时，离第二炉出铁只剩下不到十五分钟时间。

周华胜匆忙跑到休息室，看到其他岗位的工友们睡态百出，有的趴在桌上，有的靠在铁椅上，还有的直接倒在地上，一阵阵呼噜声滚滚而出，有几人的哈喇子流得老长，吧嗒着嘴巴用手抹一把，接着继续睡。周华胜取下挂在墙上的军用水壶，"咕咚咕咚"喝了近一壶水，跑到锅炉房打了壶热水，把水壶重新挂回原处，只觉困意阵阵袭来，不由连打几个呵欠。

这时，杜超跑进休息室，大声疾呼："都起来了！马上出铁了！大家各就各位做好准备！"睡觉的人们一个激灵醒过来，纷纷起身走向炉台。周华胜使劲搓几下脸，打起精神来到炉台上，与工友们共同迎接又一炉铁水。

大家一直忙碌到次日早晨七点半，总算完成了交接班。这个夜班有些紧张，周华胜只觉又累又困，到浴池泡澡时迷迷糊糊差点睡着，幸亏旁边有好心人拍醒他，否则真会一头栽进水池里，他使劲拍几下脑门，勉强洗完澡穿衣回家。

路过职工食堂时，顺便打上早饭捎回家，他简单吃罢上床休息，临睡前叮嘱秀英，用完水后到地窑窑北面那个抽水井去挑水，那水是通过北水源地深水泵抽上来的，要节约用水，不能浪费一滴水。

王秀英匆忙洗净几件衣服，打扫完窑内的卫生，把孩子哄睡后才去打水。她挑着水桶走出地窑窑甬道，看到张德义老婆端着一大碗热气腾腾的饺子走过来，笑呵呵说："听我男人说，你男人也当过兵，正好咱们两家又做了邻居，这种感觉挺好。这是我刚包的韭菜鸡蛋馅饺子，拿给你们尝尝，也没什么好馅，别嫌弃。"

一股暖流顿时涌上王秀英心头，连忙放下扁担和桶说："谢谢大嫂！""邻居间不用这么客气。"张德义老婆不由分说将碗递到王秀英手里，看了眼扁担和桶说："抽水井离这里挺远，顺着门前这条路，往北走百十米才到。"王秀英点点头。张德义老婆又说："我叫孙玉凤，以后你有事脱不开身时，可以把孩子交给我照看，反正我待在家里也是看孩子。""好。"王秀英感激地点点头，对方笑着转身回家。

王秀英回屋放下饺子碗，挑着水桶一路来到抽水井，此时这里早已排满人。她自觉地排到队后，半小时后挑着两桶水返回地窨窨。她将孙玉凤送的饺子倒出来，在空碗里放上从老家带来的花生米，这才送到张德义家，弄得孙玉凤挺不好意思，说这个山东小媳妇也太讲究了。王秀英回到家后，看到男人和儿子已经睡醒，男人正抱着儿子逗闹，小鲁像个小鸭子一样嘎嘎直笑。

王秀英捶着腰对男人说："挑一次水太费劲了，路远不说，排了挺长时间队才打上水。"周华胜说："来玉钢的人越来越多，如果没有上游盖子沟流下来的水，早就不可想象了。一定要节约用水，不要总打扫卫生，就这么个小窨窨，脏点没什么。"

王秀英不耐烦道："都叮嘱好几次了，还有完没完？窨窨又破又小，再不收拾干净，跟狗窝没什么区别。"说罢眼里闪出泪光。周华胜上前抚着老婆肩头道："好了好了，别生气了，也不怕儿子笑话你。眼下就这么个条件，你说能怎么办？等以后条件好了，你怎么收拾都行，一天打扫一百遍我也不管。"

周小鲁似是听懂了爹的话，呼扇着浓密的长睫毛定定望着娘，王秀英这才破涕为笑，上前抱起儿子喂饺子。周华胜问哪来的饺子，她说是张德义老婆送的，随后让周华胜到食堂打上午饭，一家人坐在一起吃饭。王秀英和儿子吃了五六个饺子，将剩余的几个夹到周华胜碗里，结果被他逐一夹了回来。

饭后，王秀英背起儿子，围着附近的地窨窨转悠，发现挺有特色也挺热闹。

同她家一样，几乎每户地窨窨的小窗外面，都放着水桶般大小的尿桶。一些面黄肌瘦、衣衫破旧的女人和孩子在耀眼的阳光下嬉戏，有的在门前玩耍，有的跑到窑顶上玩耍，更有甚者跑到附近沙丘里，抓起沙子互相扬撒，笑声传出去很远。

突然，从高炉方向传来一阵难闻的气味，原来是高炉出铁了！随着循环池的水将模子里的面包铁冷却，冒出大量白烟，散发出一氧化碳"臭鸡蛋"味。这种近距离的臭味，并未扰乱孩子们玩兴，他们已习以为常，边嬉戏边捂着鼻子大喊："高炉放屁了！高炉又放屁了！"

周小鲁哭闹着要回家，王秀英只好背起儿子回家。

途经右邻居姜伟家时，王秀英发现一个女人正坐在窗下给孩子喂奶，她撩起灰暗的衣服，摸出奶头塞进孩子嘴里。叼着奶头的孩子，边吃奶边扭动着身子东张西望，奶汁随着扭动流得到处都是。女人瞪眼龇牙抽出奶头，一边用手指轻戳孩子头皮，一边说着标准的此地话："你这个小枪崩货，还有这样吃奶的？奶头都要被你弄掉了。"在她旁边不远处，有一个四五岁的男孩正在空地上玩耍。

女人一扭头发现了王秀英，起身笑着打招呼："大妹子，你就住在我家隔壁吧？""是的大嫂，咱们是邻居。"王秀英边回答边端详对方，二十来岁，身高约一米六，圆脸盘大眼睛，长得挺漂亮。女人又一笑："我叫袁素琴，玩耍这个是大儿子大毛，怀里这个是小儿子二毛。俗话说远亲不如近邻，以后有什么需要帮忙的尽管说。"

袁素琴的话音刚落，大毛突然跑过来指着鼻子说："这里面好像有东西。"袁素琴定睛一看，顿时大惊失色："妈呀！这个脏东西咋从娃娃鼻孔里面钻出来了？吓死人也恶心死人啦！"王秀英也被吓了一跳，原来大毛的鼻孔里竟然冒出小半截蛔虫，正在鬼头鬼脑地往外钻。袁素琴迅速从褂兜里掏出手纸，一手扳住大毛脑袋，一手捏住露出的半截蛔虫，一下将蛔虫从大毛鼻孔里揪出来，狠狠地甩在地上。她刚寻思回窨窨洗手，大毛又突然捂着屁股说痒痒，于是急忙褪下大毛的裤子，只见一条蛔虫正顺着肛门拼命往外钻，她索性一把将蛔虫揪出来，落在地上的恶心家伙不停蠕动着。

袁素琴将怀里的二毛夹在腋下，准备用铁锹铲起两条蛔虫扔掉，王秀英见状急忙放下背上的儿子，上前将她夹在腋下的孩子抱在怀里。她感激地朝王秀英笑笑，端起铁锹喃喃道："这个宝塔驱虫药是厉害，昨晚才吃完，今天就立竿见影了。这蛔虫也真鬼，各有各的逃生道，竟然还能从鼻孔里钻出来。"说着将两条垂死挣扎的蛔虫，扔到不远处的沙丘里，边扔边撇着嘴说："哼！你们就到沙丘里自在吧。"王秀英见状不禁哑然失笑，将二毛交给袁素琴后，背起儿子回家。

没出一周，周华胜两口人打算自己做饭吃，家庭户吃食堂并非长远之计，也难免会招人笑话。周华胜在地窨窨左侧支起小棚子当厨房，到土建队买了些木块，又到玉明市区买回供应粮油及锅碗瓢盆、油盐酱醋之类的生活需品，最后到沙疙瘩公社买了点菜。他没到贾二蛋家买菜，依那家人的性情如果去买肯定不收钱，农民种点菜不容易，吃不了卖也能补贴家用，因此他有意绕

第十三章

开贾二蛋家。

王秀英望着置办好的东西说:"看来,从明天开始,我就要做标准的家庭炊妇了,自己做的饭好吃又实惠。"周华胜竹筒倒豆般说:"现在咱家每月加起来八十来斤粮,除去三十二斤细粮,剩下全是粗粮,大部分是玉米面,其余是地瓜干、糜子、小米等。每口人每月二两半葵花籽油,这里都吃葵花籽油,初吃没有老家的花生油好吃,吃习惯也就一样了。另外,每口人每月供应带骨头的半斤猪肉和一斤羊肉。"

他停顿了一下,嘱咐老婆:"每月粮食定量,要坚持到下个月二十五号才能买又一个月的粮。一定要节约粮食,把白面和玉米面兑起来蒸二和面馒头,多数时候蒸玉米面窝头,稀饭和糊糊也要节省着吃。总之要精打细算,否则就会坚持不到下个月二十五号,另外柴火也要节约使用。"王秀英斜了男人一眼:"不用嘱咐那么细啊,庄户地出来的女人,过日子自不必说。"

次日早上,天刚放亮王秀英便起床,把头发随意往脑后一扎,提起尿桶前往公用茅房。路上遇到许多提着尿桶的女人,全然一副习以为常的样子,无论认识与否,都互相打着招呼擦肩而过,场面蔚为"壮观"。

倒完尿桶返回的路上,王秀英遇到刚去茅房倒尿桶的胡春香,上来就是一通牢骚:"秀英,你说说咱们这是过的什么日子?黄沙漫漫、老鼠洞、羊粪蛋水全趟上了,连上个破茅房都离这么远,还要加入倒尿桶的浩荡大军中,这算哪门子事嘛!"王秀英笑道:"谁让咱们跟着这帮爷们儿来到这里呢,一个愿打一个愿挨。"胡春香叹着气走了,没走几步照着尿桶底边狠踢一脚,尿液瞬间溅了她一裤腿,她使劲抖动几下裤腿,恼怒地咕哝了句什么,加快步伐往公用茅房而去。

王秀英走进做饭的小棚子,点着炉子支上锅,把玉米面比量好几下,倒进小铝锅熬成糊糊,熘好头天从食堂打的馒头和窝头,素炒了一盘小白菜。炒菜时,她将筷子探进装葵花籽油的瓶子里点几下,小心翼翼地滴进炒锅。

做完早饭后,王秀英钻出地窑窑,双手叉腰站在自家窑顶上,深吸一口气后又缓缓吐了出去,心胸不由一畅。

她环望着地窑窑群,只见缕缕炊烟从一个个窑顶上冒出来,袅袅飘荡,带着干柴烧焦的味道,也夹杂着时浓时淡的饭香。在这种深接地气的人间烟火中,不时传出女人的吆喝声、男人的咳嗽声及孩子的哭笑声,纷扰的声音,顺着窑缝毫无顾忌地冲出窑外，冲向天际。

她似乎有点沉醉，眼前的这一切，于原始般的简陋中，反倒生出一番别致的真实和可爱，这本是一种寻常的际遇与幸福，更是这片戈壁滩的呼吸与视听。她觉得自己开始喜欢上这个地方，生活本就苦中求乐，愉快和不愉快就像两根缠绕在一起且无法分割的藤条，但求知足常乐。

回到地窑窑后，王秀英看到男人仍撅着屁股睡觉，上前拽几下耳垂、拍几下屁股，吆喝道："懒蛋！快起床吃饭！吃完饭上班！"周华胜孩子般磨蹭着穿好衣服，洗漱完后，伸着懒腰钻出地窑窑，活动了几下筋骨。等他返回窑窑时饭菜已摆上桌，坐下吃饭的工夫，王秀英已将提前准备好的午饭装进饭盒。

临上班时，周华胜顺手打开饭盒，发现里面有个白面馒头，随即掉转头把馒头换成窝头，提醒老婆以后别再往饭盒里放馒头，把馒头留给儿子吃。王秀英上前一把将男人手中的窝头夺下来，不由分说又换成馒头："你是家里的顶梁柱，多吃饭才能养活这个家。"见她如此固执，周华胜只好作罢。

周华胜刚钻出地窑窑，就迎面碰到下夜班的苗逸严。他慵懒地走过来，语气倒是挺温和："听说你老婆来了，终于结束光棍生活了。"

没等周华胜接话，他转而阴阳怪气道："家里有了暖被窝的，还用得着起这么早去上班？你们这些山东老转啊，老婆个顶个的漂亮，真不简单。"

"苗逸严，你刚开始几句话说得还挺像回事，接下来几句瞬间变味。"

"变什么味了？我说的都是实话。"

"还能变什么味？酸味呗。好话到你嘴里瞬间变味。"

"喊，你这人哪，标准的好赖不分。"苗逸严撇着嘴角指了下周华胜。

这番对话恰巧被出门倒垃圾的王秀英听到，她疑惑地瞅了瞅二人，随后径直去倒垃圾。苗逸严望了王秀英背影一眼，扭头走了。

下午，周华胜下班回家后，王秀英边扫地边问："早上在窑窑门口跟你说话的那人是谁？咱们又黑又瘦像个甘蔗，他却又白又胖像个大冬瓜，看样子家庭条件不错。"周华胜说："他叫苗逸严，离婚好几年了，在小车站上班。他爹是玉明市某单位的副科长，他娘在粮所上班。""原来这样，怪不得呢。"

王秀英若有所悟地点点头，接着又问："我怎么感觉他对你不友善。"

周华胜说:"你观察得倒挺仔细。你没来之前我跟他之间有些矛盾,但事已过去,也就不必计较多了。"王秀英刚要张嘴说什么,被周华胜一句话堵了回去:"男人之间的事,女人少跟着掺和。"她轻哼一声,带着儿子来到不远处的沙滩里,时而互扬沙子,时而围着沙丘转圈,玩得挺尽兴。

月底发工资时,周华胜将四十八块钱如数拿回家,王秀英蘸着唾沫数了不下三遍,数完钱直接锁进小黄箱里,顺手把钥匙串拴到裤腰上。这个小黄箱长四十厘米、宽三十厘米,是临来玉钢时秀英爹用桃木做的,如今派上了用场。

王秀英觉得浑身痒得难受,心想看来该洗澡了,趁着天好,领着儿子来到公共澡堂。此时,女澡堂门外站满焦急等待的女人,她们将紧闭的铁门围得水泄不通,急性子的还会时不时敲打铁门,提醒里面的管理员早点开门。

过了良久,门终于从里面打开,负责管理女澡堂的权师傅走出来,穿着长筒套鞋,手里拿着一个笤帚,看样子刚打扫完澡堂里的卫生。女人们一哄而入,甚至把权师傅都挤到了一边。

王秀英抱着儿子挤进澡堂内,把衣服脱下来放在外间的长条椅上,随后来到浴室,只见十几个喷头下面排满轮流冲洗的人,大人叫孩子哭,场面既热闹又无奈。好容易才轮到秀英和儿子洗,她先给儿子洗完才洗自己,或许是占用喷头的时间稍长,招惹来一些白眼。她一边搓洗,一边鼓励自己厚起脸皮顶住这种目光。

一会儿,浴室里突然响起权师傅的呵斥声:"我发现你这个女人真是个二皮脸,说过多少次了,不准在澡堂里洗衣服,但你就是不听,耳朵里像塞了驴毛!这么多人排队挨号,你也真好意思,还真把这里当成免费洗衣房了。"

被训斥的女人不以为然,边往脏裤衩上打肥皂边说:"我不过就是洗了个小裤衩,又没洗别的大件。"

旁边的女人纷纷向其投去不满目光,其中一个矮个子女人小声嘀咕:"真是的,就不能回家洗脏裤衩,非得在这里占用时间。"

这番话被洗衣女人听到,她立马扔掉手中的裤衩和肥皂,一把扯住矮个女人的头发,两个白花花的身体当即滑倒在光溜溜的水泥地上,撕扯成一团。整个浴室瞬间乱翻了天,其他女人费了好半天劲,才把二人拉开。

权师傅气得嘴唇直哆嗦，对着洗衣女人一跺脚："你这个二皮脸女人简直太不像话了！洗脏裤衩还有理了还敢打人！你给我好好等着，我就不信治不了这股歪风邪气！"说罢气呼呼走了。

王秀英和儿子终于洗完澡，她先给儿子穿好衣服，随后坐在自己的衣堆上休息，突然觉得屁股底下一阵奇痒，抬起屁股一看，只见两三个鼓着红肚皮的胖虱子从旁边衣堆上兴冲冲爬过来，看样子很享受这种跨越衣界的兴奋。她顺手捉住这几只虱子挤死在身后的墙上，这才发现墙上早已血迹斑斑。当她带着儿子从澡堂里走出时，感觉空气太新鲜了，赶紧张大嘴巴，贪婪地呼吸着……

权师傅一直坐在墙角的小马扎上生闷气。等这批洗澡的人一出来，她迅速锁上澡堂门直奔指挥部办公室，状告女澡堂内屡教不改的洗衣行为。

办公室人员一直佩服这位朝鲜族女临时工的敬业精神，果断表态支持她，两下一商量，立马拿出了有效应对办法。很快，女澡堂所有喷头下方都贴上加粗的黑体字警示语：此处严禁洗衣！每发现一次罚款五元！

权师傅扛着大笤帚昂首挺胸地站在喷头旁边，暗自得意地"哼哼"两声：我倒要看看，你们这些女人到底有几条破裤衩够罚的。果然，这项简单有力的制约方法，很快令屡教不改的洗衣行径消失。

第十四章

这天下午，炼铁营营长张德义绷着方脸，怒气冲冲地走向炉台，屁股后面紧跟着高炉连连长宋波。张德义边走边数落宋波："他娘的，我就去指挥部开会的工夫，炉台上就出了这档子险事，成心想把老子吓死！气死！真想把你这个大脑袋一巴掌扇到沙滩里。"

宋波一声不吭，只是向后缩了下自己的大脑袋。

原来，一小时前电路出现故障，在出完两炉铁后，推迟了下一炉出铁，没想到第三炉铁刚出了不到一半，便发生险情。带班的丙班班长杜超突然发现撇渣器堵了，大声疾呼："撇渣器堵了！大家快闪开！找安全地方避一避！"

随着他的连声高喊，炉前工们迅速撤离到安全地带。接下来，杜超命令铁口岗位上的周华胜："快去通知高炉值班室紧急休风！休风！"周华胜迅速跑到值班室，向值班排长王斌报告这一险情，王斌立即通知热风炉休风，铁水很快断流，总算避过一场事故的发生。闻讯赶来的宋波指着王斌和杜超训斥一番，随即带领炉前工们打通撇渣器，招呼周华胜、姜伟搬过氧气瓶，接好氧气管，姜伟在后面抓住氧气管一头，周华胜在前面把氧气管的一头放到撇渣器上点着，把撇渣器里的凝结块烧化、吹出去。由于熔化的堆块太多，一时吹不动，只好前头熔化一部分，后头用铁勺子把这部分一点点舀出去，接着再熔化另一部分，而后继续往外舀……半小时后，撇渣器终于被通开，热风炉开始重新送风，高炉接着出铁，大家这才松口气。宋波跑到营长办公室汇报此事，刚巧张德义从指挥部开会回来，听罢汇报脸色陡变，急忙带着宋波赶往炉台。

快上楼梯时，张德义蓦地停下脚步，转身用手指戳着宋波的大脑门："你呀你呀，白顶了这么颗大脑袋，里面装得全是马蛇子屎。天天跟你强调安全生产的重要性，都当成放屁了。好在今天这事处理得还算及时，否则后果不堪设想，真要到了那时，老子先撤你的职！然后再等着指挥部撤老子的职！"说到最后，他的腔调猛然飙升。

张德义气咻咻地走上炉台，原本坐在炉台上休息的炉前工们，一见营长来了急忙起身，看到营长铁青着脸吓得都不敢抬头，那两个负责撇渣器和渣沟的炉前工更是大气都不敢喘。张德义先来到撇渣器前仔细查看一番，而后走到铁口周围查看，看到一切恢复正常暗自松口气，但面上并未表露出来。

王斌和杜超跟在营长连长屁股后面看这看那，两人都知道免不了一顿臭骂。果然，张德义先指着王斌大发雷霆："王斌！你这个带班排长干吗去啦？你不知道作为本排生产的直接组织者、指挥者，应该对排里的安全生产特别是对炉前安全生产进行严格监督检查吗？！你的责任心让王八吃啦？！"

训完王斌，张德义转而将目光对准杜超："杜超！你身为当班班长，不知道安全生产操作规程吗？！不知道应该随时督促、检查撇渣器是否被堵吗？！你的脑子让狗吃啦？！"

张德义连喘两口粗气，又指着二人连珠炮般训斥："安全生产并非儿戏，坚决不能掉以轻心！身为老炉前工，怎么会犯如此低级的错误，你们难道不知道在出铁时间延迟的情况下，铁水会降温冷凝，会将撇渣器堵塞吗？！要知道撇渣器一旦被堵，铁水将无法流入支铁沟，会随着渣子进入下渣沟；而下渣沟里冷却渣子的高压水一直开着，会令进入渣沟的铁水急剧冷却，极易引发爆炸，甚至连铁沟和渣沟都能炸飞！如果闪避不及时，就会造成人员伤亡！简直他娘的能把人气死！今天由于你们的大意，不！是失职！差点造成炉前伤亡事故发生，真要到了那时，哭爹喊娘都来不及啦！别忘了，你们的老婆孩子都盼着你们平安上班、平安回家啊！"说到最后，张德义眼里忽地冒出泪光。

王斌和杜超一直垂着头不敢吱声，这个节骨眼上，谁若敢接话无疑是火上浇油，弄不好就会被营长一脚踹下炉台。张德义发完一通火后，抖着嘴唇解下别在腰上的烟锅，从烟袋里捏出烟叶沫子，狠狠地按进烟锅里，王斌见状急忙上前抢着点烟，被他一掌推开："滚一边去！老子不用你献殷勤，你只要管好排里的安全生产就行。"

第十四章 151

王斌了解营长的脾性，并未老实"滚一边去"，而是把壮实的胸脯凑上前："营长，消消火，要不打我两拳出出气也行。今天这事我确实有责任，以后一定引以为戒，请营长别生气了。"张德义伸出拳头欲捣王斌两拳，结果拳头举在半空中并未落下，转而把嘴里的烟锅对准王斌，王斌立马上前点着烟锅。张德义的嘴角吧唧几声，随着几口烟雾缓缓喷出，他的脸上渐渐恢复了血色。

张德义扫视一眼宋波、王斌、杜超，再次告诫他们，一定要加强高炉连的安全生产教育和培训，要像搞好两口子办事那样，常抓不懈。三个人公鸡啄米般频频点头。张德义又扫了一眼其他炉前工，把烟锅朝着鞋底敲几下，收起来往腰间一别，倒背着手走下炉台。众人皆长吁一口气，久闻营长脾气不好，今天算是彻底领教了。

张德义离开炉台后，王斌和杜超又挨了连长宋波一顿训斥。待宋波走后，王斌又召开简短会议，把杜超和两个负责撇渣器的炉前工一顿数落……

炉前工们耷拉着头办完交接班手续，每个人都忍不住回味炉台上发生的一切，特别是一想起那起险情就后心发凉，联想到营长那句"老婆孩子都盼着平安上班平安回家"，许多人忍不住眼窝湿润。周华胜的脑子也一直未消停，如果今天处在撇渣器、渣口岗位上的是自己，会及时发现撇渣器被堵吗？可能会，亦可能不会。总之，今天这起险情给炉前工们上了一堂生动的安全生产教育课。

周华胜和工友们来到澡堂，发现喷头全部停用，浴池里的水挺混浊。有人对着正在打扫卫生的管理员，没好气道："金师傅，怎么不换干净水啊？这水太脏。"金师傅拿着笤帚走过来，大声解释："现在用水紧张，不能再像以前那样勤换水，大家将就着洗吧。赶紧洗，洗完了还有下一拨。"众人勉强洗完澡，穿衣回家。

周华胜回家后，躺在床上辗转反侧。王秀英上前问："发生什么事了？怎么像条煎鱼似的来回翻身。"他对老婆讲了炉台上发生的险情。王秀英听罢吓一跳，过了良久才说："张营长说得很对，在炉台上一定要注意安全，当家属的就盼着你们平安上班，平安回家。"他点点头。

一会儿，王秀英边做饭边对男人说："桶里水不多了，睡不着的话，就起来去挑桶水。""好！"他一骨碌从床上爬起来。

周华胜挑着水桶钻出地窑窑，刚出门便碰到同样挑着水桶的袁素琴，这个此地女邻居边走边嘟囔："唉，已经三个多月没见雨星了，这个挨枪崩的老天爷太可恶了！"说到最后，忍不住用右手食指猛戳一下头顶上的老天爷。

两个人一前一后来到抽水井旁边，打水队伍排了一长溜，井旁竖起一块写有黑色字体的木头牌：请大家节约用水，每户每天不超过一桶水。木牌旁边站着一个三十左右的男管理员，举着铁皮小喇叭不断高喊："职工家属同志们，现在生活用水量越来越大，希望大家一定要节约用水。"

人群中传来一片嗡嗡声，"一大家人，打一桶水让人怎么活啊！""指着北水源地的水维持现有生产和生活根本不行，出现这种情况得赶紧找水打井。"

这时，常德从不远处走过来，从管理员手中接过小喇叭，大声道："大家都知道，现在来玉钢的人已经过万，除了配偶、子女和其他亲属，从西北林业生产建设兵团来了一百多名知青，还有玉明市当地招收的一百多个工人，所以才会导致用水紧张。"

常德顿了一下，接着说："指挥部已就此召开紧急会议，要在确保高炉生产全部用水的基础上，控制选矿营、矿山营、机运营、机修营的生产用水，尽量保证部分生活用水。这里距黄河三十多里，海拔近四百米，无法直接将黄河水引上来，最好的办法就是在玉钢周边区域找水打水。郑主任已经如实向上级汇报，上级决定派北京军区给水工程团来这里找水打井。在用水问题未彻底解决之前，请职工家属们自觉节约用水。"

周华胜忍不住问常德："找解放军来打井？"常德点头道："是的。北京军区给水团在全国赫赫有名，官兵们长年累月在沙漠戈壁、草原林区等严重缺水区域找水打水，解决了北疆地区无数军民的吃水难问题，被群众称为'解放军水神'。"

一旁的袁素琴接着话茬说："这么厉害啊，但愿能帮助咱们摆脱用水困境。"常德笑道："应该相信'解放军水神'。"人群中不知谁带头喊了声："指挥部做得对，应该先保证高炉生产用水，如果高炉生产泡了汤，那一切都完了。"周围人点头称是。"大家明白这个道理就好。"常德说罢笑着离去。

周华胜挑着两个半桶水回到家，进门便将用水现状告诉老婆，嘱咐她一定节约用水。王秀英瞥了眼水桶道："唉！这过的什么日子？连用点羊粪蛋水都这么困难。这点水连做饭都不够用，更别说洗衣打扫卫生了。"周华胜说:"北水源地目前确实缺水,我下班去澡堂洗澡时水又少又脏。将就点吧,等给水团的解放军找水打出水就好了。"

常德回到指挥部,刚进办公室就被一些工人团团围住。

这些工人都是为了七至十二周岁的孩子上学之事来找领导的,他们希望孩子能及时上学,那样学校也可以集中管理孩子,厂区这么大,安全方面难免存有隐患,如果任由这些孩子像散养的羊到处乱跑,说不定就会出什么事。

常德告诉大家不要着急,就算家长们不来找,也会很快安排孩子们上学,指挥部早已在地窑窑群东端挖好六间大窑窑,用作临时教室,最近正在布置黑板、桌椅等,先让孩子们在地窑窑教室上课,等新学校建好后,即刻搬到新教室上课。这番话给家长们吃了定心丸,说完一堆感谢话才走。

没出几天,玉明钢铁厂职工子弟学校正式开学了!最中间的窑顶上竖起一块高约三米的木牌,上面用红油漆写了十一个大字——"玉明钢铁厂职工子弟学校"。初秋的阳光下,家长们兴高采烈地将孩子送到学校,孩子们背着手工缝制的布书包,像欢快的小兔子一样,在地窑窑教室里钻进钻出。教室前面是一片不成形的光秃秃的操场,除了沙子还是沙子。

周华胜信步来到学校周围,望着简陋的教室和操场,心里很不是滋味。但愿新学校早日建好,让孩子们有一个良好的学习环境和娱乐场所。

"丁零零,丁零零……"他的思绪被一阵清脆的下课铃声打断,循着声音望去,只见操场中央站着一个年轻女老师,正手持铁铃不停摇晃着。

随着下课铃声,孩子们从地窑窑里兴奋地钻出来,冲到操场上玩耍。他们面黄肌瘦,衣着陈旧甚至褴褛,脸好似没洗过一样,但这丝毫挡不住玩兴,女生们跳皮筋、丢沙包,男生们摔方宝、顶拐拐,打闹声一片。一些男生边顶拐拐,边扯着嗓门大喊:"东风吹战鼓擂!这世界谁怕谁!"

一个调皮男生玩兴大发,从沙堆里逮到一条胖胖的大马蛇子,揪住它细长的尾巴倒提着,受惊的马蛇子拼命扭动身躯想逃脱,扭动无效之后,又开始不停地做"仰卧起坐",但这纯属无用功,男生还是把它倒提着来到女生堆里晃来晃去,吓得女生们"嗷嗷"叫着跑远,周围的男生前仰后合笑成一团。

周华胜饶有兴趣地看着,眼前这些天真可爱的孩子,无疑为这里增添了朝气和希望。

一会儿,那位手持铁铃的女老师又出现在操场上,随着上课铃声响起,孩子们又像小兔般钻进地窨窨，教室里很快传出一片哇啦哇啦的朗读声……

周华胜回到家后，看到秀英正在缝补衣服，两口人东一句西一句闲聊。

门外突然响起咚咚咚的敲门声，王秀英开门一看是胡春香，进门便兴冲冲地说："秀英，从沙疙瘩公社来了五六个赶着驴车的菜农，正在路口那边卖菜呢，快去买吧！去晚了就被抢光了。"王秀英说："这些菜农真胆大，也不怕保卫组的人把他们抓起来关小黑屋。"

胡春香推她一把，说："哎呀！你就别在这里杞人忧天了，眼下买菜比忙活男人还重要。"王秀英从黄箱里取出钱，跟着胡春香钻出地窨窨，果真看到路口有五六辆驴车，驴车周围挤满了人，操着此地口音的菜农们正在手忙脚乱地卖东西。

王秀英和胡春香费力地挤到一辆驴车前，驴车上放着豆角、茄子、小白菜、小米等，问完价格感觉还行，当即买了几斤豆角和十斤小白菜。令王秀英好奇的是，有一个年轻菜农直接拿小米和鸡蛋跟职工交换粮票，另一个中年菜农用老母鸡交换肥皂、洗衣粉、牙膏、白糖等。王秀英觉得小米挺好，悄悄跟胡春香商量兑换之事，胡春香说她可不舍得用粮票兑换，说罢径自扛着菜袋子回家了。

王秀英把菜送回家，拿着三斤粗粮票跑到年轻菜农跟前，经过一番口舌，换了三斤小米。年轻菜农啧啧两声："你们这些吃国库粮的真好，可以凭票买到需要的东西，真羡慕人。"王秀英笑道："我是跟着男人吃国库粮的。"年轻菜农笑道："一人得道鸡犬升天，男人吃国库粮，婆娘和娃娃都跟着沾光。"王秀英挂着满脸的自豪走了。

正在这时，有一个菜农突然大喊："不好！保卫组的人来了！快跑！"随着他的话音落下，菜农们就像无头苍蝇一样，一边喊着"不卖了不卖了！"一边快速从顾客手里夺过菜扔进驴车，赶着驴车欲走。

"站住！站住！"随着一阵厉喝，夏晖带着七八个手下赶到现场。

一个叫王三娃的保卫组成员，指着菜农们对夏晖说："夏组长，就是他们在这里私自卖东西！"夏晖望着惊慌失措的菜农们，大声道："你们这些菜农真胆大，竟敢跑到这里私自买卖和交换！"说罢命令手下扣留驴车上剩余的东西。

"不能扣留呀！我们指着这些东西养家糊口呀！"菜农们一边高喊一边

拼命护着驴车上的东西。转眼间，有几个菜农同保卫组人员撕扯在地，边撕扯边大声哭喊："不能扣留我们的东西啊！简直不让人活了呀！"

有一个留着山羊胡子的老农看样子是领头的，上前指着夏晖鼻子怒道："你们这些人太不讲理了！你们玉钢来了这么多的人头，吃喝用全指着我们当地供应，增加了当地人很多负担，你们不但不领情，反而扣留我们辛苦换来的东西，简直太不长人肠子了！"

夏晖耐着性子解释："老乡，我们已经够人性化的了，否则会连驴车一齐扣下。上面三令五申不能进行私自买卖，你们未经允许私自在这里卖东西，这事要是传到上级领导耳朵里，整个玉钢说不定都要跟着倒霉。"

那个以物交换粮票的年轻菜农上前哀求："夏领导，你就行行好吧，千万别没收我的东西，婆娘和娃娃指着这些东西糊口呀。"夏晖一挥手："东西得扣留，不然没法跟上头交代。你们赶紧赶着驴车走吧，再不走连驴车一块扣留。"

山羊胡子老农还想张嘴说什么，夏晖挺了挺腰板，把眼一瞪："再不走的话，不但扣留驴车，还要把你们统统抓起来关进小黑屋！"

"那什么时候把扣留的东西还给我们？"

"等我把这事跟领导汇报之后再说。"

"那也得有个时间吧？"

"三天后吧！"

"三天后菜就蔫了。"

夏晖略加思索，把手一摆："那就两天吧，两天后你们来里再说。"

"唉！"山羊胡子老农仰天长叹一声，随即大声招呼其他菜农："大家都别做无用功了！识时务者为俊杰，就让他们把东西卸下车吧，我们两天后再来取。大家快离开这个灰个泡地方，快离开这帮枪崩货。"

听罢此话，几个同保卫组人员撕扯在一起的菜农无奈地松开手，眼睁睁看着保卫组人员把驴车上的东西全部卸到地上。其中一个中年菜农耷拉着脑袋说："透他妈，爷今天真是倒霉透了，不但没赚着钱，反而赔掉了裤子。"山羊胡子老农压低嗓门，恨恨地说："走着瞧！哪天要是落到爷手里，绝对不会放过这帮枪崩货。""得儿驾……"驴车在菜农们有气无力的吆喝声中扬尘而去，渐行渐远。

夏晖指挥手下，将扣留的菜、小米、鸡蛋等统统用排子车推到保卫组办公室。他一扭头，发现手下的王三娃走路别别扭扭，不时用手捂着裆部，忍不住问："王三娃，你怎么回事？走路怎么还夹着东西？"

未待王三娃答话，另一个手下立即抢答："报告夏组长，王三娃的蛋子不小心被菜农抓了一把。""哈哈哈哈……"他的话引起哄然大笑。

"嗳……"王三娃皱着眉头发出痛苦声音，"他娘的，没想到那个菜农竟用阴招。"

夏晖撇了下嘴角："喊！瞧你那点可怜本事，堂堂保卫组成员，竟让一个菜农欺负成这样。你那宝贝挂件没什么大碍吧？不会影响'终身大事'吧？"

"没事，就是皮儿疼。"王三娃说罢又长嗳一声。

夏晖笑道："没伤着'蛋丸'就好，否则必须找那个'抓蛋者'算账。"他的话音刚落，又引起大伙的哄然大笑。

夏晖"嗵嗵嗵"地跑到指挥部办公室，向常德和郑恒汇报扣留菜农东西之事。

常德听罢，忍不住埋怨夏晖："那个老农说得不无道理，我们来这里建钢铁厂后，地方上要供应许多粮菜之类的东西，这肯定会增添当地人负担，一些当地百姓免不了对我们有意见。农民在戈壁滩里种点东西不容易，你这样轻而易举扣留了，会影响与当地百姓的关系，别忘了咱们的供应车时常经过沙疙瘩地盘，但愿别留下什么后患。"

坐在一旁的郑恒说："这事也不能全怨夏晖，他也是按章办事。"夏晖大咧咧地说："不就是几个菜农吗？没什么大不了的。"常德说："你小子别不服气。真要惹出什么事来，你小子吃不了兜着走。"夏晖听罢不再作声。

常德扭头对郑恒说："郑主任，依你看这事如何处理？"郑恒说："你刚才说得也对，农民在戈壁滩里生活不容易，他们把自留地里的菜拿到这里卖，也算是为职工家属的生活提供了便利，还是把东西还给他们吧，别让人家说我们真不长人肠子。"说到最后，郑恒不自觉地笑了。常德又将头扭向夏晖："就按郑主任说的，两天后，把东西原封不动地还给人家。"

"好！"夏晖说罢转身就走，快到门口时突然停下脚步，扭头对两位领导嗳嚅道："刚才忘了汇报一件事，我手下的王三娃让菜农给抓了下身，但是皮儿疼丸儿不疼。"

"哈哈哈哈……"常德和郑恒一听便大笑起来，特别是不苟言笑的郑恒，眉目舒展，看起来年轻了许多。常德勉强忍住笑，对夏晖摆摆手："没事就好，快去忙吧。"待夏晖离开后，郑恒对常德说："这个夏晖，差点让他笑岔了气。跟年轻人待在一起挺好，解闷儿。"常德笑着点点头。

两天后，菜农们一大早便赶着驴车，来到地窨窨群路口。一会儿，夏晖带着手下，推着排子车吭哧吭哧来了，车上全部是扣留的东西。

"完璧归赵，现在你们可以把东西拿走了，以后不要再来这里卖东西，否则事情就不会像现在这样简单了。"夏晖大声道。

山羊胡子老农一边往自己的驴车上搬东西，一边说："哼！我们这些穷头百姓弄不懂什么归赵，只知道你们扣了我们两天东西，耽误了卖货不说，还害我们白跑了一趟驴腿儿和人腿儿，白浪费了可贵的人粮和驴粮、人力和驴力。"其他菜农随声附和。

夏晖被老农的最后几句话逗笑了，一边笑一边问："你们还想卖东西啊？"老农斜视他一眼："你还好意思笑。等着瞧吧，有你们好果子吃。哼！此处不留爷，自有留爷处。"随后，有意无意地照着方方正正的驴脑袋扇了一巴掌："你这个不长人肠子的枪崩货。"说罢带头赶着驴车走了。望着远去的驴车队，夏晖苦笑着摇摇头。

从这以后，有一段时间未看到沙疙瘩公社的菜农来玉钢卖东西。

王秀英边做饭边对男人说："保卫组那些人有点不像话，一顿扣留，把菜农吓得不敢来卖菜了，害得职工家属们跑到几十里外的沙疙瘩公社买菜。"

"别胡说，这事也不能全怨保卫组的人，是上面不让搞自由买卖。抽空我去趟沙疙瘩公社买菜。"周华胜压低声音说。

"那些菜农真聪明，还知道用小米和鸡蛋交换粮票和生活用品，没想到咱们的粮票可以跟人民币一样在市场里流通。"

"他们没有票得不到供应，只好采用这种最简单的交易方式。"

饭后，周华胜在地窨窨群散步，发现职工食堂旁边围了一帮闹哄哄的半大孩子，近前一看，原来是两个十六七岁的男孩打架，倒在地上，你拧我掐滚成一团，其中一个孩子是营长家的大壮。

他赶紧上前拉架："大壮，别打了，快起来！"一边喊一边费力地将两个半大小子拉开。大壮用袖口擦擦脸上的泥土，朝对方恨恨地吐了口唾沫：

"呸！以后再敢惹我，当心把你摁进马蛇子洞！"另一个孩子两眼冒火，指着大壮用此地话骂道："透你妈，看你那个尿样！惹毛了爷，爷直接把你摁进北水源地！"两个半大小子好似两匹即将脱缰的小野马，大有非把对方制服不可的冲劲。

张德义从不远处走过来，上前照着儿子屁股猛踹一脚："小兔崽子，又在外面打架了，赶紧回家去！"大壮指着那个孩子不服气道："是他先动手打的我，所以我才动的手。""不管谁动的手，抓紧给老子滚回家去！"张德义说着信手捡起一个石子对着儿子比画，大壮这才气哼哼地回家。那个孩子见状急忙跑了，围观的孩子也都一哄而散。

张德义和周华胜并肩往家走，张德义边走边叹息："唉！让我家大壮愁死了，总喜欢打架，弄得我天天提心吊胆，就怕这个兔崽子给我惹出什么事来。"周华胜安慰营长："孩子正值青春叛逆期，过去这段时间就好了。""但愿吧。"张德义苦笑着点下头。

周华胜的脚刚迈进家门，王秀英就上前说："刚才我去排队打水，排到一半时，抽水井突然抽不上水了，管理员说把上游流下来的水攒攒才能抽上来，很多人提着空桶走了。唉，也不知解放军什么时候来给咱们找水打水。"周华胜说："估计快了吧，指挥部比咱们还急。"

话音刚落，胡春香风风火火地跑来了，眉飞色舞道："告诉你们个好消息，解放军来给咱们找水打水了！"王秀英瞬间瞪大了眼："真的假的？"胡春香一歪头："真事！我刚才上茅房时听人说的，来了二十多个解放军，就在南面的戈壁滩里。""走！咱们去看看。"王秀英不由分说，拉着胡春香就往南边的沙滩跑。

路上，胡春香边跑边喘着粗气说："快……快打好水吧，现在简直……节……节约到家了，两口子……办完那事都……都舍不得用羊粪蛋水洗。"王秀英边跑边抿着嘴角笑，胡春香这个直捅子倒是表达了共同心声。两个女人一口气跑到南边的戈壁滩里，果真发现一队穿着军装、面目黢黑的解放军，他们正拿着各种仪器和工具紧张忙碌，时不时聚在地图旁低头研究着什么。

王秀英气喘吁吁地跑上前："解放军同志，你们是给水团的吧，辛苦了。"一个中等个头、戴着眼镜的军人抬起头，笑道："我们是给水团的找水工程队，正在这里观察地形、分析岩性、勘测水层。不辛苦，只要能早日定位开钻就

第十四章

好。"胡春香扯着嗓门说："解放军同志，快点找水打水吧！我们用的全是羊粪蛋水，就这样的水现在也很难保证了，眼下连吃饭的水都困难，更别说其他的了……"王秀英怕这个愣头同乡说出什么不过脑子的话，急忙用眼神阻止她，她笑着吐了吐舌头。戴眼镜军人又一笑："放心吧，我们一定快速找到井位，以最快速度打出水来。"王秀英高兴地说："谢谢，那我们就等着吃解放军给打的水啦！"说罢招呼胡春香一同离开。

  回家路上，王秀英提醒胡春香："以后跟解放军说话注意点，别信口开河，逮着什么说什么。"胡春香说："解放军也是人，他们整天这个沙滩进那个沙滩出的，肯定很想自己的老婆。"王秀英用手指戳下她的大脑门："你脑瓜里除了这事就没别的了。"胡春香一撇嘴角："男左女右，'人'字的长撇代表男人、短捺代表女人，男人女人合上块了还能干啥？""哈哈！"王秀英被这套亦正亦歪的理论逗笑，推了胡春香一把："别没正形了，赶紧回家吧。"两人说笑着走远了。

  北京军区给水团的工程师们绞尽脑汁，尽心尽职，他们徒步走遍玉钢周边的沟沟坎坎，最终在玉钢南边三公里处的戈壁滩里，勘察到水量丰富的深地下水，他们心中，像放落一副千斤担子般轻快。

  很快，给水团钻井连的官兵们开着装备保障车辆，携带着钻机来到井位上。官兵们顾不上休息，扎营、立塔，搅好泥浆，当天就开钻了，第一个晚上便钻进去六十多米。

  接下来，钻井连的官兵们二十四小时连续作业，钻机日夜轰鸣。有的战士脸上、胳膊上、手上被强烈的阳光晒脱皮，有的被泥浆糊住双眼，有的被钻杆磨出满手血泡，但没有一个人叫苦喊累。这些场景令玉钢的干部、职工和家属们深受感动。指挥部决定派武装部部长巴图带队搞慰问活动，许多人主动带着慰问品报名参加活动。

  王秀英、胡春香、马素芸、秦槐香等人把白面、鸡蛋和饭菜送到武装部，紧接着，孙玉凤、袁素琴和其他女人也带着这类东西来了。巴图连声夸奖这帮女人觉悟高，决定带着她们一起去参加慰问。

  巴图晃悠着罗圈腿，率众带着米、面、肉、蛋等慰问品，来到钻井连营地，没想到被站岗的小战士拦住了。巴图讲明来意，小战士说"三大纪律八项注意"规定，不能随便拿老百姓东西。巴图耐心解释："你们来这里为玉钢打水，吃住在帐篷里，条件异常艰苦，作为地方组织应该前来表示感谢和慰问。"其他人也如是说。

费了半天口水，小战士仍不放行，巴图不免有些生气，说："你这个小同志怎么一根筋？好容易把东西送来了，不能辜负了人民群众的好意。"说话间，走过来一位高个子军人，小战士一看是连长，急忙跑上前汇报了事情经过。

连长走到巴图面前，照样重复"不能随便拿老百姓东西"。王秀英上前对高个子连长说："连长，你看看你们，一个个黑瘦黑瘦的，很令人心疼。爱护军队是老百姓应尽之责，如果你们不收东西，会令我们心里更难受。"胡春香瞅一眼连长："哼！如果不吃我们送的饭，我们就不走，直到解放军吃饭为止。"

连长仍犹豫不决。巴图一下子急了："连长，我们这是按照伟大领袖毛主席的'军民一致'原则前来拥军，军民本是一家人，根根叶叶心连心，如果不收下这番心意，真会伤了老百姓心！"这番话起了作用，连长最终同意收下慰问品。

巴图这才晃悠着罗圈腿，率领大家高兴地离开。路上，大家一边走一边说笑，巴图少不了又把这帮女人表扬一番。

大约十天后，钻井连的官兵们终于打出一眼水井，深近六百米，日出水量千余立方米。

出水这天，整个玉钢人欢马叫，人们像赶集一样涌到井位旁，连声感激解放军的大恩大德。郑恒带着领导班子赶来，他捧起甘泉咕嘟咕嘟喝下去，赞叹不已："这水真甜，不愧是送水神兵！"

常德说："我建议把这片区域称为'南水源地'，把这眼宝贵的井命名为'希望井'。树个纪念碑，让子孙后代永远铭记解放军的恩情！""好！"郑恒赞许地点点头，现场掌声如雷。很快，一块刻有"解放军爱民如天"的纪念碑立在井的右侧，成为广袤戈壁滩里的一抹风景，也成为玉钢人心中难忘的印记。

指挥部很快铺设了足够长的供水管道，将希望井的水通过扬水站引上来，同时在东面一处山包上建立高位水池，有效地实现储水和配水，保障了当下生产建设用水和职工生活用水。住在地窑窑群的人们，从此告别羊粪蛋水，用上了"希望井"的干净水。

第十五章

周华胜走在下班路上，发现一个老工人坐在地窑窑群的路中央痛哭，身边围了不少人，上前一问，原来老工人苗师傅的儿子因为偷生铁，被抓进了民兵小分队。

人群中渐渐开始骚动，不时传来一些老工人的牢骚话，"唉，半大孩子叛逆性强，管来管去，一管不好就会出事。苗师傅的儿子昨晚偷了两块生铁，没等卖就被保卫组的人抓住，真要追究起来得进少管所。""早该给这帮半大孩子安排点正事干了，否则早晚出事。""可不是嘛，我天天提心吊胆，就怕我家那个半大小子出事。"

周华胜回家后，对王秀英谈及此事，王秀英说："我那天看见张营长家大壮差点跟一个过路的打起来，就因为那个路人在他家门口大声说了几句话，他就冲出地窑窑说影响他睡觉，当场跟人家吵起来。孩子大了没点正事做确实愁人。"周华胜说："指挥部领导又来事了，老工人们肯定会结伙去找领导。"

真让周华胜说对了，苗师傅家孩子偷生铁事件的发生，很快为玉钢的老工人家庭敲响警钟，他们一窝蜂来到常德办公室，要求领导帮着出主意，问他针对眼前这种情形到底该怎么办。令常德惊讶的是，炼铁营营长张德义竟然也来了。

一位老工人情绪有些激动，掉着泪说："我儿子十九岁，叛逆得厉害，天天往外跑，根本管不了，再这样下去迟早进少管所，求领导赶快找个地方让他锻炼锻炼，把他送农场或插队都行，总比捅大娄子强。"另一位老工人操着此地方言说："我和婆姨也被十六岁的女娃愁大了头，要不就窝在窑窑里睡大觉，要不就像马蛇子一样满世界瞎跑，我一管就跟我摆开阵势吵闹，父女俩几乎成了仇人。再这样下去，老的得进医院，小的得进少管所。"张德义原本是个直脾气，迟疑良久才说："本来不想给领导添麻烦，可我家大壮十七岁了，闲着没事整天跟人打架，当家长的确实心急，只好厚着脸皮来叨扰领导。"

老工人们七嘴八舌，希望指挥部快点想想办法，把这些半大孩子安置好。

常德挥挥手示意大家安静，说："指挥部领导很理解你们的心情，也清楚如果不解决这个问题，不但会给家庭增加矛盾，还会给社会带来很大隐患。请大家放心，我们一定会努力想办法解决这个问题，大家都回去等消息吧。"一些老工人仍不放心，站在原地嘀咕不停，常德费尽口舌好歹将他们劝走。

指挥部领导很快召开紧急碰头会议，一是商讨如何处置偷生铁的老工人儿子，二是如何安置玉钢的半大孩子。对于偷生铁的孩子，郑恒思忖良久才说："盗窃国家财产本该送进少管所，但考虑到老工人为玉钢建设付出许多，孩子也只是偷了两块铁，加之是初犯，依我看这件事还是不要深究了，就给孩子一个改过机会吧，不知在座各位意下如何？"说罢将征询目光投向在座其他人。常德首先表态："我觉得郑主任讲得在理，老工人是玉钢的功臣，不看僧面看佛面，应该给孩子一个改过机会。"一看军管会主任和指挥都表态了，在座的其他人皆表示赞同。

紧接着，领导们又商讨如何安置半大孩子。郑恒说："现在有一些三线企业各自成立了农场，开荒种地，实行自给自足。我们可以效仿这些三线企业成立农场，在黄河岸边建立青年农场，充分利用黄河水种菜种粮，这样既保证了职工食堂部分供应，又解决了玉钢半大孩子安置问题。初步统计了一下，玉钢现在有九十多个十六至二十岁的孩子，可以把这些孩子统一安排到农场去，让他们在锻炼中不断成长。"这项提议得到常德及其他与会人员的一致通过。建农场需要占用沙疙瘩公社的集体用地，这个问题只能通过上级部门解决，经过讨论，决定将此决议上报至冶金工业厅审批。

会后，指挥部在门口张贴布告，将会议内容及结果向全厂职工家属如实通告，职工家属们普遍认为：指挥部领导太仁义、太有效率了。偷生铁的孩子很快被放出来，苗师傅两口人激动得差点给领导下跪谢恩。

王秀英笑呵呵地对男人说："越来越觉得咱们指挥部领导心眼挺好，挺有人情味。"周华胜说:"从建厂开始到现在,指挥部领导对职工说不出别的,就连市里一些单位的人都特别羡慕咱们,说玉钢领导不乱搞运动不乱扣帽子,有这样的领导是咱们玉钢人的福分。"

随后,周华胜兴冲冲地告诉老婆,以后不用再辗转至玉明市区买粮油和发邮件,玉钢有了自己的粮站和邮电局,就在新规划的住宅区南边。王秀英长出一口气:"总算解决了这两大难题。正好咱们这个月的粮油快吃完了,正愁着去市区买粮呢。明天正好是二十五号,你下白班后,去粮站把下个月的粮买回家吧。""好。"周华胜痛快地说。

次日下午,周华胜拿着粮本来到粮站,此时这里已排满人。人们边排队边发表各自感慨,这个说:"终于有了粮站,以后再也不用溜那么远的腿,去市区买粮了!"那个说:"这里副食稀缺,肚子里缺油水饭量自然就大,不算计着吃很难靠到下个月,特别是人口多的家庭更得节约。"又一个说:"粮食紧张时,只能到乡下买高价粮,运气好的兴许能顺利买到,运气差的只能空手而归。"

说话间,两个穿着工商制服的一男一女来到粮站,原来是工商局搞突击校秤。男的一边校称,一边满脸严肃地对营业员说:"这里是三线企业,要坚决杜绝短斤少两现象,否则我们将严惩不贷。"女的则在小本本上认真记着什么。女营业员挺着丰满的胸脯再三保证:"请领导放心,我们粮站绝对不会出现缺斤少两现象!"

周华胜买完粮回到家,王秀英已做好饭,一家人边吃饭边说笑。这个粮站的出现,无疑让他们的内心、让更多人的内心感到一种满足和欣慰。

这天,指挥部接到冶金工业厅领导的批复:"知识青年到农村去,接受贫下中农的再教育很有必要;同意玉钢在当地农村自行成立青年农场,将青年们投入到上山下乡的滚滚潮流中!至于用地之事,只要会战指挥部选好建农场的具体位置,相关部门将尽快通知玉明市革委会给予协调解决。"

这道批示无疑给会战指挥部吃了颗定心丸,很快将成立青年农场提上重要议事日程,通过一番调研、勘测、设计等一系列准备工作,决定在黄河岸边靠近沙疙瘩公社黄河大队第三生产队的地方成立"玉钢青年农场"。随后,在冶金工业厅领导重视下,玉明市革委会很快协调沙疙瘩公社解决了青年农场的用地问题。

指挥部召开全厂职工家属大会，会议地点选在地窑窑群的一片空地上。

常德胸有成竹地说："职工家属同志们，根据毛主席发出的知识青年到农村去，接受贫下中农的再教育的伟大号召，经过请示冶金工业厅领导，通过玉明市革委会与沙疙瘩公社协调，在黄河岸边靠近黄河大队第三生产队的地方划出三百余亩地，成立'玉钢青年农场'，这样既可以解决职工食堂的部分蔬菜和粮食问题，也可以让一些半大孩子到农村去锻炼成长。希望广大青年踊跃报名，积极投身到知识青年上山下乡和青年农场的建设中！"他的话音刚落，全场便响起雷鸣般的掌声。

会后，老工人们领着孩子争先恐后报名，张德义也带着大壮报了名。报名的九十多个孩子，成为玉钢的第一批下乡知识青年。指挥部任命曾在西北农业生产建设兵团工作过的周远担任农场场长，同时抽调三十多名职工，会同首批知青一齐开发建设青年农场。那些曾让父母头疼不已的半大孩子，很快抵达黄河岸边的农场所在地，在那里盖干打垒，开荒种地……至此，指挥部和老工人们才算真正松了口气。

但没过多久，令指挥部领导挠头的事又来了。

这天上午，负责粮食供应的王宝国来到常德办公室，满脸焦急道："常指挥，刚接到通知，给咱们送粮的供应车经过沙疙瘩公社黄河一队时，被一帮此地人扣下了！"

常德腾地一下站起来："什么？让此地人给扣下了？"

"千真万确，确实被他们扣下了，还扬言让指挥部领导亲自出面去领供应车。"

"你先回去忙吧，这事我和郑主任商量一下再说。"

"好。"王宝国点着头出去了。常德迅速来到郑恒办公室汇报此事，郑恒若有所思道："这事会不会跟上次夏晖他们没收那帮菜农的东西有关？"常德一拍脑门："对！十有八九跟那件事有关。要不这样吧，我带着夏晖去趟黄河一队，看看到底怎么回事。""行！到那里后多加小心。"郑恒提醒常德。"放心吧，没事。"常德笑道。

常德打电话把夏晖叫到办公室，指着他鼻子说："都是你小子惹的祸！"夏晖愣怔一下，有些丈二和尚摸不着头脑。常德接着说："上次你带人把那帮菜农的东西扣留，结果这次人家把咱们的供应车给扣下了。"夏晖这才反应过来:"真有这事?"常德没好气道:"那还能有假?除了他们,别人谁还有理由有胆量扣供应车。别说废话了,咱俩赶紧坐车去趟黄河一队。"

常德和夏晖坐着吉普车来到黄河一队,吉普车刚进入一队地盘,就见路中央现出一道两米多宽的深沟,沟那头站着十几个气势汹汹的此地人,为首的正是上次那个到玉钢卖菜的山羊胡子老农,身旁站着那个以物易物的年轻菜农。夏晖指着山羊胡子老农说:"常指挥,上次就是这个老农带着人去玉钢卖菜的。"常德说:"果真是他们。"

二人下车后径直来到沟前。常德大声说:"老乡们,我是玉钢大会战指挥常德,有什么事坐下来好好说。"山羊胡子老农指着夏晖,对常德没好气道:"现在知道说好话了?当初你这个灰个泡手下带着一帮枪崩货扣留我们东西时,咋就没考虑到这点?爷一想起那天的场景就气得鼻子冒烟。"

"你!"夏晖瞪着大眼欲发火,被常德暗地里拽下衣袖制止住。那个年轻菜农指着夏晖说:"想当初,爷几乎就要给你这个挨枪崩的保卫组长跪下,但你还是把爷的东西给没收了,害得爷回家后差点挨婆娘的不浪(木棍),让爷打了好些天的光棍!"

常德耐心地说:"老乡们,上面明文规定不能随便自由买卖,我们这位同志也是按章办事,希望你们能理解。不过,我们这个同志处理问题的方式有些欠妥,还请你们多多原谅。"说到这里,常德当即给手下递了个眼色:"夏晖,还不快给老乡们赔礼道歉?"夏晖勉强把脚步往前移了移:"当时我做得确实有些鲁莽,请老乡们多谅解!"

"枪崩货!"一个中年菜农突然朝着沟这头伸长了瘦脑袋骂夏晖,而后一边摸着肩膀一边说:"现在知道怂了?当初你那帮手下把爷摁在地上时咋那么凶?!害得爷好几天抬不起膀子,连跟婆娘办事都得歪着头吊着膀子。"

夏晖一听这话立刻反应过来,故意吓唬对方:"老乡,经你这么一提醒,我突然想起一件事,我手下的人让你们中的一个菜农抓伤下身,到现在都不敢走路,说不定还会留下什么遗恨千年的后遗症。"对方一听这话立马缩回脑袋,原来他就是那个"抓蛋者",在摁肩膀和抓下身之间,显然后者的严重性不可估量,于是刹那间停口。

常德被这二人的对话弄得哭笑不得……

一会儿,常德仍耐着性子对菜农们说:"老乡们,有什么问题坐下来好好商量，这样解决不了实际问题。"山羊胡子老农瞪眼道："商量个屁！你们必须给爷们一笔精神补偿费才行。""怎么个赔偿法？""不多，每人二百块钱精神补偿费就行。"

"二百块钱？"未待常德接话，一旁的夏晖急道，"这明显是讹诈！简直就是穷疯了。照你这么说，我们那位蛋子受伤的同志不但需要医疗费，更需要精神补偿费，你们这些人要全部分摊！"

山羊胡子老农不耐烦道："少说那么多废话！如果不同意，我们就用供应车上的粮食顶！"常德扬起脸，不疾不徐地说："那是军管企业的补给粮，谁若敢私拿滥抢就是犯罪。"不料山羊胡子老农仍不以为然："一报还一报，我们才不管那套呢！你们回去好好商量商量吧，我们两天后在这等信儿。"说罢带着人扬长而去。

夏晖抬起大脚狠跺一下地："这帮此地人真不是东西……"

常德一瞪眼打断了他的话："你就少说两句吧，不说话没人把你当哑巴。"

常德带着夏晖返回玉钢，径直来到郑恒办公室。

郑恒听罢常德的汇报，觉得这事还是通过地方部门解决比较好。常德随即拨通玉明市革委会办公室电话，讲明供应车被扣的来龙去脉，对方表示一定会尽快解决此事。

次日中午，玉明市革委会的相关领导亲自给常德打电话，表明已经跟那帮扣车的菜农协商好了，对方同意将被扣车辆完璧归赵，但同时也提出一项要求：允许他们去玉钢卖自留地里的东西。革委会这边考虑到建设玉钢确实增添了当地老百姓负担，诸如供粮供菜供油之类的，也是出于为职工生活便利着想，于是便同意了老乡们的要求，就权当是一种互补吧！常德边听边不住地点头，过后兴冲冲来到郑恒办公室汇报此事，郑恒听罢也很高兴，总算了却了这桩难缠之事。

被扣的供应车辆很快返回玉钢，沙疙瘩公社的菜农们也堂而皇之地进入玉钢地盘。此时正值秋收时节，菜农们在地窑窑区域的大路两边摆成一长溜，吆喝着卖菜卖粮或以物易物。包括山羊胡子老农在内的那帮菜农，很快恢复了初时热情洋溢的态度，特别是每次见到夏晖及其手下老远就打招呼，夏晖和手下也时常从他们手里买东西，正所谓"一笑泯恩仇"。从这以后，沙疙瘩公社的菜农来了一拨又一拨，换了一茬又一茬，卖菜的队伍也一天天壮大起来，他们在养活家口的同时，也确实为玉钢职工生活带来很大便利。

寒意渐渐袭来，刚进入十月，寒气便铺天盖地席卷而来，让人倍感寒冷。

周华胜缩着脖子跑进做饭的小棚子，把炉子及其他做饭家什统统搬回地窨窑，顺便把棚子拆掉，待来年再搭。王秀英浑身哆嗦着说："这里的冬天来得太早了。紧着节约，从土建队买的碎木头也快用完了。这个月置办了些生活家什，把钱基本花光了，一吨煤三四十块钱，没钱买煤怎么办？"

周华胜说："高原气候就这样，比内地早冷一个多月。眼下拿不出钱买煤，光烧木头也烧不起，明天我上中班，正好上午到山上打油柴去。"王秀英叹息道："唉，也只好这样了。"周华胜挤了下眼睛说："不用犯愁，有我给你暖被窝肯定冻不着。"王秀英白他一眼："醉翁之意不在酒。"话虽如此，到了晚上两个人还是抱团取暖，抱着抱着便有感觉，少不了恣意忙活一番。

次日上午，周华胜背着柴筐，来到东边山坡上打油柴。油柴喜欢生长在多石和多碎石的漠钙化土坡，这是一种强旱生蒺藜科落叶小灌木，高四五十厘米，基部有许多分枝，燃点高且耐烧，即使把湿枝条投入火中，也能很快蹿起蓝色的火苗，所以被当地人称为油柴，许多人家都用它取暖。玉钢周围，只有黑丰山东西两侧的山坡上有油柴，西边山坡离地窨窑群较远，因此东边的山坡上聚集了许多打柴人。

周华胜不管不顾地低头打柴，别看油柴低矮枝条很细，但根系非常发达，木质坚硬而脆，而且全身布满蒺藜，打起来很不轻快。一小时后柴筐终于满了，此时他的手上满是划伤。

他吹了吹手上的沙土，背靠着柴筐坐下来，黑红的脸上写满惬意，胸腔里荡漾着满满的欢乐。自从秀英来到这里后，他的幸福指数明显飙升，在三班倒的劳累中享受着家的温暖。他知道这里的很多男人都有这种感受，女人们的到来，真像一枝枝明亮可爱的沙枣花，点缀并活跃了寂寞贫瘠的土地，安抚了男人们的心。同这里众多的女人一样，秀英也把他当成了宝贝，每天回家热汤热水等着，还有温润喷香的身体伺候着。秀英多次表示，每天最开心的事就是全家人围坐在一起，听他讲厂子里的点滴事情；每月最开心的事就是沾着唾沫眉开眼笑地数他拿回家的工资。当然，她也会说些天气恶劣、饭菜不饱、缺这少那之类的牢骚话和风凉话，甚至还指着他的鼻子河东狮吼，只是两口子之间床头打架床尾和，他嘿嘿笑着将她哄上床，"几下子"便让她平息了怒火。男人裤裆里的东西有时还真像定海神针，往那一竖，女人胸中的怒海大都会平息下去。

周华胜浑然忘记了周身寒冷，接连吹了两三首口哨曲，过足口哨瘾后，起身扑打几下屁股上的沙土，背起柴筐不紧不慢地往家走。

刚拐过马车店路口，周华胜碰上了多日不见的苗逸严，他正和一个女人说笑着往这边走来，看到周华胜后先是一怔，随即指着这个女人说："这是我对象，在咱们厂供销组当材料会计，坐办公室的！"周华胜朝女人点头致意，发现她长相一般，看上去挺老实，只是老实中不乏一种神气。供销组也算是后勤部门，能在那里上班挺体面，难怪苗逸严介绍时不乏得意。

苗逸严盯着周华胜背上的柴筐，带着那副惯有怪腔说："这是打柴去来？天气越来越冷了，估计你肯定买不起煤烧，只能靠打柴取暖喽！"周华胜斜溜他一眼："我买不起煤跟你没关系。"苗逸严故作同情道："唉，你们这些山东老转没几家能买起煤，山上的柴几乎都让你们打光了。我知道你没钱买煤，只要你对以前的事给我道声歉，我负责给你买一吨煤怎么样？那样你就不用当可怜兮兮的柴夫了。"

周华胜嗤笑一声："谢谢你的'美'意，多攒点钱娶老婆吧，急不可耐的，左一个右一个不容易。""你，你……"苗逸严气得脸都绿了，歪着头支吾半天才吐出两个字，随后带着那女人走了。周华胜隐约听到那女人责怪苗逸严说话不中听，心想那女人还行，但愿别让那个大冬瓜带歪了。

周华胜回家后告诉秀英，油柴上全是刺，以后尽量他出去打柴，随即用油柴点着炉子，油柴在炉子里噼里啪啦欢叫着，屋里渐渐变暖。面对这个炉盖烧得通红的小火炉，王秀英心底冒出一股知足感，没想到在这寒气四掠的地窨窨里，还可以有这样一堆炉火供她享受。她起身洗了把脸，将手美滋滋地伸到火炉旁边，高温令她瞬时将手缩回，不由咯咯地笑出声。看到老婆眉眼欢笑的样子，周华胜暗自为主动去打油柴划了个大对勾，看来这趟油柴没白打。

下午三点来钟，周华胜照例提前到岗，协助班长杜超对炉前用具数量、炮泥、炉前设备、铁沟、渣沟等逐一进行检查。随着铁口被打开，周华胜和工友们坚守在铁沟、模床岗位上，同往常一样，按部就班地进行各项操作……初上炉台感觉很暖和，渐渐便被夏日般的炎热所替代。炉前工们的汗水一点点抛洒在炉台上,不知不觉地完成三炉出铁。

夜晚下中班后,鹅毛般大雪毫不吝啬地落下来。周华胜打着手电筒,小心翼翼走在回家路上,好几次差点滑倒在地,途经马车店时突然想起张六六,他回老家已经有些时日,不知他老婆的腿伤治得怎么样了,等他回来后抽空请到家里坐坐。

周华胜到家时已近凌晨一点,发现儿子不停地咳嗽,一问才知儿子从昨晚开始就咳嗽,看样子是冻着了。这么冷的天大人都受不了,更何况孩子。

早上七点多,周小鲁咳嗽得愈发厉害,还伴有发烧症状。周华胜两口人急忙将儿子送到厂医院,此时医院里满是感冒病号,孩子居多,一些打针的孩子哭闹连天。护士们忙成一团,特别是"大头娃娃"罗敏极其显眼,这不仅仅因为她头大,还因为她屁股后面跟着不少专找她给孩子输液的家长。这些家长看中罗敏娴熟的扎针手艺,一针下去准能找到输液血管,不像有的护士连扎好几针都找不到。瞅着罗敏忙得差不多了,周华胜赶紧上前,请她给儿子扎针,她当即熟练地给小鲁输上液,王秀英赶紧致谢,她晃动着大脑袋连声说:"不客气。"周小鲁打了一星期点滴,身体才渐渐好转。

家里的油柴很快烧光,东山坡上的油柴已被人们打光,周华胜只好匆匆赶往西面的山坡,半小时后才到达目的地,此时这里到处都是提筐背篓的打柴人。人们不约而同地聚集到这里,都是为了取暖、烧水和做饭,只要有柴可打,路再远也要来。

周华胜打完柴回家路上,发现地窨窨群来了一些卖菜的老农,没想到这么冷的天他们照样从沙疙瘩公社赶来,家里正好没菜了,这些老农来得太及时了,省得自己再跑到沙疙瘩公社买菜。他赶紧回家把柴放下,拿着尼龙袋子钻出地窨窨,疾步来到菜农们的专属地盘。

只见老农们戴着破旧的黑色棉帽,穿着几乎露出棉絮的旧棉衣,清冷的鼻涕不时从冻得发紫的面部流下来,他们边吸溜鼻涕,边操着此地方言招呼过往行人,或卖萝卜白菜土豆,或以物易物。比人更保暖的,是那些放在驴车上的东西,它们看上去比人还金贵,都盖着一层厚厚的棉被,这样才不致被冻坏。

周华胜来到一辆驴车旁,卖菜的老农看上去六十来岁,紫黑的脸上满是污垢,一双布满老茧和裂口的手上沾满泥土,已看不清手的本来颜色。周华胜掀开驴车上的厚被子，发现菜上面带着新鲜泥土，不由笑着表扬几句。老农咧着冻裂的嘴唇说："这些菜早上刚从地窖里挖出来，当然新鲜啦。"周华胜没有讨价还价，痛快地买了三十斤白菜、二十斤土豆。

他背起袋子刚要回家，突然听到身后传来一阵吵架声，扭头一看，原来是胡春香正跟一个五十来岁的老农吵架。只见胡春香指着脚下的菜袋子，怒气冲冲地说："你这个老农心太黑，我就买了二十斤萝卜，你竟短我三斤半称，简直太坑人了！"老农将脖子一梗："我根本没短你的称！是你把萝卜私藏起来，还反过来倒咬我一口。"

胡春香的驴脾气一下子上来了，把两条大胳膊往粗腰上一叉："你这个缺德老东西还敢不承认！我刚才把买的萝卜拿到职工食堂称了一下，这才发现少了三斤半。这种缺德事你也干得出来，别忘了我们可是堂堂的三线建设者家属！你要是再死不承认，我马上到保卫组举报你，看你这个老东西以后还怎么来玉钢卖菜。"

老农顿时被镇唬住，立马低头承认了短称之事，随后抬起头可怜巴巴地央求："大妹子，短你称是我不对，我保证下不为例！我把短的称如数还给你，另外再多放两个萝卜，这总可以了吧？你千万不要去举报，否则我就真不能来这里卖菜了，那样全家老少会把我骂进黄河里。"胡春香歪着头问老农："那你以后还干不干这种缺德事了？"老农一拍胸脯："放心，我保证不干了，再干我就是大姑娘养的！"最后这句话被老农用此地话重重地吐出来，显得格外有趣。

胡春香内心偷笑，表面却故作严肃："好吧，看你怪可怜的，这次就不跟你计较多了。"老农随即把短的称找齐，刚准备找两个中不溜萝卜作为补偿，谁知胡春香一下子掀开萝卜身上的棉被，径自挑了六个大萝卜放进袋子，背起袋子扬长而去。老农呼出一口白气团，跺着脚喃喃道："唉，爷今天算是倒了八辈子霉了，真是赔了夫人又折兵，那个女人真他妈的会钻空子。"

周华胜见状忍俊不禁，这时卖给他菜的老农走过来说："你放心，我绝对不会短你称。"他笑着点下头。这个老农指着短称的老农说："你就是个标准的枪崩货，我早说过，咱们来这里卖菜不容易，别干那种短斤少两的损事儿，可你就是左耳听右耳冒。今天碰上硬茬了吧？没把你弄进保卫组的小黑屋已是万幸！城门失火殃及池鱼，你要是再屡教不改，那所有卖菜的都得

第十五章

跟着你这个枪崩货遭殃，到时候可别怪我们不客气，大家会合起伙来把你扔进黄河里喂王八！你用脚丫子拍下脑袋瓜好好想想，咱们种这些自留地容易吗？一家老少都指着它糊口呢。"短称的老农耷拉着头"嗯"一声。

周华胜背着菜袋子回到家，把方才发生的事对老婆学说了。

"这个胡春香，真会钻空子。"周华胜笑道。

"谁让那个老菜农短称的，自作自受。不过话又说回来，要是换上我，我还真干不出胡春香那种事。"王秀英晃悠着脑袋说。

一会儿，王秀英边做饭边问男人："听说前两天匡照明到福建把他老娘接到这里了。""嗯。"周华胜边哄儿子边说，"接来了，匡照明他大姐来了信，催匡照明快到福建把老娘接到这里，说他娘在福建跑丢好几次，报了好几次警，他大姐既要照看两个孩子，又要照顾老娘，实在忙不过来。匡照明既惦记他娘又心疼他大姐，这才去福建把他娘接到这里。"王秀英说："想想匡照明挺不容易，也是个孝子。"

周华胜说："就是不知道胡春香那个驴脾气一上来，是否能容得下老人，当初你爹娘怎么给匡照明说了这么个老婆。"王秀英斜他一眼："我怎么觉得你有点过河拆桥啊，当初匡照明猴急得要命，我爹娘经不住你俩央告才给他说的媒。再说了，胡春香就是脾气差点，其他的哪点不比匡照明强？"周华胜大咧咧一笑："好好好，你爹娘是有功之臣，我们永远记住他们的大恩大德，行了吧？""这还差不多。"王秀英转怒为喜。

周华胜随即叮嘱老婆，这几天肚子里缺菜，多炒点白菜。菜出锅后，一家人痛快地过了顿菜瘾。

第十六章

这年年末,玉钢被评为省级先进生产企业,"黑丰山牌"铸造生铁被评为省级优质产品,一号高炉获得省级"红旗高炉"称号,炼铁营营长张德义被评为省级先进生产者。

这些接踵而至的荣誉令玉钢名声大振,也令领导们高兴得嘴巴咧到了耳后根,郑恒、常德等人围着领回来的荣誉证书摸来看去,浑身上下难掩得意。

常德眉飞色舞道:"这些荣誉得之不易,太珍贵了!"郑恒的脸上露出难得笑容:"从七月份投产到现在,玉钢已为二三五厂输送了一万多吨铸造生铁,这离不开全厂上下的共同努力。我建议趁着这种热乎劲,开展'玉钢首届先进生产者'评比活动,在全厂评出二十名先进工作者。"大家一致赞同。

指挥部分给炼铁营高炉连五个先进名额,包括三个炉前工、一个风机工、一个上料工。高炉连有五十多个工人参加评选活动,张德义亲自主持评选活动。他坐在椅子上,叼着烟袋锅猛吸几口,盯着晃晃悠悠的烟雾若有所思,随后摁灭烟锅站起来,满脸严肃地说:"高炉连是炼铁营评选先进的重中之重,大家要秉着公平公正、实事求是态度,评选出名副其实的先进。"他停顿一下,把手中的烟锅一举:"如果有谁胆敢搞拉票或贿票之类的小动作,别怪我用这杆烟锅在他脑瓜上敲出一首交响乐来!"

高炉连连长宋波一拍胸脯说:"放心吧营长!高炉连没有干那种事的,平日里谁干得好赖大伙全看在眼里。"三排长王斌大声道:"连长说得对,我们连根本不存在那种事。"

现场通过无记名投票,很快选出一排长许亮、二排三班长孙庆利、三排普通工人周华胜等三个炉前工,还有一个风机工和上料工。

坐在人群后面的周华胜，没料到自己会得四十五票，票数第二，排在一排长许亮后面。他内心有点激动，但这种感觉很快被不安所替代，比自己干得好的工友有的是，特别是三个排中只有一个排长和一个班长入选，落选的排长、班长们平日里都表现不错，这种评选结果会不会引发不满或其他什么想法？

他愈想愈觉忐忑，斟酌再三后，鼓足勇气站起来说："营长，我觉得我不够格，还是把这个名额给其他排长或班长吧。"未待张德义接话，落选的三排长王斌站起来爽快地说："周华胜，你就不用谦让了，你工作积极，遇事沉着冷静，在工人中确实起到模范带头作用。"紧接着，丙班班长杜超说："周华胜平日里早到晚归，帮着我干这干那，他入选我二话没有，第一个赞同！"与周华胜同班的姜伟、吴明以及其他工友也都表示赞许。

张德义一直眯缝着眼吧嗒烟锅，待众人说完后，慢悠悠道："周华胜，既然同志们选你当先进，那就说明在大伙心里你表现不错，过度谦虚等于骄傲，你就不要谦让了。"说罢将烟锅往鞋底磕了磕，起身宣布："既然大伙选出了心目中的先进，那咱们的评选活动就到此结束，都各自忙去吧！"

散会后，张德义叫住周华胜，让他不用顾忌落选的排长、班长的想法，高炉连不仅要选出排长、班长当先进，还要选出普通工人当先进，这样方显公平公正。这个选举结果，从他这个当营长的角度来看很满意，估计指挥部领导也无异议。周华胜没想到营长将他的不安摸得一清二楚，不由释然一笑。

指挥部很快召开表彰会议。郑恒照例带领大家学习了一段《毛主席语录》，随后发表讲话："同志们，现在玉钢的生产建设和职工生活都挺稳定，生铁源源不断地运到二三五厂。这次评选先进，是为了激励为生产建设付出努力的优秀同志，希望大家以这些优秀同志为榜样，团结向上，努力工作，也希望受到表彰的同志再接再厉，争取更大的成绩！"接下来，举行了表彰仪式，每名先进工作者奖励一套《毛泽东选集》，颁发先进工作者奖状。最后，常德表态，随着经济效益提升，会逐步改善职工家属的生活条件，希望大家在这片戈壁滩上安心扎根，继续为边疆建设贡献力量。

开完表彰会走出会议室时，常德近前轻轻擂了周华胜肩膀一拳，说："好好干，再接再厉。"周华胜像学生般点点头："谢谢常指挥鼓励，我会继续努力的。"

常德前脚刚走，苗逸严后脚就像幽灵一样溜过来，倒背手围着周华胜转一圈，斜睨着他手里的奖品阴阳怪气道："恭喜你这个山东老转评上先进了，那么多的排职干部都被你挤下去了，看来上层路线没白搞。"周华胜被他说得浑身不自在，半晌才说："你别这样心胸狭窄行不行？我真没搞什么上层路线，那全是你自己瞎琢磨的。我知道比我干得好的有的是……"苗逸严打断了周华胜的话，双手掐腰道："你少在这儿装憨卖傻，我就是认为你搞上层路线了，你能把我怎么着？"

苗逸严的话音刚落，身后便陡然响起一句不轻不重的话："谁说周华胜搞上层路线了？"他扭头一看，原来是刚受到自治区通报表扬的炼铁营营长。

只见张德义绷着脸走上前，用侦察兵特有的目光直视着他，盯得他浑身发毛。这还不打紧，更要命的是接下来的一顿训斥："苗逸严，你到底怎么回事？前头刚学完毛主席语录'没有调查就没有发言权'，后头就忘记老人家的教诲了？你怎么就断定周华胜搞上层路线了，你调查过他在我们炉台上的表现吗？如果没有就不要在这里胡咧咧，当心老子两拳把你搗进马蛇子洞。别胡搅蛮缠了，赶紧该忙啥忙啥去！要不就跟我到保卫组走一趟，讲讲你是怎么把毛主席他老人家最有发言权的一句话给忘记的。"

苗逸严像身处雷区一样惴惴不安，张德义说这番话的目的，明摆着就是要警告他，或许周华胜不能把他苗逸严"怎么样"，但他张德义有足够的手段能让他苗逸严尝尝"被怎么样"滋味。眼前的这个老资格确实不好惹，依其资历和脾性，连指挥部领导见了都要给三分面子，更别说自己这个小车站工人了。想到这里，他满脸堆笑道："张营长，我就是随口说说而已，千万别大动干戈。张营长带领炼铁营为咱们厂、为整个玉明市都赢得了巨大荣誉，辛苦至极！你们先聊，我先走了。"说罢赶紧离开，边走边暗自抚着胸脯长出一口气。

张德义转过头，瞥了一眼周华胜说："把你平日里干活的猛劲拿出五分之一来对付这家伙都绰绰有余，怎么就被这个混蛋欺负成这样？"周华胜咧嘴一笑："营长，你不要生气。我只是觉得共同生活在这里不容易，又没有什么天大的仇恨，只是些鸡毛蒜皮小事，咱们高炉离车站也就几步远，天天低头不见抬头见，所以不想计较多了，冤家宜解不宜结。"

张德义叹息一声，对周华胜说："你呀，就是太实在、太宽厚，真没失了你们山东人的本性。你觉得那是鸡毛小事，但苗逸严不一定那样想，那小子有名的小人一个，不知道得罪了多少人。我还有事要忙，你快回家吧，让老婆孩子也跟着光荣光荣。"

周华胜回家后，王秀英满心欢喜地接过《毛泽东选集》，一边哼唱"敬爱的毛主席，你是我们心中的红太阳"一边把奖状贴到墙上，昏暗的地窑窑顿时亮堂了许多。

"这里面也有我的一半功劳。"王秀英扬起脸说。

"当然有了，各方面都伺候得那么好，功劳不止一半。"周华胜由衷表扬。

做饭时，王秀英照例用筷子从油瓶里蘸几滴油滴入炒锅，正炒着菜，突然感到一阵恶心，勉强把锅从炉子上端下来，跌跌撞撞地跑到窑外呕吐。周华胜急忙跟到窑外，疑惑地望了老婆一眼："怎么了？"她又连着干呕几声，边抹嘴角边小声道："可能有了。""有什么了？""你说有什么了？"她皱着眉头反问。

周华胜方才反应过来："有孩子了？"秀英红着脸点点头。"太好了！"周华胜用力挥下拳头，主动做好了饭，全家人坐在一起吃完饭。席间，周华胜让秀英多吃点，她戏说是为了肚里的孩子才让她多吃，周华胜笑着纠正："是为了娘俩。"

没出两天，匡照明带着老婆和儿子来串门，一见面匡照明便指着老婆肚子说："告诉你们两位一个好消息，我老婆又有了！我又要当爹啦！哈哈，住在地窑窑里一样可以造人。"周华胜也指了指王秀英的肚子："都一样。"匡照明会心一笑："咱俩关系铁，连这方面也同步。"周华胜听罢抿嘴一笑。胡春香对王秀英说："咱们预产期差不多，都在明年七八月份。"王秀英笑着嗯一声。匡照明两口子说笑一阵子，方才带着儿子回家。

随着天气越来越冷，戈壁滩更加空旷荒凉，四周一片冰天雪地。眼下气温已近零下四十摄氏度，单凭油柴取暖，已远远满足不了生活需要，这令想买煤又买不起煤的家庭陷入困境。

最近，王秀英的无名火挺多，时常拉着脸大声嚷嚷，周华胜一般不与她计较，她干嚷嚷几句也便作罢。夜晚，她躺在硬板床上辗转反侧，最近妊娠反应挺厉害，吃什么都没有胃口，加上天气奇冷，心里更是塞满烦躁。

她开始想念娘，要是娘在跟前该多好，那样就能给自己做豆沫子吃。记得当初怀小鲁时,妊娠反应也很厉害,所有的饭中只对豆沫子有胃口,娘把花生和黄豆放在水中浸泡后,用石磨磨成糊状,在里面放上白菜或苦菜做成豆沫子,用煎饼卷着豆沫子吃,别提有多好吃了!

想到这里,她舔着嘴唇,干咽几口唾沫。紧接着,她又开始想念老家的土炕,老家不缺柴草,再冷的天只要一点起大灶,炕就暖和甚至烫人,土炕保温,睡一晚上也不觉得冷,身子贴在上面别提有多舒服了,唉!哪像这里,铁炉子烧柴只能热乎一阵子,一旦不烧就得赶紧钻被窝。

连日来的焦躁上火,令王秀英大便干结,苦不堪言。这天晚上,当她蹲在公用茅坑上涨着脸不断用力时,茅房外忽然传来两个女人的悄声细语,只听一人道:"听说铁路沿边有一些焦炭,是从运焦炭的火车上掉落的,焦炭很好烧,许多人都去捡。"另一人接着说:"上完茅房咱们也去捡点吧,那样就不用挨冻了。"二人边嘀咕边走进公用茅房,看到茅坑上蹲着人立马住口。

王秀英一边蹲坑一边思忖,要不自己也去铁路边捡些焦炭吧,可以烧水做饭、烤手烤脚,大人孩子都会少受罪,反正是捡又不是偷,反正也没见有谁被抓起来,更没见谁的名字出现在小布告里,管它呢!先随大流把焦炭捡回家再说,正好男人上中班不在家,即使想管也管不着。想到这里,她提起裤子跑回家。

她用围巾把自己捂得只露出两只眼睛,将蛇皮袋子团起来夹在腋下,借着雪地的反光前往铁路边,一路上东瞅西望,一听到说话声或脚步声就急忙躲向一边,生怕被人发现问她干什么去。怀着忐忑心理走了约莫半小时,她终于来到离车站挺远的一段铁路边,只见雪地上人影绰绰,像一群忙忙碌碌的黑蚂蚁。

她迟疑片刻,胡乱捡起几块大焦炭塞进袋子,扛起袋子小心翼翼地回到家,靠着门框直喘粗气,心像要跳出胸膛。待情绪渐渐平稳,她用小锤将焦炭砸成小块点着炉子,焦炭发热量高,地窨窨里一下子变得暖和起来。周小鲁被响动惊醒,感觉到窨窨里暖和得出奇,把头伸出被窝咧着小嘴直笑。她近前拍着儿子小脸蛋说:"这下不用再担心感冒打针了。来!起来把个尿,把完尿再睡。"周小鲁光着小屁股痛快地爬起来把完尿,钻进被窝很快熟睡。

王秀英不想浪费热气,索性烧了些热水擦身。当她擦完身穿上衣服时,感觉胳肢窝和后背有什么东西乱蹿,脱衣一看发现五六个虱子,看来这些小东西也是碰着热乎气就兴奋不已,自己够干净的了,还是免不了招这些脏东西,唉!真是日日抓不尽,隔夜催又生。她恨恨地将虱子捉出来挨个处以"极刑",随着两手大拇指甲同时发力,指甲盖瞬间一片黑红,洗完手后钻进被窝,感觉浑身上下说不出的舒爽,很快入睡。

夜半时分,周华胜下中班回来了,一进窑窑就感觉很暖和,随即发现了炉子里燃烧的焦炭,上前摇醒王秀英问:"哪来的焦炭?"她揉着睡眼回答:"捡的。"他又问从哪里捡的,她说从很远的铁路边捡的。

周华胜一下子拧住老婆的左耳,压低声音道:"那是高炉炼铁用的焦炭,别说是掉到铁路边上了,就是掉到咱家床上也属于公家,你怎么能干这种事?"王秀英被拧出了眼泪,睡意顿无,她使劲扑打那只施以责罚的大手,声音低而急促:"别这么一惊一乍好不好?我又没到车站炭场偷。快放手疼死了!耳朵快掉下来了。"

周华胜松开手,王秀英摸着火辣辣的耳朵,不服气道:"哼!许多人都去捡焦炭,有本事你挨个拧耳朵去,众人不把你摁地上捶个半死才怪呢!也是实在受不了这零下四十度的冷,所以才去铁路边捡焦炭。话又说回来,即使大人能忍受,孩子们也受不了啊,天天鼻涕成河,三天两头感冒,本来就没钱还得给孩子打针吃药,能不着急上火吗?解决不了眼下的严寒,等到把人都冻伤冻残甚至冻死,还指望谁来抓革命促生产?指望谁成为革命的接班人?"

周华胜被噎得半天说不出话,王秀英这番看上去不是理由的理由,将他的话统统堵回去的同时,也令他陷入矛盾中,其间还掺杂着一种隐隐的担忧。他一边脱衣上床,一边告诫老婆不要再去捡焦炭,万一被人发现了浑身长嘴都说不清,另外,地窑窑通风差,烧多了焦炭容易发生煤气中毒。"知道了。"王秀英点头道。

王秀英披衣坐起,顺手抓过男人的衣服捉虱子,眨眼工夫便发现了十几个,还找到一片白花花的虮子,来不及用手指甲盖对付它们,只好拿着衣服坐到火炉旁,捏出一个,放到炉盖上一个……周华胜从被窝里探出头笑道:"这都是些'贴身伴侣',用不着像对待阶级敌人那样痛恨。"王秀英说:"它们专吸穷人的血,就是阶级敌人!坚决不能客气。"周华胜想了个法子,让她把衣服包好放在外面,等次日早上再拿进来。她会心一笑,将衣服包好后放到窑外的小窗下面。

次日清早，王秀英把冻得冰凉的衣服拿进来，在烧得通红的炉盖上一抖，被冻僵的虱子刷刷地掉在炉盖上，像炒芝麻一样噼里啪啦……她拍着巴掌欢呼，这种灭虱方法太省事了！集体实施冻刑，又集体处以火刑。

接下来几天，王秀英未到铁路边捡焦炭，但总是忍不住猜测左邻右舍以及其他熟人会不会去捡焦炭，特别是会猜想胡春香、马素芸她们有没有去捡。

想谁来谁，这天晚上七点，她突然听到了敲门声，开门一看原来是胡春香，进门先小声问周华胜在没在家，她说男人加班没回家，估计半夜才能回家。胡春香这才放心道："咱们一起去捡焦炭吧，很多人都去捡，说实话我也捡过几次，大人孩子少受了不少罪，路远独自去有点害怕，两人做伴还能壮壮胆。"王秀英迟疑不决，胡春香看出她的心思，眨着眼说："我知道你男人不让你去捡，我男人也不让我去。别听他们这些男人的，该捡还得捡，天塌下来所有捡焦炭的人一起顶着。你儿子感冒没好多久，万一冻着了还得打吊针，孩子受罪不说还得多花钱，快别一根筋了，不为自己着想也得为孩子着想。"

王秀英的心思被说中，当下决定再去捡一次焦炭，随即与胡春香一齐奔向铁路边。同上次一样，她把自己包裹得严严实实，只露出两只眼睛，但依旧遮掩不住内心的惶恐不安。她想，等合适机会抓紧找份工作，挣份买煤钱，那样就不会这般提心吊胆了。

二人到达铁路边后，迅速装了半袋子焦炭，而后背起袋子各自回家。

不料，当王秀英背着袋子快到窑门口时，恰好与闲逛的苗逸严打了个照面，他喜欢在夜晚出来游逛，这或与他独身有关，抑或与个人习惯有关。借着雪地的反光，两人几乎同时认出对方，王秀英低下头疾步钻进地窨窑。

苗逸严顿时像打了鸡血一样，情绪高涨，眼睛发亮，自以为发现了什么端倪，猜测王秀英如此鬼祟一定是到车站偷焦炭了，家里肯定藏有不少焦炭，这真是天赐良机，不能错过这个收拾周华胜的难得机会。他并不知晓周华胜加班不在家，只以为周华胜正在家里点焦炭取暖，于是迈开一向懒惰的胖腿，一路小跑到保卫组值班室。

此时，适逢保卫组组长夏晖带着手下王三娃和另一人值班。

苗逸严上气不接下气地说："报告夏组长，我刚才发现……发现周华胜的老婆到车站炭场偷……偷焦炭,偷了满满一袋子焦炭背回家了。"

夏晖对苗逸严这人有所耳闻,不由问:"你亲眼看到周华胜老婆到车站偷焦炭了?"

"对!我亲眼看到的!我今晚在车站附近转悠,发现他老婆竟然到炭场偷焦炭,我当时追了半天,可惜那女人跑得太快没追上,所以我赶紧跑到这里向领导汇报。我敢断定那女人偷了不止一次,肯定是她男人周华胜在背后唆使的,他家里肯定藏有不少焦炭。"苗逸严搓着双手,一边信口胡诌,一边迫不及待地看着夏晖,巴不得他快点行动。

夏晖半信半疑,盯着苗逸严的眼睛问:"你一个大男人竟然追不上一个背着焦炭的女人?你怎么知道是周华胜背后指使的?"

"哎呀夏组长!你也知道我体胖跑起来费劲,但我确实顽强追赶了半天。刚才我来这里时,特意绕到周华胜家,隔窗听到他说用焦炭取暖就是暖和,看来两口人正在烤炉子取暖。"苗逸严诌得有鼻子有眼,面不改色心不跳。

夏晖最终信了苗逸严的话,他对捡焦炭现象早有耳闻,也曾将此事上报给郑恒,郑恒考虑到天气太冷,弄不好真会冻死人,再说又是到离车站很远的铁路沿边捡拾,所以让他睁只眼闭只眼,而今事情发展到公然去车站偷盗,那只能另当别论,必须引起重视。

夏晖让苗逸严先回去,随后从抽屉里找出手铐,带着王三娃和另一个手下直奔周华胜家。苗逸严出门后并未立即离开,而是躲到一旁的暗影里,待夏晖等人出来后,一路尾随来到周华胜家地窨窑。

夏晖等人来到周华胜家地窨窑门前,夏晖给王三娃使个眼色,王三娃即刻会意,上前边敲门边大声道:"屋里有人吗?快开门,我们是保卫组的!"

这阵急促的敲门声,令窑内的王秀英顿感六神五主,心想这下完了,肯定是那个苗逸严把自己告了。原本熟睡的周小鲁被敲门声惊醒,爬起来咧嘴想哭,结果被娘一把摁回被窝里,让他好好在床上躺着,他听话地点点头,眼神里却带着抹不去的惊恐。

王秀英惴惴不安地打开门,门外的保卫组人员一下子冲进窑里,发现只有王秀英和孩子在家,地上只有三块焦炭,窑里窑外仔细搜查了两遍,连同火炉里的焦炭加上总共才五六块,最多二十来斤。

夏晖见状不由一怔,现场实情与苗逸严的举报有明显出入,他注视着眼前这个神态慌乱的女人，语气并无多少严厉："你叫什么名字？你男人呢？""我……我叫王秀英，我男人在高炉加班还没回来。"王秀英神色无措地嗫嚅着，说罢将嘴角抿紧。夏晖又是一怔，紧接着问："有人举报你到车站炭场偷了一大袋子焦炭，老实交代，你把偷的焦炭藏哪了？是不是你男人在背后指使你去偷焦炭的？"

王秀英听罢一下子蒙了，半晌才回过神来，带着哭腔解释："我没去车站偷焦炭，是在离车站很远的铁路边捡的，而且就捡了这几块。我男人不让我去捡焦炭，他说即使焦炭掉我家床上也是公家的，我是瞒着他去的，他根本不知道。这些都是实情，我没骗你们。"

"你真的没去车站偷焦炭？"

"我发誓真没去，否则出门遭雷劈！"

说话间，王秀英开始抽泣，床上的周小鲁哇的一声哭了，弄得几个大男人面面相觑。

望着王秀英委屈巴巴的样子，夏晖暗自后悔听信苗逸严的鬼话。不过既然已经来了，身为保卫组组长，又是军管会主任最得力的助手，还是要起到相应的警示作用。

他挺了挺瘦高身子，以严肃的语气说："王秀英，记住了，坚决不能到车站炭场偷焦炭，一旦发现我们会毫不客气。""我记住了。"王秀英脸上挂着泪珠，轻应一声。

"记住了就行。"夏晖的表情温和了许多，说罢带人离去。

这时，一直躲在窑外窥测的苗逸严，隐约感到事情不妙，急忙抄近路溜回自家窑窑。

夏晖带人回到保卫组值班室，给炼铁营值班室打去电话，侧面证实了周华胜正在炉台上忙碌。"他娘的！苗逸严那家伙竟敢戏耍堂堂的保卫组，真是吃了豹子胆了，走！去他家窑窑！"夏晖一边对手下说，一边抓起手铐，直奔苗逸严家地窑窑。

此时，苗逸严刚跑回家不久，正气咻咻地坐板凳上休息，突然听到"嗵嗵嗵"拍门声，情知是夏晖来找自己算后账了，本想要赖皮不开门，又一想躲得了初一躲不过十五，只好硬着头皮打开门。来者果然是夏晖，拉着脸，上来就是一顿劈头盖脸的训斥："苗逸严，你真不是个东西，竟敢拿保卫组

第十六章

的人当猴儿耍！你不是说亲眼看到周华胜老婆到车站偷了满满一大袋子焦炭吗？我们在周华胜家搜查好几遍，连炉子里烧的焦炭算上，总共才五六块，还是他老婆到很远的铁路边捡的。你不是说周华胜正在家跟老婆烤炉子取暖吗？经过证实，他在单位加班根本没回家！"

"夏组长，你别生气，我当时确实看到那女人背着袋子钻进地窨窑，心想家里肯定藏了不少焦炭。我不知道周华胜加班没回家，只以为他也在家里，所以，所以才……"苗逸严语无伦次，结巴了半天。

"所以你就'吃苇坯拉炕席——满肚子瞎编'对吧？你那肠肠肚肚真会诌事，还弄了个亲眼看到他老婆到车站炭场偷焦炭，你还追了半天，你是追大头鬼了吧！还弄了个周华胜正在家跟老婆一起烤炉子取暖，你是想老婆想白溜溜的身子想疯了吧！你这是标准的戏耍保卫干部，我要把你这个搅屎棍子关两天禁闭！"

夏晖越说越来气，掏出手铐就要铐苗逸严。苗逸严厚着脸皮推开手铐，忙从褂兜里掏出过滤嘴香烟，给夏晖点上一支，赔着笑脸道："夏组长，千万别生气，生气伤身。从另一个角度想，我这也是为了咱们玉钢的公共财产负责，也是一时看花了眼，你大人不计小人过，多多包涵。"夏晖拧着眉头吐出口烟雾，说："我素来厌恶信口胡诌，以后举报要实事求是，别胡说八道！""是，是！"苗逸严频频点头。

苗逸严点头哈腰送走了夏晖，一边胡乱抹把脸一边长出口气，虽然事情并非想象中那么称心，但也足够周华胜那两口人难受阵子。想到这里，他不由对着窑顶窃笑两声。

夏晖返回值班室后思量半天，主动将到周华胜家搜查焦炭的来龙去脉上报给郑恒，郑恒在电话里只说了句："知道了。"同常德一样，郑恒的内心也挺喜欢周华胜，此刻，他既不希望周华胜或家人出什么事，又不想由此引发什么误会，于是他便给常德打了电话，把刚才夏晖跟他汇报之事复述一遍。常德正好在办公室轮值，顿时明白郑恒的意思，主动表示马上找周华胜。

晚上十点，周华胜加完班准备下班，突然接到炼铁营值班室通知，让他立刻到常指挥办公室一趟。他不知出了何事，连澡也未顾上洗，就径直跑到常德办公室，常德一看他满脸的污渍便知晓他刚下班，倒了杯水递给他，之后讲明找他来的缘由。

周华胜的脸不自觉地红到耳根，半晌才挠着头皮说："常指挥，实不相瞒，初到这里安家，陆续置办了些简单的生活家什，入不敷出，确实没钱买煤。不仅我家这样，许多人家都如此。天太冷，大人孩子冻感冒了不少，所以才去捡拾火车上掉落的焦炭。不过捡公家的焦炭确实不妥，我回家后一定好好管教我老婆。"

常德专注地听着，就算周华胜不说这些事，他也了然于心。从医院里大大小小的感冒病号即能看出，这也正是指挥部睁只眼闭只眼的主要原因。私下里，领导们不止一次讨论过此事，普遍认为职工们为玉钢建设付出许多，家属们能来这里属实不易，加之眼前的环境又委实令人无奈，只能在职权范围内给予最大限度的宽容。当然，这种宽容也是有底线的，如果有谁胆敢到车站炭场公然偷盗，那一定会严加处理。

常德叮嘱周华胜到澡堂洗个澡，回家后提醒老婆多注意点。周华胜点点头，随即离开常德办公室，此时的他哪还有心思去澡堂洗澡，径直回到家中。

周华胜的脚一踏进家门，就指着老婆大发雷霆："王秀英，你的脑子被屎糊住了？上次告诫你别再去捡焦炭了，你怎么就是充耳不闻?！这下好了，让人给举报到保卫组了，说你到车站偷焦炭，还说是受我的指使，往后我这张脸还往哪儿搁?！常指挥找我时，我的脸烧得比猴屁股还要红！"王秀英像只犯错的猫一样窝在床上，被训得脖子都快缩到肩膀里。一会儿，她抬起头慢吞吞地讲述了事情经过。

"你简直糊涂到家了，胡春香来找你你就去了？你一个初中生能跟一个文盲相比？况且这事也不能都怨胡春香，是你自己没脑子！"

"肯定是苗逸严那个熊玩意儿在背后捣鬼，我曾问过你到底跟他有什么矛盾，你说男人之间的事不用女人管，现在倒好，把女人也牵扯进来了。"

"这事你以为能全怨苗逸严？你要是不去捡焦炭，他就是想抓把柄都找不到，说来说去还是怨你自己不长脑子。"

周华胜一边洗脸一边想，这事十有八九是苗逸严举报的，尽管苗逸严自作聪明将捡拾地点改成车站，将捡拾改为偷，顺带着把他也牵扯进去，但王秀英捡拾焦炭是不容置疑的事实。"唉……"他恼怒地瞥了老婆一眼，板着脸一屁股坐在板凳上。狂风将小木门吹得吱吱作响，搅得他更加心烦意乱，勉强从兜里摸出旱烟包和卷烟的纸条，和着唾液将烟丝卷成烟卷，划断好几根火柴才点着，猛抽几口，大声咳嗽起来，眼泪都被呛了出来。十几平方米的地窨窨，被团团的淡蓝色烟雾以及说不出的烦躁缠绕着。

"这个不怨那个不怨，全怨我行了吧！说一千道一万，都是我给你这个先进工作者脸上抹了黑，我该死行了吧！"王秀英说着抽抽搭搭哭起来，一旁的周小鲁也开始哇哇大哭，娘俩涕泗交流。

周华胜见状不由心软，上前抱起儿子擦去脸上泪水，顺势拍了下老婆肩膀："什么死不死的别胡说！别哭了，以后别再去捡焦炭了，大不了我辛苦点，上山多打几趟柴。"

"噗！"王秀英擤了把鼻涕猛地甩在地上，怀着不安和忧戚说："会不会罚款？会不会把我抓进去？宁可进小黑屋待几天，也别罚款，家里本来就穷。""以后别去捡就行了，做事多动动脑子。""放心吧，打死也不去了。"

两口人几乎一夜未眠，默然不语。

王秀英彻底放弃了捡拾焦炭的念想。次日下午，她把儿子交给邻居孙玉凤照看，自己背起柴筐，来到西山坡打柴。约莫两小时后，她背着满满一筐油柴回到家里，头发被风吹得凌乱不堪，双手满是划伤。

随着油柴在炉子里发出噼噼啪啪的欢叫，之前烧焦炭的那种恐慌全然而失，她捋了捋乱发，轻轻地笑了。

周华胜下班回家看到了油柴，感到很惊讶："秀英，你怎么去打柴了？不是说好了我去打柴嘛。你怀着身孕得注意身体。"她摸着肚子笑道："放心吧，这块'地'结实着呢！反正也闲着没事干，打几筐柴就当锻炼身体了。"

周华胜上前抓起老婆的手，看着上面的道道划伤很心疼。秀英抽回手，往炉子里加了些油柴，笑说庄户女人没那么娇贵，这点伤根本不算什么。

接下来的日子里，王秀英照旧背着柴筐，一趟趟往返于地窨窨和山坡，每打回一筐柴便堆在窨外的窗旁。油柴很快堆成了小山，也在她心底堆起了坦然和温暖。

第十七章

早上办完接班手续后,炉前工们聚在休息室里,一边聊天一边等着出铁。

周华胜说:"我那天从书上读到几句关于炉前工的诗,现在背给大家听听。""好!"众人鼓掌赞同。

> 通红的炉火照亮荒漠戈壁,
> 绚烂的铁花绘成一幅壮美画面,
> 铁钎配合大锤奏成一支美妙的交响曲。
> 一炉炉铁水映红了炉前工的脸庞,
> 他们不畏劳苦,不怕艰辛,
> 高炉,因他们的存在而生机勃勃,
> 而他们,总是满身的污渍和汗水。
> 他们,在奔腾的铁水中纯净着心灵!

当周华胜朗诵完后,姜伟边使劲鼓掌边说:"这些大实话太让人感动了,没想到我们的工作还能得到如此理解和关注。"其他工友也拍着巴掌,纷纷称是。

出铁时间到了,周华胜和姜伟、吴明一齐来到模床前。第一炉铁水很快通过支铁沟流入铁模床,当第一个模床流满后,周华胜和吴明上前关闭闸门。

姜伟则来到下一个模床打开闸门,铁水迅速流入模床,就在这时,意想不到的事情发生了!这个模床内突然发出一阵噼里啪啦的巨响,铁水刹那间飞溅出来,站在模床边的姜伟只觉双眼像被利刃剜去一般剧痛,不由发出

"啊"一声惨叫,脑袋嗡得一声昏倒在地。

周华胜和吴明大惊失色,"姜伟!"周华胜一边大喊,一边上前背起昏迷的姜伟撤离模床,吩咐吴明:"快去通知班长!姜伟被铁水烫伤了,马上断流!""好!"吴明说着迅速跑去找杜超。杜超很快跟着吴明一起气喘吁吁跑过来,见状急忙喊道:"你俩赶紧把姜伟送到医院!"周华胜小心翼翼地背着姜伟走下炉台,下楼梯时再三嘱咐吴明从后面扶好姜伟。炉台上,其他炉前工伸长脖子使劲朝炉台下望,心里说不出的恐惧与难过,暗自为受伤的工友祈祷。

周华胜背着姜伟赶到了职工医院,一进医院便狂喊:"医生!医生!"一边喊一边冲向急诊室。值班医生和护士闻声跑出来,吴明上前急道:"医生,这个工人被铁水烫伤了,快抓紧给看看!"医生和护士急忙把姜伟送进急诊室,经过初步检查,姜伟的部分头发、眉毛、睫毛烫焦,眼皮肿得像核桃,双眼珠子泛白,情况很严重,值班医生随即安排眼科、外科医生进行会诊。

急诊室外面,周华胜和吴明搓着双手不停地走动。一会儿,张德义喘着粗气跑来,屁股后面紧跟着王斌、宋波和杜超。

"周华胜,姜伟怎么样了?"张德义擦着汗急问。

"还昏迷不醒,医生正在会诊。"

话音刚落,接到通知的袁素琴带着两个孩子来了,袁素琴揪住周华胜的衣角哭着问:"我男人咋样了?"周华胜扶着她坐在排椅上,告知医生们正在急诊室会诊。大毛二毛哇哇大哭,周华胜和吴明一边照看两个孩子,一边反复劝慰袁素琴。

惊闻此事的郑恒和常德急匆匆赶到医院,郑恒走到袁素琴身边说:"请放心,我们一定会全力救治姜伟同志。"常德也如是说。这时,眼科主任走出急诊室,以沉重而急促的语气说:"这个同志的眼睛被烫伤,特别是右眼伤得很厉害,依咱们医院现有条件无法医治,必须马上转到玉明市人民医院,越快越好。""那就马上转院!"郑恒大声道。

袁素琴听罢医生的话哭得愈发厉害,边哭边冲向急诊室,被周华胜和吴明紧紧拉住。常德对周华胜说:"你先跟着救护车去市医院吧!帮忙照顾下姜伟。我们随后安排他家属过去。"周华胜点头同意。姜伟随即被抬上120急救车,急救车闪灯鸣笛快速离开了玉钢。

路上，姜伟缓缓地清醒过来，虚弱地说："我的眼睛疼得无法睁开，我好像看到阎王手下的小鬼锁命来了。"周华胜俯身低声安慰："别胡说，现在正赶往市医院，肯定会治好你的眼睛。"

两小时后，急救车终于赶到市医院，遗憾的是，依市医院现有条件也无法诊治，只能转到北京眼科医院。次日下午，医院安排了两个特护人员，陪同姜伟及其家属乘坐43次特快列车抵京，转到首都最好的眼科医院接受治疗。

周华胜从市医院坐客车返回玉钢，一路上，他的心情格外沉重，心疼姜伟的同时，也反复思索发生这起事故的原因。回家后，他坐在板凳上郁郁寡欢，王秀英安慰男人："首都医院的医疗条件好，姜伟肯定没什么大问题。""唉，但愿吧。"

安检部门很快查明事故原因，原来上一个班出完最后一炉铁后，负责模床的炉前工用石灰浆涮模床时水分过大，致使部分模床的水分未能及时蒸发，近千摄氏度的铁水遇水后引发飞溅。指挥部对炼铁营进行了全厂通报批评，月奖全部被扣除，作为炼铁营一把手，张德义对这起因铁水飞溅发生的生产事故负有主责，他在全厂安全生产会议上做了深刻检讨。

紧接着，炼铁营内部开展安全生产自纠自查会议。会前，眉头紧皱的张德义一直吧嗒烟锅，手下也都低着头默不作声。自从姜伟出事后，炉台上少了谈笑风生气氛，大家一想起受伤的姜伟就忍不住难过，也不知他在北京那边治得如何，但愿医术高超的首都医生能保住他的眼睛。

过了五六分钟，张德义使劲将烟锅朝鞋底猛磕两下，以沉重的语气做了一番自我批评……接下来，连长宋波、值班排长王斌、当班班长杜超也分别做了检查。最后由张德义做总结，他一脸严肃地说："通过这起生产事故，我们炼铁营从上至下更应该清楚安全生产的重要性！人命关天哪！大家一定要引以为戒，认真吸取经验教训，避免类似事故发生！"

会后，大家怀着沉重心情回到岗位上，吴明将矮壮的身子凑近周华胜，低声道："唉，也不知姜伟的眼睛在北京治得怎么样了。"周华胜望了眼天空缓缓地说："但愿老天保佑，能让姜伟挺过这关。"

周华胜下班路上碰见匡照明，他耷拉着头嘟哝又跟胡春香吵架了。周华胜问他为何吵架，他说老娘总往外跑，胡春香找得不耐烦了。周华胜宽慰他，夫妻过日子没有锅铲不碰锅沿的，互相多担待些，他苦笑着点点头。两人站在路边闲聊阵子，周华胜才回家。

匡照明径自在地窑窑群溜达，经过医院门口时遇到小护士罗敏，两人经常一见面就开玩笑，这次也不例外。罗敏看到匡照明郁郁寡欢的样子，戏谑他的薄嘴巴快噘上天了。匡照明叹息道："跟老婆吵架还能有什么好心情。你不忙的话，一起随便走走吧。"两人信步走向医院旁边的小路，一边走一边闲聊。

不料，这一幕被不远处路过的苗逸严看到，他立即在脑海里搜出一件事：当初匡照明伙同周华胜在路上截住他，挨了二人好一顿训斥，虽说事后他朝匡照明扔了黑砖头，却为此被周华胜当众打得鼻口冒血，那顿痛打令他的颜面荡然无存。如今巧遇这天赐一幕，这下有好戏看了！

他本想写匿名信举报匡照明作风不正派，转念一想，自己写举报信已在全厂挂了号，即使匿名也能猜到是他所为。况且自己也没抓着匡照明和罗敏滚在一起的实质证据，因此不能随意写举报信。他三琢磨两琢磨，忽地从脑仁里迸出一计：要不给匡照明老婆写张小纸条？听说那女人傻不愣登的。对！就给她写小纸条，这法子准行！想到这里，苗逸严挪动两条短腿疾步回家，怀着畅快的心情火速写了张小纸条，趁着匡照明上班的工夫，将纸条蹑手蹑脚地放到他家门口，而后躲到一旁观察动静。

五六分钟后，胡春香从地窑窑里走出来，一出门就发现了地上的纸条，捡起来打开，只见上面歪七八扭写着：你男人和罗敏关系不正常，经常幽会。这行字瞬间刺激了胡春香的神经，脸色变得煞白，眉毛怒气冲冲地向上挑着，胸脯也跟着起伏不定，她摇晃着纸条猛地一跺脚："好啊匡照明！没想到你竟然背着我做出这等丢人事，怪不得每次吵完架都跑出去不见狗影，原来是找罗敏那个黑狐精幽会去了！这个挨千刀的！看我怎么收拾你！"苗逸严见状"嘿嘿"干笑两声，心想这下够匡照明那个小瘦猴受得了，于是怀着大功告成的心理得意而去。

胡春香本想立即到机修营找男人算账，又一想仅凭张小纸条就下结论显得过于草率，待取得幽会证据再算账也不迟，对！就这样！想罢将小纸条揣进褂兜。

机会说来就来。晚饭时，匡照明娘失手打碎一个碗，满腹心事的胡春香就势借题发挥，指着疯婆婆大喊："都摔碎好几个碗了！当你儿子能挣大钱似的！"匡照明并不知道老婆在要计谋，皱着眉头说："咱娘又不是故意的，至于这么大惊小怪嘛！"

胡春香白了男人一眼："哼！谁知道她是不是故意的？我发现你娘装疯卖傻，每次我一说你，她就鼓着牛蛋眼瞪我。""你娘才是牛蛋眼呢！胡春香，你说我可以，但不能说我娘，我娘她这辈子不容易……"胡春香不耐烦地打断男人的话："又替你娘诉苦了，听得我耳朵都起茧了。"

匡照明不想跟胡春香生气，把娘拉到一旁哄了几句，扭头钻出地窨窨，信步来到医院欲找罗敏诉苦，浑然不觉胡春香已悄悄尾随身后。

罗敏正好刚下班走出医院，一看匡照明的沮丧样子，就知道他又跟老婆闹别扭了。二人照例顺着医院旁边的小路向前走着，来到一处沙丘前坐下来。

"匡照明，又跟老婆吵架了？"罗敏问。

匡照明点头嗯一声，叹着气说明吵架原因，表明自己很苦恼。

他的话音刚落，便听见身后传来一阵河东狮吼："匡照明！你这个熊玩意儿，怪不得每次吵完架总往外跑，原来是找这个黑狐精幽会来了！"匡照明和罗敏扭头一看，原来是双手掐腰气势汹汹的胡春香。罗敏一听这话就恼了，没想到自己这个光荣护士，竟被一介农妇说得如此不堪。"你说谁是黑狐精?！"她一边质问一边站起来。

匡照明急忙将瘦小的身子挡在两个女人中间，再三对胡春香解释：他和罗敏之间什么事都没有，只是坐在一起说说话而已。但胡春香根本不吃这一套，先是上来给他一脚，又抓起沙子扬他一头，随后又上来拧他的大腿根，顺势将他的"小挂件"拧了个螺旋圈儿，疼得他趴在地上哇哇大叫。匡照明疼痛之余还没忘了给罗敏递眼色，示意她赶快离开，谁知她非但没跑，反而冒出句："真够野的，标准的野猪精。"

胡春香原本不想收拾罗敏，一听这话，蓦地意识到应该教训一下眼前这个黑狐精，于是一边说着"再野也没你这个黑狐精野，都野到已婚男人的裤裆里了"，一边走到罗敏跟前，猛地一下薅住她头发，将其薅倒在沙堆上连挠带撕。庄户地走出的女人劲道大，小护士罗敏哪是身高马大的胡春香对手，被胡春香压在身下只有挨揍的份儿。一旁的匡照明也顾不得疼了，最担心的就是老婆肚里的种，那是他好不容易播下的战果，万一罗敏腾出身子踢上一脚就坏事了！于是，他使出吃奶力气，身上不知挨了多少下才将两人拉开，

第十七章

确切说是将二愣子老婆从罗敏身上拉开。

匡照明提醒罗敏:"还不快跑?!"罗敏这才拔腿跑了。胡春香欲起身去追,结果被匡照明从身后死死抱住,连声央告:"好老婆,是我错了,别追了也别生气了,不能让肚里的孩子有什么闪失。"胡春香本已打累,就势瘫在地上哭唱:"匡照明呀匡照明,你快拿剪子自行了结吧,我是没活路了呀!"

匡照明想上前把老婆从地上扶起来,结果被她一掌推开,将两手向后一撑说:"真奇怪你到底看上那个黑狐精哪点了?你真是长了双地瓜眼,竟然能看上那等货色。"

"事情根本不是你想的那样,我和罗敏只是说说话而已。如果真有什么出格事,天打六雷轰!"

"你说!你以后还和那个黑狐精来往不?"胡春香瞪眼追问。

"你放心,保证不来往了,否则天打七雷轰!"匡照明趁势俯身搂住老婆肩膀。

在"轰"来"轰"去的加码作用下,胡春香的火气渐渐平息,一边捋头发一边回想方才那番壮举,觉得罗敏那个黑狐精被自己打得不轻,也算是出气了。"噗……"她长出一口气,起身拍打几下屁股上的沙子,又甩了甩头发里的沙子,整理好衣服,扶着腰拽着步,一扭一扭地走了。

匡照明傻呆呆地立在原地,像发现新大陆一样,猛然发现自己的老婆演技炸裂,想起方才那番闹剧,真是心存一万个后怕,如今看来胡春香"那块地"还算牢靠。他怀着半喜半忧的心情,跟在老婆屁股后面回家,蹲在窗外卷了一根旱烟卷,刚抽一半,就见胡春香从地窨窨里钻出来,径直朝周华胜家方向走去,估计是告状去了。

胡春香一路擦眼抹泪,哭着敲开周华胜家的门,恰巧周华胜上中班不在家,王秀英正在缝补衣服。胡春香一进门就竹筒倒豆般哭诉:"秀英,你说说咱们这是过的什么日子?破风天天刮得人晕头转向,你瞧瞧咱们这张干巴巴的脸,都快成八十岁老嬷嬷的脸了,再看看这双手,裂开的口子看孩子都怕刺着孩子脸。日子过得上顿不接下顿,缺蔬菜少副食,连吃个酱油都要坐着客车到市区去买。受点苦倒不怕,怕的是男人和自己不一条心呀!匡照明那个熊玩意儿竟然在外面有了相好的!"

王秀英听罢一愣："春香，你怎么知道匡照明有外遇了。"胡春香忙从裤兜里掏出那张小纸条递过来，秀英看罢顿吃一惊，匡照明上来一阵像个孩子，满嘴爱跑火车，不由半信半疑道："春香，这上面说得不一定是真事，也许是有人故意使坏，这种事可不敢瞎说。"

这话引起胡春香的不满，连珠炮道："无风不起浪我怎么敢瞎胡说！我傻啊往自己男人身上扣屎盆子！起初接到这个小纸条我也不信，但总感觉心里不踏实，今晚吃饭时我和匡照明又因为他娘之事吵了一架，他一摔门就出去了。我悄悄跟在他身后，结果发现他径直到医院找了罗敏那个大头娃娃，两人随后走到一个沙丘后面。我这才明白，为什么他每次吵完架都会跑出去很长时间，原来是借机找那个大头的黑狐精幽会去啦！这纸条肯定是匡照明跟黑狐精幽会时被其他人看到了，所以才写纸条提醒我！"

胡春香喘着粗气停顿一下，捶着不断起伏的胸脯哭唱："哎呀我的个亲娘来！我不活了呀我，一个疯婆婆就够我受的了，现在又冒出个黑狐精，这日子还有什么过头呀！我快去跳黄河吧，我快去沙枣林上吊吧……"

"春香，你是不是多心了？或许匡照明只是找那女的说说话而已。"

"哼！深更半夜，孤男寡女在一起能有什么好事?！"胡春香咬了咬嘴唇，大声道："看着时是坐在一起，没看着时滚没滚在一起就很难说了呀！哎呀我的个亲娘来……"

胡春香断断续续哭唱着，王秀英绞尽脑汁劝慰着，好容易等到周华胜下中班回家。

胡春香一见周华胜哭诉声更大，不时揪住他衣角央告着替自己做主，让他快管管匡照明那个"好战友"吧，否则她真没法活了。

周华胜疾步来到匡照明家门口，看到他像遭了弹弓的断翅麻雀一样，瑟缩在窑外的小窗下。周华胜上前说："你老婆在我家里要死要活的，万一出事就是两条人命，你看着办吧！"匡照明一听立时慌了神："我跟罗敏什么事都没有，只是喜欢在一起说笑，仅此而已！我发誓以后再也不见罗敏了，我现在一想起她那个人头猪脑的样子就生气，胡春香打我时，她抱着膀子站在旁边看热闹不说，还自己惹话找打。事已至此，你一定要帮帮我，帮我说说好话把我老婆哄好，我离了她不行。"

望着匡照明的可怜样子，周华胜觉得不能袖手旁观，怎么着也得帮战友一把。为了稳妥起见,他再次追问:"你到底跟罗敏干没干出格事?"

"天爷呀!我说过多少次啦!真没干出格事,你们怎么就是不信啊?我再次发誓:绝对没跟罗敏干出格事,否则天打八雷轰!"说到这里,匡照明莫名多了几分大胆与天真,指着周华胜扑哧一笑:"你想想啊,连你都不敢干的事,更何况我呢,借我一万个胆也不可能跟罗敏滚沙滩。"

周华胜心里偷笑,慢慢地收回火气:"女人心眼小,在这方面胡春香眼里肯定容不得半点沙子。看在战友一场的份上,我就帮你一次吧。"匡照明立马兴奋地跳起来,一边说着"还是战友好",一边拉着周华胜胳膊打了个转圈。

周华胜带着匡照明来到家里,本着息事宁人的态度,对胡春香说:"我可以保证匡照明跟罗敏之间确实没干出格事,同在玉钢工作,坐一起说说话在所难免。"

胡春香觉得周华胜有包庇纵容之嫌,忍不住斜视他一眼。周华胜把她拉到一旁低语:"匡照明干的是机修工,这工作千变万化,天天跟切割机和各种检修设备打交道,就怕走神,难道你希望自己的男人缺胳膊少腿甚至搭上条命?你又不是不知道我家邻居姜伟的情形,自从他在炉台上被铁水烫伤眼睛后,整个家都快塌了,到现在还在北京治疗。"

其实,说到"缺胳膊少腿甚至搭上条命"时,连周华胜自己都不忍说出口,但唯有这样才能震慑住胡春香。胡春香果然被唬住,眼前甚至幻化出男人缺胳膊少腿的惨状,男人平日里对自己不错,与他打归打闹归闹,但毕竟一日夫妻百日恩,真不希望他像姜伟那样有个三长两短,况且自己和孩子还要继续跟着吃光荣的国库粮,还要继续保持红色户口本的先进性和完整性。

王秀英上前劝胡春香:"匡照明调皮捣蛋行,真要让他干这种出格事还真干不来,那张纸条上写的事纯粹胡说八道。你还是原谅他吧!两口子之间没什么大不了的事。"

"什么纸条?"周华胜和匡照明同时一愣,几乎异口同声道。

胡春香将那张小纸条递给周华胜,他一看就明白了,举着纸条对胡春香说:"别人干不出这种事来,一定是苗逸严那家伙写的。胡春香,这就是你不对了,你怎么能凭着一张破纸条就轻信上面的话呢!"胡春香委屈道:"这也不能全怨我啊,如果匡照明不跟那个黑狐精来往,能让人抓着把柄写纸条吗？说来说去全怨他。"她的话不无道理，连周华胜也一时语塞。

匡照明咬牙切齿地说："这个瞄一眼简直坏到家了，我找他算账去！"说着扭身往外走，结果被周华胜一把拉住，低声道："他肯定看到了你和罗敏在一起聊天，所以才写的小纸条。你最好不要出面，抽空我去找他。"说着把纸条揣进兜里，匡照明点点头。

在周华胜两口人的再三证明、调解和劝说下，胡春香终于原谅了匡照明，表态日子照样过。匡照明边打呵欠边对胡春香说："既然你已经原谅你男人了，那就别赖在这里了，赶紧撤吧！我都要瞌睡死啦！"说着二人离开周华胜家。周华胜两口人这才上床休息。

事后，周华胜很快找到苗逸严，举着纸条质问是不是他写的，起初他梗着脖子不承认，直到周华胜说已经对过笔迹就是他写的，这才低头不语。一见他默认了，周华胜一边说着"兵不厌诈"，一边照准他屁股就是两脚，将他狠踹在地。

苗逸严这才知道上了当，一骨碌从地上爬起来，恼羞成怒道："你这个山东老转凭什么打我?！我至少说对了一半！匡照明跟罗敏关系就是不一般，即使没到那种地步也差不多快了，我是出于好意才提醒他老婆的。"

周华胜横了他一眼："你少在那里强词夺理！同事之间聊聊天就关系不一般了？你也太会想象了。况且需要你以这种纸条方式去好意提醒吗？你就不怕弄出人命来？要知道那可是大小两条人命！如果胡春香和肚里的孩子真有个三长两短，第一个追究的就是你！苗逸严，你能不能别再无端挑弄是非了，做事能不能长点脑子。"苗逸严不服气道："好心当了驴肝肺，也幸亏我那张纸条，要不然匡照明和罗敏肯定会嬉戏到裤裆里。""你还敢胡说！"周华胜说罢举起拳头，苗逸严见势不妙撒腿就跑了。

苗逸严事后一想也觉得后怕，如果胡春香和肚里的孩子真出什么事，自己肯定难逃干系，虽然挨了周华胜两脚，也只好哑巴吃黄连。

周华胜来到匡照明家，将教训苗逸严之事告知他两口人，他们对苗逸严的做法又气又无奈，好在周华胜已经替他们出了口气，这也不失为一种安慰。

王秀英去茅房路上碰到胡春香，见她眼圈发黑无精打采，开玩笑道："春香，怎么成熊猫眼了？"胡春香耷拉着眼皮叹息道："自从出了那档子事，我整晚睡不好觉，脑子就没消停过。"她顿了一下，接着说："匡照明再怎么不好也是我男人，我还得跟着他吃国库粮，我不会把他怎么样，至于罗敏我不会轻饶了她。"

"春香，你多虑了，匡照明只是找罗敏说说话而已，你这样下去会把身子搞垮的，别忘了你还怀着身孕。"王秀英真心劝慰。

胡春香翻着白眼珠道："说得轻巧，换上你试试？我不信你比我处理得更冷静更有水平。"

王秀英被噎得一时无语。胡春香说了句："等着瞧吧！我不会放过那个黑狐精的！"说罢走了。

接下来一段时间里，事态的发展确如胡春香所言，她没有轻易放过罗敏。

她总觉得即使匡照明没那事也要预防为主，虽然他嘴上一再保证不再与罗敏来往，谁知道暗地里还会不会再见面，万一见着见着真滚了沙滩怎么办？万一再滚出个小黑狐来……她越琢磨越不敢想象，眼下当务之急就是让罗敏那个黑狐精远离匡照明。她本想到指挥部告罗敏，但又怕指挥部头头们动怒发威，捎带着将自己男人一撸到底撸回农村去，那匡照明这辈子就完了，全家人的希望也会像肥皂泡"啪"一下破灭。再说了，她又没抓着两人滚成团儿的证据，多少欠理。思来想去，她彻底放弃了找指挥部念头，决定以自己的方式，尽快将罗敏那个不定时"肉弹"准确无误地排除。

胡春香晃悠着大个子来到医院，瞅瞅里面没人，抚摸着肚子对罗敏说："有我这'满园春香'在，有我这两个来月的'种'在，你什么都捞不着。匡照明把搓衣板跪断两个，发誓除了我谁也不稀罕。"罗敏望了望门外说："你这人太没数，怎么跑到我单位来了？有事找个地方说。""呸！"胡春香往地上吐口唾沫，"你也知道怕人？怕人就别当狐狸精别搞破鞋。我就在这里说，量你也不敢怎么着，大不了我往地上一躺，说你暗害革命老区的孕妇。"

罗敏晃动着大脑袋努力辩解："事情并非你想象得那样，我们只不过是喜欢坐在一起谈谈心，你不要把我们往歪里想。""哟，看把你亲的，一口一个我们的，即便现在没做出格事，谁敢保证以后做不做？"

胡春香昂起头捋捋头发，继续悠悠地说："这里的大龄青年和老光棍满天飞，你怎么就对一个已婚男人五迷三道呢？实在不行，我就只好举报了，大不了我和匡照明回老家种地去。你呢，本身长得就像块黑煤炭，加上臭名在外，以后看谁还敢要你！即使你勉强找一个，也会遭受拳打脚踢一辈子暗无出头之日。"说到最后一句，胡春香不自觉地狠咬几下牙根。这时，进来一个看病的，胡春香不阴不阳地撂下句："罗大夫，先给人好好看病吧，别浪费了好手艺。"说罢扭身离开。

胡春香回到家后，匡照明问她这么长时间上哪去了，她回答去找黑狐精实施战略战术了。

"小祖宗，你怎么就像鬼缠身似的？求求你别再去找罗敏了，我跟她确实什么事都没有，你这样会弄得满城风雨，你男人的脸还往哪搁啊！"

"你别管多了，我是为了你和这个家好，谁说也没用，我左耳朵听右耳朵冒。放一万个心吧，我找她时周围没人，也没动粗，只是警告她离你远点，这点数我还是有的。"

匡照明哭笑不得，但并未多语。连日来他考虑了许多，胡春香没来之前，他与罗敏说笑主要是性格相投，当然也不排除寂寞的因素；胡春香来了之后，他自觉减少了与罗敏的来往次数，只是当胡春香因为疯娘之事不断闹腾时，他才会找罗敏诉苦。他不得不承认，关键时刻排在第一位的还是老婆胡春香，顾家不说，要样有样，床上活动也不错，更何况胡春香还怀着身孕，如果真气出个好歹，会连带着肚里的二孩跟着倒霉。他暗自庆幸，幸亏没跟罗敏发展到滚沙滩的地步，否则事情就不会像现在这般简单了，至少，他现在还有底气面对老婆和孩子。

胡春香确实像鬼缠身，三天两头跑到医院找罗敏麻烦，反复进行所谓的"排弹战术"，看架势不把罗敏赶跑誓不罢休。这天，她又晃悠到医院，对罗敏加大了刺激力度："匡照明昨晚差点自残。我问他到底是喜欢你这个'大头怪物'，还是喜欢我这个'满园春香'？他说他压根就不喜欢你这个左脑是水右脑是面粉一晃荡就成糨糊的大头傻瓜。我不信，结果他拿起菜刀就要剁小手指，我连说'信！信！信！'总算把菜刀夺了下来。"这番话纯粹是胡春香自己瞎琢磨出来的，她觉得在这方面耍点心计值得。

在胡春香攻心战术的屡屡打击下，没出半月罗敏就彻底头大。她本想找指挥部出面管管胡春香，但又怕被好事者渲染出这般那般的色彩，说不定会适得其反。反正自己也是来"镀金"的，于是便利用娘家老舅手中的权力，一纸调令调去了极好的大医院。

听到罗敏调走的消息后，胡春香哼着小曲，准备了四个小菜和一壶散装玉明白酒，将周华胜和王秀英请到家里以示感谢。匡照明的娘看上去挺听话，一直坐在床上把玩摇铃。

王秀英望着胡春香发青的眼眶，拉过她悄声道："这下好了，那个大头娃娃调走了，你终于能睡个安稳觉了，好好安心养胎吧。"胡春香的眼里瞬间涌出泪水，急忙背过身去擦拭。匡照明似是刻意回避什么，时不时低头逗弄儿子。胡春香盯着男人说："你怎么不吭声，难道'大头娃娃'走了你不高兴？"匡照明故作未听见，继续逗弄儿子。

周华胜笑着打圆场："胡春香，那爷俩正玩得尽兴，你就不要多心了。"随后望着匡照明两口人说："给你们两口子提个意见，别动不动就打成一团，时间久了感情就打没了。"二人不约而同地点点头。周华胜带头举起酒杯说："现在厂子出铁量一天比一天多，以后肯定会有好日子过，过去的事不提了！来！大家干杯！"

随着酒杯的碰撞声，匡照明向周华胜投去感激的目光。

第十八章

清晨，王秀英倒完尿桶走出公用茅房，突然发现不远处跑来几个人，其中一人大惊失色道："不好了，出大事啦！西边那户姓宋的人家，全家煤气中毒了！"这个消息迅速传遍地窑窑群，人们一窝蜂地奔向宋家地窑窑。

王秀英回到窑门前将尿桶扔到窗下，钻进窑窑告诉周华胜："快去看看吧！西边有户人家煤气中毒了！"周华胜一听便明白，地窑窑通风不好，肯定是烧多了捡拾的焦炭，造成煤气中毒。他迅速穿好衣服钻出地窑窑，王秀英紧随其后，二人一起随着人流涌向西边。路上，先后遇到匡照明、金明顺、刘大龙等人，都是惊闻此事后跑出来的。

当众人挤进宋家地窑窑时，顿时被眼前的惨状惊呆了：呕吐物到处都是，两个大人倒在地上，八岁女孩和六岁男孩倒在床上，最小的四岁男孩倒在地上，脸正好对着老鼠洞，嘴巴和鼻子已被老鼠啃得血肉模糊。在场的人们，顿时唏嘘不已。

只听一个高个子大眼睛男人说："昨天我和这家男人约好了，今早一起去市区办事，谁知左等右等没等到，只好跑到他家来找他，结果敲了半天门没人应答，趴窗上一看吓坏了，赶紧喊人撞开门冲了进来。当时窑窑里煤气味顶人，一看炉子里烧了好几块焦炭，急忙打开窗户通风换气。"另一个男人叹息道："地窑窑通风性能差，焦炭又烧得多，晚上睡熟了很容易引起煤气中毒。事情已经发生，现在说什么都晚了。"

周华胜大声提醒："大家都别愣着了！赶快把这家人送医院。"说罢上前背起宋家男人，刘大龙上前背起宋家女人，匡照明和金明顺分别抱着两个大孩子，那个高个子男人抱起小孩子，众人合力将这家人送到医院。

在紧急抢救这家人的过程中,许多人站在寒风中等待着……一小时后,医生宣布只救活了宋家男人,宋家女人和三个孩子没能抢救过来,周围顿时泪雨纷飞。

对于这起捡拾焦炭引发的煤气中毒事件,同情者居多,当然也免不了少数非议,苗逸严就是其中一例,而且非议得很不合时宜。他站在医院门口当众说:"明知地窑窑里烧焦炭会引发煤气中毒,还要没命地烧,纯粹是自找的。"

这话被站在一旁的刘大龙听到,愤然道:"苗逸严,都什么时候了还说这种风凉话,我都怀疑你长的不是人肠子。"苗逸严仍站在那里振振有词:"我说得不是实情吗?确实是……""确实你娘的!"刘大龙边骂边上前,猛地将苗逸严摁倒在地,由于动作来得太突然,周围的人一时都愣住了。

苗逸严边挣扎边嚎叫:"哎哟我的胳膊,我的胳膊要断啦,山东老转要打死人啦!"周华胜上前将刘大龙拉开,他边松手边说:"吃人饭拉狗屎的东西!我早就看这小子不顺眼了,动不动就无中生有瞎告状,处处阴阳怪气,狗嘴吐不出象牙来。"

周华胜本想将苗逸严从地上拉起来,谁知被他一下子甩开手,一骨碌从地上爬起来:"不用你狗拿耗子多管闲事,离我远点!"刘大龙对周华胜说:"别理他,离这臭狗屎越远越好,不怀好意之人永远怀疑别人的善良。"

苗逸严指着刘大龙嚷嚷:"我要是臭狗屎,那你就是臭猫屎!猫屎比狗屎臭百倍!你等着!"说罢气哼哼地走了。"熊玩意儿!我等着呢!标准的'瘦驴拉硬屎',天天让这个等着让那个等着,没有比你能的了。"刘大龙望着苗逸严的背影余气未消。

苗逸严踏着积雪来到指挥部办公室,一推门紧关着,趴小窗上往里一瞧,发现里面坐满了开会的人,估计领导们已被煤气中毒事件弄得焦头烂额。他只好缩着脖子,把两手揣在袖筒里,蹲在窑门前的雪地上焦灼等待着,只待会议结束即刻冲进去状告刘大龙。

他估计得没错,此时的地窑窑里,领导们的确正在讨论如何处理煤气中毒事件。

大家一言不发,屋里静得连一根针掉在地上都能听见。郑恒最先打破了沉默,以沉重的语气说:"唉!四条生命就这样没了,着实令人心疼。"说着扫视一眼与会人员，继续说："至于到底贴不贴大字报，希望大家都发表下意见。"

常德接过话头婉转地说："其实，现在就是不贴大字报，人们也一样知道事情真相，一样会减少甚至杜绝此类事情的发生。另外，这件事如果弄大了对我们这些当领导的也不利。我建议指挥部还是不要发表任何言论，让这事不了了之。"他的这番表态很现实，郑恒在旁边微微颔首，其他与会人员纷纷点头同意。

刚散会，苗逸严就一头闯进办公室，捂着肩膀煞有介事道："领导们得给我做主啊！我的胳膊差点被刘大龙那家伙打残了！"领导们早已知晓苗逸严的为人行事，郑恒和常德对视一眼，各自端着茶缸走到一边，其他人则纷纷离开办公室。

郑恒给常德递了眼色，他会意一笑，一边拿起暖壶往茶缸里倒水，一边上下打量着苗逸严："看着挺精神的，这胳膊不是好端端地长在身上嘛，哪残废啦？""疼不疼我自己知道，确实很疼！刘大龙那下子差点把我肩膀卸下来。"苗逸严答非所问，边说边露出一副痛苦的表情。

常德吩咐工作人员把刘大龙叫到办公室，问他："刘大龙，到底怎么回事？你怎么差点把苗逸严肩膀卸下来。"刘大龙把胸脯一挺："常指挥，他冤枉人，我只是把他摁倒在地，其他什么都没做。""那你为什么把他摁倒在地？""他幸灾乐祸，对革命同志及其后代缺乏应有的同情心，说那家人煤气中毒纯粹是自找的。"刘大龙实话实说。

"苗逸严。"常德吹了下茶缸里飘浮的茶叶，抬起头悠悠地问："是这么回事吗？"苗逸严梗着脖子说："我没幸灾乐祸，那家人明明就是烧焦炭过多才导致的煤气中毒。"刘大龙急了，指着苗逸严鼻子说："你就是幸灾乐祸！说话特别不中听，我就是因为这个才把你摁倒在地，根本没打你！不信把当时在场的人都叫来作证。"

这时，一直未吭声的郑恒发话了："苗逸严，我们欢迎反映问题，但反映问题一定要实事求是，'人，可以精，但不要坏'，以后要注意。"这话说到了点上，苗逸严立马低下头，半天才嗯出一声。

常德端起茶缸喝了口水，慢悠悠地对刘大龙说："以后对待同志不要那么冲动，要多做思想工作。"刘大龙点点头。常德又慢悠悠地对苗逸严说：

"以后把你那无中生有、添油加醋的'天分'收敛收敛，把心思用在正事上，别总弄些唯恐世界不乱之事。胡乱告状是团结向上的大忌，不但会使自身变得猥琐，还很容易改变事物的方向。改变了别人的方向不要紧，若是干扰了领导的判断，让领导以错误的信息进行错误的决策，那咱们玉钢就会乱成一锅粥，就会打乱整个建设棋局，把整盘棋下成臭棋或死棋，那样的结果谁也承担不起。"苗逸严一声不吭，低着头用鞋后跟使劲蹭地。刘大龙则向常德投去敬佩目光。常德说罢让二人回去，告诫他们要多做自我检讨，他们点着头离开。

随着指挥部的安静，煤气中毒事件很快不了了之。正如常德所料，人们在痛惜四条生命逝去之际，也悟出指挥部的良苦用意，都自觉减少甚至放弃了捡拾焦炭，许多人宁可上山打柴烧，也不敢再烧焦炭。

这天，王秀英打完柴经过指挥部办公室门前时，发现许多人围着一块木头牌子议论着什么。她挤上前一看，原来是华建二处张贴的招工告示：急招临时钢筋工，常白班，早上八点到十二点，下午两点到六点。她目不转睛地看完招工告示，内心产生一股强烈的冲动，背着柴筐快步回到家，一边点炉子一边等男人下班回家。

周华胜的身影刚闪进窑门，王秀英就急忙上前道："你每月挣的工资，除去买粮油和置办生活用品，连买煤钱都拿不出来。眼瞅着就要添人口了，不愁是假的。我打柴路过指挥部办公室门口时，看到了华建二处招收临时钢筋工的告示，我想去报名上班，挣了钱买煤买粮，还能补贴其他家用。"

王秀英说得实心实意，但周华胜拧着眉头迟迟不表态，干钢筋工一般男人都受不了何况是女人，特别是秀英还怀着身孕，他怎么能忍心让她去干那种累活。王秀英急道："你就让我去吧！当年在台村修水库、推粪车都很苦，但我都没落下，只有享不了的福，没有受不了的罪……""那是以前的事！"周华胜打断她的话，"眼下你正怀着身孕，天气又冷，即使是干轻快活我都不放心，更别当钢筋工了。"

两口人都有些面红耳赤，王秀英望了男人一眼，缓缓地说："我知道你是为了我和肚里的孩子好，现在才两个来月，只要注意点并无大碍。"随即摇着男人的胳膊，再三央求："你就让我去吧，不然我坐在家里真会急出病来。"看到男人仍未吱声，王秀英甩开他胳膊重重地哼一声："你不同意我也会偷着去报名，反正我是铁了心干这活。"两人僵持了足足半小时，最后周华胜勉强同意，王秀英立即捧着男人的俊脸猛亲两口。周华胜抚着被亲疼的脸，让秀英去问问胡春香干不干，两个人干能相互有个照应。

王秀英哼着小曲去找胡春香，看到匡照明娘蹲在窑前的雪地上，低着头两手捧着积雪玩耍。老人一抬头发现有人站在跟前，歪过脸朝着窑门连喊两声："来人啦！来人啦！"随即起身围着王秀英上下打量，右手不时指划着天空，嘴里不知咕哝什么。

王秀英发现匡照明娘的右手是个六指，右手腕上戴着一个非常别致的老银镯。她被盯得后心发毛，失声叫道："胡春香！胡春香！"屋内的胡春香闻声急忙跑出来，见状急忙将婆婆拉到身后，连声安慰秀英："别怕，我婆婆只是乱跑，从不打人骂人。"随后叮嘱婆婆："就在家门口玩，别到处乱跑。"说罢招呼秀英进屋。

胡春香给秀英倒了杯水，叹着气说："我婆婆天天用她那个'六指神功'指天画地，嘟囔不停，还到处乱跑，真是愁死人了。"王秀英愣怔一下，不解"六指神功"是何意，半晌才明白过来，笑说胡春香真会比喻。

胡春香转而神秘兮兮道："看没看到我婆婆右手腕上的那个老银镯？"秀英边喝水边说看到了。胡春香兴致勃勃地讲述了老银镯的珍贵性，那上面有竹节和麻花纹，这种花纹很稀有很珍贵，是当年她老婆婆给她婆婆的陪嫁品，还说当初她结婚时曾跟匡照明提过要这只镯子，结果挨了他一顿吵。

王秀英一直等她讲完，才问："我想到华建二处干临时工，你去不去？"

胡春香立即收敛兴致，叹息道："我也看到了华建二处张贴的招工告示，说实话我也想去，但匡照明不同意我去，一是我有身孕，二是得照看孩子和疯婆婆。"

"你家情况特殊，匡照明想得对。他是出了名的孝子，你要多理解他。"

"不理解也没有办法，只能走一步看一步了。"胡春香苦笑道。

从胡春香家出来后，王秀英径自来到华建二处报了名，成为一名钢筋工。

正式上班这天，周华胜拿出新发的白色劳保线手套让老婆戴上，她接过来看了看说："戴线手套一天一副都不够磨的，还是把手套攒起来织线裤吧，大人孩子都能用上。"周华胜故作生气道："不行！天太冷，不戴的话容易把手冻伤，那样就不划算了。"说罢亲自给老婆戴上手套，反复叮嘱一番注意事项，这才让她去上班。

按照扎钢筋的规定，新手上岗需要师傅教授，教王秀英的师傅姓曹，四十来岁，说话带着浓重的河南腔。在曹师傅的耐心教授下，王秀英很快学会了扎钢筋的连套程序，干这种活手指和手臂都要灵活，劳动强度大，没有极好的身体根本顶不住。钢筋工地距住处大约两里地，她每天按时到岗，先把钢筋拖到西面的沙滩上摆平抻直，然后从成捆的圆钢中，熟练选出十厘米左右的圆钢，拖到露天地里的平台上用拉直机抻直，根据图纸要求将圆钢用切割机切好，用绑扎钩摆好后再用米丝捆扎好，之后和工友们一起，将下好的钢筋抬到现场，站在离地面十米高的架子上，根据现场要求安装钢筋骨架。

王秀英最愁最累的就是周华胜上白班。早上上班前，她把儿子哄睡后用粗麻绳拴在床头，这才敢去上班。工休时间一到，她便急忙跑回家，先把几乎哭哑了嗓子的儿子哄高兴，又把儿子身上的屎尿清洗干净，而后再用粗麻绳把儿子拴在床头，趁儿子开心把玩摇铃之际，赶紧锁好门返回岗位。中午下班回家后，将早上蒸的窝头熘好，简单炒个白菜，吃完饭和儿子玩耍一阵，将儿子哄睡后继续拴在床头，再去上班。晚上六点下班回家后，她已累得抬不起胳膊，幸亏周华胜早下班做好了晚饭，她勉强吃完饭，说笑几句就搂着儿子上床睡去。

残酷的自然环境和工作环境，很快让王秀英裸露在外的肌肤变得惨不忍睹。她的脸接连褪掉好几层皮，反复起皮掉渣，用手摸着很拉人，一碰生疼。她的手指和嘴唇裂开血口子又疼又痒，双手每天都红肿着，特别是拿绑扎钩的右手磨出了血泡，像一个个盈着鲜血的小妖眼睛，格外怵人。

夜半时分，王秀英被疼醒，起身用热水轻轻捂了捂手，擦了把脸和嘴唇，找出新买的"棒棒油"，从脸到手均匀涂抹着。这种外形像木棒、指头般粗细的黄色凡士林，可以令皮肤好受些，是她专门托人从玉明市百货商场买的。她往鼻腔内也抹了点，鼻腔因为干燥总流血，一吸气很疼，抹上凡士林同样可以好受些。周华胜被老婆的响动惊醒，趴在被窝里呆然看着她。她一扭头发现他醒了，举着棒棒油来到床边，调皮地往他脸上涂抹，他顿时感觉到淡淡的香、油油的润，不禁将她轻轻拥入怀中。

次日清早，王秀英上班前，又往脸上手上涂抹一层棒棒油，将脸和手贴近燃着油柴的炉膛，炽热的火焰渐渐将棒棒油渗入皮肤，刚开始感觉很疼，慢慢便舒服了许多。她想，等以后条件好了一定用好雪花膏搽脸，现在的脸简直没法看了。虽说棒棒油会使脸上黏上一层沙土，可为了保护皮肤减轻痛楚，也顾及不了那么多了。

王秀英咬着牙坚持到了月底。一个月下来，她竟然拿到二十六块钱工资，发钱的人边数钱边表扬她是女中豪杰，连男人都干不好的钢筋活，硬被她干到了近五级工水平。"五级工水平"这话是从曹师傅嘴里说出来的，早在前几日，曹师傅就表扬王秀英是他带过的女徒弟中最能吃苦、手艺最好的，即使男徒弟也没几个能比过她的，照这样干下去，用不了多久就能达到五级工水平。

王秀英将工资揣进棉袄内兜，满脸兴奋地回到家，抱着儿子连亲带逗，表扬儿子最近听话了许多，拴在床头也习以为常。一会儿，当卖煤的吆喝声传入王秀英耳际时，她急忙从黄箱里取出钱买煤，经过一番讨价还价，花十六块钱买了半吨煤。她哼着小曲将煤块填进炉子，心想这下好了，大人孩子都不用挨冻了。

她边做饭边竖着耳朵听门外的动静，当男人的身影刚探进地窨窨，她便不无得意道："我这个月挣了足足二十六块钱。除去买煤钱，还剩十块钱。""我老婆就是厉害。"周华胜搂过老婆照着腮帮子狠嘬一口。

晚上，周华胜躺在秀英身边，抹了下她的鼻头调侃道："要不是因为你怀孕，真想好好'奖赏奖赏'你。"她抚着肚皮小声说："忍耐些吧，别打扰了二孩的好梦。"

一会儿，周华胜搂着老婆不疾不徐地说："明天我就发这个月的工资了，加上你发的工资，这个月手头比之前宽裕些。你没来这里之前，我借给马车店一个叫张六六的民工四十块钱，常指挥知道后给了我二十块钱，这次我发了工资，把钱还给常指挥吧。"毫无思想准备的王秀英顿时急了眼，一下子从男人臂弯里挣脱出来，圆睁着大眼埋怨："你也真是缺心眼，敢给民工借那么多钱，说不定那钱就打水漂了！"

周华胜有点生气，直了直身子道："张六六遇着难事，你说我能不帮他吗？当时他老婆摔坏了腿，急着凑钱医治，他考虑再三才张嘴向我借钱。换位思考，如果遇上你摔了腿……"没等他把话说完，王秀英的眼里就冒出火星："你好好咒我，我连瓶擦脸油都舍不得买，还不是为了这个家！"

周华胜知道语急说错了话，急忙又摸又哄又道歉，但王秀英仍不依不饶。

他眼珠一转："后天我休班，你请个假，我带你到玉明市区逛一圈，买高级雪花膏，吃特色美食。"他知道秀英来这里后一直没去过玉明市区，平日里所需用品都是他到市区去买，正好借此哄她高兴。果然，秀英一听要带她去看市里的大世界，脸色立时阴转晴，将头重新枕进男人的臂弯里。

休班这天，周华胜带着老婆孩子坐车来到玉明市区，下车后冻得浑身打战，在冰天雪地里小心翼翼地行走。王秀英好似刘姥姥进大观园般东瞅西瞄，完全被心目中的大世界景象所吸引，周华胜抱着儿子跟在她身旁，再三提醒她慢点走。

他们来到百货商场，王秀英围着柜台连转两圈，买了盒上海产的"友谊牌"雪花膏搽在脸上，香气瞬间萦绕全身。周华胜一边嗅着香味，一边夸赞老婆堪比古代美女王昭君，她展颜一笑："看来你平日里那些书没白看，还知道用古代美女名字夸我。"趁着秀英高兴，周华胜提出到常指挥家还钱空着手不好看，应该买点东西捎着。她痛快地应允，买了两瓶"玉明老白干"和两瓶苹果罐头，周华胜连夸老婆大方。

一会儿，周华胜带着老婆孩子来到国营"向前饭店"，店内挺暖和，生意照例不错。女服务员一见面就认出他，上前热情招呼："师傅，这次吃什么？还吃羊杂和白皮饼子？"

周华胜扭头问秀英："想吃什么？"她回答："还是吃点清淡的吧。"女服务员立即接上话头："我们店里的'西北酿皮'很有名，是用小麦面浆汁蒸出来的面皮，又软又滑，筋柔适口，吃起来很开胃，既可当饭又可当菜，要不你们尝尝？"王秀英点头一笑："那就尝尝吧。"片刻工夫，女服务员端上两碗色泽乳白的酿皮，配着辣椒油、盐醋和蒜泥，周华胜两人顿时傻了眼，这才知道酿皮是一种冷食。

女服务员似乎看出二人的窘态，连忙说："就着火炉吃酿皮是这里的一大特色，酿皮一年四季都可以吃。我们店里的酿皮好吃又实惠，特别是深受女士欢迎，回头客百分之八十以上全是女的。"周华胜和王秀英定睛望去，确实有不少女顾客正埋头吃酿皮。二人各自尝了一口，感觉入口又凉又软又滑，吃起来倒是开胃。王秀英往儿子嘴里塞了点酿皮，没想到儿子吸溜得不错，索性要了个小碗，从大碗里拨出些给儿子吃。

王秀英笑着对女服务员说："这个酿皮凉飕飕的，要是夏天吃会更好。"

女服务员说:"你真说对了,夏天时每天做的酿皮直接不够卖的,冬天吃的人相对少些。你们好好吃吧,我先忙了。"说罢去招呼其他客人。周华胜和王秀英很快吃得碗底朝天,临走时,王秀英告诉送出门口的女服务员,以后来市区还到这家饭店吃饭,女服务员的脸上立时乐开了花:"欢迎下次再来!"

周华胜想带着秀英继续逛逛,她说有些累不想再逛,于是一家人坐客车返回家中。

休息一阵子,周华胜提醒老婆该去常指挥家了,接连提醒两次都未见动静,知道她因为还的钱多故意磨蹭,索性提高腔调:"该去常指挥家了!快把二十块钱拿出来给我!"秀英这才慢慢打开小黄箱,数出二十块钱递给男人,原本想让他独自去还钱,他却反复动员要去一起去,最后王秀英只好点头答应。

周华胜提着装有罐头和酒的布包,王秀英领着儿子,一家人前往常德家地窨窨。

快到常德家门口时,王秀英突然指着不远处说:"那不是苗逸严吗?真是冤家路窄。"周华胜定睛一看,苗逸严正挪动着两条粗腿朝这边走来,再一瞅自己手中鼓鼓囊囊的布包,心想这下苗逸严又有话可说了。果然,苗逸严看到他们后故意驻足,瞅了瞅周华胜手上的布包,又瞅了瞅常德家地窨窨,说:"这是准备到领导家吧?呦!还提了不少东西呢,上层路线确实走得不错,全家总动员啊!"

王秀英一见苗逸严就想起捡焦炭被举报之事,没好气道:"哼!你想全家总动员还实现不了呢。"她这句不咸不淡的话,冷不丁戳到了苗逸严的痛处,他离异几年,就怕他人提及此事,也不愿看到他人阖家团聚的样子,除却少许羡慕,其余全是野草燎原般的嫉妒。他的脸瞬间涨成紫茄子,喉咙好似被人掐住,干瞪眼说不出话来,过了良久才指着王秀英道:"你这个女人说话怎么如此刻薄?你们本身就是全家总动员嘛,还不让人说啦!"周华胜也觉得老婆的话欠妥,忙说:"苗逸严,别往心里去。"王秀英没想到男人会向着这个讨厌鬼说话,从背后猛地揪了一下男人衣服。

苗逸严从鼻腔里重重哼一声,说:"好好搞上层路线吧,土鸡再好也变不成金凤凰。"周华胜耐着性子解释:"我们是去还人情,并非你说得搞上层路线。"说罢拉着王秀英走了,留下苗逸严像块木头一样杵在那里,脸上露出难以名状的表情。

王秀英边走边拉着脸吐出几口闷气,指责男人:"我发现你真够窝囊的,苗逸严每次见面都冷嘲热讽、夹棒带刺,怎么让这个熊玩意儿欺负成这样。"

"你方才那句话确实说得过重,明知他缺家少口,还故意气他。以后记住了,说话就事论事,不要戳人伤疤揭人短,那样不厚道。"

"那也不能眼看着让他欺负。"王秀英有些不服气。

周华胜晃了晃手里的布包:"你的脑子能不能转个弯?我现在手上提着东西,又奔着领导家方向去,如果当场跟苗逸严闹翻,他那张喇叭嘴立马会引来围观者,到时候就不一定是谁的理了,还会给领导带来不必要的麻烦。"

"原来是这样,怪不得向着苗逸严说话。"王秀英笑道。

"那是另一码事。刚跟你说完就事论事,你又忘了?"周华胜眉头微皱。

"我没忘!快走吧,天晚了。"王秀英边说边用胳膊肘捅了男人一下。

当周华胜一家人来到常德家后,彼此免不了一番寒暄。

周华胜将东西和钱放到桌上,笑着说:"常指挥,这是上次借你的钱,现在有钱了还给你,我老婆现在也能挣钱了。"常德边沏茶边说:"当初给你钱时就没想着让你还。以后空着手来就行,别再买东西。"

金芳一把抱起周小鲁,直夸这孩子长得虎头虎脑很惹人喜爱,随后上下打量王秀英,说周华胜找了个漂亮老婆。王秀英一口一个嫂子叫着,夸赞金芳善良贤惠,夸得金芳眉眼皆笑,一会儿工夫,两人俨然已成为熟人,很快凑成大半台戏。

常德叫过儿子常青,让他带着小鲁到一边好好玩,随后与周华胜边喝茶边聊天。约莫一小时后,周华胜两口人起身告辞,常德两口人很客气地将他们送出家门。

回家路上,王秀英若有所思,差点走错了路,进门后第一句话就是:"没想到常指挥家也住地窨窨,两个孩子那么大了,还挤在那么小的窨内。"周华胜狡黠一笑:"眼见为实,这下你应该满足了吧!连常指挥家都住地窨窨,更何况咱们这些普通职工了。"

"怪不得非要拉着我一起去常指挥家,原来如此。"王秀英恍然明白,随即羡慕道:"金芳真厉害,在厂医院当妇产科主任。"周华胜一笑:"我老婆也厉害，扎钢筋数一流。每个人职业不同，干一行爱一行就行。"

望着王秀英日渐隆起的肚子，周华胜劝她放弃扎钢筋，但她说还能坚持，执拗于想凭借自身劳动使日子过得好一些。

眼下，无论是严寒还是怀着身孕，都令王秀英面临着最严峻的考验。她穿着厚厚的棉衣，在冰雪交加中继续干钢筋工，每当快挺不住时，就会想起自己原本是一个农村女人，好容易跟着男人转为非农业户口，村里村外许多识字班都向她投来无比羡慕的眼神，不能随意地埋没这份荣耀。她相信一切都会先苦后甜，那种没有付出就能享受到的幸福，正如她当初捡公家焦炭取暖一样，不会令人心安。

王秀英出门倒垃圾，忽然发现不远处走来几个熟悉的身影，原来是多日未见的姜伟一家人，急忙上前道："总算把你们盼回来了！姜伟的眼睛好了吧？"姜伟扶了下架在鼻梁上的眼镜，淡淡一笑："好了，放心吧。"

一旁的袁素琴望了男人一眼："好甚好？好端端的右眼变成了假眼珠子。"王秀英方知晓姜伟的眼睛状况，目送姜伟一家人回家后，她跑回窑窑对男人说："快去看看吧，姜伟从北京回来了。唉！右眼没保住。"

周华胜快速跑到姜伟家，姜伟一见面便开玩笑："我现在真成'独眼龙'了。"周华胜望着他那只假眼又心疼又无奈，只好抚着他肩头劝慰："事已至此，坚强些。"姜伟点下头。

大毛看来懂事了，上前拍着柔嫩的小胸脯，操着满口此地话说："大，你别担心！以后我扶着你走路！"二毛也凑上前稚声稚气道："我也要扶着大走路！不让大摔跟头。"姜伟一把将两个儿子揽在怀里，声音哽咽着说："你们不用担心，大还有左眼，还能自己走路。"一旁的袁素琴背过身去，大颗大颗的泪珠从脸上滑落，"噗噗"地落在沙地上。

姜伟很快被安排到供销部门工作。他时不时来到周华胜家聊天，谈及受伤之事表现得很达观，这令周华胜内心充满敬佩。

第十九章

这天下午，失踪近半年的张六六突然来到高炉找周华胜，此时，周华胜刚洗完澡准备回家。张六六提着一个袋子疾步走过来，说他婆姨的腿已基本治好，一个月前他就从老家回来了，当时身上没钱所以没好意思来见面，今天发工资了才来找周华胜，希望周华胜不要见怪。随后将当初借的钱，连同老家捎来的红枣和小米一齐交到周华胜手里。

周华胜发现张六六瘦了许多，知道他回家那段日子肯定不好过，让他把钱和东西拿回去，钱权当是赞助他婆姨治腿了。但他执意让周华胜收下，若不收那就证明生他的气，嫌他回来后没及时露面。周华胜推辞不过只好收下，真心邀请张六六到家里坐坐。张六六说急着回去干活，等以后空闲了再去，说罢晃悠着黑瘦的身子走了。

周华胜回到家，把钱和袋子放在桌上，对老婆说："马车店的张六六刚才还钱了，还给了些陕北红枣和小米，这种守信用、懂感恩的人值得交往。"正在做饭的王秀英眉开眼笑，带着满手的面拿起钱数完，理直气壮地把钱锁进黄箱里，周华胜见状暗自斜了老婆一眼。王秀英又带着满手面尝了颗红枣，表扬陕北红枣肉厚味甜、名不虚传，拿出一些洗净后给儿子吃，顺手往男人嘴里塞了一颗红枣。他心不在焉地咀嚼着，眼前又浮现出那个黑瘦的身影。

王秀英一边扒拉小米，一边夸奖陕北小米就是好，熬出来肯定带着一层喷香的油皮。她像珍藏珠宝一样，将红枣和小米放到墙角的纸箱里，对男人说："没想到这个民工还真把钱还了，只要别赖账就好。你以后少跟马车店的民工混在一起，别跟着学坏了，听说马车店的名声不太好。"

这番话顿时把周华胜惹恼了，瞪着眼冲她大声说："马车店的民工怎么了？你别瞧不起马车店民工！他们干活个顶个的卖力，很多时候比正式工干的还多。上次有个孩子落水，就是这个张六六最先发现，最先跳进水里施救。我发现你这人就是个钱虫子，就是个守财奴，还是个势利眼。你是没见那个张六六，又黑又瘦都不敢认了。我都能想象到他在家那段日子是怎么熬过来的，肯定边打小工边照顾老婆。"

王秀英未料到男人会发这么大的脾气，把围裙一扔，说："瞧你那副悲天悯人的样子，我攒钱还不是为了这个家！还弄了个我是钱虫子、我是守财奴、我是势利眼。想想我大老远跑来容易吗?！民工好你跟民工过去吧！你去马车店跟着他们看马驴交配、摸虱子、唱流氓曲吧！我不跟你受这些破罪了。"

周华胜气得嘴唇直哆嗦："你、你、你看看你现在这副样子，跟泼妇有什么区别?！"王秀英将脖子一梗："泼妇也是被你逼的，不想过拉倒！"说罢放声大哭，惹得一旁的周小鲁也哇哇直哭，娘俩搂着一个赛一个地哭。

周华胜被搅得心烦意乱，一把抓起桌上的旱烟包，甩门而出。他皱着眉头坐在窑顶上，从褂兜里掏出旱烟包和卷烟纸，卷完一根烟点着，狠吸两口，扔在地上用脚碾碎，接着又卷完一根烟，吸两口后用力丢到窑旁的沙滩里。

一会儿，他起身沿着那条坑洼土路漫无目的地走着，不觉来到匡照明家门前，隐约听到里面有吵架声，把耳朵贴门上一听，果真如此。

"有本事把你那个疯娘送回老家去！别让她在我眼皮底下像审犯人似的来回转悠，连晚上睡觉都睡不安稳，一睁眼就看到她像个幽灵一样满地晃悠。"这尖嗓子一听就是胡春香的。

"说得轻巧，送老家去谁养？那样本来能活一百连八十都活不了。别说我还有点旱涝保丰收的工资，就是一点没有我也得好好养我娘，这点天王老子也改变不了！"匡照明不甘示弱。

"那你就跟你娘过吧！我明天就领着孩子回老家去！你和你娘在这里，爱怎么折腾怎么折腾！爱怎么疯怎么疯！"

"我发现你越来越不讲理，越来越不知好歹了。自从我娘来后，我就怕你累着，就怕你心里不舒服，下了班哪儿也不去尽力帮你，你看看我现在都瘦成什么样了？来阵风就能吹倒！你不但不心疼、不理解我，还要把我老娘撵出去。你连盘丝洞里的蜘蛛精都不如，别以为我不敢捶你！"

"喃喃喃！给你！让你捶！有本事你把我这个蜘蛛精捶死，再去找个狐狸精！我奔着你来到这个鬼地方，天天吃不好喝不好睡不好，你还敢打我！你今天把话说清楚，你到底是要疯娘还是要老婆孩子！"

"活祖宗啊，你闹腾够了没有啊，我的头都要炸开了，求求你别再折腾了好不好？"

听到这里，周华胜眉头紧皱，怎么女人一撒起泼来都是那句"大老远跑来跟着受罪了"之类的话，好像男人真该了她们什么似的，动不动就拿这话来噎人。唉！眼下还是进去劝劝匡照明两口人吧，依胡春香那臭脾气，再闹下去真够匡照明喝一壶的。

周华胜平复了下心绪，上前边敲窑门边说："匡照明，在家吗？"

窑窑里的吵闹声戛然而止，匡照明很快打开门把周华胜让进家里，胡春香拭拭哭得红肿的眼睛，招呼周华胜就座。匡照明吩咐老婆给客人倒水喝，她倒是很给面子，赶紧给周华胜倒了杯水，随后领着儿子出去了，窑窑里只剩下周华胜和匡照明母子。

匡照明望了一眼正在把玩铃铛的老娘，长叹一声说："真让我娘愁死了，几乎天天往外跑，我们两口人总出去找她。你给评评理，我娘就我一个儿子，她不奔我来奔谁来？胡春香这个熊女人动不动就瞎闹腾，弄得我快要崩溃了。我若不是顾及她怀孕，真想捶她一顿。"

周华胜坐在马扎上，边抽烟边说："家家有本难念的经。实不相瞒，我刚才也和老婆生了顿气。有时候确实觉得她们来这里受了不少苦，但那也不是咱们愿意的，哪个男人不希望老婆孩子跟着自己享福？可眼下各方面条件确实有限，这也是没法子的事。"匡照明说："谁说不是呢！你家王秀英还好点，我家胡春香标准的鬼难缠，上来一阵油盐不进。"周华胜劝自己也是劝匡照明："女人终归是女人，不要和她们计较多了，得多开导多鼓励才行。"匡照明苦笑道："自己的老婆还能怎么计较，再计较也得一个被窝里睡觉。"

周华胜望了望在旁边玩耍的匡照明娘，嘱咐他把老人照顾好，遇着什么困难及时找他。匡照明很感激周华胜这些年来的照顾，说他都记在心里一辈子忘不了，说着"嗵嗵"连拍两下心口。周华胜表明两人既是同乡又是战友，说这些太见外。

两人闲聊了良久，周华胜起身告辞。刚出窑门，胡春香领着孩子走过来，他将胡春香叫到一边低声说:"你不想保持红色户口本的完整性和优越性了?匡照明不容易,对他不要那么强势,真要把他逼出什么事来后悔都来不及,遇事要多换位思考。"胡春香耷拉着眼皮"嗯"一声。

从匡照明家出来后,周华胜感觉心情放松了许多,径直返回家中。

王秀英坐在床边缝袜子,只在他进门时用眼睛余光扫了一眼。周华胜上前摇着老婆肩膀说:"别生气了!那会儿也是话赶话,都是气话,我知道你是为了这个家好。"三哄两哄,王秀英的脸色渐渐好看,其实当男人甩门出去后,她也意识到自己有些话说得欠妥,越琢磨越觉得那个张六六挺勇敢挺守信,因此当男人哄她时,顺势就坡下驴。

缝完一只袜子后,王秀英主动说:"抽空把张六六叫到家里吃顿饭吧,好赖是个心意。""好!"周华胜喜不自胜。

按照王秀英的吩咐,周华胜很快把张六六领回家。秀英做了四菜一汤,还炸了一盘从老家带来的花生米。这番款待令张六六又感动又不安,连连表示:"你们帮了我大忙,还反过来请我吃饭,真是过意不去。"

周华胜一边倒酒,一边笑着说:"六六哥,没什么过意不去,我们也吃了你从老家带来的特产。咱们都离家在外,理应互相帮助。"王秀英爽快地说:"也没有什么好招待的,不见外的话以后经常来我家坐坐,赶上什么就吃什么。"张六六连声致谢。

周华胜和张六六边吃喝边聊天,初次来周华胜家吃饭,张六六看上去有些拘谨。周华胜边跟他碰杯边开玩笑:"六六哥,别放不开,拿出你赶马车唱信天游的架势喝酒吃饭!"说罢一饮而尽,张六六笑着干了满杯。

周华胜两口人轮番给客人夹菜添酒。张六六酒足饭饱,说笑一阵便打着饱嗝离开了,临走前再三表示很久没这样吃喝了,今天这顿饭吃得真过瘾。王秀英一边收拾碗筷,一边对男人说:"张六六这人确实不错,为人处事跟咱们山东人差不多,看来革命老区的人都这样。"周华胜笑道:"现在知道我为什么跟他交往了吧?"秀英连声表示知道了。

春节临近,王秀英收到一个寄自老家台村的包裹,里面装满了熟地瓜干、花生米和栗子,包裹单上标注的重量是四千克。这是秀英爹娘委托村里识字的人邮来的,包裹里夹着一封秀英娘口述他人代笔的信。

捧着这份沉甸甸的心意,读着信里的每一个字眼,王秀英的眼泪像断了线的珠子……她趴在小桌上给爹娘回了封信,告知一切都挺好,请二老不用惦记,尽管竭力不让眼泪滴到信纸上,落款时仍然留下了泪痕。信寄走有些时日了,她仍心事重重,爹娘的牵挂话语,时不时在风起雪落中闪来晃去。

熟地瓜干半干半软,又甜又黏牙,王秀英和儿子边吃边用手指甲盖抠牙缝,抠出来的碎渣顺着舌尖立即被咽下。她把花生米留下三分之一炒着吃,将其余的炒熟后搓去皮,用擀面杖碾碎后浇上糖稀,待糖稀冷却后,切成块状的花生饼,香甜无比,嚼在嘴里很过瘾。至于栗子,她先用菜刀挨个切开小口,煮熟后放在火上来回翻炒。随着阵阵"噼噼啪啪"欢叫声,栗子张开可爱的小口,香气四溢。

王秀英将花生饼和栗子分成小堆,挨个送给左右邻居,还不忘说是老家寄来的土特产,出了名的好吃。孙玉凤捧着东西连声称谢,没想到在这里还能吃上这种稀罕东西。袁素琴咬了口花生饼,边吃边表扬沂蒙山的花生好吃,秀英听着脸上浮出笑纹。

孙玉凤搔着头皮说:"我记得有首歌很好听,叫……叫什么来着?好像叫'沂蒙山小调'!"王秀英连声说:"对对对!"随后两个女邻居嘱咐秀英,扎钢筋太累,干不了别硬撑,她感激地点点头。说实话她最近感觉挺累,但还是鼓励自己要坚持住。

沂蒙山的土特产,在传递中静静散发着特有的味道及气息,营造出令人心动的情感氛围,这种情感从遥远及至近前,不自觉地联结起一份份愉悦和温暖。

当王秀英分完一圈东西回到家后,眼神在地窨窨里转了两圈,不由叹息一声,眼瞅着快过年了,家里除去分剩下的老家特产,再无其他过年物件,更别提大人孩子过年穿的新衣了。她想起爹常说的一句话:年的味道是忙出来的。在她的记忆中,沂蒙山区的人家,一进入腊月就开始挨家挨户忙年,扫屋、摊煎饼、做豆腐、剪窗花……还会将生产队发的每口人半斤猪肉用盐腌起来,一直吃到正月底。想着想着,她又发出一声长叹,依目前这里的现状想忙年也白搭。

一会儿,周华胜下班回来了,从棉衣兜里掏出两张供应肉票递给秀英,原来是一斤半猪肉票和三斤羊肉票。她捏着肉票心情有所好转,不管怎么样总算有了年货。她吩咐男人抽空到市区的供销社把肉买回来,吃顿像样的年夜饭，顺便庆祝一下他被评为先进工作者。周华胜点点头。

令王秀英没想到的是，腊月二十九上午，周华胜把肉买回来后，竟大咧咧地说："晚上用带骨的猪肉烩一锅白菜土豆，再把羊肉连骨带肉一块炖了，我要请几个工友来家里吃饭。"王秀英顿时拉下脸来："不是说好了吃顿好饭，庆祝你当先进工作者吗，怎么又突然想起请客了。"周华胜上前搂着老婆肩膀说："工友们对我不错，平日里想请客都拿不出东西，加上明晚又上夜班，所以只能赶在今晚请，你就多理解理解你男人吧。"

王秀英心里很委屈，原以为一家人可以吃顿像样的年夜饭，谁知根本没有自己和孩子的份儿。委屈归委屈，她还是按照男人吩咐做完晚饭。做饭期间，她偷偷撕下一小块羊肉，又拨出两筷子炒菜，先把小鲁喂饱。

周华胜坐在板凳上，边看书边等工友来。一会儿，吴明和另外几个工友说笑着来了。吴明提着一瓶白酒，进门便对王秀英说："嫂子辛苦了！"其他人也如是说。王秀英勉强笑道："不辛苦。"接下来，周华胜和工友们一边吃喝一边说笑。王秀英则坐在火炉旁，眼瞅着几个大男人吆三喝四，推杯换盏，最后只剩下满桌的狼藉。

送走客人后，王秀英用开水泡盘底的剩菜吃，一股酒味瞬间从菜汤里散发出来，令她恶心得差点吐出来，但又舍不得倒掉，只好将这遍水倒掉重新泡一次，皱着眉头勉强吃完。她恨恨地瞥了眼倒在床上醉成一摊烂泥的男人，嘴里咕哝了句什么，很快上床睡去。

年三十早上，周华胜酒醒后直跟秀英赔不是，她没搭理他。周华胜欲起身去倒尿桶，结果被她赌气一把拨开："一个大男人去倒尿桶，不怕别人笑话？"周华胜笑着夺过尿桶："那有什么好笑话的，帮老婆干活，谁愿笑就让他笑去。"

王秀英似乎找到了出气的机会，瞪眼道："什么叫帮我干活？尿桶里也有你的成分！满屋子都是骚臭味，要倒就快去倒！路上别磨蹭，省得冻成冰倒不出来。"

"是！遵命。"周华胜边说边提着尿桶钻出地窨窨，迎着纷纷扬扬的雪花小跑到公用茅房。路上行人不多，窨门大都紧闭着，几乎没有贴对子的，福字也极少看到，更听不到鞭炮声，一切都显得极其冷清，只是偶尔能从封得不严的窨缝里漏出些声音来。

第十九章

由于肉全部用在了头晚的招待饭里，全家人只好吃了一天素食。王秀英搂着儿子躺在床上，心里涌上一阵阵难受，长这么大第一次在外面过年，结果连口肉汤都没喝上，窑里窑外根本没有过年的气氛。周华胜看出秀英不愉快，绞尽脑汁哄了半天，她听着听着便睡着了。

今晚轮到周华胜上夜班，天气出奇的冷，炼铁营给坚守在生产一线的工人配备了年夜饭。早在一周前，炼铁营办了一个不大不小的食堂，为一线工人就餐提供了很多便利。当一盆盆热气腾腾的饺子被端上炉台后，班长杜超连忙招呼大家吃饺子。周华胜和几个工友抓起饺子就往嘴里塞，饺子里的油顺着嘴角溢出来，烫得他们瞪眼鼓腮，随手抹了一把，嘴巴瞬间变得黢黑，对视着哈哈大笑。吴明急着上茅房，提醒大家："我先去趟茅房，别忘了给我留点。"周华胜笑道："放心去吧，肯定少不了你的。"其他人也如是说。这些开朗能干的炉前工，早已习惯了炉台上的苦累和危险，平淡中不乏快乐。

一会儿，传来一阵洪亮的声音："老远就闻到饺子香了，大家都多吃点！"众人扭头一看，军管会主任郑恒边说边笑呵呵地走过来，身后紧跟着常德及其他领导，手里提着烟和糖果，原来是领导们来一线搞慰问了！这种慰问能显示出领导对工人的关心爱护，也能进一步增强安全生产的警惕性和必要性，要知道越是逢年过节领导的神经就绷得越紧，生怕发生令人心惊肉跳的生产事故。郑恒、常德等人笑着与炉前工们逐一握手："辛苦了！"炉前工们纷纷表示不辛苦，为三线建设添砖加瓦是应该的。

慰问团走后不久，政工组派来一位姓徐的大个子男记者，要把一线工人团结奋斗的场景呈报给玉明市宣传部门。徐记者打算拍些照片，顺便体验下炉前工作。杜超比量了下徐记者的身高，招呼周华胜到休息室脱下工作服给徐记者穿，谁知他扭捏着不肯脱衣。杜超又让其他炉前工脱，结果这些人也都不愿意脱。周华胜红着脸解释："出完一炉铁，上下衣服全是湿的，穿着湿内裤不舒服，所以大家都不穿内裤。"杜超笑道："瞧你们一个个的样子，比大闺女还害羞。"随后另找了套工作服让徐记者穿上。当徐记者完成系列任务走下炉台时，不由脱口而出："好凉爽啊！空气真清新！"

周华胜下班回到家，秀英正坐在床上缝补衣服，她见面便发了一通牢骚："这过了个什么破年？大人孩子连身新衣服都没有，连对子都不贴，连个鞭炮声都听不到，连拜年声都很难听到。"周华胜倒在铺上闭着眼说："现在各方面条件就这样,等厂子效益好了,肯定会涨工资发奖金分福利,到时候过年东西就会齐全,年味也就自然浓了。俗话说'只要思想不滑坡,办法总比困难多。'""那你就好好等着不滑坡的好处吧!"王秀英眼皮也没抬,忽然听到身后鼾声大作,回头一看男人已睡熟。

刚出正月,令人生畏又无可奈何的沙尘暴,准时从老家西伯利亚开始四处肆虐,很快窜到这片冰天雪地的戈壁滩。

这天早上,周华胜下夜班回家,突然发现原本晴朗的天气在不到两分钟的时间里骤变,他心里一惊,迅速跑到家里告诉秀英:"马上来沙尘暴了,快和孩子上床,我马上回趟单位。"王秀英未领教过沙尘暴厉害,不以为然道:"我得去上班,不上班哪来的钱?"

周华胜急道:"你不懂!沙尘暴来了根本扎不成钢筋,就是到了工地也白搭。这场沙尘暴说不上刮多久,把孩子独自放在家里根本不行!"王秀英这才同意待在家里,随后问男人:"你刚下班,明知要起沙尘暴了,还去单位干什么?"周华胜说:"越是起沙尘暴越得去看看,防止炉台上出什么意外。我把尿桶提进来,你和孩子大小便都攒在桶里。我出门后,你立即用粗棍顶住门,别误了睡觉和吃饭。"他边说边把尿桶提进屋,随即扭头往高炉跑去。

周华胜一路飞奔到高炉,此时铺天盖地的黄沙席卷而来,飞起的沙砾打在高炉上,不停地发出"当当当"的响声。周华胜急忙换好工作服冲上炉台,此时高炉正在出铁,营长正带领当班炉前工紧张忙碌着,看来面对恶劣天气,营长也唯恐炉台上有什么闪失,所以亲自上阵。

张德义一扭头瞥见他,微怔一下,喊道:"周华胜,你不是下班了吗,怎么又返回来啦?"他大声说:"营长,这种天气炉台上还是多个帮手好些。"他边说边和其他工友搅动主铁沟里的铁水,被沙尘呛得直咳嗽,周围的工友也都咳嗽不停。沙尘和着汗水黏在众人脸上,只好边擦拭边小心翼翼地工作。半小时后,这炉铁顺利出完,大家这才松了口气,陆续来到炉台旁的休息室,东倒西歪地休息。

周华胜坐在角落里喝水,张德义走过来紧挨着他坐下,半心疼半埋怨:"累了吧?你明明回家了,还非要返回来,这下倒好,直接被沙尘暴堵在炉台上了。这场沙尘暴还不知刮到什么时候,眼下又回不了家,你不惦记老婆孩子？"周华胜憨厚一笑说："营长，你老婆孩子不也在家里吗？你都这样了我们这些人更没的说。"

张德义抽了口烟锅说："幸亏咱们营前几天办了个食堂，大家可以就近吃饭，否则吃饭都是难题。"周华胜笑着说："营长，别看你性格很直，心肠却很好。"

张德义轻轻吐了口烟雾，悠悠地说："雷锋同志不是说过嘛，对待同志要像春天般温暖，当然这种温暖也得分时候，如果有谁敢违反操作规程，那我想温暖也温暖不起来。这方面咱们常指挥把握得很有分寸，工作之外嘻嘻哈哈打成一片，一旦进入工作状态就像换了个人，完全是截然不同的两个人。其实，这点我也是跟常指挥学的，当然他背地里也没少提醒我。"周华胜点头称是，自从开工建设到现在，常德的确如此，难怪他能赢得好口碑。

午饭时，张德义招呼周华胜一起到高炉食堂吃饭。两人顶着风沙跑到食堂门口，碰巧有人找张德义有事，他随即和那人走了。周华胜径自走进食堂，这是他头一回到高炉食堂吃饭，食堂不大，坐满了一线工人，大家边吃饭边谈天论地。周华胜打了一个馒头、一个窝头和一碗素炒白菜，坐在桌旁很快吃完，而后来到休息室小憩。一小时后，出铁时间到了，他和工友们一起重返炉台，迎接又一炉铁水……

再看地窨窨群这边，黄沙顺着缝隙直往地窨窨里灌，满世界一片昏暗。

起初，王秀英搂着儿子缩在床上不敢动，唯恐地窨窨被刮塌，渐渐地反倒不怕了，害怕也没用。王秀英索性跳下床，吐了口嘴里的沙子，把锅碗瓢盆里的沙子洗净。原本亮着的电灯忽然灭了，她咕哝一句："看来电线杆被大风刮倒了。"急忙从枕头旁边摸出手电筒打开，找到火柴点着嘎斯灯，此时嘎斯灯的重要性胜过以往，发出的怪味也不再那么刺鼻，反倒令人生出一种特殊的亲切感。王秀英简单做了点饭，哄着儿子一起吃完，而后娘俩又上了床，继续听着骇人风声，听着听着便睡着了……

这场沙尘暴刮了整整一天，直到次日早上才停息。

周华胜从高炉气喘吁吁地跑回家，进门便对刚起床的秀英笑道："这下见识到沙尘暴的威力了吧？"秀英白了男人一眼："哼！亏你还能笑得出来，光听这声音就能把魂吓丢。你的心真大，把我们娘俩丢下就不管了。"周华胜抱起儿子亲了口，说："那有什么不放心的？只要安心待在窑里就行，肯定不会被大风刮跑。"秀英问："你在炉台上干那么久，累了吧？"周华胜回答："不算累，营里考虑到沙尘暴会影响交接班，也会影响安全生产，所以出铁不多，正好可以多休息。"说话间，他一扭头看到门后的尿桶还未倒，迅速提起尿桶钻出地窨窨。

他提着尿桶走了一路，发现有十几户人家被大风掀去窑顶，这些人家哭天喊地，四下寻找被大风刮跑的东西，可惜那些东西早被刮得了无踪影。靠近公用茅房的一户人家，全家人好似刚从土里钻出来，跺着脚大骂老天爷不长眼，怎么偏掀他家屋顶。周华胜想，这家人挺有意思，谁家的屋顶愿意被掀？老天爷若是长眼，最好谁家的屋顶都别掀。

在地窨窨里憋闷了一整天的人们，纷纷钻出窨外呼吸新鲜空气。当他们返回窨窨推开破门的刹那间，猛然闻到一股强烈的骚臭味，这才想起窨内还放着攒满屎尿的桶，于是，无论男女统统提起尿桶涌向公共茅房。公共茅房很快挤满人，来不及等待的人们，索性提着尿桶走向不远处的沙丘，"哗啦"一声将屎尿全部倒进沙丘，沙丘里很快呈现出一条条颜色相近的"断裂带"。排不上队的周华胜，也只好将屎尿补充到"断裂带"里。

周华胜把空尿桶放在窗下返回窨窨，刚进门便听到老婆的惋惜声："唉！白白少了一天工钱。"他边洗手边说："不就一天工钱嘛，别在那里唉声叹气了，抓紧收拾下家。"

王秀英收拾完家，将儿子交给男人看着，匆忙赶到钢筋工地。此时，曹师傅正在整理一些东西，机器上方的茅棚被狂风刮得不知去向，只剩下机器埋在齐腰深的沙土里。她向曹师傅解释昨天没来的原因，曹师傅笑道："这么大的沙尘暴根本出不了门，即使到了工地也干不成活，遇到这种情况，只能窝在地窨窨里集体休工。"说罢带领秀英等人将机器周围的沙土清理干净，之后开始工作。

王秀英下班后疲惫地回到窨窨，屁股刚挨着板凳，周华胜带着匡照明进来了。

周华胜进门就说："秀英，看看咱家还有多少钱？拿出来先给匡照明家用。"王秀英说："家里还剩二十来块……"话音未落，周华胜就抢过话头："都拿出来给匡照明吧，他家急用。"王秀英沉着脸，打开小黄箱取出二十块钱递给男人。周华胜立即递给匡照明，他道过谢转身走了。送走匡照明后，周华胜赶紧向老婆解释:"我刚才带着儿子在路上玩耍,恰巧碰到匡照明来咱家,支吾半天,说他家实在揭不开锅了,想借点钱,所以我才直接把他带回家。"

王秀英从水桶里舀起一瓢水,一边洗菜一边絮叨:"家里就这么点钱,一下子全借出去了。我连副棉手套都舍不得买,你可倒好,弄了个'都给他拿去',以后别总充什么大尾巴狼,好像自己多能似的。"

"你就少说两句吧!你以为张嘴向别人借钱容易啊,匡照明也是实在没辙了才张这个口。"周华胜被她吵得头晕,有些不耐烦。

"你是不是不想让我当这个家了?喃!给你这串破钥匙,你当这个家吧!"

随着话音落下,一串沾水的钥匙旋风般"啪"地落在周华胜大腿上,又从大腿上"啪"地掉到地上。他愣怔一下,刚要发火,转而一想老婆这样做也是为了家庭,特别是一想起老婆干钢筋工受的罪就格外心疼,于是弯腰从地上捡起钥匙串,赔着笑脸,把钥匙重新拴在老婆腰带上。

他耐着性子再次解释:"秀英,你刚才那种态度匡照明肯定看出来了,送他出门时,再三表明不好意思张这个口。他两口人时常闹别扭,不是因为疯娘跑出去找不着人影生气,就是因为家里揭不开锅吵闹。你和胡春香是同村,我又和匡照明是战友加同乡,他家有难处了咱能不帮吗?至于咱家的生活费,我再想其他办法。"事已至此,王秀英也不好再说什么,闷闷不乐地吃完饭。席间,周华胜未再多说什么,一边吃饭一边与儿子嬉戏。

次日下午,周华胜拿着二十块钱交给秀英,她问从哪弄的钱,他回答找常指挥借的。她说常指挥真是个好人,别忘了月底发工资时还给人家。

第二十章

　　愁云笼罩了地窑窑群，许多人家叫苦不迭，长吁短叹。眼下正值青黄不接之际，吃菜成了最大的难题，甚至连咸菜都一时无法找到，前段时间还有一些沙疙瘩公社的菜农来卖上年冬天存储的剩菜，但很快便看不到菜农的影子，生活进入最难熬的时期。

　　众人在愁肠百结中琢磨生存办法，该怎样渡过这个难关呢？思来想去，最好的办法就是采沙葱吃。沙葱是沙漠草甸植物的伴生植物，因其形似幼葱故称"沙葱"，而今这一抹抹淡绿色的野菜，俨然成为许多人家饭桌上的希望。

　　饱受菜荒的人们，成群结队地奔向沙滩，进入视野的并非绿色的沙葱，而是一片片灿烂鲜黄的花朵，漂浮在青色的海洋上，原来是沙冬青开花了！人们大都顾不上欣赏这道美丽风景线，埋头寻找那些零落分布的沙葱，每发现一丛在轻风中摇曳的沙葱，都会兴奋半天。他们把这种实心沙葱采回家，用开水焯完后，加上盐及少许油凉拌，就成了一道下饭菜。

　　王秀英带着儿子来到沙滩采沙葱，先在繁花似锦的沙冬青丛中玩耍一阵子，而后才开始采沙葱。周小鲁跟在娘身边玩耍，眼神被"刺溜刺溜"乱跑的甲壳虫牛牛们所吸引。王秀英随手抓起一个胖牛牛，揪着后腿，拿到儿子眼前来回晃悠。小鲁的黑眼珠随着挣扎的牛牛快速转动着。她故意将牛牛往儿子小手里塞，一不留神牛牛从小手里掉下来，跌跌撞撞地逃走了，娘俩不由笑出了声。采完沙葱临走时，王秀英还没忘了折几枝沙冬青花放在筐里。回到家后，她将沙冬青花置入水瓶，放在小窗台上，窑窑里顿时充满了令人愉悦的色彩。

　　王秀英将沙葱做成凉菜端到饭桌上，两口人吃了不少，结果没出几天双眼又痒又疼，只好相跟着来到医院，此时医院门口早已挤满了手捂眼睛的人。经过医生诊断，都是过度食用沙葱导致的红眼病。一些人拿着红霉素眼膏无奈地叹息，明知吃沙葱易得红眼病，但又不得不吃。

一个长脸盘高个子男人提醒众人，抽空到玉明市区弄些咸菜或凉皮吧，用它们跟沙葱调剂着吃还好些，这种日子大概要熬一个来月，到时候沙疙瘩公社自留地里的头茬菜就成熟了，菜农们自然会来卖菜。

另一个中等个头男人叹息道："也只好如此了。好在菜农们深冬时节就开始在暖屋里育菜苗，五月初就把开花的大菜苗移到地里，估计此时已经结果了，但愿菜快点成熟。"大家不自觉地把目光投向沙疙瘩公社方向，巴不得现在就看到那些熟悉的菜农和驴车，快点来救救这些可怜人。

周华胜和王秀英挤在人堆里找医生开眼药膏，两个人只开到了一盒。由于红眼病患者越来越多，药房里的眼药膏所剩无几，只好等着指挥部再派专车，到玉明市医药部门去取。

周华胜两口人从医院出来后，刚拐上回家的小路，王秀英一眼瞅到了不远处走来的苗逸严，不由撇下嘴角："又碰上这个人了。"说罢拉着男人袖子想转路。周华胜大咧咧道："怕什么？他又不吃人。"秀英表示没怕什么，只是不愿意看见这个讨厌鬼。

苗逸严走到离二人几步远的地方停下来，指着他们的眼睛幸灾乐祸道："瞧你们两口人的眼睛，活脱脱一对白兔眼，一定是吃了过量沙葱导致的，快离'红眼病'远点。"王秀英没好气道："我们这是真正的红眼病，不像有的人天天犯精神上的红眼病，这种人才是真正应该远离的。"

周华胜轻抹着眼角一笑："苗逸严，你离家近，家庭条件又好，说实话我们望尘莫及，吃沙葱也是迫不得已，你就别取笑了。"苗逸严斜睨道："这下明白什么叫条件了吧？至少我现在有菜吃，你们却吃不上。赶紧离你们远点，别传上红眼病。"说罢疾步而去。

王秀英怏怏不乐地回到家，将眼药膏往桌上一摔："真是屋漏偏逢连夜雨，吃个破沙葱还能得红眼病，还让那个混账东西笑话一顿。"

"由他笑话去吧，不就几句话嘛，不用那么较真。"

"我发现你就是个怂包软蛋。苗逸严左一次右一次欺负咱们，你竟然还能笑着跟他说话，你到底怕他什么？为什么就不敢给他点颜色看看！"

"你不要总在这个问题上纠结,我不是怕他什么,只是不想跟他计较那么多。你没来这里时,我曾因为他朝匡照明扔黑砖头打得他鼻口出血,事后他也没再做什么出格事,不能因为几句话加深矛盾。红眼病就怕着急上火,为这点皮毛事上火不值得,抓紧把红眼病治好比什么都强,还是少吃点沙葱吧。"

"说得轻巧!不吃沙葱吃什么?眼下没有任何蔬菜。"王秀英没好气道。

周华胜瞥了老婆一眼,觉得地窨窨里格外闷人,干脆钻出地窨窨透透气。

一会儿,他突然发现不远处过来一辆慢悠悠的驴车,车上坐着许久未见的贾二蛋爷俩。

赶车的贾二蛋看到周华胜后,急忙收起鞭子下车,贾二蛋爹紧跟着下了车。周华胜急忙迎上前,贾二蛋爹笑呵呵道:"打听了一圈人,才知道你家住在这里。这个时节严重缺菜,我家里还有些去年冬天剩的土豆萝卜,另外还有点自家腌的芥菜,一起给你送来了。菜不多,成色也不太好,别嫌弃,能坚持几天是几天。"说罢,和儿子一起把两个盛菜的大尼龙袋子从驴车上拿下来。周华胜顿时感动万分:"谢谢大爷,这个时节你家也缺菜,应该留着自己吃。"说着上前接过袋子,随即扭头对着地窨窨高喊:"秀英,快出来!"

王秀英正对着镜子抹眼药膏,闻声不耐烦地钻出窨窨,发现男人正和两个看上去像爷俩的陌生人说着什么,又看到地上放着两个鼓鼓囊囊的大尼龙袋子。她刚要张嘴问什么,结果被男人一把拉过来:"秀英,我给你介绍一下,这就是我跟你说过的贾大爷和贾二蛋,爷俩专程给咱们送菜来了。"她一听连忙致谢。贾二蛋爹说:"看你们两口人的眼睛就知道这些日子受苦了,沙葱那东西吃多了上火,会得红眼病。"王秀英的红眼里瞬间迸出泪花,哽咽着表示感谢。

贾二蛋笑着说:"嫂子长得跟年画里的人一样好看。"王秀英冷不丁受此表扬,红着脸低下头,无意间发现贾二蛋爹的腿不时抖动,忙抬起头问:"大爷,你的腿怎么了?"老人笑着解释:"没事,关节有点疼,老毛病了。"

周华胜赶紧招呼贾二蛋爷俩到家里就座,秀英倒了两碗水递给二人。贾二蛋爹扫视一圈窨内,边喝水边说:"唉,你们的生活条件太艰苦了,真是难为你们了。"周华胜笑道:"住在窨窨里挺好,风吹不着雨淋不着。"坐了没十分钟,贾二蛋爹便急着要走,说儿媳妇快生孩子了,出来久了惦记。王秀英接过话头:"大爷,等你有了孙子一定通知我们,让我们也跟着高兴高兴。"贾二蛋爹痛快地点点头，随后和儿子一齐坐着驴车走了。

望着渐行渐远的驴车和贾二蛋爷俩的背影，周华胜喃喃道："雪中送炭见真情。黄河二队距这里三十多里路，坐驴车来至少一个半小时，特别是贾大爷，竟然忍着腿疼来给咱们送菜。"说着眼角不由湿润。

周华胜两口人给匡照明家送了些菜，他家人口多，也是饱受红眼病折磨。胡春香望着菜眼眶顿湿，对王秀英说："不愧是同乡好友，有好事还能想着我家。自从我婆婆来这里后，家里多了一口人吃饭，我又找不成活干，日子过得很紧巴，不得已才向你家借了二十块钱。我提出把婆婆手上的那只老银镯兑换成钱，惹得匡照明当场翻脸，差点用鸡毛掸子揍我。"

说话间，匡照明下班回来了，一进门就看到了菜，了解到菜的来源后揉着红眼睛笑道："贾二蛋一家很义气，真是不打不相识，周华胜也算没白挨那一棍。"胡春香上前一把将男人的手从眼上拿开："别搓眼，医生说了越搓越厉害。"周华胜开玩笑道："看不出来，你们两口人吵架一流，秀恩爱也一流。"胡春香表示老夫老妻了，床头打架床尾和，很正常。

周华胜和王秀英的红眼病很快痊愈，秀英说多亏贾二蛋爷俩雪中送炭，要不然红眼病也不会好得这么快。周华胜说："知道就行，以后别忘了人家。"秀英一板一眼道："知道了，滴水之恩，当涌泉相报。"说罢便去上班。

王秀英来到钢筋工地，曹师傅将她叫到一旁说："你的身子越来越不方便了，就不要到架子上扎钢筋骨了，在下面把切好的圆钢用米丝扎好就行。"她感激地点点头。按照曹师傅的嘱咐，她用绑扎钩把切好的圆钢摆好，而后再用米丝捆扎完毕。这项工作大大减轻了她的劳动负荷，工友们没有一个提出异议，反而时不时上前帮忙。

王秀英下班回家后，周华胜已经做好了饭。席间，她边吃饭边说曹师傅和工友们对自己很关心。周华胜表示在这里净碰上好人，如果没有这些好人相助，说不定会受什么苦呢。王秀英喝了一大口稀饭，说："那个苗逸严就不是什么好人，净干些不地道事，一想起他，我心里就像堵了千斤鸡毛。"周华胜边吃饭边斜了老婆一眼："你呀，就是放不下事，有些事该放就得放，总记在心里不好。"她鼻腔里哼一声："他那么处心积虑地对付你，你还反过来向着他说话，标准的背心裤衩分不清。"

周华胜笑着劝老婆，别总想些不愉快的事，要多想点好事，随后便转移了话题，说："二号高炉马上开建了，等建好后会有更多的生铁支援国家建设，另外首批职工住宅也快盖好了，很快就要过上好日子了。"王秀英说："早听说了。就是不知道首批住房有没有咱们的份。""不管有没有份，只要盖好首批肯定还会继续盖下去，大不了等下一批再住。"周华胜说着咬了口窝头。

贾二蛋突然急匆匆地来了，满头大汗，手里提着一包染着红颜色的鸡蛋，进门便喜形于色道："周大哥，嫂子，我老婆生了个大胖儿子，母子平安，特来向你们报喜！"周华胜一边招呼贾二蛋就座，一边高兴地说："终于完成你爹的心愿了，也算对得住你妹妹了。"说着倒了碗水递过来。

贾二蛋边喝水边用力点下头："我妹妹一听说她嫂子生了个男娃，别提有多高兴了，连说自己付出的一切都值得，我妈在天有灵也该欣慰了。"说着说着便眼圈发红。听罢二人对话，王秀英不解地望了男人一眼。周华胜知道老婆想问什么，但当着贾二蛋的面不好说，随即岔开话题招呼贾二蛋一起吃饭，他说自己吃过饭来的。

说话间，贾二蛋盯着周华胜脚上的翻毛鞋问："大哥，这种翻毛皮鞋是你们单位发的？"周华胜回答："这是单位发的劳保鞋。""哦……怪不得没看到有卖的，原来是你们单位发的劳保鞋。"望着贾二蛋双眼放光欲言又止的样子，周华胜似乎明白了什么，打开床下的纸箱，找出一双新翻毛鞋递给他："这是我刚发的鞋，你要是喜欢就拿去穿吧。"

贾二蛋赶紧接过鞋，像孩子一样瞪着眼睛问："真给我了？"周华胜一笑："真给你了，拿去穿吧，这种鞋又结实又不捂脚。""谢谢周大哥！"贾二蛋十分高兴，把鞋拿在手里摸了又摸，爱不释手，闲聊一阵子便起身走了。待贾二蛋走后，周华胜对秀英讲述了贾二蛋换亲之事，她方才明白，慨叹家家有本难念的经，那家人真不容易。

周华胜让老婆找袁素琴打听一下此地人"坐月子"习俗，她很快找到袁素琴询问，得知看月孩要准备鸡蛋、红糖、小米和红布。王秀英让男人到市区把这些东西置办好，特意嘱咐男人给贾大爷买了十副膏药和一罐麦乳精，又让男人给她买了块红纱巾。她把红艳艳的纱巾系在脖子上，歪着头美滋滋地问男人："是路上那些戴纱巾的女人漂亮还是我漂亮？"周华胜不假思索地回答："当然是我老婆漂亮，高鼻梁大眼睛再配上红纱巾，就像西域女人一样颇具风情。"这番表扬自然获得秀英欢心，扳过男人的脸狠亲一口，他挠着头皮嘿嘿直笑。

　　王秀英把儿子交给孙玉凤照看,而后和男人捎着东西坐车来到沙疙瘩公社,从汽车站下车后,她扶着孕肚休息。周华胜截了一辆顺路的驴车,两口人坐上驴车来到贾二蛋家。贾二蛋搬过小板凳招呼就座,倒了两碗水递上前。

　　周华胜再次对当初送菜之事表示感谢,贾二蛋笑道:"这点小事应该的,别忘了我还穿着你给的翻毛皮鞋呢。"他边说边指了指脚上的翻毛皮鞋,接着说:"这双金贵的鞋给我这个瘸腿挣足了面子,我们队里的一些人,看到我穿这种鞋别提有多羡慕了!有的甚至要用一篮子鸡蛋跟我换,别说一篮子鸡蛋,就是一筐鸡蛋我都舍不得换。"

　　周华胜望着贾二蛋的可爱样子,不自觉笑出了声。他问贾二蛋:"怎么没见着你爹?"贾二蛋回答:"我大刚出去,一会儿就回来了。"一旁的王秀英说:"知道贾大爷关节不好,特意买了些膏药送来。"

　　她的话音刚落,贾二蛋爹就从外面回来了,贾二蛋连忙举起膏药兴奋地说:"大,你看!这是周大哥和嫂子给你买的膏药,前几天送菜时你就那么随口一说,没想到人家却放在心上了,还送来许多好东西。"贾二蛋爹连声致谢,看到麦乳精时更加不好意思:"吃这东西太奢侈,以后别再花钱买这么贵的东西了。"

　　贾二蛋领着秀英来到"月房",对躺在床上的老婆说:"周大哥家的嫂子来看你和娃娃了。"秀英上前问好。张杏花亲热地拉住秀英手:"上次二蛋一回来就夸嫂子长相漂亮,今日一见果真如此。"秀英不好意思地笑了,随后抱起褓褓里的婴儿端详,夸奖这孩子长得跟娘一样漂亮,问孩子叫什么名字,杏花痛快地回答:"叫狗蛋,好养活。"

　　周华胜两口人在贾二蛋家待了一个多小时,告辞回家。贾二蛋爹提前让儿子借了辆驴车,把周华胜两口人送到汽车站,贾二蛋目送他们坐上客车,这才赶着驴车悠悠而去。王秀英对男人说:"贾二蛋这家人确实挺好,张杏花虽然是换亲进的婆家,但从她脸上未看到任何换亲的不快,反而充满了快乐和知足,看来两家换亲后都能善待对方,这也是一种幸运。"周华胜点头称是。

　　返回玉钢后,周华胜来到营长家接儿子。张德义正好在家,告诉他过段时间武装部要开展首次民兵打靶活动,届时各营都要派出民兵参加,炼铁营也不例外，嘱咐他认真训练，别给炼铁营丢脸。周华胜笑着点点头。

时隔不久，玉钢武装部果真组织开展了民兵打靶训练活动，从全厂一千六百多名职工中选出六百名基干民兵，分批进行打靶训练。

打靶训练启动这天，丰达区人武部派员参加了启动仪式，仪式由玉钢人武部部长巴图主持。巴图做了一番动员讲话，自今年开始，每年六月进行为期一周的民兵训练活动，凡是二十八岁以下退出现役的士兵以及经过军事训练的职工，全部编入基干民兵组织。作为准军事力量，基干民兵要随时在军队需要时参与作战，支援军队的各类后勤保障工作，希望大家充分重视这次打靶训练活动，圆满完成各项活动。

炼铁营选出五十人参加打靶训练，包括周华胜、吴明在内，全部被分在第二批参加打靶。在营长张德义带领下，炼铁营民兵来到离矿山不远的一处山沟里打靶，清脆的枪声不断响彻训练场，不少人打出了满意的好成绩，其中周华胜更是打出九十环的好成绩，这些自然令张德义很满意。

打靶结束后，周华胜、吴明等人兴高采烈地走在回家路上，高唱着"日落西山红霞飞，战士打靶把营归，胸前红花映彩霞，愉快的歌声满天飞……"

当歌声落下时，吴明忽地想起了什么，对大家说："不知你们发现没有？最近山下来了五六家羊倌，听说是从玉明市丰达区农场过来的，养着好几百只山羊。"另一人接着话茬道："怪不得我前些日子去北山下溜达，看到好几个人往山上赶羊，当时还纳闷，这么偏僻的地方怎么会突然冒出羊群，原来如此。"众人七嘴八舌，议论着这件稀奇事。

几天后，周华胜信步来到山脚下，果真发现，距离北水源地不远处，零散分布着十几间干打垒。他顺着水源地旁边的模糊土路，一溜烟跑到最近的一处干打垒，只见屋前有一个大羊圈，旁边拴着一大一小两条狼狗，一个十四五岁的瘦弱男孩正蹲在地上逗弄小狗。

狼狗们发现有陌生人靠近不停地狂吠，男孩站起来警惕地注视着周华胜，随后迅速跑进屋里。一会儿，从屋里走出一个六十来岁的老汉，一边打量周华胜，一边操着此地方言笑道："你肯定是跟其他人一样，出于好奇心才来到这里。我叫孟庆于，刚才那个娃娃是我孙子。口渴了吧？来！进屋喝口水。"周华胜笑着介绍了自己，跟着老人走进屋。屋里很杂乱，有一股刺鼻的味道，孟庆于边倒水边说："屋里很乱，你别介意。"

通过聊天，周华胜得知这里一共住着五户汉族牧民，全部都是丰达区农场的此地人，由于山上有不少青草且离北水源地近，所以才来这里牧羊。每家养着近四百只山羊，其中三百五十只是农场的，其余四十多只是自留羊，靠着卖自留羊的羊肉及羊毛维持生计。春、夏、秋季基本把羊放养在山上，农场的干部每隔十天半月来检查一次。去年，孟大爷的儿子儿媳先后因病离世，留下他与唯一的孙子相依为命。粮食每月由孟大爷的弟弟送来，用水就到北水源地打水，那里负责看水的职工总是热情地帮助他们。

"大爷，这么多山羊，你们祖孙二人能放得过来？"周华胜问孟大爷。

"基本能放过来，山羊有较强的合群性和觅食能力，在头羊的带领下，其他羊顺从地跟随头羊上山下山及其他活动。我和孙子每隔两三天上山查点数量，生怕农场的羊出什么意外，否则得把自留羊搭进去。查点羊数时，顺便把羊群赶下山喝水，喝完后再赶回山上，遇着下雨天就不用赶下山喝水，山羊自己就在山上喝了，那样我们更省事。"

"你们五家的山羊全部放养到山上，就不怕混在一起不好找？"

"这个好办！各家在山羊的耳朵后面涂上红、黄、蓝、黑、绿等颜色的油漆，按照颜色寻找和清点自家羊。我家羊耳朵后面是红色。"孟大爷痛快地说。

"这倒是个好办法。"周华胜笑道。

说话间，孟大爷的孙子跑进来，对着爷爷呜里哇啦比画不停，周华胜这才发现原来是个聋哑孩子，祖孙二人以神情和手势比画一阵子，之后孩子跑了出去。

孟大爷叹息一声说："我孙子叫孟志，两岁那年，因为感冒发烧打了过多的青霉素，结果好端端的娃娃成了聋哑人。"周华胜方才明白。从孟大爷家出来时，看到孟志正领着那只小黑狗往野地里跑去，孩子瘦弱的身影很快消失在视野中。

当周华胜回到地窨窨群时，发现十字路口围了许多人，近前一看顿时欣喜若狂，原来是沙圪瘩公社的菜农来卖菜了！终于见到了仿佛等待一个世纪的菜农、毛驴和驴车，耳畔再度响起阵阵熟悉的此地口音："卖菜啦！又鲜又嫩的蔬菜！"

买菜的人们争先恐后，一边热忱地同菜农打招呼，一边迫切地挑选新鲜菜。菜农们脸上挂着亲切的笑容，熟练地从地摊上拿菜称菜，就连不远处的毛驴们仿佛也情意浓浓，不断冲着闹哄哄的人群龇牙而笑。这场青黄不接的考验，显然让人与人、人与动物之间都察觉到一种超乎以往的亲切和珍贵。买上菜的人们急忙往家跑，一家人终于能美美地过顿菜瘾了。

周华胜挤在人堆里买了豆角、茄子、黄瓜、西红柿等，回家后赶紧炒了两个菜，两口人各自盛了一大碗，给儿子盛了一小碗。"终于吃上新鲜蔬菜了，真不容易。"王秀英边吃边感慨。"嗯嗯。"周华胜几乎顾不上说话，抱着菜碗狼吞虎咽，连菜汤都喝得一干二净。

周华胜这晚上夜班，上班前嘱咐秀英，看样子夜间要下雨，让她好好听着，下雨了出去接点雨水用。王秀英睡得迷迷糊糊，点着头答应了。

次日清晨，天刚蒙蒙亮，王秀英隐隐听到"嘀嗒嘀嗒"的雨声，起床一看果真下雨了。"终于下雨了！"她欣喜若狂道，迅速把水桶放在窑门前的路上接雨水。

此时，听到雨声的人们纷纷从地窨窑里跑出来，面对这场稀罕的雨水激动万分："下雨啦！下雨啦！"随后把家里能盛水的盆盆罐罐全部摆到地窨窑门前，一些男人甚至光着上身，冲到雨地里淋了个痛快。待盛水的家什满了以后，又以最快的速度将这些盆罐搬回窨窑，场面如同战场上运送弹药的士兵。

随着风越刮越大，雨越下越猛，地窨窑门前的路上积水骤增，人们急忙用铁锹在窑门前堆起小堤坝，但雨水很快冲垮了小堤坝，顺着甬道进入地窨窑，屋里很快涌进半米深的水，鞋和脸盆漂浮起来，家什几乎被泡在水里，床也被水冲得吱嘎作响乱摇晃。更糟糕的是，地窨窑这种构造的房子怕雨，房顶的泥巴极易被雨水泡透，造成"天上下大雨，窑里下小雨"，人们的心情瞬间转喜为忧，再这样下去地窨窑难免会倒塌，只好拖家带口钻出地窨窑。

王秀英也试图用小堤坝堵住门前的积水，试过几次无济于事，只好搂着儿子战战兢兢地坐在床上，要是男人在家就好了，可惜他上夜班还未回来。"吱吱！吱吱！"随着一阵急促的叫声，在地窨窑角落里安家落户的老鼠们，惊慌失措地从洞中游出来，像耍杂技一样，在水里游来浮去。老鼠们瞪着小黑眼直瞅床上的人，似乎在嘲笑：人类又能怎样？还不是和我们一样被淹，穴居族对此是共性的。

王秀英无奈地看着这些老鼠，她曾试过用各种方法驱赶或消灭它们，但均以失败告终。此时的这场瓢泼大雨，对于穴居的人类和鼠类来说，确实太糟糕了。同病相怜，王秀英指着老鼠们说："乌龟不笑鳖，都在泥里歇。谁也别笑话谁了，快各自逃生去吧！"

　　说罢她马上意识到不能再坐在床上，万一窑窑被泡塌会被埋在里面，于是小心翼翼地下床，将黄箱里仅有的钱揣在怀里，穿上雨衣，带着儿子走到窑外。此时，许多地窑窑门前站满了黑压压的人群，有些穿着雨衣披着塑料布，有些顶着脸盆或扣着锅盖，更有甚者将尿桶倒扣在头上。他们站在雨地里，周身瑟瑟发抖，欲哭无泪。

　　王秀英将儿子紧裹在雨衣里，站在窑门前的泥路上，暴风雨吹打得人几乎站立不住，浑身直打哆嗦。孙玉凤领着孩子走过来，苦着脸说："真是倒霉透了，好容易盼来场雨水，却落得如此境地。"王秀英问道："你家大哥也上班去了？"孙玉凤点头道："上班去了，即使在家也干瞪眼没法子。"

　　说话间，姜伟和袁素琴也领着孩子从窑窑里跑出来，姜伟怀里搂着大毛，袁素琴怀里搂着二毛，她用此地话连声咒骂老天爷："这个该死的老天爷，要不就连个屁雨星都见不着，要不就差淹死人，这是成心跟这些可怜人过不去呀，真是'黄连树上搭苦瓜棚，苦成一堆了'呀，这个挨枪崩的老天爷。"

　　在暴风雨的猛烈袭击中，有几个地窑窑瞬间垮塌，窑主人想冲进去施救，结果被人死死拦住。窑主人捶胸顿足，同样指着老天爷骂遍了十八辈祖宗。人群中不知谁发出了哭声，紧接着引发了成片的号啕，乱成一团。

　　正在这时，周华胜下夜班回来了，王秀英一见男人就哭诉："家里全是水，东西全被淹了，这日子可怎么过啊。"周华胜擦了把老婆脸上的泪水："别难过，等雨停了把东西搬到太阳地里晒晒，也没什么值钱物件，只要人平安就好。"王秀英担心儿子被冻出三长两短，周华胜一时不知说什么好，只是将儿子紧搂在怀里。

　　一会儿，周华胜突然想到匡照明家不知怎样了，他家有个疯娘，不会出什么事吧？想到这里，他立即把怀里的儿子交给秀英，穿过哭乱的人群，径直跑到匡照明家门前，只看到了胡春香和孩子，于是大声问："胡春香！匡照明呢？""匡照明找他娘去了！早上下雨前，一睁眼发现他娘不见了，他急忙跑出去寻找，结果到现在也没见人影，把人都急死了。"胡春香抹着眼泪回答。

周华胜迅速跑到金明顺和刘大龙家地窨窨，他们两家紧挨着，此时二人正同老婆孩子站在雨地里。"你们见没见到匡照明？"周华胜大声问金明顺和刘大龙。"没看见啊！乱成这样想看也看不清。"金明顺一改往日的慢性子，高声回答。刘大龙擦着脸上的雨水说："这个破天气能把人气死，成心不让人活了。"周华胜对二人说："匡照明他娘下雨前突然不见了，匡照明跑出去寻找，到现在都没见人影，暴风雨这么大，要尽快找到他们，咱们三个分头在附近找找吧，我到南边找，你们分别到东边和北边找。"说罢三人分头行动。

周华胜顶着滂沱大雨，一路向南寻找。此时，暴风雨在沙丘里一个劲地狂欢，打倒了无数的沙葱、沙蒿子，只有沙冬青擎着湿漉漉的头直挺着，牛牛和马蛇子们早已躲进洞穴里。周华胜在泥泞不堪中走了接近一里地，隐约发现前方沙滩里走来一个趔趔趄趄的瘦小身影，他抹了把脸上的雨水，定睛望去，发现正是匡照明。

"匡照明！"周华胜边喊边狂奔过去，跑到近前时几乎要掉泪，匡照明淋得像只落汤鸡，背上是被雨衣裹得严严实实的疯娘。匡照明一看到周华胜便哭了，泪水和着雨水瀑布般从脸颊滑落。"别哭了，老人找到了就好。"周华胜哽咽着安慰，随即脱下自己的雨衣，硬逼着匡照明穿上，紧接着把老人移到自己背上，雨水很快打湿了他的衣衫。

他们好容易回到匡照明家地窨窨门前，胡春香一见男人的可怜样子咧嘴就哭，同时瞪了疯婆婆一眼。看到男人身上穿着大号雨衣，她一猜便知是周华胜的，抹着泪感叹："这世上，除了我这个当老婆的对匡照明好，其次就是周华胜这个战友了。"匡照明从雨衣里探出脑袋，不无得意道："有时候，你这个当老婆的也不一定比周华胜对我好。"周华胜抹了把脸上的雨水笑道："你们两口人别贫嘴了，这么点小事不值一提。"

这时，刘大龙和金明顺一齐跑过来，看到匡照明和老人安然无恙，不由松了口气。刘大龙故意逗匡照明："小鬼头，这次你是个真正的勇士！我都能想象到你奔波在雨中沙滩到处找娘的场景。"说到最后竟戏剧性掉了泪。金明顺上前拍着匡照明肩膀表示，对匡照明别的不服，就服他孝敬老娘，就冲这点也值得交往一辈子。匡照明欲脱下雨衣还给周华胜，结果被他阻止了："你先穿着吧，别冻感冒了。既然你和老人都没事了，那我和金明顺、刘大龙就回去了。"说罢三人转身走了。

周华胜气喘吁吁地跑到自家门前，王秀英看到男人浑身上下像刚从水里捞出来一样，额前的几绺头发荡在眉前，忍不住问："怎么淋成这个熊样了？雨衣呢？"周华胜回答："雨衣给匡照明穿了。"王秀英催促男人："赶紧回窑窑找个大锅盖扣到头上吧！"周华胜迅速跑回窑窑，找了个大锅盖顶在头上，再一看周围不乏顶锅盖者。

一小时后，这场突如其来的暴风雨终于停了。雨过天晴，整个地窑窑群开始被腾腾升集的白色蒸汽包围着，不断缭绕着……

"谢天谢地，终于停雨了！"站在雨地里的人们，一边嘟嘟哝哝，一边逃难般涌向自家窑窑。紧接着，每家每户都往外淘水，而后将东西晒到窑门前的空地上，门前和路中央很快搭满了乱七八糟的东西，场景如同杂乱无章的大杂货市场。

周华胜费力地淘完地窑窑里的水，把被淹的东西统统搬到阳光下晾晒。他暗自庆幸柳条箱里的书并无大碍，只是有几页边角被浸湿，幸亏自己有先见之明，知道夏天地窑窑里阴暗潮湿，每次看完书都用塑料布裹得严严实实，这才避免了大的书损。由于被褥一时无法晒干，全家人只好挤在一起，度过难熬的夜晚。周华胜又乏又累很快睡着了，王秀英心疼地摸着男人的脸，轻轻抹去那道伤疤上的泥土。

次日早上，外面不知是谁在高喊："听说昨晚河槽那边暴发山洪了，冲下来不少东西！"王秀英急忙推醒男人，告诉他昨晚暴发了山洪。

周华胜心里一惊，山洪暴发会不会影响北水源地？赶紧起身向北水源地跑去，经过河槽时，发现河滩上留有一些山洪暴发后的痕迹，包括一些木头、牛羊的尸体等，估计这些牛羊是从上游盖子沟冲下来的，也不知巴特尔和其他牧民怎么样了，眼下顾不上去看他们，只好等过一阵再说。

他顺着河槽一气跑到了大坝，发现大坝安然无恙，坝旁站了不少人，原来指挥部提前安排了泄洪，才使大坝得以保住。离开北水源地后，他又跑到马车店转了一圈，这里的地窑窑没事，只是出现一些新支起的牲口棚，说明牲口棚曾在暴风雨中倒塌过。

周华胜回到家刚坐稳，匡照明抱着雨衣跑来了，一边还雨衣一边说着感谢话。周华胜询问他家里怎么样了，他痛快地回答："该晒的都晒了，该修的也都修了。"闲聊一阵便回家了。

真是担心什么来什么，周小鲁还是被冻感冒了，又咳嗽又发高烧。周华胜两口人急忙把孩子送到厂医院，小鲁住了一星期的院，连吃药带打针才渐渐好转。其间，王秀英请了假没有去钢筋工地，周华胜除了上班就是到医院。

周华胜发现一件趣事，每当儿子打针哭闹时，只要他一吹口哨就会安静下来。特别是把尿时，一听到口哨马上就撅起小鸡鸡，尿液立时飞溅出一米远。

王秀英见状意味深长地说："你的口哨用处百般啊，不光吸引女人，连小孩也能吸引住。"周华胜心里"咯噔"一下，感觉她话里有话。

果然，王秀英把眼一斜："听说我没来的时候，你用口哨迷住了一个叫张芳的漂亮女人，还差点跟她产生三分之一的外遇。"周华胜急道："你听谁瞎说的？什么外遇不外遇的，我压根没往那上面心思。我吹口哨不是为了迷谁，是因为你不在身边闷得慌，所以才吹口哨解闷。就这么简单，千万别想复杂了。"

王秀英撇着嘴角道："看看！我就这么简单一提，你就心虚得解释一大通。""我又没做对不起你的事，没什么可心虚的，否则天打五雷轰。"周华胜信誓旦旦，最后一句话是跟匡照明学的。王秀英确是随口一说，她相信自己男人并非那种女人一钓就上钩的类型，戏说自己的心比黄河还宽广，不会像胡春香那般，心眼比针鼻还小。周华胜笑着表扬："这就对了！"

周华胜暗忖，肯定是匡照明跟胡春香讲了关于他吹口哨惹上张芳之事，胡春香又忍不住对秀英讲了，抽空得说说那个小鬼头。没出几天，他在路上碰到了匡照明，一问果真如此，忍不住埋怨："你这张嘴也太不把门了，就那么点没影的破事，硬让你们这帮坏嘴给说成了真事。以后记住了，男人之间的事少跟女人叨叨，三个女人一台戏你不知道？弄不好就会出事。"匡照明连声表示知道了。周华胜叮嘱他回家不要找胡春香后账，免得节外生枝。匡照明忍不住嘟哝："就数你狡猾。"周华胜一笑："这不是狡猾不狡猾的事，事关家庭和睦，必须引起足够的重视。"

周华胜一直惦记巴特尔一家，这天利用休班前往盖子沟，洪水冲过的山路并不好走，深一脚浅一脚，走了将近两小时才到达盖子沟。巴特尔两口人很感谢周华胜前来探望，表示人无事，只是损失了十几只羊，周围那些牧民也是损失了些牛羊。周华胜深知牛羊是牧民们宝贵的家庭财产，损失了肯定心疼不已。

第二十一章

周华胜领着儿子在门前的土路上玩耍,一些人端着盆或簸箕走过来,家什里盛着一堆"黄线绳",边走边议论着什么。周华胜瞅见姜伟也在其中,近前盯着他盆里的"黄线绳"问:"这是什么东西?"姜伟笑着回答:"这叫钢丝面,是从新办的压面房里买的,可以买,也可以用玉米面换。""这里新建压面房了?"周华胜的眼睛瞬间发亮。

"嗯!"姜伟指着西边说,"那不!就在那边不远的地窨窑里。"他顿了一下,笑道:"一看你就没吃过这东西。这叫钢丝面,是我们走西口来到当地的山西人发明的,我们爱吃面,但这边缺少麦面,经过搜肠刮肚的研究,发明了这种面条。把玉米面加温水拌湿后,用加工机强力挤轧才能做成,由于其细若毛线长若绳索,冷却后又硬又挺直,所以叫钢丝面。做时最好提前用冷水泡一下,这样煮出来的面才会软些,拌上炒菜、油、麻酱等很好吃。不过,这种面不好消化,容易引起腹胀,胃不好的要少吃。"姜伟一气介绍完,脸上不乏自豪,镜片后面的那只义眼好似也变得生动起来。

周华胜冲姜伟竖起大拇指:"你们这些此地人太有智慧了!一项发明,拯救了上顿窝头下顿还是窝头的人家。"姜伟扶了下眼镜不好意思地笑了,催促周华胜快去换钢丝面,说罢端着钢丝面回家了。周华胜抱起儿子跑回家,兴冲冲地告诉老婆:"厂里开办了钢丝面磨坊,可以拿玉米面换,听说很好吃!你身子不方便,我去换吧。"说罢迅速备好玉米面和簸箕,拿起来就往磨坊跑,一路上看到许多奔往磨坊的男女老少。

周华胜来到磨坊,发现里面挤满了人,有换面的,也有看热闹的。加工机"轰隆隆"响着,一高一矮两个女工正在机器旁边忙碌着,她们都戴着白卫生帽，系着白围裙。矮个女工负责拌面，高个女工手持两根木棍，像架毛线一样从压面机里挑出热气腾腾的钢丝面，动作既熟练又神气。一个围观女人大声问女工："这是什么东西，能吃？"高个子女工理直气壮道："能吃！不能吃费这劲干啥？这叫钢丝面，好吃得很！可以用玉米面来换。领导们考虑到大家天天吃窝头肯定吃腻了，所以才开压面房压钢丝面。玉米面换了种做法，也换了种口味。"

约莫半小时后，周华胜端着金灿灿的钢丝面回到家，王秀英用手抻了抻钢丝面确实很硬，头回见这种东西不会做，经过请教袁素琴才敢下手。当钢丝面出锅后，秀英先给男人盛了一小盆，撒上盐和辣椒，用筷子从油瓶里蘸了两滴葵花籽油滴进碗里。周华胜须臾间吃个精光，一会儿就感觉腹胀难消，坐立不安。王秀英笑道："没出息，一下子吃那么多，胃肯定受不了，快出去活动活动，消化消化食！"周华胜抚着肚子钻出地窨窨，在门前的路上来回走动，这期间碰到不少熟人，一问都是吃完钢丝面出来消化食的。

王秀英也钻出地窨窨活动，迎头碰上了袁素琴，告知南面沙滩上的沙葱花开了，将沙葱花采摘回来，洗净拌上盐，用臼子捣黏后捏成圆片，放在簸箕里晒干，再用粗线串起来挂在墙上，什么时候想吃了，摘下片放在热油里一炝，格外地出味，还有助于消化。王秀英大着肚子不方便去，于是将采沙葱花的任务交给了男人。

周华胜迈着两条长腿，很快来到南面的沙滩上，发现那些曾经让人吃出红眼病的沙葱果真开花了！绽放出淡紫色且白里透红的小碎花，像一块无垠的紫红色薄纱，轻浮在空旷而灼热的沙滩上，煞是可爱美丽。此时，沙滩上满是头上包裹着赤橙黄绿青蓝紫等颜色纱巾的女人，她们大都顾不得说话，只是一味地埋头采花，不断地从这丛沙葱挪到那一丛沙葱，移动的身影和着移动的纱巾，呈现出一种朴实的劳碌和美丽。

周华胜很快采了一小筐沙葱花回家，王秀英拿起一朵沙葱花，边端详边赞叹："没想到沙葱开出的花竟然这么漂亮！"周华胜说："确实漂亮，满沙滩全是一望无际的沙葱花。沙葱顽强地与恶劣环境抗争，在枯荒的植被上依然能绽放花姿，让空旷的沙滩散发出别样的美丽。"秀英调侃男人真会形容，越形容越舍不得把沙葱花做成调味品。周华胜笑说该吃还得吃，身体第一。

王秀英按照袁素琴教的方法，很快将沙葱花晒干了当调味品。每次炝锅时,随着"刺啦"一声窑窑里满是香味,她总会忍不住将鼻子凑到锅前,使劲嗅几下过过瘾。她嘱咐男人多去采沙葱花做调味品,他很乐意干这事,到沙滩上可以边欣赏边采摘。

天气渐渐炎热,周围的空气变得热烘烘的。

王秀英戴着红纱巾,赤手对付那些放在沙滩上、被太阳晒得滚烫的长钢筋,同其他临时工一样,她没有任何防暑防护用品。她的孕身显得很笨拙,曹师傅和工友们一再让她干些用米丝绑扎圆钢之类的轻活,但她仍时不时地拖钢筋裁钢筋。

她吃力地抬起一根长钢筋,倏地从下面钻出两条大马蛇子,虽说时常见这种东西,但仍忍不住大叫一声,将钢筋猛地丢到一旁。

曹师傅闻声急忙走过来,见状笑道:"在我老家河南也经常见到这种马蛇子,有些人逮住它后揪住尾巴一甩,它就同蛇一样浑身关节抖散,摔死后剁碎喂鸡。"他的最后这句话令王秀英差点吐出来,数度想象马蛇子被揪住尾巴摔死、横在刀下分尸的惨景。

当王秀英抬完最后一根长钢筋站起来时,突然眼冒金星一头栽倒在沙滩上,把正在裁钢筋的曹师傅吓了一大跳,赶紧吩咐人把她送到医院,随即派人通知了周华胜。周华胜急忙赶到医院,医生告诉他:"你老婆这样子像是中暑,也像是连累带饿造成的,她挺着孕肚不应该干这么重的活。"周华胜走到秀英病床前,劝她不要去钢筋工地了,不料她坚决地摇摇头:"不行!马上就要添人口了,不挣钱哪能行?我还能撑得住,实在撑不住了再说。"周华胜拗不过倔脾气的老婆,只好依她。

王秀英在医院躺了一天就回到家中,勉强在家里躺了两天,第三天早上就来到钢筋工地。曹师傅望着这个倔强女徒弟无奈地摇摇头,把她叫到一旁,悄悄递给她一个装着绿豆的小白布袋,嘱咐她多喝绿豆汤清热解暑,接着又低声道:"你别绑扎圆钢了,也别拖钢筋裁钢筋了。华建二处刚招了一批临时钢筋工,我手头活多忙不过来,你就帮我口头带带他们吧,无论男女,该说就说该吵就吵。"

王秀英一听便明白了曹师傅的好意,他不善言谈但心很细腻,这令她很感动。接下来,她遵照曹师傅的吩咐,对新招收的钢筋工认真进行上岗培训,遇到不听话的也敢说敢管。月底发工资时,她因为缺了几天勤,工资没有上个月拿得多，回家后直憾叹："可惜了，比上个月少拿四五块钱。"周华胜抚着老婆肩头安慰："这已经很好啦，管大用了。"

周华胜突然想起沙滩里的酸溜溜该熟了，于是拿着塑料袋来到西边的沙滩上，放眼望去，沙滩上活跃着许多天真可爱的孩子，有的追在马蛇子和牛牛屁股后面玩，有的挖个沙坑把小身子放在里面纳凉，还有的跑到白刺堆旁摘酸溜溜吃，专找那些又红又大的酸溜溜塞进嘴里，浆汁顺着嘴角溢出来，用手背一抹接着吃。望着这些不知忧愁的孩子，周华胜的心里涌上一股感喟，生活在戈壁滩里的孩子，大概也只有这些快乐可享了。

由于参建初期经常摘酸溜溜吃，周华胜的动作很麻利，五指翻飞，很快将塑料袋装满。回家后，他将洗好的酸溜溜端上桌，周小鲁像小馋猫一样抓起来就往嘴里塞。王秀英也拿起几颗尝了尝，感觉这种天然的小野果吃起来酸酸甜甜，怪不得叫"酸溜溜"。

出于好奇，她顺手扒开一个熟得发紫的酸溜溜，发现里面竟然蠕动着细小的蛆，"呸呸呸！"她连忙将嘴里的酸溜溜吐出来，冲男人和儿子大喊："都别吃了！酸溜溜里有蛆，恶心死了。"说着上前将儿子手里的酸溜溜一把夺下来："小鲁不吃了，里面有蛆。"

周华胜将信将疑，自己吃了这么长时间，并未发现里面有蛆。王秀英当即扒开一个紫酸溜溜举到他面前，他一看果真有蛆，随后扒开几个不发紫的酸溜溜，发现这样的酸溜溜里面没有蛆，不禁喃喃道："看来越是熟透的酸溜溜越有蛆，以后吃的时候多注意点。我今天去沙滩时，看到许多孩子摘酸溜溜吃，也不知吃进去多少蛆了。"

王秀英叹息一声道："那有什么法子，这个地方极少见到水果，孩子们不吃酸溜溜吃什么。咱们以后尽量少吃吧，幸亏我今天发现了，否则还不知会吃进去多少蛆。"说罢挑了几个不发紫的酸溜溜放到儿子手里，小鲁接着吃起来。

周华胜坐在板凳上逗弄儿子，小鲁突然不停地打喷嚏流眼泪，他以为儿子因早晚温差大冻感冒了，赶紧给儿子服用感冒药。没想到几天后，小鲁的鼻子里竟然钻出一条又白又嫩的"虫子"，周华胜壮起胆猛地一揪，将"虫子"整个从儿子鼻腔内揪出来，这才发现原来是一颗泡涨的绿豆，已经生成了绿豆芽。

他顿感哭笑不得，纳闷儿子鼻子里怎么会钻出绿豆芽，急忙询问秀英，她摸着脑瓜想半天，猛然记起前几天熬绿豆汤时，有几粒绿豆掉落在地上，看样子是被儿子拾起来玩耍了，不知怎么把其中一颗塞进鼻腔，结果生成了极具特色的绿豆芽。周华胜叮嘱老婆以后看孩子一定要注意，孩子鼻腔内塞进异物，如果不及时取出会引发鼻炎、鼻中隔穿孔等疾病。王秀英也觉得挺后怕，表示以后一定注意。

这天上午，炉前工们聚在休息室里，一边等着出铁一边聊天。

"周华胜！"炉台下突然传来一声大喊，周华胜探头一看，原来是营长站在炉台下喊他，急忙跑下楼梯。营长告知刚接到指挥部电话，让他抓紧时间到会议室开会。

"让我去开会？"周华胜有些惊讶，偌大的炼铁营，什么时候轮到自己这个普通炉前工去开会了。"对！点名让你去开会。赶紧换下工作服去吧，肯定有什么特殊急事。"

当周华胜换好衣服赶到指挥部会议室时，发现里面已有不少人，常德指着对面一个空座示意他坐下来。望着他一头雾水的样子，常德走过来低语："长话短说，上级要求玉钢挖防空洞，考虑到你们这些山东退伍兵当兵时挖过防空洞，打算让你们带头参加，事情太急没顾上跟你提前打招呼，直接就把你找来了。"周华胜点点头。

会议由武装部部长巴图主持，首先传达了玉明市丰达区人防办关于"深挖洞"的文件通知，大意是玉明市作为后方基地被纳入人防城市，要积极响应"深挖洞，广积粮，不称霸""备战，备荒，为人民"的号召。

传达完文件精神后，巴图针对玉钢挖防空洞做了相关部署：时间紧任务急，经过相关勘察，决定在距离地窖窖群不远的一处山包下挖防空洞，先自东向西开挖深三米、宽八米、长五十米的壕沟，接着分别向南向北各挖九十米壕沟，之后用石头砌墙，将壕沟顶部用钢筋混凝土浇筑，最后覆盖六米厚的土层，争取三个月内完成挖洞任务。郑恒紧接着做了简单有力的动员，现在全国范围内掀起群众性的挖洞及加强战备高潮，各地的防空洞好似雨后春笋冒出来，玉钢也不能落后，争取以最快速度挖好防空洞。

郑恒望了望周华胜，继续说："巴图同志负责这次防空洞挖掘任务，由他兼任挖掘队队长职务。另外，我们大家都知道，在职工队伍里有一些山东籍退伍兵，他们当野战工程兵时，曾修过山路挖过防空洞，有经验又能吃苦，经指挥部研究，决定从各营共抽调一百五十名山东退伍兵，配合武装部挖洞。会前，我已经通知办公室把炼铁营的周华胜叫来了，他是这些退伍兵中的一员，也是本次防空洞挖掘队的副队长。这次挖洞任务很急，既要保证生产正常运转，又要快速完成挖洞，因此要充分调动全厂职工、家属的积极性，号召男女老少齐上阵，在武装部的带领下，早日完成挖洞任务！"

　　周华胜未料到自己能当副队长，惊诧地看着郑恒，担心自己挑不起这个担子，他边挠着头皮边站起来，小声道："让我干活行，副队长一职恐怕担不了，请领导们别赶鸭子上架了。"郑恒挥手示意他坐下，深深地看他一眼："周华胜，你要相信自己的能力，拿出当兵时挖防空洞的信心和劲头，我们相信你一定能配合巴图顺利完成任务。"既然军管会主任这样说了，周华胜也只好硬着头皮接受任务。开完会走出会议室时，常德叫住周华胜鼓励他大胆干，他点点头。

　　在指挥部出面协调下，很快将分散到各营的山东退伍兵抽调出来，集结到地窑窑群附近的一处大山包下，匡照明、金明顺和刘大龙也在抽调名单之中。巴图宣布任命周华胜为挖掘队副队长。

　　地窑窑群的广播喇叭中，不时传出女播音员抑扬顿挫的声音："职工家属同志们！根据上级指示精神，为了防御苏修美帝的原子弹、化学武器和空袭，从现在开始，在玉钢武装部的带领下，我们要紧急挖掘防空洞，希望广大职工家属积极投身到防空洞会战中，配合武装部早日完成上级指定任务。"

　　职工家属们听到广播后，纷纷从地窑窑里钻出来，拿着锄头、镐、铁锹以及各种盛装土渣的工具，一路来到挖洞现场。这些人有二百来个，加上挖掘队的一百五十人，整个挖洞队伍近四百人。

　　人群中，周华胜突然看到秀英的身影，急忙跑到她面前："你怎么来了？不上班了？"她回答："请假了，等挖完洞再去上班。"周华胜望着老婆的大肚子，劝她不要参加，她低声道："大喇叭里一个劲号召家属来参加劳动，不来不像话。更何况你又是副队长，我不来会让人戳脊梁骨，另外你一忙起来说不定没时间回家吃饭，正好给你送送饭。"周华胜只好同意，再三叮嘱老婆多注意身体。

　　这时，匡照明、刘大龙和金明顺从不远处跑过来，匡照明惊奇地望着王秀英："你怎么也来了？你这笨身子干这活不行。"王秀英调皮地反问："我怎么不能来？连老人和十几岁的孩子都来了，我还能在家里当闲肉？"匡照明叹息道："看看你，再看看我家那位，像抱窝鸡一样窝在家里。"王秀英忙说："你老婆不来可以理解，既要照顾孩子又要照顾老娘。"刘大龙开玩笑道："小鬼头，你回家搂着老婆一起抱窝吧。"旁边的人不由笑起来。匡照明故意把嘴一噘："去去去！少拿我开心，搂老婆抱窝也得分时候。"

周华胜笑着说："没想到咱们这些工程兵又重拾老本行了。"一向沉稳的金明顺难掩激动心情，指着黑压压的人群说："看看吧！这些人觉悟就是高，连七十多岁的老人都来了。我刚才看到老羊倌孟大爷领着他那个聋哑孙子来了，其他几个羊倌也来了。"

匡照明瞪大眼问："孟大爷和孟志也来了？"金明顺指着人群右侧说："那不？祖孙俩就在人群中间站着，那个提着筐笑呵呵的小孩就是孟志，唉！可惜这孩子了，又聪明又懂事。"众人望去，果真看到孟大爷和孙子正与周围人交流。玉钢人对这祖孙二人并不陌生，经常去山脚下溜达，常常怀着好奇心去看他们，一来二去便熟悉了。

一会儿，马素芸和秦槐香一齐来到王秀英面前，三个女人有说有笑。

说笑间，突然听到一阵怪腔："没想到来了这么多女人，听说女人打洞不生育，女人打洞洞不通。"她们循声望去，发现苗逸严不知什么时候走了过来，觉得他说这话明显带有嘲讽和挑拨意味，于是齐刷刷地投去不满的眼神。

王秀英瞪眼道："苗逸严，你听谁说得这些造谣话？明显的瞧不起女人！别忘了女人也是半边天，想当年，女人在整个沂蒙山的支前中占了近半。"苗逸严撇了撇嘴，声称自己只是随便说说，何必大动肝火。

一旁的马素芸竖起柳眉，杏眼圆睁："纯粹放屁！"秦槐香把铁锹往苗逸严跟前一杵："你少在这里散布流言蜚语找骂，当心我把你变成土猪。"说罢作势铲土扬苗逸严。他一时语塞，半响才用手指戳点着说："你们这些山东娘们儿太厉害，我只是随口一说，你们就像群母老虎一样疯狂围攻。"

这时，周华胜走过来说："苗逸严，你也来挖防空洞了？思想很积极。"苗逸严说："我天天事太多，哪有时间和精力干这个。只是路过这里看看而已，顺便看看你这个小芝麻官表现如何。"未待周华胜接话，一旁的匡照明说："苗逸严，你当然没工夫挖防空洞了，你的工夫都用在搞对象上了。听说你以前的老婆对你很好，怎么就离了呢？否则也不会像现在这般费劲，谈一个崩一个。"苗逸严就怕触及此事，瞬间变了脸色："你这个小瘦……"刚吐出五个字便猛然记起当初写纸条之事，怕惹急了匡照明当众抖搂出来，那样会引起不必要的难堪，于是将"猴子"重重咽了回去。

刘大龙近前一步，指着苗逸严道："有屁就放，没屁滚蛋！再待在这里瞎捣乱，别怪老子把你摁进马蛇子洞。"说到最后特意使劲比画了一下。苗逸严一边后退，一边指点道："好啊，你们这些山东老转和家属们合起伙来欺负人，走着瞧。"说罢走了。刘大龙望着苗逸严的背影还想说什么，被周华胜用眼神制止住，劝大家不要生气，眼下挖防空洞是关键。

匡照明突然指着不远处说："快看！马车老板也来了，那不是张六六吗？"众人扭头望去，果然看到张六六带着一队马车老板来了。他们在赶驾声和尘土飞扬中飞驰而来，马车骡车驴车全部上阵了！牲畜们不停地抖鬃尥蹶，看上去同主人一样兴奋。马车老板们在众人注视下，麻利地跳下车。

张六六来到周华胜面前说："挖防空洞也有我们的份，我们也是玉钢的一员。"周华胜握着他的手问："你们都是下班后赶来的？"他点点头。周华胜说："你们工作太累不应该来。"张六六憨厚一笑："我们这些人身体很结实，干点活没什么。现在全国上下都在挖洞，人人有责。"

说话间，以郑恒为首的领导班子来了，身后跟着五六辆突突作响的拖拉机。看到眼前的这一幕，领导们连声表扬大家素质高。巴图交代了一番挖洞注意事项，随着他一声令下，就此拉开了挖防空洞的序幕。

刹那间，尘土飞扬，所有的钢钎、镐、锹、锄都派上了用场。刚开始挖时，靠镐和铁锹就能挖开地上的浮土，谁知越往下挖难度越大，土质由黑变黄由松变黏，全是黄澄澄的山黏土和碎石渣，但大家信心十足，一定要赶在"拟想战争"之前挖好防空洞。

人们将挖出的泥土石渣装到拖拉机、马车骡车驴车上。拖拉机手神气地将车"突突"开走，马车老板也不甘示弱，边吆喝牲畜边挥舞鞭子，将土方运送到指定地点。天色已晚，劳动现场仍一片灯火齐明，人们挑灯夜战，一直干到夜晚十点才休息。

顺利挖好防空洞，俨然成了许多人的共同话题和任务。挖洞人群一拨接一拨来到劳动现场。在单位上班的一些人，下班后不顾疲劳，加入挖洞队伍中；地窑窑群的许多男女老少，大都挤时间来参加劳动；子弟学校专门安排了劳动时间，一到时间师生们就拿着盆和畚箕来参加劳动，把废土渣用脸盆装好后依次向外传递；老羊倌孟庆于带着孙子，不时从北山脚下赶来参加劳动。

火伞高张，许多人的脸和肩膀被晒脱了皮。壕沟内充满湿气，鞋上沾满黏土，挥镐下去又涩又黏直往回反弹，铁锹的锹尖很快被黏土糊住，很难撮满一筐土，往外传递一筐土很费劲，汗水和着泥水不断从脸上流下来。

巴图让周华胜带领挖掘队三班倒，轮班上阵，以此保证挖掘昼夜有进度。周华胜索性在壕沟旁搭了一个简易棚，几乎吃住在里面，脑子里除了挖洞还是挖洞。

趁着休息，周华胜拿着军用水壶来到孟大爷身边，叮嘱他别累着，说着将水壶递给他，他笑着摆摆手："不用，我自己带着水。放心吧，我能撑得住，虽说不是正儿八经的玉钢人，但挖防空洞是利国利民的大好事，这个问题上没有内外之分。"说罢装了满满一筐土，和孟志一起倒入马车。周华胜向祖孙二人投去敬佩的眼神。

一会儿，巴图走了过来，连声表扬孟大爷觉悟高。他吩咐工宣队抓住孟大爷祖孙二人的劳动典型，在大喇叭里接二连三报道，表扬他们并非玉钢职工家属，孟大爷年老体弱，孙子又是聋哑残疾少年，但他们顾大局识大体，一心一意支持国防建设，值得全体玉钢人学习。

周华胜正在挥镐挖土，突然感到有人从身后轻拽他衣角，回头一看原来是孟志，身后跟着他爷爷，这孩子对着他呜里哇啦比画了一大堆动作，竭力通过动作和神态把无法说出的言辞表达清楚。孟大爷见状急忙替孙子翻译："孟志'说'你瘦了许多，好多天都没回家睡觉了，担心你累坏身体。"

周华胜立时感到鼻子一酸，一把将孟志搂进怀里，随后将王秀英送来的饭菜递给他，示意他趁热吃。孟志把饭盒还给周华胜，又对着他比画半天，孟大爷又赶紧翻译："孟志'说'那是你的饭，如果他吃了，你就会挨饿干不动活，所以他不能吃。"翻译完孙子的"话"后，孟大爷嘱咐周华胜一定要注意身体，说罢带着孙子走了，留下周华胜呆呆地望着祖孙二人身影。

匡照明噔噔噔地跑了过来，调皮地挽住周华胜的胳膊说："我陪你这个副队长一起住窝棚吧，同甘苦共患难！"周华胜笑道："算了吧，挖洞本身很累,你家里又有老娘需要照顾,你的好意我心领了。走!干活去。"说罢同匡照明一起走进壕沟劳动。

半个月后,终于挖好一条深三米、宽八米、长五十米的壕沟,接着转弯分别向两边开挖。巴图和周华胜商议半天,决定将人马兵分两路,一路向北挖九十米,一路向南挖九十米。

正在这时,不知从哪里传出一个小道消息,说外地有家单位挖洞时塌陷了,死伤无数,惨不忍睹,防空洞不能再挖了。这个消息难免会令一些人惊惶不安。指挥部对此并未掉以轻心,不敢保证是否有人蓄意搞破坏。加强全民防空建设是最高决策层的重要部署,如果真有人敢散播不实消息,那未免也太胆大包天了,同时也会给指挥部惹来大麻烦,于是命令保卫组迅速彻查。

保卫组很快查出小道消息的源头,结果出乎意料,竟出自一个姓庞的痴傻女人之口。她男人在机运营上班,她原先在农村老家时精神受了刺激,看到人们挖洞,信口胡说了那番话,结果三传两传被当成真事散播开来。

保卫组将这个痴傻女人关押起来,她男人跪求指挥部放过自己的女人,说他老婆精神时好时坏,犯病时肆无忌惮,连跟玉皇大帝睡觉的话都敢说,清醒时还能照看两个年幼孩子,如果真关起来就无人照看孩子了。指挥部领导再三斟酌,如果真给这个傻女人扣上顶蓄意搞破坏的帽子,未免显得过于牵强,但又不能不当回事,只好将其关了两天才放。

巴图很快在劳动现场召开临时会议,讲明不实消息来源于一个精神病女人,大家应该不信谣不传谣,一心一意早日挖好防空洞。那些惊惶不安的人,很快放下心来继续劳动。

同其他参加劳动的女人一样,王秀英尽量安排好劳动时间。她干不了重活,只能往筐里一点点装土,到了做饭时间就回家做饭,而后把饭送到劳动现场让男人吃。

这天下午,王秀英刚走到窑门口,突然就感到肚子一阵疼痛,忍不住扶着门框大声叫起来。孙玉凤正好出来倒水,见状急忙丢下脸盆跑过来:"怎么了?是不是要生了?"王秀英有气无力道:"可能是,不过离预产期还有一个多星期……"

"你呀!"孙玉凤打断了她的话,"孩子提前出来是常有的事,你天天往劳动现场跑,自然更会提前。"说罢迅速跑到袁素琴家,扯着嗓门把袁素琴叫出来。孙玉凤建议先把王秀英扶回家躺着，赶紧到挖洞现场把周华胜叫回家。袁素琴摇着头急道："那样不行！挖洞现场离家不算近，等周华胜回来说不定就误事啦。这种事可耽误不得，咱俩直接把王秀英送医院吧，随后再通知周华胜。"孙玉凤点头道："行！正好食堂那边有辆排子车，我去推来拉秀英上医院！"说罢转身就跑，很快推来一辆排子车。

二人小心翼翼地将王秀英扶上车躺下，一齐推着车来到医院，刚准备扶王秀英下车，袁素琴突然指着王秀英下身说："天爷呀！见红了！快去叫医生！"孙玉凤先是一愣，随即旋风般冲进产科："医生！有个孕妇马上要生了！就在门口的排子车上。"一听这话，产科主任金芳立即带着两个医生抬着担架跑到外面，合力把王秀英抬进产房，金芳亲自接生。产房外面，孙玉凤抹了把脸上的汗，对袁素琴说："我在医院守着，你快去防空洞那边把周华胜叫到医院！""好！"袁素琴说罢跑了出去。

袁素琴气喘吁吁地跑到挖洞现场，地方太大，人员又密集，一时无法找到周华胜。她急得像热锅上的蚂蚁，恰好有个工宣队成员拿着小喇叭走过来，她忽地冲上前："同志，麻烦借一下你的小喇叭，我有急事。"说罢不由分说从对方手里抢过小喇叭，高举着喇叭，一边在人群里穿梭，一边用此地话反复高喊："周华胜！你老婆生娃啦！正在医院，正在医院！"听到这连串的急喊后，正在劳动的人们自动让出一条路。

当袁素琴跑到右转弯三十米处的壕沟时，终于看到了正在挥镐刨土的周华胜，她一屁股坐在湿地上，一边吭哧吭哧喘着粗气，一边指着周华胜："周……周华胜，你老婆生……生娃娃了，正……正在医院，你快去看看吧。"

周华胜刚要搭腔，巴图闻声疾步走了过来，催促他快去医院看看老婆孩子，挖洞是大事，生孩子也是大事，让他这几天在医院好好照顾老婆孩子。当周华胜满头大汗跑到医院时，迎面撞到了金芳，告知王秀英顺产生了个女孩，母女平安，他紧绷得神经这才放松下来，连声致谢。金芳笑道："都是熟人不用这样客气，快去病房看看老婆孩子吧。"说罢转身去了诊室。

周华胜疾步来到产科病房，上前拉着秀英的手问："现在感觉怎么样了？"她虚弱地回答："没什么事，放心吧。"周华胜抱起闺女端详半天，说："闺女大眼睛高鼻梁，长得特别随你。这下儿女双全了，闺女出生在高原，就叫周小原吧！老大是为了记住山东老家，老二是为了记住第二故乡，等有了老三再琢磨个其他有意义的名字。"

王秀英斜了男人一眼："老大一直拴在床头上，老二还不知道找谁看，还指望着生老三？"周华胜开玩笑说："该生还得生，不过这个孩子生得真不是时候，等挖完洞生多好。"这话恰巧被刚进病房的孙玉凤和袁素琴听到，孙玉凤笑着说，瓜熟蒂落，这生孩子哪还管什么时候。

刚坐了没十分钟，周华胜便开始心神不安，眼下挖洞任务正处于紧张阶段，他这个副队长得全力配合巴图完成任务才是。他想马上返回劳动现场，但又不知该如何对老婆开口，只好暗自抓耳挠腮。王秀英看出男人的心思，说他是标准的"身在曹营心在汉"，既然这样，那就回去挖洞吧。

孙玉凤和袁素琴让周华胜放心回去挖洞，这里有她俩轮流照料，至于周小鲁也会轮流照看，娘俩的吃饭问题不用他惦记，让周华胜放一百个心。"那就太谢谢嫂子们了。"周华胜感动万分。"这有什么好谢的，邻居间应该互相帮忙。快走吧，挖洞现场还有许多事等着你呢。"孙玉凤笑着催促。

走出医院的刹那间，周华胜的眼圈陡然发红，他定定神后返回了挖洞现场。巴图看到他后一愣，问他咋这么快就回来了，他说医院那边有人照顾不用操心，之后便投入到劳动中。巴图未再多说什么，通过这段时间的相处，他对周华胜有了更深的了解，知道这个年轻人干事很认真。

暮色已深，在挖洞现场忙碌一天的周华胜又累又饿，趁着休息工夫赶回家看望儿子，顺便做点饭吃。当他打开门后发现儿子不在家，估计是被孙玉凤接到家里了，跑到她家一看，果真如此。张德义知道他还没吃饭，催促老婆赶紧做点吃的。

他推辞不过，只好坐在板凳上，一边与营长聊天一边等着吃饭。孙玉凤很快端上一大碗青菜面，他风卷残云般把面条吃了，抹着嘴角连声表扬，面条又香又筋道。张德义笑道："你嫂子做别的不行，做面条一流，我最爱吃这一口。这段时间你就到我家吃饭吧。"孙玉凤接住话头道："对！就来这里吃饭吧，我专职给你们做饭吃，只要不嫌弃就行。"面对营长两口人的热情，加之确实没有吃饭地方，周华胜索性点头答应了。

张德义催促周华胜到医院看看老婆，他随即来到医院，隔窗看到老婆和闺女睡得很香。他没敢惊动她们，很快返回劳动现场。

第二十二章

　　王秀英生孩子住院期间，孙玉凤和袁素琴轮流照顾她，胡春香、马素芸和秦槐香也拿着饭菜来到医院，几个女人悉心照料秀英和孩子。王秀英知道胡春香也快生了，叮嘱她别过来多注意身体，她当时应承下来，但过后仍挺着大肚子来了。

　　第六天出院时，孙玉凤又跑到食堂门口把排子车推来，招呼袁素琴一齐把秀英娘俩从医院推回家，安置好后才放心离开。接下来，这些女人陆续给秀英送来鸡蛋和红布，大家都知道周华胜忙，主动提出伺候月子，不是这个来就是那个来。秀英内心很过意不去，十天后开始自己做饭照顾孩子们。

　　这天中午，张杏花提着红糖、鸡蛋、小米和红布来了，进门便向秀英道喜。秀英边招呼她就座边问吃饭了没，她回答吃过才来的。秀英又问："杏花，你怎么知道我生孩子了？"她咧嘴一笑："嫂子，我们队里有在玉钢上班的工人，我是通过他们打听到的。"

　　两人聊了半个多小时，张杏花起身告辞回家，出门口时碰到周华胜。见他满身泥水胡子拉碴，不觉惊道："周大哥，你咋成这副模样了？"随即反应过来说："你干活也太卖力了！听嫂子说这段时间你很少回家，连家也不顾了。"周华胜一时不知说什么才好。王秀英笑着替男人解围："杏花，你就别说他了，他那也是为了工作。"送走张杏花后，王秀英督促男人赶紧刮胡子、吃饭。他吃完饭休息了半小时，而后返回工地。

　　次日早上，周华胜正在南端的壕沟挥着镐头挖土，匡照明突然兴冲冲跑过来告知，胡春香昨晚生了个闺女，他给闺女起名叫匡卫红。周华胜笑道："这下你家卫东卫红都齐了，真是一片丹心向太阳。""嗯嗯！"匡照明听罢直点头。周华胜中午回家吃饭时,将这个消息告诉秀英,她听罢也很高兴,抽空拿着礼物去看了胡春香。

不久,防空洞拐向南北两端的壕沟全部挖好,指挥部随即从土建安装队派来大批建筑人员,进行砌墙、浇筑顶部的混凝土。挖掘队的全体成员,连同劳动现场的男女老少,开始配合建筑人员搬石头、拖钢筋、和水泥……待全面浇筑完混凝土后,最后在上面覆盖六米厚的泥土。初秋时节,如期完成了历时三个月的挖洞任务,从外观看,防空洞呈半圆形的隐蔽山包,有南、北两个出入口,还有两个透气用的烟筒状建筑物。

人们站在防空洞前,笑语连天。郑恒、常德等领导对参与挖洞的全体人员大加赞扬,宣布挖掘队成员放假两天,待休整完毕后再回原单位上班。

郑恒走到周华胜面前,坦诚地说:"这几个月辛苦你了,巴图多次在我面前表扬你。我们在没有外援的情况下,咬紧牙关完成了这项紧急任务。现在我们不仅顺利完成挖洞任务,也取得了其他意想不到的收获,单从精神风貌上看,大部分人还是顾大局识大体的。"周华胜会意地点点头。

常德拍着他肩头笑道:"这次挖防空洞,你这只被赶上架的鸭子锻炼得不错,任务完成得很好。这几个月你累得不轻,老婆生孩子也没顾上照顾,正好借着休整时间,在家陪陪老婆孩子。"

挖洞的人群渐渐散去,最后只剩下周华胜、匡照明、金明顺和刘大龙等人。匡照明指指自己的脸,又挨个指指周华胜几人的脸:"看看咱们这张黑脸,晒掉好几层皮,这几个月真不好熬。"刘大龙说:"咱们都尽力了,问心无愧。"金明顺也如是说。周华胜仰天吐出一口长气,挖洞期间他曾努力告诫自己要适度放松,但根本做不到,神经好似上了发条的钟表绷得很紧,生怕出什么纰漏,也怕干不好被人说三道四,如今挖洞任务已顺利完成,紧绷的神经总算可以松弛了。

周华胜回到家,看到秀英正倚靠在床上给闺女喂奶,目光不由被她丰满的胸部吸引住,只觉得心跳瞬间加速。"怎么这么瞅我?"王秀英明知故问。"我自己的老婆,想怎么瞅就怎么瞅。"他歪着头笑道。王秀英告诉男人,她想回钢筋工地上班。周华胜说闺女太小,上班的事过些日子再说,她只好作罢。

夜晚,把两个孩子哄睡后,周华胜一把扳过老婆的肩膀,使劲揉搓她丰满的胸部,恨不得含在口里狠咬几下。床不断发出吱吱嘎嘎的摇晃声,她担心床塌了,让他少使点劲,他却用嘴堵住她的嘴不让多说话……过了良久,他才抬起头说:"好久没这样过瘾了。"说着把身子歪向一边,很快发出震天响的呼噜声。王秀英侧过身望着眼前这张熟悉的脸庞,手指依次划过男人浓密的眉毛和高挺的鼻梁,最后停留在那道伤疤上,这道疤早已成为一道特殊景致,特别是每次"做体操"时,它总会跟随着主人一起激昂向上。

时隔不久,指挥部进行了防空演习。演习之前,通过广播喇叭,对战备教育、防空规则、演习目的及要求进行反复宣传,并给各个群体指定了疏散路线。随着模拟防空警报声响起,民兵和保卫组人员在十分钟内到岗,分头带领地窨窨群的职工家属、学校的师生以及其他人员,按照指定路线很快撤进防空洞。当人们从防空洞撤出时,觉得这真是一处战时避难的好场所,即使战争爆发,也不用怕那些原子弹、化学武器和空袭了。

防空演习的当天晚上,苗逸严来到郑恒住的地窨窨门前,他没有立即敲门进去,而是躲在一旁,犹豫不决。他正想着什么,郑恒忽然端着脸盆出来倒水,一侧头发现了他,不冷不热地问:"苗逸严,这么晚了,你不好好睡觉,鬼鬼祟祟地躲在那里干什么?"

苗逸严只好硬着头皮凑上前:"其实也没什么事,就是想来看看领导。"说着跟随郑恒走进地窨窨,像变戏法一样,忽地从身后拿出两盒包装精美的礼品酒,声称这两瓶酒市面上不好买,特地拿给郑主任尝尝。郑恒的脑子里立即拉起一道警戒线,脸色瞬间变得严肃,同常德一样,他对此类事也极其反感,甚至有种立即将苗逸严推出门外的冲动。他勉强控制住自己的情绪,对苗逸严挥了挥手:"快拿回去,我对酒不感兴趣。"

苗逸严努力挤出一丝笑容:"郑主任,这酒好容易拿来了还是收下吧,我没别的意思,就是觉得领导很辛苦,所以才来看看。"

"苗逸严,你明知我身上有两块弹片未取出来,医生也告诫我尽量少喝酒或者干脆戒酒,你这样做是不是想让我旧伤复发?"

"郑主任别误会,我不是那意思。我的意思是你先收下,不喝的话可以送人。"

苗逸严这句自作聪明的大实话,瞬间给郑恒提供了发作机会,黑着脸扔出一段话:"我一个堂堂的副师级干部,你让我给谁送礼去?你这不是逼着老子犯错误嘛,赶快拿着东西离开这里,否则别怪我不客气。"苗逸严吓得瞬间乱了方寸，只好拿着酒灰溜溜地离开。一路上，他暗自埋怨自己是个猪脑子，今晚就不该来碰这鼻子灰，明知郑恒那个老革命顽固得很，还非得搬起石头砸自己的脚。

次日上班后，郑恒对常德讲了苗逸严送礼之事，常德笑道："实不相瞒，苗逸严也提着酒去过我家，被我以同样的方式拒绝。他没有料到，咱俩处理此事的态度如出一辙。""哈哈！"郑恒会心地笑了。

郑恒和常德招呼其他人，大家一齐来到二号高炉工地。今天是二号高炉正式上马的日子，比起当年的一号高炉上马，人们的心情似乎平稳了许多，但仍抑制不住欢喜传递着这一喜讯。至此，两座凝聚着无数心血和希望的五十五立方米高炉全部投产，一炉炉红彤彤的铁水，照亮了苍茫的荒漠戈壁。

炼铁营的队伍不断发展壮大，一号高炉所在连称为一连，二号高炉所在连称为二连，原料连和维修连补充了相应力量，仍保持原有称号。二连同样下设三个排，同样进行"三班倒"，每班八小时，出三至四炉铁。为了补充二连的排职干部层面，炼铁营将一连三排的副排长调到二连当二排长，由三排丙班班长杜超接替副排长一职，丙班原副班长段鹏当了班长，周华胜补充了副班长位子，协助段鹏搞好本班组工作。

夜晚十时，上夜班的周华胜和工友们，穿戴好防护用品来到炉前，新任班长段鹏强调了一番安全生产事项，特别叮嘱两个负责铁口的炉前工："现在咱们已经使用开口机打开铁口，可以说方便又省力。但一定要记住，不许用开口机直接打开铁口放出铁水，要先用开口机打到一定深度，把开口机退出后，用钎杆捅开铁口，放出铁水。"两个炉前工边听边点头。

接下来，段鹏和周华胜一齐检查炉前用具、炮泥、炉前设备、铁沟、渣沟等等。逐一检查完毕后，周华胜招呼吴明及另一人来到撇渣器岗位，持打渣棍将撇渣器前段的硬壳打开，用圆钢管捅顺撇渣器，以此保证畅通。

一炉铁水很快出来了，站在铁口旁的两个炉前工，握紧捅条不停地搅动铁水，铁水顺着主沟欢畅流淌着。其中一人边搅动铁水边说："自从有了开口机，开铁口省力多了，再也不用抡铁锤砸钢钎打开铁口了。""嗯，也省得累得膀子疼了。"另一人点头道。

周华胜和两个工友站在撇渣器旁，用打渣棍挡在撇渣器入口处，避免主铁沟内有渣块冲入，仔细观察主铁沟内的渣液，高于砂坝时打开砂坝处硬壳，

第二十二章

推掉上部的干砂，以防铁水流入渣沟造成安全事故。看到渣铁分离状况良好，周华胜和工友们松了口气。

随着一炉铁水流尽，铁口眼被堵上。待撇渣器不流铁水后，周华胜、吴明等人开始挑砂坝，先挑砂坝顶部，渣流变小时再挑中部，而后把砂坝底部挑完。其间他们格外注意观察冲渣水，发现有铁花立即停止挑砂坝，等铁花消失再行挑坝。砂坝全部挑完后，用保湿剂盖住撇渣器进出口。

出铁间隙，张德义来到炉台检查工作。待他检查完工作后，周华胜笑着提议："营长，给我们讲讲你参加淮海战役的经历吧。"张德义一摆手："过去的事了，没什么可说的。"但经不住周华胜和其他炉前工再三央求，张德义到底还是打开了话匣子："一九四八年九月，解放军发起济南战役，'打进济南城，活捉王耀武'。济南战役胜利后，根据粟裕关于攻歼淮阴、淮安等地国民党军队的提议，毛主席高瞻远瞩，发动了淮海战役……"

讲到最后，张德义淡淡一笑："我自身没什么可讲的，只不过抓了一个'舌头'，从他嘴里得知了一些作战计划。"周华胜等人纷纷赞叹营长是优秀的侦察兵。说话间，又一炉铁出来了，张德义站起来朗声一笑："出铁了，大家都好好工作吧！把咱们国家建设得繁荣富强才是正道。"说罢转身离开炉台。炉前工们随即投入到又一轮出铁中……

周华胜下夜班回到家，吃罢早饭同儿子玩耍一阵才休息。他一觉睡到十一点多，起床后同老婆一齐做好午饭，一家人边吃饭边说笑。饭后，周华胜穿上外套往外走。"你上哪去？下午不再补补觉了？"王秀英边擦饭桌边问男人。"上午睡了一大觉，下午就不睡了，随便出去走走。"

周华胜边说边钻出地窨窑，信步来到离地窨窑群不远的防空洞，坐在防空洞上，一边抽烟一边欣赏周围的景致，映入眼帘的是一片高原秋景：天地看上去很辽阔，蓝天白云，似乎触手可及；偶有小鸟飞来，巡视一圈后，呼啦啦地展翅飞走，似乎不忍破坏这份静谧。微凉的风吹着他脸颊，他随手抹了把随风飘舞的头发，浑身上下说不出的惬意。

"再过几天就是国庆节了。"他喃喃道，下意识地摸了下脸上的伤疤。这道伤疤跟随自己好几年了，每次摸到它，都会忆起戍边挖防空洞的岁月。如果那次爆破后没有碎石滑落，他就不会冲上去救战友，也就不会留下这道永久伤疤，更不会缺席连部欢度国庆的热闹场景。当他躺在团部医院里，听到外面的鞭炮声挣扎着想起身时，被护士制止住，说他刚从昏迷中醒来不能动。伤好后，他从镜子里看到被石块划毁的面孔，心底不由泛起一丝波澜，幸好已经有了未婚妻秀英，依自己对她的了解不会嫌弃的，另外被救的战友也平安无事，这样想着心也便渐趋平稳。

周华胜望着不远处那个冒着白烟的高炉大烟囱，若有所思。

当他的目光转向山包右边的向阳高坡时，心里突然一动，既然蒙古族人能用石头堆成敖包，那自己为何不搞搞创意摆石头字呢？如果摆的话，到底摆什么字才好呢？他低头思忖着，一个念头很快在脑海里萌生：国庆节快到了，干脆摆"祖国万岁"四个字吧。

想到这里，他起身兴冲冲地跑向这片高坡，站在这里可以将玉钢全貌一览无余，如果用石头摆成三米长三米宽的大字，不仅老远就能望到而且很牢靠，即使下雨也不会受损。只是这项任务比较繁重，又只能利用业余时间完成，单凭个人力量肯定不行，不如叫上匡照明、金明顺和刘大龙一块干吧，对！就这么定了。

周华胜踏踏踏跑下山坡，径直跑到匡照明家说明来意，他一听便明白，直言周华胜想摆石头字做纪念，周华胜哈哈一笑："小鬼头就是聪明，就是想摆成石头字做纪念。"两人迅速找到金明顺和刘大龙，匡照明眉飞色舞地讲述一番，金明顺和刘大龙听罢也很兴奋。

四个人说干就干，很快带着撬棍到达目的地。周华胜目光炯炯，指着眼前的山坡说："咱们就在这片高坡上用石头摆'祖国万岁'四个大字，这里地势高，如果摆成三米长三米宽的大石头字，老远就能望到。"说着他望了望四周，笑道："尽量多找些半米长半米宽的大石头，实在找不着就用小石堆替代，这样摆出的石头字才牢靠。即使将来有一天咱们当了爷爷，也能看到这些石头字，子孙后代也都能看到。"

"太好了！"匡照明拍着巴掌跳起来。金明顺和刘大龙点头称是。

周华胜让他们先坐在旁边等着，等他把字写好后再用石头摆，随后捏着一块不大不小的石头，在坡上使劲划写"祖国万岁"四个大字的轮廓，为了防止字写偏或笔画不到位，每写一笔都要蹲到坡下端详……

匡照明见状大声道："你那样太累了！要不你在上面写，我跑到坡下帮你看笔画吧。"周华胜回应："不用！自己看堆起来更有数。"说罢又蹲到坡下端详，紧接着又蹿了回来，边跑边喃喃自语："不行，'祖'字的偏旁有点歪，得向右正三十厘米，最下面的长横有点短，需要再长些。"他蹿到"祖"字旁，用鞋后跟使劲把原先的笔画蹭去，又重写一遍偏旁和那道长横，接着又蹿到坡下仰视半天，一边望一边点头："嗯，这下正了。"匡照明、金明顺和刘大龙等人帮不上忙，只好眼睁睁看着他像野兔般蹿上蹿下。

一小时后，四个大字的轮廓完成。他们开始寻找半米长、半米宽的石头，找到后用钢钎撬起来，抬到字框内，实在找不到大的就用小石头堆替代。

一个"祖"字用去大小石头四十多块。当摆完该字最后一块石头后，匡照明累得一屁股坐在地上，连声嚷嚷："累死了！"刘大龙调侃："小鬼头，你这小身子干这种体力活根本不行，捏绣花针绣花还行。"

"谁说我不行啦？有本事跟我比试弹跳力。"匡照明一边说一边起身，不由分说"噌"地从祖字右侧跃到左侧，双手掐腰不无得意地望着刘大龙。匡照明的弹跳力一直有目共睹，刘大龙自然不敢跟他比试，笑道："小鬼头，我是指你搬石头不行，又没说你跳远不行。你可倒好，借此显摆了一下弹跳力，有本事咱俩一口气搬三块大石头试试，看谁能比过谁。"

匡照明将双手卷成喇叭形，把头扭向一直作壁上观的周华胜和金明顺，夸张地叫道："刘大龙又开始欺……负……我啦，你们快管管他吧，不然我就罢……工啦。"

周华胜哈哈一笑："刘大龙跟你开玩笑呢！记得你那次腰伤了，还是他把你背回宿舍的，你上茅房时连撒尿的家什都抢着帮你掏。"说罢将头扭向刘大龙："对不对刘大龙？"刘大龙连连点头："对！是这么回事。当时争来抢去，差点把他那小挂件拽下来。"一旁的金明顺也笑着替刘大龙帮腔。

匡照明佯怒："你们、你们这是帮我吗？明显合起伙来欺负我。哼！我走了，你们自己干吧！少了我这根狗尾巴草，你们三片小榆树叶照样能点缀黑丰山。"说罢作势要走。"别别别，别走啊！"这下轮到刘大龙急了，急忙上前拉住匡照明胳膊道："别生气了，我确实是逗你玩，改天请你吃野兔子肉炖萝卜怎么样？"匡照明的小黑眼珠瞬间瞪得溜圆："真的？""真的，不骗你。"刘大龙一字一眼地说。

匡照明就坡下驴，故作认真地捂着嘴干咳两声，对刘大龙说："既然这样，那我就大人不计小人过了。请客时，连周华胜和金明顺一起捎带上吧，红花总得有绿叶配才对。"

"刚才还自诩狗尾巴草，转眼就变成了红花。行！没问题，你不说我也知道。"

匡照明有些小得意，不打自招："嘿嘿，其实狗尾巴草跟榆树叶一样，都很普通。我刚才也是逗你们玩，我哪能把战友们丢在这里不管不顾呢，你们说对不对？"

"对对对！你说得都对。"刘大龙连声附和，周华胜和金明顺不由笑起来。

匡照明像想起什么，恨恨地说："一提起那次腰伤，我就一辈子都忘不了那个'瞄一眼'，要不是他从背后扔黑砖头，我也不至于受了好些天罪。"刘大龙表示那种人不值一提。在对待苗逸严的问题上，二人观点几乎一致。

周华胜提醒大家别浪费时间了，抓紧搬石头摆字。四个人忙碌一下午，摆完了"祖国"二字，用去大小石头七十多块。这时暮色已深，当即决定先回家，等到次日凌晨再来这里把"万岁"摆完，这样安排是为了不影响当日上班。

周华胜刚钻进地窑窖，王秀英便问他到哪去了，他只说上山溜达一圈，匆忙吃罢晚饭，看了会书，很快上床休息。次日凌晨，周华胜不到两点就悄悄起床，打着手电筒来到匡照明家门前的路上，不一会儿，看到匡照明的瘦小身影从窑窖里钻出来，近前后嘻嘻一笑："咱们真成夜猫子啦。"周华胜拍下他肩膀："快走吧，堆完字还得上班呢。"二人急乎乎向前走着，半路上碰到金明顺和刘大龙，他们很快来到摆字的山坡。

他们借着手电筒亮光搬石头摆字，经过三个多小时努力，终于摆好"万岁"二字，用去大小石头五十多块，这时天刚放亮。四个人像孩子一样跑到坡下，仰头望去，只见"祖国万岁"四个大石头字顺着坡势呈现在曙光中，一想到国庆节将至，他们浑然忘却了疲劳，心头荡漾着说不出的喜悦和自豪。

"真棒！"匡照明高兴得一蹦老高。

"东方红，太阳升，中国出了个毛泽东……"周华胜不由吹起口哨曲，一旁的匡照明、金明顺和刘大龙晃着头哼唱起来。

匡照明坐在地上想休息阵子，结果被周华胜一把拉起来，说还要回家洗漱吃饭，不能误了上班。随后，四个人返回地窑窖群，各自回家。

周华胜回到家后，王秀英问他干什么去了，他回答锻炼身体来，她狐疑地瞅了一眼,催促他赶紧吃早饭。他的思绪仍然沉浸在堆完石头字的喜悦中,一边吃一边走神。王秀英责怨他不知发得哪门子呆,他笑而不语,吃完饭赶紧上班。

路上,周华胜看到五六个人从摆字的高坡方向跑过来,其中一人边跑边对路人比画:"快去看看吧!那片山包上突然冒出四个大石头字。"另一人接着话头说:"挺不错的四个石头字,不知道出自谁之手。"周华胜听罢抿着嘴角笑了。

办完交接班手续后,周华胜穿戴好防护用品来到炉前,随着一炉铁水流出,他和工友们在炉台上紧张忙碌着。但他并不知道,此时摆字的山坡上已聚集了很多人,热闹场面不亚于当初的挖防空洞。这些人都是被突然冒出的石头字吸引来的,他们饶有兴致地观望着,一边啧啧称奇,一边猜测这是谁干的。

郑恒闻悉后带领一众人赶到这里,常德因为去玉明市开会未来。郑恒一改往日的严肃,指着石头字欣喜道:"真是别出心裁!很快就到国庆节了,这是一份对祖国的绝佳献礼,这肯定是咱们玉钢工人干的,要立即将工人阶级的这份深情厚谊呈报上级有关部门。"在场的人纷纷点头称是。巴图说:"摆这几个字得费不少工夫,就是不知道谁干的。"大家随之进行了一番猜测,但猜来猜去最终无果。

张德义听说此事后,来到炉台上对炉前工们讲了此事,大家也纷纷猜测出自谁手。周华胜没有作声,只是淡淡一笑,没想到这一笑被张德义捕捉到,把周华胜叫到一旁低声问:"你刚才怎么光笑不说话?难不成那四个石头字是你堆的?"周华胜摇摇头,恰巧这时有人在炉台下找张德义有急事,他来不及细问什么,扭身离开炉台。

常德从市里开会回来后,刚下车便碰到了郑恒和巴图,二人正议论着石头字之事,看到常德后说了这事。常德思忖片刻说:"会不会是周华胜那小子领着人干的,他平日里喜欢看书,这种奇思妙想或许跟他有关。"郑恒让他抓紧找周华胜问问。常德一回办公室便给张德义打了电话,张德义也猜测这事跟周华胜有关,常德让他通知周华胜马上到指挥部办公室。

张德义亲自跑上炉台找周华胜,得知他已下班去澡堂洗澡。张德义急匆匆地冲进澡堂,对着水汽腾腾好似下饺子的人群喊道:"周华胜!周华胜!"

喊声刚落,便见周华胜用毛巾捂着下身从浴池里跑过来,满脸诧异道:"营长,找我什么事?"

"老实交代,山坡上那四个石头字是不是你造出来的?"

"营长,我身上脏死了,得快洗澡,有事过后再说。"

"你小子别瞒我了,别忘了我可是侦察兵出身,我敢断定那几个石头字是你领着人堆的。快穿好衣服,赶紧到常指挥办公室一趟,他刚才打电话找你。"

周华胜只好穿上衣服,来到常德办公室。常德递上一杯水,询问那四个石头字是不是他领着人干的。周华胜喝了口水,仍未作声。常德笑道:"不用瞒了,我一听说这事,就猜测是你小子领着人干的。别看你平日里挺老实,没想到脑瓜还挺聪明,说说你是怎么琢磨出摆石头字的?"周华胜笑了笑,简单讲清摆石头字的创意,常德边听边不住地点头,戏说看书会使人头脑灵光。

这时,政工组组长王昊一头闯了进来,说刚刚接到玉明市丰达区宣传部门的电话,要对玉钢这四个凝聚着爱国主义力量的大石头字进行专题报道,明早就派报社记者来玉钢进行采访,争取发在后天的《玉明日报》国庆专刊上。常德叮嘱王昊赶紧在大喇叭里宣传这四个石头字,同时要接待好上级派来的记者同志,王昊点着头离开了。

大喇叭里很快传出关于石头字的报道,王秀英听罢笑着推了男人一把:"怪不得你那两天鬼鬼祟祟、神神秘秘的,原来是去干这事了。当时问你,你只说是去散步和锻炼身体了。"周华胜笑道:"这没什么好说的。"

报社的女记者来到玉钢后,对周华胜、匡照明、刘大龙、金明顺等人进行专题采访,当了解到他们是利用业余时间完成堆字时,赞叹不已。国庆节这天,周华胜等四人的照片上了《玉明日报》头版头条,还配上一段醒目的红字体,大意是玉钢这四名普通工人,不顾工作劳累,牺牲业余休息时间,用石头堆起四个充满爱国热情的大字,充分表达了工人阶级对祖国的无限热爱。

周华胜拿着报纸走在回家路上,快到窑门口时突然碰到了苗逸严。

他将周华胜浑身上下打量一遍,站在面前的这个山东老转仍然是那副穷酸样,穿着洗得发白的旧工作服,脚上的解放鞋似要露出脚趾,但就是这样一个令他从心底里瞧不起的穷退伍兵,却成了领导眼里的香饽饽、报纸和喇叭里的新闻人物,自己多次以各种方式同领导们套近乎,结果都是"有心栽花花不开"。

苗逸严在自以为是的逻辑圈里兜来转去，始终找不到一种正确的认知与论断。他故意瞅了一眼周华胜手上的报纸，讽刺周华胜"无心插柳柳成荫"，不就是摆几个破石头字嘛，竟然也能上堂堂的《玉明日报》头版头条，大喇叭里播送不停，听得人耳朵都起了三尺厚的老茧。

周华胜不想在这种令人尴尬的接触中徒增不和谐因素，否则两人之间的矛盾势必会越来越深，"退一步海阔天空"不无道理。因此，他只是淡笑着说："摆石头字确实是一件小事，我也没想到会这样。"说罢扭头走了，留下苗逸严木头般杵在原地，脸上看不出任何表情。

周华胜到家后将报纸放在小桌上，王秀英拿起报纸越看越激动，大声把儿子招呼过来，指着报纸上的照片眉飞色舞道："小鲁，快看！你爹上报纸了！"

"看把你高兴的，嘴咧得像开了线的鞋一样。"周华胜边喝水边说。

"当然高兴了，这叫一荣皆荣。"王秀英歪着头笑道。

夜半时分，王秀英主动将手伸进男人被窝里上下探索，瞬间唤起了彼此多日不见的激情。王秀英更是百般配合，骑到男人身上像不倒翁一样晃动，他急忙从身上拽下她："吓死人了，差点弄断了，以后不想用了？"没等她答话，他急忙把她压在身下……

次日清早，周华胜上班来到炉台后，正好碰到了张德义，见面便说："好小子，竟然神不知鬼不觉地弄出个大动静，现在报纸上喇叭里都有你的大名，咱们炼铁营也跟着出名了。"其他炉前工也如是说，弄得周华胜像大闺女般害羞起来，好一阵子才适应。出铁的间隙，大家坐在休息室里休息，聊着聊着便聊到那四个石头字上，自然会引发一通这样或那样的感慨。

傍晚，匡照明、刘大龙、金明顺兴冲冲地来到周华胜家。匡照明进门便喊："来来来！大家一起吃野兔子肉炖萝卜啦！"说罢变戏法般从身后拿出一个袋子，从里面掏出一只收拾好的野兔子和五六个青萝卜。周华胜笑问："怎么想起请客了？"匡照明眨眨眼道："这有什么好奇的？大家一起吃热闹。"刘大龙故意鼓着腮帮子在一旁瞅他，金明顺抹着鼻尖直偷笑。周华胜恍然记起摆石头字时刘大龙应承之事，笑说弄了半天是刘大龙请客，主要是请匡照明这朵红花，其他人都是绿叶。

匡照明嘻嘻一笑："不用这么客气，今天大家都是红花。"说罢把袋子交给王秀英，让她抓紧做美味，她接过袋子便忙开了。

刘大龙故意绷着脸说："小鬼头，自从我拿着东西到你家找你，一直到现在，我怎么感觉倒像是你在请客？别忘了这只野兔是我千辛万苦用铁丝套子抓的，青萝卜也是我不远万里从沙疙瘩公社老乡家里买来的。"

匡照明踮起脚尖，揽住刘大龙肩膀说："嘿嘿，我这不是为了活跃气氛嘛。不用我说，大家也猜出是你请客，你说话算数、重情重义。放心，人情永远都记在你身上。"

被他这么一说，刘大龙反倒有些不好意思："这有什么人情，承诺的事应该兑现，我也早想请你们吃顿大餐。"随后将目光转向周华胜，坦率地说："本来寻思到我家吃饭，但我老婆上班不在家，怕野兔子肉放久了不新鲜，索性招呼他们一齐跑到这里了。"周华胜笑着："去谁家都一样，来这里更好！"

王秀英很快做好野兔子肉炖萝卜，大家坐在一起边说笑边吃喝，不乏一番摆石头字的感慨，仿佛心底摆满了无数"祖国万岁"。

一个月后，钢筋工地的曹师傅来家找秀英，说二号高炉的配套工程基本完建，华建二处不再需要钢筋工，他即将随着二处的大部分人马撤出玉钢。送走曹师傅后，秀英满脸的沮丧和失落，曹师傅一直对她不错，突然离开了颇感不舍，另外本想过几天重拾扎钢筋的活，现在看来不可能了。

周华胜安慰老婆不上班更好，正好在家照看两个孩子，她再三表明：一定要找份活干，多份收入生活能好些，孩子们跟着不受屈。周华胜抽了几口烟，迟疑良久才说："二号高炉铁块队正在招收临时工家属，有不少战友的老婆报了名。"秀英立即自告奋勇："那我去拉铁块吧！"

周华胜担心两个孩子没人看怕出事，秀英思忖片刻后说："只能像其他人家一样，把孩子锁在家里。闺女喂完奶哄睡了放在床上就行，儿子不能再像以前那样用麻绳绑在床头了，把家里的危险东西收拾起来，让儿子在家里自由玩耍吧。"周华胜点头道："也只好那样了。"

王秀英说干就干，很快来到二号高炉铁块队报名，成为一名拉铁块的家属。六十多人的铁块队里，全部是临时工家属，其中山东退伍兵家属占去多半。除了王秀英，马素芸和秦槐香也在其中。

高炉出铁是三班倒，拉铁块也要三班倒。一个班二十一人，七辆排子车，每辆由三人负责。王秀英、马素芸和秦槐香分到了一个班，负责同一辆车。同其他工友一样，她们系着无任何美感的厚厚的帆布围裙，戴着帆布手套，将六十多斤重的面包铁抱到排子车上，顶着大风轮流驾驭着，合力推到地磅房，过完磅后，再推到距离火车站五十米远的铁场，最后统一由车站装卸队将铁块装上火车皮运走。

出铁间隔是家属们的工休时间，她们往往会聚到锅炉房里休息，不是聊天就是做针线活，王秀英正好利用这段时间跑回家看望孩子。工间休息终于到了！她急忙脱下围裙快速跑回家，当她推开窑门时，一股臭味迎面扑来。只见尿桶歪倒在地，儿子斜躺在地上睡着了，小脸上全是泪水，身上沾满屎尿，看样子是大便没坐住碰翻了尿桶。

她连忙上前扶起尿桶，给儿子换上干净衣服。周小鲁醒后抱着娘直哭，她哄了半天才哄睡。紧接着，她又给闺女换完尿布。当她掀开衣服喂奶时，迫不及待的周小原一个劲往她怀里拱，肚皮上传来阵阵痛楚，低头一看上面有道道血痕，看来再厚的围裙也隔挡不住生铁抵在怀里的力道。她忍着疼痛勉强喂完奶，将小原放回床上哄睡，之后快速返回铁块队。此时，正好赶上又一炉铁出炉，她顾不上休息，投入到铁块搬运中……

周华胜并不知晓老婆受的那份罪。这天夜里，他本想兴致勃勃地和老婆过番瘾，谁知秀英扭过身去，皱着眉头不愿意。他不管不顾地扳过老婆的身子，刚趴上柔软的胸脯，便听到她"哎"一声，这才发现老婆肚皮上有一道道伤痕。

他一下子从老婆身上滑下来，指着伤痕问："这是搬铁块磨的？"她默默点下头。

他搂着老婆一时无语，过了良久才道："肚皮磨成这样，怎么不早说？"

"说了有什么用，该搬还得搬。"

"不行的话就别干了，这样下去怎么行？"

"别人能干，我也能干，放心吧没事。"

周华胜长叹一声，记起王秀英、胡春香说过的那句"大老远跑来跟着男人受罪"的话语，现在看来，有些时候她们所言是对的，想着想着他的眼睛便湿润了，心里装满愧疚和无奈。他轻声叮嘱老婆，以后少把铁块抵着肚皮，秀英点头嗯了一声。

第二十三章

深秋时节,指挥部用卡车从巴棱镇拉来冬菜及瓜子,给每个正式工分了二百斤白菜、五十斤土豆、五十斤青萝卜和十斤瓜子。

头一次享受到这种福利待遇的人们,兴高采烈。地窨窨群里,到处是运菜的人群,自行车、排子车、驴车等全都派上了用场。周华胜和老婆一齐推着排子车把菜和瓜子拉回家,地窨窨里堆满了菜,只好留出一道大窗缝通风换气。

夜晚,周华胜和工友们忙完了夜班的第二炉铁,休息室里呵欠连天。班长段鹏笑着对周华胜说:"听说你口哨曲吹得不错,就给大伙吹个'咱们工人有力量'吧,提提神,省得都打瞌睡。"

"好!"工友们几乎异口同声,掌声瞬间响起。周华胜将这首歌吹得流畅有力,工友们睡意全无,聚拢在一起静静听着,不知谁带头唱了起来,随即传出高亢有力的小合唱……歌声像长了翅膀一样,飞出休息室,飞向夜的上空。

当口哨和歌声落下时,大家拍掌而笑。吴明望着周华胜半开玩笑半认真道:"以前光听说你口哨吹得不错,今晚算是见识到了真正的口哨曲。怪不得当初那个漂亮女技术员会看上你,我若是女的,也会被你迷得晕头转向。想当初张芳到处替你代言,说你是行者武松迷死人了,哈哈哈哈……"他的这番话令周华胜面红耳赤。

段鹏上前一下子拧住吴明的右耳:"臭小子,人家不顾劳累给大家吹口哨提神,你还这么说人家,看我不拧掉你的狗耳朵。""哟……班长,不敢说了!再说你就把我一脚踹下炉台!"吴明疼得龇牙大叫,引发哄堂大笑。

周华胜也跟着笑起来,越发感觉干炉前工累并快乐着。

说话间,又一炉铁水即将出来,段鹏让大家打起精神做好出铁的各项准备,大声道:"这个月咱们班被评为先进班组,多加了几块钱奖励,至少能给老婆孩子多买两瓶罐头吃。大家继续好好干!保证每炉铁顺利出铁放渣。"

众人点点头,起身使劲搓几把脸,打起精神来到炉台上,按部就班地出完这炉铁。

周华胜和吴明上前用泥炮堵铁口眼,发现有焦炭卡住了铁口,若不及时清除,会导致下炉铁发生夹渣夹铁、漏铁口现象。两人急忙用钢钎捅掉焦炭,根据铁口深浅、炉渣碱度高低、炉温高低、渣铁流动情况等,打入适量炮泥。

这个夜班一共出了四炉铁。当周华胜和吴明进行最后一炉堵铁口作业时,泥炮回转系统的手动换向阀突然失灵,如果泥炮不能及时退回会造成烧炮,进而导致高炉休风事故,两人顿时紧张起来。为了保证下一循环作业,两人分别关闭开口机钻削回路的两个截止阀,打开两个旁通截止阀,启动开口机油泵,把液压泥炮退回。紧接着,他们快速更换好手动换向阀,关闭旁通截止阀,打开开口机的钻削油路截止阀,重新进行堵铁口作业,这次顺利堵上了铁口。两人抹把脸上的汗,长松一口气。办完交接班手续后,照例到澡堂洗完澡才回家。

路上,周华胜边快步往家走边想,老婆昨晚也是夜班,不知她回家了没有。说实话就愁着两口人都上夜班,把两个孩子锁在家里,整晚都会提心吊胆。幸亏老婆能利用工休时间跑回家看望孩子,否则还不知会担心到什么地步。

他几乎小跑着回到家中,一进门看到老婆已经回来了,正在给儿子吃苹果,小鲁边吃边咧着小嘴笑。

他不由一怔,忙问:"哪来的苹果?"秀英搔着脖子心虚道:"昨夜火车皮拉来福利苹果,往铁场运铁块时顺手拿的,没敢多拿,只拿了两个。"周华胜顿时哭笑不得:"你那是'拿'吗?那是标准的偷!发现了会上大字报的。"

王秀英拽了下男人衣袖:"小点声,别说那么难听,就算偷也只是偷了两个,也是为了孩子才这么做的。夏天时可以用酸溜溜哄孩子,现在连野果毛也见不着了,儿子天天让水果馋死了。实话说,我也是随大流干的,昨夜我们这个班的家属都干了,就连班长张英都没逃过苹果味的诱惑,即使发现了也是大家一齐扛着,总不至于统统扣纸帽游街吧。"

"怎么说你好呢?一个来自革命老区的人竟干出这等事,也不嫌丢人。"

"说实话我也觉得挺丢人,但一码事归一码事,别把这事跟革命老区挂上钩。"

"你也知道干这种事给老区脸上抹黑啊,知道不光彩就别干啊。"周华胜边说边斜了老婆一眼。

王秀英自知理亏,晃着男人的肩头柔声说:"好啦,你就别生气啦。"随后指着窑顶嘿嘿一笑:"我对天发誓,以后再也不做这种事了,否则你直接把我贬回老家种地去,这下总可以了吧?"周华胜被弄得一时无语,想想老婆为这个家付出挺多,只好叹口气,怀着一种功过相抵的心理原谅了她。

得到男人谅解的王秀英,内心仍然忐忑不安,也不知车站那边怎么样了,万一事情露馅了怎么办?"做贼心虚"四个字,总是在她眼前晃悠来晃悠去,晃悠了一整天。

次日上中班时,她一到铁块队就悄声问马素芸:"火车站那边没发现苹果少了?"马素芸同样低声道:"听说昨晚车站值夜班的人是苗逸严,丢了几十个苹果不可能没察觉,奇怪的是一直没见什么动静。"

秦槐香接着话头说:"确实挺蹊跷,会不会是苗逸严也偷了苹果,所以才没敢往上报。说不定咱们行动时,他正躲在值班室里偷吃苹果呢,所以行动才那么顺利,不然的话早被抓住了。"听罢秦槐香的话,其他女人低声哧笑,如果真被猜中的话那未免也太巧了。王秀英暗自庆幸自己没被苗逸严抓到,否则肯定会进保卫组的小黑屋,苗逸严会高兴得四爪朝天。

秦槐香的猜测很对,昨晚苗逸严值班时确实早动了手。当车站装卸队的人卸完苹果离开站台后,他偷偷拿着一个布袋跑到苹果箱旁,抠开纸箱,摸出十几个苹果放入布袋,跑回值班室将袋子暂时藏在小铁床下面,等着下班时悄悄拿回家。接下来,他坐在椅子上,边吃苹果边留心外面动静,生怕有人一头闯进来。他压根未料到自己的这番做法,恰恰为家属们提供了得手机会。要知道站台上只有两个不大不小的灯泡,随风闪出忽明忽暗的亮光,无法照全堆在站台上的苹果箱,除非拿着手电筒挨个走近,否则很难发现有人正在靠近苹果箱。

事实上,尽管苗逸严没作声,供销部门到车站拉苹果时还是发现苹果少了，免不了质问一番。苗逸严拍着胸脯再三保证："来车皮当晚就怕有人偷苹果，一夜未合眼。至于苹果怎么少的，确实不知情，反正我值班时一切正常。"结果，苗逸严因为失职被罚了十块钱。他娘的！真是吃了贵苹果了！几个破苹果搭进去近三分之一工资，他暗自叫苦连天，成了标准的哑巴吃黄连。

  炼铁营很快将苹果发到职工手中，周华胜吹着口哨，将一箱苹果扛回家。

  他的脚刚迈进家门，便看到秀英正眉开眼笑地数钱，看到他后把钱举在面前扬了扬，不无得意道："看！这是我这个月的工资，足足的三十六块钱呀！我现在除了上白班和中班，一星期至少上三个夜班，是全队上夜班次数最多的。每个夜班补助两毛钱，加上白天的一块钱，加起来能拿一块两毛钱。"说罢将钱如数锁进小黄箱。

  周华胜放下苹果箱，从背后搂住秀英咬着耳朵说："老婆辛苦了。肚皮上的伤还疼吗？要不晚上'犒劳犒劳'你？""好多了，没事。"王秀英抿着嘴笑一下。周华胜指着苹果包装箱上的地址说："你看！咱们吃上蒙阴产的青香蕉苹果了。"王秀英把脑袋凑到纸箱前，一看果真如此，急忙打开箱子，一股强烈的苹果香味瞬间散发开来，家乡的味道，在屋里在心里欢快地荡漾着。王秀英拿出七八个苹果洗干净放在盘子里，一家人终于过了顿苹果瘾。剩余的苹果，被周华胜挨个掖到白菜帮里，这样既能保鲜又不易烂。

  晚上，两口人先忙活着把两个孩子哄睡，接下来便忙活两口子之间的事。不得不说，在特定的心情特定的条件下，钱这东西有时候还真是"性奋剂"。

  周华胜久违地换了好几个姿势，王秀英配合无误，甚至还鼓励他多换几个动作、多使点劲。当他加大力度后，她不由出了声，他掐了下她腰两边的肉，提醒她小点声别把孩子吵醒了，她随手扯过枕巾堵在嘴里，像半哑一样呜呜呀呀……忙活完后，周华胜照例抽着赛神仙的烟，感叹今晚这场运动不轻松。

  王秀英捋了下凌乱的头发，把脑袋埋进被窝不好意思地笑了。她在被窝里憋了三四秒，而后孩童般从被窝里探出脑袋，说："我感觉拉铁块挺好，只要付出肯定能挣钱。"周华胜摸着老婆的秀发说："有付出当然会有所得，真是难为你了。现在这个季节还好些，等到了严冬就不好熬了，顶着风雪往铁场推装满铁块的排子车，很考验人。"秀英笑道："放心吧，我能受得了。"两口人说了没几句话，便相拥着睡去。

铁块队这帮家属偷苹果之事，不知怎么传到了苗逸严耳朵里，他背着手，晃悠着冬瓜身子来到铁块队，指着家属们叫阵："你们这帮娘们儿真行！神不知鬼不觉地让我当了替罪羊，你们屁事没有，反倒让我挨了罚。"

家属中首先上阵的是班长张英，她是东北人，身高近一米七，方脸粗眉厚嘴唇，长了副男人面相及身架，吃苦耐劳，快人快语。张英把五大三粗的身子往苗逸严跟前一杵，指着他鼻尖调侃："原来你就是那晚下夜的老头啊！""哈哈……"其他女人随即笑作一团。"你们、你们……"苗逸严气得一时语塞，半晌才憋出几句话："你们这群娘们儿的心比煤炭还黑，自己偷苹果，反倒让我跟着倒霉，还反过来幸灾乐祸。"

张英不愧为伶牙俐齿："你快拉倒吧！我问你，身为值班人员，你为何当晚不及时出来巡逻？不会是躲在屋里偷吃苹果不敢出来吧？"旁边的两个女人齐声道："他肯定躲在屋里偷吃苹果了，只不过没被抓着手脖子而已。"

这些话令苗逸严心里咯噔一下，没想到这帮家属竟能猜到自己躲在屋里偷吃苹果，真是鬼精鬼精的，只不过自己无论如何都不能承认，于是梗着粗脖子说："纯粹瞎造谣！别以为我和你们一样没出息。我当时身体不适，所以才让你们钻了空子，否则肯定会将你们一网打尽，全部送进保卫组的小黑屋。"说话间，苗逸严一搭眼瞅见了王秀英，指着王秀英说她肯定是作案同伙，她嘻嘻一笑："要说同伙，你也是同伙。""说得对，苗逸严就是同伙。"又有两三个女人嬉笑道。

苗逸严哭丧着脸，指着女人们说："我真是倒了八辈子霉了，碰上你们这帮不讲理的贼娘们儿。"说罢气鼓鼓地走了。"这下黔驴技穷了吧？哈哈……"女人们望着那个远去的"冬瓜"，发出一阵哄笑。

王秀英下班回到家，刚钻进窑门便大笑起来，弄得正在看孩子的周华胜莫名其妙，她喘口气，详述了爆笑的缘由，最后总结道："估计那个冬瓜肯定气炸了肺。他天天一见面就气咱们，这下总算出了口气。"周华胜瞥了老婆一眼："你们偷苹果还有理了？他气咱们那是另一回事，别动不动就跟这事挂上钩。""好好好，你说得都对行了吧？我不是跟你保证过不再干那事了嘛，真是懒得跟你争辩。不管怎么说，看着苗逸严挨罚我特别高兴。"王秀英说罢哼起小调。周华胜望着任性老婆，无奈地摇摇头。

匡照明突然垂头丧气地来了，进门便说："我刚才路过指挥部办公室，

第二十三章

看到门前的宣传栏内贴出通知，首批职工住宅盖好了，马上就要分房，按照标准好像没有咱们这些人的份。"王秀英将信将疑："这是真事？""千真万确！不信你们自己去看通知！我家里有事先走了。"匡照明边说边钻出地窖窑。"走，快去看看！"王秀英不由分说，拉着男人径直来到指挥部办公室门前。

此时，指挥部的宣传栏前围满了人，周华胜两口人挤到前面看完通知，大意是玉钢首批五十栋职工住宅现已建好，其中六栋十五平方米的用作单身职工宿舍，剩余的四十四栋用作家庭户，房子面积分为四十平方米、六十平方米和八十平方米，同时建好的还有学校、幼儿园、大礼堂（大食堂）和部门办公场所。由于户多房少，经指挥部研究决定，按照资历及参加工作年限确定分房人员，工龄满七年才有资格享受，住宅面积则按先来后到及资历深浅进行分配。

王秀英在心底迅速数算出男人的工龄，连当兵加起来刚满六年半，唉！可惜了，就差半年！她怅然若失，叹着气挤到人群外面。周华胜紧跟着挤出来，将老婆拉到一旁低声安慰："这批住不上没关系，下批就轮着了，再坚持半年左右，肯定能住上新房。""就差半年呀，太可惜了。狗咬猪尿泡，空欢喜一场。"秀英说罢又长叹一声。

苗逸严迈着短腿走过来，望着周华胜幸灾乐祸道："这下没戏了吧？你肯定不够格，这批住房轮不到你们住喽！"周华胜的嘴角掠过一抹笑意："没关系，这批住不上可以等下批。"王秀英正愁着有火没处发，瞬间瞪眼道："轮不到我们住，轮到你住可以了吧！有什么了不起的？庙门前的旗杆，光棍一条。你顶多住可怜巴巴的单身宿舍！"

苗逸严立即听出王秀英讽刺他是孤家寡人，但此时的讽意已远被那股强烈的幸灾乐祸所替代，不无得意道："实话说，单身宿舍白让我住都不愿意住。我离家近，休班时可以随时回市区住，宿舍顶多算作临时休息室。"王秀英斜视他一眼："哼！瞧把你得意的，别看今天笑得欢，小心明天拉清单。"苗逸严瞅眼天空，双手抱臂晃悠着说："明天的太阳还早着呢，能笑一时是一时，只要今天笑得欢就行。"

苗逸严紧接着把脑袋转向周华胜，故作同情道："唉！想不到你们这些山东老转没分上房子，平日里实在得像大沙漠一样没边没际，领导让干啥就干啥，结果连新房都没混上。我觉得你们应该学孙猴子大闹天宫，合起伙到指挥部闹腾一番，那样说不定能柳暗花明又一村。"周华胜淡淡一笑："厂子里老职工不少，他们带出了一批又一批年轻职工，的确应该先照顾他们，领导这样决定是正确的。""那你就好好傻等着吧！"苗逸严说罢倒背手哼着小曲走了。

王秀英把脚一跺："他娘的！这个可恶的瞄一眼能把人活活气死。"周华胜劝她没必要跟这种人生气，戏说自己已经被苗逸严气惯了，反倒不觉得是个事。

几天后，大约三百六十个正式工分到新房，这片戈壁滩里，一场移民式的搬迁开始了！

自行车、排子车、马车、驴车、骡车等全都派上了用场，人欢马叫。最有趣的要数人和猪之间展开的一场场追逐游戏：一些女人和孩子操着木棍，大声吆喝着，把大大小小的白猪、黑猪、花猪统统从破猪圈里轰出来，往新家方向驱赶它们；但这些用白菜叶和糠喂养的宝贝猪根本不听指挥，一出圈便在沙滩上撒蹄欢跑，白晃晃的，黑漆漆的，花乎乎的。主人们只好喘着粗气不停地围追堵截，小孩子也学着大人样子边吆喝边驱赶，老老少少费了九牛二虎之力，终于把这些不听话的家伙赶进新猪圈。

在众多的分房户中，张德义分到了六十平方米的新房，姜伟分到了四十平方米的新房，他原本不够分房条件，由于工伤所以破例照顾。袁素琴望着男人那只毫无生气的假眼珠，感叹这处新房是用男人的一只眼睛换来的。此时，南水源地的水更加派上了大用场，经东面山包的高位水池过滤后，搬入新房的住户全部用上了方便干净的自来水。许多人想起当初找水打水的给水团解放军，不由感慨万千，一些大人领着孩子来到那口"希望井"旁，对孩子们反复念叨解放军找水打水的一幕幕场景……

很快，指挥部办公场所、职工食堂、学校、幼儿园、医院等相继迁到新址。

指挥部办公场所是一个拥有八排房的大院，大门口设有门卫兼传达室，一些头头脑脑们挺着胸脯，倒背手在院里或屋里走来晃去，难掩满身的春风得意。人们将这座象征权力和威严的大院简称"指挥部大院"。职工食堂与大礼堂兼用，面积约六百平方米，有食堂窗口和餐厅，还有一个大舞台，一旦召开大会或其他重要活动就会在这里举行。走出礼堂，左侧是一个篮球场，可以举办篮球排球比赛或其他小型娱乐活动，也是女人们聚堆织毛衣、聊家常的好地方。

最令人瞩目的是子弟学校搬迁，孩子们终于结束了在阴暗又不安全的地窨窨教室里钻进钻出的日子，那些小兔般的身影，全部跳跃进了明亮又安全的新教室。新学校有十二栋教室，大门右侧墙上挂着一块四米高、半米宽、写有红色楷体字的门牌——"玉明钢铁厂职工子弟学校"，在一阵噼里啪啦的鞭炮声中，站在校门前的老老少少笑成了一朵朵花。随着一阵响亮的"叮铃铃"下课电铃声，孩子们冲到大操场上欢呼雀跃，时而进行一些老掉牙的游戏，时而跑到单杠、双杠等健身器械下面，尽情地玩耍……

王秀英领着儿子来到幼儿园门前，仔细端量着"玉明钢铁厂幼儿园"的红色字体门牌，定定地望向院落里的六排砖瓦房，只见每排房的外墙都被油彩涂得花花绿绿，每排房前都站着两三个衣着漂亮、笑容满面的年轻女老师。漂亮的女老师连同漂亮的外墙，构成一幅格外吸引人眼球的生动画面。

一些衣着崭新的大人和孩子不时从秀英娘俩身旁走过，边笑边走进招惹人的画面里，这是一些家庭条件宽裕、孩子又少的双职工家庭。秀英想，等条件宽裕了，也尝尝把孩子送进幼儿园的滋味，也省得锁在家里让人提心吊胆，她边想边带着儿子离开。

周华胜上班路上碰到了匡照明，他见面便是一通牢骚和委屈：出一样的力却没住上新房，在家压根不敢提分房之事，一提胡春香就炸了锅，甚至晚上都不让他近身。周华胜安慰匡照明："咱们资历浅，等下批就住上了。"其实他在家里的处境跟匡照明差不多，面对秀英的满腹牢骚，不知浪费了多少唾沫星子，更令他难堪的是，跟秀英办次事，他得央求半天，秀英才勉强同意。

年底，玉钢的正式工们领到了奖金，按照岗位标准，周华胜发了一百二十块钱奖金。他吹着口哨把奖金拿回家，总算换来老婆的展颜一笑，她数完钱后迅速锁进小箱，说等攒够了钱买自行车和缝纫机。晚上，他再钻进老婆被窝时，享受到了久违的透恣滋味。

热火朝天地忙活完后，王秀英一副若有所思的样子，周华胜问她想什么，她支吾半天才说："快过年了，给我爹娘寄点钱吧，前段时间又邮来了花生米和栗子，左邻右舍都分了些。"周华胜立马说："那就给老人邮三十块钱吧，也跟着沾沾发奖金的喜气。"王秀英瞬间激动万分，飞快地亲一口男人的脑门，低声说："愿意要就再来一次吧。"他用手指刮下老婆鼻尖："你不累？"她边抚弄男人边说："不累，累也愿意。"他很快又伏到老婆身上，一直忙活到远远近近的鸡都叫了，两人才相拥着睡去。

  空闲时，王秀英趴在小桌上给爹娘写信，告诉二老不但分了福利，还吃上了从老家拉来的苹果……较之以前，她明显感觉这次提笔心情好了许多，只是内心仍然涌上阵阵无法抹去的思念，多少次只有在梦中才能相见，醒来后方觉泪湿枕巾。写完信后，她顶着风雪来到邮电局发走信件和钱，交通不便，加之暴风雪又多，年前爹娘够呛能收到信和钱，要收也只能是年后了。

  王秀英想给男人买身像样的中山装过年穿，被他一口拒绝，一身新中山装得花四十多块钱，他过年穿那套旧中山装就行，反倒让她买件花棉袄或格格棉袄穿。她也摇着头拒绝了，还是省下钱攒着买辆自行车吧，天天跑断了腿，有辆自行车代步省时又省力。最后，王秀英去市区百货商场买回棉花和布，给两个孩子各自做了一身过年衣服。

  这天晚上六点半，安装在地窨窨群的大喇叭骤然响起，传出播音员浑厚的女中音："职工家属同志们！现在广播电影消息，今天晚上八点钟，在露天影院放映朝鲜译制片《卖花姑娘》，欢迎广大职工家属踊跃观看！"

  这是玉钢上映的首场电影，播音员高昂激动的声音，像旋风一样传遍了地窨窨群。大喇叭广播完后，轮着"小喇叭"上阵了，人们奔走相告，一传十，十传百，生怕有谁漏过这场来自友好兄弟国家的电影，特别是一些小孩子，更是欢呼雀跃争当"小喇叭"。

  人们匆忙吃罢晚饭，开始炒瓜子，铁铲热恋铁锅的声音，在地窨窨群此起彼伏，随后传出一些女人的吆喝声："都别动！每人都有份，一人一小堆！"

  王秀英以最快速度炒熟瓜子，趁着瓜子凉的工夫，一家人穿戴好厚实棉衣，将带着温乎气的瓜子装进褂兜。一切准备就绪后，周华胜提着马扎领着儿子，王秀英抱着闺女跟在屁股后面，走了半个多小时，从地窨窨群来到礼堂旁边的露天影院。

  此时，白色的大银幕早已拴挂在铁架上，两个明晃晃的大灯泡吊在铁架两端，照在黑压压的人头上。眨眼工夫，露天影院里人山人海，挤满了清一色的大棉袄二棉裤。满场的喧嚣与躁动不安，充斥着孩子们的打闹声、父母吆儿唤女的急切声、年轻人的嬉笑声等，一些久未谋面的人相互拉着手嘘寒问暖，女人们更是家长里短叽喳不停。总之，各种杂音交织于一体，组合成戈壁滩里的特殊"交响乐"。

"唉，紧赶慢赶还是来晚了，正面没座位，只好坐反面了。"王秀英失望地说。一家人费力地从银幕正面转到反面，在反面的右侧寻到空地坐下。

王秀英的屁股还没坐稳，便听到不远处传来一阵熟悉的大嗓门："卖瓜子了！喷香喷香的瓜子，五分钱一茶碗。"咦？这声音怎么有点像胡春香？王秀英越听越像，急忙将闺女递给周华胜，循着声音找过去，一看果真是胡春香，只见她穿着棉衣坐在离银幕不远的地方，边拧着鼻子里流出的清水，边吆喝着卖瓜子，一些未享受到瓜子福利的外地临时工争先恐后地买瓜子。

看到王秀英后，胡春香盛满一茶碗瓜子递过来，她说已经炒好带上了，本想问春香怎么卖开瓜子了，但碍着人多只好作罢。王秀英好容易从成片的大腿上迈过去，挤到座位前，对男人讲了胡春香卖瓜子之事。周华胜听罢低声说："家家有本难念的经，胡春香搞小买卖挣点活钱挺好，钱宽裕了就不那么穷吵了，要不然匡照明三天两头受不完的气。胡春香那个驴脾气一上来，十个匡照明都顶不住。"

礼堂西侧的放映室打开了一扇小窗，随着放映员不断晃动的脑袋，影院的照明灯突然黑下来，紧接着传出放映机"哒哒哒"的声音，一缕强烈变幻的光柱，照射在风帆般鼓起的雪白银幕上。一些调皮的孩子跑到银幕下方，伸出十指比画出狗、鸟等动物投影，没做几个就被家长们强行拽走了。

十五分钟的"新闻简报"和"科普知识"结束，正片《卖花姑娘》终于开始了！大家的眼睛直勾勾地盯着银幕。

首先进入眼帘的是朝鲜的锦绣河山，令人感觉心情挺愉悦，但越往后看越不对劲，万恶地主残酷剥削可怜的农民，高利贷压得农民喘不过气来。当看到花妮的父亲因交不起租子遭到地主皮鞭毒打时，一些人开始擦眼抹泪，特别是看到花妮妹妹被狠心地主婆用开水烫瞎双眼的时候，大家再也抑制不住了，眼泪像湖水决堤般湍湍而下，露天场地里到处都是物我两忘、此起彼伏的哭声。王秀英一边抹泪一边说："早知道这样，多带两条手绢。"周华胜抽了下鼻子："连我这个大男人都忍不住掉泪，更别说你们女人了。"

电影散场后，挂在铁管上的大灯泡"唰"地亮了，照出人们脸上的困意和泪痕，也照出地上一片白花花的瓜子皮。人们费力地站起来，感到浑身已冻得麻木，随之响起一片"咚咚咚咚"的连续跺脚声，像千人共敲一面偌大的鼓。许多孩子顶不住困意早已睡着，小孩子被抱在怀里往家走，大点的孩子被当爹的像扛麻袋一样扛在肩上，即使如此也照样睡得呼呼的。

一连好些天，花妮那凄苦的声音总是在许多人的耳际回响："卖花了！卖花了！"王秀英像想起什么，低声对男人说："我发现朝鲜电影中的'识字班'比样板戏中的'识字班'真实，你看花妮文文静静多像个大'识字班'。"周华胜连忙提醒老婆："这话千万别出去说，否则一家人都跟着遭殃。"她急忙点头。

王秀英一直惦记胡春香卖瓜子之事，抽空来到匡照明家，匡照明娘依旧在窑门前来回走动，咕哝不停。

匡照明上班去了，胡春香正在家洗衣服，看到秀英后起身抹了把手，一边招呼就座一边说："我就知道你肯定会来问我，怎么想起来去卖瓜子。本来我也想出去上班，但家里上有疯婆婆下有两个孩子，根本不容许那样做。不瞒你说，家里时常揭不开锅，我琢磨来琢磨去，干脆自己挣点灵活钱吧。起初匡照明不同意，说出去卖瓜子丢他的脸，我直接呛他'坐在家里喝西北风等着饿死就不丢脸了？'结果他哑口无言，只好同意。我想好了，演电影时我就到电影院卖，其他时间就到学校门口卖，怎么也能刨闹点小钱，补贴家用。"

"你这也属于自由买卖了，咱们厂保卫组没阻拦你？"

"没阻拦。谁要是敢阻拦，我就领着疯婆婆和孩子到他家吃饭去！连沙疙瘩公社的菜农都跑到这里公开卖东西了，凭啥阻拦我这个本厂家属。"

王秀英安慰胡春香这样挺好，时间自由，对她来说挺合适。胡春香搓着腮帮子说："不合适也没办法，家里就这实情，唉！走一步看一步吧。"

两人闲聊了阵子，王秀英起身回家。路上，她越琢磨越觉得胡春香挺适合干小买卖。

第二十四章

炼铁营把一号高炉和二号高炉原有的铁模床全部扒掉了,取而代之的是一种浇铸生铁的先进设备——铸铁机,它改变了老一套铸铁过程,大大节省了劳动力,提高了工作效率。炉前工们很珍视这件宝贝,为保持铸铁过程的稳定、连续、高效,现场设有专人看管。

铸铁机上了没多久,周华胜所在班的班长段鹏调到外地工作,周华胜接替他当了班长,搭档吴明成为副班长。排长王斌找到周华胜,详述了炉前班长的工作流程及肩负的责任,特别强调了安全生产的重要性,他逐一牢记在心。

周华胜到锅炉房打水时,碰见了张德义,笑眯眯地鼓励他好好干。周华胜点点头。说实话,他内心始终对营长敬畏有加,一想到对方立过二等战功就肃然起敬,一看到对方绷着脸就不由发怵,特别是动怒时,那股火山爆发般的劲道很令人生畏。有时即使营长努力做出笑呵呵的亲近举动,仍感觉浑身的汗毛竖着,或许这正是指挥部让营长挑起炼铁营大梁的主因,偌大的炼铁营,委实需要不怒自威的老资格掌管。

周华胜深知带好这个班的责任,当班时早到晚归,开好班前安全生产会议、检查工具和数量等,保障完成出铁任务。面对安全这个沉甸甸的话题,他利用高炉连每月的安全例会,反复组织大家学习相关《安全生产操作规程》,加强潮铁口出铁、流嘴、沙坝等风险源的防护对策,实行"日周月"隐患排查记录在案,努力切断事故发生因果链。他特别强调,安全背后往往有着血淋淋的经验教训,浸透着心酸痛楚的泪水。他至今清楚记得姜伟受伤时的惨景,还有受伤后对整个家庭造成的影响,姜伟那只毫无生色的假眼珠,时不时地就会呈现在眼前。

这天早班，周华胜照例召开班前安全生产会议，总结上一次的工作，交代需要注意的安全问题，而后对劳保用品的发放、炉前使用工具及数量、铸铁机等做了检查。

当头炉铁出来后，周华胜来到铸铁机旁仔细观察。在轰轰隆隆的声响中，铁水顺利通过铁水沟，进入铸铁机的铁模内，装满铁水的铸铁模，在传动链的带动下徐徐向上移动，装在链带中后部的冷却装置进行喷水冷却，凝固的铁块自动从铸铁模脱落至溜槽中，沿槽壁划入下方的空地，个别不易脱落的铁块被扒铁装置清理后脱落；当传动链返回时，设在铸铁机下部的喷灰装置，将石灰浆喷洒在铸铁模上，以防铸铁时铁水与模子发生粘连而不易脱落。

吴明指着循环往复的传动链戏谑："这家伙看上去挺像坦克履带。"周华胜点点头，指着铸铁机的喷水装置叮嘱他："冷却时一定要记住，喷水量要先小后大，逐步增加，否则会影响铸铁块的表面质量。"他点头道："放心吧班长，肯定没问题。"周华胜说："上个月高炉超产，看这个月的生产势头，月产估计也不错。"他咧嘴一笑："这个月新上了铸铁机，产量当然会更好。"

午饭时刻，周华胜和工友们来到食堂，围在长桌旁，边吃饭边谈些杂七杂八的事情。饭后，大家休息了约莫半小时，继续出铁放渣，放渣出铁，一直干到交接班完成。

下班回家后，周华胜又对老婆聊起铸铁机，王秀英把嘴一撇："不就是台铸铁设备嘛，天天念叨个没完。"他斜睨老婆一眼："高炉能上铸铁机很不容易，你不是炉前工，根本体会不到这种兴奋心理。"说罢上床休息。

一会儿，大喇叭里突然响起女播音员急促的高音："职工家属同志们，现在播送紧急消息，聋哑少年孟志出了车祸，因流血过多昏迷不醒，目前正在玉钢医院紧急治疗，现急需 A 型血。这个孩子和他爷爷曾支援过玉钢的防空洞建设，请大家充分发扬团结友爱精神，积极参与到救治孩子的行列中。希望 A 型血的职工家属，听到广播后迅速赶到医院，迅速赶到医院！"

怎么会出这事呢？周华胜听罢大吃一惊，一骨碌从床上爬起来，急忙钻出地窑窖赶往医院。路上，他看到一些人边说着孟志边往医院跑，"通过上次挖洞了解了孟大爷和孟志，我家人一看见孟志就觉得又可怜又心疼。""可不是嘛，我和老婆也这么想。"

周华胜气咻咻地跑到医院，此时走廊里已站了不少献血者。他拨开人群挤到医生身边，撸起袖子说："医生，我是 A 型血，快抽我的吧。"

话音刚落，便被后面一个人强行挤到一边，扭头一看原来是营长，喘着粗气说他也是 A 型血，催促医生赶紧验血输血。周华胜说："营长，我年轻，还是抽我的吧。"张德义把眼一瞪："怎么，你以为我老了？"周华胜急忙解释："营长，我不是那意思。"张德义一挥胳膊："不是那意思就赶紧让开！别误了正事。"周华胜只好退到一边。周围的人见状也退到一旁，大家都多少了解张德义的脾性，知道他这人就是脾气直了些，其实人还是蛮不错的。

医生望着张德义问："张营长，需要五百毫升鲜血，你能行？"张德义又把眼一瞪："怎么不行？连你也以为我老了？我身体很棒肯定没问题！别啰唆了抓紧时间抽吧，救孩子要紧！"医生赶紧吩咐护士验血输血。不一会儿，张德义身体里的五百毫升鲜血，缓缓地输进孟志的身体……

终于，孟志睁开了双眼，瞪着大眼惊奇地望着周围的人。孟大爷感激涕零，握着张德义的手就要跪下，被他一把拉住了："大爷，千万不可，这么点小事应该做的。"随即指着周华胜和其他人说："你看！厂里这么多人都主动来献血，这说明大家都想帮你们，即使不输我的，也会输其他人的。"孟大爷连声致谢，说着说着便深深鞠躬。

经过询问孟大爷，大家得知了孟志出事的经过。原来，一只羊羔不知怎么跑到了离北水源地不远的土路上，孟志为了救那只羊羔才遭车撞，肇事车主急忙将他送到玉钢医院。

看到孟志已脱离危险，人们渐渐散去。周华胜上前搀着营长胳膊往外走，张德义没有拒绝，老老实实地任由手下搀着往家走。他边走边问："知道我刚才为什么阻止你输血吗？"周华胜点头道："知道，营长是心疼我才阻止的。"

张德义用胳膊肘捣他一下："臭小子，明知原因还跟我争来争去。我好歹也算坐办公室的，输完血大不了少出办公室门，但你就不同了，你还得在炉台上领着人干重活，万一有点什么闪失就不好了。"

周华胜听罢眼睛一热，越发觉得营长外冷内热。他一直将营长送到家里，孙玉凤对男人献血并无异议，也是反复咕哝孟志这孩子可怜，劝说男人在家休息两天，但张德义说身体无大碍，用不着大惊小怪，该上班还得上班。

次日清早，张德义刚起床便听到了敲门声，开门一看原来是孟大爷，老人和一个中年羊倌抬着一只整羊送来了，羊很大，收拾得很干净。张德义本想推辞，孟大爷绷着脸道："你救了我孙子，你若不收就是瞧不起我这张老脸。"张德义只好收下这片心意，老人转怒为喜，招呼中年羊倌一齐走了。

孙玉凤想用这只羊给男人补补身体，顺便也让自己和孩子们解解馋，哪知还没等她动手做饭，便听到男人说："把这只羊送到炼铁营食堂吧，食堂里天天清汤寡水，给工人们打打牙祭。"孙玉凤只好叹口气，眼睁睁地看着男人把整只羊绑在自行车后座上扬长而去，屋里只剩下一股挥之不去的膻味。

张德义骑着自行车，吭哧吭哧地来到炼铁营食堂，吩咐火头军把羊劈成两半，分两次做大锅羊肉汤给大伙吃。当班的炉前工们一听说有免费羊肉汤喝，兴高采烈地挤到打饭的窗口前。负责打饭的食堂人员忍不住说出羊肉汤的来源，炉前工们刹那间收敛笑容，有几人已经热泪盈眶。张德义走了过来，见状一改往日的严肃劲儿，笑呵呵地招呼大家快点打饭，吃饱了还要继续努力工作。众人稳定下情绪连吃带喝，把营长的一片心意全部装进了肚子里。

再看孟志这边，病床旁边堆了不少鸡蛋和罐头，这些都是一些职工或家属送来的，大都未留姓名，把东西送来就急乎乎走了。半个月后，孟志出院回家，指挥部结合祖孙二人当初挖防空洞的实际表现及家庭现状，决定减免孟志的医疗费用。孟大爷激动得老泪涟涟，感叹这辈子算是碰上好单位和好人了，他和孙子永远不会忘记这里。

孟志出院的第三天，祖孙二人给指挥部送来五只自留羊和一张小画，指挥部把羊全部退了回去，只留下这张孟志的铅笔画，画面上是一座山和一座冒着烟的高炉，一个孩子和老人站在山与高炉中间，开心地笑着……指挥部将此画放入大院门口的宣传栏里，路过的人看到这张画后，越发觉得孟志聪明可爱。

时隔不久，炼铁营通知正式工到食堂门口领十斤带鱼，大家没想到在这个偏远的内陆地区还能吃上海鱼，一窝蜂似的涌到食堂门口，领了这份福利。

周华胜将冻成冰坨的带鱼拿回家，放在炉旁化了半天才解冻，拿出两条收拾干净后交给秀英，让她抓紧做了解解馋，将剩下的连鱼带箱放到窗外的小铁架上，此时室外气温已至零下三十多摄氏度，成为最好的天然冷库。

晚饭时，一家人吃上了久违的带鱼，周华胜和王秀英连鱼刺都舍不得吐出来，鱼头鱼骨被翻来覆去吸吮多次，实在没什么滋味了才被吐掉。王秀英端起碗喝了口稀饭，说："听说这个鱼是用超产的生铁跟人家换的。"周华胜点头道："嗯，这个月超产了，正好烟台那边有家冷库准备搞扩建，指挥部就用生铁跟人家兑换了鱼。"王秀英说这招挺好，但愿以后多用生铁跟人家兑换些福利。周华胜笑言那更得好好工作，至少能换带鱼吃。

夜晚，周华胜枕着手臂望着窑顶，琢磨着应该去看看贾二蛋一家人，这家人曾经在他家闹菜荒时雪中送炭，不能忘了他们，人得有颗感恩之心。

几天后，周华胜领着老婆孩子，捎着带鱼和水果罐头，坐着四下透风的客车来到沙疙瘩公社，顶着凛冽的寒风走到贾二蛋家。老远便听见一阵阵凄厉的猪嚎，原来他家正在杀年猪，院里院外围了一大帮人。

贾二蛋爹抱着孙子，站在院子里跟邻居们聊天，狗娃长得虎头虎脑很可爱。老人看到周华胜一家后急忙迎上前，周华胜笑着说："大爷，快过年了，过来看看你。"老人说："这么冷的天，真是难为你们了。我家正在杀年猪，待会儿尝尝我们这里最具特色的'杀猪菜'。"随即对着猪嚎的方向大喊一声："二蛋！你周大哥来了！"

贾二蛋正跟在杀猪师傅的屁股后面忙碌，听到喊声后，一歪一拐地走过来："周大哥，嫂子，你们来得正好，一会儿在这里吃午饭。"说着把厨房里的张杏花喊出来招呼客人，而后返回去继续给杀猪师傅打下手。张杏花一边接过周华胜手里的鱼和罐头，一边笑着说："来看看就行了，还拿东西做甚？让大哥和嫂子破费啦。"说罢招呼周华胜两口人到屋里，周华胜说先在院子里看会儿热闹吧，她随即搬来两个板凳让他们就座。

张杏花连声夸奖周小鲁和周小原："这两个娃娃长得真好看。"王秀英笑道："你儿子虎头虎脑很可爱。"张杏花望了眼公公怀里的儿子，说："现在的娃娃都快成人精了，屁大点娃娃就知道望着黄河水亲了。我抱着狗娃去过两次黄河边玩耍，结果这娃娃天天指着黄河方向要去玩儿，把他爷爷吓得总要抱在怀里才放心。"随即附耳低语："可能是让二蛋上面那两个淹死的哥哥惊着了，所以总怕狗娃出点啥事。"王秀英默默点下头。简单聊了几句，张杏花返回厨房继续忙碌。

周华胜一边看热闹，一边与贾二蛋爹聊天。

"大爷，你们黄河大队养猪的人家多吗？"周华胜问。

贾大爷抽了两口烟锅，笑着说："现在公社和大队都大力提倡社员养猪。

这里几乎家家户户都养猪，靠卖猪的收入买些布料、咸盐和其他生活必需品，另外还可以给地里增加肥料。生猪不允许私自出售，必须统一交给公社食品站，由食品站统一收购和销售猪肉。"老人顿了一下，继续说："同当地其他人家一样，杀年猪是我家很盼望的一件事，一来可以解决一年的油水，把猪板油熬好了能吃一年呢，队里每人每年才给三斤葵花籽油根本不够吃，二来可以改善一下生活，也请四邻八舍、老亲少友、队里的头头们吃顿好饭。"贾大爷的语气很坦诚。

王秀英嘱咐男人照看儿子，随后抱着闺女来到院内的临时厨房，坐在一旁同张杏花聊天。张杏花将槽头肉切成薄肉片，告诉秀英："用槽头肉烩酸菜很好吃，可以犒劳帮忙杀猪打杂的亲朋好友，我们当地有种说法，'亲不过的姑舅常在，香不过的猪肉烩酸菜'，据说这道菜已经流传了一百多年。"

切完肉后，张杏花将白菜腌制的酸菜切成丝，用热水和冷水各洗一遍，将槽头肉大炒后放入土豆块、酸菜丝，倒上水用温火烩。王秀英问："酸菜是提前腌好的吗？"杏花点头道："嗯！一进腊月天就开始腌酸菜，腌好后能一直吃到来年春天，青黄不接时能解决一阵子菜荒。"她接着详细介绍了酸菜的腌制过程及吃法……王秀英边听边想，等回去后自己也学着腌酸菜吃。

杀猪的师傅很快将猪内脏清洗干净，并将杀猪现场打扫完毕，而后与人们围坐在一起说笑。香喷喷的猪肉烩酸菜很快端上了桌，人们喝酒划拳、哼着小曲，甚是一番豪爽畅怀景象。张杏花给周华胜和王秀英各自盛了一碗菜，二人和孩子们大快朵颐。其间，周华胜被贾二蛋父子劝了两杯酒。

饭后不久，周华胜两口人起身告辞，贾大爷吩咐儿子赶紧上邻居家借辆驴车送客人，张杏花拿出早已备好的五斤猪肉让他们捎上，笑说分肉吃也是当地的习俗。贾二蛋赶着驴车，把周华胜一家人送到汽车站，正巧来了一辆客车，看着周华胜一家人上车落座后，他才赶着驴车走了。回家路上，王秀英对男人说："跟这家人接触不多，却明显感觉他们对人真好。"周华胜点头称是。

没出几天，王秀英按照杏花的教法，腌了十几棵大白菜，之后吩咐男人把酸菜缸移到火炉旁发酵。

周华胜刚把酸菜缸移到炉旁，匡照明突然提着四瓶水果罐头来了，掏出二十块钱递给王秀英："嫂子，这是上次借的二十块钱，用的时间不短了，要不是因为手头紧早就还了。"王秀英让他先用着,他说年底也发了奖金,手里有钱就得赶紧还。周华胜让匡照明把罐头拿回去给孩子们吃,他笑道:"这是我和胡春香的心意,不收下我就真蹦高了,要知道我的弹跳力整个玉钢都数得着。"周华胜只好收下,他这才放心走了。

腊月二十九早上,周华胜到市区买了供应肉和半斤水果糖,周小鲁连吃两块糖,将糖块嚼得嘎嘣直响。年三十下午,周华胜在地窨窑门上贴了副小对子,王秀英按照老家习俗,将屋里屋外打扫干净,还特地剪了个"天女散花"窗花贴在小窗上,贴好后端量半天,越看越觉得仙女把漂亮的花撒遍家里家外,甚至撒进一望无际的戈壁滩里。

除夕夜,王秀英炒了两荤两素四个小菜,一家人舒舒服服地吃罢,而后又包完饺子。零点一到,地窨窑群响起一阵噼里啪啦的鞭炮声,其中掺杂着孩子们的欢叫声。当周华胜放完鞭、发完纸马回到窨窑时,秀英已经煮好饺子,一家人吃完饺子才上床睡觉,一觉睡到了次日天亮。

初一早上,王秀英给两个孩子穿上新衣服,自己和周华胜穿上半成新的衣服,尽管是旧衣但很整洁,一家人穿戴好后钻出地窨窑。放眼望去,大地呈现出一派银装素裹,黑丰山白雪皑皑,在阳光的照耀下显得分外妖娆。"瑞雪兆丰年!"周华胜脱口而出。

"先别感慨了。"王秀英浑身哆嗦着催促男人,"天太冷了,抓紧到领导家拜年吧,拜完年赶紧回家。"周华胜带领家人先后来到常德、张德义、姜伟等家中拜年,见面后说笑不停。大家明显觉出今年春节比往年热闹了许多,路上人来人往,人们脸上漾起一层层笑容,"过年好"的问候语一声赛一声响亮。人们内心都清楚,这种变化很大程度上源于单位发的福利及奖金,物质条件的改善会令心境欢愉,也格外会引发人际交往中的连锁热效应。

拜完年回家后,王秀英忽然闻到一股发酵的酸白菜味道,来到缸边一看,原来是酸菜腌好了!只见菜叶呈可爱的淡黄色,菜帮呈半透明白色,有股自然的酸味及发酵香气。她从窗外铁架上的袋子里找到一块冻猪肉,化开后狠狠心切下约二两肉,做了一顿猪肉烩酸菜,吃起来明显没有张杏花做得好吃,原因就是没舍得多放肉。但她心里仍然很高兴,因为她学会了腌制酸菜,学会了这项西北家庭主妇过日子的基本功。

王秀英随手摸起笤帚扫地,忽然想起按照老家习俗,今天不能动笤帚,否则会扫走运气、破财，于是赶紧将笤帚放回门后。紧接着又想起明天就是大年初二了，是嫁出去的闺女带着丈夫和孩子回娘家拜年的日子，娘家要设宴款待、共享节日快乐，唉！如今只能隔着几千里地干想了。

年后不久，张六六带着小米和红枣来到周华胜家，说自己回家过年刚回来。周华胜将他留下来吃晚饭，席间他闷声不语，一下子连喝三杯白酒。

"六六哥，你是不是有什么心事。"周华胜试探着问。"兄弟，不瞒你说，我本想昨天来你家，但昨天是我妈去世的日子所以没来，这会儿不知怎么又想起了我妈，唉……她吃了一辈子苦，我大去世早，全凭她弹棉花养大了我和我姐，我成家后不久她就病死了。"说着说着，张六六趴在桌上痛哭，周华胜两口人劝解半天，他才慢慢擦干眼泪，很快便喝得酩酊大醉，喝到最后谁劝跟谁瞪眼。

周华胜一个人没法把醉酒的张六六送回地窨窨，只好让老婆找来匡照明，他和匡照明一齐把张六六架回马车店。路上，张六六打着酒嗝不停咕哝："古……有三碗不过景阳冈，今……有六碗仍回马车店！"匡照明气喘吁吁地扶着张六六："好好好！别说六碗了，就是九碗也能回马车店，行了吧？"周华胜听罢忍俊不禁。

回来路上，匡照明问周华胜："张六六怎么喝了那么多酒？"周华胜说清原委，匡照明听罢不由感慨："活到一百岁也是有个娘好，虽然我有个疯娘，但每天能看到娘就是我最大的幸福。"回到家后，他忍不住走到娘的床前，娘已经睡熟，他轻轻抚摸着眼前这张饱经沧桑的面庞，似乎所有的思绪都凝滞在这个简单动作里。

仿佛上天故意跟匡照明开了个玩笑，这个玩笑差点没把他急死，差点没把他吓死。

这天下午，胡春香蹲在学校门口卖完瓜子，回家后突然发现婆婆不见了，急忙问儿子："卫东，你奶奶去哪了？"匡卫东指了指窗户："奶奶好像爬窗户出去了。"

说话间，匡照明下班回来了，胡春香上前对男人说："咱娘不见了。"

匡照明一听便急了："你出门后没把门锁上？"

"锁上了，我每次出去都把咱娘和孩子们锁在窨窨里。卫东说他奶奶爬窗户出去了，也就你娘那样的小蚂蚁身子能钻出去。"

"少说些没用的屁话！咱娘这么冷的天跑出去，会冻死在外面的！快抓紧出去找！"

匡照明边说边钻出地窑窑，胡春香紧跟着钻出来，二人分头四下寻找。

匡照明在地窑窑群没找到，又跑到邮电局和粮站周围寻找。邮电局门口有一帮人打扑克牌，他急忙上前询问，是否看到一个六十多岁的疯老太太从这里路过。一个围观者告诉他，一小时前好像看到一个疯老太太朝北去了。

匡照明一听眼泪都要急出来了，立刻跑到周华胜家告知此事。二人迅速找到金明顺和刘大龙，四个人顺着北面一路寻找……快到北水源地时，匡照明突然一屁股坐地上，直言怕在水里找到娘。周华胜一把拉起他："你是不是急傻了？现在河面上全是坚冰，你娘不可能有那么大的本事破冰入水。"匡照明这才起身，四个人一齐来到水源地旁，河槽里果然全是坚冰。他们顺着北水源地继续向北寻找，一直到了山脚下仍未找到，只好按原路返回接着寻找。

就在他们快返回地窑窑群时，大喇叭里突然传出女播音员急促的声音："各位职工请注意！玉钢医院收治了一位六十多岁的女病人，精神有些失常，请患者家属速到医院！速到医院！"播音员特意将这则消息连续播报两次。

匡照明马上想到女病人就是他娘，四个人火速赶到医院，一看果真如此，不由长长地松了口气。匡照明扑上前大叫一声："娘！"眼泪哗哗而下。周围人不由眼眶湿润。

一会儿，匡照明抹着泪问一旁的医生："我娘是怎么到这里的？"医生回答："是一个骑马的高个子蒙古族牧民送来的，说是去市里看望上学的儿子，途经南端那座沙漠时发现了这个迷路的老人，当时老人快冻昏了，他猜测可能是玉钢工人的亲属，所以就近送到了玉钢医院。"周华胜听了心里一动，忙问医生："那个牧民是不是叫巴特尔？"医生说："那个牧民把老人送到这里就走了，我们当时光顾着抢救老人，没顾上问那个牧民姓名。"周华胜扭头对匡照明说："会不会是巴特尔？我记得他说过，经常骑马去市里的蒙古族小学看望儿子。"匡照明点点头，也猜测是巴特尔。

匡照明娘在医院住了五天，脱离危险后回家。匡照明上班路上碰到周华胜，说自己左思右想，总觉得那个救他娘的牧民是巴特尔，让周华胜跟他上趟盖子沟表示感谢。周华胜点点头。没出几天，匡照明便备好鸡蛋、罐头和饼干，招呼周华胜一齐来到盖子沟。

两人来到巴特尔住的蒙古包，发现里面空无一人。匡照明跑到蒙古包外连声大喊："巴特尔！巴特尔！"话音刚落，便见巴特尔和其其格从相邻的蒙古包里走出来，身上都系着大围裙。匡照明急忙跑上前，一问果真是巴特尔救了他娘，立即深深地给巴特尔鞠了一躬，将捎来的东西递给其其格。其其格为难地望了眼巴特尔，巴特尔憨厚地笑道："人家这么老远来了，不收下反倒不好，那就收下吧。"

周华胜注意到巴特尔脸色有些憔悴，又见他两口人系着大围裙，不由询问他们忙什么，巴特尔指着身后的蒙古包说："我和其其格正在包里擀羊毛挂毡。"

"擀羊毛挂毡？"周华胜和匡照明都挺好奇。巴特尔笑着将二人招呼到蒙古包里，只见里面摆满了擀毡的各种工具，一大堆白色或黑色的羊毛摆放在塑料布上，没想到巴特尔竟然是羊毛手工艺人——毡匠。巴特尔说，擀毡是蒙古族文化的形象标志，蒙古包的外包、马鞍毡垫、床毡垫、毡靴、毡帽、毡手套等都用的是擀毡。随后，他又简单介绍了擀毡工艺流程，还穿插着做了些示范。周华胜忽然记起巴特尔家里挂着成吉思汗和龙梅玉荣的毡画，问巴特尔这两幅毡画是不是他擀的，他笑着点点头。

其其格让巴特尔别光顾着介绍擀毡，该为客人准备饭了。周华胜和匡照明连忙谢绝他们的好意，随即踏上回家的路。路上，周华胜说："咱们不能留下来吃饭，巴特尔两口人看上去很累，擀毡很辛苦，看巴特尔憔悴的脸色就知道了。"匡照明点头称是。

两人回到地窑窑群，听到路上有人议论着什么。

"唉！可惜了，那个男孩才七岁，真疼人。"

"可不是嘛，大人都上班去了，孩子贪玩说不准就会跑到什么危险地方，很容易出事。"

周华胜急忙上前询问发生了何事，一个男人告诉他，搬到新房的一户人家，大人上班时把一对儿女锁到家里，其中七岁的男孩翻墙头跑了出去，伙同几个孩子跑到原先住过的地窑窑玩耍，结果被窑顶掉落的木头砸死了。匡照明知道周华胜两口人上班后也把孩子锁到家里，连忙提醒他要注意孩子的安全，他频频点头。

第二天，人们见到了那个失去儿子的可怜女人，她一夜之间白了头……

这件不幸事的发生，给许多把孩子锁在家里的人家敲响警钟，迅速从老家找来亲戚帮忙看孩子。周华胜两口人越琢磨越害怕，儿子马上四岁了，锁在家里说不定什么时候就会爬窗而出。周华胜提议把儿子送到幼儿园，王秀英说送幼儿园每月得交十五六块钱的托费，况且两个孩子也没法都送去。她思忖片刻道："要不让我三哥家的巧玉来帮忙看孩子吧，顺便让巧玉见见世面。巧玉今年十七岁了，照看孩子没问题，那样咱们也能安心上班。"

周华胜痛快地答应了，让秀英抓紧写信跟三哥联系。经过王秀英和三哥信中商议，王巧玉很快坐着绿皮火车到达玉明火车站，周华胜到火车站把巧玉接到家里。他在地窨窑的一角用木板搭起一张小床，用布帘隔开，算作巧玉的居室。农村孩子懂事早，巧玉看孩子、洗衣服、收拾卫生样样都行，两个孩子幸亏有她照看，周华胜两口人才得以安心上班。

家里多了户口本外的巧玉吃饭，看来必须要出去买高价粮了。王秀英让男人抽时间出去买高价粮，他低声跟老婆商量："这些日子单位加班，能不能将就两天，等我休班再去买。"没想到老婆把眼一瞪："不能再将就了！再将就孩子们就饿坏了，我连倒尿桶的劲都快没有了，更别说搬铁块了，也别指望热汤热水热身子伺候你了。你不去，我去！"周华胜忙用眼神示意老婆小点声，别让巧玉听见。

王秀英找孙玉凤打听哪里可以买到高价粮，孙玉凤说到沙疙瘩公社可以买到高价粮。王秀英很快请了假，嘱咐巧玉在家好好看孩子，而后坐客车来到离玉钢最近的沙疙瘩公社黄河一队。

她挨家挨户打听谁家卖粮，寒风掠起阵阵黄沙，汗水和着沙子将她的秀发胡乱贴在通红的脸上，接连走了十几家都没有卖粮的，内心不免有些失望，还夹杂着一股说不出来的委屈。她连累带渴走进一个院落，扶着门框吭哧吭哧直喘粗气。

这时，从屋里走出一个年轻女人，问清缘由后，拿出半袋子玉米面，说："只有这些玉米面了，原本每斤五毛钱，看你一个女人家大冷天跑这么老远来买粮不容易，就按每斤四毛五卖吧！十斤一共四块五毛钱。"

王秀英连声致谢，付完钱后要了碗水喝，随后背起袋子踏上来时的路。临出门时，年轻女人好心告诉她，沙疙瘩这地方产粮少，下次买高价粮到巴棱镇买吧，那里是河套平原最富有的地方，离这里大概三百多里地，从这里的小火车站买上票，坐三个多小时火车就能到达。

　　王秀英提着十斤玉米面坐车返回玉钢，下车后又累又饿，几乎连走路的气力都没有了，也不知怎么到的家，进门就把面袋子往桌上一扔，坐在床边暗自掉泪，心里像吞了半熟的沙枣苦涩难当。巧玉倒了杯水递给姑，秀英接过来喝了两口，随后用白面和玉米面蒸了一锅二和面馒头。巧玉和小鲁抓过来便吃，秀英一口气吃下三个，肚里有了食儿心情也便缓和许多。

　　周华胜下班回来了，埋怨老婆为什么不等他休班去买粮，秀英冷着脸说："指着你去买？指着你去买我们娘儿几个都得饿死。哼，你就好好当你的先进工作者吧。"周华胜并未介意老婆的态度，笑呵呵地抓起锅里的二和面馒头，接连吃下四个，而后倒在床上，很快鼾声如雷。

　　王秀英望着男人疲惫的样子，心里的怨气渐消，连日来男人也是每顿饭只吃个半饱，她甚至好几次看到他喝涮锅水。

第二十五章

天气渐渐转暖，玉钢第二批职工住宅房开建，这次是七十栋，大商店、肉铺、理发店也陆续开建。"终于开建了！"王秀英喜上眉梢，抱起儿子连转两圈，接着对侄女说："巧玉，咱们很快就能脱离阴暗的'老鼠洞'啦，很快就能住上铮明放亮的砖瓦房了。"

王秀英悄悄告诉男人，她又怀孕了，两个孩子已经够让人操心了，要不是有巧玉照看着，自己还不知会累成什么样呢，这下倒好又来了第三个，不犯愁是假的。周华胜听罢很惊喜，告诉老婆不要愁，生一个是养，生一群也是养。秀英叹息着说，生多了肯定养不出好养，记得她小时候，由于家里孩子多，娘实在顾不过来，天天让她躺在炕上，她拉了屎，娘随手一抹了事，结果炕席下面生了蛆，在她屁股底下爬来爬去。

周华胜思忖片刻道："老三出生后，无论男女都叫周小念吧，牢记应该想念的一切。"说罢，他的目光不自觉地望向东南方向，似乎又望到了家乡的山山水水。秀英点头同意，表示这个名字挺有意义。周华胜嘱咐老婆，搬铁块时一定注意身体，干不了不要逞强。秀英让男人放一百个心，自己肯定能坚持住。

没出几日，胡春香来找王秀英，指着自己的肚子说又怀孕了，说实话她真想上医院做掉，但匡照明死活不同意。王秀英也讲明自己的情况，胡春香听罢一笑："咱俩真是心有灵犀，连怀孕的步调都一致。"

说话间，巧玉带着小鲁从外面进来，笑着同胡春香打过招呼，领着小鲁走到一旁。胡春香对秀英说："看看你多幸福，有个能帮忙照看孩子的好侄女，真让人羡慕。再看看我……没法跟你比啊。"王秀英赶忙说："我上班不在家，肯定得有个看孩子的，你卖瓜子可以随时随地回家看孩子，还可以随时做饭洗衣，这几点我又没法跟你比了。""说得也是。"胡春香的脸上露出笑容。

胡春香回家路上遇到下班的周华胜，近前笑呵呵地说："我刚从你家出来，没想到两家步调一致。"没等周华胜回过神来，她便晃动着大块头远去。

"这个胡春香，说话没头没脑的。"周华胜边想边回到家，进门便问王秀英："我刚才在路上碰到胡春香，她说两家步调一致，什么事步调一致？"王秀英笑道："她也怀孕了。真是个愣头青，什么也敢说。"周华胜方才明白，戏说匡照明那小身板还行。王秀英斜了男人一眼："都不是些'省油的灯'"。周华胜嘿嘿一笑，随即上床休息。

王秀英发现男人放在床下的解放鞋该换了，解放鞋六七块钱一双，为了省鞋，男人平日里总穿单位发的劳保大头鞋，只有出门时才换上轻松简便的解放鞋，即使这样也快被穿破。前几天，她从高炉捡到几块原料输送带用下来的黑废料，正好用它做布鞋鞋底。高炉早就结束了人力推小车上料的历史，以皮带输送取而代之，而今这些废旧的黑皮带料正好派上用场。她说做就做，一周后，新布鞋穿到了两口人的脚上。

当王秀英穿着新布鞋上班时，班长张英望着她脚上的新鞋挺惊讶："秀英，没想到你还会做老布鞋啊。"王秀英笑着说："我十几岁时，我娘就教会我做鞋。沂蒙山的女人几乎都会做鞋，当年支前时做了很多军鞋。"

搬运完两趟铁块后，工间休息时间到了，大家坐在铁场周边的空地休息。张英笑着提议："秀英，听说你唱歌不错，趁着休息给大家唱个'沂蒙山小调'吧，我们很喜欢听这首歌。"一听这话，秦槐香立马圆睁着单眼皮小眼给秀英鼓劲："既然大家都想听咱们家乡的歌，你就拿出当年在集市唱歌的水平，露一嗓吧。"一旁的马素芸也再三鼓劲。王秀英推辞不过只好唱了起来，铁场上空荡起一阵婉转动听的旋律，大家不知不觉听入了神，没想到秀英唱歌这般好听，歌声落下时，连声叫好。

半小时后，张英起身说："歌也听了，也休息了，大家都起来搬铁块吧。误了搬铁块，张营长饶不了咱们这帮娘们儿，他那个臭脾气连沙滩里的马蛇子和牛牛都知道。"大家笑了，随即投入到又一轮的劳动。

盛夏时节，指挥部给每个正式工准备了高温福利——西瓜和"华莱士"甜瓜，这两样瓜都是用卡车从巴棱镇拉来的。每个正式工发五十斤西瓜、

第二十五章

五十斤华莱士，各营按人数，统一派车从供销部门拉回去。

炼铁营用大拖拉机拉回西瓜和甜瓜，工人们拿着麻袋兴高采烈地排队。张德义站在拖拉机旁监督分瓜，他再三叮嘱不要把瓜摔烂，但还是不可避免地摔烂了几个红瓤或黄瓤的大西瓜，这令一向节俭的他满脸心疼，急忙命人捡起来送到食堂用。

周华胜排了半个小时的队才轮到，他把过完秤的西瓜甜瓜装进麻袋，小心翼翼地绑在自行车后座或搭在大梁上，生怕划伤了这辆宝贝自行车。早在十天前，秀英把好容易积攒的一百五十块钱交给他，让他到玉明市区买了一辆红旗牌自行车，今天正好派上用场。

当他推着自行车把西瓜甜瓜驮回家后，秀英和孩子们瞬间围了上来，满脸抑制不住的喜悦。巧玉高兴地说："姑父，这甜瓜真香啊！"秀英拿起一个甜瓜猛嗅："这是什么瓜？香得人挪不动腿。"姑侄二人都是头一次见这种甜瓜。

周华胜笑着解释："这叫华莱士，是河套平原最好吃的甜瓜，享有'天下第一瓜'的美誉。"他边说边切开一个甜瓜，用勺子把白色瓜籽抠出来，切好后摆在盘子里。周小鲁迅速伸出小手拿了一块，狼吞虎咽，瓜汁流了满身。秀英和巧玉连吃两块，一边吃一边夸赞又香又甜。随后，周华胜又切开一个红瓤西瓜，味甜、多汁、爽口，全家人仿佛解了几个世纪的西瓜馋，直接撑得不思茶饭。夜里，肚里装满瓜的周小鲁尿了好几次床。

秋风渐起，二号高炉开始检修，铁块队的家属们难得放了几天短假。

王秀英和一帮女人坐在窑门前的空地上，沐浴着秋日的阳光，一边做女工一边聊天。

"真想念老家的红枣，又甜又脆。"胡春香不知怎么想起老家的红枣，边说边吧唧嘴。让她这么一引，引出一片对家乡土特产的馋念，女人们一脸怀念的样子，如数家珍，马素芸说想老家的煎饼卷豆沫子，秦槐香说想老家的地瓜和栗子……

王秀英笑话她们没出息，想了一圈全是吃的。胡春香斜睨着湛蓝的天空说："不想吃的想什么？想两口子之间的事扒拉过来就办，想国计民生轮不着咱们，想男人之外的男人又不敢。唉！想红枣也白搭，干想。"说罢干咽两口唾沫。

王秀英突然想起周华胜提及的一件事，兴致勃勃地说："听我男人说，沙疙瘩公社黄河二队的沙枣林中有沙枣，要不咱们抽空去看看吧。""好！"胡春香等人几乎异口同声，当即约好次日去打沙枣。

次日清早，她们准备好尿素袋子和打沙枣用的长杆，绑在自行车后座上，沿着通往沙疙瘩公社的水泥路向沙枣林进发，一小时后来到沙枣林。老远就看到沙枣树下有十几个此地女人和孩子，大呼小叫，兴高采烈地打沙枣。

当王秀英等人走近时，站在树下的女人一齐投来警惕的眼神，有的甚至悄悄地握紧长杆。王秀英等人欲抡起长杆抽打挂满枝头的沙枣，先来的那些女人蜂拥而上，纷纷阻拦她们打沙枣。

有一个矮个子长脸女人，举着手中的长杆对准胡春香："滚你妈的！赶紧给爷滚开！这片沙枣林在爷们二队的地盘上，是爷们自己千辛万苦种的，不允许外人来打！"胡春香一听就火了，一把拨开对方手中的长杆，回骂道："熊玩意儿，去你的！你瞅瞅你那副样子，这片沙枣树也没长在你家炕头上，凭什么不让我们打？！"长脸女人二话没说，举起长杆照着胡春香肩膀就是一下子，胡春香更不是吃素的，愣劲一上来全然忘记了有孕在身，当即与长脸女人扭打在地。

"胡春香，别打了！当心肚里的……"王秀英嘴里的"孩子"还未吐出口，后背就挨了一个中等个头瘦女人一拳，马素芸和秦槐香当即将这个瘦女人摁倒在地，王秀英随即又被其他女人围攻，她蜷在地上拼力护着腹部。

沙枣林里已然乱成一锅粥，强烈的护枣心理，令二队的此地女人们"愿与沙枣共存亡"，只是她们并不知道，被打的四人中还有两个孕妇。

突然，传来一阵女人的厉喝："都给爷住手！别打啦！爷就上了趟茅房屙屎的工夫，咋介就打成团儿了呢？快住手！再不住手爷就报警了！！"

随着这阵厉喝，二队的女人们瞬间住手，王秀英、胡春香等人借机从地上爬起来。王秀英拢了拢头发，脸上火辣辣的疼，估计是被挠破了。再一看胡春香、马素芸和秦槐香，头发上全是杂草和树叶，脸上也带着挠伤，狼狈不堪，一看就是寡不敌众。

"嫂子，咋会是你呢？"一个熟悉声音蓦然传入王秀英的耳际，她扭头一看，原来是贾二蛋老婆张杏花。未待她答话，张杏花便急忙上前拉住她胳膊，一边打量一边说："嫂子，你没事吧？快看看其他地方有没有伤着？"

她沉着脸没好气道："没伤着，就是脸被挠破了。"随后将事情经过讲给张杏花听。

胡春香拂了下凌乱的头发，指指王秀英的肚子，又指指自己的肚子，悠悠地说："这里面装得全是祖国的花朵、国家的未来，今天幸亏没出事，否则你们全得进局子。"

张杏花听罢猛地一怔，结巴着问秀英："嫂子，你、你怀孕了？""嗯，两个来月了。"王秀英冷着脸点点头，这一点头令张杏花的心里咯噔了数下，也把队里的其他女人吓出一身冷汗。作为过来人，她们很清楚两个来月容易流产，都不自觉地后退几步。

张杏花指着队里的女人大声训斥："你们这些枪崩货太缺弦儿了！你们知不知道差点惹出人命案来？！今天这两个孕妇要是有个什么三长两短，你们这帮缺弦儿东西都得吃不了兜着走！都得进局子！"

她咽了口唾液，接着说："你们知道吗？今天来咱们二队打沙枣的这几个女人全是玉钢的家属，老家远在几千里外的山东。她们是跟随搞边疆建设的男人才来到这片戈壁滩的，全家吃住在又阴又暗的地窨窨里面，有时连玉米面糊糊都喝不饱，甚至连咸菜都没得吃！你们当中有不少家庭的男人都在玉钢上班吧？！没玉钢说不定你们全家都得喝西北风！是哪个枪崩货先动手打人的？赶紧给爷站出来！"

说音刚落，那个用长杆打胡春香的长脸女人惶恐地站了出来，张杏花二话没说，上前就是狠狠的两脚，直接将其踹倒在地，用上了一大堆此地话："透你妈！爷就知道是你这个'灰个泡''枪崩货'领头干的！爷屙屎走的时候怎么跟你说的？再三叮嘱你不要为了几个沙枣和外来人打架，叶儿个（昨天）还说过你，你他妈的权当耳旁风了！把爷的话权当成放屁了！你自己说说，你为了几个破沙枣打了多少架了？你真是欠比兜（耳光）了。爷问你，你男人六娃是不是在钢铁厂上班？！"

长脸女人缓缓地从地上爬起来，捂着屁股低头辩解："六娃是在钢铁厂上班，但我真不知道她们是玉钢的家属，更不知道还有孕妇，否则就是有一万个胆也不敢动手。再说了，她们也打了咱们的人，你看看，咱们的人脸上也都挂了彩，我的头发都被揪掉好几缕。"

"活该！揪成秃子也活该！谁让你这个枪崩货先动手打人的？！再犟嘴，

再犟嘴爷真就抬死（整死）你了。"张杏花一边训斥，一边信手拾起一个粗木棒逼近长脸女人，吓得她连退好几步，像深秋的蝉那样一声不吭。

这一幕令王秀英目瞪口呆，没想到看上去挺温顺的张杏花，发起火来竟然如此泼辣，连那个狂妄女人都吓得如此灰溜溜，更别说其他此地女人了，算了！眼下这苗头还是见好就收吧，事情弄僵了反而不好。想到这里，她赶紧上前说："杏花，别生气了。大家别因为这事伤了和气，也怨我们事先未征得你们同意，所以才出了这档子事。"

张杏花连声说："谢谢嫂子宽宏大量。"随后扭头对队里的女人们说："看看人家多大度，肚量大如黄河，哪像你们他妈的鼠肚鸡肠，翻脸比白眼狼还快。这样吧，人家远路而来，咱们把打好的沙枣给人家，让人家拿上先回家。"王秀英听罢连忙摆手："不用了，要是让打的话我们自己打就行。"胡春香、马素芸和秦槐香也如是说。

张杏花不顾王秀英阻拦，不由分说将自己袋子里的好沙枣统统倒进秀英的袋子。其他此地女人见状纷纷效仿，抢着将自己的沙枣倒入胡春香、马素芸和秦槐香的袋子里。倒着倒着，两方女人互相看了看，不知怎么竟都笑起来……

长脸女人走到胡春香面前说："对不起，那会儿真是失礼了，希望你能原谅我的鲁莽。"胡春香大咧咧一挥手："过去的事不提啦！以后别再阻拦我们打沙枣就行。"对方立即拍着一马平川的胸脯道："放心！以后谁要是再阻拦，谁就是马蛇子透的。""扑哧！"胡春香忍不住笑出声来。

王秀英从袋子里摸出几颗大沙枣尝了尝，只觉又甜又涩，嗓子眼儿像糊住一层面粉。张杏花笑说吃习惯就不觉得涩了，接着对王秀英等人解释："你们千万别怨恨我们队里的这些女人，她们都是因为家里穷，想多打点沙枣卖钱，所以才不让你们打的。自从沙枣成熟之后，她们没白没黑地打沙枣，别说是外人，就连内部都抢得要命。"

"原来是这样。"王秀英等人点点头。胡春香则瞪大眼问张杏花："沙枣可以卖钱？"张杏花笑道："当然可以啦！拿到学校门口去卖，五分钱一茶碗。"胡春香听罢心中暗喜，看来这趟没白来。当王秀英等人骑着自行车离开沙枣林时，张杏花让她们以后放心来打沙枣，这片沙枣林这么大，她们想怎么打就怎么打，保证不再出现类似纠纷。

返程途中，胡春香一边骑自行车，一边问秀英："刚才那个厉害女人是谁？"秀英回答："是贾二蛋老婆张杏花。"胡春香说："那女人比水浒里的孙二娘还厉害，几下子就把难缠之事摆平了。真没想到沙枣还能卖钱，以后我可以打沙枣卖钱补贴家用。"说到最后兴奋地按了下自行车响铃。

王秀英笑道："你呀，满脑子的生意经。"胡春香转而使劲拍了下自行车车把："全是生活逼出来的。"骑行在前面的马素芸扭过头说："胡春香，好好干，等将来政策允许了，可以自己开个门市部，那样更挣钱。""好！"胡春香又使劲按了下车铃。女人们一路向东骑行，简易的水泥路上不时传来阵阵说笑声。一小时后她们返回玉钢，在十字路口分手，各自回家。

王秀英回到家后，跟男人讲述了发生在沙枣林里的事，绘声绘色。

周华胜暗自庆幸老婆和肚里的孩子安然无恙，表明这事也不能全怨那帮此地女人，沙枣树是人家种的，又在人家地盘上，打沙枣之前应该事先打声招呼。秀英点头称是。一会儿，她边洗沙枣边对男人说："没想到张杏花发起火来比孙二娘还厉害。"他表示厉害不怕，讲理就行。王秀英将洗干净的沙枣盛在盘里放桌上，巧玉和小鲁抓起沙枣就吃，吃急了被沙枣面呛得连声咳嗽，咳嗽完后仍吃得津津有味。

周华胜将脑袋凑到老婆面前说："有个好消息告诉你，第二批职工住房已盖好，咱们就要住上铮明瓦亮的新房喽。""太好了！总算脱离这个'老鼠洞'了。"正照着小镜子看脸上挠伤的王秀英惊喜交集，手里的镜子差点掉在地上。

很快，玉钢的第二批职工住宅正式分房，头批未住上新房的正式工，这次终于如愿以偿。至此，首批参与玉钢建设的六百多个工人全部乔迁新居。

周华胜和其他参建的山东退伍兵分到了四十平方米的新房。周华胜家和刘大龙家位于北区，两家房前屋后紧挨着，站在周华胜家前院，就能看到刘大龙家的后窗户。匡照明家和金明顺家位于南区，两家相隔不到六十米。

地窨窨群又掀起一场人欢马叫的移民式热潮，人们在笑声中整理家什，又在笑声中你背我扛，排子车、自行车、驴车、马车、骡车等再度派上了用场。周华胜提前借来一辆排子车，招呼秀英、巧玉一齐将家里的东西整理好，而后分批划拉到排子车上，用绳子绑结实后运往新房，本身地窨窨里也没什么像样物件，三趟就基本搬完。

北区大多数人家的屋门朝北开，左右邻居暂以栅栏相隔。周华胜家位于北区中部的最南端，在中间一排房的西把头，一进屋，是一个带着灶台的小厨房，往里是一个带着大炕的客厅，左拐是一间小里屋，地面全部是水泥地面。王巧玉指着小里屋高兴地说，在里面搭张小床，就是她的小天地了。王秀英让侄女看着孩子，她和男人一起用木板在里屋搭完小床。刚搭完，巧玉便带着小鲁和小原到里面玩开了，不时传出阵阵嬉笑声。

　　王秀英信手拧了下水龙头，心情随着自来水的哗哗而下更加畅快，这下房子和用水问题都已解决，另外又能睡热炕头了。虽说解手仍要上公用茅房，夜晚还得用尿桶，清早还要把尿桶倒在公用茅房，但倒尿桶又累不死人，更何况这里的公用茅房比地窨窨群的简易茅房提升了一个档次，半封闭式的砖混结构，墙里墙外、蹲坑里外均抹上了灰水泥，蹲在上面感觉挺舒服。

　　同相邻的左右排房一样，周华胜家所在的这排房子地势很低。院门设在西边，房前房后各有一块不大的空地，把空地简单用栅栏一围，在屋山头留一个方便进出前后院的小过道，这样院子自然就比其他人家稍大些。周华胜将一挂二百响的鞭炮铺在大门外的地上，用未熄灭的烟头点燃鞭炮，顿时响起噼里啪啦的鞭炮声，随之浮出一团团刺鼻的蓝烟。秀英和孩子们从屋里出来，在前后院来回跑着玩耍。

　　周华胜刚要转身进屋，突然发现从邻居家的院子里走出一人，定睛一看，竟然是苗逸严。真是冤家路窄，来来回回搬了好几趟东西都没发现邻居是谁，没想到一顿鞭炮竟然炸出来了。奇怪，苗逸严已在去年的首批住房中分到单身宿舍，怎么今年又分到了家庭户，难道是走后门找关系了？不对，全厂无数双眼睛像猫抓老鼠一样盯着分房，不可能出现走后门现象。说实话，真不想与苗逸严这种人为邻，但事实上偏偏与他成了邻居，既然如此，也只好接受现实了。

　　周华胜琢磨着是否上前打招呼，苗逸严却主动走了过来，指着周华胜家前院酸溜溜地说："这次你家该满意了吧？这排房五户人家，就数你家的前后院大，又有小过道直接通往后院，哪像我家还得爬窗户才能到后院。我觉得你应该放一千响的鞭炮庆祝才对。"

　　周华胜一听就知道他嫉妒人的老毛病又犯了，笑道："放鞭炮就是图个喜庆，放多放少都一样。你要是愿意，遇到急事可以从我家小过道到后院。"

说话间，王秀英从后院走过来，一眼就瞅见了苗逸严，如同被一股寒流瞬间卷走了好心情，拉着脸喊道："周华胜，你少在那里充老好人！咱家的院子凭什么让他走？别在那里叨叨些没用的，赶紧回家看孩子！"说罢上前拽着男人衣角往家拉，周华胜只好搔着头皮回家。

苗逸严望着周华胜的背影，喊了句："周华胜！没想到你是标准的'妻管严'。"王秀英的一只脚原本已踏进屋门，一听这话立刻转身，随手从地上捡起一块土坷垃，猛地扔到苗逸严脚下："你少在那里看笑话，你想妻管严还实现不了呢。"说罢得意地望着苗逸严，满以为他会像被马蜂蜇了般恼羞成怒，说不定还会捡起石块之类的东西反手报复，不由后退几步。

没想到苗逸严只是慢悠悠地踢飞那块落到脚前的土坷垃，指着她说："唉……真没办法，跟你这种不讲理的娘们儿做邻居，算是倒霉透了，好男不跟女斗，懒得跟你浪费唾沫星子。"接着，他有意挺直腰身说："告诉你吧，本人现在是标准的老婆孩子热炕头，用不着你在那里咸吃萝卜淡操心。"说罢倒背手返回家里。

望着苗逸严得意而去的背影，王秀英愣怔半天，听他的话音好像不是单身汉了，难道他又结婚了？也不知是哪个长了地瓜眼的女人会选择他这号人。

她满脸狐疑地回到家里，一进门就对男人说："真没想到跟这个讨厌鬼成了邻居。"随后讲了苗逸严所说的老婆孩子热炕头之事，周华胜让她别费脑子，说苗逸严说不定跟前妻复婚了，真复婚也是件好事，省得形单影只怪可怜的。

一会儿，住在前排房的刘大龙一头闯进来，气呼呼地说："没想到跟'瞄一眼'住这么近，看着他就来气。"王秀英端着面盆走过来："谁说不是呢，这方面咱俩同感。"周华胜让老婆不要跟着瞎凑热闹，抓紧做饭去，她斜视一眼走开。

周华胜了解刘大龙的直脾气，劝道："各走各的道，犯不着上火。苗逸严还知道老婆孩子热炕头，说明这人还有救。以前的事别过多计较，老盯着别人身上的缺点，自己也很容易变成那样。"刘大龙想想有道理，抽了支旱烟卷，闲聊几句便回家了。

次日清早，王秀英倒完尿桶路过苗逸严家时，忍不住伸长脖子多看几眼，发现院子里站着一个三十来岁的瘦高个女人，身旁站着一个六七岁的男孩。

女人一边扑打男孩衣服上的灰尘，一边佯怒："晓明，你怎么总往床底下钻？床底下有金子还是有银子？记住以后不能再钻了。""嗯嗯！"男孩瞪着忽闪忽闪的大眼睛连连点头。

王秀英暗忖，这娘俩难道是苗逸严的前妻和儿子？正想着，苗逸严忽然推开屋门走出来，一边用围裙擦手一边对女人说："陈霞，饭做好了，快领着儿子回屋吃饭。"女人痛快地应一声："好。"男孩则瞪着大眼调皮道："爸，我现在不想吃。"苗逸严上前摸着儿子圆溜溜的小脑袋，和颜悦色地说："儿子，不吃不行，早饭必须好好吃。"而后三个人一起回到屋里。

王秀英蓦然明白，看来真让周华胜说对了，苗逸严果真跟原配复婚了！

她急忙跑回家对男人讲述此事，周华胜笑道："在这之前，你和其他女人以及匡照明那个小鬼头，动辄就用离异之事刺激苗逸严，他又不是没肝没肺的石头人，一次两次或许不当回事，时间久了心里自然会翻江倒海引起重视，兜来转去终点又回到了起点。"她一扬头："照你这么说，我还对他的家庭复合起到了积极作用。""或许吧。苗逸严能主动给老婆孩子做饭，说明他这人还没坏到骨髓里，以后别总那么横眉冷对了。远亲不如近邻，互相帮衬些才对。""以后再说以后。人若犯我，我必犯人。"她没好气道。周华胜无奈地苦笑一下。

没过多久，新盖的国营商店、肉铺、理发店陆续开业，这对玉钢人来说是皆大欢喜的大喜事！商店和肉铺开业这天，人头攒动，人们高举着手中的粮票、布票、棉花票、糖票、肉票等花花绿绿的票，争先恐后地购买所需品。身着蓝大褂的售货员，最初还能保持几分国营单位特有的神气和淡定，很快便忙得焦头烂额，恨不能生出三头六臂。

理发店也排满了人，几乎全是男顾客。理发员叫邱丽，三十岁左右，中等个子，胸脯挺得像要冲出宇宙，浑身上下飘着喷香的雪花膏味。据说是个没结过婚的大老闺女，嘴很甜，人也长得白净漂亮，细皮嫩肉，一看就没出过苦力。

邱丽穿着干净的白大褂，将一个个油腻的头摁在小水池里使劲搓洗，一边搓洗，一边念叨水都变成黑汤了。经过她三下五除二的熟练操作，理发者像换了个人，对着镜子，边端详边嘿嘿一笑："有了理发店真方便，又可洗头又可理发又可刮脸，比自己在家里胡乱用剪子铰、推子推、须刀刮舒服多了。"走出理发店的男人，大都不自觉地挺胸收腹，精神抖擞。

周华胜先是捏着肉票，到肉铺买了每口人每月的半斤肉，把肉送回家后也来到理发店，排了半个多小时队才挨上号。刮脸时，邱丽望着他脸上的那道伤疤犹豫不决，他笑着鼓励："大胆刮，刮破了算我的。"她这才小心翼翼地动手。

理完发后，周华胜感到神清气爽，似乎好长时间没有这种舒服的感觉了。他刚走出理发店门，就看到匡照明连跑带跳地来了，戏说也来享受享受理发员温柔的小手。周华胜笑着说，尽情享受吧，头发和脸被摆弄的感觉很惬意。望着周华胜刚理的头发，王秀英笑说他像换了一个人，除了脸上那道疤，其他地方都不错。周华胜坏笑着低声说："个别地方更不错，你又不是没体验到。"如果不是秀英怀着老三，他早就按捺不住了。

王秀英到商店的卖布专柜前买了七尺花布，准备给巧玉做件衣服。随后，她又挤到糖果专柜前，买了二十块散装水果糖块，本想买带着花花绿绿包装纸的水果糖，一看带包装纸的比不带包装纸的贵一分钱，多花一分钱其实就是买张糖纸，根本不如买散装硬糖划算。巧玉和小鲁看到糖块后很高兴，糖块在嘴里嚼得嘎嘣嘎嘣直响。

王秀英很快给侄女做好一件上衣，巧玉穿在身上美滋滋地转了两圈，调皮地搂住姑的脖子，连声夸赞手艺好。秀英笑着问："巧玉，想家了吧？"巧玉望着姑的脸先是摇头，转而又点头。秀英拍着侄女的手说："等条件好了一齐回老家过年。""嗯嗯！"巧玉的头点得像小母鸡啄米。

周华胜看到一些人家开始垒院墙，相邻两家的隔墙由两家一起垒，他找苗逸严商量垒隔墙之事，谁知协商了好几次都未成，不是拦着不让进门，就是置之不理。

时隔不久，突然下了场难得一见的秋雨。周华胜正好上早班，头晚上夜班的王秀英在家睡觉，听到雨声迅速起身穿好雨衣，用铁锹在院门周围费力地筑起一道小堤坝，站在院门前累得直喘粗气。其间，巧玉拿着铁锹出来帮忙，结果被她姑撵回屋去，嘱咐她只管照看好孩子就行。

一会儿，苗逸严突然拿着铁锹走过来，二话没说就把她刚垒好的小堤坝扒开了。王秀英抹了把脸上的雨水，大声道："苗逸严，你干什么？我家是西把头，又恰恰处在好几个胡同口上，你一扒开小堤坝，所有胡同里的水就会全部流入我家院子。你也知道屋内比院内地势更低,到时候我家就惨了,水会灌进我家的!"

"你这娘们儿怎么不讲理啊,你垒起堤坝把你家院前的水堵住了,那我家院前的水,没地方淌了就肯定会顺着院子灌进屋里,我家也一样惨!我当然要扒开你这个小堤坝了。"

"你才不讲理呢!你家院前的水少,我家院前的水多啊!"说罢,王秀英不由分说重新筑好小堤坝。苗逸严没吭声,提着铁锹径直回家。

王秀英回屋休息的工夫,院子里突然开始进水,她急忙跑到院门口,一看小堤坝又被扒开了,雨水顺着栅栏缝隙流入院内,再一看苗逸严正扛着铁锹往家走,气得她跺脚大喊:"苗逸严!你混蛋!你欺负孕妇!"苗逸严回过头大声道:"孕妇怎么了?孕妇就可以不讲理了?!"王秀英抓起一团泥巴"嗖"地朝他扔去,可惜太远没打上。

王秀英又次垒好小堤坝,没想到前脚垒好,后脚就被苗逸严扒开,两个人你垒我扒折腾半天,最后两家院子都进了水。没办法,王秀英只好实行第二套方案,快速在屋门前垒起小堤坝,她边垒边默默祷告:"老天爷呀!你就行行好快点停雨吧,别再折腾我这个孕妇了。"或许是祷告起了作用,雨很快便停,她暗自庆幸屋里没灌进水。

周华胜下班回家后,王秀英上来就是一通牢骚:"没想到住新房也像住地窖窖一样,提心吊胆地防灌水,虽说极少下雨,可一旦下雨也是个麻烦事,咱们这排房地势太低了。最可气的是苗逸严那个坏东西,我前脚在院前垒好小堤坝,他后脚就给扒开,差点把我气疯了。"周华胜瞅了老婆一眼:"你们两个人都挺自私,就不能想个好一点的法子?""喊!"王秀英撇着嘴角道,"说得好听,有本事你给想个好法子。"

周华胜思忖半天,觉得应该找这排房子的四户人家协商一下,每逢下雨天,各家自觉在院门口连成一条小排水沟,让雨水顺着水沟排到路上,雨后再将排水沟填上,如果下雨天谁家不在家,邻居们可以帮忙把沟挖开。周华胜先来到苗逸严家讲明此事,他明知这法子不错但就是嘴头子硬,让周华胜爱怎么办怎么办。他老婆陈霞倒是挺通情达理,把周华胜送出家门时低声说了句:"他就那脾气,你别介意。"周华胜笑着点点头。从苗逸严家出来后,周华胜又陆续找到另外三家,这几户人家都痛快地同意了。王秀英没想到男人轻而易举便解决了棘手问题，不由夸奖了几句，周华胜笑言做事要讲求方式方法，也要有耐心才对。

这场难得且令人揪心的大雨，令一些未垒院墙的人家不同程度灌进水，雨后迅速掀起一股垒院墙的高潮，均采用简易又快捷的"干打垒"垒院墙。

周华胜再次来到苗逸严家商量垒隔墙之事，恰巧碰到他家东邻居也来找他商量垒隔墙，他这次倒是痛快地答应了。经过几天的忙碌，这排房子所有住户的前院都垒起院墙，安上铁门，减轻了下雨时挨灌的风险，后院依然以栅栏相隔。

第二十六章

　　王秀英下班时路过商店,听到一阵熟悉的大嗓门:"卖沙枣啦!又大又甜的沙枣!五分钱一茶碗!"近前一看原来是胡春香,只见她坐在商店门口热情吆喝着,时不时地自卖自夸,惹得身边围着一帮买沙枣的孩子。自从在沙枣林听张杏花说沙枣可以卖钱后,胡春香迅速干起了这个营生,不得不佩服这个女人的经营头脑。

　　胡春香看到王秀英后,从袋子里抓出一把沙枣给她,她接过来边吃边聊天。胡春香招揽着小顾客,还没忘了叮嘱秀英:"你怀着身孕搬铁块不容易,多长个心眼,能少搬就少搬。"王秀英说:"我男人多次劝我干不了别硬撑,但现实不允许,家里添了户口本外的侄女吃饭,又面临着添家口,还是多挣点钱好。工友们照顾我让我少搬铁块,但我不想搞特殊化,不想比别人落下些什么。"胡春香叹口气道:"你上来一阵比我还倔,真拿你没办法,反正你自己多注意吧。"王秀英看她忙得不亦乐乎,聊了会儿便离开。

　　回家后,王秀英对男人说起胡春香卖沙枣之事。他说胡春香天生就是块做生意的料,王秀英说干那行挺不容易,胡春香也能吃得那份苦和累。

　　一会儿,王秀英边做饭边对男人说:"别人家都开始挖菜窖了,咱家也抽空挖吧,把菜窖挖在前院的西北角,那地方挺好。今年冬天咱家多买点白菜,除了腌酸菜,其余的全部放进菜窖里,省得来年青黄不接时再闹菜荒,我现在一想起吃沙葱得红眼病就浑身打怵。""好,听你的。咱们抽空就挖。"

　　接下来的一个月里,两口人和巧玉一得空就挖菜窖,很快挖出一个长四米、宽两米半、高两米半的深坑,坑上面用木头搭好顶棚,然后用水泥浇灌,进出全靠小扶梯。菜窖里布置了两层放菜的隔断，等到今冬分菜时，大白菜、土豆、萝卜等看家菜就有了安身之处，整个冬天都不会变干、腐烂或变质。

王秀英上公用茅房时碰到邻居陈霞，茅房里相遇显得挺尴尬。陈霞对她微笑一下，她故作没看见径直蹲上右边的茅坑，这次蹲坑较之以往优雅又紧张，不时用眼角余光扫视左边茅坑上的陈霞，发现陈霞的目光始终直视前方，心情才有了些许放松。

回家后，王秀英对男人讲了"茅房奇遇记"。男人皱眉道："你呀！我早就跟你说过'一码事归一码事'，不要弄些恨屋及乌的小心眼子事。以后心胸要变得大些，那样才不失山东人的大气。"王秀英模棱两可地点点头，说到底，她的内心仍对苗逸严耿耿于怀。

张六六突然来了，一进门就兴奋不已，原来指挥部在马车店盖起一排新砖房，所有的马车老板全部搬进了新房。周华胜两口人由衷替张六六及其工友们高兴。一会儿，张六六说："你们家窗明几净，桌子擦得能照见人影，真是'穷干净富邋遢'，弟妹一看就是个勤快人。我当年在老家时，曾给人家打过家具，抽时间给你们打几件家具吧，又能放东西又能装扮新家。"

周华胜没料到张六六还有这方面手艺，痛快地说："行！等准备好了木料你帮着打两件，先谢谢六六哥了！"张六六率真一笑："这有什么好客气的，你们对我这么好，能做的事哪有不帮的道理。"

送走张六六后，小鲁非要缠着爹讲故事，周华胜将儿子抱在腿上，讲了两段聊斋里的狐仙故事，小鲁越听越往爹怀里钻。一旁的巧玉笑道："姑父，你给小孩讲狐仙故事，会吓得他晚上睡不着觉。我小时候常听我娘讲这种故事，什么狐仙迷住书生啦，然后又帮助书生啦，有时吓得我整晚睡不着觉，甚至做梦梦见自己变成了狐仙。"

"哈哈……"周华胜被巧玉逗笑了，忍不住冲儿子比画狐仙抓人的动作，吓得小鲁哧溜一下钻进巧玉怀里，巧玉笑着揽紧小鲁。王秀英说："想当年，我也没少听爹娘讲这方面的故事，讲了一辈又一辈，也吓了一辈又一辈。快别在那里吓唬孩子了，给儿子讲讲小人书上的故事多好。"小鲁听罢急忙找出《鸡毛信》递给爹，周华胜随即给儿子讲小人书的内容。

一会儿，王秀英忽然发现胡春香趴在墙头上冲她招手，挤眉弄眼，一副神秘兮兮的焦急样子。她疾步走出大门外："什么事这么十万火急？"胡春香将她拉到一旁，压低声音说："你发现没？周围的男人都喜欢往理发店钻，有的明明头发不长，也三天两头往店里钻，不少家庭常为这事打仗。"

胡春香望望四周，接着说："那天住在我家前排房的张英家，也就是你们铁块队的张英两口子又打上块儿了，张英说她男人的头发才理了没十天，就又跑去理发，肯定是被那个大老闺女摸索出了什么事。她男人一口咬定，只是理发，其他什么事都没有，张英不信，只要她男人去理发就跟着一起去，回来少不了一顿打闹。唉！那个张英的块头看上去比我还大，五大三粗的，更不招男人喜欢。"

胡春香的这一通话语，令王秀英忽地想起男人理发回家后的种种"异常"，每次理完发都神采飞扬，一说到漂亮的理发员顿时眼亮话多，连脸上的伤疤似乎都跟着"飞扬"。

还没等她接话，胡春香便开始咬着牙根数落邱丽："哼，那个女理发员就是这片戈壁滩里的千年狐狸精，天天挺着对比足球还大的奶子晃来晃去，身上的雪花膏味能盖过高炉出铁的臭鸡蛋味，标准的迷死人不偿命。"

说到这里，胡春香长叹一声，接着说："匡照明总表扬那个大老闺女温柔体贴、和风细雨，哪像我上来一阵就是男人婆，我心里别提有多难受了。只要我稍有反驳，他的眼蛋子就像要冲出眼眶。唉！没想到那年撵走了罗敏那个黑狐精，今年又来了邱丽这个白狐精。当年那起'黑狐精事件'令我伤透了脑筋，如果再弄出个'白狐精事件'，那真够我喝一壶的，命运真是不公平。"

王秀英觉得邱丽的年龄比匡照明和周华胜都大，不可能发生什么事。胡春香仰面朝天吐了口气，悠悠地说："那可不一定，古往今来姐弟恋有的是，等发现时就晚喽！特别是你我现在都大着肚子，男人近不了身，肯定猴急猴急的。你看看那个大老闺女那对足球奶子，都快冲出太空爆向宇宙啦，理发时这东西在男人眼皮底下抖来晃去、磨来蹭去，不惹出事来才怪呢。"

她停顿一下，接着对王秀英说："实话告诉你，为了防患于未然，我们南区的一些女人，包括张英在内，大家都商量好了，明早去指挥部反映情况，要求领导们给换个理发员。这种事人越多越好，你要是想去的话，明早七点准时到指挥部大院门口集合。"

王秀英迟疑不决，胡春香眨摩着眼补充道："我家匡照明说了，你家周华胜经常当着他面表扬邱丽，说什么名如其人，像什么秋天般美丽。"

"他真这样说的？"

"骗你我是马蛇子养的，真这样说的。"

"那好，明天我正好上夜班，明早我也去！"

"那就一言为定！明早我在指挥部大院门口等你，这事千万别让你男人知道，否则肯定会千方百计阻拦你去，说不定还会对我产生看法。"

王秀英点点头，胡春香这才挂着满脸的喜悦走了。

王秀英转身回屋，周华胜问她刚才在大门口跟谁说话，她谎说跟前邻居秦槐香聊天。周华胜没再问什么，她暗自抚着胸口松口气。

次日清早，王秀英瞒着男人来到指挥部大院门口，发现这里站满了吵吵嚷嚷的女人，有二十来个，各个一副义愤填膺的样子，领头的是身高马大的班长张英，正噘着厚嘴唇说个不停。

胡春香走过来拉了下王秀英衣角，指着张英和其他女人低声道："一会儿到办公室后，别忘了站在后面，尽量少说话，让张英她们尽情说去，惹出事来让她们兜着走。"王秀英点点头，暗想胡春香鬼心眼子真多，跟匡照明比不差上下，真是"不是一家人，不进一家门"。

女人们很快涌到指挥部办公室，鸡一嘴鸭一嘴，同仇敌忾，半荤半素地讨伐女理发员邱丽。大意是自理发店开张以来，"醉翁之意不在酒"的男人越来越多，究其原因，就是理发员又漂亮又会打扮。这倒不打紧，关键是太能说也太会说，聊得一帮男人神魂颠倒不知南北，不但聊出了男人心中的喜怒哀乐，还聊出一番"家花不如野花香"的对比心理，回家后总找老婆的茬，由此引发家庭内战，令家里的糟糠们深受其害。照此下去理发店迟早会沦为是非之地，也难免会有男人被聊到这个未婚狐狸精的床上，因此强烈要求将女理发员换成男的。

面对这帮女人的担忧，办公室工作人员浪费着口水一再表明，邱丽手艺好，工作热情认真，是个难得的好理发员，但这帮女人横竖听不进去。张英道出共同疑惑："邱丽条件那么好，怎么三十多了还没结婚？肯定有什么不着调的事。""对，肯定有什么不着调的事。"其他女人一阵响应。工作人员望着这些难缠女人哭笑不得。

正当办公室人员不知所措之际，常德推门进来了，家属们又开始围着常德七嘴八舌，五花八门，说什么的都有。常德极少插话，默默打量着这些貌似粗鲁实则逗人的女人们，一边听一边忍俊不禁。估计她们说累了，心里的委屈和担忧也道得差不多了，他这才挥挥手示意大家安静，笑着说："各位家属同志们，实不相瞒，我也常去理发店理发，也常同邱丽聊天，难道我也成了你们想象中的不着调？我相信无论男女，谁去理发都不愿意看到理发员绷着脸像北极冰块吧？理发过程中，聊聊天消磨时间很正常，希望你们不要小题大做。"

原本安静下来的女人又开始交头接耳，常德开玩笑道："如果按照你们的意思，把女理发员换成男理发员，那你们的男人再找上门来怎么办？"家属们哄堂大笑，心里却在想：即使找个不男不女的理发员，也比找邱丽那种货色强。

常德的目光在人群里扫视一圈，发现了站在人群后面的王秀英，很纳闷她怎么也跟着掺和进来。王秀英正好触碰到常德的目光，脸顿时红到了脚后跟，自从常德进门后，她尽量躲在众人身后，结果还是被他发现了。

常德淡淡一笑，将目光移向其他女人继续道："家属同志们，你们照顾老的伺候小的不容易，特别是有些人还从事重体力劳动更不容易，有跟着到这里瞎起哄的工夫，还不如待在家里好好休息休息。通过你们这一闹腾，以后男人的头发不到扎辫子地步是不敢去理发了，把男人吓得不敢理发，把理发员吓得不敢动推子，那样就好了？要是再传到玉明市区各大厂矿，说玉钢的女人们个顶个不讲理，心眼小得连男人理发都管，那你们就'威名'远扬了，将来孩子长大了，恐怕连对象都不好搞。我说这些可不是吓唬你们，都是掏心窝的大实话。"

女人们窃窃私语，认为常德并非危言耸听，指挥部领导中她们最喜欢跟常德打交道，没有架子不说，还常常助人为乐，谁家要是遇上什么困难找他肯定没错，他准会想方设法予以帮助，因此她们都对常德心悦诚服。只是，眼下兴师动众地来了，如果这样灰头土脸离开，面子上似乎过不去，于是站在那里走也不是，坐也不是。

常德收敛了笑容，大声说："家属同志们，你们为玉钢建设出了不少力，别的不说，就冲你们追随男人来到这片荒无人烟的戈壁滩，就冲你们吃的那些苦受的那些罪，你们就是个顶个的了不起！跟你们的男人一样，你们也是一颗颗沙枣树，顽强地挺立在这片戈壁滩里！"

他的这番肺腑之言，瞬间令女人们感动万分，也彻底戳中了她们的泪点，一些女人开始悄悄擦眼抹泪。王秀英只觉眼眶湿润，越发后悔来到这里，影响领导们办公不说，也显得自己太没水平。王秀英瞪一眼身边的胡春香，抬起右脚恨恨地踩她左脚面一下，她疼得差点蹦起来，鼓着眼刚要说什么，结果咬了咬嘴唇又咽回去。

一会儿，常德笑着对女人们一摆手："好了，大家都别在这里捣乱啦，快回家该忙啥忙啥吧。"女人们趁势散去，张英和两个女人还没忘了冲常德点头致歉。王秀英低着头，夹杂在人群中仓皇离开，回家后没敢对男人提及此事，但她估计男人很快会知晓。

果然，当天下午周华胜便得知此事，冲老婆喊道："简直胡来！我发现你脑袋里不止缺一根弦！白念了那么些书，竟然挺着个大肚子去掺和这等事，也不嫌丢人！邱丽理发手艺不错，理发时聊聊天很正常，你们这帮小心眼的女人非要草木皆兵、杯弓蛇影，还拉帮结派跑到指挥部闹事，我稍一联想就能想到当时的丢人场景！"

王秀英斜了男人一眼："哼！你当然会浮想联翩了，否则也不会说邱丽像秋天那样美丽。"这话令周华胜心里打了一个激灵，猛地记起自己曾对匡照明说过这话，肯定是那小子信口传播的，又想起昨天秀英在大门外跟人说话之事，现在看来昨天来搞串通的人十有八九是胡春香。想到这里，他没好气道："昨天来找你的人是胡春香吧？我当时问你跟谁在门外说话，你骗我说跟刘大龙老婆聊天。王秀英，你这谎撒得挺高级啊。"

王秀英扬着头理直气壮道："我承认我当时是撒谎了，但那全是因为你夸赞邱丽像秋天般美丽才造成的，哼！一个已婚男人对一个大老闺女下这种定义，也不怕传出去让人笑话。"听罢这话，原本一直绷着脸的周华胜笑了："我承认那话是我说的，但那不过是按名字谐音说的，'邱丽'等同于'秋丽'，并非特指本人。王秀英，你什么时候学会了猪八戒倒打一耙？"王秀英又斜视他一眼："哼！反正你们男人就是吃着碗里的看着锅里的，原配的脸说不定什么时候就会变成又丑又旧的破抹布。"

"哈哈！你可真会形容。"周华胜扳过老婆肩头认真道，"你还嫌搬铁块不累？天天光搬铁块就够累了，哪还有精力去掺和这等闲事。别再未风先雨了，在我心里老婆的脸是天底下最美的，比西施还美。""上次夸我像王昭君，这次又像西施，不管是谁我都比不上，我不过就是个拉铁块的家属而已。"王秀英嘴上这样说，但心里挺受用，脸色也有所缓和。

周华胜到公厕旁的垃圾点倒垃圾，刚倒完垃圾，便看到匡照明骑着自行车飞驰而来，看到他后急忙停车，喘着粗气说："我正要上你家找你呢。"周华胜没好气道："找我干啥？"匡照明说："胡春香那个熊玩意儿瞎鼓动，狗腔里夹不住热黄豆，让我一顿臭骂，差点把水舀子扣她头上。"

周华胜继续没好气道："我早就跟你说过，男人之间的事少让女人知道，但你就是不听。本来是咱俩之间的玩笑话，让你三传两传传变了味，这不明摆着制造家庭矛盾嘛。回去管管你老婆，别动不动就串通我老婆倒腾事。"

匡照明说："放心，她要是再这样，那就不是水舀子的问题了。我寻思你肯定会生气，所以专程赶来找你赔罪。"周华胜不由一笑："你态度挺端正，我就不生气了。"匡照明嘻嘻一笑："那我就放心了。我上商店买咸盐去，家里急用。"说着跨上自行车走了。

晚上六点半，大喇叭里传出放映电影的消息，这次放映罗马尼亚译制片《多瑙河之波》，同朝鲜一样，罗马尼亚也是友好兄弟国家，放这个片子能显示出两国的感情无比深厚。

周华胜一家人早早来到了露天影院，发现影院右边的空地上停着几辆毛驴车，驴脖下都系着铜铃铛。周华胜两口人暗自奇怪这里怎么会跑出毛驴车，正想着，身后突然响起一阵女声："周大哥！嫂子！"二人回头一看，原来是笑嘻嘻的张杏花，身后是她男人贾二蛋。

周华胜笑道："大老远的，你们也来看电影了。咋没看见你爹？"贾二蛋说："下午就听说玉钢放电影的消息了，我们二队的一些人早早吃完饭，一起坐着毛驴车赶来了。我大没来，在家看狗娃。"张杏花说："我们当地的老百姓很少能看上电影，这纯粹是跟着玉钢沾光了。"话音刚落，二队的一帮人闹哄哄地走过来，贾二蛋两口人急忙告辞，跟着队里的人到了其他地方。

"那不是胡春香吗？"周华胜指着右侧不远处对王秀英说，她定睛一看，果真是胡春香，她正坐在小马扎上吆喝着卖沙枣，陆续有人过去买沙枣。王秀英说："胡春香看样子早来了，快让她刨闹点钱吧，真是不容易。"一旁的巧玉急道："姑，姑父，你们别磨蹭了，抓紧找个好地方看电影吧。"侄女的这句话提醒了二人，急忙到正面寻个地方坐下来。

随着电影正式开演，影片中竟然出现了安娜和米哈依两口人亲嘴的镜头，全场瞬间目瞪口呆，鸦雀无声。"咻！"人群中不知是谁吹了声长哨，紧接着传来一声大喊："老乡们，快闭眼啊！"顿时响起一片哄笑。

王秀英生怕后续镜头更令人脸红，索性一把捂住巧玉的脸，捂了一会儿，看到后续镜头并未"更进一步"，这才放心地松开捂在侄女脸上的手。巧玉一边揉眼一边咕哝："人家让闭眼，你却没命地捂眼。"

电影散场后，周华胜和王秀英来到停毛驴车的地方，同贾二蛋两口人简单聊了几句，而后贾二蛋两口人跟着队里的人坐"专车"走了。五六辆毛驴车上，挤满了叽叽喳喳的男女老少，驴脖下的铜铃铛发出一连串"叮叮当当"响声，人声和着铃铛声，渐行渐远。

周华胜一家人回家后，巧玉、小鲁和小原很快入睡。王秀英躺在炕上低声对男人说，头一回在电影中看到两口子亲嘴，外国人真胆大，又搂又抱又亲嘴，简直麻缠死人了。周华胜说，外国人有外国人的生活方式，看习惯就不足为奇了。

时隔不久，指挥部照例派卡车到巴棱镇拉回秋菜，各营自行找车拉回去分给职工。今年的菜未像往年那样当作福利发放，是按照从地里买的成本价卖给职工。早在拉菜前，各营就下了通知，让职工根据家庭需要上报用菜数量。结果每户数量基本在千斤开外，看来都想有备无患，防止来年春天再受吃沙葱得红眼病的苦头。如此一来，若按福利分的话，单位肯定承担不起，只好按成本价卖给职工。

周华胜家买了一千五百斤白菜、二百斤萝卜、一百斤土豆。周华胜借了辆大排子车，两口人加上巧玉一齐往家送菜，吭哧吭哧地推了八九趟，才把菜全部从炼铁营食堂门前运回家，统一放进提前挖好的菜窖里，三人这才长舒口气。王秀英和男人一起，费了三天工夫，腌完六百斤酸菜。同玉钢的众多家庭一样，全家人已经习惯了吃酸菜。

隆冬时节到了，挂在电线杆上的十几个大喇叭里传出女播音员慷慨激昂的声音："职工家属同志们，为了解决来年夏天的家庭吃菜问题，从现在起，指挥部号召每家在室内温暖的环境中培育菜苗，待来年五月份天暖时移植到地里，届时可以实现部分夏菜的自给自足。"

随着这声号召，几乎家家户户的屋里，都摆满了育苗用的盆盆罐罐，包括豆角、辣椒、西红柿、黄瓜、茄子等菜种。周华胜两口人把家里能用来育苗的家什都用上了，菜种们根本不嫌弃自己长在哪里，没过多久便争先恐后地破土而出，满屋都成了菜苗们的天下。屋外冰天雪地，屋内绿意盎然，看上去格外养眼。

不知何故，最近周华胜的眼前总会出现孟大爷祖孙二人的身影，甚至半夜起来撒尿也会想起，已经有些时日未见他们了，便想抽空去看看他们。不久，他揣着两本新小人书前往孟大爷家，途中大风骤起，暴风夹杂着雪粒突袭而来。当他赶到孟大爷家时，祖孙二人正往羊圈里赶自留羊。

"周师傅，这个白毛风很厉害，你怎么来了？"孟大爷很惊讶。

"我来给孟志送小人书，顺便看看你们。"周华胜一边帮着赶羊一边说。

话音刚落，孟志突然指着羊群比画不停，原来少了一只小羊。孟大爷欲动身去找羊，被周华胜拦住了："我去把羊找回来，你们在哪个方向放的羊？"

"在南边戈壁滩里放的羊。"孟大爷指着南边说。

"好！你们等着，我去找羊！"

周华胜说罢径直冲向南边的戈壁滩，茫茫雪海里，除却咆哮的狂风其他什么声音都没有，刺骨的寒风刀割一般刮在脸上，他在风雪中艰难寻找着……

半个多小时后，终于找到了趴在雪窝里的小羊，它还活着，呼出的哈气已将羊嘴巴羊眼睛冻上了，羊耳朵后面的红油漆标记很显眼。"谢天谢地，总算找到你了。"他一边喃喃，一边把羊嘴巴和羊眼睛上的冰扒掉，再给它搓一搓暖一暖，随后解开大衣把小羊捂在怀里，举步维艰地往回走。

当他抱着这只小羊返回孟大爷家时，俨然成了一个"雪人"。孟大爷急忙扑打他棉衣上的积雪，孟志则用毛巾帮他擦拭脸上和头发上的冰雪。

过了良久，周华胜渐渐暖和过来，方才想起棉衣兜里还装着小人书，赶紧掏出《南征北战》《敌后武工队》两本小人书递给孟志，这是他前几天去市区办事时，特意到新华书店买的。孟志高兴得拉着周华胜的手直转圈，随后对着爷爷一顿比画，孟大爷笑着对周华胜说："这孩子'说'你对他很好，还说当初挖防空洞时没憋住尿，尿了一裤子，裤子里满是骚味不好意思靠近别人。"周华胜哈哈笑起来,再一看孟志已不见人影,估计是到自己的小天地里看小人书去了。

周华胜顺手掀开身旁的小铁锅,顿时收敛了笑容,铁锅里只有几个黑乎乎的熟土豆:"大爷,这么冷的天,你和孟志就吃这个?"他皱着眉头问道。

孟大爷表情一僵,支支吾吾地说:"自从来这里后,每个月都是我弟弟按时来送粮,这个月不知什么原因没按时来,这两天缺粮只好先吃土豆。"

"大爷,天这么冷,光吃土豆身体根本受不了。你等着,我回家一趟。"

周华胜说罢从孟大爷家出来,穿过模糊的土路跑回家,进门便对老婆说:"快把家里的粮食拿出来些,我给孟大爷家送去,他家断粮了,祖孙二人吃了好几天土豆。"王秀英二话没说,把家中的余粮分出大部分装进面袋里,把面袋子递给男人道:"家里就剩了五六斤白面,全给孟大爷家送去吧!另外再送五斤玉米面。家里的余粮也不多了,要不然还能多送点。"周华胜紧拥了老婆肩膀一下,提着面袋子钻出地窨窑。

约莫半小时后,他把粮食送到了孟大爷家。孟志走过来对着爷爷一顿比画,孟大爷转身告诉周华胜,说孙子看到粮食很高兴,晚上可以吃顿饱饭了,这都是周叔叔的功劳。他笑着摸了摸孟志的头,让孟大爷快点做饭吃,说罢踏上返程。

回家后,秀英已备好晚饭,巧玉在一旁哄小鲁和小原玩耍。周华胜瞅一眼满锅的玉米面窝头,心里不免内疚。秀英反倒表现得很轻松,说孟大爷祖孙二人很可怜,当初挖防空洞时出了不少力,孟志又那么懂事,现在遇到难处了理应帮忙。听罢老婆的这番宽慰的话语,周华胜的心情瞬间好转,急忙招呼巧玉和孩子们吃饭。

周小鲁平日里吃惯了白面馒头或二和面馒头,一见玉米面窝头就摇头,任凭爹怎么哄就是不肯吃,甚至将窝头丢到地上。周华胜本想给儿子一巴掌,结果巴掌举到半空中被巧玉一下子挥手挡住了,批评姑父不应该打小鲁,谁让他把家里的白面都送人了呢。

王秀英见状对侄女说:"这事不能全怨你姑父,是我把白面一股脑全给了别人。"巧玉未再作声,低头啃起窝头。周华胜把眼泪汪汪的儿子拉到怀里,把窝头递到儿子手里,轻声安慰:"小鲁,不管馒头还是窝头都要吃,只有这样才能长大个子,过几天肯定能让小鲁吃上白面馒头。"小鲁眼泪汪汪地点点头，开始啃吃窝头。秀英边吃饭边对男人说："记得我第一次到沙疙瘩公社买粮时，有位热心女人告诉我，距离黄河一队三百里远的巴棱镇物产富有，人们都上那边买高价粮，你抽空也到巴棱镇买高价粮吧。"周华胜点头应承，后天休班，正好可以去买高价粮。

休班这天早上，周华胜坐客车赶到黄河一队的小火车站，半小时后，坐上开往巴棱镇的绿皮列车。列车沿着中国第一条沙漠铁路，在沙丘脊线纵横交错、迂回婉转的苍茫沙漠中穿行。随着"咣当咣当"的车轮行进声，周华胜定定地望着车窗外一掠而过的沙丘和戈壁，偶尔能望到一些歪歪扭扭的沙枣树。它们像一群强悍的舞者，向天空和大地顽强倾诉着不屈的信念，令人产生一种不可割舍、无法言说的依恋。

周华胜忍不住回望窗外那些一闪而过的树影，脑子里不断回放着到玉钢后所经历的种种事情，既然无法阻拦一些非来不可的考验，那就只好像沙枣树一样生存了。人生本就是一场大大小小的故事组合，不说别的，眼前的空面袋子即包含着其中一个片段。生活中，不知有多少空空如也的事物需要去填充，除了努力别无他选。

车厢里的人并不多，神情各异，大都保持沉默不语。列车即将转弯进入黄河铁路大桥，钢梁结构的大桥，气势磅礴，横亘于流冰漂浮的黄河之上，列车通过大桥时的"咣当"声，显得更加空灵。

桥头上，赫然出现了一片醒目的橄榄绿，他们是把守这条交通咽喉的武警哨兵，全部经过严格的训练和考核，能在视线之外根据声音对列车情况做出基本判断。此时，他们正用一双双早已练就的能够洞察风云的"千里眼"仔细观察驰来的列车，准确辨别出列车型号和所属路局，包括有多少节车厢、有无明显故障等。周华胜目不转睛地凝视着大桥和这片橄榄绿，其他乘客也纷纷望向窗外。

随着一站站过去，三小时后，列车终于抵达地处河套平原腹地的巴棱镇。

周华胜随着熙熙攘攘的人流走出站台，只见街头异常热闹，摩肩接踵，活跃着许多来这里做买卖的外地人，其中不乏前来购买高价粮的人群。

当他走进沿街的一处院落时，没等开口，女主人便知他是来买高价粮的，经过一番讨价还价，买了二十斤白面、二十斤玉米面、五斤小米、五斤黄米，装好后统一放在一个大面袋子里。他向女主人要了一碗热水，喝罢，扛着面袋子离开。

他坐在路边的一处土堆旁，就着冷风，啃吃近乎冻成石头的窝头，啃了几口没啃动，干脆就近找了家面馆，吃了一碗热乎乎的面条，暖身的同时也有了劲。他扛起面袋子一口气来到火车站，买上票，坐在候车室里等了一个多小时，随着人流挤上返程列车。

他闭目倚靠在座位上，很想睡一觉解解乏，但他根本不敢睡。一是怕睡着了错过站，在西北广袤的大地上，一旦错过了站，下一站就得在几百里之外；二是怕丢了面袋子，不时用脚后跟触碰座位下的面袋子，以此断定口粮的安好。

周华胜返回玉钢时天已全黑。他回家后对老婆说，这次买的粮食挺便宜，巴棱镇果真名不虚传，土地肥沃，物产富有，特别热闹，不愧为"天下黄河，唯富一套"。王秀英狠狠心蒸了一锅白面馒头，一家人过了顿白面瘾。

第二十七章

　　当黄河岸边的沙枣花芳香四溢之际，周华胜收了一个十九岁的徒弟，是个接父亲班的满族知青，曾经在玉钢青年农场待过两年。

　　小伙子叫孙涛，身高一米八，身材很魁梧，眼睛很大，一笑露出两颗小虎牙。周华胜打内心里喜欢这个小徒弟，把炉前技术经验毫无保留地传授给他，还时常讲些引人入胜的小说故事，他每每都听得很入迷。陈涛隔段时间便会跑到师父家里串门，帮着打扫院子卫生，扯着长长的水管浇菜地等。他对王秀英一口一个"师娘"叫着，叫得她心花怒放，王秀英也很喜欢男人的这个小徒弟。

　　可能跟年龄有关，陈涛的目光里时时跳跃着兴奋和新鲜、豪放和不羁，在炉台上不是碰碰这里，就是戳戳那里，再不就是跟工友们顶嘴吵架，这令周华胜添了不少心事。特别是当班时，格外注意这个淘气徒弟，陈涛倒是挺听师父的话，跟在师父屁股后面跑前跑后。

　　这天早上，周华胜刚进换衣间就听见了吵架声，原来徒弟正跟一个叫王军的工友吵架。"陈涛！"周华胜厉声喝道，"赶紧闭嘴，你怎么跟工友吵架?！""师父，我换衣服时，不小心把他的衣服碰地上了，我刚要捡起来，他就开始责怨我……"陈涛一脸委屈的样子。

　　"所以你就气不过跟人家吵起来了，对吧？"周华胜不客气地打断了徒弟的话。"是。"陈涛垂着大脑袋说。周华胜指着徒弟的鼻尖道："你也太不像话了！这里的每一个工友都比你年龄大资历深，你要敬重他们，难道连这点做人的基本常识都不懂？"陈涛低着头不再作声，暗自斜睨师父几眼，不时用脚后跟使劲蹭地。

王军见周华胜毫无纵容或偏袒徒弟之意，急忙上前说："班长，别埋怨陈涛了，他还是个孩子。也怪我，一时没控制住情绪，跟这个小年轻吵起来。"周华胜命令徒弟："陈涛，过来！赶紧给王师傅赔礼道歉。"陈涛咕哝了句什么，上前勉强给王军道歉。

周华胜一上炉台便开始忙碌，陈涛则一反常态，未像往日那样屁颠屁颠地跟在师父身后，反倒跑到副班长吴明那边去了。吴明对着周华胜悄悄指了下陈涛，周华胜会心一笑，示意他好好看着点这个小年轻，吴明笑着点点头。

下午办完交接班手续后，周华胜把陈涛叫到身边，他梗着脖子极不情愿地走过来，师徒二人走到炉台下方的一处僻静处坐下来。

周华胜打开军用水壶让他喝水，陈涛一眼瞅出这是把地道的军用水壶，眼睛顿时一亮，抬起原本耷拉的大脑袋，连声问："师父，你当过兵？什么兵种？当了几年兵？"

"当过野战工程兵，当了四年。"

"怪不得一见面就感觉你跟其他人不一样，身板比他们直，走路昂首挺胸，总之就是跟他们不一样。"陈涛喝了口水说。

"其实我跟他们都一样，只因我是你师父，所以你才觉得我比他们好。"

周华胜顿了一下，仰望着高炉继续说："咱们玉钢有许多退转军人，从最初的建厂到现在，他们为玉钢付出了许多。不仅仅是玉钢，全国各地的三线企业都有退转军人的身影，他们都在为三线建设努力工作。"

"这些我听爸爸说过。师父，我从小就喜欢军人，希望自己能有个当兵的爸爸，可我爸只是个在食堂做饭的伙夫。"

"臭小子，在食堂做饭有什么不好，没有你爹给咱们炼铁营食堂做饭，大家能及时吃上饭吗？吃不饱喝不足，还拿什么干工作。你喜欢军人没错，但不能因此小瞧了你爹，你爹和其他玉钢建设者一样了不起。"

"师父说得倒也对。"

"不是'倒也对'，是'本来就对'！"周华胜拍了下徒弟的大脑袋纠正道，接着继续说："师父像你这么大的时候，爹娘已去世多年，我几乎是吃百家饭长大的，看着同龄人喊爹叫娘，心里别提有多羡慕了。百善孝为先，你以后一定要好好孝敬爹娘。"

陈涛望着师父连连点头，随后指着师父的脸颊问起伤疤之事，其实他早就发现了，但一直没敢问。周华胜淡淡一笑："当年打防空洞时让石头划破的。"陈涛面露遗憾之色，喃喃道："可恶的石头，竟然把这么好看的脸给划破了。"周华胜不由笑了。

一会儿，周华胜盯着徒弟的眼睛问："陈涛，你怎么看待今早挨批评之事？"陈涛一听便耷拉下眼皮，半晌才冒出一句："那他们要是欺负我，我也不反抗？"

"陈涛，你初上炉台，有些事还不太清楚，炉台上不比你在青年农场，一个人或多或少都能种些粮蔬。大家在炉台上就是一个团体，缺少团体精神一块铁都出不了，少了哪个岗位哪道程序都无法完成出铁。咱们班的炉前工都是识大体之人，根本不存在你说的谁欺负谁的问题。你以后一定要注意团结工友，只有拧成一股绳，才能顺利完成每一次出铁。就像戈壁滩里的沙枣树防护林，只有并肩站在一起，才能更好地生存和抵御风沙。师父说这些都是为你好，你慢慢就会感受到。"

"师父，我会注意的。"陈涛点点头。

周华胜带着陈涛一起上澡堂洗完澡，一出澡堂门，陈涛就撒腿跑了，说去朋友家有事。

"这个臭小子。"周华胜望着徒弟背影笑道。

时隔不久，王秀英顺产生下一个女孩，长相多数随周华胜，按照提前起好的名字叫周小念。如今，周华胜家有了三个孩子，孩子多固然热闹，但往往也乱了套，不是这个摔倒就是那个拉了一裤子，再不就是哭成一团糟，幸亏有王巧玉帮着照看孩子，否则周华胜两口人还真忙不过来。

王秀英刚出月子，就接到了计生部门通知，让她到医院上节育环，否则一旦超生将面临罚款。她到医院费了半天劲才戴上那个小环，不料才戴上两天便不停流血，而且直不起腰来，计生人员只好带着她来到医院，一检查果真如此，只好取下小环，改用避孕药具。

没出几天，匡照明喜滋滋地来到周华胜家，告知胡春香生了个女孩，他给孩子起名叫匡红梅。周华胜表扬这名字寓意不错，匡照明一听情绪更加高涨，眉飞色舞地说笑一阵子，随后起身回家伺候月子去了。王秀英揣着花布和鸡蛋来到匡照明家，她生小念时胡春香送了东西，这次只能多送不能少送。躺在床上的胡春香望着秀英笑道："这次咱俩都生了闺女。"秀英说生闺女更好,将来是"小棉袄"。

指挥部大喇叭里传出女播音员的声音,提醒大家现在正是移植菜苗的最佳时节,赶紧把冬天育好的菜苗及时移植到地里,希望每家每户都要动手开荒种菜,进一步保证夏菜自给自足。

听到这番动员后,人们开始把屋内那些长在盆盆罐罐里的宝贝菜苗移到地里,此时的菜苗大都已开花,有的甚至已结果,用不了多久就会成熟。有前后院的人家,三下五除二完成了翻地、移苗,院落小或没有前后院的人家,只好到离家不远的空地开荒种植蔬菜。一时间,镐挥锹舞,到处是开荒种地的人群,熙熙攘攘。

周华胜两口人花了两天时间,将长势正旺的菜苗移到前后院菜地里,盼着这些时令菜快点成熟,到时就能吃上自家种的新鲜蔬菜了。周华胜围着前后院踱来踱去,喃喃道:"可惜了,这个地方一年只能种一茬菜,否则还可以再种一茬菜。"王秀英一边喂鸡一边说:"确实可惜。要是能像老家那样一年种好几茬菜,就不用为吃菜问题发愁了。"

周华胜知道老婆喜欢花草,特地在菜地边上种上八瓣梅,这种花也叫格桑花,在西北多地被赋予了幸福吉祥的美好情感。它杆细瓣小,看上去弱不禁风的样子,但风越狂越坚挺,雨越大叶越翠,太阳越暴开得越灿烂,是高原上生命力顽强的一种花。这种花的花色有紫红、粉红或白色,似乎专为点缀单调的高原景象而生。玉钢人很喜爱这种花,几乎家家户户都种八瓣梅。

渐渐地,周华胜家院落里的蔬菜长势渐旺,菜地边上的八瓣梅开成了花的海洋,大人孩子都喜欢在院子里嬉戏逗闹。周华胜光着膀子走出屋外,围着前后菜园转悠两圈,前几日家里已吃上菜地里的豆角、辣椒、西红柿、茄子等,欢喜之情自不必说。他围着看上去瘦弱却挺立枝头的八瓣梅花朵端详半天,不光秀英喜欢这些花,就连他这个大男人也喜欢。

端午节快到了,王秀英本想包粽子,可惜没有糯米和粽叶,只有少量的黄米,只好跟此地人一样做凉糕吃。于是去曾经的邻居姜伟家,想跟袁素琴讨教如何做凉糕。

她刚走到姜伟家门口,就听见屋内有孩子的哭声,进屋一看原来是他家的二毛咧着嘴大哭。只见袁素琴一边给小儿子抹眼泪,一边训斥大儿子:"大毛,你个枪崩货!你都八九岁了,咋介就是不听妈妈的话呢?!告诉你不要总欺负弟弟，但你就是不长记性，竟然为了一块水果糖把弟弟的胳膊都掐紫了。去！赶紧站到墙根面壁思过！认识不到错误不许吃饭。"大毛瞥一眼弟弟手里的水果糖，耷拉着脑袋，走到墙根罚站。

袁素琴招呼王秀英就座，将制作凉糕的方法详细告知，秀英逐一记在心里。送秀英出门时，袁素琴回头对大儿子说："大毛，面壁的时间不短了，现在知道自己错在哪了吗？"大毛把胸脯一挺："知道错在哪了！不该抢弟弟的水果糖！更不该用手掐弟弟！""知道了就行，抓紧搬板凳吃饭！""好！"

回家路上，王秀英碰到下班的姜伟，笑说自己刚从他家出来，他老婆教了一堆做凉糕的方法。姜伟扶了下鼻梁上的眼镜，笑呵呵道："你用此地人所教的方法做出的凉糕，肯定无比好吃。"秀英边笑边点着头走了。

按照袁素琴传授的方法，王秀英将黄米用温水泡上。三天后，所泡黄米起了白沫且有一股酸味，用清水洗掉黄米的酸味，把去掉枣核的红枣提前蒸好，按照"一碗米放半碗水，一斤米放三两枣"比例配好后倒进锅里，烧开后用勺子顺时针搅拌，直至搅成粥，而后盖好锅盖用旺火蒸。

屋子里很快充溢着黄米特有的香味，混合着甜甜的红枣味，芳香浓郁。锅台前围满了小脑袋，孩子们一边使劲嗅着香味，一边围着锅台来回转悠。特别是周小鲁不停地问："娘，快熟了吧？"王秀英笑道："快熟啦，很快就能吃上了。"十五分钟后黄糕出锅，晾凉后轻轻用菜刀划成小方块，红黄相衬，色香味俱全。一家人围着小桌吃凉糕，感觉特别清凉、绵黏、香甜。王秀英边吃边说："真好吃，怪不得姜伟说他们此地人发明的这种凉糕好吃。"

"七一"即将到来，新建成的职工大礼堂派上了大用场，指挥部决定在此举办"庆七一文艺汇演"，要求各营都要派员参加。

炼铁营决定派出三十人合唱《咱们工人有力量》，利用业余时间排练，周华胜也在其中。张德义挺重视这次参演节目，亲自参加并组织排练。

这天，张德义从排练室回到办公室，屁股还没等坐稳，二号高炉铁块队的几个家属一拥而入，领头的是王秀英所在班的班长张英。家属们一进门就要求："营长，我们铁块队的家属也要参加文艺演出。"张德义婉转地告诉她们，文件上未注明临时工可以表演节目。家属们表示，文件上没说，那是因为领导们不了解铁块队有唱歌的好手，否则肯定会允许参加。

张德义瞪大眼问:"你们铁块队有唱歌好的?"张英一扬头:"那当然了,我们队的王秀英唱歌就很好听!她常在休息时给我们唱歌,嗓子很好,她以前在老家时经常在大集上唱歌。"张德义扫视一圈未看到王秀英,问:"怎么没见她本人来?"张英回答:"王秀英不知道我们来这里,我们是背着她来申请的。"

张德义半信半疑,派人把王秀英叫到办公室,说:"工友们说你唱歌好听,替你申请这次'七一'文艺演出,你先唱个我听听。"王秀英瞅了眼围在身边的工友,又瞅瞅营长,起初没胆唱,在张英和其他工友的再三鼓励下,才鼓足勇气唱起"沂蒙山小调"。炼铁营营长的办公室里霎时响起悠扬高昂的旋律:"人人那个都说哎沂蒙山好,沂蒙那个山上哎好风光;青山那个绿水哎多好看,风吹那个草低哎见牛羊……"众人静静听着,路过办公室的人不自觉地驻足。歌声落下时,张德义带头鼓掌:"好!"随之响起一片掌声。

张德义未料到王秀英的嗓音如此清亮,当着众人面,他当即拨通指挥部宣传组电话,协商让王秀英参加"七一"活动。接电话的人说,临时工是一个很大的群体,原则上不参加本次活动。张德义一下子急了,冲着电话喊道:"你们这帮人真他娘的死脑筋,庆祝建党人人有份,临时工的心也是通红如火。我说的都是真的!不信你们可以让王秀英到宣传组去试唱,如果唱得不好权当我张德义放屁,这样总可以吧?!"

电话里半天没有声音,似乎正捂着话筒跟其他人商量,过了良久话筒里才传出声音:"张营长,既然你这么推荐了,那就先让本人来趟宣传组试唱吧,根据唱的效果定夺。"

"好!那就这样定啦啊!谢谢领导们!"张德义大咧咧地放下电话,催促王秀英赶紧去宣传组给领导们露一嗓,让他们知晓炼铁营大有人在。王秀英骑着自行车来到指挥部大院,壮起胆,给在座的宣传组领导唱完"沂蒙山小调"。宣传组组长说:"真没想到,临时工家属里还有这么好的嗓子。行!这次'七一'活动你就破格上台演唱吧!"既然组长带头表态了,其他人自然无话可说,纷纷点头通过。

王秀英作为临时工参加文艺演出的消息不胫而走,一些不甘落后的单位纷纷找到宣传组,强烈要求一视同仁,也从本单位临时工中选拔好节目参加文艺汇演。宣传组只好同意了这些单位的请求,对报上来的节目逐一进行审核，最终通过的只有一个，那就是机运营选送的陕北民歌《山丹丹开花红艳艳》，演唱者是陕北民工张六六。平日里唱惯了信天游的张六六，以他高亢洪亮的嗓音、原汁原味的唱法，顺利获取了演出资格。

听到这个消息后，整个马车店都扬眉吐气。谁说马车老板光会看马和驴交配？光会说荤荤素素的段子？马车老板中照样不乏人才，毫不客气地说，那首"山丹丹开花红艳艳"，只有地道的陕北人才能唱出那种特有韵味，要知道那是历经多少年的沉淀才形成的，其他地区的人很难模仿成功。马车老板们愈想愈觉得意，索性站在黄土坡上恣意放歌，就连那些拉辕的马驴骡都跟着扬鬃尥蹶子。

"七一"这天，从一大早开始，大喇叭里就不断传出"共产党好，共产党好，共产党是人民的好领导，说得到，做得到"，行走在街头巷尾的老老少少，许多人跟着喇叭哼唱这首歌。职工大礼堂里里外外焕然一新，门口墙上张贴着庆祝党的生日标语，舞台上的音箱里不断传出歌颂党的系列歌曲。早上八点半左右，职工和家属们陆续涌入礼堂，人头攒动，热闹场景持续呈现。

演出前，郑恒和常德分别致辞，之后节目才正式开演。各单位选送的节目陆续上台表演，有《游击队之歌》《黄河大合唱》《延安颂》以及样板戏等。

王秀英的独唱节目排在第六个，她身着一身深蓝服装，神情略呈紧张地走上舞台，鞠躬致意，暗自调整几下深呼吸，和着伴奏唱起"沂蒙山小调"，头两句有点紧张，后来就渐渐放开了。当她的歌声落下时，台下掌声雷动，特别是山东退伍兵及家属们，兴奋得满脸发光，巴掌都拍红了。

轮到张六六独唱了，只见他头戴白羊肚手巾，捧着一大丛火红鲜艳的山丹花走上舞台，操着陕北方言说："这些花是我一大早到山里采的，最能代表我的心意。"在张六六原汁原味的演唱中，人们的眼前仿佛盛开着无数山丹花，自然而然地想起延安，想起毛主席和党中央在延安领导中国革命的火红岁月，唱完后引发一片喝彩。

接下来，是有名的样板戏《沙家浜》片段"智斗"。当身着蓝底白花小围裙的"阿庆嫂"登台时，观众们瞬间看直了眼，扮相既漂亮又利索，仔细一瞅，竟然是理发员邱丽。

台下顿时一片骚动，特别是女人们麻雀般喊喳成一片："没想到竟然是邱丽，不但会理发还会唱样板戏，真是海水不可斗量。""哼！平日里像个巧嘴八哥,也就她扮这角色逼真。"胡春香用胳膊肘碰下匡照明,没好气道:"把眼蛋子收收吧,别累着。"看到男人仍目不转睛,不由提高音量:"和你说话呢!把眼蛋子收收。"匡照明不耐烦地摆摆手:"别瞎捣乱,不想看回家去。"胡春香狠狠瞪了男人一眼,只好作罢。

不得不服邱丽,将"阿庆嫂"演绎得很成功,同样赢得了大片掌声,人群中不知哪个男人大喊一声:"邱丽!唱得好!"顿时惹来一片女人的白眼,邱丽则挺着胸脯轻松地走下舞台。

最后一个压轴节目,是炼铁营代表队的合唱《咱们工人有力量》,张德义率领三十名炉前工昂首挺胸地走上舞台,统一身着白色工作服,脖子上搭着白毛巾,整齐划一。歌声高亢洪亮,体现出工人阶级沉着坚毅的性格和改造世界的气魄,节目将演出推向高潮,掌声经久不息……

演出结束后,领导们逐一接见演出人员。其间,郑恒握住王秀英的手连声夸赞唱得好,表示很久没听这首《沂蒙山小调》了,今天听到后颇感意外和激动,沂蒙人民在战火连天的岁月里,塑造出许多可歌可泣的事迹,许多人认识沂蒙山就是从听了这首深入心灵的歌曲开始的。王秀英听罢激动得连连点头。

回到家后,王秀英掩饰不住激动的思绪,带着孩子们在屋里院外来回跑动,嬉笑不停,若不是男人和孩子们摸着肚皮直喊饿,她甚至忘记了做午饭。

王秀英边做饭边对男人说:"张六六捧着山丹花上台演唱,真有创意。"周华胜说他那人心思很细腻。王秀英接着说:"没想到邱丽扮演的阿庆嫂还真像。真奇怪,她长得那么漂亮,又会唱样板戏,怎么就找不着对象呢?肯定是挑三拣四,把婚姻耽搁了。"周华胜跟了句:"确实未料到邱丽会唱样板戏。"王秀英把嘴角一撇:"喊!没料到的事多了,难道还有其他想法?"周华胜笑言有老婆在,什么想法都没有。

周华胜坐在院子的阴凉处,一边看书一边抽烟,东墙头突然传来一阵熟悉的腔调:"周华胜,这次演出你们两口人算是出尽风头了。你在看什么书?不会是禁书吧。"

不用抬头,周华胜一听声音就知道是苗逸严,抬头一看果真是他,正趴在墙头上嬉皮笑脸地望向这边。周华胜扬了扬手中的书:"看清楚了,这是《林海雪原》,别再瞎举报啊。"苗逸严故作轻松道:"我才懒得看呢,也懒得搞什么举报。你们两口人一个比一个厉害,那天你老婆竟敢往我身上扔土坷垃,幸亏我一般不和女人计较,要不然早恼了。"

恰巧王秀英从屋里走出来,听到这话,俯身捡起一块土坷垃作势丢向他,吓得他赶紧从墙头上缩回脑袋,王秀英不自觉地笑了一下。周华胜见状笑道:"秀英,我发现你跟苗逸严都挺有意思,就跟两小儿打架似的。"王秀英说:"你少在那里取笑我,我还不是为了给你争面子才这样做的。"周华胜生怕她再翻些陈芝麻事,赶紧说:"行行行,你怎么认为都行。"

夜半时分,兴奋了一天的两口人进行炕上运动,睡在炕那头的周小鲁突然一骨碌爬起来,揉着惺忪的睡眼问:"爹,娘,你们在干什么?"周华胜紧急停止动作,拍了两下老婆后腰:"没干什么,你娘腰疼,爹正给她捶腰。""哦!"周小鲁听罢利落地躺下,很快入睡。

被儿子这么一惊,两口人只好躺在被窝里小幅度运动,一边运动一边支着耳朵听动静,一是听儿子的动静,二是听睡在小里屋的巧玉动静,如果让巧玉撞见这事,那就真丢死人了,不是简单的捶腰拍腿就能应付过去的,唉!看来房子还是小了,要是有间单独的卧室就好了,那样可以扎扎实实地互动一番。

忙活完后,脸上兴奋还未褪尽的王秀英,突然想起了山丹花,吩咐男人抽空上山采些回来,插在水瓶里很好看。周华胜痛快地应承了。

次日下早班后,周华胜径直上山采了一束山丹花,下山回家时,边走边吹着自由口哨。

途经北水源地时,他突然听到一阵带有哭腔的叫喊:"快来人哪,我儿子掉水里啦!"循着声音急奔上前,发现求救者竟然是苗逸严老婆陈霞。

陈霞一看见他便揪紧衣袖不松手,哭着哀求:"周师傅,我儿子掉水里了,快救救我儿子吧!求求你了!"他来不及细想,丢掉手里的山丹花,"扑通"一声跳入水中,迅速向那个一起一伏正在扑腾的小黑点游去……

十几分钟过去了,他终于将孩子救上岸,此时孩子已近昏迷。通过一番紧急施救,孩子很快苏醒过来。陈霞抱着儿子欲跪谢,被周华胜一把拉住,表示这点小事微不足道。

考虑到从北水源地到住宅区路挺远,孩子又虚脱无法走路,周华胜干脆把孩子背起来返回住宅区,陈霞紧随其后。快到苗逸严家门口时,忽然听到

第二十七章

身后传来一阵声音:"周华胜,你背着我儿子干什么?"他回头一看原来是苗逸严,看样子刚下班回来。

陈霞怕男人再说出什么刺耳话,急忙上前哭诉:"我那阵子领着儿子到北水源地玩,谁知一时没看住,晓明不知怎么突然掉进水里,当时周围一个人都没有,幸亏碰上了周师傅,是他救了咱们儿子,要不然就……"

"你这个活祖宗!"苗逸严跺着脚打断了老婆的话,"北水源地的水很深,大人掉进去都很危险,更别说是孩子了,你怎么敢带着孩子上那里玩啊!"说罢急忙从周华胜身上接过儿子,带着哭腔问:"晓明,你没事吧?"

晓明小声说了句:"爸,我没事。""谢天谢地,没事就好,以后千万别再去北水源地玩了。爸爸就你一根独苗,你要是有个三长两短,爸爸也没法活了。"苗逸严一边哽咽,一边摸着儿子头亲吻。

周华胜见状忍不住鼻子发酸,没想到平日里鼻孔朝天的老冤家还有如此心肠,看来人的心底都有其最柔软的一面。周华胜刚要转身离开,苗逸严突然叫住他,用上了前所未有的称呼及语气:"周师傅,非常感激你救了我儿子,谢谢你。"说着深深鞠了一躬,一旁的陈霞也跟着致谢。

一看苗逸严这样,周华胜也首次换了称呼:"苗师傅,不用这么客气。咱们是邻居,帮这点忙是应该的,况且当时那种情况,换作其他人也会出手相救的,快把孩子带回家休息吧。"

双方冷不丁地换了称呼,似乎都觉得不太习惯,不由相视一笑,同样这种笑也是彼此间前所未有的,颇似"相视一笑泯恩仇"。望着苗逸严背着孩子回家的身影,周华胜拍了拍脑门,闭着眼重重吐出一口长气,笑了……

周华胜回到家后,王秀英见他浑身上下湿漉漉的,忙问怎么回事,说着伸出手索要山丹花。周华胜这才想起丢在水边的山丹花,当时光顾着救苗逸严儿子,全然忘记了山丹花的存在,连忙向老婆讲述了事情经过。

王秀英的眼睛瞪得像铜铃:"怎么会这么巧?单单救了瞄一眼的儿子?"周华胜边换衣服边说:"王秀英,你这样说就不对了。不管谁的孩子都应该救,孩子是无辜的,大人之间再怎么有过节,也不应该把孩子牵扯上。另外,以后不要再叫苗逸严那个外号了。"

这时,响起一阵敲门声,周华胜开门一看,原来是苗逸严一家人。苗逸严提着烟酒罐头等一大堆东西,陈霞领着儿子,进门就叫儿子跪在地上磕了两个响头，周华胜急忙把孩子扶起来。苗逸严对周华胜两口人说："以前有些事我做得很过分，请你们多原谅。"说罢鞠躬致歉。

周华胜想，苗逸严在短时间内两次给自己深鞠躬，也算是非常有诚意了，笑着说："过去的事都别提了，以后还得好好做邻居。""真不介意就好。"苗逸严半信半疑。"哈哈！我要是介怀的话，十个你也早被打趴下了。"周华胜开玩笑道。周华胜让苗逸严把带来的东西拿回去，他一下子急了："周师傅，你要是不收东西，那就说明还在生我以前的气。"一听他这样说，周华胜只好收下东西。

送走苗逸严一家人后，王秀英戏谑男人："快抽根老冤家送来的'大青山'牌香烟吧，没想到吧？你来这里抽到的好香烟，竟然是老冤家送的感谢礼。"周华胜感慨道："这个冤家总算解开了！真是不容易！以后别再提'老冤家'三字了。"他停顿了一下，问秀英："你现在对苗逸严的感觉如何？"她实话实说："感觉比以前顺眼多了。"他听罢笑了。

次日清早，王秀英打开院门，发现门前有一大束用报纸包着的山丹花，鲜艳欲滴，叶子和花瓣上闪着晶莹的露珠。她急忙抱着山丹花返回屋内，对刚起床的男人说："咱家大门前放了束山丹花。"周华胜拿过花看了看说："估计是苗逸严两口人送的，陈霞当时看到我放在北水源地的花了。"王秀英把山丹花放进水瓶里，这些色泽鲜红的花朵像一簇簇火苗，霎时带来一种赏心悦目的光彩。

王秀英出门倒垃圾时碰到陈霞，主动上前笑着说："谢谢你们送的花。"陈霞不好意思道："昨天光顾着救我儿子，到了晚上我才记起你男人采的那束花，所以今天一大早我就上山了。"王秀英听罢连声致谢。回家后，她久久凝视着水瓶里的山丹花，感觉一缕缕花香不断散发开来，萦绕在屋内，萦绕在心底。

匡照明、刘大龙、金明顺等人听说周华胜救苗逸严儿子之事后，齐刷刷地跑到周华胜家，一边抽着苗逸严送的香烟一边说笑。刘大龙美美地吸了一口香烟说："这大青山烟不错，看来苗逸严把家里最好的烟拿来了。老天真会成全人。"金明顺笑道："一切皆是缘分。"

"我觉得你们只是说对了一半！"匡照明一副肯定的语气，"这就叫精诚所至，金石为开！我记得周华胜说过这话。"周华胜笑着提醒大家，以后不要再叫苗逸严外号了，谁若再叫就把谁的头摁进沙堆里。大家不约而同地点点头。

没过多久，正在上班的王秀英被叫到了营长办公室。张德义告诉她，张英调到水渣队当队长了，由她接替张英担任班长。这种事原本由铁块队队长通知她就行，鉴于她在"七一"文艺演出中为炼铁营带来的荣誉，所以他亲自当面通知她。

"营长，这不行！"王秀英连忙摆手道，"我没管过一天人，无法胜任这个工作。"张德义笑着说："谁说你没管过人？我看你男人就被你管得挺好。"

王秀英还想再说什么，张德义一摆手直截了当地说："这事就这么定了！一定要把本班的二十多个家属带好，不能因为本班的失误影响出铁，否则我会不客气，我的脾气大概你也听说了。"王秀英只好点头同意。

下班回家后，王秀英对男人讲了当班长之事，猜测是否跟唱革命歌曲有关。周华胜说多少有点关系，要不然铁块队那么多家属怎么偏选她当班长，揶揄她别领着人"拿"苹果就行。她瞬间拉长脸道："过去的事能不能不提了？一想起那事我就脸红。"说罢将头扭向一边。"好！那就不提了。"周华胜笑道。

晚饭后，周华胜想起有些日子没见孟大爷和孟志了，家里还有苗逸严给的两瓶水果罐头，起身拿着罐头前往孟大爷家。

周华胜老远便看到孟志在门口坐着，见到他后立刻哭了，一个劲把他往屋里拉。他不由心里一紧，急忙走进屋里，看到孟大爷躺在炕上，脸色灰暗，屋里还有两个男人，一问原来是孟大爷的两个弟弟。他放下东西，走近炕前说："大爷！我来看你了。"孟大爷想起身说话，被他轻轻摁住了："不用起来，躺着说就行。"

孟大爷缓慢地说："明天我和孟志就跟着我三弟回山西老家了，以后怕是见不到你了。自从我们祖孙二人来到这里后，你和玉钢的人对我们很好，令我们很感激，不是三言两语能表达完的……"说到这里，孟大爷猛地咳嗽起来，他的二弟急忙上前给他轻捶后背。

周华胜悄悄把孟大爷的三弟叫到屋外，通过询问，得知孟大爷身患肺癌。他不由望着天空发呆，暗自后悔没早来看孟大爷和孟志，也后悔今天没带几本新小人书来。

从孟大爷家回来后,周华胜对王秀英讲了祖孙二人要离开玉钢之事。王秀英叹口气道:"孟大爷年纪大了,又得了这种坏病,根本照顾不好孙子,孟志再懂事毕竟是个聋哑孩子,肯定也照顾不好他爷爷。亲戚们应该把他们接到身边去,好歹有个照应。"

她停顿了一下,继续说:"明早你给孟大爷家送二十块钱吧。"说罢从小黄箱里取出钱交给男人。周华胜拿着钱怔怔地看着老婆,她说:"怎么这么看我?别以为我真是守财奴,钱该花的时候就得花。"周华胜无言地搂过老婆,使劲亲了一口。

次日清晨,周华胜赶到孟大爷家,孟大爷不肯收下钱,周华胜索性将钱塞到他手中,告诉他好好治病,别忘了给孟志买几本新小人书,他含泪点点头。孟志明白了周华胜的心意,默默地走到他身边,周华胜一把将孟志搂在怀里。临别时,孟志的眼泪扑簌簌落下来,周华胜俯身擦去他脸上的泪水,使劲抱了下这个懂事的可怜孩子。

望着祖孙二人离去的身影,周华胜的眼睛不由湿润了,回头望了望身后的那两间干打垒,感觉留在这里的记忆永远不会抹去。

第二十八章

王秀英到商店买酱油,路过理发店时,发现门口围了一帮人,店里不时传来阵阵熟悉的女人叫骂声,越听越像水渣队队长张英的声音,透过人堆的缝隙一看,果真是她。

只见五大三粗的张英站在排椅一侧,叉着腰指责邱丽勾引她男人,男人回家就夸她的小手香嫩,小嘴会说体贴人的话。邱丽斜瞟张英一眼,边理发边不慌不忙地说:"真是蝉不知雪,仅凭这些就给我扣顶勾引男人的帽子也太天真了,你绕着地球看看,哪个理发店的理发员对客人冷若冰霜?我干这个是为了挣口饭吃,否则就会砸了自己的铁饭碗。我对来这里的顾客一视同仁,理发的工夫闲聊几句,能有什么大不了的。"

"啊呸!"张英的唾沫星子几乎喷到邱丽脸上,像鹰隼一样盯着邱丽身上的白大褂说:"苍蝇专盯有缝的臭蛋。你要不贱,男人能有那么多百爪挠心的花花肠子?能回家四下找我毛病?你自己看看那对快要蹦上天的烦人大奶子,衣服都要撑破了。别以为披上件白大褂就真成了什么天使,差得远哪!"

"蛋本没有缝,是被你家男人那双眼睛快盯出缝了,有本身把自家男人管好,没本事就少来这里捣乱。好身材那是爹娘给的,衣服撑破了也没浪费你家布票。我压根就没想过要成为什么天使,只不过是个普通理发员而已。"邱丽仍然不疾不徐,手里的吹风机发出呜呜的声响。

"呸!我见过不少理发员,但没见过像你这样利用嫩手摆弄人心的浪摆货,怪不得到现在还嫁不出去。"

"你再说一遍浪摆货我听听?!"

"浪摆货浪摆货!我就说了,你能把我怎么着?!"

张英的话还没说完，脸上就扫来一片热浪，直扫得她睁不开眼，原来邱丽故意将电吹风对准了她的脸，而且调到了高档。

"你这个浪摆货还敢使用热武器！"张英一边说一边将头撞向邱丽。邱丽往旁边一闪，张英扑了个空，大脑袋差点碰在理发柜上，被一个坐在排椅上等待理发的男人顺手拉开。张英起身后，咬着牙根对准邱丽的小腿就是一脚，邱丽顿时疼得蹲下身去，顺手用吹风机对准张英的头就是一下子。

张英捂着头，坐在地上大声哭喊："大家快来看哪！邱丽这个浪摆货打人啦，要把人打死啦。"她这种号叫无异于一种集结号，店外很快冲进来几个同病相怜的女人，其中一个指着邱丽骂道："你这个骚货，简直太丧心病狂了！不但勾引有妇之夫，还要打死糟糠之妻。"随后，几个女人一齐对着邱丽又抓头发又扒衣服。

围观的人群中并未有人上前拉架，男人怕落下与邱丽有染的闲话，女人压根就不打算拉仗，反倒巴不得邱丽挨顿痛打，借此发泄下寻常日里积攒的嫉妒或私愤。

结果，纵使邱丽脸皮再厚"身手"再好，也抵不过一帮女人如此围攻，很快便带着满身的凌乱，掉着泪夺门而出，径直奔向指挥部大院。没出半小时，指挥部办公室派人把理发店的门上了锁，围观的人群渐渐散去。

张英一扭头看到了王秀英，边拍打屁股上的土边叹息道："我也不想这样做，更不想让常指挥说我不懂事理，但逼上梁山了没办法。"王秀英没有吱声，张英说完便晃悠着大块头走了。

王秀英回家对男人说了此事，没好气道："看看那个女理发员，惹下多少烂事事。"周华胜不想议论这种事，丢下一句："女人喜欢攻击女人，这是本性。"未待秀英答话便径自出去了，留下她独品个中滋味。

理发店关了整整一个星期的门，一星期后才开门，出现在人们面前的是位年近五旬的男理发员。他姓房，据说手艺比邱丽还炉火纯青，起初男人们不信，进去一试果真服了，即使再难看的头型，到房师傅手里也能摆弄出好看的发型。男人们的心理渐趋平衡，加之女人们左一场右一场闹腾，也渐渐明了理发员的手就是用来理发的。张英及其他同病相怜的女人长松一口气："浪摆货终于走了！以后再也不用为男人理发之事伤脑筋啦。"心里的石头咕咚一声落了地。

胡春香悄悄找到王秀英，满脸幸灾乐祸的神情："听说那个浪摆货、白狐精被气走了。"王秀英点头道："嗯，听说调到市里一家理发店工作了。不知怎么，这两天总想起她那副阿庆嫂的漂亮扮相，以后再也见不到她表演样板戏了。"

"你不用心思多了，邱丽走是迟早的事，否则迟早会捅出大娄子，说不定还会弄出人命来。你是没听到张英跟她男人打架时骂邱丽的那些狠话，简直连吃她的心都有。"

"想吃邱丽的不仅仅是张英，还包括你吧？"

"不管是谁，反正那个白狐精已离开这里，总之一切太平了。"胡春香出口长气道。

这天上午，周华胜到理发店尝试了一番新理发员手艺。当他理完发回家后，王秀英故意问他理发感觉如何，他会心一笑："挺好的，男人之间说话更痛快。"

一会儿，电线杆上的大喇叭突然响了，在阵阵揪心的哀乐声中，中央人民广播电台沉痛播报了周恩来总理逝世的消息。起初周华胜和王秀英不敢相信自己的耳朵，甚至怀疑自己听错了，连续听到新闻后不得不相信这是真的，泪水很快模糊了视线。两人边掉泪边跑出院门，奔向街头，此时街头已经聚集了很多人，一行行热泪从眼眶中喷涌而出。

人们失声痛哭，痛哭失去了衷心爱戴的好总理，他任劳任怨一心为民，两袖清风，鞠躬尽瘁！整个玉钢被巨大的悲痛笼罩着，这天，除了高炉连，其他单位全部停产。

玉钢的职工和家属们，以各自的方式怀念总理。有些人背起柴筐，顶着凛冽的寒风，到黑丰山的山脚下打油柴，手上布满蒺藜划伤却浑然不觉疼痛，打回油柴后，在小分枝上插满白色的纸花。还有些人从黑丰山深处砍来大量柏树枝子，而后围着沙疙瘩公社拼命寻找柳树，割下许多柳树条子，把柏树枝和柳树条合起来做成花圈。车间里、学校里、家里，人们一边掉泪一边忙碌……

指挥部在职工大礼堂举行吊唁活动，礼堂正中央悬挂着总理的遗像，两侧握枪的民兵，不时擦拭眼角的泪水。一万多名职工及家属，臂戴黑纱，胸佩白花，边哭边缓缓地步入礼堂。吊唁的长队，自礼堂门外一直延伸至住宅区域的最南端，人们肃立在冰天雪地中，全然忘记了周身寒冷忘记了时空，眼前全是总理的音容笑貌，哭声和着哀乐，绵延不绝地回荡在荒漠戈壁上空，回荡在边疆的高原之上。悲恸欲绝之下，不时有民兵从礼堂里抬出晕厥之人，搀扶出哭得失去气力的老人……

夜渐渐深了，同众多心情沉痛的人们一样，周华胜两口人夜不能寐。王秀英流着泪说："真不敢相信，总理就这样离开我们了。唉，连个后人都没留下。"周华胜默默地点点头，泪水顺着高挺的鼻梁流下来。

半个月后的一天下午，周华胜刚办完交班手续，突然听到一位工友说："常指挥出事了！"当下心里一惊，忙问："出了什么事？"工友说："好像开车压死了人。"

周华胜急忙赶到常德家里，此时金芳和孩子们哭成一团，金芳边哭边诉说了常德出事的经过。原来，常德坐着吉普车去市里开会，半路上，发现一辆车门上喷着"玉明钢铁厂"字样的解放车抛锚，司机正在车头下面检修，常德立即下车上前询问，司机从车底下探出头发现是常指挥，笑说修得差不多了待会儿试试，常德说自己有驾照可以帮着试试，司机痛快地答应了。一会儿，常德上车打着火，踩着刹车同司机大声聊了两句，说罢竟鬼使神差地松开刹车，随即听到一声沉闷的声音，停车一看，车向前溜出了几米，司机被压在了车下。常德上前抱着司机连声呼唤，司机缓缓睁开眼看了看常德，未及说什么便断了气。常德径直到丰达区公安分局自首，随即被拘留。

常德出事的消息很快传遍了玉钢，许多人扼腕痛心，深感震惊。

军管会主任郑恒最先得到这个消息，寝食难安，最终从搭档的角度给上级领导打了电话，讲明常德对他的种种默契配合，请求对常德这个好搭档从宽处理。

至于普通职工和家属们，普遍认为常德从不摆官架子，心地善良，吃苦耐劳，自建厂以来无论是工作还是生活，都给人留下极好的印象。许多人抑制不住内心情感，自发涌到指挥部大院替常德说情，哭诉常指挥建厂有功，也是职工家属们心中的好领导，本次事故完全是出于他一贯的热心肠，因疏忽大意而造成的过失之举。周华胜、匡照明、金明顺、刘大龙及其家属们，也在拥挤的人群中。紧接着，玉钢七百多名职工流着眼泪，联名上书保常德，出乎意料的是，联名书上赫然出现了死者家属的名字。

面对这封沉甸甸的联名书，丰达区检察院和法院派出联合调查组进驻玉钢，在干部群众中广泛听取意见。经过半个多月的调查，又经过半个多月的审议，常德终于被释放。当常德从拘留所回到玉钢时，职工和家属们站在十字路口迎接他，他当即泪如泉涌……

常德找到周华胜说："你嫂子都和我说了，我出事的这段时间里，你和弟妹经常到我家帮这帮那，还不断开导你嫂子，谢谢你们两口人。"周华胜连声表示应该做的。

常德虽被释放，但不能继续在指挥部领导位置上干下去了，随着冶金厅一纸电文，他被安置到玉钢青年农场当了场长，前任场长在这之前刚调走，他正好填补了岗位空缺。常德临走之前，郑恒找他促膝长谈，流露出种种不舍和惋惜，常德表明自己犯下这么大的过错，不坐牢已是万幸，很感激郑恒和职工家属们对他的厚爱。

接替常德的是冶金厅下派干部齐亮，四十来岁，听说也是个实干型干部。

一些人担心新任领导带不好队，齐亮上任没几天就召开了职工大会，表明前任指挥常德爱厂爱职工的作风有目共睹，他会延续常指挥的优良作风，带领大家搞好生产生活建设。齐亮的敞亮表态无疑给人们吃了一颗定心丸，暗自庆幸又摊上了一位好领导。

这天下午，周华胜下班后洗完澡准备回家，常德突然急匆匆地找到他，将他带到一个无人角落，从怀里掏出一个油纸包递到他手里，神情严肃地说："这是一个笔记本，里面有一些关于悼念总理的手抄诗，是我无意中从一个知青的枕头瓢里发现的，我出于好心给没收了。听说不少人因为这些手抄诗被抓，现在公安局正在追查这些传抄的诗，这个笔记本放在我手里不保险，万一被翻出来整个农场都跟着遭殃，我思来想去，决定把它交给你保管，一定要保管好这个笔记本。""常场长放心，我一定完璧归赵。"周华胜说着将油纸包揣进怀里，常德这才放心离开。

周华胜骑着自行车回到家，悄悄下到菜窖，打开油纸包，发现是一个红皮笔记本，扉页上有一行醒目的钢笔字"天安门广场诗抄"。他逐页飞快地阅读，"一夜春风来，万朵白花开。欲知人民心，且看英雄碑。""欲悲闻鬼叫，我哭豺狼笑。洒泪祭雄杰，扬眉剑出鞘。"他感觉这些诗表达了人们心声，将无法言传的思绪越烧越旺，当即决定将这些诗抄写下来。

接下来的一段时间里，除却上夜班，周华胜几乎每晚都躲进充满泥土潮气和蔬菜味道的菜窖里，趴在放菜的隔板上，一边哈着热气暖手一边抄写，抄到无法自抑之处，索性将笔丢到菜堆里，"扑通"一下倒在冰凉的地上，两眼盯着窖顶，陷入一种难言的思考中。

这天晚上，他正躲在菜窖里打着手电筒抄写，突然从菜窖口传来一阵声音："大半夜的跑菜窖里干什么？"他被吓了一跳，伸长脖子一看原来是老婆，急忙道："嘘……小点声，前几天借了本好书，寻思把它抄写下来保存，怕别人看见了瞎举报，只好躲在菜窖里抄写。"

秀英知道男人爱书的毛病，压低声音说："挺聪明，好好抄吧，别影响明天上班就行。"说罢回屋睡觉。半个月后，红皮笔记本上的诗全部抄写完毕，周华胜把新抄好的诗本和红皮笔记本用油纸包严，又在外面套了几层塑料袋，深埋进菜窖拐角的土层下面。

随着夏季到来，玉钢人从大喇叭里得知朱德总司令病逝的噩耗，不禁热泪长流。朱德总司令温厚朴实、大智大勇，是人民解放军的主要缔造者之一，深受人民景仰。玉钢指挥部在职工大礼堂举行了悼念活动，现场摆满用柏树枝和柳条做的花圈，还有很多插满白纸花的油柴。这些树枝和柳条，是人们顶着烈日，从黑丰山深处或沙疙瘩公社砍来的。那些大量的油柴，也是很多人冒着酷暑到黑丰山山脚下打来的，他们的手上布满了蒺藜划伤的痕迹。

这天凌晨三点半左右，周华胜起床小便，天花板的灯泡突然来回晃荡，家里的东西发出哗啦啦响声，他猛然意识到发生地震了，急忙推醒秀英："快起来！地震了！快叫醒孩子们抓紧到外面去！"随着他急促的喊声，秀英和孩子们全被惊醒，胡乱套好了衣服。周华胜抱起儿子就往外跑，身后是秀英抱着小念、巧玉抱着小原，一家人很快冲到大街上。

此时，街头巷尾一片哄乱，从酣梦中惊醒的人们一片片地涌到街上，满大街都是惊骇的叫声："地震了！"人们大都衣衫不整，一家老少挤在一起。

周华胜一抬眼看到了前邻居刘大龙，只见他带着家人慌乱地跑过来，老婆孩子勉强遮住了身体，他只在腰间系着一件上衣，喘着粗气对周华胜说："这地震来得太突然，光顾着给孩子穿衣，结果自己连裤头都没来得及穿就跑出来了。孩子穿少了怕冻着，老婆穿少了怕露肉，老爷们儿露点没啥。"周华胜在人堆里扫视一圈，发现苗逸严和家人也在其中，暗自松了口气。人们担心会有第二次地震，在街上待到天亮才敢回院子。一些胆大的回屋取出

第二十八章　　323

衣物及生活用品，一家人勉强安下心来。

人们很快从大喇叭里得知玉明市区发生了5.9级地震，而就在同一时间，河北唐山发生了7.8级大地震。许多人惊得张大嘴巴，想象着唐山人民在这场浩劫面前的生死别离与悲恸。

玉钢指挥部迅速部署各项防震措施，确保生产生活都不受影响，特别指示每家都要进入紧急防震状态，所有人都要从屋内搬出来，住到自行搭建的简易防震棚里面。随着防震命令下达，家家户户都在院子里手忙脚乱地搭防震棚，人们四下寻找搭棚的铁管、木头、油毡、塑料布等材料，一门心思扑在防震上。

周华胜和王秀英勉强凑齐搭棚东西，搭好了面积约九平方米的防震棚，用木板支起通铺。周华胜回屋搬出两张桌子，抱出被子和包袱，找出锅碗瓢盆、粮食等等，还没忘了拿出那个藏书的柳条箱，用塑料布包严后放在棚内的角落里。

忙完这一切后，周华胜来到前排房的刘大龙家，看到他家已搭好防震棚，刘大龙笑说这点事根本难不住他。周华胜回到家门口时，发现苗逸严正搓着双手不停走动，见到他后支支吾吾地说：“我家防震棚缺油毡，现在家家都在备东西搭棚，我找了一圈也没找到，想回市里拿又怕来不及。”

周华胜瞬间明了其意，可惜自己家里也没这东西了，忽然记起匡照明家有不少旧油毡，是胡春香当初到二队打沙枣时半路上捡的，正好也寻思到匡照明和金明顺家看看搭棚情况，于是便让苗逸严回家等着，东西找好后给他送去。

周华胜骑着自行车赶往匡照明家，路上正好碰到上班的金明顺，说他家已搭好棚子，不然就是上班也放不下心。周华胜来到匡照明家，匡照明一见面便噘起嘴巴说：“还战友呢，也不早过来帮帮我，搭这个棚费劲了，半天也没弄好。”胡春香在一旁插了句：“前头弄了后头拆。”

匡照明瞪了老婆一眼：“你少在那里泼冷水，我这不是正努力搭吗？”胡春香气哼哼地领着孩子走到一边。周华胜赶紧动手帮忙搭棚，一边搭建一边提及苗逸严找油毡之事，匡照明说：“平时不烧香，临时抱佛脚。想想他干的那些缺德事，不管也罢。”周华胜说："得饶人处且饶人，人与人相处别总盯着缺点，特别是在自然灾害面前，更应该摒弃前嫌才对。""也罢，就帮他这一次。"

搭完棚后,匡照明指着地上剩余的油毡,对周华胜说:"这些东西你一个人肯定拿不了,好事做到底,我和你一起用自行车驮到苗逸严家吧。"说罢跟着周华胜把东西送到苗逸严家,又一起帮他搭棚。苗逸严望着二人忙碌的样子,内心百感交集,想想自己从前干的那些缺德事,越发觉得脸红。待防震棚搭好后,他执意挽留二人吃饭,匡照明直言不讳道:"不用吃饭,只要以后不从背后倒腾人就行。"苗逸严的脸红一阵白一阵,周华胜说过去的事就此翻篇,共同防震才对。

从苗逸严家出来后,匡照明回望他家院门一眼,说:"我怎么感觉苗逸严好像换了一个人,少了过去那种见人扬鼻孔的臭德行,人也变得顺眼多了。"周华胜说:"有些事情不是靠解释就能解决的,最好的办法就是让时间和行动来证明。"临分手时,周华胜嘱咐匡照明防震期间照看好老娘,他点点头。

周华胜忽然想起青年农场那边肯定也在搭防震棚,常德不一定顾上回家,也不知他家的地震棚搭好没有。他很快骑着自行车赶到常德家,一看常德果然不在家,金芳正领着孩子们找东西搭棚。周华胜急忙上前帮忙,金芳连声致谢,一边搭棚一边埋怨男人:"唉,我家那口子什么都指望不上,自从去农场后一直吃住在那里,有时好几个星期才回次家。这次地震后回家只待了个数小时,就匆忙返回农场,带领知青搭防震棚去了。在他眼里,公家事比自家事重要。"周华胜心里明白,常德无论走到哪里都是把工作放在首位,抽空得去农场看看他,顺便到贾二蛋家看看防震情况。

从常德家返回时天已将黑,周华胜看到一些孩子在街头玩耍,有的踢爆盒,有的捉迷藏。看来这些天真的孩子对地震类灾害毫无意识,只是单纯地跟在大人屁股后面忙碌,棚子搭好后,便急不可待地冲出院门,找伙伴们玩耍。

周华胜到家时,王秀英和孩子们已吃完晚饭,王秀英把饭热好了端给男人,说:"就你事儿多,操不完的闲心,抓紧吃饭吧。"他感到又累又饿,随即狼吞虎咽。到了晚上,一家人睡在地震棚的通铺上,心理上觉得比睡屋里安全,加之白天的一番忙碌和折腾,很快入睡。

没过多久,周华胜骑着自行车来到青年农场,这是他第一次来这里,发现农场一共有三十多间"干打垒",除去二十间住房,其余是伙房、柴房和杂物房,房前屋后已经搭起三十多个防震棚,每个棚面积约十五平方米。周华胜一时没找到常德，经过询问做饭的师傅，方知他正带领知青在黄河岸边的地块里劳动。

周华胜跑到地块找常德，地块很大，有三百来亩，外围种植着大大小小的沙枣树，树上挂满了青豆般的累累果实。地里一片丰收在望的景象，黄瓜、西红柿、豆角、辣椒等应有尽有。周华胜不知常德究竟在哪个菜地忙碌，只好一边走一边打听，接连走过七八个菜地才找到常德，他正戴着一顶破草帽在地里锄草。

"常场长！"周华胜大声喊道。

常德闻声走过来，笑着说："周华胜，你不好好在家守着老婆孩子抗震，怎么跑到这里来了？"周华胜发现常德脸色黑红清瘦了许多，听罢这话忍不住鼻子发酸，其实这话也正是他要问常德的。"没什么，我就是想来看看你。"周华胜边说边抽了下鼻子。

正在地里干活的知青们纷纷起身，不约而同地望向周华胜。常德将附近的知青招呼过来，指着周华胜介绍道："同志们，这就是我经常跟你们提起的山东籍退伍兵周华胜，当年他们那批退伍兵，是受军委指令留下来支援边疆建设的。他们忠厚朴实、吃苦耐劳，为玉钢的建设发展做出了贡献，这种精神值得你们这些年轻人学习。"

"原来你就是周华胜啊！"知青们围到周华胜身边，朝气蓬勃的青春气息立时将他团团围住。

这时，张德义家的大壮跑了过来，同周华胜热情打招呼，周华胜发现大壮长得更结实了，笑着擂了他一拳："大壮，你小子又长高了，也越来越壮实了。怎么样？还跟过去那样动不动就撸袖子打架？"

大壮搔着头皮不好意思道："早就不打了。"常德走过来说："大壮现在已经是知青二组的组长了，在他的带领下，二组的蔬菜、玉米、糜子产量都不错。"周华胜望着眼前的这个大青年笑了，这个曾经爱打架的孩子，已在上山下乡的锻炼中成长为一名合格知青。

一个长相清秀的高个子知青对周华胜说："自从常场长来到农场后，跟我们这些知青很贴心，我们感觉就像遇到了亲人。"常德笑道："郭明，你喜欢看书，周师傅也喜欢看书，这方面你俩能对脾气。"郭明瞪着滴溜溜的大眼睛说："那太好啦！"周华胜笑着对郭明点点头。

另一个戴眼镜的知青说："要不是出了那档子倒霉事，常场长也不至于落到这种地步，天天窝在这里跟癞蛤蟆、菜青虫、大粪汤子打交道。"其他知青也如是说。常德没接话，只是默默打量着这些知青，眼睛笑成了一条缝。

过了一会儿，常德吩咐知青们继续劳动，自己则拉着周华胜坐在地头聊天。

周华胜笑着直言："常场长，现在是防震关键时期，你应该常回家看看嫂子和孩子。"

常德指着边劳动边说笑的知青们说："你看看这些年轻人多可爱，和他们在一起我觉得年轻了许多，仿佛浑身有使不完的劲。说实话，我也想经常回家看看，但不放心这里的二百多个知青，他们分散在地块劳动，毛手毛脚的，万一出点事没法跟他们的父母交代。现在这里除了玉钢本厂的九十多个知青，其他知青均来自全国各地，全是玉明市知青办安置到这里的，没办法，知青办安排了就得接收。要不是前段时间有五六十个知青回城顶替父母就业，这里的知青还多。"

他顿了一下，接着说："另外，我也不放心农场的事情，咱们农场能发展到今天不容易，在前后两任场长的带领下，通过农业技术改良才实现了优质高产，为玉钢职工食堂提供了许多蔬菜、玉米、糜子等等，特别是提供了宝贵的蔬菜。"周华胜边听边不住地点头。

两人聊了半个多小时，周华胜起身告辞，临走时叮嘱常德经常回家看看，他笑着点点头。离开农场后，周华胜顺路去了趟贾二蛋家，他家里已经搭好地震棚，简单地聊了几句，而后骑着自行车返回玉钢。

一个月后，玉钢的职工及家属突然接到一个重要通知，下午四时有重大新闻收听。

愕然之中，人们谁也没有想到，中央人民广播电台向全国人民宣告了毛泽东主席于凌晨在北京逝世的消息。这个突如其来的噩耗立时把人们惊呆了，刹那间哭声四起，客车停下了，自行车停下了，就连马车店的马车骡车都停下了。

人们将木讷的眼神投向高挂在电线杆上的广播喇叭，仿佛一切都凝滞了……泪水顷刻间浸透了这片荒漠戈壁！

悲痛欲绝的人们，不分性别地抱在一起，感觉如果没有集体的支撑，恐怕谁也挺不过去。现在地震警报还未解除,毛主席又走了,万寿无疆的毛主席怎么会走呢?毛主席是天,天塌了,下面的人该怎么活啊!一些老人捶胸顿足,坐在地上不停地蹬着双腿,哭昏了好几回,醒来后不断哭喊着:"毛主席啊!您老人家怎么就走了呢……"

风沙弥漫中,人们将打来的油柴插满白纸花,用柏树枝和柳条做成花圈,怀着无比沉痛的心情步入大礼堂,隆重悼念敬爱的伟大领袖毛主席,大礼堂里哭声震天……

许多人坐在灯光球场的水泥台上,不时叹息着,这真是多灾多难的一年,三位深受人民爱戴的伟人在短短八个月内相继离世,又赶上了地震,但愿全中国都能挺过去。

玉钢人在地震棚里挨到了十月,直到天气转冷才从地震棚搬到屋内,但仍旧提心吊胆,把空酒瓶子朝下倒立在桌子上,只要一有震情,瓶子就会倒下发出响亮的"报警"声。

这天,匡照明突然风风火火地跑来找周华胜,掩着薄嘴唇悄声说:"听说四人帮被抓了。""别信口胡说,你的嘴总不把门。"周华胜同样压低声音。"我也是背地里听人说的,不知真假。""要是真的,那就真亮了天。"

很快,这股小道消息越传越广,消息传到哪里,哪里的人们先是震惊怀疑,随后便是按捺不住的惊喜。终于,人们从大喇叭里听到了关于"四人帮"被彻底粉碎的消息,于是一窝蜂似的冲上街头,整个玉钢变成了欢乐的海洋。指挥部大院的宣传栏里,立即贴上了《人民日报》头版头条关于粉碎"四人帮"的专题报道,络绎不绝的人们,伫立在宣传栏前久久凝视着,难掩激动思绪。指挥部在大礼堂举行了庆祝活动,人们欢聚一堂庆祝这场胜利。

参加完庆祝活动后,周华胜像野兔一样蹿回家,一头钻进菜窖,从拐角土层里挖出那个包着天安门诗抄的油纸包,将那个红皮笔记本完璧归赵,交到了常德手中。

常德摸着油纸包说:"现在好了,可以公开把这个笔记本还给那个知青,当初他对我没收他的笔记本很有意见,后来经过解释才豁然明白。"说到这里,常德有意停顿了一下,故作严肃道:"周华胜,像你这样的书虫肯定会忍不住抄写一本,老实交代是不是偷抄了?"周华胜挠着头皮嘿嘿一笑,表示还是常场长了解自己,委实躲在菜窖里偷抄了一本。常德听罢开怀大笑……

第二十九章

这一年的春、夏、秋很快过去，粗犷的戈壁滩又迎来了刺骨寒风，不时将地上的雪吹卷到空中，打了几个旋后，又悄无声息地落下。

苗逸严突然顶着雪花来找周华胜，说自己将调到玉明市铸造厂上班，家也很快搬到市区，想邀请周华胜明晚到他家吃饭，顺便请匡照明、金明顺和刘大龙一起参加。

"你要调走？"周华胜有些惊讶。"是的，后天就走。我诚心邀请你们几位到我家吃饭。"周华胜思忖片刻说："苗师傅，就冲着你这份心意，这顿饭我请了。这样吧，我通知匡照明他们，明晚你们一起到我家吃饭，权当为你饯行。"苗逸严一听连忙摆手："那哪行？还是到我家吧。"周华胜笑着说："咱们是邻居，到谁家都一样。你的心意我领了，请饯行酒是应该的，就上我家吧。"苗逸严只好点头同意。

周华胜很快将这事通知匡照明等人，匡照明嘴快，直言苗逸严当初告了那么多人的黑状，换个地方也好，省得在这里抬头不见低头见，别扭人。周华胜让他别那么聪明，有些事看透不宜说透，他笑着吐了下舌头。

次日晚上，周华胜吩咐老婆提前准备好饭菜，他边看书边等客人。一会儿，匡照明、刘大龙、金明顺嬉笑着拥进屋，匡照明捎来二十几个鸡蛋，刘大龙拿着两盒鱼罐头，金明顺捎了两瓶玉明白酒，三人头上落满了雪花。

"你们怎么都捎着东西来了，到底是我请客还是你们请客？"周华胜起身笑道。"谁请都一样，也算是大家一起请吧。"刘大龙边说边把鱼罐头拿到炉子旁边温着。匡照明把鸡蛋递给王秀英，让她用大葱炒盘鸡蛋，她笑着接过东西，转身忙开了。

说话间，苗逸严提着两瓶竹叶青酒来了，匡照明上前调皮地抢过苗逸严手里的酒，戏谑道："这么好的酒，你怎么舍得拿出来喝？"苗逸严故意一扬头："你能不能别这么门缝里瞧人？这酒给你们几人喝一万个舍得。"

匡照明继续逗他："我怎么觉得你说话的语气颇像我呀，没想到我交际的绝招让你学会啦。这酒给我们几人喝就对了，想当初你这个告状能手……"

"别贫嘴了，菜都凉了，你们几位快坐下吧，边吃边聊。"周华胜笑着打断了匡照明的话。

苗逸严主动打开酒给周华胜等人斟满，起身举起酒杯说："周师傅，匡师傅，刘师傅，金师傅，我是真心想请你们几位到我家喝酒，结果让周师傅硬拉到这里。这杯酒我先自罚，为当初对你们几位做下的糊涂事自罚一杯！希望各位不要介意这杯迟来的赔罪酒。"说罢一仰脖干了。

接下来，苗逸严还没忘了对王秀英表示一番歉意，希望她宽宏大量原谅自己。王秀英把炒好的鸡蛋端上桌，大咧咧地说："我有时性子挺急，好几次把你气得够呛，希望你也别介意。"苗逸严连声表示："不介意不介意。"

周华胜拉着苗逸严坐下，表明过去的不愉快事一笔勾销，大老爷们儿总提这事没劲。匡照明也说过去的事不提了，现在越琢磨越觉得苗逸严并未沦落到不可救药的地步，不说别的，就冲今天这两瓶好酒，换一般人还真舍不得拿出来喝，亡羊补牢，为时不晚。

刘大龙端起酒杯痛快地说："苗师傅，想当初我对你也没客气，曾动手把你摁倒在雪地上，现在想想欠妥，这杯酒我自罚了。"说罢一饮而尽。苗逸严急忙道："不能全怨你，我不该说中煤气的那家人是自找的，要罚酒也是罚我。"说罢也干了一杯。

匡照明跺了下脚佯怒："你们能不能别自罚了啊？罚来罚去好酒都让你俩喝了。""好！那就不自罚了！"刘大龙快人快语。

周华胜举起酒杯对战友们说："来，咱们一齐举杯为苗师傅饯行，祝他在新的工作岗位上一切顺利。"随着话音落下，四个人一齐与苗逸严碰杯，干了满杯。"谢谢诸位。"苗逸严的眼角有些湿润。

苗逸严带来的好酒很快见了底，金明顺随即打开自己捎来的白酒。

随着几杯酒下肚，苗逸严打开了话匣子："别看我家各方面条件比你们强，但我是标准的不知天高地厚。当初之所以告这个告那个，无非是想给自己找个立功机会，混份好差使干干，结果弄了个满厂臭。常指挥自始至终向着你们这帮山东老转，刚开始我不理解更不服气，你们要钱没钱、要关系没关系，凭什么就能获得领导的欢心？后来我才渐渐明白，你们这帮人能吃苦，为人又忠实，特别是领导让干啥就干啥，这样的职工领导们自然喜欢。我曾经觉得你们就是些大傻帽，干活就不能偷奸耍滑？后来又想明白了，你们哪，就是本性难移，根本不会那套！用常指挥的话说，你们身上有股精气神。"

苗逸严端起茶杯喝口水，抹了把嘴角继续说："你们豁达大度，我当初那么折腾你们，你们非但不记仇，反而还不计前嫌帮助我。周师傅和匡师傅帮着我搭防震棚，特别是周师傅还从水中救出了我的宝贝独苗。连日来我想了许多，越想越为自己当初的行为不耻，连我老婆都骂我长了双狗眼。"

周华胜伸出大巴掌使劲攥了把苗逸严的肩头，说："苗师傅，你能说出这番话很难得。说实话，我们不过就是些普通农村退伍兵，用你的话说要门路没门路要本事没本事，能吃上国库粮已是祖坟冒青烟。从退伍至今，领导们对我们很信任很照顾，不能辜负了领导期望。我再重申一遍！以前的不愉快事一笔勾销，从此不提。"苗逸严感激地点点头。

苗逸严转而对匡照明说："匡师傅，这杯酒算是单独给你赔罪了，不该从背后扔黑砖头把你打进医院，当时就是一味觉得你不该阻挡我逃跑，害我挨了周师傅那一顿训斥，压根没意识到自己有错在先。对了，还有一件事，不该给你老婆写那张该死的破纸条，说你和罗敏那啥那啥，现在想想后悔得直想撞墙。"

匡照明打了个酒嗝，半开玩笑半认真道："你可千万别撞墙，否则我们四人跳进黄河都洗不清了。对于你扔黑砖头、写小纸条之事，说实话我当时恨过你，恨不得把你丢进沙漠、摁进马蛇子洞，但现在那种感觉早已被大风刮得无影无踪了。你呀，就是爱写举报信爱打小报告，就是心眼小爱犯红眼病。"苗逸严不好意思地笑了。

性情耿直的刘大龙说："苗师傅，其实你真正应该道歉的是周华胜，当初被你一封举报信和一堆鸡骨头关进了小黑屋。还有那个滚沙滩的'先进分子'王邯路，你们串通一气，硬把周华胜关了三天禁闭，那是他一辈子都抹不去的心理阴影。"苗逸严被说得一时语塞。周华胜急忙给刘大龙和匡照明递了个眼色，示意他们不要再提那些不快往事了，二人会意地点点头。

苗逸严借着酒劲继续发表感慨,说着说着突然想起一件事,问道:"你们是怎么想起来用石头摆'祖国万岁'那四个大字的?"金明顺回答:"那都是周华胜琢磨出来的,我们三个只是帮着捡石头摆了摆。"周华胜则实话实说,如果没有三个战友帮忙,他就是想摆也找不到那么多石头,这是集体劳动的结晶。

刘大龙突然说:"我前晚做了一个奇怪的梦,梦见自己整天坐在高坡上看那四个大字。"匡照明就愿意跟刘大龙斗嘴,说:"你那是爱国热情太洋溢的原因,从床上一直洋溢到了山上。如果再继续做梦的话,会继续从山上洋溢到月亮上。"刘大龙笑道:"到处洋溢才好呢,谁让咱身上流淌着中国人的血液呢。"

苗逸严说:"我算是发现了,你们就是牢不可破的战友和兄弟,真羡慕你们四人。""我们这叫抱团取暖。"刘大龙不知怎么冒出这么一个词。

"对!抱团取暖。"匡照明说罢真的抱了下刘大龙,随后像想起了什么,扭头对苗逸严说:"明早我们几个帮你搬家吧。"其他人也如是说。苗逸严急忙摆手又摇头:"不用不用,我找了好几个亲戚来帮忙,谢谢诸位的好意。"

几个人边吃喝边海阔天空地侃聊,一直聊到深夜十点多才散摊。

次日清早,周华胜和王秀英来到苗逸严家,看到苗逸严和几个亲戚正往货车上搬东西,急忙上前帮忙,东西不多,很快就搬完了。苗逸严让老婆孩子先上车,而后眼里含着泪花,紧紧握住周华胜的手道别。

望着愈行愈远的货车,王秀英戏说以后再也没有趴墙头的了,周华胜说以后省下她扔土坷垃的气力了。他的思绪沉浸在与苗逸严的过往交集中,不管怎样总算是曲终奏雅。

晚上十点,周华胜提前到达夜班岗位。在班前会上,他再次强调了安全操作以及节约使用吹氧管、铁锹、钢钎、箩筐、钢筋捅条等的注意事项。讲着讲着,周华胜发现陈涛低着头不知在做什么,近前发现他正看连环画《铡美案》,边看边低声嘟囔:"这个陈世美,该死,该铡。""陈涛,你不好好开会看小人书,这本小人书我暂时没收,等你意识到错误再还给你。"周华胜边说边从徒弟手里夺过小人书,陈涛噘着嘴巴未敢吭声。

会后,陈涛来到师父身边,检讨自己不该在开会期间看小人书,保证下不为例,表明他看小人书是有原因的,如果不看的话会更瞌睡,请师父把小人书还给他。"知错改错就好。"周华胜说着把小人书还给徒弟,陈涛赶紧把小人书锁进换衣柜。

周华胜带领工友们出完第一炉铁,大家带着满脸污渍回到休息室。陈涛一进门就倒在铺着纸壳的地上呼呼大睡,周华胜倚靠在铁凳上小憩,其他人则七歪八倒地睡着了。

一小时后,马上就要出第二炉铁了,周华胜大喊:"马上出铁了,大家赶快起来!"其他人听到喊声后立即爬起来奔向炉台,唯独陈涛仍旧躺在地上打呼噜,这是最令周华胜头疼的一件事,陈涛一上夜班就想睡觉,出铁时间到了仍酣睡,即使叫起来也得颇费一番气力。

周华胜上前摇晃着徒弟肩膀:"陈涛,快起来!马上出铁了。""师父,我困,我要睡觉。"陈涛迷迷糊糊地说。"不能睡了快起来,否则就耽误出铁啦!"周华胜一把将徒弟从地上拽起来,不料前头刚把他拉起来,后头他就像面条一样哧溜滑了下去。没办法,周华胜只好再次把徒弟从地上拽起来,连拉带拽来到炉台上。

陈涛干了没十分钟,就偷偷溜回休息室睡觉去了。周华胜一转身发现徒弟不见了,估计是跑回休息室睡觉了,眼下顾不上回去叫他,只好等出完铁再说。谁知就在这当空,营里检查组人员发现了正在休息室睡觉的陈涛,当即进行了罚款,并将这事告知一连长宋波。

第二炉铁出完后,宋波把周华胜叫到办公室,以过来人的身份训斥一番,大意是教不严师之惰,又灌输一堆师父教授徒弟的法子。周华胜边听边点头。其实这些道理和法子他都懂,只是自己的徒弟正处于爱睡觉长身体阶段,不是硬来就能行的,也实在是狠不下心来。

从连长办公室出来后,周华胜发现徒弟站在不远处向这边探头探脑,看到他后急忙跑过来,周华胜没有责怪什么,笑着拍了下徒弟的大脑袋:"臭小子,再这样下去,一个月下来你能拿半个月的工资就不错了,光扣也扣光了。"陈涛嘻嘻一笑,表示以后一定注意。

早上下夜班回家后,周华胜躺在床上睡了一个多小时,醒来后只看到巧玉和小原小念玩耍,顺口问巧玉:"小鲁去哪了?"巧玉回答:"刚才还在院子里玩呢,这会儿不知跑哪去了。"

周华胜急忙跑出去寻找儿子,发现离家不远的大喇叭下面站着许多小孩,都穿着清一色的棉袄棉裤，流着长鼻涕，两手抄在袖筒里，有的蹲在雪地上，有的倚靠在喇叭下面的电线杆旁，一反常态的安静，似乎在等待着什么。

一会儿，随着一句清脆爽朗的童声和欢快的喇叭声："小朋友，小喇叭开始广播啦！嗒嘀嗒、哒嘀嗒、嗒嘀嗒、哒嗒。"孩子们瞬间欢呼雀跃。

周华胜恍然明白，原来这帮孩子在等着听故事大王孙敬修讲儿童故事。自从搬到新家后，大喇叭里除了转播"新闻和报纸摘要"节目，每逢周末还会播出学龄前儿童广播节目，数不清的故事和歌谣，从这个七彩世界里纷呈而出，被电波传送至少年儿童们心里。特别是故事爷爷孙敬修，他那和蔼感人的声音，成为孩子们不可或缺的良师益友。

周华胜发现孩子群中有个小身影很像儿子，近前一看果真是小鲁。

"小鲁，你怎么跑这里来了？天太冷，别冻感冒了。"周华胜摸着儿子头说。

"爹，喇叭离咱家挺远，听不清敬修爷爷讲故事，站在这里听得特别清楚。"周小鲁望着爹，抹了把鼻涕。

周华胜刚要张嘴说什么，却见儿子把食指放在嘴边轻嘘一声道："爹，你说话声音小点，别影响其他小朋友听故事。要不你先回家吧，我听完故事就回去。"话音刚落，喇叭里传来敬修爷爷的声音，他今天讲的是《神笔马良》的故事……

周华胜笑着点点头，径自返回家中。

小喇叭节目结束后，周小鲁蹦跳着回到家中，跑到正在看书的周华胜跟前说："爹，有很多小朋友给故事爷爷写信，我也想给他写信，告诉他，他讲的故事真好听，我要做个听话的好孩子，你快和我一起写信。"

周华胜亲了下儿子红通通的小脸蛋："小鲁本来就是个听话的乖孩子。明年秋天就上一年级了，一定要好好学习天天向上。"而后手把手地教儿子，给敬修爷爷写了一封短信：敬爱的故事爷爷，您好！我叫周小鲁，我很爱听您讲的故事，我要做个听话的好孩子。祝爷爷身体健康，讲更多更好的故事。

不久，玉钢放映国产彩色故事影片《闪闪的红星》，在雄壮的《中国人民解放军进行曲》中，银幕正中出现一颗光芒四射且带有"八一"标志的红五星，下方是"中国人民解放军八一电影制片厂"字样，瞬间引发了一阵欢呼。片头过后，全场鸦雀无声，各个屏息凝视，就连最顽皮最饶舌的孩子都安静下来……

　　这部优秀影片为玉钢人的生活注入了非同寻常的活力。女人们时不时地哼唱："夜半三晚哟盼天明，寒冬腊月哟盼春风……"甚至上茅房倒尿桶的工夫也哼唱。街头巷尾，孩子们学着潘冬子模样，扛着大大小小的木棍当枪，雄赳赳气昂昂，边走边高唱："红星闪闪放光彩，红星灿灿暖胸怀……"男人们则选择了更有气势的插曲："小小竹排江中游，巍巍青山两岸走……"

　　周华胜下班路上碰到了匡照明，他说那天看完电影后就对胡春香讲，小鲁长得很像潘冬子，都长着胖嘟嘟的脸蛋和清澈有神的大眼睛，要是长到十几岁标准的潘冬子模样。听匡照明这么一说，周华胜回家后特意把儿子叫到跟前端量一番，越看越像儿童版的潘冬子。不仅匡照明说周小鲁长得像潘冬子，许多人在街上见到周小鲁也如是说。有些人甚至一见面就打趣："冬子！又上街玩了？""冬子，又跑到喇叭下面听故事了？"周华胜听罢心里美滋滋的，忍不住抚摸儿子圆乎乎的小脑袋，抱起儿子连转两圈。

　　一连几天，周华胜家里总是响起"小小竹排江中游"或"红星闪闪"口哨曲，周小鲁和着爹的口哨曲，摇头晃脑地哼唱。望着儿子天真可爱的模样，王秀英跟男人商量："抽空到市里照张'全家福'吧，顺便给儿子照张单人照。"周华胜点头同意。

　　不久，全家人穿上平日里自认为不错的衣服，来到玉明市区的国营照相馆，先照了一张黑白全家福，摄影师特意让秀英和巧玉将两条黑又亮的大辫子拿到胸前，表扬姑侄二人的发质真好，就像李铁梅的一样。照完全家福后，摄影师使出浑身解数，在风趣语言和滑稽动作的配合下，完成了周小鲁身着小海军装的单人照。

　　照片洗出来后，王秀英把"全家福"和儿子的单人照镶在相框里，挂在正面墙上，一边端详一边夸赞照得不错。巧玉指着照片说："姑，咱俩的大辫子真显眼，都快拖到屁股了。你结婚好多年了，怎么还留大辫子？"王秀英把辫子从上至下抚摸着，边摸边说："我喜欢扎大辫子，等什么时候不愿留了再说。你这个识字班更应该留辫子，这才是标准的山东大嫚儿。"

　　巧玉夸奖道："姑长得确实漂亮。听我娘说，你当时是十里八乡最漂亮的识字班。"王秀英笑道："漂亮又不能当饭吃，还不是照样搬铁块，连个正式工作都没有。"巧玉说："姑，你还是知足吧，这里再不好也比老家的穷山沟强，况且我姑父又对你那么好。"王秀英叹息道："这里的有些东西还不如老家呢，老家再不好也是根。巧玉，你想不想你娘？反正我是想我娘了。"巧玉立马说："想啊，那晚还梦见吃我娘做的煎饼卷豆沫子。"说罢眼里闪着泪光。王秀英拉起侄女的手问："巧玉，来这里委屈不委屈？"巧玉干脆地回答："不委屈！姑和姑父对我很好，来这里接触了不少新事物，学了不少东西，比待在老家强多了。"

这天夜里，王秀英下中班后骑着自行车回家，不料中途狂风大作，下坡路根本停不下来，被风一直刮到五里外的南水源地，到了一个上坡才连人带车摔倒在地，满头满脸的沙土，爬起来后推着自行车往回走，顶着大风走了一个多小时才到家，此时已近凌晨一点。

她的棉袄被扯出一道长口子，右胳膊肘也磕去一块皮，连忙找出针线缝补衣服。睡在炕头右侧的小鲁突然一骨碌爬起来，揉着睡眼说："娘，你怎么还不睡觉？"王秀英拍了下儿子的小圆脑袋："你先睡吧，娘缝完衣服就睡。"小鲁点着头钻进被窝睡了。

早上，周华胜下夜班回到家，小鲁跑上前摇晃着爹的胳膊说："爹，你好长时间没带我去沙滩玩了，我想去看甲壳虫牛牛，我想它们了，你快带我去吧！"周华胜抱起儿子亲一口说："等有时间了，爹一定带你去沙滩看牛牛。"

周华胜刚准备上床休息，突然听到大喇叭里传出男播音员急促的声音："医院的张启东大夫，请速到医院！请速到医院！"

播音员的话音刚落，王秀英提着空尿桶从外面急匆匆地跑进来，让周华胜快去医院看看，刚才到公厕倒尿桶时，听说制氧站发生事故，有个山东退伍兵被砸伤了！

周华胜心里一紧，刘大龙就在制氧站上班，不会出什么事吧？他急忙跑到住在前排房的刘大龙家，发现他家里一个人也没有，心里更加不安，迅速骑着自行车找到匡照明和金明顺，各自骑着自行车飞速赶往医院，三家的女人也紧跟着赶往医院。

当一行人到达医院时，看到秦槐香有气无力地瘫在地上哭泣，一问果真是刘大龙出事了，正在抢救室进行抢救。周华胜、匡照明、金明顺心急如焚，拳头握紧了松开，松开了又握紧，不停地默默祈祷：老天爷，请保佑刘大龙平安无事吧。

十分钟后，抢救室的门开了，医生面色沉重地走出来，对守在门外的人说："人不行了，家属们进去看看吧。"秦槐香哭喊着冲进抢救室，周华胜等人也跟了进去。刘大龙微微睁开双眼，对身边的老婆说："不要难过，好好活着，把孩子抚养成人。"秦槐香握着男人的手，泣不成声。

刘大龙转而将目光移向周华胜，面带笑容费力地说："我死后，把我埋在……石头字对面的山坡上，那样我就能天天、天天看到那些字了。"说到最后，他的声音渐渐小下去，笑容凝固在苍白的脸上，头无力地垂了下去。

"大龙！"秦槐香大叫一声昏倒在地，王秀英掐了半天人中她才苏醒过来，醒来后疯了般撞向旁边的墙，被王秀英、胡春香等人流着泪死死拉住。秦槐香哭得撕心裂肺，几度晕厥。

周华胜、匡照明、金明顺悲伤不已，不相信生龙活虎的刘大龙就这么突然没了，不相信四个同班同乡同参建的战友，突然间少了一个，眼泪像断了线的珠子……匡照明呜呜痛哭，一边哭一边念叨："刘大龙，你不能就这样丢下我们走了啊，我们还有许多话没说完呢，我还想跟你斗嘴呢，呜呜……"

安检部门很快查明了制氧站这起事故的原因。原来这天清早，有两件空压机过滤器到货卸车，用八吨汽车吊停在货车尾处卸车，第一件顺利吊下，轮到吊第二件时，空气过滤器主体被吊出货车槽开始下落，箱体主体的东北下角突然蹭挂到了货车右边槽上方，箱体急速向东偏甩，同时汽车吊车头翘起，导致吊物迅速下落，正好砸在刚从值班室走出的刘大龙头上。

制氧站为刘大龙举行了追悼会，站长主持追悼会，现任指挥齐亮代表指挥部致追悼词，对刘大龙自参建直至去世做了简要总结，对其艰苦奋斗、仁善忠诚、兢兢业业等优良作风，进行了充分肯定和褒扬。

按照刘大龙的遗愿，他被安葬在石头字对面的山坡上。下葬这天，秦槐香多次哭晕，王秀英、胡春香和马素芸轮流守在她跟前，生怕她有什么想不开。凛冽的寒风中，周华胜等人抬着刘大龙的灵柩，来到石头字对面的山坡上，将灵柩缓缓置入冰冷的墓穴，心里无数次喊道：安息吧！战友！在这里你能天天看到这些石头字了。

料理完刘大龙的后事，周华胜和王秀英挎着饭菜来到刘大龙家，家里异常冷清，秦槐香像截木头一样躺在炕上，任凭一对儿女围在娘身边哭哭啼啼。

第二十九章

周华胜两口人劝说半天,她才勉强爬起来领着孩子吃饭,眼泪扑簌簌地落进碗里。

一会儿,匡照明和金明顺来了,周华胜招呼他们就座,三个人坐在马扎上闷不作声,只是一个劲儿地抽烟。过了良久,周华胜抬起头说:"战友一场,如今刘大龙走了,以后我们得多关心他老婆和孩子。"匡照明和金明顺含泪点点头。

指挥部按照国家工伤死亡的相关标准,给了秦槐香和孩子一笔抚恤金,将秦槐香安排在制氧站工作,并且承诺将来孩子成人后安排正式工作。秦槐香就这样离开了铁块队,成为一名吃国库粮的正式职工。

连续多日,周华胜脑海中总会浮现出刘大龙的身影,特别会想起他吹着号角昂首挺胸的身姿,有时越想心里越难受,索性来到刘大龙墓前默默坐一阵子。

这天,他又来到刘大龙墓前,路上总感觉身后跟着一个人,猛一回头,发现跟踪者竟是自己的徒弟,不由一惊:"陈涛,你怎么跟着我跑到这里来了?"陈涛含着泪说:"师父,我知道你失去战友后心里很难过,可我不知道怎么安慰你才好。""师父没事,你不用担心。""师父,我以后一定好好工作,不再让你跟着操心。我一定听父母的话不惹他们生气,我一定多读些有用的书籍……"

此时的陈涛,恨不得把世界上所有的宽心话都说给师父听,为的就是减轻师父心中的痛楚。徒弟的话令周华胜感动不已,他拍了下徒弟肩膀,再次表明自己没事。陈涛长吁一口气:"我这几天总是寝食难安,只要师父没事就好。"

陈涛像想起什么,说:"师父,石头字已经成为一处风景区了,听说有不少外地人专程来这里参观,包括许多大官都来参观。还有不少人表扬你们山东人忠厚老实。"

周华胜带着徒弟来到石头字旁,语重心长地说:"陈涛,有国才能有家,每个人从小就应该在心里种下爱国的种子,让这粒种子在人生旅程中生根发芽,直至根深蒂固。"他顿了一下,接着说:"做人要厚德载物,对国家忠,对父母孝,对朋友诚,这是做人之本分。无论何时何地都不能丢失了自己,要像戈壁滩里的沙枣树一样生存于世。你好生记着师父说的这番话。""我一定谨记师父的教诲。"陈涛用力点点头。

师徒二人在石头字前坐了半个多小时，而后起身回家。临分手时，陈涛再次表态一定当个好炉前工，周华胜欣慰地笑了。

年底，玉钢终于完成了配套工程建设，玉钢工程建设大会战随之正式结束。两座高炉矗立在这片戈壁滩里，也矗立在许多人心中。

上级有关部门正式撤销了玉钢的军管会和大会战指挥部。"指挥部"改为"厂部"，开始实行厂长负责制，齐亮成为玉钢首任厂长。随着军事管制撤销，玉钢原先下设的营、连级组织改称车间、工段，营长连长改称车间主任、工段长。原先下设的保卫组、生产组、技术组、政工组等诸多部门，分别改称保卫科、生产科、技术科、政工科等等。组织及人事关系由省属划归玉明市地方管辖。

军管会主任郑恒因为发展国防工业有功，被北京军区下令调至南方某省任军区副司令。齐亮组织召开了欢送大会，很多人站在冷风中同郑恒道别，这令一向严肃的郑恒忍不住哽咽，表明自己在玉钢的这些年里，不仅见证了玉钢的发展，也见证了众多的艰苦奋斗和朴实善良，真要离开这里委实不舍。

在拥挤的人群中，郑恒看到了前来送行的常德和周华胜，随即拨开众人来到二人面前。他握着常德的手说："想当年咱俩吃住在一起，我是眼看着你付出了许多，你是职工及家属们心中名副其实的好领导。唉，如果不是发生那起误伤事件，你一定会前途无量。"

常德笑呵呵地说："郑主任，你就别替我惋惜了，我自己早想开了，在农场一样为国家做贡献。祝你在新岗位上大展宏图！"郑恒转而握住周华胜的手说："我记得当初常场长说你们这批山东退伍兵身上有股沂蒙老区人民的品质，也有股沙枣树精神，事实证明的确如此。记住，以后无论走到哪里，都要军心依旧。"周华胜听罢很感动，表示一定会牢记教诲。

欢送会结束后，郑恒坐着军用吉普车离开了玉钢，奔赴新的工作岗位。

第三十章

一号高炉进行大修，所有炉前工全部上常白班，配合维修工段进行大修。

周华胜现在已是工长，带领炉前工们搬耐火砖、和泥、抬运其他材料等，陈涛跟在师父屁股后面忙前忙后，师父让干啥就干啥。望着这个年轻的身影，周华胜感觉挺欣慰，经过这两年锻炼徒弟长进了不少，不再像当初那般让自己操心费力，特别是上夜班时，只要一出铁就立马奔向炉台，当然有时也免不了搞些调皮之事，但并未影响工作。

周华胜下班回家后，得知儿子发烧、呕吐，秀英刚带儿子从医院打针回来，医生说感冒了打几天针便好。王秀英让男人请假在家陪陪儿子，儿子总念叨着要跟爹到沙滩玩耍。周华胜说目前实在抽不出身来，工段里的炉前工都在配合高炉检修，不好意思请假。

他上前抱起儿子说："好儿子，等高炉大修完，爹就带你去沙滩玩个痛快。""嗯。"小鲁轻轻点下头。

五天后的早上，周小鲁的病情突然加重，昏睡、抽搐、呕吐，厂医让周华胜两口人抓紧带孩子去玉明市人民医院。周华胜吩咐秀英先带儿子去市医院，他下午再赶去。秀英只好请了假，嘱咐巧玉在家好好照看小原和小念，自己抱着儿子来到十字路口等车，半小时后，终于坐上开往市区的客车。

一路上，王秀英望着怀中昏睡的儿子心急如焚，恨不得立刻插翅飞到市医院。两个多小时后，当她抱着孩子踉踉跄跄赶到市人民医院时，周小鲁已经陷入昏迷。她焦急地抱着儿子排队挂号，这时突然听到一个熟悉的声音："王秀英！"抬头一看原来是许久未见的苗逸严，只见他疾步走来，望着她怀里的孩子说："你儿子怎么了？"王秀英哽咽道："发高烧，呕吐不止。""巧了，儿科主任是我家邻居，走！快跟我来！"苗逸严说罢带着她急急来到儿科，找到儿科主任说明情况。

儿科医生会诊后对王秀英说："这孩子得的是脑炎，脑炎及时治疗是能治好的，但现在病情已转化为毒性脑膜炎，你是怎么当母亲的？硬把孩子病情给耽误了。"王秀英听罢当即蒙了，回过神后扑通一下跪在医生面前，一边磕头一边哭喊："医生，求你救救我儿子吧！求求你了！"医生叹息着将她扶起来，表示一定尽力而为。

抢救室外，王秀英麻木而无力地靠在墙角里，脑海里只有一个念头：希望医生能让儿子醒过来。一旁的苗逸严搓手顿足，目光不时地望向眼前这个像可怜猫般缩在墙角的女人，曾几何时，彼此间因为各种缘由闹腾不停，这女人留给自己的印象除了厉害还是厉害，然而此时的她却浑身上下都透着一股痛楚和可怜。苗逸严的内心深处不由涌上一阵阵茫然无措，期待着周华胜快点来安慰下自己的女人，同时更期盼抢救室里的孩子转危为安。

两个小时过去了，抢救室的门始终没有打开。

又过去两个小时，抢救室的门终于开了。

王秀英急忙奔到医生面前，医生摘下口罩，语气沉重地说："我们已经尽了最大努力，还是没能保住孩子生命，孩子已经走了。"

"啊！"王秀英大叫一声晕了过去，苗逸严和医生急忙上前扶起她，掐了半天人中她才苏醒过来，随即疯了般扑到周小鲁病床前，用力摇晃蒙着白布的小身躯，撕心裂肺地哭喊着："儿子，你不能丢下娘不管呀！你不能丢下娘不管啊！"苗逸严站在一旁，眼泪哗哗而下。

正在这时，周华胜满头大汗地跑进医院，他下班后未顾上回家，径直坐车赶来了，他的身上揣着一封信，那是下班前刚刚收到的，落款是中央人民广播电台小喇叭节目组、孙敬修。周华胜见到苗逸严时微微一怔，刚要张嘴说什么，突然看到了蒙在儿子身上的白布，只觉浑身哆嗦脑袋一片空白，心里只剩下两个字：儿子。他竭力绷紧全身的每一根神经每一块肌肉，咬紧牙关，努力控制情感上的暴露，但很快就无法自抑了，两行泪水从他的脸上流下来，猛地伏在儿子病床前，失声痛哭……

苗逸严本想上前扶起周华胜，但又不知如何安慰才好，只好陪在一旁默默落泪。

不知过了多久，周华胜抹了把脸上的泪水，轻轻掀开蒙在儿子身上的白布，抚摸着那张苍白的小脸，他抖索着手从上衣兜里掏出那封信，哽咽着说："儿子，小喇叭节目组的敬修爷爷给你回信了，上面写着'周小鲁小朋友：你好！爷爷已收到你的来信，谢谢你对爷爷的鼓励，爷爷一定会为小朋友们讲更多更好的故事。'"

"滚！！"王秀英猛地将男人推倒在地，怒道："儿子死了你才来有个屁用?！"周华胜手中的信随之落到地上，他什么也没说，只是抖索着身子抱住老婆，任由她哭喊着死命扑打他，眼泪喷涌而出……

过了良久，苗逸严一边抹泪，一边上前拍了拍周华胜肩膀："周师傅，一定要坚强些。"周华胜哽咽着点点头。在苗逸严和医生的再三劝导下，周华胜两口人起身将儿子遗体用被子包裹好，抱着他返回玉钢。

周华胜将儿子遗体放在菜窖上，王秀英不吃不喝坐在菜窖上，抱着那具冰冷的小身躯喃喃自语，哭诉不停："儿子，是娘不好，耽误了给你看病，你快醒过来再喊一声娘吧，呜呜……快醒过来吧……"周华胜不时捶打自己的头，捶打自己的胸脯，仰天泪流……

听到这个不幸的消息后，常德两口人、张德义两口人、匡照明两口人、金明顺两口人、秦槐香、张六六、陈涛等都来了，大家轮番劝慰周华胜和王秀英。陈涛这个大小伙子搂着师父的脖子，哭成了泪人。女人们一齐走到王秀英面前，流着泪劝她保重身体，让她别坐在菜窖上，怪凉的。王秀英像没听见一样仍旧哭诉，怎么拉也拉不起来。秦槐香抱着王秀英哭道："咱们两家怎么这么命苦啊，我刚死了男人，你又没了儿子，老天爷真是不公平啊！"

周小鲁下葬这天，张德义带着车间的一些人来了，铁块队的一些家属来了，张六六和几个马车老板来了，苗逸严带着老婆从市区赶来了，四邻八舍的人也来了，院里院外站满了人，人们怀着悲痛的心情，含泪送别这个时常站在大喇叭下面听故事的"小潘冬子"。周华胜咬破了嘴唇，努力控制着自己的情感，含着眼泪向大家致谢。

周华胜和几个男人，好容易将周小鲁遗体从王秀英怀中夺出来，她像疯了一样，哭喊着拼命往回抢夺，结果被众人死死拉住。周小鲁的小身子被装入棺材，周华胜将那封信放在儿子身旁。当棺材被抬走的刹那间，"啊！"

随着王秀英的一声尖叫,她当即晕死过去。当她醒过来后已神志不清,不认得任何人,巧玉端着水到姑跟前让姑喝水,她却直着眼睛问:"你是谁?"接着语无伦次,喃喃自语:"小鲁,你上哪了?快起来吧,娘在等你。"巧玉抚着姑的肩膀不停流泪。

可爱的周小鲁就这样走了,他被安葬在离北水源地高位水池五十米远的小山包下,永远躺在了那座孤零零的小土堆中,周围长满了酸溜溜树和沙冬青树,还映有许多甲壳虫牛牛的纤细足迹。

下完葬后,周华胜让众人先回去,自己呆呆地盘腿坐在儿子坟前,一边擦眼泪一边喃喃:"儿子,记得上次爹带你来这里时,你说这里真好玩,有山有水,有酸溜溜有沙冬青,还有许多牛牛,现在爹把你葬在这里了。都是爹不好,让你受了那么大的罪,爹一想起来就恨不得把自己捶死,希望你能原谅爹。"

说到这里,周华胜掏出旱烟包和小纸条卷了一支烟,猛抽了两大口,接着说:"咱们山东人憨厚实在,爹没有多大本事,也没有多么高尚,只是觉得要把自身工作干好。几个月前,爹送走了同乡同班的战友,现在爹又送走了唯一的亲生儿子,爹的心痛啊,痛得想撞山想就此陪你一起去。儿子,你就在这里好好看着吧,看着咱们玉钢越来越好,看着我和你娘你妹妹过上好日子。爹会经常来看你的,也希望你能托梦给你娘,让她能振作起来好好过日子……"

在一次强烈的哽咽后,周华胜抑制住泪水,一双大手不停地抚摸着小坟头,仿佛抚摸着那个熟悉的小圆脑袋,说:"儿子,你不是最喜欢听'红星照我去战斗'这首歌吗?爹现在就吹给你听,相信你一定能听到。"

很快,口哨曲萦绕在坟头四周,回荡在沙滩上空,几次中断,又几次续起……不知过了多久,周华胜勉强站了起来,风将他脸颊上的泪水吹落在坟头上,吹落在酸溜溜树和沙冬青树上。他使劲搓了几下脸,挠了几下头皮,而后走到高压水池旁边,捧起哗哗而下的凉水,全部扬在了脸上。

当他转过身来时,发现常德不知什么时候来到了身后,原来细腻的常德怕周华胜有什么意外,一直暗暗跟着他。常德近前抚着他肩头说:"一直看着你坐在孩子坟前,本想劝劝,转念一想还是算了,让你一个人待会儿也好。有些话痛快说出来最好,省得憋在心里伤身。"常德陪着周华胜一路下山,鼓励他一定要经受住这场人生考验，两人一直走到周华胜家门口才分手。

周华胜缓缓地推开家门，王秀英一看见他就上来扑打，他脸上的那道伤疤瞬间被挠破，血顺着脸颊流了下来，却全然感觉不到疼痛。王秀英扑打良久才昏睡过去，周华胜默默抚摸着老婆苍白的脸庞，泪流满面。

此后，在近半年的时间里，王秀英放弃了工作，放弃了看孩子和做家务，断绝了同外界的一切往来，她喃喃自语，不分昼夜风沙无阻地往儿子坟头上跑，哭睡于坟头，成为一个灰头土脸的"沙人"。周华胜每次找到老婆都会被吓一跳，她披头散发，一脸泪泥，一动不动地趴在坟头上，好多次他都以为老婆跟着儿子去了，不禁用手指触摸她的鼻子查看是否有呼吸。

趁秀英熟睡的工夫，周华胜用剪子把老婆留了多年的长辫子剪成短发，这样不仅方便给她洗头，而且不用再呈披头散发的吓人状了。王秀英醒来后到处找辫子，周华胜告诉她已经铰掉扔了，她简单地"哦"一声，照旧呆坐在院子里，照旧趁人不注意就往儿子坟头上跑。

周华胜每天除了上班，就是照顾老婆和孩子，虽然有巧玉帮忙但仍然忙得团团转。最折磨他的并非身累，还有心累。他望着数次从儿子坟前背回家的秀英，彻夜难眠，忧心似焚，难道自己真要有个疯老婆了吗？秀英啊，你快点好起来吧！但每每他都失望至极，这种心绪总是在他胀懑的胸中郁积，屡屡地、屡屡地拂之不去，令他的心不自觉地异常沉重起来……

他想出去透透气，于是骑着自行车到黄河岸边的沙枣林，此时的那条水泥路在车轮下变得无比漫长，仿佛过了一个世纪才来到这里。

他静静地坐在沙枣树下，难过地闭住了眼睛……过了良久，他才睁开眼卷上一支旱烟点燃，猛吸两口后重重地吐出来，随后起身围着沙枣林四下转悠。他凝望着这些树身七倒八歪的沙枣树，看看大的，又看看小的，它们正努力汲取着丝丝缕缕的阳光，顽强生存着。

他就那样出神地望着，望着望着，越发觉得这些沙枣树于斑驳岁月中映射出一抹坚韧的底色，这种久久不褪的底色，仿佛将大地上的淳朴生命紧密缠绕在一起，也免不了将他这个从沂蒙山深处走出来的退伍兵缠绕进去。他不由喃喃自语："不能倒下去，一定要想办法让秀英恢复正常神智。"说罢丢掉烟头，骑着自行车迅速返回家。

经过反复考虑，周华胜决定带秀英回趟娘家，这或许对她的精神恢复有好处。他很快向单位请了假,带领全家人回到沂蒙山台村。临走前,他把家门钥匙交给匡照明,让匡照明常过来看看,匡照明紧抱着他哽咽道:"放心回吧,希望秀英快点好起来。"

当王秀英痴痴傻傻地回到台村后,爹娘惊呆了,乡亲们也惊呆了,全然不信那个漂亮活泼的识字班会变成这般模样。秀英娘抱着闺女不断地哭,秀英爹连续抽了三四袋旱烟,乡亲们纷纷拿着花生米和鸡蛋,陆续来到家里看望秀英。

接下来的日子里,秀英爹娘和乡亲们不断地劝导她,把她带到生产队、麦地、防空洞、大集等记忆深刻的地方,还领着她来到当年从生产队往地里推粪的北岭上,那些当年被她落在屁股后面的伙伴们,甚至含着眼泪真的推起了粪车……

功夫不负有心人,终于,王秀英的眼睛里有了一丝灵光,她渐渐从混沌的世界里走出来了!她清醒后的第一句话就是:"我这是回老家了吗?"爹一下子扔掉烟袋,擦了把老泪,一把抱住闺女:"小丫,爹就知道你肯定能清醒过来,你是个坚强的孩子!"

就这样,沂蒙山这片红色的热土,以其未曾磨灭的情感拯救了几近崩溃的王秀英,如同耀眼的阳光,神奇般驱散了笼罩于她心头的阴霾,托起她内心深处的那份坚强,缓解和弥补了失去爱子的痛楚,使她能继续活下去。

看到老婆的神智渐渐恢复正常,周华胜一口气跑到山上,对着空旷的山野,挥着手臂含泪狂喊:"啊……啊!"

不久,周华胜决定带着老婆孩子返回玉钢。由于巧玉娘身体不适,所以巧玉无法跟回去。秀英爹娘惦记闺女身体,商议半天,决定让秀英爹跟着回玉钢,帮忙看孩子,照顾闺女一家。他们动身返程时,秀英娘哭得几乎站立不住,乡亲们一齐把他们送出村口,直至望不见身影。

当周华胜带着老婆孩子和老丈人返回玉钢后,战友们闻知纷纷带着老婆来到他家,看到王秀英精神恢复了正常,大家都发自内心的欣慰和高兴。

匡照明调皮道:"王秀英,半年了,你差点把你男人吓死累死,以后要好好对你男人。"胡春香不满地扯了下男人衣角:"光替你们男人说话了,秀英受的罪也不赖,为娘的心你们这些当爹的永远都不会懂。"说罢走到王秀英身边,拉着手端量一番,笑道:"秀英,我发现你越来越漂亮了,双眼皮好像变成五眼皮了。"王秀英不好意思地笑了。

马素芸望着匡照明和胡春香,戏谑他们两口子真是绝配,哄人高兴的功夫绝对一流。匡照明哈哈一笑:"这么说就对了!"金明顺表现出一如既往的沉稳,感喟生活就是这样,说不定什么时候就会遇到一场考验,挺住了就是胜利。马素芸接过男人话茬:"是这么个理。我打心眼里佩服周华胜两口子的坚强,要是换上我,说不定得投黄河,也说不定会找根绳子去沙枣林。"

这天,贾二蛋爹领着儿子儿媳来到周华胜家。

贾二蛋爹哽咽着对周华胜两口人说:"半个月前,我让二蛋来看你们,结果没找到人,找邻居一问才知道你家出了大事。这些日子一直惦记你们两口人,你们都是好娃娃,听大爷的话一定要振作起来,以后的路还很长。"周华胜两口人连声致谢。贾二蛋对周华胜说:"大哥,你是一家的顶梁柱,顶梁柱倒了家就垮了。"周华胜点点头。

张杏花上前拉着王秀英的手说:"嫂子,我今天特意带来了我们此地人最爱吃的莜面,我现在就做给你和大哥吃。"说罢像在自己家里一样,进入厨房开始做饭。

王秀英怀着好奇心站在一旁观看,只见杏花将莜面用温水和好放入面盆饧着,随后找出案板和笼屉,开始了一番熟练操作:快速从大面团上揪下一个小面团,揉成小圆形,搓成长条后竖着放在案板上,用手掌根部压住,稍用力往前推,接着用食指夹住一头,将上面的甩过来,把接缝的地方捏紧,最后摆立在笼屉内。

王秀英忍不住问:"杏花,你这是做的什么饭?"杏花一边揪小面团一边笑道:"这叫莜面窝窝,我们此地人最喜欢吃这饭。"

没出半小时,两个笼屉就满了,形状像精美的蜂窝,随后将蒸笼放在烧开了水的锅上,蒸十五分钟。在等待莜面窝窝蒸熟的过程中,杏花麻利地用鸡蛋和土豆做好卤子,这时莜面窝窝也蒸熟了,她随即拿出碗筷摆放在桌子上,每个碗里放入十几个莜面窝窝,把做好的卤子浇在上面,大声招呼道:"饭做好了,大家快来吃饭吧!"

两家人围坐在饭桌旁,有说有笑。周华胜两口人和秀英爹第一次吃莜面窝窝,感觉口感很筋道,滑溜溜的很好吃。

饭后,二蛋爹和秀英爹一边抽烟锅一边聊天,两个老人聊得很投机。贾二蛋爹说:"老哥哥,我早就听说过沂蒙山,标准的革命老区。"秀英爹笑道:"你们山西的吕梁山和太行山也是革命老区,当年支援了毛主席带领的红军,在抗战中打了许多大胜仗。共产党一心为人民,咱们老百姓就应该一心向着共产党。""老哥哥说得对,毛主席和共产党是咱们的大救星,吃水不忘挖井人,咱们就应该热爱毛主席和共产党。"

一会儿,贾二蛋一家人告辞回家,临走时,王秀英给他们捎了从老家带来的花生米。

没出几天,巴特尔两口人骑着马来了。

原来,前段时间巴特尔去市区蒙校看孩子时,顺路来看周华胜,他不知道周华胜家已搬到新址,仍然到原来住的地窑窑找周华胜,结果没找到,于是一路打听找到了新家,敲了半天院门没有动静,离开时,恰巧碰到来帮周华胜看家的匡照明,告知周华胜家儿子没了,两口子回老家了,让他过些日子再来。

巴特尔把一只杀好的整羊放在院子里,眼泪汪汪地看着周华胜,一时不知该说什么好。其其格拥着王秀英肩膀叹息道:"实不相瞒,那年我家也失去一个儿子,放牧时马受惊给踩死了,所以我很能理解你们的心情,不管怎么样还得生活下去。"王秀英点点头。待巴特尔两口人临走时,王秀英同样给他们捎上老家带来的花生米。

周华胜把整羊剁成了小块,嘱咐秀英给秦槐香和孩子送些羊肉。秀英很快带着羊肉来到秦槐香家,秦槐香连声致谢,两人坐着聊了半个多小时。其间,秦槐香一想起死去的男人就忍不住落泪,反倒是秀英劝慰半天。

待秀英从秦槐香家回来后,周华胜又让老婆给匡照明和金明顺家送些羊肉,之所以让秀英跑腿,主要是想让她散散心,另外也想让一些知晓秀英病情的人看看,他周华胜的老婆不再是那个神志不清、哭睡于儿子坟头的疯女人了。

当王秀英拿着羊肉来到匡照明家时,胡春香正在家照看三个孩子,眉开眼笑地接过羊肉说:"晚上可以吃顿沙葱羊肉馅饺子啦。"随后递给秀英一包沙葱,说是刚从沙滩里采的,让她拿回家包饺子吃。秀英没有收,说自己也可以去沙滩采,顺便散散心,胡春香点头表示理解。从匡照明家出来后,王秀英又拿着羊肉去了金明顺家,两口人齐声称谢。送走王秀英后,马素芸对男人说:"周华胜这两口人算是找上块了,有点好东西宁肯自己不吃,也得先紧着别人吃。"金明顺点头称是。

周华胜陪着老婆来到南边的沙滩采沙葱,他指着绿油油的沙葱说:"秀英,你看这些生长在荒漠戈壁里的沙葱,它们的生命力多么顽强,年年采年年长,像小草般生生不息。"王秀英点点头,默默望向那一抹抹大自然赋予人类的顽强植物,此时此刻,这些当初令自己饱尝红眼病痛楚的沙葱,俨然已变得分外可爱。他们很快采满一小筐沙葱,回家后一齐动手包完饺子。秀英爹头一次吃这种饺子,连夸味道真好。周华胜立马给老丈人碗里夹了几个饺子,他连忙说:"别夹了,再夹就吃不了了。"

夜深人静之际,王秀英悄悄从被窝里爬出来,独自坐在院子的角落里,从兜里掏出那张儿子生前唯一的单人照呆呆看着。周华胜起夜时看到身旁的被窝空着,急忙穿衣出来寻找,发现老婆坐在院子里望着照片掉泪,他叫了声"秀英",她没有搭腔,他只好上前拉起她,她才软趴趴地随着男人回到屋里。没出几日,王秀英下牙床正中的四颗牙齿开始日夜折磨她,令她疼得在床上接连翻滚,腮帮子又红又肿,吃药根本不顶用,不得不将四颗牙连根拔起,安上四颗白花花的假牙。

这天傍晚,厂部大喇叭播报了电影放映通知,这次播出的是刚刚解禁的国产优秀影片《冰山上的来客》。刚播报完放映通知,天空便淅淅沥沥下起丝线般的小雨。

周华胜对秀英说:"这部所谓的'大毒草'终于解禁了,估计还会有许多好影片解禁,以后我们可以看很多好电影。"其实,他想得更多的是,看电影可以调剂压在心底的痛楚,特别是调剂压在老婆心底的那份痛苦。秀英望了望窗外说:"只可惜天公不作美,好久不见雨星,偏偏赶在今晚下雨。"周华胜嘱咐老婆:"一场秋雨一场凉,多穿衣服。"

当周华胜一家人穿着雨衣打着雨伞出现在露天影院时,发现雨地里挤满了同样穿扮的人群,看来都不愿意错过这部久违的好电影。周华胜一家人勉强从反面找了个空地坐下来。随着放映开始,射向银幕的光柱中全是密密麻麻的雨线,人们努力透过蒙蒙细雨望向银幕,很快就被《冰山上的来客》深深吸引住了,特别是看到一班长牺牲时,人群中响起啜泣声……

王秀英望着那个假古兰丹姆咬牙切齿地说:"这个该死的女特务!"当看到卡拉牺牲时,她又盯着那个老特务恨恨地说:"这个该死的狗特务!"

周华胜用胳膊肘捅了老婆一下："小点声。"临近剧终时，电影中很有人情味的梁排长说："向天空放射三颗照明弹，让它们照亮祖国的山河！"他含泪的目光和坚定的眼神震撼了观众，许多人眼含热泪不自觉地站起来，昂起冻得瑟瑟发抖的身躯……

电影结束后，人们浑身哆嗦着离开影院，高一脚低一脚地走在泥泞路上，纷纷议论着影片中的感人情节，不时有人尖叫："阿米尔，冲！"周华胜情不自禁地吹起口哨曲：花儿为什么这样红，为什么这样红……

很快，《冰山上的来客》以其跌宕惊险的情节、壮美的帕米尔风光、质朴动听的塔吉克民歌，还有阿米尔、古兰丹姆之间纯洁真挚的爱情，成为许多玉钢人茶余饭后的聊天内容。"阿米尔！冲！"几乎成了一句口头禅。

接下来的日子里，厂部陆续放映其他解禁的国产优秀影片，如《阿诗玛》《刘三姐》《我们村里的年轻人》《枯木逢春》《燎原》《洪湖赤卫队》《战火中的青春》等等。这些优秀影片重新进入玉钢人的视野，甚至进入沙疙瘩公社社员们的视野，社员们总会坐着大大小小的毛驴车赶来看电影。露天电影院几乎场场爆满，就像久行于荒漠之人突然发现了甘泉，人们将贪婪的目光，一次次投向热盼的银幕，尽情汲取更多的滋养和快乐。

每放映一场电影，只要有时间，周华胜就会带领全家来到人头攒动的露天影院。正如他心底所愿，这些优秀影片确实可以调剂缓解心底之痛，同时还令人体验到一种时代进程中久违的愉悦和温情，谁能说这不是"枯木逢春"的年代呢？

精神的春天真的来了！令人心田里不断弥漫着鲜花芬芳、绿意盎然的田野气息……

第三十一章

冬去春来又一年，当戈壁滩感到暖意的时候，厂部开展了轰轰烈烈的植树造林活动。

人们在玉钢外围的部分区域栽植了大量沙枣树苗，高约一米，粗约两厘米，都是从沙疙瘩公社的苗圃里移植的。春风一阵暖似一阵，树苗冒出越来越多的嫩芽，翠生生的，水灵灵的，煞是喜人。

厂部成立了百余人的造林队，在厂区南侧开辟出一块百余亩的园子，里面栽满花草树木，栽得最多的仍然是沙枣树，其他才是松柏之类的树种。另外，园子里还栽了几十棵珍贵的沙果树，这是西北地区特有的果树，是苹果树跟海棠树嫁接而成，长三至四年才能结果，结出的果实如鸡蛋般大小，口感偏脆，味道偏酸。西北当地的许多孩子，认识水果都是从沙果子开始的。

造林队负责看管园子的大都是老弱病残，如聋哑人、瘸子等等，他们往往很敬业，认定这片浸透着全员心血的园子神圣不可侵犯，像保卫家园般二十四小时轮值。值班人员时常牵着两条黑色大狼狗巡逻，一公一母，据说是有名的"德国黑贝"，削耳长脸，浑身好似抹了荤油铮明放亮，伸着血红的舌头不停望向四周。如果有谁胆敢贸然闯入，随着阵阵吓人的狗吠，值班人员会毫不客气地抓住闯入者，关进值班室，离了被扣者家属或厂部领导说情，不会轻易放人。

这片园子的出现确实很撩人，许多人喜欢趴在造林队的矮墙上，伸长脖子观赏园里的青翠靓丽，贪婪地嗅着泥土味道。最热闹的当数顽皮的孩子们，他们嫌趴在墙头上看不过瘾，索性爬进园子揪几把树叶、薅几棵花草，幸运蛋在看管人与狗的追赶中侥幸脱逃，倒霉蛋只能等着爹娘到值班室求情认领，回家后少不了一顿吵或一顿揍，长记性的老老实实趴在墙头看，不长记性的照爬不误。

造林队的矮墙上，很快爬出了马鞍状光溜溜的豁口，孩子们就在这些豁口上爬进爬出，弄得造林队队长很伤脑筋。他叮嘱手下看好狼狗千万别伤着孩子，同时想破脑壳把该使的招数全用上了，但依旧效果不大，只好前头关了后头放，反复上演一场场啼笑皆非的追逐游戏，各种场面趣味十足，不经意间组成了一个个特写的丰富镜头。

王秀英从小到大一直喜欢花草树木，经常孩子般趴在造林队墙头上，流连忘返。这天，她趴在矮墙上观赏了半个多小时才想起回家，回到家急忙撸起袖子做饭，这才发现面袋子快空了，自从爹来后供应粮有些紧张，离下个月的供应粮还有些时日，看来还要到巴棱镇去买高价粮。

说实话，她很喜欢到巴棱镇买粮，次次不扑空不说，还能看到多次出现于梦中的黄河铁路大桥和武警战士，另外还有一个重要原因，她常常无法自抑地想念死去的儿子，总是郁郁寡欢，正好借着去巴棱镇买粮的机会散散心。

王秀英轻车熟路，很快从巴棱镇买回高价粮，回家后对男人说："高价粮又涨价了，我还是继续回铁块队上班吧，指着你一个人的工资养家根本不行，加上在家闷得慌，上班散散心也好。"周华胜担心她身体，但经不住她软磨硬泡，只好同意。

王秀英回到铁块队继续拉铁块，令工友们担心的是，她昏昏然极少说话，好几次搬铁块都差点砸到脚面上。这种情形无意中被车间主任张德义撞见，他抽空找到周华胜说："我看你老婆精神状态欠佳，别让她拉铁块了。从明天开始，让她给二号高炉的炉前工送开水吧，每天到锅炉房打开水送到炉台上。"周华胜怕引起闲话，张德义干脆利落地说："大家都知道你家这种特殊情况，保证没有攀的，让你老婆放心干就行。"周华胜把主任的这番好意转告秀英，她听后很感激。

王秀英开始给二号高炉的炉前工送热水，孰料坚持了不到三个月就出了意外。

这天，当她送完水顺着楼梯往炉台下走时，突然听到一个孩子的稚音："妈妈，我要吃水果糖。"定睛一看，原来是锅炉房许师傅牵着儿子的手在前面走着，孩子看上去六七岁的样子，王秀英恍惚看到儿子就在前面等着她去牵手，失神的瞬间全然忘记了脚下楼梯，当即从七米高的楼梯上滚落，不省人事。当她醒来后，发现自己躺在玉明市人民医院病房里，她的腰椎受了伤，一动也不敢动，住了半个多月的院才回家调养。

　　家里的一切，落在了周华胜和秀英爹的身上。周华胜除了上班，就是给老婆翻身擦身端屎倒尿，明显清瘦了许多；秀英爹帮着照看孩子，尽可能多腾出时间让女婿照顾闺女，也跟着瘦了不少。这一切秀英都看在眼里，盼着自己快点好起来。两个月后，她的腰伤渐渐好转，只是仍会不由自主地发呆。

　　秀英爹看到闺女这样，悬在心里的石头一直无法落地。

　　这天，他缓缓地来到外孙坟前，抚着小小的坟头说："孩子，你走了，把一家人的心都带走了，特别是把你娘的心都摘走了。你若在天有灵，好好保佑你娘顺顺利利的，别再让她受什么罪了。"说罢老泪纵横。他抽着烟锅默坐一阵子，起身向山上走去，一边走一边抽烟锅，每抽一口都会重重地吐出一口长气，烟雾随风而散，散不去的是沉重的心事。

　　当秀英爹信步走上山头后，发现正前方不远处围了一帮人，七嘴八舌议论着什么，"这孩子下嘴唇长了这么大一个东西，肯定是被遗弃了。""我看也是，听说昨天就被扔在这里了，听这嘤嘤的哭声怕是活不成了。"

　　秀英爹听罢心里一紧，快步向前拨开围观的人群，发现地上有一个蓝色的包袱皮，里面竟然包着一个婴儿，面色紫青，下嘴唇长着一个直径约三四厘米的红色瘤子。婴儿脸上有明显伤痕，身边有几块小石头，两个调皮男孩举着树枝欲捅那个瘤子，老人喝退了调皮孩子，抱起婴儿疾步下山。

　　秀英爹气喘吁吁地推开院门，一进门便大喊："小丫，快出来！"

　　王秀英闻声从屋里跑出来，看到爹怀里竟然抱着个嘤嘤直哭、半死不活的婴儿，顿时吓了一跳："爹，这是哪来的婴儿？"

　　"山上捡的！快抓紧弄些奶粉给孩子喂上。"

　　"家里没奶粉，我这就上商店买去！"

　　王秀英说罢迅速回屋取出票和钱，向商店跑去。她很快买回一袋奶粉，用温水冲好小心翼翼地喂给婴儿。婴儿吃饱后渐渐安静下来，秀英爷俩这才松口气，打开包袱给孩子轻轻擦洗，原来是个圆脸盘大眼睛长相不错的男婴。

　　王秀英抱着婴儿问爹："这到底是怎么回事？"秀英爹边咂巴烟锅边说："我刚才上山包散步，发现一群人围着这个弃婴，有几个调皮孩子想用树枝捅他嘴上的瘤子,我看着心疼就给抱回来了,好歹是条生命,不能丢在野外不管。"秀英说:"爹,婴儿嘴上长了这么大一个红包,赶紧抱到医院看看吧。"秀英爹把烟袋一收:"行!上医院看看到底是怎么回事。"

王秀英抱着婴儿,同爹一起来到厂部医院。秀英对医生讲明事情原委,医生看了看婴儿说:"这孩子是前天上午在这里出生的,生下来就被家人抱走了。孩子患有先天性血管瘤,随时会破裂,依目前的医疗条件很难治好,即使治好了下嘴唇也会残缺。"秀英扭头对爹说:"爹,咱把孩子抱回家吧,能多活一天是一天,总不能眼睁睁地看着他死在外头。"老人点点头,而后爷俩从医院回到家,小心翼翼地照顾孩子。周华胜下班回家后得知详情,埋怨弃婴爹娘狠心的同时,也赞许秀英爷俩的做法。

秀英爹把弃婴抱回家的消息很快传遍了玉钢,许多大人孩子来到家里,有的看热闹,有的捎着奶粉,有的捎着小衣服,一时间屋里屋外围得水泄不通。大家都离不开一个话题:这婴儿到底是谁家遗弃的?爹娘怎么会如此狠心,把尚未断气的孩子扔到荒郊野外。

这天晚上,一个矮个子脸色苍白的女人走进王秀英家,看了看男婴说:"孩子是我家的。"秀英爹立刻指着她鼻子怒道:"孩子是你亲生的,为什么活着就给扔到了山上?!太狠心了!真是伤天理!"

女人泪水涟涟道:"大爷,我不知道孩子还活着,当时我在产房,我男人说孩子出生没多久就死了,被他给埋了,我就信以为真了。今天偶尔听邻居说到这事,我暗自猜想会不会是男人骗了我,这才瞒着男人赶来,没想到他果真骗了我。"

秀英爹叹息一声,说:"别哭了,你还没出月子,当心哭坏了身子,不管怎么样你还算有点良心。"女人擦着眼泪说:"谢谢大爷和这位妹妹,我现在就把孩子抱回家,不管他长命还是短命,我都要尽尽当母亲的心。"王秀英将人们送来的奶粉和小衣服,全部放在包袱里递给她,她连声致谢,抱着孩子挽着包袱走了。

没出一周,这个女人又红着眼圈来到王秀英家里,说头天晚上孩子嘴上的血管瘤突然破裂,死了,已经埋了。秀英爷俩听罢难受得半响未说话,女人一边说着秀英爷俩是好人,一边掉着泪走了。

一连好些天,王秀英眼前总会冒出男婴那双漂亮的大眼睛,当她望向爹时，发现爹低着头边吸烟锅边若有所思，情知爹也在怀念那条逝去的可怜小生命。

这天晚上，王秀英突然对男人说："我真想再要个儿子，就是怕要了之后挨计划生育罚。"周华胜沉默良久说："其实我也想再要个儿子，毕竟咱们老根里讲究'不孝有三，无后为大'。既然想要了就别怕挨罚。"两口人说行动就行动，周华胜这次没用那个别别扭扭的"工作服"。

次日，周华胜上中班去了，王秀英待在家里边补衣服边思忖，摔伤的腰落下腰疾，重活干不了只能干些轻快的，至于到底干什么，心里一直没有谱。她正自苦恼之际，胡春香握着一个空尿素袋子来了，原来是刚卖完沙枣顺路过来看她。

望着胡春香手里的那个空袋子，王秀英不由心里一动，一边给她倒水一边漫不经心地问："春香，你这样卖沙枣挣钱吗？"

胡春香立马瞪大眼睛："挣！五分钱一茶碗，蹲在商店或学校门前，一会儿工夫就卖光了！指着匡照明每月那点死工资，养活一大家人费事了。眼下正是沙枣丰收时节，不仅现在可以卖，过了这个季节一样可以卖，只要把沙枣密封好放在菜窖里，什么时候卖都行。"说罢接过秀英递过来的水，一饮而尽。

胡春香抹了把嘴，接着说："前段时间，我还卖过绞绞糖，一毛钱一串，挺挣钱。"

"绞绞糖？"

"对！绞绞糖。"胡春香一副胸有成竹的样子道，"就是把白糖倒入饭盒用中火煎熬，而后用竹签沿着同一个方向搅拌，等到白糖大部分融化时转为小火熬，全部融化后就做好了。用两根竹签在饭盒里转两转，然后向两边拉开，尽量使两边签子的糖一样多，一毛钱一串，吃在嘴里，甜在心上。这是我跟玉明市区一个做绞绞糖的高手学的。说实话，这两年我指着卖小零食刨闹点零花钱，秋天卖沙枣、瓜子和绞绞糖，冬天卖不成绞绞糖，只能卖瓜子和秋天储存的沙枣，反正就是瞎琢磨着卖。老鼠偷米，勉强糊个嘴。"

"这还叫零花钱？这比上班强多了。你这不叫瞎琢磨，你这是标准的自食其力。"

"我要不是因为有三个孩子和疯婆婆扯后腿，早就和你一样找份正经工作干了,卖小零食除了时间自由,其他没什么好处。"

"春香,你就别谦虚了,刚才还说挣钱现在又说没其他好处。你也知道我现在的身体干不了重活,家里就靠周华胜一人的工资生活,不怕你笑话,现在每月连买高价粮的钱都难挤出来,既然卖小零食挺挣钱,那我也想试试。"

"你想抢的我生意?"胡春香转着眼珠笑道。

"我没那意思。大不了你在学校门口卖时,我去商店门口卖,你在商店门口卖时,我去学校门口卖。互相错开地点。"

"跟你开玩笑呢,别当真。你真要干的话,我帮你!"胡春香拍着丰满的胸脯保证。

胡春香说帮就帮,立马跑回家装了半袋子沙枣,随后连袋子带茶缸一起交到王秀英手里,说:"给你!这是刚打的新鲜沙枣,现在快到放学时间了,你赶紧拿着袋子到学校门口,先做个试验卖卖试试。记住!干这行要把中看不中用的面子扔掉,只有这样,才能挣到中看又中用的票子。"

王秀英没想到胡春香这么快就让自己去卖沙枣,有些犹豫不决。胡春香干脆左手提着袋子、右手拉着王秀英,两人一起来到学校门口。

胡春香指着自己经常摆摊的方位,将袋子塞到秀英手里,让她赶快去摆摊。

"春香,你这真是赶鸭子上架。"王秀英笑道。

"你现在就是要把自己想象成一只能上架的母鸭,只要能成功跃上挣钱架子,那就是一只胜利的母鸭。记住了,五分钱一茶碗,平平的一茶碗就行。"

说罢,胡春香走到离学校门口大概二十米远的地方,蹲在那里,观望王秀英这边。

王秀英暗自调整几下深呼吸,来到胡春香指定的地点,打开袋子装满一茶碗沙枣。随着一阵下课铃声,成群结队的孩子嬉闹着步出校园,她不由自主地低下头。

一帮十来岁的孩子,很快发现校门口新来了一个女摊主,奇怪的是,这个女摊主既不吆喝也不四处张望,只顾低头盯着眼前的沙枣袋子。

一个扎羊角辫的大眼睛女孩主动上前问:"阿姨,你是新来吧?沙枣多少钱一茶碗?"王秀英勉强抬起头,低声说:"我是新来的,沙枣五分钱一茶碗。"

另一个戴眼镜的男孩盯着王秀英端详半天，突然叫道："我想起来了！就是这个阿姨，她家里捡回去一个嘴上长瘤子的弃婴，她还给喂奶粉还抱到医院看病，我当时跟我娘去过她家，怪不得觉得眼熟呢。这个阿姨是个好人，咱们都买她的沙枣吧！"

"小眼镜"的话音刚落，另一个大眼睛男孩接着说："我那天听我娘说了，这个阿姨家里刚死了儿子，阿姨伤心得要命，差点……"说到这里他猛地意识到了什么，赶紧将差点蹦出口的"疯了"二字咽回去，随即改口道："阿姨肯定是干不了重活，所以才出来卖沙枣。她第一次卖沙枣不好意思吆喝，咱们就帮她吆喝吧！"

"好！"孩子们异口同声道。

于是，学校门前出现了极具感染力的一幕，五六个孩子整齐地站在沙枣袋子前，齐声吆喝着："卖沙枣啦！卖沙枣啦！五分钱一碗的大沙枣，又甜又干净的大沙枣，快来买呀！"随着稚嫩的吆喝声，越来越多的孩子凑了过来，有的孩子还主动抹平高出茶碗的沙枣。半袋子沙枣顷刻间全部卖光，这帮孩子才各自背着书包回家。

王秀英暗自埋怨刚才光顾着紧张和激动了，忘记留出几茶碗沙枣送给孩子们吃。

这时，一直蹲在不远处观望的胡春香来到秀英面前，笑道："原本我还担心你这只生母鸭跳不上架，看来是我多虑了，没想到这些孩子会助你上架。有这样一帮长期小客户存在，保证你卖什么都能卖出去。"

"我也没想到这些孩子会这样帮我。"

"所谓善有善报，这话从你身上验证了。说真的，刚开始看到孩子们帮你卖时，我还有点吃醋，但一想到善有善报，心态反倒好了，连孩子都能看出你是好人，我要是再想不开就不对了。"

王秀英笑了笑，从兜里掏出卖沙枣的钱递给胡春香："给你，这是刚才卖沙枣的钱。"胡春香后退一步："沙枣是你卖的，给我钱干什么？别争竞了快拿上吧。很久没陪你散心了，明天我陪你去黄河二队的沙枣林打沙枣吧！""好！"王秀英高兴地说。

两人当即约好次日早上去打沙枣。临分手时，王秀英叮嘱胡春香："先不要把我卖沙枣之事告诉周华胜和我爹，怕他们担心我身体不让去，明早等周华胜上班后再行动。"胡春香痛快地说："行！明早我在你家门口左边的胡同里等你，别忘了捎根长棍绑在后车座上，带上水和干粮，午饭得在沙枣林里吃。"王秀英点点头。

次日清早，王秀英让周华胜步行去上班，把自行车留下她骑着到周边散散心。周华胜爽快地点点头，只要老婆高兴，就是步行十年他也乐意。王秀英趴在院墙上，一直看着男人走远，这才将长棍绑在后车座上，把水壶和二和面馒头放进布袋里，挂在车把上。

秀英爹看着闺女好一顿忙乎，不由问："小丫，你这是要上哪？怎么还带着干粮。"秀英笑着说："爹，我随便出去逛逛散散心。我要是中午不回来的话，你就把早上的饭温温吃。"老人没有阻拦，同女婿一样的心理，只要闺女高兴就行。

王秀英推着自行车走出院门，胡春香果然在左边胡同里等她。两人会心一笑，随即骑着自行车直奔黄河岸边的沙枣林，一路上，胡春香像个下蛋母鸡咯咯地说笑不停。

一小时后，两人终于抵达沙枣林，此时已有一些此地女人在打沙枣，谁也没有阻拦她俩打沙枣，反而笑着点头致意。

胡春香不无得意地说："自从那次咱们在这里，跟这帮此地女人大战几回合后，她们就再也不敢阻拦打沙枣了，当然这其中也跟张杏花的河东狮吼有关。我是这里的老熟客了，每次来这里都能顺利打沙枣。"王秀英说："当时咱俩都怀着身孕，就那么愣乎乎地同此地女人混战在一起，想想挺后怕。不过那次确实是咱们不对，应该和人家提前打好招呼再打沙枣。""是那么个理。"胡春香点头说。

两小时后，王秀英和胡春香打了满满一尼龙袋子沙枣，此时已近正午。

两人背靠背坐在树下，一边吃午饭一边聊天。

胡春香咬了口二和面馒头，一边吃一边含混不清地说："等咱们玉钢的沙枣树长大后，就不用遛这么远的腿来打沙枣了。不过，到那时说不定人们就不稀罕吃这东西了。"她顿了一下，接着说："秀英，有时间经常来这里吧，打沙枣的同时也能散心。"王秀英也咬了口二和面馒头，边吃边点着头说："嗯，谢谢你春香，要不是你帮忙，我还真想不出这个又开心又赚钱的门道。"

一会儿，王秀英望着周围的沙枣树说："看看这些树身弯曲的沙枣树，在这样恶劣的环境中都能开花结果，真让人佩服。世上许多事情都好像是上天故意安排好的，注定要承受这样或那样的磨难，扛不住也得扛。"胡春香赶紧接住话头说："你说得对，就得经受住磨难，不然人类早绝种了。"

饭后，胡春香提议："秀英，唱个'沂蒙山小调'吧，自从那年七一在礼堂听你唱歌后，就再未听到你的歌声。"王秀英莞尔一笑，黄河岸边的沙枣林里，瞬间响起悠扬的歌声……那些正在打沙枣的此地女人，虽然没有围过来却都停止了手中动作，望着王秀英，静静地听着。歌声落下后，此地女人中不知是谁带头鼓掌，接着掌声不断，王秀英礼貌地冲她们点头致谢。

王秀英凝望着东南方向，对胡春香说："我很想念我娘，想念蒙山沂水，想念乡亲们。"胡春香眼里闪着泪光道："我也是，自从来玉钢后就一直没回去，连梦里都装满想念。"

两人又闲聊了阵子，起身把装满沙枣的袋子绑在自行车后座上。王秀英边绑边说："先把我这袋子沙枣放在你家菜窖里吧，什么时候卖什么时候上你家去取。"胡春香会心一笑，爽快地说："没问题，放我家里就行。不过你手上有划伤，回家后怎么跟你爹和男人交代？"王秀英调皮一笑："我就说在沙滩散步时，不小心被油柴划伤的。""鬼点子还挺多。"胡春香笑道。而后两人骑着自行车径直返回玉钢。

王秀英回到家后，看到男人还未下班回家，不由心中暗喜，急忙将自己收拾干净。秀英爹抱着孩子上前，问她去哪来咋这么晚才回来？她回答没去哪，就是围着四周逛了逛。说罢迅速接过孩子，就在她接过孩子的刹那间，爹看到了她手上的划伤，心头不由一紧，又问她手上怎么有划伤？她说去沙滩玩时被油柴刺扎的。老人将信将疑，感觉闺女有事瞒着自己，既然不想说，也不能强逼着说。

连续多日，王秀英趁着男人上班的工夫，径自骑着自行车到沙枣林打沙枣，随后把沙枣放到胡春香家菜窖，等男人上班后再拿出去卖。

这天，她又来到胡春香家取沙枣，正赶上胡春香在商店门口卖绞绞糖，只有匡照明在家洗衣服，她只好对匡照明讲了卖沙枣之事，叮嘱他先不要告诉周华胜。

匡照明望着她问:"干这个挺累,你身体能行?"她回答:"能行,总比窝在家里当闲肉胡思乱想强。"匡照明会意地点点头,随后麻利地跳下菜窖,取出半袋子沙枣给她。

望着王秀英急乎乎离去的身影,匡照明心里七上八下,不知该不该把这事告诉周华胜,思来想去,还是决定暂时不告诉,等过两天再说。

王秀英提着沙枣袋子来到学校门口,看到了"羊角辫"和"小眼镜",她抓起沙枣欲往他们兜里塞,谁知两个孩子死活不要,每人买了一茶碗沙枣,扔下钱就跑了。令王秀英没想到的是,无论摊位摆在学校门口,还是商店门口,那些帮她卖过沙枣的孩子总能找到她,买完沙枣后丢下钱拔腿就跑,她望着孩子们的小身影,感动万分。

周华胜发现了老婆手上有划伤,问过几次都说是让油柴划的。这天他又问她,她支吾半天仍说让油柴划的。他暗自猜测会不会是自残所致,忍不住心头发紧,于是将这个疑惑告诉老丈人,老人说早就发现闺女手上有划伤,每次问都说是被油柴划的,也一直怀疑这个傻孩子是不是自残,本想跟女婿说,但看到女婿那么辛苦,说了又怕增添心事,所以一直憋在心里没敢吱声。

周华胜安慰老丈人先别着急,慢慢观察一下再说。老人说:"我突然想起个事,秀英总是在你上班走后才出去,一出去就时候不短,要不你明天假装去上班,然后偷偷跟在身后看看她到底干什么。"周华胜点点头。

按照秀英爹所说,次日周华胜假装出门上班,随即躲在院门口右边的胡同里,不一会儿果真发现秀英走出了家门,他远远地跟在她身后,发现她一直走进匡照明家里,没出五分钟就提着一个袋子走出来,径直走到商店门口,打开袋子半蹲在地上,一群孩子很快地围了上去……

周华胜终于明白了,原来秀英一直瞒着他卖沙枣,她手上的那些划伤是被沙枣枝条所伤。他暗自跺了下脚,埋怨自己怎么早没想到这点。

王秀英卖完沙枣刚站起来,发现男人站在不远处定定地看着她,情知卖沙枣之事肯定瞒不住了,只好握着空袋子来到男人面前,低着头说:"我不是故意瞒你,咱家指着你一人上班,日子过得很紧巴,我这身体干不了重活,琢磨半天,觉得跟胡春香学着卖零食挺合适,怕你和爹担心我身体不让卖,所以才隐瞒了你们。"

周华胜拉过老婆的手抚摸着划伤,心疼地说:"真是难为你了,我和爹还以为是你自己把手弄伤的，都怪我太粗心没早想到这点，否则会跟你一起去打沙枣，手也不至于伤成这样。"王秀英欣喜地抬起头："你真的不怨我？"

周华胜叹息一声："怨你干什么？你也是为了家庭才这样做的。我只是觉得挺对不住你，跟着我没过上好日子。"王秀英说："这有什么对不住的？我觉得卖沙枣挺好的，心情很愉快。匡照明家菜窖里还有一袋沙枣，怕挨你吵所以没敢放在咱家菜窖里，咱们现在去他家把沙枣拿回家吧。""好，我和你一起去拿。"

周华胜和王秀英来到匡照明家，此时他两口人正在屋里不知嘀咕什么。王秀英对他两口人笑道："我男人已经知道了我卖沙枣，过来把放在你家菜窖里的沙枣拿回家去，这些日子给你们添麻烦了。"胡春香咧嘴一笑："我就估计着，依周华胜的聪明劲儿肯定瞒不了多久，知道了更好，省得你提心吊胆，反正这也不是什么丢人事。"

匡照明刚要张嘴说什么，被周华胜一把拉到院子里，低声埋怨："原来你早就知道我老婆卖沙枣，为什么不早告诉我？"匡照明瞪着黑眼珠认真地说："你们没来时，我正跟老婆嘀咕这事，琢磨着应该马上告诉你。我也是前几天才知道的，当时你老婆不让我告诉你，现在你自己知道了更好，省得我劳神费力伤脑筋了。"周华胜推了他一下："幸亏我老婆没出什么事，否则我真会怨你。"匡照明笑嘻嘻道："我知错了还不行嘛，以后你老婆就是掉根头发我也马上告诉你。"说罢拉着周华胜返回屋内。

匡照明知道周华胜家现在日子过得紧巴，让胡春香拿些钱给他家用，胡春香痛快地到小里屋取钱。等她拿着钱出来时，周华胜两口人已经走了，只听男人叹息一声说："周华胜说咱家也不宽裕，没等你出来就拉着王秀英走了。"胡春香说："这两口人也是要面子，不愿该别人的人情。"

周华胜和王秀英一路回到家。周华胜将秀英卖沙枣之事告知老丈人，老人听罢抹着泪说："这孩子，我就知道她有事瞒着，幸亏不是之前想象得那样。"王秀英搂着爹的脖子说："都是我不好，让爹跟着担心，我应该早告诉你们。"说实话，周华胜并不愿意老婆出去卖沙枣，既心疼担心老婆，又夹杂着一种所谓的面子问题，但看到老婆兴高采烈的劲头又不忍心阻止，既然如此就随她便吧，只要心情愉悦就行。

这天，王秀英又骑车来到沙枣林打沙枣，恰巧遇到了张杏花。

两人来到一棵沙枣树下坐下，王秀英说："杏花，多亏了你在中间协调，现在玉钢的家属来这里打沙枣畅通无阻了。"张杏花一字一眼地说："要是再有人敢拦着你们不让打沙枣，爷非把她们的驴头摁进茅坑里。"说到最后自觉失言，不好意思地吐下舌头。

王秀英笑道："杏花，没想到你看着温温柔柔，发起火来还真厉害。"

"唉，没法子，都是逼出来的厉害。当年我刚嫁到二队时，根本不是这个样子，那时候连说话都压着嗓子。我娘家本是黄河一队的，我是换亲才来到二队，二蛋是个半残废，家又穷，所以特别被人瞧不起。队里有很多势利眼总是动不动就欺负我们，刚开始我还能忍，后来因为一件事再也忍不下去了。有一天，我割草经过二队地头时，有几个人笑话我男人是个瘸子，我当时本想装聋忍忍就算了，没想到他们竟把这种忍耐当成软弱好欺，其中有两个后生一个劲地说流氓话，笑话二蛋那方面肯定不行，说跟二蛋睡没意思，跟他们睡才有意思，另外还有个女人在一旁跟着帮腔。我实在气不过，举起手里的镰刀向那两个后生扔了过去，差点把其中一个家伙的耳朵削掉，为这事派出所把我抓进去关了两天。从那以后，整个黄河大队没人敢再欺负我们家，特别是女人们，我说啥就是啥，没一个敢反驳的。"

王秀英边听边点头，原来如此，怪不得二队的女人那么怕张杏花。

张杏花接着说："我和二蛋虽然是换亲，但关系很好，不像其他人家那样闹来闹去，再加上二蛋姐姐也就是我嫂子，自从进了我娘家门后，对我哥和我妈都很好，叫人说不出别的。人无完人，要是把人看得一无是处就完了，那整个世界都得完蛋。嫂子，我说这些你不要介意。"

"不介意。杏花，你说得太好了！看人确实要多看优点。"王秀英由衷地说。

两人闲聊了许久，才恋恋不舍地分手。

第三十二章

王秀英卖完沙枣回家的路上,发现胡同里升起一片西瓜般大小的"白气球",近前一看啼笑皆非,原来七八个孩子正拿着避孕套当气球玩耍,地上散落着一些玩坏的避孕套,稍不留意脚底就会粘起一层。

令王秀英吃惊的是,这帮孩子中竟有自己的大闺女周小原,正鼓着腮帮子使劲地吹避孕套。她上前一把夺下闺女手里的避孕套,绷着脸问:"小原,你从哪里弄的这玩意儿?这东西不能当气球玩。"周小原把嘴巴一噘:"娘,这是从你放衣服的小橱里找到的。为什么不能当气球玩?这东西滑溜溜的很好玩,比那种红黄绿气球好吹,也不容易破。"

王秀英含糊其词,这东西是大人用的医疗工具,所以不能当气球玩。周小原一脸茫然,点点头。王秀英催促闺女一起回家,但小原非要等玩够再回家,她只好自己走了。周小原看着娘走远后,迅速从裤兜里摸出一个新避孕套,继续鼓着腮帮子吹……

王秀英回家后,悄悄跑进里屋打开放衣的小橱,一看果真少了七八个避孕套,只好把剩余的全部锁进小黄箱,一边锁一边偷笑。周华胜见状忙问她怎么了?她说小原拿避孕套当气球玩,胡同里的孩子都把避孕套当成气球疯玩。周华胜笑道:"这也算是一种创举。物质不丰富,孩子们没有可玩的玩具,自然就会捣鼓出各种玩具来。"

一会儿,王秀英对男人说:"你抽空去趟厂部劳资科吧,看看能不能给调个大点的房子,马上就六口人了,住这么小的房子实在太挤了。"周华胜愣怔一下:"加上爹明明是五口人,那一口人从哪冒出来的?"

王秀英白了男人一眼:"从我肚子里冒出来,总可以吧?"周华胜这才明白，悄声说："肯定是上次没用套造出来的。"王秀英担心计生部门找上门，周华胜说找上门再说，上劳资科申请房子时，先不提怀孕之事。

周华胜很快来到劳资科，申请调一个大点的房子，理由是家里老人来帮着看孩子，住的地方实在是拥挤。劳资科科长一脸为难的样子，现在职工用房很紧张没办法调，思忖片刻说："要不这样吧，土建队刚从东北运来一批桦木准备盖房，拨给你家几根，自己在屋山头接上一间吧！等以后职工用房宽松了再调房。"周华胜明知盖房子不仅仅是几根木头那么简单，也只好硬着头皮同意了。

劳资科派人开着拖拉机，把桦木送到周华胜家。望着堆放在院子里的桦木，两口人忧形于色，眼下手头余钱极少，依靠自身力量根本盖不起房子，只好由周华胜出面跟战友们借钱盖房，匡照明和金明顺立即帮着凑齐了盖房钱。

动工头两天，王秀英突然想起一件事：听说用桦木做家具挺好，许多人家都用桦木做家具。于是，她悄悄对男人说："咱家的家具太少，就两张桌子几个板凳一个小橱，床还是木板拼起来的，举家过日子没几件像样的家具根本不行，连个藏避孕套的地方都没有，把避孕套跟钱锁在一起不像回事。我那天听说用桦木做家具不错，要不、要不你上山伐些榆树，把这些桦木替换下来打家具吧，我记得张六六说过他会做家具，到时候把他请到家里来做。"

周华胜斜了老婆一眼："原来你想狸猫换太子啊，不行！这些木头是劳资科专门拨给咱家盖房用的，万一让科长知道了影响不好。"

王秀英继续做男人的工作："咱们抓紧时间把房子盖好，事后即使那个科长知道了也白搭，总不至于扒了咱家房子，反正他拨木头就是为了让咱们盖房子，不管用什么木头，只要把房盖起来就行。"

周华胜仍然拧着眉头不松口，这下王秀英火了，瞪眼道："你别一根筋行不行？要不是因为我身体原因上不成班，也不会去占这点小便宜。眼下家里缺钱，买砖瓦、请建筑队、盘炉子、砌火墙、安门窗样样都需要钱。不管怎么样，房子要盖，家具也要打，你不同意也得同意！"周华胜犹豫良久后最终让步，他不想因为此事惹得秀英不痛快。

周华胜招呼匡照明、金明顺等一帮战友，抽空到黑丰山里伐了一些榆树，又上河槽边找到些石头，用拖拉机拉了五六趟才拉回家，之后买砖瓦找来建筑队，很快在屋山头接起一间长六米、宽两米半的新屋，将其分成里外两间，把外间与旧屋打通。

接下来，周华胜花钱请来了砌火墙的民间高手，师傅姓宋，既会盘炉子又会砌火墙。宋师傅先用两天时间盘完新屋外间的炉子，然后将里外两间隔墙的下半部分以火墙形式连通。

宋师傅一边砌火墙一边告诉周华胜，别小瞧了这堵不过两平方米的火墙，取暖效果特别好，外面再冷只要一进家就能感到热烘烘的，可以靠着火墙吃饭聊天，还可以烘干衣服，把湿衣服放在火墙旁边很快就能烘干。砌好新屋的火墙后，周华胜和宋师傅一齐把旧屋的炕拆掉，也砌上一堵火墙。宋师傅临走时特意嘱咐周华胜，每年夏天把火墙里面的煤灰掏干净，把火墙的砖缝用泥巴糊好，以备来年冬天再烧。

新盖的西屋，成为周华胜两口人的居室兼会客厅。周华胜在旧屋靠近火墙处搭起一张床，让小原和小念睡，秀英爹仍睡在小里间，目前来看房子够住了。

周华胜躺在新屋的床上，枕着手臂，望着天花板说："终于有了二人世界，住在那屋太不方便，翻个身都能听见，更别说其他事了。"王秀英抿着嘴角会意一笑，在那屋办那事的确不方便，趁着爹在里间睡实了才敢行动，动静还不能太大。记得怀孕之前的某天晚上，两人正在兴头上，爹突然起夜，吓得男人急忙从她身上出溜下来，根本谈不上办事数量与质量。

一会儿，周华胜起身点着"黄金叶"牌香烟，靠在床背上抽烟。秀英已经不让他抽旱烟卷了，说满屋子都是辣辣的老旱烟味，特别是一张嘴呼吸道气味太熏人，即使想办那事也索然无趣，于是他干脆扔掉旱烟卷，狠狠心抽起最便宜的"黄金叶"。王秀英说，前些日子储存在菜窖里的沙枣已卖完，干这行毕竟不是长久之计，所以不打算干了，还得找份像样工作干，周华胜点头应允。王秀英又让男人尽快把张六六请到家里打家具，免得夜长梦多，如果劳资科长知道"狸猫换太子"，把桦木收回去就亏透了，周华胜用手指一戳老婆脑门："心眼子越来越多。"

周华胜很快找到张六六讲了打家具之事，他痛快地应承下来，只要一有时间就赶到周华胜家做家具。一个月后，终于打好了饭橱、高低柜、写字台、衣柜和双人床，还给上了当下最流行的鸭蛋绿油漆，摆在家里既干净又实用。周华胜两口人要付给张六六工钱，他憨笑着谢绝了，说当初是他主动提出做家具的，况且天天好吃好喝招待着，咋还好意思要钱哪，否则心会不安的。

王秀英把小黄箱里的避孕套统统锁进高低柜下层，这下周小原想吹这东西也不好找了。周华胜拿出陪伴许久的柳条箱，看到它浑身开花破得不像样，干脆把用来盛工具的三层铁柜腾出来，每层铺上厚牛皮纸，把书全部摆放到铁柜里。他想，翻来翻去就这么些书，抽空去玉明市新华书店买些新书吧，随着当下对读书内容的放松，一些原先不让卖的书或许真有机会重新进入视野了。他向老婆要钱买书，她起初不给，说盖房子都是借的钱得攒着还钱，他缠磨半天，才勉强拿到十块钱。

周华胜揣着钱兴冲冲地坐上通往市区的客车。当他风尘仆仆赶到新华书店时，发现门口人头攒动，人们排着长队争先恐后地购书，看来读书确实成为当前的一大需要，被喻为继"柴米油盐酱醋茶"之后的"开门第八件事"，许多人都想追回失去的时间。

他排了一小时的队才挤进书店，瞬间感觉到一片新气象，只见书柜上重新摆上了一批中外文学名著，包括一些曾经的"大毒草""小毒草""封资修"等，读书人的选择空间确实越来越大。他挤在人群中，好容易买了《钢铁是怎样炼成的》《安娜·卡列尼娜》两本新书，爱不释手，不时低头闻一闻淡淡的油墨气味，总觉得这种气味里有着令人神往的清香。

周华胜本想去熟悉的国营饭店，吃碗羊杂和白皮饼子，但一摸口袋手又缩了回去，口袋里的钱已所剩无几，只好匆匆坐上返程客车。他饥肠辘辘地回到家中，进门便告诉老婆，读书政策逐渐放松了，这对读书人来说是件天大的好事，闹了十年的书荒，这也算是一种慰藉。王秀英瞥了男人一眼，说正好合他这个书虫的意了。晚饭时，他一口气干掉三个二和面馒头和两碗稀饭。

时隔不久的一天，周华胜下班后面色沉重地回到家中，避开秀英爹悄悄递给秀英一封电报，秀英打开一看，霎时被上面的"母病危速归"惊呆了，眼泪哗哗而下。秀英爹发现闺女情绪不对，再三追问才得知实情。周华胜和秀英商量片刻，决定尽快赶回台村。

周华胜抽空给秀英爹买了一件羊皮袄，又给秀英的两个哥哥各自备好一双翻毛皮鞋，随后跟单位请了假，带着一家人来到玉明市火车站。

车站人山人海，火车进站后乱成了一锅粥。周华胜让秀英爷俩和孩子们在站台上等着，自己则力拔山河般挤上火车，找到座位后迅速打开车窗，招呼秀英爷俩先把行李从窗口递进来，而后把小原和小念递进来。秀英爷俩费了九牛二虎之力，才将两个孩子托举着塞进车窗。周小原的头不慎被碰出一个包，她不敢哭也顾不上哭，周华胜让她看着妹妹和座位上的行李，返身挤回站台将秀英爷俩接到车上。

算上王秀英肚里的孩子，全家六口人只有两个硬座票，秀英爷俩坐在硬座上轮换抱小念，周华胜和小原挤坐在铺着报纸的小过道里。过道里挤满了或躺或坐的人，连上趟厕所都很困难，有的家长直接用瓶子给男孩接尿。白天还好说，夜晚最难熬，周华胜将报纸铺在座位底下让小原钻进去，在臭鞋味及其他味道的联合扑熏下，小原缩在座位底下总算熬到了天亮。

当她揉着睡眼懵懵懂懂地从座位底下爬出来时，突然嗅到一股从未闻过的诱人饭香，定睛一看，原来是列车餐厅的工作人员推着小餐车过来了，一边走一边吆喝着卖盒饭，满车厢洋溢着香味，只是看的人多买的人少。

周小原站在过道里，将可怜巴巴的眼神移向管钱的娘，叫了声"娘"，随即将目光移向小餐车。王秀英明白闺女的心思，一边给闺女递白面馒头一边低语："小原，列车上的饭奇贵不说还不好吃，根本不如娘蒸的馒头好吃，馒头就大蒜又下饭又消毒。"

周小原又将目光移向正在看报纸的爹，发现爹几乎将报纸贴到了脸上，看样子根本没打算助她一语之力。她知道馒头就大蒜是娘跟玉明当地的回族人所学，据说可以有效防止细菌侵入身体，但是气味不好闻要尽量少说话。她想，既然娘这样说了再做可怜样也白搭，只好咽着唾沫，眼巴巴地瞅着小餐车在眼前一晃而过，直至从这节车厢消失。

周小原重新坐在过道里，极不情愿地咬一口手中的馒头，伸长脖子一看，除了姥爷和她们姐妹吃白面馒头，爹娘吃的是二和面馒头，或许是不好意思，吃蒜时还特地侧过身去悄悄咬吃。

一家人坐了三天两夜的火车，又坐了三个多小时客车，终于到达了沂蒙山台村。

当王秀英奔进家门时，发现娘已经不行了，三哥和四哥正在一旁抹眼泪。"娘！"王秀英扑到娘床前哭喊，冥冥中的娘似是听到了闺女声音，努力睁大眼睛，伸出右手想抚摸闺女的头，但手抬了不到一半便垂下去。全家人失声痛哭……

王秀英抬起头哽咽着问两个哥哥："咱娘得的什么病？"三哥回答："咱娘至死也不知道自己得的什么病，下身流血，还直往下掉块状的东西，最后整个肚子都鼓得老高，浑身散发着臭味，看来是妇科类的坏病。"

秀英又问："咱娘没去医院看吗？怎么不提前跟我说一声？"四哥说："去医院看来，医生说看晚了。半年前，咱娘就觉得身子不舒服，当时她谁也没说，一是怕羞、二是怕影响你身体。娘病情加重后，我和三哥想拍电报告知你和爹，可咱娘说什么也不让拍电报，最后还是我偷着跑出去拍的电报。"听到这里，王秀英哭声更大了："娘……娘……"

处理完秀英娘的丧事后，秀英爹留在了台村，周华胜则带着老婆孩子返回玉钢。连续多日，王秀英在睡梦中哭醒，失神地坐到天亮，满脑子想的全是娘，想着想着，眼泪便哗哗而下。

大地很快飘起了雪花。

王秀英来到厂部栽植的一片沙枣林前，眼前的这些沙枣树正在一天天成长，它们的叶子早已落光，只留下光秃秃的枝干，但还是倔强地挺立着，用它那并不挺拔的躯体，抵抗着呼呼的北风。洁白的雪花飞落在沙枣树上，远远望去，像一片片绽放的梨花，正是"忽如一夜春风来，千树万树梨花开"。她穿梭在林间，边走边望，边望边想，过了良久才想起回家，雪地上留下一行模糊的足迹。

王秀英一进屋就觉得暖烘烘的，男人正靠着火墙看那本《钢铁是怎样炼成的》，看到她后兴致勃勃地说："秀英，我发现保尔不怕困难的勇敢精神，像极了那些挺立在戈壁滩里的沙枣树，这大概是世间努力的万物所具有的共性。"秀英咧嘴一笑："大概是吧。"

她摘下围巾，将身子靠在火墙边说："没想到，这火墙的面积看着不大，发热量却挺高，身子靠上去很舒服，洗完衣服也不用发愁了，把头晚洗的衣服搭在火墙边，第二天早上就干了。另外也可以少去挤职工澡堂了，只要把火墙烧热在家里洗澡就行，省得每次去职工澡堂洗澡，把人累个半死，还带回家满身的虱子。"周华胜边翻着书页边说："当地老百姓很有智慧，这种火墙很适合西北地区使用。"

说话间，周华胜忽然想起有些日子没见匡照明了，于是起身来到他家。

此时，匡照明正在给老娘和孩子们洗衣服，孩子们在里屋玩耍，他娘在炕上把玩着似乎永远也玩不够的儿童摇铃，右手腕上的那只老银镯随着摇铃来回摆动。

"你老婆又出去卖零食了？"周华胜一边点烟一边问。

"嗯。"匡照明点头道，"天这么冷，本不想让她出去，但根本拦不住。菜窖里储存着不少秋天打的沙枣，这个时节沙枣成了稀罕品，一毛钱一茶碗都争着抢。"

周华胜笑道："你老婆一肚子生意经，真是服了。"

"她要是有你老婆那两下子就好了，胸无点墨，不愿意出大力也不愿意受人支使，就愿意由着自己性子干事，驴脾气一上来，恨不得把天捅个窟窿。"

"胡春香已经很不错了，别看她不出大力，但蹲在冰天雪地里卖零食也不容易，而且挣的钱比上班多。"

"说起挣钱，这几年倒是全凭她倒腾着卖零食维持生活，不然日子肯定会捉襟见肘。我也知道她不容易，下班后，抢着看孩子，抢着干家务，抢着伺候老娘。特别是我娘来回往外跑，前头跑了后头就得追出去找，为这没少挨胡春香的数落和埋怨。"

说话间，胡春香带着满身的雪花回来了，一边笑着同周华胜打招呼，一边把手里的空袋子放在门后，摘下围巾坐在火炉旁暖手。

周华胜闲聊了一阵子，而后起身告辞。匡照明两口人一直把他送出大门外，才返回屋内。

胡春香掏出兜里的钱清点收入，匡照明则和孩子们玩耍。一会儿，匡照明娘跳下炕走到门后，打开尼龙袋子，拿出那个卖沙枣的小茶碗把玩，玩着玩着便滑了手，只听"砰"一声，掉在水泥地上的茶碗顷刻间成了碎片。

胡春香见状霎时黑了脸，扯着高嗓门说："真不省心！都摔碎两个挣钱的家什了！"匡照明让她少说两句，她反而数落了一大堆婆婆的不是，匡照明指责她不尊重老人，说着说着两口子便吵了起来。胡春香气得捡起地上的碎茶碗扔向男人，被匡照明一闪身躲了过去，碎茶碗"砰"一声落在地上。

这时，匡照明娘不知怎么突然走上前，照着儿媳妇屁股踹了一脚，嘴里还冒出句："打你打你！"胡春香正在气头上，顺手推了疯婆婆一把："你这不是不糊涂吗？还知道护着你儿子，看来平日里纯粹是装疯卖傻。"

匡照明娘当即摔倒在地，匡照明赶紧将娘扶起来，一边说着"你敢打我娘"，一边对着胡春香的脸就是一拳，两人当即扭打在地，吓得一旁的儿子闺女哇哇大哭。匡照明娘见状大叫一声，转身跑了出去。

匡照明同胡春香撕扯一阵子，忽然发现娘不见了，急忙对压在身上的胡春香说："还不快下来？咱娘肯定又跑了！"

"跑了活该！省心了。"

"我娘要是有个三长两短，我饶不了你。"

胡春香终于从匡照明身上下来，坐在地上开始哭唱："哎呀我的个亲娘来，我活不成了，还不如找根绳子吊在沙枣树上呀……"

"就知道一哭二闹三上吊！撒泼要横要无赖！"匡照明恨恨地说罢，随即跑出去找娘。

胡春香耍够性子后自觉无趣，起身来到屋外，一看疯婆婆没在院子里，内心不免有些着急，气话归气话，如果婆婆真要有个三长两短，那她胡春香跳进黄河也洗不清了，匡照明得和她闹一辈子，于是拔腿跑出去寻找婆婆。

匡照明四下寻找未果，急忙跑到周华胜家，抹着眼泪说老娘不见了，找了半天也没找到。周华胜急忙叫上金明顺，三人分别骑着自行车四下寻找，找了一整天仍未找到。

匡照明来到厂部广播室寻求帮助，大喇叭里很快传出了寻人启事。接下来，周华胜和战友们相继到沙圪瘩公社、玉明市区张贴了多张寻人启事。

凛冽的寒风中，许多人不自觉地投入到寻找匡照明娘的行列中，在不间断地寻找中，仍未发现老人的踪影。其间，有人曾在玉明火车站附近见过一个疯老太太，年龄和体貌特征基本与匡照明娘相仿，等到匡照明闻讯赶去时，却什么也没发现。

自从老娘失踪后，匡照明胡子拉碴一直阴着脸，往日溢于言表的欢乐样子全然不见。胡春香吓得大气都不敢喘，更别说像往常那般颐指气使了，三个孩子也不敢随便嬉戏，家里失去了以往的热闹气氛。

胡春香端着一碗面条递给男人，被他一巴掌打翻在地，瞪着充满血丝的眼睛大吼："熊娘们儿，这下你满意了吧?！我娘现在生不见人死不见尸，你以后可以睡个安稳觉吃个安稳饭了，再也不用指桑骂槐，再也不用看到你口中那个所谓的六指幽灵了！"

"我也没想到事情会这样。"胡春香低头嗫嚅。

"没想到的事多了！偏偏就这件事对我最重要，你知道我现在最想做什么？"

"你想做什么？"胡春香下意识地后退两步。

"你不用害怕，我不会把你怎么样。我现在最想做的就是让黄河水淹没全身！你懂吗？！"

"你千万别想不开，我知道我错了，我不该推咱娘那一下，但当时在气头上确实不是故意的。虽说我平日里喜欢瞎叨叨几句，但你也知道，我是小和尚念经有口无心，其实心里对咱娘真没别的。"胡春香上前揪着男人衣角，一边说一边开始抹泪。

这时，周华胜和王秀英来了，自从匡照明娘失踪后二人时常过来，一是劝慰匡照明，二是怕这对打起架来不要命的愣头夫妻再闹出什么惊心事来。

周华胜劝慰匡照明不要灰心，说不定什么时候老娘自己就回来了，这事他们两口人都有责任，动辄就打成一团，一件原本简单的小事最后弄成了这样。孩子们都这么大了，日子还得照样过，别因为这事给孩子们留下心理阴影。匡照明低头不语，胡春香则像老母鸡一样，把孩子们拢在怀里，眼泪扑簌而下。

王秀英把胡春香叫到一旁，低声说："匡照明这段时间心情不好，他说什么你听着便是，千万别说什么愣话惹他。"胡春香点着头眼泪汪汪道："我现在哪还敢说愣话惹他啊，你们没来那阵子他还说想跳黄河，他真要跳了黄河，我们娘儿几个就没法活了。"

趁匡照明不注意的当空，王秀英急忙伏在男人耳边低语："匡照明想去跳黄河。"

周华胜先是一怔，而后拉着匡照明一齐走出家门，径直来到街头的一处僻静地方，让他放开声大哭一场，省得憋在心里难受。匡照明当即趴在雪地里哭得昏天暗地，边哭边说："我现在恨不得来场地震，把我埋进地缝里。"

周华胜在他身边蹲下来说："别瞎说八道，把你埋进地缝里老婆孩子怎么办？日子还得照样过下去。"匡照明抹了把眼泪说："我昨晚梦见我娘和那只祖传的老银镯了，我娘她会不会已经死了？"周华胜不禁眼睛一湿，安慰道："不要瞎想，老人会回来的。"匡照明未再吱声，继续伏地痛哭。

一会儿，周华胜把匡照明从雪地上拉起来，他用袖子抹了把满脸的泪，表情木然地望着天空。周华胜搂着他肩膀说:"生活没有一帆风顺的,常常会面临各种考验。娘固然重要,但老婆孩子同样重要,事已至此还得把日子过下去。胡春香是个直筒子心肠不坏,没有功劳还有苦劳,你看看孩子们多可爱,儿女双全多少人羡慕你,你应该想开才对。至于福建你大姐那边,你抽空写信告诉她一声,就说老人自己跑出去找不着了,老人当初在你大姐家住时就爱往外跑,你这样说,大姐自然不会埋怨你。"

匡照明边听边哽咽着点头。周华胜继续说:"还记得离开部队时首长们说的话吧?军装虽然脱了,军心却要永远保留,军心里就包含'坚韧'二字。"匡照明拍了拍身上的雪说:"我知道了。"

两人返回匡照明家,胡春香和孩子们都怔怔地望着匡照明。他上前拉过儿子说:"卫东,爹现在心情好多了,以后爹还会逗你玩的。"像说给儿子听,也像说给老婆听。

坐了一阵子,周华胜两口人起身离开了匡照明家。周华胜一路无语,内心总有一种说不出的隐忧,虽说匡照明的情绪看上去好些了,但还是让人不放心。

没出几天,匡照明找到周华胜、金明顺及另外几人,请他们帮忙把家里喂的猪杀了。

当众人将一百六十多斤的猪宰杀之后,发现瘦肉里全是黄豆般大小的乳白色颗粒,原来竟是一头"米心猪"!大家一时都默不作声。

匡照明把脚一跺:"唉!真是'人背喝凉水也塞牙'。"胡春香则坐在上捶胸顿足地痛哭,一边哭一边念叨:"天哪!真是拜堂听见乌鸦叫,倒霉透顶了啊!没想到好不容易养大的宝贝猪,竟然是头米心猪,可惜这头大肥猪了呀,白费了我一年多的心血啊!"

有人提议将米心猪廉价处理掉,匡照明瞪眼道:"那不是害人嘛,不能做那种伤天理之事,还是埋在南边的沙滩里吧,权当给沙冬青沙蒿子施了次饱肥。"说罢招呼众人一起将米心猪抬到南边的沙滩里,挖了个深坑埋掉。

回家路上,匡照明苦笑着说:"这段时间,大家为我娘的事操了不少心,我内心很感激,原计划杀了这头猪好好招待大家,结果却成了这样。"众人纷纷安慰匡照明,他的心意大家都领了,回家好好劝劝胡春香,别让她太难过。匡照明点点头。

第三十三章

凛冽的寒风一阵阵吹过，失踪近一个月的匡照明娘终于有了消息。

这天，玉钢派出所的民警来到匡照明家，面色沉重地说："派出所刚接到丰达区公安分局电话，在靠近二三五厂的偏远小路上，发现了一个冻死的老太太，七十来岁，右手是个六指，右手腕上戴着一个别致的竹节和麻花纹老银镯，当地人急忙报警。"匡照明听罢当即哭倒在地，胡春香和孩子们也在一旁泣不成声。

胡春香望着男人悲痛欲绝的样子，觉得这种情形下战友力量肯定要比老婆力量大，更何况她这个当老婆的还与婆婆失踪有关，弄不好匡照明就会跟自己拼命，于是悄悄打发儿子把周华胜和金明顺叫到家里。

在周华胜和金明顺再三劝慰下，匡照明的情绪渐渐稳定下来，三人一齐来到丰达区公安局，确认冻死的老太太正是失踪多日的匡照明娘。匡照明跪在娘的遗体前，痛哭不已……在周华胜等人帮助下，匡照明很快处理完娘的后事，将娘的骨灰送回老家与爹合葬。

令周华胜头疼的是，匡照明家从此变得鸡飞狗跳。娘的死，像一块千斤巨石压在匡照明胸口，他时常拿出娘戴过的老银镯发呆，一边看一边掉泪，每看一次都会在心底升腾起对老婆的怨恨。同样，这块巨石也压在了胡春香胸口，自从得知婆婆死讯后她是又难过又心虚，一想起当初推婆婆那下子就不敢靠近男人，即使这样，仍免不了挨男人的白眼和骂骂咧咧。起初胡春香还能忍，但没过多久便忍无可忍，两口人时常大打出手，弄得周华胜和王秀英三天两头去匡照明家拉架劝架。

匡照明很快沾染上一个坏毛病，时常独自躲在外面喝得烂醉，一回家便打老婆打孩子，甚至为此旷工，单位经常上家里找人。胡春香多次哭哭咧咧地跑到周华胜家告状，周华胜和战友们多次规劝匡照明，但他是属耗子的，撂爪就忘。

这天傍晚，周华胜刚下班回家，胡春香又哭着跑来找他，说："机修车间下午又到家里找人了，匡照明下午报完到就走了，一下午没见人影。那个熊玩意儿肯定又跑到哪个旮旯里喝猫尿去了，到现在也没回家。卫红昨天感冒了又吃药又打针，他连问都不问，在他眼里猫尿比什么都亲，这日子简直过不下去了。"周华胜让她先回家，随后跑出去寻找匡照明，他已经找过多次，这次找到后定要彻底教训这小子一顿。

周华胜挨个跑到匡照明常去的地方寻找，终于在离学校不远的一个沙丘后面找到了他，只见他穿着棉大衣倚靠在沙丘后面，浑身上下一股酒味。周华胜上前拽着衣领将他提溜起来，他想挣扎奈何挣脱不了那双有力的大手，被周华胜摁到沙土上，照着屁股猛踹了七八脚。

匡照明气急败坏地大喊："周华胜，你凭什么总干涉我的自由？放开我！你这是搞刑讯逼供！"

周华胜又狠踹他几脚，同样大喊："你现在的样子就是标准的欠揍！你不是质问我凭什么干涉你的自由吗？就凭咱俩是同乡同班的战友，就凭咱俩是多年的好兄弟，我不能眼睁睁地看着你一蹶不振走下坡路！你天天醉生梦死昏昏沉沉糊里糊涂，枉为人夫枉为人父！如果你娘在世，绝对不希望看到你如此作害自己、作害家庭！你根本就是个不肖子！根本就对不起你死去的娘！如果你娘在天有灵看到你这样，肯定会伤心会难过！会死不瞑目！！"说到最后，周华胜的眼泪唰地落在沙土上。

"呜呜……"匡照明两手抓进沙土里痛哭。

周华胜由着他哭了一阵子，而后拉起他放松语气说："你的身体本来就瘦弱，再这样喝下去身子就真完了。你天天迷在酒上，连孩子病了都不管不顾，你还算个称职的爹吗？你脑子那么聪明，怎么就不知道珍惜呢？你也知道前段时间有两人因为多次旷工被单位除名，难道你愿意失去那个好容易熬到手的红色户口本？愿意老婆孩子跟着丢人现眼抬不起头？"

周华胜停顿一下，闪着泪光继续说："记得当初我被关进小黑屋时，你三更半夜拿着沙枣花去看我，那枝沙枣花陪我度过了人生中最难挨的三天，因为我从那种地道的清香里，闻到了战友间纯洁的情谊，也闻出了一种来自沙枣树的坚韧。它在恶劣环境中依然能开花结果，依然能用甘甜的花香愉悦着我们身心，我们有什么理由颓废？有什么理由不珍爱生命啊！"

说到这里，周华胜长叹一声，伤感道："匡照明，如果你再不改掉这个坏毛病，那就干脆别认我这个同乡战友了，我也权当没你这个战友，以后你就是捅破天我也不管了，你爱怎么怎么吧。"说罢扭头就走，匡照明痛哭流涕，拉住他袖子不让走，表示要痛改前非。周华胜说："你要是真能改了，那咱们还是好战友好兄弟。"匡照明拍着胸脯保证："改！我一定改！"

周华胜将匡照明送回家，对胡春香说匡照明一定会痛改前非，再三叮嘱她别再埋怨匡照明，她连连点头。匡照明这次说话挺算数，果真改掉了酗酒的毛病。

不久，王秀英重返铁块队上班，一周后，铁块队划归劳动服务公司管理。

劳动服务公司计生部门的人，很快知道了王秀英怀孕之事，把她叫到办公室训话，大意是现在国家对计划生育控制得很紧，像她这种情况必须打胎。

王秀英一听就呆了，哆嗦着嘴唇大声道："不行不行！我好容易调理好身子才怀上这个孩子，说什么也不能打掉，那样还不如让我去死！"计生人员见状不敢再说什么，只是提醒她，如果坚持要这胎肯定会被处罚。

次日上午，正在上班的周华胜被叫到车间主任办公室，张德义开门见山地说："你老婆是不是怀孕了？"周华胜点点头。

张德义点着香烟猛抽两口，似乎下了很大决心才说："我刚接到厂计生办电话，现在计划生育风头正紧，如果违反计生政策会面临处罚，说不定你的炉前工作都保不住。"

周华胜说："主任，你也知道我头一个儿子没了，我老婆为此差点疯掉，你说我能忍心让她打掉这个孩子吗？换作你，你能同意吗？"他的情绪有些激动，眼圈发红。

张德义递给他一支烟点着，说："其实你说的这些我都非常理解，那年冬天，我老婆在村里挑水时滑了一跤，一下子把我们家老二滑没了，当时心疼得我差点拿斧头把井台砸了。只是，眼下咱们国家刚刚稳定下来，社会主义建设迈入新时期，僧多粥少啊，包括土地粮食在内的各种资源只有那么多，所以才会加强计划生育。"周华胜狠抽一口烟，表示再考虑考虑，随后丢掉烟头离开了。

下班回家后，周华胜跟老婆商量了半天，结果王秀英拿着绳子寻死觅活，说如果打掉孩子她就去沙枣林上吊，周华胜只好作罢。

很快，周华胜和王秀英分别接到单位通知，如果坚持要这胎，周华胜不能再从事炉前工作，王秀英也不能再拉铁块，另外还要进行超生罚款。

这个通知，对于铁了心保三孩的王秀英影响并不大，拉铁块本身就是临时工作，大不了蹲在家里当闲肉。但对周华胜来说就不那么简单了，他陷入了极其矛盾和郁闷中：自己很热爱炉前工作，能熬到当班工长很不容易，况且已与工友们结下了深厚情谊，真要离开他们委实不舍；但他又不想再让老婆有什么三长两短，说实话他也希望能再有个儿子，自从小鲁没了之后，他时常望着别人的儿子眼馋，特别是每次见到匡卫东都要抱起来转几圈，忍不住想要是小鲁活着也该这么大了。

他已经记不清有多少次了，径自到位于高压水池旁边的那座小坟堆前，一边拔着坟头上的杂草，一边喃喃自语。他说的最多的就是对儿子的思念，还有厂子日新月异的变化和家里的现状。他相信儿子一定能够听到。说着说着，泪水便模糊了视线。

连续多日，他昼夜难眠，罐头盒里堆满了烟头，伴着手指间不断升腾的烟雾，所有思绪统统被抽进紧绷绷的神经里……

这天，他忍不住骑着自行车来到青年农场找常德，将眼下的烦恼一吐为快。

常德听完后拍着他肩膀笑道："大老爷们儿用不着那么纠结，很简单，就两条路！如果不想要儿子就继续干你的炉前工作，如果想要儿子就换份工作，到哪里工作都是为人民服务。我这里正好缺个帮手，你要是愿意就来农场干吧，正好可以帮帮我。"周华胜思忖片刻，表示愿意来农场工作，常德当即表态欢迎。

周华胜找到张德义讲明一番情况。张德义沉默片刻后，望着他说："你是当班工长，炼铁车间又是多年的先进单位，下那个通知也是不得已。"周华胜勉强笑道："主任，我理解你的难处，不能因为我一个人给整个车间抹黑，所以我才主动要求调换工作岗位。"说罢来到休息室，把换衣柜的钥匙交到他人手中，同工友们恋恋不舍地告别。

陈涛像孩童一样拉着师父的手不放，周华胜带着徒弟来到锅炉房旁边的安静角落里坐下，抚着徒弟肩头说："陈涛，现在国家上上下下都很重视国民教育，知识就是力量，趁着年轻多学点东西，可以利用业余时间参加电大自主学习，争取拿个专科或本科毕业证书，国家一样承认学历，对你将来的发展有很大好处。"陈涛含泪点点头。这小子说干就干，次日便报名参加了玉明市电大专科班，开始学习冶金工艺学专业，这自然令周华胜内心很欣慰。

匡照明和金明顺来到周华胜家，三人坐在一起聊天。周华胜苦笑道："干惯了炉前工作，真舍不得离开炉台，但也是没办法的事。以后还要面临超生罚款，去农场后工资就低了，恐怕连罚款都凑不齐。"匡照明和金明顺让他不用担心，凑不齐罚款他们帮忙凑。

周华胜怀着复杂心情来到青年农场报到，常德带领知青们排着长队欢迎他，但他就是高兴不起来，常德见状开玩笑说："周华胜，为了儿子，你有种！"

周华胜勉强笑道："不能高兴得太早，还不知是儿子是闺女呢。"

"但愿老天开眼，给你送个儿子！"

常德说罢用大巴掌拍了周华胜肩头一下，他只觉得一股温暖自肩膀处隐隐散发开来，又仿佛看到一个带把儿的小生命，正在娘胎里使劲地望着他。

知青们将周华胜围起来，一口一个周师傅叫着，这令他心情愉悦了不少，常德说得没错，跟年轻人在一起确实提神。一会儿，常德对周华胜说："你来得正好，现在还未开冻，我和知青们正在育苗基地里忙碌，走！我带你到育苗基地看看！"说罢带着周华胜来到农场育苗基地。

这个育苗基地，其实就是一个大约三百平米的地窨窨，窨内点着火炉，厚厚的营养土中，已经冒出不少庄稼苗和蔬菜苗，农场的两个年轻男技术员正蹲在地上摆弄绿苗。

常德一边走一边如数家珍："这个大地窨窨专门用来育苗，有通风口，湿度大，保温性能好。你看，这是玉米苗、糜子苗，那是黄瓜苗、西红柿苗、南瓜苗、茄子苗、大头菜苗等等，育苗期一般在七十天左右，等五月份天暖时把这些苗移到地里。只可惜这里是一年一熟，要不然还能多种些农作物……"周华胜边听边不住点头。

就这样，周华胜跟随常德和知青们在青年农场待了下来。他每天早上乘坐玉钢发往市区的首趟客车到沙疙瘩汽车站，下车后步行三里地到达青年农场，到育苗基地间苗、浇水、追肥，然后回办公室同知青们聊天说笑，午饭在农场食堂吃，晚上五点再坐市区发往玉钢的末班客车回家。本来他可以像常德一样吃住在农场，但因为惦记老婆孩子，只好每天来回跑趟。

每当闲暇之际，周华胜总会不自觉回忆起在炉台上的点点滴滴，特别是那一炉炉铁水，仿佛总喜欢在身体里四处流窜，灼热着，甚至是灼烧着，无情地折磨着他的神经，令脸上挂着一层挥不去的郁闷。

常德情知周华胜的心思，这天叫住了刚从育苗基地出来的他，两人来到黄河岸边坐下，常德说他自从来到这里总是闷闷不乐，周华胜边抽烟边如实诉说一番。常德听罢安慰道："我前几天去厂部开会时碰到了张德义，聊起你时对你评价不错，说等以后有机会你还可以重返炉台，所以你不能意志消沉，要提高自己这方面的业务水平。"

周华胜一听立刻瞪圆了大眼站起来："真的？"常德一把将他摁着坐下来，同样瞪圆大眼："真事！我什么时候骗过你？"

接下来，常德对周华胜讲了一番当前国家及企业的发展形势，让周华胜把眼光放长远些，按照当前国家的发展形势，小三线企业说不定什么时候就会转型发展，周华胜那么喜欢看书，又那么热爱钢铁工作，业余时间可以多钻研些冶金炼钢方面的技术知识，不懂的地方可以问他，他这个有过多年冶金经验的老头子可以随时解惑，但不能为此耽误了农场的工作。

周华胜边听边不住地点头。自这之后，他按照常德的话开始学习，专门买来钢铁冶金方面的书籍啃读，遇到不懂地方就求教常德，常德的脑子里像埋了这方面宝藏，取之不竭。

这天中午，周华胜照例从农场食堂打了份清水挂面，浇上土豆和豆腐混制的卤子，三下五除二吃完，而后从那个几乎褪成白色的军用挎包里掏出冶金书看。

正当他全神贯注之际，手中的书突然被人嬉笑着抢走了："哈哈！周师傅，看什么书呢？这么入迷，哦……原来是冶金方面的书。"他抬头一看原来是郭明，急道："快把书给我，待会儿该到地窖间苗了，还能再看二十分钟。"

"周师傅，我原以为农场就我喜欢读书，没想到你比我还厉害，简直就是个书虫，怪不得常场长让我向你学习呢。"

"多年养成的习惯,改不了了,快把书给我。"

郭明一边把书还给周华胜,一边说:"你这么爱看书,一定读了不少小说,抽空给我们讲讲小说里的故事吧。你也看到了,我们在这里除了上工就是睡觉,根本没有其他精神享受,你就行行好权当帮我们解解闷吧!"

常德笑呵呵地走过来,拍了下周华胜肩膀说:"我看行!郭明说得没错。这里生活挺枯燥,你这只书虫平日里啃了那么多书不能白啃,得把肚子里的'墨水'倒出来让知青们'沾染沾染'。业余时间除了看那些冶金书,还可以为大家开展说书服务,我支持!"

说话间,又涌上一帮四川、贵州、福建等省份的知青,缠着周华胜非让他同意才行,周华胜只好硬着头皮应承下来。他给知青们说了一段《林海雪原》的故事,刚开始有些怯场卡壳,说着说着便自然流畅了,结束时掌声一片。知青们直呼不过瘾,常德则戏说他不当评书演员太亏了,他未料到自己的记忆力和口才还能拿得上台面。

周华胜并未忘记常德的话,几乎每晚都埋头钻研那些冶金炼钢方面的书。王秀英见状没好气道:"咱们厂又不炼钢,你天天晚上看这些书有什么用?"周华胜笑道:"眼光要放长远些,常场长说了咱们厂迟早要炼钢,到那时这方面知识就能派上用场了。"说罢继续趴在写字台上看书,一直到深夜才上床休息。

转眼到了五月初,周华胜和知青们一起,把育苗基地的幼苗移到地里,他已经习惯了青年农场的工作和生活。知青们也喜欢同周华胜在一起,特别是郭明总喜欢缠着周华胜讲故事,两人时常因为某本书的片段争论不休,性情开朗的郭明爱耍小孩脾气,辩论一吃亏就会赌气跑进屋里,但过不了十分钟,又会跑出来蹭到周华胜身边,弄得周华胜哭笑不得,只好由着他使小性子。

这天下午,周华胜正在地里忙着浇水,突然听到常德叫他:"周华胜,快回趟家!刚接到电话,你老婆生了!""男孩女孩?""男孩!你的愿望终于实现了!""太好啦!"周华胜激动得大喊一声,差点把手里的铁锹扔上天。

常德又说:"你老婆是在家里生的,快回去看看吧!"周华胜一听是在家里生的,急忙放下手里的活,撒腿就往沙疙瘩汽车站跑。他好容易坐上客车,一路上心急火燎,暗怨自己太大意,昨晚秀英跟他说预产期就这几天,可他今早还是来到了农场。

当周华胜气喘吁吁跑回家后，看到胡春香、秦槐香、马素芸等人都在，秀英脸色苍白地躺在床上，身旁有一个小包袱皮。他急忙打开小包袱皮查看，一看果然有那个小挂件，高兴得半天合不拢嘴。

胡春香绘声绘色地对周华胜说："下午没把我们几个女人吓死。你老婆肚子疼得厉害，打发你家小原上前排房找秦槐香，当时马素芸正在秦槐香家里闲聊，两人听说后急忙跑到你家，一看羊水都破了，顿时吓得浑身直哆嗦。说来也巧，正好我刚从商店门口卖完零食顺便过来走趟，一看那种情形根本来不及上医院，于是，我就……我就跟秦槐香马素芸一起……一起给接生了。"说到最后，胡春香声如细蚊，脸上却难掩得意。

听罢胡春香这番描述，周华胜先是吓了一跳，说她们真是吃了豹子胆，紧接着又表扬她们真有能耐。秦槐香一把捂住脸："天爷呀，快别说了！我现在一想起当时的场景就腿肚子发软，要谢就谢胡春香，她是接生婆，我和马素芸只是负责拿剪子、烧热水，主力是她。"

胡春香大咧咧地说："只要母子平安就好！我娘以前是接生婆，我看过她给别人接生，所以就硬着头皮上阵了。现在既然周华胜回来了，那我们也就放心回家了，家里还有一大堆事。"说罢招呼秦槐香和马素芸一齐走，周华胜说着感谢话将她们送出家门。

王秀英让周华胜给儿子起个名字，周华胜说早想好了，就叫周铁吧。王秀英说这个名字含义挺丰富，随后低下头。周华胜怕老婆心思多了，急忙岔开话题，拢过小原表扬她今天很懂事很勇敢。

周华胜买了几斤喜糖，分给邻居、战友和知青们，当然更没忘了给常德吃。常德笑呵呵地说："当初真让你小子赌对了，想啥来啥，果真来了个'带把儿'的。现在农场活不多，你这两天就好好在家照顾老婆孩子吧，我给你准假了！"接下来，周华胜带着喜糖来到贾二蛋家告知喜讯，贾二蛋爹高兴地说："总算没白盼！"张杏花很快带着鸡蛋和红糖来到玉钢看"月孩"，还帮着秀英做了一顿饭，待了大半天才回家。周华胜又忍不住带着喜糖去了趟盖子沟，巴特尔和其其格同样很高兴，按照当地的汉人习俗，也送来了鸡蛋和红糖。

周华胜在家待了两天就上班了，之后不是胡春香过来照应，就是马素芸和秦槐香过来帮忙，常德老婆金芳也时常过来。同为女人，她们打内心里为秀英高兴。

周华胜突然想到应该钓黄河鲤鱼或鲇鱼给老婆补充营养,于是利用午饭后的休息时间,来到黄河边撒下小网,待傍晚下班时起网,发现里面有三四条一斤半左右活蹦乱跳的鲤鱼,下班后将鱼捎回家清炖。秀英直夸肉质肥厚细嫩鲜美,让男人没事时多捕几条,周华胜依言而行。

王秀英出月子没多久,周华胜按捺不住内心的激情,将积攒多日的"精华"奉献出去,两人都大汗淋漓。事后,周华胜表扬老婆身体挺棒,看来连日来的鱼汤没白喝,王秀英听罢懒洋洋地说:"这场运动就算是对你捕鱼的犒赏了。"

厂部计生办终于下达了对周华胜两口人的超生处罚通知:罚款一千元,王秀英三年之内不允许工作。

王秀英叹口气说:"原计划出了月子找份工作干,现在看来只好继续待在家里当闲肉了。计生办那几个人真够狠的,哼,踩着土地爷爷拉屎,欺负神小。"

周华胜笑道:"你这尊神够大的了!计生办这么做已经很宽宏大量了,听说有的地方强行把孕妇拖到手术台上流产,没把你摁手术台上已经烧高香了。至于罚款的事你不用操心,只管在家照顾好三个孩子就行。"很快,周华胜找常德及战友们借钱交了罚款,他想,以后的月工资又要生活又要攒着还账,车到山前必有路,走一步看一步吧。

这天上班时,常德把周华胜叫到身边说:"前天接到厂部通知,厂里想给在农场工作的困难职工家庭实施补助,每天给一块五毛钱补贴,农场十个正式职工就给了一个指标,目前来看数你家最困难,你马上打个'困难家庭补助申请'交给我,我尽快递交到厂部。"周华胜怕落下闲话,常德让他不要有顾虑,只管写申请就行。周华胜很快将补助申请交给常德,没出几天厂部便批复,这令周华胜和王秀英万分欣喜和感激。

劳动服务公司的计生人员突然找上门来,带着王秀英来到医院做输卵管结扎术。手术是局部麻醉,从下午两点开始,一直做到了晚上六点半,原因是输卵管靠后紧贴腰杆,钩出一根不是,又钩出一根又不是……王秀英疼得天旋地转,医生只好从刀口里往进倒麻药,最后总算找对了。王秀英肚皮上留下一道永久伤疤,这道伤疤,让她从此告别了带有滑石粉的避孕套,也不用再担心孩子们把避孕套当作气球玩耍。

做完结扎手术没多久,王秀英突然收到老家三哥的电报,告知"父突发脑溢血病故"。她捏着电报哭得一塌糊涂,在床上打着滚不停哭喊:"爹呀!你怎么说走就走了啊!"周华胜担心老婆哭坏身子,上前搂住她再三劝慰。

王秀英泪水涟涟道:"我以后再也找不到爹了呀,再也找不到爹了……"数个夜里,她常在梦中哭醒,起身找到爹生前为她做的小黄箱,边哭边摸,边哭边擦。

这天上午,王秀英来到公用茅房蹲坑,突然听到另外两个茅坑上传来的对话:"听说有个叫胡春香的女人,被黄河一队看菜园的哑巴绑到了厂部十字路口。""为啥绑她?""听说偷菜被逮住了,还把哑巴的命根子给踹了。""哈哈!一会去看看热闹……"

听到这里,王秀英迅速提起裤子冲向十字路口,老远便看到十字路口挤满看热闹的人,甚至一度影响了交通。她使劲拨开人群,果然看到鼻青脸肿的胡春香被五花大绑着,身旁站着一老一少两个"此地人",看上去是爷俩。

只听老者操着此地方言哭诉:"玉钢的老少爷们儿,你们大伙儿给评评理,这个灰个泡女人跑到我们黄河一队偷菜,被我家娃娃当场逮住,谁知她不但不服管,反而还踢伤了我家娃娃的命根子。要知道我就这一根独苗呀!娃娃是个哑巴,好容易求爷爷告奶奶才找了个对象,准备过些日子就成亲,真要把我家娃娃的蛋子踢废了,那我们老张家可就断后了呀!老天爷呀,我这个孤老汉咋这么命苦啊,去年才死了婆姨,如今又要断后了呀!"

说着说着,老者一屁股坐在地上,他的哑巴儿一边扶着爹,一边"唔唔"朝着胡春香比画,甚至还想动拳打她。王秀英见状急忙挡在胡春香面前,怒目圆睁,将哑巴的拳头瞪了回去。

"春香,这到底是怎么回事?"王秀英摇着胡春香肩膀问。

胡春香哭丧着脸说:"我去沙疙瘩公社买高价粮,路过一队菜地时,忍不住拔了些韭菜,结果让这个可恶哑巴逮住了。他想把我绑起来,我怕他图谋不轨所以拼命挣扎,结果无意中踢了他下身,趁他捂着裆部倒地的当空我撒腿就跑,谁知刚跑出地头就被他爹抓住了,挨了一顿打不说,还被绑到这里。"

正在这时,匡照明闻讯赶来了,弄清原委后真想踹老婆两脚,转而一想,

第三十三章

男人要在外场上维护老婆尊严，确切说是维护他这个一家之主的尊严，绝不能眼睁睁看着老婆受人欺负，要揍回家揍！胡春香偷韭菜也是为了给他和孩子吃，更不能当着外人面揍。

想到这里，匡照明上前对老者说："大爷，对不起！我老婆不该踢伤你儿子，我领着你儿子到职工医院检查一下吧，如果真检查出毛病，我们不会赖账。"匡照明一边说一边飞速转动脑子。老者听罢连连摇头："不行！你家婆姨是故意伤人，不能轻易了事，游完街就把她送到派出所去，听候派出所发落！"王秀英急忙说："大爷，她也不是故意踢你儿子，纯粹是误会。她家里有好几个孩子，真送到派出所就苦了孩子了。"

匡照明和王秀英说了半天好话，老者仍固执己见。

匡照明有些恼怒："大爷，好话说了一箩筐，你怎么就是油盐不进呢？我老婆偷韭菜是不对，但你的哑巴儿子绑我老婆更不对，你儿子正在青春乱动阶段，谁知道他绑我老婆想干什么？说不定还想摁在地里图谋不轨呢！我老婆纯属正当防卫！你儿子不但没理，反而还会落个强奸未遂的名声，到那时别说传宗接代了，就连到手的婚事也会泡汤！我是出于人道主义才带你儿子去检查，否则直接甩手不管，就让他蛋疼去吧！"

"你，你，你……"老者气得嘴唇直哆嗦，他的哑巴儿在一旁满脸通红。"咳！咳！"匡照明佯咳两声，继续说："大爷，我看这事还是按我刚开始说的办吧！孰轻孰重你自己掂量。"

老者最终妥协，但必须领他儿到玉明市人民医院的男科做检查，匡照明点头同意，随后带着这爷俩来到玉明市人民医院。经过一番检查，哑巴的家什无大碍，还能派上"正经用场"，简单休养后自会痊愈。经过协商，匡照明赔偿哑巴二百块钱，才算彻底了事。

处理完这件事，天已大黑，匡照明疲惫地回到家，进门便指着老婆鼻子怒道："你就是个标准的惹事油子，你自己看看你那副丢人现眼、像遭了九九八十一难的可怜样子，平日里对我那么张牙舞爪，怎么一到外场就被人欺负成那种德行？你的本事头呢？这下明白了吧，女人再能也得有男人罩着！别说一般女人了，就连武则天都得找几个靠实男人从背后罩着。再说了，你没事去偷一队那几根破韭菜干什么？标准的'偷鸡不成反蚀一把米'，连看哑巴蛋子带赔偿花了二百大几，心疼死我了！哑巴的蛋子是没事了，但你男人的蛋子快心疼毁了。"

胡春香原本一直低着头挨训，听到男人最后一句话"扑哧"笑出了声。

"你还有脸笑，老匡家的脸都让你丢尽了！你以后少弄些不重样的事惹我生气吧。"

"好好好，我以后肯定不会惹你生气了，把你当神一样供着行了吧？"胡春香嬉笑着说。

"真服你了，出了这等丢人事还能笑出声来，真是'喝了傻老婆尿，二到家了'，我怎么找了你这么个缺弦的二货老婆。"

通过这起风波，胡春香心底对男人产生一种从未有过的崇拜和依赖，原本瘦削的男人，仿佛变得比黑丰山还要高大，她的脾气也不由自主收敛了许多。

周六下午，王秀英递给小原两个空罐头瓶，让她叫上卫东卫红，照例去南边的沙滩里捉马蛇子和牛牛喂鸡，一再叮嘱她别光顾着玩，多逮些马蛇子和牛牛。

周小原暗自叹口气，唉！好容易有个去沙滩玩耍的时间，还得逮喂鸡的家伙。她极不情愿地抱着两个空瓶来到匡卫东家，趴在墙头上把卫东兄妹叫出来。

三个孩子很快来到南边的沙滩，他们并没有立即逮马蛇子和牛牛，径直冲到一处十几米高的沙丘顶端，把鞋一脱，光着脚从沙丘顶端猛地滑了下来，边滑边大声尖叫，别提有多痛快了！沙子无孔不入，弄得满身都是沙子。玩累了，随手挖个沙坑躺进去，丝丝凉意顺着脊梁骨透及全身，惬意至极。

调皮的匡卫东偷偷在坑里用童子尿揉成泥团，将尿泥四处扬散，周小原信手接了一小坨，嗅觉同娘一样灵敏的她，立即闻出了尿骚味，当即爬出沙坑跑到匡卫东跟前，手脚并用，弄得匡卫东满头满脸沙子，像马蛇子一样将头钻到沙坑里，周小原咯咯直笑。

嬉戏够了，周小原和匡卫东兄妹起身转悠至周围的酸溜溜树丛，冒着手被扎破的危险采摘酸溜溜吃，一入口便被酸得龇牙咧嘴，酸爽提神。放眼望去，只见一簇簇黄豆般大小的红果果，活泼地点缀着一望无际的沙滩。

开始逮马蛇子和牛牛了！对小孩子来说，逮沙漠中的小精灵马蛇子并不是件容易事，要跟着马蛇子一路小跑直至它钻入沙土，之后掐住露在外面的小尾巴尖儿揪出来，快速塞到瓶子里。周小原和匡卫红都不愿意逮马蛇子，便让匡卫东负责逮马蛇子,她俩负责逮牛牛。匡卫东的腿像他爹一样溜,眼也像他爹一样尖,很快将空瓶里塞满马蛇子,周小原和匡卫红也很快将空瓶里装满了牛牛。周小原悠悠地吐出一口长气:"终于完成任务了,卫东哥,太阳快落山了,我们赶紧回家吧。"匡卫东痛快地说:"好!回家!"

周小原回到家后,把瓶子举到娘眼前晃了又晃说:"娘,任务完成啦,两个瓶子全满满的。"王秀英接过瓶子,指着闺女头发说:"头发里全是沙子,肯定又到沙丘上疯玩了,活脱脱像个假小子!"随后,王秀英把闷得半死的牛牛倒在鸡笼里,它们浑身涂满了挤出的绿色汁液,鸡们一口一个吃得很过瘾。

王秀英想起当年扎钢筋时曹师傅说的话:揪住马蛇子尾巴使劲抖动,待它身上的骨节散掉后,剁碎喂鸡。她从瓶子里揪出一条近乎窒息的马蛇子,揪着尾巴使劲抖动几下,马蛇子果真不再动弹,但她实在没有勇气将马蛇子剁碎,干脆将半死不活的马蛇子直接丢进鸡笼。鸡们看到失去反抗力的马蛇子顿时亢奋起来,扑棱着翅膀,狂甩着脖子,将可怜的马蛇子像托马斯全旋一样,叼起丢下,丢下又叼起,直至进入鸡肚。王秀英远远地躲着,不忍看那血腥场面。

喂完这顿特殊的鸡食后,王秀英回到屋里,将周华胜发的白色劳保线手套一点点拆开,对接成长线缠绕成球状,而后找出编织毛衣的棒针,开始给周小原织线裤,这是她除了喂鸡之外很喜欢做的一件事。这些线手套是她一副副积攒起来的,即使做重活也舍不得戴,玉钢的许多女人都攒着这个织线衣线裤。

没过多久,不知从谁家传出一则消息:鸡蛋里似乎有一些黑乎乎的东西,估计是未消化的马蛇子肉。不管是否真事,反正从这天起马蛇子永久脱离了鸡口。周小原不由暗喜,以后再也不用逮那个怵人的东西了!

第三十四章

转眼到了又一年春天,环绕在玉钢外围的沙枣树,开始了又一轮的竞相生长,生生不息的树液在体内滚滚流动着,继续诉说着发生在戈壁滩里的一场场故事。

伴随着大喇叭里不断传出的"年轻的朋友们,今天来相会,荡起小船儿,暖风轻轻吹……"欢快歌声,周华胜兴冲冲地抱回家一台十二英寸黑白电视机,他家前段时间刚搬进七十多平方米的新房,如今又添了电视机这个稀罕物,欢喜之情溢于言表。周华胜将电视放在高低柜上,一家人围着电视来回转。

周小原高兴地对爹说:"现在露天影院放电影越来越少,咱们终于可以在家看霍元甲和陈真了!"周华胜摸着小原的头笑道:"看电视可以,但不能耽误学习。""嗯嗯!"小原用力点点头。

一家人正自聊天,胡春香突然哭哭啼啼地来了,进门便嚷嚷没法跟匡照明过下去了!

周华胜没好气道:"胡春香,你又怎么了?孩子们都那么大了,卫东已上四年级,卫红上二年级,别动不动就说不过了。"

胡春香一屁股坐在板凳上,边抹泪边说:"这段时间,匡照明有事没事总拿着那个老银手镯发呆,动不动就'躺在席子上吹死猪,长吁短叹'。我既心疼他又望着那手镯打怵,好几次梦见我婆婆那只戴着手镯的老手在我面前乱晃悠,于是我就劝匡照明把手镯卖掉,没想到挨了他一顿臭骂,说当年要不是我将他娘推倒在地,他娘也不会被吓跑,更不会冻死在外,言外之意我就是冻死他娘的罪魁祸首。我说事情都过去好几年了别没完没了地提,谁知他像疯了一样指着我鼻子大喊大叫,结果两人大动干戈,他用棍子撸了我好几下,我将菜刀直接丢他身上,幸好他躲得快,否则肯定会挨一刀。"

说着说着,胡春香猛地撸起袖子,指着胳膊上的伤说:"看看吧!这些伤都是匡照明打的!当然我也把他打了。我算是想明白了,有他娘死的那道梗横在双方心里,再过下去不是我死就是他亡,想想这些年跟他吃的苦受的罪,再想想他现在对我的态度,我觉得特别伤心。说实话,我真过够这种日子了,昨晚我赌气提出离婚,本以为他能挽留我,谁知没等我把话说完,他就拍着巴掌大声叫好,直言早就该离了!"

周华胜未料到匡照明两口人会闹到这种地步,再三劝导胡春香不要动离婚念头,胡春香摇着头表示:"菜刀都动了,说不定还会动炸药包,与其这样凄风苦雨,还不如早说早散。"王秀英埋怨她太没脑子,明知那个老银手镯对匡照明很重要,还偏要去戳那道伤疤。胡春香也懊悔提及卖手镯之事,不过当时也是出于好意,想让匡照明眼不见心不烦。

周华胜一口气跑到匡照明家,匡照明一见他就说:"那个臭娘们肯定又跑到你家恶人先告状了。她不是提出要离婚吗?我巴不得现在就离!说实话早就跟她过够了。早先我娘活着时,她天天指桑骂槐,动不动就笑话我有个练六指神功的疯娘,当时考虑到她多少能照顾我娘,至少我娘跑丢时能多个跑腿的,所以一直迁就她,自从我娘死后也没什么顾虑了,离就离!我坚决同意!"

"两口子床头打架床尾和,你娘那事已经过去了好几年,胡春香毕竟是三个孩子的亲娘,日子还得照样过。"

"快别提什么床头打架床尾和了,实话说根本没心思和。我经常一闭眼就看到我娘,多少次哭醒于梦中,每次哭醒时胡春香就说我又号丧了,气得我卷起被子,直接到单位值班室睡几天再回家,这样的事时有发生,我是'王八钻火坑——连憋气带窝火',你说不等着离婚还等什么?"

"说得轻巧,离离离,真要离了孩子怎么办?孩子心理会有一辈子阴影。"

"这个问题我也想过,但现在每天除了打就是闹,说不定最后真会闹出人命来,到那时孩子的心理阴影更大。"

匡照明抱定了离婚之心,任凭周华胜再三劝阻,仍无济于事。

一个月后,匡照明和胡春香离了婚,其间法庭多次调解未果。匡卫红和匡红梅判给匡照明抚养,匡卫东判给胡春香抚养。让人没想到的是,就在判决书下达当天，胡春香竟然丢下原本判给她的匡卫东，一走了之，谁也不知她去了哪里。

每次一想到匡照明家，周华胜就忍不住难受半天，在匡照明和胡春香之间不知该埋怨谁，或许婚姻走到尽头已不需要任何理由，每条理由都会像破碎机一样，将以往的情分辗得粉碎。他不止一次跟秀英探讨此事，两人的看法如出一辙。

看到匡照明既要上班又要照顾三个不大不小的孩子，周华胜想把九岁的匡卫红和七岁的匡红梅接到家里，替匡照明减轻些负担。当他将想法告知秀英时，她思忖片刻后点头同意，反正自己在家闲着，看一个是看，看一群也是看。对于周华胜两口人的好意，匡照明简单推让后接受了，自己确实忙得焦头烂额，上来一阵直想撞墙。

周华胜将匡卫红和匡红梅领回家，不料却引起大闺女周小原不满，已上二年级的她噘起嘴巴说："爹，我每天放学都要看孩子，看咱家的就够累了，没想到又来了两个小外来户，这下更写不成作业更没时间玩了。"周华胜说："小原，你匡叔叔既要上班又要照看孩子，确实忙不过来，不然也不会让卫红和红梅来咱家。你这个当姐姐的，一定要把她们当成亲妹妹对待。"一旁的王秀英也如是说。周小原只好点点头。

王秀英一边做晚饭一边想胡春香，总觉得她没走远，她当初卖零食时经常去市区提货，对那里熟门熟路，说不定就在市区。正想着，里屋突然传出周铁的哭声，王秀英急忙跑进里屋，原来是周小念和匡红梅把周铁逗弄哭了。王秀英一边哄着三个孩子，一边寻思大闺女小原该放学了，小原比大多数的同龄孩子懂事，除了照看弟妹还会做家务，五岁就知道拿着抹布擦拭家具，七岁就学会了洗衣、蒸二和面馒头、擀饺子皮，自己一忙不过来就指使小原干。

一会儿，周小原蹦跳着放学回家了，王秀英急忙对大闺女说："先别写作业了！先看弟弟妹妹，娘得做一大家人的饭。"原本高兴的周小原瞬间收敛笑容，只好看着大大小小的孩子，一边指挥周小念和匡家姐妹玩耍，一边背着周铁满院晃悠。

周小原努力勾着手指头，渐渐感到身后的小胖屁股越来越沉。背上的周铁前仰后合不老实，总喜欢揪着她的辫子不松手，她突然一个趔趄摔了个狗吃屎，当即满嘴鲜血，趴在地上大哭起来，后背上仍伏着胖墩弟弟。

正在厨房做饭的王秀英闻声急忙跑出来,见状急忙把儿子从小原背上抱起来,一看儿子没事暗自松口气,随后检查闺女受伤的嘴巴,发现磕掉了一个前门牙,牙槽里已经顶出一颗小牙,赶紧安慰小原:"没事,马上就长出新牙了。"

周小原边哭鼻子边想,长出的新牙肯定是颗歪牙,幸好没摔着宝贝弟弟,否则少不了挨顿鸡毛掸子。她感觉嘴巴生疼浑身没劲,勉强吃完饭开始写作业,写着写着便趴在桌上睡着了,醒来后继续写,一扭头发现娘正挤在孩子堆里哄这个看那个,根本顾不上多看自己受伤的大闺女一眼。没过多久,她的嘴里果真长出一颗歪门牙,一段时间里,每次看到这颗歪牙,她就会忍不住斜睨周铁。

"六一"很快到来,玉钢子弟学校的操场实行对外开放,操场上挤满了男女老少,一是看热闹,二是替参加运动会的孩子加油助威。一些小商贩趁机挤进学校,在距离操场不远的地方,吆喝着兜售汽水、伊拉克蜜枣、冰棍等。其中,卖得最火的要数伊拉克蜜枣,这种枣呈橘红色半透明状,光亮度有点蜡感,像糖水腌制过一样黏糊糊湿漉漉,厚厚的肉甜得齁人,蜜枣皮上有道裂纹似的线,一咬线就裂开,舌头一搅就出来个又圆又硬的大枣核,深受孩子们喜欢。

周小原身着干净的旧衣服,拿着两毛钱蹦跳着来到小商贩面前,挤在孩子群中,花一毛钱买了瓶"北冰洋"牌橘子味汽水,又花一毛钱买了最爱吃的伊拉克蜜枣,边吃边来到教室。一会儿,她和同学们一起拿着板凳排队来到操场集合。此时,操场上已聚集了很多班级,学生们边享用美食边欢声笑语,今天他们不但可以少挨爹娘打骂,而且还能得到几毛钱买零食吃。

学校举行了运动会开幕式,由高年级学生组成的军乐队和腰鼓队进行精彩表演。接下来,运动会开始了!工作人员举着小喇叭不断吆喝:"参加比赛的同学,请马上到检录处检名!"检录完的同学很快进入比赛场地。

王秀英领着周铁、周小念、匡红梅等"小不点"来到操场,从拥挤的人群中找到匡卫东和匡卫红,分别塞给他们五毛钱买零食吃。随后,王秀英又找到正在跑道上做准备的小原鼓励两句,随着发令枪"砰"的一声,周小原绷着腮帮子拼命地跑向终点,王秀英站在跑道一侧大喊:"小原,加油!"一旁的"小不点们"也跟着直喊:"姐姐加油!"周小原第二个冲过了终点线。

王秀英来到大闺女面前，小原盯着脚上的布鞋不服气道："娘，跑第一名的穿着崭新运动鞋，我要是有双运动鞋，肯定也能跑第一名。"

接下来，王秀英又带着几个"小不点"找到匡卫东，这小子身高遗传了他娘，在跑步和跳远方面完全遗传了他爹的优良基因，经过比赛，分获年级男子组一百米和跳远第一名。匡卫东高兴得一蹦老高，王秀英看到卫东脚上穿着一双快露脚趾的布鞋，暗自涌上一阵心酸。

整整一上午，王秀英带着"小不点们"，来来回回围着匡卫东兄妹和周小原转悠，转得头晕眼花。运动会结束后，她领着孩子们到商店买了"酸三色"水果糖和大白兔奶糖，原本没打算买大白兔奶糖，但孩子们的眼睛一直盯着这种糖，加之售货员再三推荐："给孩子们买点大白兔奶糖吃吧，这是周总理当年送给美国总统尼克松的国礼。"王秀英暗自一咬牙，买了二十块"大白兔"分给孩子们。

回家路上，孩子们的情绪明显高涨，高声叫喊："大白兔奶糖真好吃！"中午，王秀英给孩子们做了油饼和鸡蛋汤，孩子们边吃边说笑。匡卫东说："秀英姨，要是有双运动鞋我会跑得更快。"王秀英说："你脚上的布鞋都快露着脚趾了，姨先给你做双布鞋穿吧，正好卫红的鞋也穿旧了，一块儿做着。"

王秀英说到做到，很快给卫东卫红做好了新布鞋，送到匡照明家。匡照明感激万分："我替孩子们谢谢你了！"王秀英让他不用客气，临走时，顺便拿走了匡照明及孩子们需要缝补的衣服。

月底，当周华胜拿回家工资后，王秀英跑到商店给匡卫东买了双运动鞋，周小原为此满脸的不高兴，埋怨娘向着别人家孩子。王秀英沉着脸说："小原，这就是你不对了。你看看卫东兄妹多可怜，你好歹还有个娘守在眼前，可他们连个娘的影子都见不着。你爹和卫东爹是同乡战友，娘和卫东娘又是同村好友，他们家现在这种情形能不帮嘛。"听罢娘的话，周小原无奈地点点头。

王秀英拿着运动鞋给匡卫东送去，他高兴得差点跳起来，直喊："我有运动鞋喽！我有运动鞋喽！"匡照明埋怨儿子："臭小子，光顾着高兴了，还不快谢谢你秀英姨！"匡卫东吐了下舌头大声道："谢谢秀英姨！"匡照明再三对秀英两口人致谢，秀英笑道："不用这么客气，能帮多少帮多少，帮不到的也没法子。"

夏天到了，青年农场地里的玉米、糜子、南瓜、土豆、黄瓜、西红柿等长势渐旺，已到了追肥期，主要肥料来源于玉钢区域所有公共茅房中的粪便。

淘大粪是个重活，每当地里缺肥或公用茅房的茅坑快满时，农场便会派人开着拖拉机拉着铁皮粪罐到玉钢，把公用茅房里的屎尿全部刮到粪罐里，拉回农场送到地里。

给农场淘大粪的是个中年临时工，这天，他来到常德办公室请假，说他爹病了，要请些时日的假在家照顾老人，待老人病好后再来上班。常德表面上痛快准了假，内心却焦急万分，眼下地里正缺肥，要赶紧找个既会开拖拉机又愿意淘粪的人顶替这项工作。

常德派人从黄河大队找了好几天都未找到合适人选，会开拖拉机的不愿意淘大粪，愿意淘大粪的又不会开拖拉机。周华胜听说后来到常德办公室，进门便说："常场长，听说没找到淘大粪的，我先顶替着干吧，只是我不会开拖拉机，你得找个拖拉机手跟我一起去钢厂拉粪。"常德当场愣住了，没料到平日里干干净净的周华胜，能主动揽起这项脏重活，一想到追肥任务刻不容缓也只好点头同意，随后迅速找到一个拖拉机手。

常德望着换上淘粪服装的周华胜说："干不了提前说一声，千万不要勉强。"周华胜摘下口罩，戏说保证给农场拉回最好的大粪汤子，而后同拖拉机手并排坐在粪车上，颠簸了一个小时才到达玉钢，尽管戴着厚厚的口罩，但还是难掩粪罐中传出的扑鼻臭味。粪车所经之处，路人避之唯恐不及。

粪车开到了住宅南区，南区一共有二十多处公共茅房。无论到男茅房还是女茅房，周华胜都事先站在茅房门口高喊几声："里面有人吗？没人就进去淘粪了。"大粪里全是蛆，他强忍着恶心一次次举起粪勺……

当周华胜来到下一个男茅房时，刚问完里面有没有人，突然听到一声熟悉的回答："里面有人大便，等会儿吧。"听声音竟然是匡照明，没想到绕来绕去，竟然绕到了匡照明家附近的公用茅房，周华胜赶紧低头站在粪车后面。一会儿，匡照明边系腰带边走出茅房，瞥了一眼粪车后面的周华胜，并未认出来是谁，只是嚷嚷道："喂！淘大粪的，快进去淘吧，粪坑里的蛆都快爬到裤腿上了，真恶心人。"他嚷嚷完就走了。周华胜这才拉了拉口罩，低着头快速走进茅房，很快淘完这个茅房的粪便。

周华胜接连淘了四五处公共茅房，终于将粪罐装满，此时已近正午，他扣好罐盖后招呼拖拉机手发动车，两人顶着臭味按原路返回农场。

　　拖拉机手将粪车开到距离地头二十米远的大粪坑旁，而后坐到挺远的地方抽烟。周华胜用钳子拧开粪罐接头处的管子，粪便顺着又粗又长的管子哗哗地流入大坑。常德来到粪坑旁对周华胜说："怎么样还习惯吧？干不了就不干，我再找别人干。"周华胜摘下口罩连喘几口长气，实话实说："刚开始干确实不适应，估计干些日子就好了，不用劳神费力找别人了，我已经接手了就接着干吧。"

　　常德点点头，督促周华胜把脏衣服换下来，洗洗手准备吃饭。到食堂打饭时，周华胜唯恐身上有臭味自觉地排到队后，等其他人打完后才凑到窗口打饭，狼吞虎咽地吃完。下午，常德带领知青们将大坑里的粪便舀到铁桶里，陆续送到地里。周华胜小憩后，也加入送粪大军中。

　　晚上回到家后，周华胜感觉浑身像散了架。他刚想躺下来休息，忽然听到秀英大惊小怪的声音："奇怪，怎么家里一股子臭味？难道我刚才上茅房脚底蹭上屎了？"她边喃喃自语边抬脚瞅鞋底，一看鞋底挺干净，真是奇怪了，到底哪来的臭味呢？

　　周华胜不自觉地闻了闻衣袖，自己离开农场前，特意跑到黄河边洗了澡，只怪老婆的嗅觉过于灵敏，平日里家中一有异味，最先闻到的肯定是她。他正想着，王秀英像警犬一样围着他使劲嗅，最后下了定论："闻了半天，原来臭味来源于此，一进门就带来一股臭味。"他不想隐瞒，只好对老婆说了实话："农场淘大粪的临时工，因为爹生病请了假，眼下地里又正好缺肥，所以我就……"王秀英没好气地打断男人的话："所以你就接过淘大粪的光荣任务对吧？哼，人家是越混越好，你倒好，直接混成淘粪工了！自家茅坑的屎蹲下来都能蹭着屁股了也不淘，反倒给公家淘起茅房。"

　　周华胜不想惹老婆生气，急忙赔着笑脸说："我现在就去淘咱家的茅坑。"说罢作势往后院走。王秀英说："今晚别淘了，黑灯瞎火的，再沾一身屎。快去好好洗个澡，要不然别进被窝。"周华胜迅速洗完澡，其间特意多打了几遍香皂，而后才钻进被窝。

　　王秀英叮嘱男人淘粪时一定注意安全，半晌未见回应，扭头一看男人已入睡，脸上的那道疤随着陡然而起的呼噜声，一起一伏。次日清早，周华胜起床后赶紧来到后院，把茅坑的粪便刮到桶里倒在公用茅房，吃罢早饭坐客车到达农场，继续跟着粪车到玉钢生活区淘大粪，之后再继续往地里送粪。渐渐地，他似乎闻惯了粪味，有时甚至闻不出臭味，王秀英戏说他的嗅觉已被大粪熏得丧失功能。

周华胜坐着粪车又一次来到南区公共茅房淘大粪，恰巧又碰到了匡照明，这次被他一下子认了出来，拉住周华胜袖子低声追问："你怎么淘开大粪啦？"周华胜诉说了事情原委，笑道："小鬼头，你猜我淘粪时想到了谁？"匡照明把嘴一撇："时传祥呗。"周华胜说："猜得真对。时传祥十几年如一日淘大粪，真不容易。"匡照明戏谑："那你就好好淘吧，也淘成时传祥那样的全国劳模。"他顶着臭味勉强跟周华胜闲聊阵子，随后就走了。

当周华胜来到炼铁车间的公共茅房时，定定地望着不远处的高炉，真想冲到炉台上看一看，低头瞅几眼自己这身淘粪行头，最终还是忍住了。他使劲整理好口罩，怀着难以描述的心情淘完这个茅房的大粪，随后又将附近茅房的大粪淘完。

一个月后，农场的三百多亩地全部完成追肥，菜地里呈现出一片片绿油油的旺景。那个请假的淘粪工返回农场，从周华胜手里接过粪勺。青年农场的蔬菜很快成熟，除了供应农场食堂，还供应厂部食堂，这些经过大粪汤滋养的绿色作物，成为头头脑脑们招待领导或客户的招牌美食，每每有领导莅临检查指导工作，厂领导都会宣传，这是青年农场自产的纯天然绿色食品。

秋季开学时，周小念和匡红梅上了一年级，同她们的姐姐一样，两人也成了同班同学。王秀英继续在家照看周铁，负责给上学的孩子们做饭、洗衣、缝补等。匡照明心里过意不去，想把卫红和红梅接回家，结果被秀英笑着阻止了，表示自己能忙过来。

周末，周小原趴在院子里的小桌上写作业，忽然听到有人压低声音喊她："小原，小原！"定睛一看，原来是匡卫东趴在墙头上喊她，她急忙跑了出去。匡卫东手里攥着一个不大不小的布袋，告知造林队果园里的沙果子熟了，专门叫她一起去"看看"。周小原问："怎么不带着卫红？"匡卫东诡秘一笑："这种事只能带精兵强将。"

周小原跟着匡卫东来到造林队附近。匡卫东人小鬼大，并未像其他孩子那般，从修补了数次的马鞍状豁口跳进果园，而是带着周小原蹑手蹑脚地来到隐蔽性好的西墙外。两人爬上墙头向里望去，只见低矮的沙果树上缀满红灯笼般的果实，口水不自觉地流出来，恨不得立刻把这些"小红灯笼"塞入口中。

匡卫东低声说："怎么没见到看园子的？但愿别碰上那个有名的厉害主儿孙哑巴，那家伙铁面无私、任劳任怨，恨不得像二郎神脑门上长出第三只眼。"周小原也低声说："千万别让那个护园标兵发现，否则肯定会像对待其他孩子那样，把咱俩绑送到值班室，还得爹娘到值班室赔着笑脸把人领走。"

她的话音刚落，匡卫东指着右前方说："倒霉，还真碰上了孙哑巴。那不，他正坐在那棵大沙果树下眯着眼，貌似在打瞌睡，旁边还蹲着条'德国黑贝'。"周小原一看果真如此。

匡卫东领着周小原趴在西墙头上侦察完"敌情"，随后俯下身子商量对策。匡卫东两手托着腮帮子说："孙哑巴看守得这么紧，得想个法子，把他和那条可恶的大狼狗从沙果树下引开。"说罢转动着黑眼珠思忖片刻，最后表示只能"声东击西"，先由周小原从东墙头跳进果园，偷东侧的八瓣梅并且故意让孙哑巴看到，等孙哑巴牵着狗过去时，再由匡卫东从西墙头跳进去偷沙果子。周小原一听急忙缩回身子："我不去！万一让孙哑巴逮住绑到值班室就丢透人了，传到学校同学们会笑话死我，我娘也会拿鸡毛掸子揍我。"

匡卫东一板一眼地继续引导："小原，你要是不去，那就没人能引开孙哑巴和狗，就吃不上无比珍贵的沙果子了。等到被其他馋猫捷足先登全偷吃光了，那咱们今年就彻底吃不上了。放心好了，即使孙哑巴真把你抓住了，也不会对你怎么样。我早打听好了，孙哑巴家的两个孩子中，他总揍儿子，对闺女从不舍得动一根手指头，所以他抓住你时，你只要咧嘴一哭，他肯定不会把你捆绑到值班室。"

周小原终于明白了匡卫东带她来的原因，不由斜了匡卫东一眼，说："我发现你脑子太好使了，挺像《渡江侦察记》里的那个侦察连长。"匡卫东笑嘻嘻道："我早就想好了，长大后去当兵。但那是以后的事，眼下得先把孙哑巴和那条可恶的大黑狗搞定。"

"好吧，就按你说的办吧。"周小原咬了咬嘴唇说。

周小原从果园西墙外跑到了东墙外，蹲在墙根下仍有些犹豫不决，一抬头，看到匡卫东站在远处不停地比画，指指她又指指墙头，示意她马上行动！

周小原鼓起腮帮子深呼吸一下，随即从墙头跳进果园，跑到东边大片的八瓣梅花丛里。匡卫东则趴在西墙头上，冲着大沙果树下的孙哑巴大喊："东边有人偷八瓣梅啦！东边有人偷八瓣梅啦！"坐在大果树下佯睡的孙哑巴果然中计，迅速牵着狗，径直奔向东边的花丛。

"扑通！"匡卫东敏捷地跳进果园，一口气冲到沙果树下，连果带叶一阵猛撸，布袋里很快装满了沙果，随即将布袋挂在脖子上爬出墙头，迅速朝周小原所在方向跑去。

此时，蹲在八瓣梅花丛里的周小原，早已被赶到的孙哑巴和狂吠的大狼狗吓呆了。孙哑巴一边大叫一边用手比画着，示意周小原不要破坏花丛，快点出来。周小原犹豫片刻后走了出来，蹲在地上，把头埋在胳膊里呜呜大哭起来，此刻，即使匡卫东不那么教她，她也会放声大哭。

真让匡卫东这个机灵鬼说对了！孙哑巴一看眼前的这个女孩涕泗交流，马上联想到年龄相仿的闺女，顿时起了恻隐之心，很快牵着大黑狗让到一旁，用手比画着示意周小原快走，周小原借机抹着眼泪跑出果园。

匡卫东一直趴在东墙头观察动静，看到周小原出来后急忙跑上前，不无得意地说："小原，听我的没错吧？我就知道孙哑巴不会为难一个可怜巴巴的女孩。"说着从布袋里掏出沙果递给周小原，结果被她一把拨开。

周小原气呼呼地说："走开，我不愿意搭理你！"匡卫东笑嘻嘻道："小原，别生气了，以后再有这事直接让孙哑巴逮我就行了，大不了让我爹到那个值班室领我，挨他一顿臭鞋底。"

在匡卫东的三哄两逗下，周小原的气渐渐消了。两个孩子坐在地上吃沙果子，沙果子酸甜可口很好吃，匡卫东一边吃一边说："没想到苹果树和海棠树能嫁接出这么好吃的果子，真过瘾！"周小原提醒他别都吃完了，给弟弟妹妹们留些，他点点头。

周小原拿着十几个沙果子回到家，偷偷给小不点们吃，结果让王秀英发现了，问她哪来的沙果子？她只好和盘托出，对一些细节讲得绘声绘色。

听罢闺女描述的壮举，王秀英啼笑皆非，连声说："匡卫东的小脑子铁随他爹了，活脱脱一个'小小鬼头'。你俩真行啊，小小年纪就知道合伙作案，而且还配合得天衣无缝。小原，你这个假小子真是下错生了，以后别再去偷沙果了，传出去让人笑话。"周小原连连点头，表示以后就是让去也不敢去了，那条大狼狗能把人吓死。

随着冷空气到来，青年农场的菜地里，只剩下一畦畦翡翠般的萝卜和白菜，大白菜外层散着白绿相间的大宽叶子，中间露出包裹紧紧的黄芯，一搋瓷实得顶手。在第一场小雪来临之前，农场将白菜抢收完毕，除却农场自用，其余的全部送到了厂部食堂。

农场很快进入冬闲，办公室里炉子烧得挺旺，大家一边听收音机，一边谈笑风生。

常德像想起什么，说有些日子没听周华胜说书了，让他来上一段，知青们也如是说。周华胜笑道："昨晚看了《水浒传》第九回，那就来上段'林教头风雪山神庙，陆虞候火烧草料场'吧！话说当日林冲正闲走着，忽然背后有人叫，回头看时，却认得是酒生儿李小二。当初在东京时，幸得林冲照顾……"由于未提前备课有些卡顿，周华胜不好意思道："要是提前备备课，就不这么卡了。"众人笑着表示，这已经很不错了，周师傅的记忆力确实惊人。

大雪时节到了。这天下午，王秀英领着周铁在院子里堆雪人，一会儿，大门口传来一阵孩子的嬉笑声，紧接着五个孩子相继跑进院子，原来是放学的周小原姐妹和匡卫东兄妹。匡卫东经常在下午放学后过来，吃完晚饭再回家。熟门熟路，匡卫东一进院门便扯着嗓门高喊："秀英姨！我们来啦！"王秀英笑道："卫东，你这个大嗓门铁随你爹了。你们几个先进屋写作业，姨这就去做饭。"五个孩子随即进屋写作业。

饭很快做好了，王秀英利落地把饭菜摆上桌，匡家兄妹边吃边夸秀英姨做饭好吃，这两年他们早已吃惯了秀英姨做的饭。周华胜从农场回来了，正在吃饭的匡卫东连忙放下筷子站起来，上前扑打他身上的雪，卫红和红梅一看哥哥这样，也上前帮着扑打。周华胜笑道："不用你们扑打，都先吃饭吧。"王秀英随口说了几句："看看孩子们多好，胡春香那个熊玩意儿丢下孩子们不管，心真狠。"

一听到"胡春香"三字，匡卫东立马睁大眼睛气呼呼道："不要提那个狠心肠女人，她不是我娘，我娘早死了！我们都是黄连木雕的娃娃，苦孩子！"一旁的匡卫红赶紧接住话茬："我哥说得对！我们没有那种娘，她不要我们了，我们也权当没那个娘。"周华胜瞪了老婆一眼，埋怨她不该引出不愉快的话头。王秀英赶紧转移话题，催促卫东卫红坐下来吃饭。

饭后，匡卫东背起书包回家，王秀英发现他裤子破了个洞，急忙说："卫东，抓紧把裤子脱下来姨给补补，这才补完几天就又磨出洞了，你这个皮小子就不能老实点。"

"秀英姨，这是今天课间活动玩'骑马干仗'时，不小心摔在地上，摔破了。"

"没摔破腿？"

"没事，只是膝盖蹭去一块皮。"

"快脱下裤子让姨看看。"

匡卫东磨蹭半天才脱下裤子，右腿膝盖处果然蹭去一块皮，王秀英急忙用布条蘸着白酒给伤口消毒，随后顺手提起卫东的裤子让他穿上，这才发现裤子里面只套了条薄衬裤，顿时心里什么滋味都有。

送走匡卫东后，王秀英随即找出积攒的白线手套，将手套顺着接头拆好后缠成球，开始没白没黑地给匡卫东织线裤。

一周后，线裤织好了。王秀英来到学校门前，截住放学的匡卫东，将他叫到家中试穿线裤，匡卫东摸着线裤高兴地说："真暖和，谢谢秀英姨！"过后，王秀英对男人说："给卫东织的线裤正合身，他已经把线裤穿走了。"周华胜当即表扬老婆辛苦了，王秀英坦言不辛苦，就是觉得匡家孩子有娘就跟没娘一样，真可怜。

第三十五章

夜晚，周小原和匡卫红趴在小桌上写作业，周小原边写作业边说："明天又轮到我和卫红值日了，唉！真愁人，不仅早起，还要点炉子、打扫卫生。"早在入冬前，班主任便带领全班同学背起柴筐到山上打油柴，教室后面很快垛满油柴，学校则提前把煤备好，给每个教室安上一个铁炉子；班里安排两人一组值日，每逢轮值须提前到校，配合班主任点炉子和打扫卫生。

一旁的周华胜瞅了大闺女一眼说："劳动最光荣，让同学们坐在温暖干净的环境里学习，应该高兴才对。"周小原有些不满道："爹，不用你教，这些我都懂，你比我们老师还啰唆。"说罢咬着笔杆白了爹一眼。周华胜笑道："知道就好。"

次日清晨，周小原和匡卫红不到五点半就起床，简单吃罢早饭赶往学校。此时天还未亮，黑咕隆咚的很吓人，她俩一边观察周围动静一边跑到教室，看到老师正在用油柴点炉子，赶紧上前帮忙。老师点完炉子便出去了，小原和卫红立即打开窗户走烟，而后将地面洒上水打扫卫生，当她们打扫完卫生时，天已经大亮，同学们陆续来到教室。

一个早到的男生，随手往地上丢了五六张纸片，周小原提醒他："杨铭，刚打扫完卫生，不要随便往地下扔纸片。"杨铭的爹娘都在银行工作，他爹还是副行长，吃喝穿戴自然比工人家庭的孩子强百倍，平日里头抬得像小公鸡，一般人根本不放在眼里。班里有不少同学受过他的气，不是抢同学手中的小人书，就是故意撤前桌同学屁股底下的凳子，再不就用小刀偷割女同学的辫梢……同学们私底下都叫他"小胡汉三"。

此刻，杨铭瞪起单眼皮小眼，指着周小原道："你这个'小山东佬子'，竟敢管我？"

"杨铭，怎么不能说你了？你不珍惜别人劳动成果。"

"你看看你浑身上下的土气样，屁股后面还打着补丁。"

"那也比你驴屎蛋蛋表面光强！"

这句话霎时惹恼了小胡汉三，他迅速跑到门后，抄起一把带着泥水的笤帚，从讲台那边"嗖"一声扔在周小原头上，弄了她满头满脸的泥水。周小原当即趴在课桌上委屈地哭起来，班主任老师正好走进教室，问明原委后将小胡汉三训斥一顿。整整一上午，周小原的心情糟糕到了极致，勉强上完四节课。

中午放学后，周小原和匡卫红并排走着，周小原不自觉地摸了摸挨过泥水笤帚的头顶，满脸沮丧的样子。正在这时，匡卫东跑了过来，见状忙问发生了什么事？卫红将小原挨打之事告知哥哥，匡卫东咬着嘴唇说了句："杨铭，你这个小胡汉三，你给我好好等着。"

下午放学后，匡卫东在杨铭家附近的一个胡同里截住了他。

"杨铭，谁让你欺负周小原的？！"

"又来了一个'小山东侉子'。我就欺负她了，谁让她多管闲事的。"

匡卫东一听这话更来气，上前指着杨铭道："你、你欺负女同学就是不对！"说罢将杨铭摁倒在地。杨铭的小白脸立马蹭到地上，一边挣扎一边含混不清地说："快放开我！你竟敢打行长的儿子，当心我爸不让你爸取存款。"

"我家穷得快光屁股了，根本不需要去你爹的狗屁银行取存款。你说！你以后还敢不敢随便欺负人了。"匡卫东其实并不想动手，只要杨铭服个软就即刻放了他。

不料，杨铭是"煮熟的鸭子，肉烂嘴硬"，继续嚷嚷："你这个没娘的穷山东侉子，你把我好几百块钱的新衣服弄脏啦，你家就是砸锅卖铁也赔不起！"

匡卫东最怕触及"没娘"二字，听罢照着杨铭屁股就是狠狠的两脚，杨铭顿时哭喊不停，匡卫东脱下杨铭的袜子塞进他嘴里，随后又解下杨铭的裤腰带，将他的手绑在旁边的一辆自行车上，而后撒腿跑了。杨铭一动也不敢动，一动自行车就会砸在身上。一会儿，他娘正好骑着自行车下班回来，见状急忙上前给儿子松绑，很快把这事告知杨铭爹。

次日上午，杨铭爹把这事告到了学校，校领导很快查清事情的来龙去脉，虽然内心也对杨铭不满，但碍着杨副行长的面子，只好将匡照明叫到学校。

匡照明这才知道儿子闯了祸，暗忖这个小兔崽子，竟敢打行长的儿子，转念一想，这事也不能全怪儿子，究其原因，那个小胡汉三占多半责任，不过仍要给杨副行长赔礼，也算是给校领导和这位官爷一个台阶下。于是，匡照明让儿子给杨副行长道歉，匡卫东不服气不肯道歉，杨副行长的脸明显挂不住了，匡照明只好强摁着儿子的头致歉，表示以后定会严加管教儿子。

幸好杨副行长并非胡搅蛮缠之流，也情知此事如果真要追究起来，肯定与娇生惯养的儿子脱不了干系，那样对他这个行长也不好，既然已找回面子，也便作罢。

没过多久，随着学校放寒假，杨副行长调到市里工作，杨铭这个小胡汉三也转到市里上学。杨铭虽然转学了，但那把泥水笤帚连同那张气急败坏的小白脸，一起住在了周小原心里。

放寒假没几天，原本住在周华胜家的匡卫红对王秀英说："秀英姨，我想回家陪陪我爹，帮他干点活。"王秀英思忖片刻后同意了，表扬卫红是个懂事孩子。

夜晚，王秀英一边往炉子里添煤，一边自言自语："唉，烧火墙太浪费煤，煤仓子里的煤马上就要见底了，愁人。"这话被趴在桌子上写寒假作业的周小原听到，凑上前悄悄说："娘，要不我也像其他孩子一样，出去捡煤核吧，听说能捡不少呢。卫东以及我爹其他战友家的孩子都出去捡煤核，能省不少买煤钱。"

"小原，你好好学习好好看孩子就行，不用你出去捡，要捡也是娘出去捡。唉，卫东家也是他爹一人上班，又没有娘在跟前照顾，出去捡煤核也是迫不得已。"

"娘，天一冷你就害腰疼，还是我出去捡吧。放心，保证不影响写作业和看孩子。"

王秀英犹豫半天，最终同意闺女出去捡煤核，不是她不心疼闺女，只是天一冷她的腰疾就会犯，连做饭洗衣都困难，更别说出去蹲在地上捡煤核了。王秀英悄悄对闺女说："想捡的话就跟着卫东一起去捡，这事先别让你爹知道，不然他会骂娘，等他早晨上班后你再去捡。另外，也别让你匡叔叔知道，不然他会告诉你爹的。"周小原点点头。王秀英随即找出一副旧线手套给闺女，让她戴着捡煤核。

次日早上，周小原等到爹上班后，赶紧提着小筐去找匡卫东，先趴在他家墙头上往院里望去，发现院里没有自行车，知道他爹骑着自行车上班去了，这才连声喊："卫东哥！卫东哥！"

匡卫东闻声走了出来："小原，这么早找我干什么？"

"我想跟你们一起去捡煤核。"

"你也去捡煤核？你家也烧不起煤了？"

"唉！别提啦，都是我那个宝贝弟弟弄的，生了他一人，苦了全家人。"

"好，你等着，我马上叫上卫红一起去捡。"

一会儿，匡卫东和匡卫红提着小筐出来了。

路上，匡卫东颇有经验地叮嘱周小原："咱们得学聪明点，专挑双职工住的地方捡煤核，他们这些有钱人家大部分不在乎煤是否烧透，有些煤刚烧个半透就倒掉了。哪像咱们这些单职工家庭，穷得要命，还得出来捡别人烧剩的煤核。"

三个孩子穿梭在垃圾堆旁，流着鼻涕，在新鲜的炉灰堆里反复扒着，不时脱下手套捻那些未烧透的煤核，只有把表层的白面面儿捻干净，方能看见真正的黑煤核，很快就灰头土脸，小手冻得像"胡萝卜"。

"小原，你爹平日里很亲你，怎么舍得让你出来捡煤核？"匡卫东吸溜下鼻子问。

"我爹不知道我捡煤核，要是知道了肯定会吵我。我娘说先不告诉我爹，你们俩也先别告诉匡叔叔，不然他会告诉我爹的。"周小原边捻着煤核表层的白面面儿边说，匡卫东和匡卫红同时点点头。

两小时后，三个孩子的小筐好容易满了，赶紧提着劳动成果各自回家。周小原提着满筐的煤核，让娘看了好几眼，听到表扬后才将筐里的煤核倒进煤仓。

接下来的一段时间里，周小原时常跟着匡卫东兄妹捡煤核。周华胜曾发现煤仓里有煤核，问过王秀英，她说倒垃圾时顺手在煤灰堆上捡的。

当周小原和匡卫东兄妹又次来到一个大垃圾堆时，发现这里有不少刚倒的新煤灰，周小原惊喜万分："卫东哥，这下咱们能捡不少煤核啦！"匡卫东急忙催促小原和妹妹:"快点捡!要不然会被别人抢去。"

他的话音刚落,便来了两个捡煤核的男孩子,一高一矮,看上去十四五岁。大个子男孩指着煤灰堆大声说:"这是我们的地盘!外人不能来捡!赶紧走开!"匡卫东也指着煤灰堆不服气道:"这上面并没贴着你家标签,凭什么不让我们捡?再说了,之前我们也来这里捡过,就捡,就捡!"说罢就要动手扒揸煤核,大个子男孩蛮横地将匡卫东推倒在地,两人随后撕扯成一团。

周小原和匡卫红没那么大力气将他俩拉开,只好站在一旁哭喊:"别打啦!别打啦!"

这时,旁边的那个矮个子男孩,悄悄捡起一块碎砖头瞄准匡卫东抛过去,就在砖头落下的刹那间,周小原猛地扑上去挡在匡卫东面前,她的头上挨了一砖头,顿时倒了下去,鲜血直流……肇事男孩吓得扭头就跑了。匡卫红哇哇大哭,望着滚成泥团儿的哥大喊:"哥!别打了别打了!小原姐的头被打流血了!"

匡卫东使劲将压在身上的大个子男孩推倒在地,上前扶起昏迷的周小原连喊:"小原!醒醒!快醒醒!"大个子男孩见势不妙,撒腿便溜了。匡卫东急忙背起周小原,对妹妹喊道:"卫红,我现在送小原到医院!你快去告诉秀英姨一声,让她抓紧到医院!"

匡卫红一路哭着跑到周华胜家,进门便喊:"秀英姨,不好了!小原姐的头被人打伤了,我哥正背着她去医院!"正在洗衣的王秀英大惊失色,急忙让卫红帮着看周铁,骑着自行车飞速赶到医院。此时,头上缠着绷带的周小原已苏醒,匡卫东站在一旁不知所措。王秀英一下子扑到闺女病床前:"小原,你没事吧?"小原轻声回答:"没事。"一旁的匡卫东说:"秀英姨,刚才医生检查过了,只是外伤,休养几天就好了。"

王秀英觉得这事不能瞒着男人,立即跑到院长办公室,打通农场电话通知周华胜。

周华胜正在育苗基地里跟着技术员育苗,接到通知后吓出一身冷汗,急忙跟常德请完假,一口气跑到沙疙瘩汽车站,坐在客车上提心吊胆了一路。当他气喘吁吁地赶到厂部医院后,看到小原只是外伤无大碍,这才长长地松口气。

周华胜问明事情的来龙去脉,方才知晓家里的煤核原来都是小原捡的,立时将老婆没头没脸的一顿训斥:"王秀英,你这是犯了哪门子糊涂?!一个小闺女出去捡煤核万一出点事怎么办?! 你这个女人简直心狠到家了……"王秀英自知理亏没敢回嘴，任由男人跺着脚咆哮。

一会儿，周华胜叹了口气，走到匡卫东面前轻声问："卫东，你们什么时候开始捡煤核的？"卫东小声回答："前些日子开始捡的，我爹说双职工家庭有钱可以买很多的煤烧，像咱们这种单职工、孩子又多的家庭，没那么多闲钱多买煤，所以我就出来捡煤核。本来不想带你家小原，可她非要缠着跟我们出来，刚才她还念叨，怕你发现了吵她。"听罢卫东的话，周华胜忍不住鼻子发酸："卫东，天太冷，以后别捡了。"卫东点点头。

匡卫东觉得小原受伤之事应该让爹知道，于是冲刺般跑回家，对爹讲了这事。匡照明听罢吓一跳，抬脚照着儿子屁股狠踹一脚说："小兔崽子，又在外面惹事了，看老子不打死你！"匡卫东边跺脚边梗着脖子喊："你打吧！让你打！要不是因为家里穷烧不起煤，我和妹妹能出去捡煤核吗?! 反正我也是没娘的苦孩子，你就把我打死吧！打死了更好！"

匡照明脱下鞋欲打卫东，这时匡卫红从周华胜家回来了，见状紧紧揪住爹的衣角哭道："爹，你别打我哥了，我哥也是为了家里好，想让咱们都暖和。你没看见我哥的手全裂口子了？那都是捡煤核弄的！你要是再打我哥，我，我就去跳黄河！"

匡照明一屁股坐在地上，抱着脑袋直捶打，哭着喊："天爷呀，我怎么养了这么两个倔种！"

匡卫东努努嘴给妹妹递了个眼色，兄妹二人一起上前把爹从地上拉起来，几乎异口同声道："爹，你别生气了，以后我们再也不惹事了。"

匡卫东提醒爹快去看看小原，秀英姨都心疼哭了。匡照明这才想起应该去医院看看为儿子挡砖头的周小原，急忙骑着自行车赶到医院，此时周华胜正坐在椅子上余气未消。

匡照明上前摸了摸周小原的头："小原，你没事吧？"小原说："没事。"匡照明又对周华胜两口人说："今天这事全怨我家卫东，他要是不惹事，小原也不会受伤，刚才我在家里把那个小兔崽子揍了一顿。"王秀英埋怨匡照明："你打孩子干什么？孩子懂事才去捡煤核的。再说这事也不能怨卫东，是那两个打人的大孩子不对，特别是那个拿砖头打人的孩子更气人。"

说曹操曹操就到，王秀英的话音刚落，就见两个男人提着罐头进来了，身后跟着那两个打人的大孩子，家长们说着好话再三赔不是。周华胜两口人觉得追究狠了反而不好，毕竟都是孩子，从另一角度考虑这两个打人的孩子也挺懂事，还知道出来为家里捡煤核，况且家长也挺通情达理，于是便没有过多计较。周小原在医院待了一晚上，次日一早便回到家。

  周华胜找到匡照明说："别让卫东、卫红出去捡煤核了，这么冷的天，当心把孩子冻出毛病来。"匡照明点点头，随后告诫卫东、卫红不要再出去捡煤核，兄妹二人点头答应了。月底，周华胜发工资后迅速买了两吨煤，一吨自家烧，另一吨给匡照明家烧。匡照明让俩孩子记住周华胜两口人的恩情，如果没有他们照顾这个家，这个家早垮了。匡卫东大声说："爹，你不说我们也知道！两个妹妹至今都在秀英姨家，比在我们家生活得都好。"

  腊月二十六晚上，王秀英让周华胜上邻居家借来铁臼子，将事先淘好的糯米放在铁臼里，周华胜举起大铁杵捣米，"嘞！嘞！嘞……"，捣米的声音很大，传出好几道巷子。王秀英用箩把捣好的糯米粉细筛，而后平摊在干净塑料布上，置于阴凉处晒干。

  次日中午，王秀英开始炸年糕，将糯米面放进笼屉里蒸熟后和成面团，揪成大小均匀的剂子，捏成薄片后放入锅中炸，炸至金黄时捞出来。她的身旁站满了孩子，包括自家的三个和匡照明家的两个，孩子们没等年糕凉就抓起来吃，一个个烫得龇牙咧嘴……炸完年糕后，王秀英给匡照明家送去一些，匡卫东抓起来就往嘴里塞，连声说："好吃！真好吃！"

  除夕夜，周华胜将匡照明爷俩叫到家里过年，匡照明捎来了肉和水果糖，两家人合在一起，吃了顿丰盛的年夜饭。席间，两杯酒落肚的匡照明对周华胜两口人连声道谢，感谢他们对匡家孩子的辛苦付出，甚至一度落泪。周华胜拍着他肩头说："战友之间说感谢话就见外了，只要你和孩子们都好好的就行。"王秀英本想说，与胡春香同村帮忙是应该的，话到嘴边又咽回去，生怕提及"胡春香"字眼引发匡照明和孩子们伤感。

  正月二十傍晚，张六六来到周华胜家，同往年一样他也回家过年了，照例捎来红枣和小米。张六六情绪低沉地对周华胜说："我刚从老家回来，一回来便听说厂子不用我们这些马车老板了，随着效益提高，机运车间又上了十几台卡车，现在已经用不着马车了。昨天运输队下达了撤销马车店的通知，同其他失业的马车老板一样，我也要回陕北老家了。"周华胜听罢不知如何安慰张六六，明知随着厂子发展马车店早晚会撤销，但当这一天真到来时，他又委实舍不得张六六离开。

周华胜挽留张六六在家吃晚饭，张六六心情不好只管低头喝酒，当他抬起头时眼里闪着泪光，对周华胜两口人说："我在这里干了这么多年，真要离开确实舍不得，既舍不得产生了无数笑话的马车店，也舍不得你们这样的好人。以后无论走到哪里，我都会记着你们一家人，记着所有对我们这些马车老板好的人，你们也千万别忘了我这个马车老板。"

周华胜发自肺腑地说："六六哥，我们两口人永远都会记着你。不说别的，就说摆在眼前的这些家具，每一件都代表了你的一片心意，当时你连工钱都没要，看到它们肯定会想起你。你回到陕北老家后，不要再干重活了，找个相对轻快的活干。""我想好了，回家后继续干老本行！给人做家具。"张六六说罢将满杯酒一口闷了。

饭后，周华胜将张六六送回马车店，此时这里一片灯火通明，屋里不时传出划拳猜令的声音，还有信天游的酸曲，门前的牲口棚里，那些出过大力的牲畜似乎知道即将离开这里，出奇地安静。

张六六和其他马车老板很快离开了玉钢，临走前，周华胜找到张六六，给他一双翻毛鞋和二十块钱。马车老板们离开后，周华胜多次站在马车店后面的高坡上，定定地望着那片堆放矿石的料场，忆起当年张六六救人不留名的事迹，忆起那些喘着粗气奔跑的马车骡车，忆起关于马车店的种种传闻趣事，还有那些高唱信天游、高扬皮鞭的陕北壮汉……

不久，匡照明突然来到农场找周华胜，告知有人给他介绍了一个二十八岁的寡妇，家住黄河一队，模样长得还行，没有孩子，刚结婚男人便出车祸死了。周华胜问匡照明："你怎么想的？"他回答："没怎么想，只是想处处试试。"周华胜表示支持。

匡照明想征求孩子们的意见，找了个借口，让匡卫东到周华胜家把卫红和红梅领回家，随后鼓足勇气将寡妇领进家门，不料却遭到了匡卫东兄妹的一致抗议。

匡卫东抄起木棍，指着寡妇怒目圆睁："谁让你来当我们后娘的？赶紧从我家滚出去！要不我就不客气了！"匡卫红和匡红梅立场坚定，站在哥哥一方，坚决不要后娘。

望着儿女们斩钉截铁的态度，匡照明只好婉转地说："爹专门把这个姨请到家里让你们看看，如果你们同意爹就和她处几天试试。咱们家里里外外少不了有个女人照应，她可以给你们洗衣做饭……"

"不行！坚决不行！"孩子们毫不客气地打断爹的话，"坚决不能把她留在家里，否则我们将集体离家出走！"

话音刚落，突然听到院子里传出一声挺大的响动，像是扔进了什么东西。匡照明和孩子们急忙跑到院子，发现地上有块石头，石头上绑着一张纸条，纸条上写着歪歪扭扭的一行字：这女人是个扫把星，克夫。

匡卫东看到这张纸条后更来了劲，指着寡妇跺着脚大喊："爹，坚决不能让这个扫把星进门！坚决不能让这个女人把你克死！"

"小兔崽子，你给我闭嘴！"匡照明用手指戳着儿子头皮说。

奇怪了，这张纸条到底是谁写的？匡照明一边纳闷一边将纸条揣进兜里，跑到院外四处查看，发现并无一人。匡照明暗忖，原本孩子们就像炸了锅，加上这张纸条的推波助澜，这下更没有商量余地了，只好苦笑着把寡妇送走。

事后，匡照明找周华胜讲了纸条之事，他当即猜测会不会是胡春香干的？匡照明也如此猜测，但是并不敢肯定，毕竟好几年没有她的音讯了。

匡照明叹息道："说句到家的实话，我对再婚这事也是模棱两可。最近不知怎么了，脑海里总会冒出胡春香的身影。自从离婚后，我考虑了很多，有些事也不能全怪她，我也有责任。"

周华胜说："当初你们闹离婚时，我多次提醒你，有些事双方都有责任，但当时你正在气头上，根本听不进去。要不上市区周围找找胡春香？她当年卖小零食时经常到市区提货，对那里很熟悉，说不定就在市区。"匡照明说了实话："不瞒你说，我也曾偷偷去市区找过，但没找到。"周华胜一听便急了："没找到可以继续再找啊！她只要在市区就一定能找到。你又上班又照顾孩子，没有那么多时间去找，这样吧，我让王秀英上市区找找。"

周华胜对王秀英讲了系列事情，她也猜测石头是胡春香扔的，胡春香干惯了小买卖肯定闲不住，说不定就在玉明市区的哪个街头或胡同里干老本行，虽然在钢厂没见到她，但她暗地里肯定出现过，否则也不会知道匡照明把寡妇带回家，从纸条内容看，纯粹是有意识地阻止匡照明再婚。

周华胜说："匡照明对我检讨了当年和胡春香离婚自己也有责任，我看他有复婚的意思。你抓紧上市区找找胡春香，如果能找到就好好做工作让她复婚，估计经过这几年的折腾，她也会感到还是原配好，说不定真会复婚。"王秀英说："能复婚最好，那样卫东他们就不用受罪了，我明天就去市区找胡春香！"

次日清早，王秀英特意多做了些饭，让小原中午放学后负责给上学的孩子们温饭吃，随后把周铁交给前邻居秦槐香照看。秦槐香痛快地接过孩子，让王秀英放心去找胡春香，她可以调休帮着照看周铁。秦槐香还说能找到胡春香最好，想当初胡春香就不该和匡照明离婚，她也太狠心了，这么长时间也不回来看看孩子。王秀英说胡春香这样做，自有其苦衷。

王秀英坐着客车赶到市区，在一些主要街头或胡同里寻找胡春香，但并没有找到。接下来，她又断断续续找了七八天，始终未发现胡春香的影子，灰心之际不免胡思乱想：难道胡春香再婚跑到别的地方享清福去了？还是出其他什么事了？

这天，她信步来到距玉明火车站不远的一家"西北酿皮"店，买了一碗酿皮，一边吃一边与老板娘闲聊，表扬老板娘做酿皮的手艺炉火纯青。老板娘得意地一挺胸脯说："不是吹，这一片数我的酿皮手艺好。前些日子，你们玉钢的一个家属也来我这里吃酿皮，和我聊了许久，想和我学习做酿皮被我一口回绝了。我这手艺可不能轻易外传，都要学会了我还靠什么吃饭？"

王秀英听罢心里一动，忙问："想跟你学手艺？那个家属长什么样？"老板娘说："嗯！想跟我学手艺。那女人长得五大三粗，乍一看像个男人，说话愣头愣脑，一看就是个直筒子，我记得她好像说过自己是个离婚女人。"

听到这里，王秀英"腾"地一下站起来说："老板娘，快告诉我，她住在哪里？"

"我也不知道她住在哪里，隐隐记得她好像是顺着火车站右边的那条路来店里的。"

王秀英急忙付了酿皮钱，扭头就往右侧的那条路跑。

经过一番寻找，王秀英终于在一个胡同里发现了胡春香，她正推着一辆破自行车吆喝着卖冰棍："卖冰棍了，五分钱一支！"

"春香！"王秀英欣喜万分，一边喊一边跑上前。

胡春香一怔，随即掉转车头欲走，被王秀英一下握住车把阻止了，哽咽着说:"春香,终于找到你了!你看看你现在瘦的。"胡春香未搭腔,像木头人一样毫无表情。

王秀英详述了找胡春香的目的以及孩子们近况,劝道:"春香,回家吧,匡照明已经知错了。孩子们嘴上说不想你,但心里都特别想你,你就是走到天涯海角,那毕竟是从你身上掉下来的亲骨肉啊!"说到最后,王秀英几乎落泪。

胡春香有些动容,慢慢说了实话:"这几年,我内心很想孩子们,甚至想匡照明那块货,眼前总浮现出从前那些快乐的日子。唉!离婚之事也不能全怨匡照明,我确实有错。你也是找巧了,之前我一直在中达区卖小零食,最近刚回到丰达区,在这里租了间房子卖冰棍,不然你也找不到我。"

"你这么想孩子,那为何不回去看他们,甚至丢下原本判给你的卫东不管不顾呢?"

"秀英,别提这事了,一提这事我就后悔得要命。我那样做纯粹是为了报复匡照明,所以才把判给我的孩子扔给他,让他尝尝独自拉扯三个孩子的滋味。"

"既然这样,那就跟匡照明复婚吧!你们当初也是因为赌气才离婚。"

"复婚可不是件玩笑事,匡照明到底怎么想的我并不清楚,万一复婚后再回到从前打闹不休的日子,那我宁肯单漂。"

原来是这样,王秀英恍然明白,本想问问那张纸条是不是胡春香写的,又怕言多有失未敢问,只是问清了胡春香的现住址,而后坐车返回玉钢。

回到玉钢后,王秀英连家也未顾上回,径直跑到匡照明家里,告诉他找到胡春香了。

匡照明一副很激动的样子:"真找到了?她没再婚?"

"真找到了!她就在火车站那边住,她始终想着你和孩子,一直没再婚!"

匡照明按照王秀英留下的地址,很快找到了胡春香,两人见面后先是一怔,随即泪流不断。

"春香,回家吧,我和孩子们不能没有你,也明白了那句话:得到时不知珍惜,失去时方知可贵。我知道这几年你也没忘了我和孩子们……"

"呜呜呜,这几年我的日子也不好过,时常想起从前的日子,虽说经常打闹但也不乏恩爱……"

经过一番交心，胡春香终于同意复婚，很快退掉租房，跟着匡照明一起回到玉钢。

匡卫东正在写作业，看到娘后一下子扔掉手中的圆珠笔，恨恨地说："你不是不要我们了吗?！还回来干什么?！离了你，我们照样活！"

胡春香上前捡起地上的圆珠笔，哭着走到儿子身边说："卫东，是娘错了，娘不该丢下你和妹妹们不管。其实娘当初丢下你们，纯粹是为了报复你爹。"

"那你也不该丢下我们不管！你太自私啦！"匡卫东跺着脚大喊。

"是娘错了，你就原谅娘吧。娘这几年一直孤身一人，就是因为放不下你们啊，呜呜呜呜……"

匡照明上前拉着儿子胳膊劝道："卫东，当初离婚也有爹的错，现在你娘能回到咱们这个家，爹打内心里高兴。爹在此保证，以后一定会和你娘好好过日子，让你们过上有爹有娘的幸福日子！"

"娘！"匡卫东终于忍不住了，"哇"一声扑进娘怀里痛哭。

匡照明任由儿子伏在娘怀里哭了一阵子，随后对胡春香说："咱们到周华胜家把卫红和红梅接回家吧，你不在家的这几年里，两个孩子一直在他家，多亏他两口人照顾。"

接着，匡照明和胡春香领着儿子来到周华胜家，卫红和红梅看到娘后一时愣住了，卫东急忙上前对两个妹妹说："告诉你们！咱娘回家啦！从现在开始咱们又有娘啦！以后不会再有人说咱们是没娘的孩子了！"

他的话音刚落，卫红和红梅便同时扑进娘的怀抱，哇哇大哭。卫红一边哭一边说："娘，你终于回来了！我很多次都梦见你插着翅膀飞回家了，只不过不敢跟爹说。"红梅也抬起满是眼泪的小脸急道："娘，我也梦见你了，我也不敢跟爹说！"胡春香将两个闺女搂得更紧了。

这一幕令站在旁边的周华胜和王秀英很感动，特别是秀英高兴得热泪直流。胡春香抹了把脸上的泪，转过身对周华胜两口人说："匡照明都和我说了，这几年你们操了很多心，我从心底谢谢你们了！"说罢深深地鞠了一躬。王秀英赶紧拉住她："春香，不用这么客气，看到你们一家人团圆打心眼里高兴。"周华胜说："今晚都在我家吃饭吧！大家一起高兴高兴！"

晚上，两家人凑到一起吃晚饭。席间，周华胜说："胡春香，幸亏你现在回来了，若是隔个十年八年再回来，孩子们肯定不会轻易认你。"胡春香含泪点点头。

周华胜接着说:"现在厂子发展越来越好,一号高炉和二号高炉都扩充到了八十立方米,两座高炉合起来年产生铁十万多吨。特别是一号高炉连年被上级树为'红旗炉',咱们厂的铁在全国都很有名气。厂子现在有两万多人,职工住宅的南区和北区都通了水泥马路,玉钢直达市区的柏油马路也即将开通,衣食住行等各方面都在不断提高。总之,苦尽甜来,咱们都要好好工作好好过日子,别再弄些影响家庭团结、影响孩子们成长的不愉快插曲了。"

周华胜停顿一下,继续道:"匡照明,看着你们阖家团圆,我特别高兴,来!咱们共同举杯,庆祝你家实现大团圆!祝以后的日子越来越好!"匡照明和胡春香满怀感激之情,跟周华胜两口人碰了杯。

饭后,匡照明和胡春香一起领着孩子们回家。路上,匡卫东突然拉着胡春香的胳膊问:"娘,那天院子里的石头是不是你扔的?还绑了张阻止我爹再婚的纸条。"胡春香低下头不好意思。匡卫红随即揪住娘的衣角说:"娘,我哥早就猜到那张纸条是你写的了。我昨天刚看完小人书《鸡毛信》,你怎么不学学海娃,把纸条绑在羊屁股下面送来呢?"闺女的话,更令胡春香脸红。

匡照明顿时明白纸条肯定是胡春香写的,自从和胡春香见面后,他几次想提纸条之事,但始终未敢张口,生怕问错了节外生枝,此时不由得长长地松了口气。

胡春香的名字,终于再次写入匡照明家那个红色皮面的户口本。

复婚当晚,等孩子们睡熟后,匡照明和胡春香进行了一番久违的床上运动,匡照明使出了浑身解数,胡春香将两腿紧盘着男人腰际,再三鼓励男人使点劲。事后,匡照明孩子般趴在老婆胸脯上,哭得一塌糊涂,胡春香轻抚着男人的头哄了半天。清晨,匡照明又在老婆身上驰骋一番方罢休。胡春香一边拨棱着男人的"挂件",一边不伦不类地表扬:"没想到你这个小蚕蛹子现在这么厉害,比驴的挂件不差上下。"匡照明将双手枕在脑后,压低嗓门自嘲道:"憋了这么久,没憋出病就不错了。你要是再过个十年八年的回来,你男人肯定会憋萎憋疯,到那时恐怕连蚕蛹子都不是了。"

胡春香继续干她的小买卖,从市区有名的三〇三冰棍厂提上冰棍,骑着自行车走街串巷叫卖,拖着长腔的声音听上去特别欢快:"卖冰棍来……三〇三的冰棍……"

第三十六章

这天下午，周华胜从农场回家后，兴冲冲地告诉秀英："我早上等客车时碰到张德义，两人聊了一会儿。他刚调到劳动服务公司干一把手，得知你还在家坐着，让我捎话给你，抽空到劳动服务公司一趟，看样子是想给你安排工作。"

"啊！我终于能上班了！"正在做饭的王秀英，一边挥舞着水舀子，一边激动地大喊。

次日一早，王秀英赶到劳动服务公司。张德义热情招呼她就座，说："劳动服务公司刚成立了'街道卫生清运队'，大概有四十多个家属。你曾经干过铁块队班长，工作又认真，所以我想让你负责卫生清运队工作。你一定要好好干，别往我脸上抹黑。"

王秀英连声致谢，倒不是因为当了个芝麻官，而是因为终于有了一份工作，天天待在家里快要憋傻了。她想，两个闺女都上学了，不能把七岁的儿子单独锁在家里，只有送到幼儿园才放心，于是很快将周铁送进厂办幼儿园。周铁到幼儿园后很受老师喜爱，被老师有意安排到最前排的中间坐着，老师说，就愿意看这个高鼻梁深眼窝的漂亮男孩。

安置好儿子后，王秀英正式当起了卫生清运队队长，每天带领家属们，推着排子车到南北两个生活区清理垃圾，用铁锹把垃圾装满排子车，然后几人合力推到一公里外的沙滩里。周华胜担心引发老婆的腰疾，她莞尔一笑："这活儿比起扎钢筋搬铁块轻快多了，放心吧，没事。"

盛夏时节，周华胜戴着草帽挽着裤腿，在地里锄草捉虫，汗流浃背。过了良久，他直起身来，信步走到地块外围的沙枣树旁，暴烈的太阳像发疯一样炙烤着大地，但沙枣树仍然充满了勃勃生机，沙枣叶没有像其他树叶那般打卷儿，枝头上缀满蚕豆般大小的青果。他坐在沙枣树下边抽烟边休息，很快到了响午，今天的午饭照样是清水挂面浇上西红柿鸡蛋卤子，吃起来分外香，农场的人都喜欢这样吃。

饭后，周华胜站在高坡上凝望着南面，远处隐约现出大片的地块，沿着黄河岸边零散分布着，他知道那里的地块全部是原黄河大队的，随着农村包产到户的推广实施，这些地早已分到了农民手里。根据国家关于公社改乡（镇）的新政策，沙疙瘩公社早已改为沙疙瘩乡，黄河大队改为黄河村，四个生产队分别改为一村二村三村四村。

周华胜信步来到黄河一村的地盘，看到农民们兴致十足地在责任地里忙碌着，一些浑身黑不溜秋的光屁股小孩正在地头嬉戏。他走到一个地块，发现地里的玉米、糜子以及各类蔬菜长势很旺，地块外围均被大量的沙枣树包围着。

一位正在浇地的老者，操着此地方言热情打招呼，问他从哪里来？他笑着指了指不远处的农场，表明自己是从青年农场来的。老者笑呵呵地说："原来你是青年农场的，你们农场的人可真不简单，硬是把一片盐碱地变成了良田。"

"大爷，黄河岸边的这片景致不错。"

"确实不错，对于我们这些天天喝着黄河水听着浪潮声的人来说，黄河岸边就是我们的家，特别是自从包产到户后，打破了过去那种生产经营和分配上的'大锅饭'，使农民有了真正的自主权，农民的日子越过越好，家乡也越来越美了。"

老者停顿了片刻，指着旁边的沙枣树动情地说："我们日夜辛勤劳作，这些沙枣树就是最好的见证。同样，我们也见证了它们的不易。"

说话间，老者的老伴送饭来了，老两口热情招呼周华胜一起吃饭，周华胜笑说自己已经在农场食堂吃过了，与老两口闲聊一阵后，起身返回农场。

路上，周华胜边走边想，这些生活在黄河岸边的质朴农民，用勤劳的双手打理自家所分的土地，默默为家乡的土地增添景致，估计山东老家的乡亲们也正在责任地里兴致勃勃忙碌着，也正在为沂蒙山增添众多的新气象。

不久，玉钢的街边陆续出现了十多个铁皮房小卖部，大约十平方米左右，卖些烟酒糖茶、布鞋、小玩具以及其他小零食。

这些铁皮房小卖部，大都是有经商头脑的人家自己出钱建的，它们的出现沾了改革开放的光，一定程度上丰富了玉钢人的物质生活。最高兴的当属孩子们，他们是小卖部的常客，上学放学时经常钻进小卖部买零食，店主们眉开眼笑地接待这些"小上帝"。

干惯了小买卖的生意人胡春香，适时开起小卖部，结束了风吹日晒之苦，不用再走街串巷叫卖冰棍或零食了。她早已不卖沙枣或绞绞糖，随着生活条件的不断改善，现在的孩子们对沙枣或绞绞糖渐渐失去兴趣，取而代之的是更多更好的美味零食。小卖部起名"和源祥门市部"，早在小卖部开业之前，匡照明两口人就找到周华胜，让他帮着给小卖部起名，周华胜思忖片刻说："就叫'和源祥'吧！和气生财，和气吉祥。"

不得不佩服胡春香，很快跟着当地人学会了做"混糖饼"和"糖麻叶"。混糖饼是一种烘焙饼子，差不多有上百年的历史，用红糖、胡麻油、白面粉、小苏打做成，一直是中秋和春节的佳肴美品。糖麻叶也是一种传统小吃，将一小块面剂的两头抻成长方形，用刀剁三连刀，拿起放到油锅里炸熟，而后放在糖稀里一滚，又香又甜又滑溜，深得孩子们喜欢。有了这两种拿手美食，加之卖些小孩子喜欢的玩具和其他小零食，胡春香的生意风生水起。

没过多久，十字街边又相继出现了个体裁缝铺、饭店、理发店等。马素芸从干了多年的铁块队下来，一心一意干起了裁缝，眼下盛行的确良和人造棉，以前那些灰蓝或军绿的衣色，逐渐被多彩鲜亮所替代，男人女人近乎靠发型区别性别的年代一去不复返了。马素芸把跟她娘学到的裁缝手艺，施展得淋漓尽致，一看她那大嘴咧到耳后根的高兴样，就知道没白付出。

紧接着，厂部在造林队西边建起一座公园，里面有花草树木、石桌石椅、假山、凉亭、滑梯等。人们常常在这里散步、打太极拳、下棋、打扑克或者聚堆聊天。最热闹最开心的当属孩子们，他们三五成群跑到公园，尽情地滑滑梯、逛凉亭、捉迷藏等，玩兴浓时不到天黑不归家，公园里时常出现爹娘寻找孩子的身影，还有焦急的唤子声……

随着相关政策调整，玉钢青年农场解散了。农场的二百多个知青，都按照当下的中央决策进行安置，即"谁家孩子谁抱走，父母在哪个单位，哪个单位负责孩子的工作安排。"玉钢所属的知青全部返回了玉钢，被统一安置到劳动服务公司。其他各地的知青，也都陆续返回父母所在地。农场的地承包给沙疙瘩乡。

　　常德和周华胜陆续送走了其他地市的返城知青。随后，常德被调到冶金工业厅下设的一家国企任职，举家搬到了外地。对于常德的调走，周华胜内心非常不舍，他清楚常德能有这次调离机会不易，换个地方对常德以后的发展有好处。

　　周华胜离开农场后，找到原来的排长、现任炼铁车间主任王斌，表达自己想重返一号高炉的意愿，王斌痛快地答应了他的请求，并且很快找来他曾经的搭档、现已成为段长的吴明，吴明一见面就笑着摇了他一拳说："欢迎老伙计回归炼铁车间！"随后将他安排到原来的班组工作。

　　周华胜怀着激动心情重返高炉炉台，走进熟悉的休息室换工作服，身后突然传来一阵熟悉的声音："师父，你终于回来了！"回头一看原来是陈涛，他现在已经是带班班长了。陈涛上前拉着周华胜的胳膊，欣喜万分，一口一个师父叫着。一些熟悉的炉前工，也相继围到周华胜身边热情打招呼。

　　一会儿，周华胜和陈涛一起来到炉台，望着久违的炉台和炉前工兄弟，周华胜不禁百感交集，在农场工作的日子里，他多次记起在炉台工作的一幕幕场景，每每忆起心底都会泛起说不出的留恋，尔今重返炉台，倍感珍惜。当铁口眼被打开时，耀眼的亮光令他一振，精神抖擞地投入到各项操作中……

　　周华胜默默观察了陈涛一阵子，发现他按部就班，带领炉前工进行各项生产操作，内心欣慰至极，几年不见，这个曾经令自己头疼不已的年轻人，已成长为一名合格的炉前工。

　　下班后，周华胜和陈涛坐在锅炉房旁边聊天。周华胜笑着说："陈涛，以后别叫我师父了，你现在是班长，我是你的手下兵。"陈涛瞪大眼认真地说："那可不行，在我心底你永远是师父！在师父离开高炉的日子里，我学完了电大课程，感觉收获不小，不然也不会当带班班长。我时常想起师父的身影和教导，如果没有师父当初的教诲，我说不定早当逃兵了。特别是每次上夜班打瞌睡时，总会忆起当初师父三番五次拽着我走向炉台的情景。自从我当上班长，我更加理解师父当时的心情，也越来越热爱这份工作。"

　　一会儿，陈涛像想起了什么，继续说："师父，我每隔一段时间都会去看那些大石头字，看到字就会想起师父的教诲。"周华胜笑呵呵地拍了下陈涛肩头。

提起石头字，周华胜觉得有些时日没去看它们了。这天下早班后，他带着即将开学的孩子们一起来到石头字前。

已经上初中的周小原指着石头字说："爹，听我娘说，这些石头字是你跟战友们一起堆的，当初你们是怎么想起用石头堆字的？"

"因为这里装着祖国。"周华胜一边说一边指了指心口，接着道："有国才有家，一个人如果连自己的祖国都不爱，那就彻底黑了心。"

周小原对妹妹和弟弟说："咱们都应该记住爹的话！谁要是记不住，当心我揍他！"说罢挥了挥拳头，周小念和周铁频频点头。与外向型的假小子周小原比起来，周小念的性情比较温婉，王秀英时常表扬小念才有女孩样子。

一会儿，周华胜带着孩子们来到刘大龙墓前，抚摸着墓碑沉默良久，说："这里埋葬着爹的战友，他是当年堆石头字的四人之一。他已经在这里躺了多年，每天都能看到这些石头字。"孩子们没有作声，表情凝重地望着墓碑。

下山途中，周华胜指着那些环绕在厂区外围的沙枣树说："孩子们，这些沙枣树都是从小树苗开始长大的，能在戈壁滩里长这么大，非常不易。"孩子们若有所悟地点点头。

不久，在玉明市委、市政府的支持下，玉钢新上了炼钢炉进行炼钢生产，从昌盛钢铁厂调来一批炼钢经验丰富的老工人，同时从原有炉前工中选拔部分人进行炼钢培训。

周华胜不由记起常德当年对自己说过的话，暗自佩服常德眼光长远。他主动找到王斌，讲了自己在农场工作时业余学习炼钢知识，也讲了常德给自己传授过一些经验。王斌一听很高兴，当即把周华胜介绍到炼钢培训班。他一边加强理论学习，一边向老工人虚心求教，很快在培训工人中脱颖而出。培训结束后，他顺利走向炼钢岗位，由于工作努力，一年后成为所在班的班长。

那些从炼钢炉里流出来的精灵般的铁水，更加照亮了这片戈壁滩。生产出来的合格钢，大都被用到了西北铁路工程建设中，这无疑给玉钢发展带来了良好经济效益，先后上了焦化厂、洗煤厂、铸造厂等等，更加带动了玉明市及至西北地区的工业发展。

在企业效益提高的同时，玉钢领导没有忘记为企业发展做出贡献的临时工家属。厂部下了一个文件，凡在劳动服务公司所属铁块队、水渣队、装卸队、垃圾清运队等单位工作，且年龄不超过三十五周岁的家属，全部转为大集体工。此项政策令符合条件的家属们欣喜万分。百分之九十以上的山东退伍兵家属得到安置，至此，这些追随男人来到西北、为玉钢生产建设付出努力的女人，终于结束了随时被解雇的临时工身份，她们开始有了自己的工龄，每月能按时领到几副劳保手套，这些对她们来说已经足矣。

一些没有工作或者超龄的家属，未享受到这项政策所带来的好处，一窝蜂来到劳动服务公司经理张德义的办公室，为自己没转成大集体工争理，胡春香和马素芸也在其中。面对眼前这群乱成一锅粥的女人，张德义耐心宣读讲解了厂部文件精神，再三强调，只有符合文件规定的临时工家属，才有资格转为大集体工。最终，这些闹事的女人叹着气走了。过后，她们静下心来细想，觉得厂部的决定不无道理。

胡春香和马素芸找到王秀英，为她和其他退伍兵家属转为大集体工感到高兴，同时也为自身扼腕叹息。胡春香说："唉！早知道这样，不管是铁块队、水渣队，还是装卸队、垃圾清运队，随便找个地方上班也能转成大集体工，老了以后也能混个退休金。"马素芸说："早知道我就不从铁块队下来了。现在说什么都晚了，你我还是老老实实干个体吧，挣足了钱存在银行里，将来自己给自己发退休金。"王秀英笑着安慰她俩："干个体时间自由，不受公家管辖，挣钱远比上班多。"三人说笑一番后，胡春香和马素芸回到各自店铺，继续施展干个体的独门手艺。

春去秋来，转眼到了中考，周小原以优异成绩考取了玉明市师范学校。接到大闺女录取通知书后，王秀英激动得晕了头，带着孩子们直奔商店，买了半斤大白兔奶糖，又上肉铺割了肉。当她转完一大圈回到家时，发现坐在炉子上的稀饭锅早已烧漏⋯⋯

二十世纪八十年代后期，玉钢街头小巷出现了一种赶潮流的东西——录像厅，香港电影以录像带形式传入内地，进出录像厅的都是些年轻人，其中包括部分中小学生。

周华胜好奇地走进胡同里的一家录像厅，只见房间很小，不足十五平方米，房中央的桌上摆着一个小黑白电视，房间里满是兴致盎然的年轻人，有抽烟的，有嗑瓜子的，有吐痰的，还有亲嘴的，空气里混合着说不出的复杂气味。周华胜急忙退出来，暗忖这不像是正经人来的地方。

第三十六章

没出几天，从一些录像厅传出爆炸性新闻：白天放正经的，晚上放不正经的，一到晚上九点多，录像厅老板就会把门从里面锁上，拉上厚窗帘，开始鬼鬼祟祟地放映不正经的港产三级片。这个爆炸性新闻瞬间引起众多家长的重视，一致认为正经孩子没有去录像厅的，录像厅就是个打架斗殴、培养色情的不良场所，于是严禁自家孩子去录像厅。谁知屡禁不止，许多孩子不是被大人押着衣领揪出来，就是被连吵带骂地踹出来。大人声称："如果孩子再敢去录像厅，就打断孩子的狗腿！"即便如此，也未断了一些孩子去录像厅的念想，有的孩子甚至逃课去录像厅，还有的半夜爬墙头去录像厅。

在玉明二中念高三的匡卫东，也没有经受住录像厅诱惑，在一个周末跑到了学校附近的录像厅，恰巧遇上匡卫东和胡春香到学校看望儿子，顺便给儿子送生活费。

两口人站在儿子住的集体宿舍门前，左等右等未等着人影，两小时后才见到儿子，匡照明再三追问，才得知实情。匡照明不由怒道："小兔崽子，我和你娘辛辛苦苦供你上学，没想到你竟拿着钱去看破录像，看老子不揍扁你。"说罢脱下鞋就要动手，匡卫东急忙挥手拦住："爹，这是在学校，你能不能给我留点面子？我都上高中了，以后别再拿臭鞋底打我了好不好？"

一旁的胡春香劝男人："眼瞅着卫东长成一米八的男子汉了，别动不动就拿鞋底揍儿子，就凭你那小身高，即使想打也够不着了。这是在学校，咱们还是给儿子留点面子吧。"匡照明抽了支烟渐渐消气，答应以后不再拿鞋底惩罚卫东，但让卫东保证以后不再进录像厅，卫东用力点了点头。

怕儿子管不住自己的两条腿再迈进录像厅，匡照明两口人又赶到周小原所在的师范学校，让周小原帮忙看管匡卫东，千万别因为看录像影响了学业，或是出什么其他不好之事。送走匡照明两口人后，周小原跑到玉明二中找到匡卫东，指着他鼻子严厉警告："匡卫东，如果你再去录像厅，以后我就再也不理你了！"爹娘的教育，加之周小原这个发小的"威胁"，匡卫东不得不管住自己的两条腿，再未踏进录像厅。

匡卫东好歹把高中毕业证混下来了，缠着他爹非要去当兵。

匡照明被儿子缠磨得实在没辙了，找到周华胜诉苦："让卫东愁死了，天天吵闹着要去当兵。咱们玉钢每年的当兵名额极少，听说今年上头只给了一个名额，竞争者数不胜数，拼爹拼爹拼叔拼舅的有的是。我就是个普通工人，想要从众多的硬关系中拼到这个名额，简直比登天还难。"周华胜琢磨良久说："这事必须得找个关系超硬的才行，要不去找找老领导常指挥试试？听说他在冶金工业厅某部门混得不错。"一听这话，匡照明急忙央求周华胜快去找常德，理由是他和常德私交最好。

周华胜架不住匡照明再三央求，只好应承下来。他坐了六个多小时的火车来到首府，下车后一路打听，找到了常德所在单位，见面后常德非常热情。周华胜吞吞吐吐地说明来意，常德一边倒水一边笑问："匡照明那个小鬼头怎么不来找我？"周华胜替匡照明找了个理由，说他单位忙抽不开身。

"这个小鬼头。"常德思忖片刻道，"这事我尽量办，我认识玉明军分区的一个郑参谋，办成办不成很难说，但我尽力办。"周华胜听后很感动，表明自己也是让那个小鬼头战友逼来的，让常德别往心里去，这事能办就办，办不了千万别为难。常德朗声大笑说："放心吧，我不会往心里去。你能来找我，就说明心里还想着我这个老领导。"说罢欲拉周华胜到家里坐坐，周华胜情知常德很忙，连忙笑着谢绝，而后坐车返回玉钢。

常德说话算话，亲自跑到玉明军分区找到郑参谋，为匡卫东当兵"讲情"。

他对郑参谋说："匡卫东的父亲是来自沂蒙山区的退伍兵。当年戍边时，在龙梅玉荣的家乡打过防空洞，退伍后被留在了当地支边。后来，为了响应国家建设三线的号召，积极报名参建玉明钢铁厂。你可能不了解当年玉钢的首批参建者是多么不易，他们就像沙枣树一样历经磨难。我亲眼见证了一些山东退伍兵的吃苦和忠诚，他们的家属从几千里外到达玉钢，吃住在地窨窨里好几年，吃了很多苦，受了很多罪。在这些山东退伍兵中，有的因公殉职，有的因为忙工作耽误了给孩子看病、最终失去孩子，有的亲娘走失后冻死在茫茫戈壁滩。今天我来找你求情的这个孩子，就是这个冻死在外的老人的亲孙子。"说到最后，常德几近哽咽，郑参谋的眼里也闪着泪光。

常德沉默良久，继续说："说实话，我从这帮山东退伍兵身上领悟了不少，也学习了不少。匡卫东当兵这事如果换作别人，我肯定不会大老远跑来麻烦你，希望你力所能及帮个忙，让这孩子当上兵，我在这里替孩子家长谢谢你！"说罢欲向郑参谋鞠躬，结果被他一把拉住了："千万别这样！您是老革命了，我这个小兵实在是不敢当。"

在这个参谋的努力下，匡卫东终于成为一名光荣的武警边防战士，所在部队恰恰驻守在当年他爹打防空洞的中蒙边境线上。送走匡卫东后，匡照明和周华胜带着礼物找到常德致谢，常德复述了对那位参谋说的话，匡照明听罢哭了，一是感动常德的理解，二是刹那间想起逝去的娘。周华胜也不禁眼睛湿润。

两年过去了，周小原顺利拿到中专毕业证，被分配到玉钢子弟学校当了一名小学语文老师。此时的她已出落成一个漂亮姑娘，大眼睛，高鼻梁，活脱脱王秀英年轻时的模样，走在街上回头率极高。

周小原时常与戍边的匡卫东保持书信来往。匡卫东在一次来信中直截了当地告诉她，自从她为自己挡那一砖头开始，他内心就萌生了一种说不清的朦胧情感，后来听卫红说小原将来要找"最可爱的人"时，他才不顾一切选择了当兵。周小原读罢信很受感动，两人的关系也有了微妙变化。

周华胜渐渐知晓小原与卫东的交往，背地里也曾跟王秀英提及，她撇了下嘴角说："尽管匡卫东这孩子人不错，但总觉凭大闺女的相貌才气嫁进匡家有点委屈。"经过周华胜一番劝导，她才点头默认。

匡卫东退伍后，被分到玉钢保卫科工作，两年后同周小原结婚。

周华胜分别给贾二蛋家和巴特尔家下了结婚请柬。喝喜酒这天，贾二蛋爷俩和张杏花从黄河二村赶来，紧跟着巴特尔两口人也来了。巴特尔兴冲冲地告诉周华胜，前段时间，市里专门为游牧在外的蒙古族人盖起新房，成立了"蒙民区"和"蒙古族一条街"，生活在盖子沟的牧民们全部搬迁至玉明市区，他们这些经历了长期游牧生活的人们，终于享受到了改革开放温暖，真正融入丰富多彩的城市生活中。

周华胜、匡照明、金明顺喝了不少酒，相互搂着肩膀说不完的话。金明顺指着一对新人说："看卫东和小原多么般配的一对，真没想到你们两家能成为亲家。"匡照明指着小原说："我家能找到小原这样的好儿媳，这是全家人的福分。"周华胜直言："两个孩子从小一起长大，再加上两家大人的交情，孩子们结合在一起也属常情。卫东各方面都不错，随了你们两口人优点，这个女婿我挺满意。"

秦槐香走了过来，王秀英起身招呼她坐下。秦槐香说："厂部按照当年大龙因公死亡时签的协议，把两个孩子的工作都安排好了，我彻底没了心事，也算对得起大龙了。"周华胜说："这些年你为了孩子一直没有再嫁，真是难为你辛苦你了。"匡照明也如是说。秦槐香红着眼眶说:"唉,这就是命。"

时光荏苒,一晃十几年过去了。

这年八月中旬,两鬓斑白的周华胜正式从炼钢车间主任岗位上退了休,他闷闷不乐地回到家,坐在沙发上默不作声。

王秀英瞅着男人的脸说:"老头子,谁惹你不高兴了?""唉!"周华胜叹息一声道,"猛地退了休,全身像丢了魂一样难受。"

王秀英倒了杯水递到男人手里说:"这有什么难受的?你都六十岁的人啦,跟铁水打了一辈子交道,也该歇歇啦!在家享受下天伦之乐多好。"周华胜斜视老婆一眼道:"你刚从清运队退休时,不也像丢了魂似的难受?"王秀英笑着拍拍男人肩头:"习惯就好啦!"

话音刚落,周小原两口人领着闺女匡宁来了,匡宁在玉明一中念高中。周小原现在是玉钢子弟学校教务处主任,做事风格一直保持着干脆利落,一进门便笑道:"爹终于告别铁水了!"周华胜噘着嘴道:"哼!你以为告别铁水是件好事啊。"

匡卫东见状抚着老丈人的肩膀逗道:"岳父大人,退休当然是好事啦,可以尽情地畅游书海,尽情地当一只老书虫了!"周华胜白了大女婿一眼:"你小子真不会说话,我老吗?我觉得我还很年轻啊!"

一旁的匡宁上前搂着姥爷肩膀说:"我觉得姥爷就是年轻,姥爷手劲特别大,跟我爹掰手腕经常赢。另外,姥爷还可以给我们讲很多好故事呢。""还是宁宁会说话。"周华胜的脸上露出笑容。

一会儿,周小念全家人来了,周小念在玉钢供销科工作,对象是本单位的王玉山,女儿王佳在子弟学校上初中。周小念给爹带来了精装版《福尔摩斯探案集》,周华胜喜笑颜开地接过书,转身放到书柜里。

周铁也带着老婆孩子回来了。几年前,周铁从玉明市工业学校毕业,分到了玉钢炼钢车间工作,周小原给弟弟介绍了学校的语文老师,对方一见面便相中高大英俊的周铁,两人很快结了婚,婚后生下一个男孩叫周杰。此时,周铁对四岁的儿子说:"小杰,快去亲亲爷爷,让爷爷高兴高兴。"周杰来到爷爷跟前,踮起脚尖亲了爷爷一口。周华胜的心瞬间被孙子融化,抱起孙子狠嘬一口小脸蛋,之后命令老婆和孩子们:"走!一起去看看那片高坡!"

大家自然知道周华胜说的高坡是哪里,跟着他一齐来到黑丰山的这处高坡。

周华胜站在高坡上，凝望着依然醒目的"祖国万岁"四个大石头字，沉默良久，缓缓地对孩子们说："你们要永远记住这片高原，记住爹跟你们讲过的那些事情。做人要厚德载物，不能失了本性，要像沙枣树那样生存。"孩子们不约而同地点点头。

紧接着，周华胜抱起孙子问："小杰，知道咱们老家在哪里吗？"周杰瞪着明亮的大眼睛，认真回答："我知道，咱们老家在沂蒙山！在山东莒县！""真是好孩子！"周华胜笑着表扬道，随即指着东南方向说："小杰，看！咱们老家就在那个方向，虽然地理位置上很远，但只要心意相通，再远也是咫尺。"周杰似懂非懂地点点头。

周华胜扭头对儿子说："你现在已跟铁水打了好几年交道，继续好好干，别往你爹这张老脸上抹黑。"周铁笑道："放心吧爹，你都说过多次了，我早已铭记在心。"

周华胜环望四周，进入视野的是一片生机勃勃的发展场景，他指着大片醒目的工业园区说："黑丰山脚下的这片工业园，短短五六年的时间，就大变了样子。你们看，这边是洗选加工区和小型加工区，那边是商砼区，这种产业多元互补的发展模式，使园区经济有了很大提升。另外，还有一件高兴事，前段时间成立了黑丰山镇，沙疙瘩乡和另外两个乡都被合并到镇里，没想到咱们玉钢办事处还成了镇政府所在地。"

王秀英不禁感叹："唉！想想以前，再看看现在，简直没法比。有时候真不敢回想过去受的那些罪，一想起来就难受半天。"周华胜笑道："这有什么好难受的，先苦后甜。"

周华胜的目光不自觉地望向黑丰山，这座名不见经传的普通山脉，因为当年的三线钢铁企业落户于此而家喻户晓，而今又因为这片生机勃勃的工业园区和新成立的黑丰山镇而声名大噪，不断展现出新的生命活力。

随后，他凝望着那些环绕在玉钢周围的沙枣树，此时它们已果实累累，依然手拉手肩并肩，形成一道道庞大的天然屏障，共同抵挡着无尽的风沙，以防护林最美的姿态挺立在高原之上。

当周华胜带着孩子们下山时，看到一些家长带着孩子陆续朝这边走来……

后　记

写这部小说的念头，最早萌发于 2017 年夏天。

当时，我是大众网的一名网友。自 2011 年加入大众网以来，我陆续发表了大量关于西北地区生活经历的帖文，多以回忆性的随笔散文为主，记录了我在西北度过的童年、少年以及部分青年时期的所见所闻。这些帖文得到了许多网友的喜爱，一些热心网友甚至鼓励我将这些故事写成一部长篇小说。经过深思熟虑，我最终鼓起勇气，决定写一部表现沂蒙儿女支援边疆建设的长篇小说。

为了能够写好这部小说，我首先加强了阅读与学习。多读当代名家的优秀长篇小说，从中领悟写作技巧与思维模式；阅读一些钢铁冶金方面的书籍，以弥补脑海中钢铁冶金知识的空白。其次，对父辈那代的建设者，以及同学和朋友进行相关采访，查阅了一些关于西北钢铁工业发展的资料，从中获得了不少生动的素材。再次，还观看了央视中文国际频道播出的十集大型文献纪录片《国家记忆——大三线》，从中受到许多启发和鼓舞。

我利用搜集到的大量素材，结合自己二十多年在西北生活的积累，力求通过文学描述，以小见大，展现西北地区三线钢铁企业的建设历程，以及职工和家属们的工作、生活经历，突出他们身上"艰苦创业、无私奉献、团结协作、勇于创新"的三线精神。尽管这些经历已成为陈年往事，谈起来甚至会五味杂陈，但这一切都真实发生过。三线人以青春和热血完成了历史赋予的使命，时光虽悄然改变了他们的容颜，却让他们在磨砺中留下了灿烂的青春记忆和无悔的追求，那是一段永远无法磨灭的记忆。

2018 年春天，我列完小说大纲后，正式开始动笔创作。初次体验到了长篇创作的苦与甜，以及其中的孤独感。多次想起著名作家、日照作协主席夏立君老师在一次年终会议上所言："搞文学创作要忍得住孤独和劳苦，方能享受创作的成果。"这番话成为我坚持写作的一种动力。作为"上班族"，只能利用业余时间写作，为此几乎断绝了与朋友的社交往来，时常通宵达旦、废寝忘食，同时还要照顾年迈的父母及公婆，牵扯了一部分时间和精力。

2018年10月，我看到中宣部将三线精神与"两弹一星"精神、载人航天精神、抗洪救灾精神等一起，列为新时代大力弘扬的民族精神、奋斗精神，深受鼓舞，更加坚定了将这部长篇小说继续写下去的信心和决心。

当小说写到五万多字时，我的身体出现了问题，不得不接受手术并长期服药。这对我是一个沉重打击，脑海中屡屡冒出一个念头：我若不在了，这部长篇该怎么办？定要争分夺秒，完成自己的心愿。这个念头在脑海里反复萦绕，无法释怀。很长一段时间里，我浑身乏力，尤其是腿脚无力，但仍全身心投入到创作中。2021年春天，小说初稿完成，我内心感慨万端。此后两年多时间里，经反复打磨文稿，最终在2023年秋天完成全部修改。这期间，我还相继写了一些文学评论，发表在《人民日报》《光明日报》《文艺报》《中国当代文学研究》《百家评论》等多家报刊上。

这部支援边疆建设题材的小说，反映了我国西北钢铁工业发展历程中所取得的一些成就，将三线精神及沂蒙精神融合在一起，表现了建设者们不畏西北地区残酷的自然条件和生活条件，如沙枣树般坚定扎根边疆的感人故事。小说主要塑造了周华胜、常德、张德义、匡照明等一系列建设者形象，他们军心依旧，退伍不褪色，身上充分体现出退役军人的优良作风，是无数优秀退役军人的缩影。他们来自五湖四海，带着家人，远离故乡，住在原始的地窨子里好几年，饮用漂着羊粪蛋的水，吃野菜和野果，条件异常艰苦。但凭着一股艰苦奋斗、不畏艰难的勇气和信心，他们同其他支边人员一起，成功完成了一场钢铁大会战，在戈壁和荒漠之上建起一座钢铁厂，为后方基地的兵工企业提供了原材料保障，为边疆发展奉献了青春和热血。更可贵的是，他们在带领家人扎根边疆的同时，积极团结西北当地的少数民族、走西口的"此地人"，以及众多的打工农民，共同谱写了一曲弥足珍贵的友谊之歌。

需要说明的是，小说中的钢铁厂和人物没有特定原型，是根据收集到的西北多家钢铁厂及其工人的相关素材，通过提炼虚构而成。当年这些钢铁厂的创建条件基本一致，建设者们坚守在大漠荒野中，经历了无水、无电、无路、无住房等极端艰苦条件，用青春、汗水，乃至生命建起钢铁企业，所在地区也逐渐因钢铁工业的发展而闻名。从他们身上，可以看到早期工人艰苦创业的形象和精神，他们把一生奉献给了大西北，也在长年相处中与那片土地融为一体。那里记录了几代人的努力和梦想，对于很多人来说，那里不仅仅是他们工作、学习和生活的地方，更是实现青春抱负、激扬人生理想的精彩舞台。面对这个庞大的英雄群体，想全面刻画也是力有不逮，为此将焦点放在支援边疆建设的山东籍退伍军人身上，着重表现他们身上的三线精神以及沂蒙精神，这或与我是山东人有关，抑或与父亲那辈的山东退伍兵支援边疆建设有关。

对于这部小说，我投入了深沉的情感，创作中数度落泪，甚至涕泗交流。例如，写保卫组组长王旭和普通工人刘大龙因公殉职，周小鲁病死后爹娘的撕心裂肺，王秀英因失心疯哭睡于儿子坟前，三位伟人去世时玉钢人悼念的场景，等等。在这些情节中，我深切体验到了著名作家赵德发老师所提倡的"笔随心走，墨与情谐"的写作理念。

这部小说的创作完成，离不开作家赵德发、夏立君、刘加云三位老师的大力支持和鼓励。他们读完这部小说初稿后，在肯定鼓励的同时，分别指出需要改进之处，使我受益匪浅。特别是赵德发老师，多次抽出宝贵时间悉心指导。能得到在中国文坛享有盛名的著名作家的教诲，对于初涉长篇创作领域的我来说，是一种莫大荣幸和鼓舞。在三位老师的关怀与指导下，小说几经修改，最终得以定稿。

作家董玉军老师最先得知我写这部长篇的初衷，听完我讲的构思大纲后，当即鼓励我好好写，遇到困难多向文学前辈求教，这番诚意令我很受感动。当小说写到三万多字时，作家刘东阳老师建议小说中可以描述一些山东和西北的风土人情、饮食文化等，以此体现外来文化与当地文化的共融，我听取了建议。同时，大众网的一些管理人员、版主及网友对这部作品给予了很多关心和鼓励，增添了我继续创作的勇气及信心。西北的同学及其他朋友为这部作品提供了不少素材，使作品内容更加丰满充实，同时也增进了彼此间终生难忘的情谊。

在《闪光的高原》出版之际，对为这部书稿的创作及出版给予帮助的所有老师和朋友，表达最诚挚的谢意！感谢诸位让我收获了人生及文学道路上的温暖和力量。

随着年龄增长，回溯过往渐渐成为一种不可抗拒的必然，虽然我已离开西北那片土地二十多年，但那里俨然成为我精神世界里难以割舍的重要部分。那些在风沙弥漫中努力生活的人们；那些在戈壁滩里顽强生存的沙枣树、沙冬青、沙葱、白刺等；那些在沙漠上采撷野果、追逐小动物的快乐身影……所有铭刻在脑海里的历历往事，时常浮现在眼前、萦绕在梦里，挥之不去，难以忘怀。

作为一名文学爱好者，尽管我才学浅疏，但仍希望秉笔讲好值得铭记的中国故事，弘扬值得承传的民族精神。通过描述包括父辈在内的众多支边人员在戈壁荒漠里度过的艰难岁月，与读者走进那段难忘历程，共同感悟那种艰苦奋斗的精神特质，激励更多的人投身到新时代国家建设中。同时我也在想，写下那段边疆建设者献出青春献子孙的光荣岁月，无论是对逝去的支边者，还是对健在的支边者，均不失为一种朴实又真切的安慰和纪念。

李毅然

2023 年 10 月